海外中国研究丛书

——

到中国之外发现中国

孙权传

南方的将军

Generals of the South

The Foundation and Early History of
the Three Kingdoms State of Wu

[澳] 张磊夫 著

徐　缅 译

江苏人民出版社

图书在版编目(CIP)数据

南方的将军：孙权传 / (澳) 张磊夫著；徐缅译
. -- 南京：江苏人民出版社，2024.8
(海外中国研究丛书 / 刘东主编)
书名原文：Generals of The South：The
Foundation And Early History of The Three Kingdoms
State of Wu
ISBN 978 - 7 - 214 - 28749 - 6

Ⅰ. ①南… Ⅱ. ①张… ②徐… Ⅲ. ①孙权(182—
252)—传记 Ⅳ. ①K827＝363

中国国家版本馆 CIP 数据核字(2023)第 217792 号

书　　　名	南方的将军:孙权传
著　　　者	[澳]张磊夫
译　　　者	徐　缅
责 任 编 辑	刘风华
装 帧 设 计	陈　婕
责 任 监 制	王　娟
出 版 发 行	江苏人民出版社
地　　　址	南京市湖南路 1 号 A 楼,邮编:210009
照　　　排	江苏凤凰制版有限公司
印　　　刷	南京新洲印刷有限公司
开　　　本	652 毫米×960 毫米　1/16
印　　　张	31　插页 4
字　　　数	340 千字
版　　　次	2024 年 8 月第 1 版
印　　　次	2024 年 8 月第 1 次印刷
标 准 书 号	ISBN 978 - 7 - 214 - 28749 - 6
定　　　价	118.00 元

(江苏人民出版社图书凡印装错误可向承印厂调换)

序"海外中国研究丛书"

中国曾经遗忘过世界,但世界却并未因此而遗忘中国。令人嗟讶的是,20世纪60年代以后,就在中国越来越闭锁的同时,世界各国的中国研究却得到了越来越富于成果的发展。而到了中国门户重开的今天,这种发展就把国内学界逼到了如此的窘境:我们不仅必须放眼海外去认识世界,还必须放眼海外来重新认识中国;不仅必须向国内读者迻译海外的西学,还必须向他们系统地介绍海外的中学。

这个系列不可避免地会加深我们150年以来一直怀有的危机感和失落感,因为单是它的学术水准也足以提醒我们,中国文明在现时代所面对的绝不再是某个粗蛮不文的、很快就将被自己同化的、马背上的战胜者,而是一个高度发展了的、必将对自己的根本价值取向大大触动的文明。可正因为这样,借别人的眼光去获得自知之明,又正是摆在我们面前的紧迫历史使命,因为只要不跳出自家的文化圈子去透过强烈的反差反观自身,中华文明就找不到进入其现代形态的入口。

　　当然，既是本着这样的目的，我们就不能只从各家学说中筛选那些我们可以或者乐于接受的东西，否则我们的"筛子"本身就可能使读者失去选择、挑剔和批判的广阔天地。我们的译介毕竟还只是初步的尝试，而我们所努力去做的，毕竟也只是和读者一起去反复思索这些奉献给大家的东西。

刘　东

缅怀

战士与学者

乔治·威廉·赛姆斯(George William Symes，1896—1980)

目 录

中文版序 *1*

2018 年网络版序 *1*

1990 年版序 *1*

引言 *1*

第一章 东汉时期的中国南方:政治与地理 6

梗概 *6*

汉人与南方 *7*

荆州与长江中游 *15*

交州与岭南海岸 *21*

扬州与长江下游 *28*

统治的强化 *37*

第二章 家族的奠基者:孙坚 59

梗概 *59*

1

出生、背景和早期生涯(155—184 年) 60

升至高位(184—189 年) 67

讨伐董卓(189—191 年) 76

内战与最后一战(191—192 年) 89

关于传国玺 94

第三章 少年郎:孙策 114

梗概 114

早年生活及为袁术效力(175—195 年) 114

占据长江以南和与袁术决裂(195—197 年) 121

西进与控制长江中游(198—199 年) 132

生前最后之战(200 年) 138

孙策和干吉的传奇:文献的杂糅 142

第四章 进军赤壁(200—208 年):孙权 162

梗概 162

承继孙策 163

确立权威 170

讨伐黄祖 175

弩箭离弦 179

赤壁之战 189

关于舰船和水上战争 195

第五章 军阀政权 216

梗概 216

初定荆州(209—210 年) 217

保卫扬州 227

长江以南的山民 234

岭南 243

第六章 争夺荆州(211—219 年) 265

梗概 265

西部的刘备(211—214 年) 266

再定荆州(215 年) 273

大背叛(219 年) 284

第七章 问鼎皇权(220—229 年) 305

梗概 305

刘备的复仇 305

北方的安全 313

南下扩张 322

平起平坐 326

第八章 南方的帝国(230—280 年) 346

梗概 346

政府的形式 347

称帝之后的形势(230—280 年) 354

社会与经济 362

吴国的成就 373

第九章 吴国历史文献(170—230 年) 399

梗概 399

陈寿和裴松之 400

南方的历史学家　404

3—4 世纪的史学著作　413

故事演绎：夸张和寓言　417

《三国演义》的歪曲　422

大事年表(155—229 年)　443

主要参考文献　447

中文版序

在此我很荣幸地为拙著作中文版序,这是一部由外国学者撰写的,关于三国时期吴国将军们的专著。感谢江苏人民出版社选择了它,并且,向广大读者予以推荐。

南京的确是最适合此书中文版的问世之地,因为这座城市正是由东吴的开国君主孙权所建。在此之前,南京虽有故垒城郭,却不曾为帝皇之宅,是孙权将他的新都命名为建业,从而铺设了今天这座国际化大都市的基石。

在我刚开始学习汉语的时候,我就被三国故事深深吸引,崇拜着东吴的将军们:孙策、周瑜、鲁肃、吕蒙和陆逊,他们是更为知名的曹操、刘备和关羽眼中可敬的对手。我曾试图在西方读者面前呈现南方将军们的勇气和成就,而现在我很高兴能有机会向他们故乡的读者进行讲述,希望此书能为这段中国人所熟知的历史提供别样的视角。

译者徐缅先生和编辑为本书中文版的出版进行了细致认真的工作，在此谨致谢意。

张磊夫

2023 年 9 月于澳大利亚赤楠市

2018 年网络版序

　　本书首次出版于 1990 年，现已绝版，只能到专门的图书馆去查阅。现在这一版本，晚于初版几近 30 年，为的是呈现给喜欢三国——这一中国历史上最为动荡且传奇的时代的读者。

　　整本书的主旨和观点不变，仅有轻微文字改动；参考书目大致与 1990 年版相同，增补了一些新近的作品，其中也包括我自己的。这一版的形式有些不同，全书正文、索引和注释中仍使用了原版的页码。

张磊夫

2018 年 10 月于堪培拉

1990 年版序

我大约在 30 年前开始研究三国历史。我在毕汉思（Hans Bielenstein）、马悦然（Gören Malmqvist）、房兆楹、柳存仁、李渡南（Donald Leslie）、费子智（Patrick Fitzgerald）、王赓武、许倬云、宫崎市定（Miyazaki Ichisada）和宫川尚志（Miyakawa Hisayuki）的引导下受益匪浅。

致力于这一领域的一大乐趣在于，见证相关学术讯息和探讨的稳健发展。在 1960 年代初，除却方志彤（Achilles Fang）对《资治通鉴》的鸿篇译著、白乐日（Etienne/Stephan Balazs）精妙的论文以及侯思孟（Donald Holzman）的研究，与该领域相关的西文资料并不多。自那以后，汉学的主要发展有毕汉思的著作、杜敬轲（Jack Dull）编著的华盛顿大学汉代研究项目成果的出版和近期问世的《剑桥中国史》第 1 卷（*The Cambridge History of China：Volume 1*），还有更多的学术出版物旨在研究中国历史上第一个帝国的特质，以及其在公元 2 世纪末解体的原因。

承蒙多位同仁热心通读本书，给出建议与意见。我最为感谢的是哥伦比亚大学的毕汉思，巴黎大学的侯思孟、吴德明（Yves Hervouet）和毕梅雪（Michèle Pirazzoli-t'Serstevens），莱顿大学的贝克（Burchard Mansvelt Beck），威斯康星大学的倪豪士（Bill Nienhauser），汉堡大学的司徒汉（Hans Stumpfelt），剑桥大学的鲁惟一（Michael Loewe），昆士兰大学的克莱顿·布罗德（Clayton Bredt），还有堪培拉的比尔·詹纳（Bill Jenner）、伊懋可（Mark Elvin）、罗依果（Igor de Rachewiltz），以及尤其是加德纳（Ken Gardiner）和格里高利·扬（Greg Young）。

尽管他们总是认为所做为分内之事，我还是要向陈（Y. S. Chan）和澳大利亚国立大学亚洲研究图书馆的工作人员致以最真诚的感谢：他们收集并维护了极佳的馆藏书；若无这些书籍，我的研究无从开展。

在写作这本书的过程中，我有幸得到了温妮弗雷德·芒福德（Winifred Mumford）的帮助，她收集了相关地图；还有王冬梅（May Wang），她书写了书中出现的汉字。她们都宽容、有耐心、乐于助人且不吝惜于自己的时间和精力。

张磊夫

1990 年 6 月于堪培拉

引　言

东汉王朝的灭亡标志着中国第一个大一统时代的结束。尽管经历过短暂的中断,刘氏皇族统治了帝国将近 400 年。但是,当在洛阳的中央政府于 189 年崩溃,400 年的分裂伴随着当时的混乱而来。自此,除了西晋统治下的 30 年,中华文明一直处于两个或多个政权的割据之下。这一状况持续到 6 世纪末隋朝重新统一中国。

这个分裂的时代有着说不尽的历史意义。长期以来,在传统的中国视角里,这一分裂时期被认为是由内战导致的政治衰落和少数民族对东亚文明中心的冲击所主导的时代,而早期的西方学者也倾向于认同这一见解,并且将这个时代与欧洲黑暗的中世纪相提并论。近来,中外学者开始对这段历史展开更细致的探索,并且意识到这一时代所取得成就的价值。这些成就不仅在于被后世传承的文学、哲学和艺术,还在于这个时代自身的精神和志趣。例如,汉朝之后的几个世纪见证了中国传统思想为理解和吸收佛学所作出的变通,中华民族在种族和社会结构上的变迁,以及在南方的大规模移民扩张。

除了上述的历史意义,这一时代的初期即"三国",是中国传奇故事的伟大时代。三国故事能够与英国的亚瑟王传奇,或者法国和德国关于查理大帝的传说相比肩。在一千多年里,与三国相关的故事和戏剧取悦并影响了中国的学者、诗人和平民百姓。著名小说《三国演义》是它们的集大成者。

本书主要是关于这一伟大时代的一个部分:孙吴在江南的发展,这一割据政权的建立,以及它在近百年间的存续对之后数个世纪的重要影响。一方面,吴国的独立阻止了北方内战的胜利者曹操去恢复汉朝最后几位皇帝所丢失的大一统。然而,另一方面,通过在南方前沿建立中国的统治,吴国的将军们不仅为其短命政权的生存创造了条件,还为 4 世纪初西晋灭亡后到此避难的中原王朝铺平了道路。这些王朝在接下来的 300 年里维系了中国的文化传承。

所以,吴国的历史对于整个中国中世史有着广泛的影响。然而,本书的视角是被刻意约束的。考察历史事件的大致规律固然重要,但我将立足于孙氏集团的利益以及南方地区的视角去分析它们。

这是一个家族上升为一方军事力量的故事。这个过程很短暂,孙权生于 182 年,当时他还只是县丞孙坚的次子,在此后不到 50 年里,他便问鼎帝王之位。

这一非凡的好运首先基于孙权之父孙坚勇武的生涯,他从无名之辈上升为内战中第二流的将官。这一好运还基于孙权之兄孙策的成就,仅仅依靠父亲的威名,而不是什么雄厚的基业,孙策征服了长江以南的土地并将之传给了弟弟。孙权则被认为是杰出的战略家和军事领袖。尽管难以评估,孙权的个性与政治才能成就了著名的将军们,如周瑜、鲁肃、吕蒙和陆逊的事业。

上述个性、政治和战争问题是在特定的现实与社会环境当中发生的。首先,汉代在南方逐步的移民扩张和发展,为一个割据政权的运转创造了先决条件。其次,更广泛而言,在内战中成功与生存的前景极大地取决于其家族及地位。

当时第一批出现的大军阀,如袁绍、袁术和刘表生于显赫的官宦世家,有着富饶的田产。他们的一些强大而短命的对手,如董卓、吕布和公孙瓒没有这般的社会地位,勉强身居高位,但其难以在与世家子弟的声望和力量的长期对抗中保全自己。尽管魏国的奠基者曹操出身望族,但这一优势要归功于其父曾被朝中宦官收养。所以,曹操的地位与财富需要他花费更多的精力并通过主动出击来维持。[1]

在漫长内战中的其他地方,成功生存下来的人,确切来说是身处边缘的人:位于今东北的辽东公孙氏、岭南的士氏和长江下游的孙氏。这些领袖们都有着足以建立政权的地方威望;他们距离华北也足够远,从而避免被卷入斗争中心的旋涡。我们在此不得不佩服刘备的成就,他来自河北,以有限的合法性宣称自己是汉室之后,但他在西部地区寻求到了生存和拥戴。

然而,吴国是由一个来自中原王朝边缘的、默默无闻的家族建立并治理的。他们比对手们存续得更久,并且在江南的土地上建立了一个帝国。孙权及其继承者在近乎一个世纪里藐视着北方的政权,控制着汉朝三个州最富庶的部分,给这一地域带来了繁荣与文明;这会在未来造就中国南方的腾飞。在某些方面,这一成就与汉朝的失落辉煌、魏国的璀璨夺目和蜀汉的傲骨铮铮相比略为逊色;但在时间、空间和社会结构的背景之下,这一有限的成功而不是彻底的失败,是现实政治层面的一大胜利。

在后世,吴国历史的价值和重要性被文学叙事所掩盖。"篡权者"魏国的曹操与"正统"英雄刘备及其蜀汉弟兄们之间的斗争,为小说创作提供了主要冲突与吸引力。在这场戏剧艺术和历史学家共同造就的宏大斗争中,吴国人总是被矮化为匆匆过场的小角色，有时还不幸成为衬托主角们的智慧、勇气和能力的配角、丑角。

与多数人一样，我起初也是通过小说和戏剧了解到三国的故事，那部绝妙的小说《三国演义》吸引我去探究它背后的历史。然而，文学传统和史学传统之间一次又一次地显现矛盾与混乱，更令人困惑的是，陈寿及裴松之注的不同记载本身就夹杂着史实与虚构。令人疑虑的是，尽管与《三国演义》有所不同，但《三国志》所呈现的历史往往是另一种形式的文学作品，而不是对真伪的清晰鉴定。裴松之曾提及这个问题，我也在写作本书的整个过程中面对着令人眼花缭乱的、可能虚构的故事。在最后一章中，我探讨了当时的历史写作；在这一方面，与当代主流批评学派着眼于整套故事、戏剧和小说传统的后世演变所不同，我首要考察的是当时的第一批记录者。在这一视角下，后世文学传统的发展不过是对"当时到底发生了什么"这一基本问题的补充。

为了解答这一基本问题，我大体采用了叙述的形式。第一章探讨了汉末中国南方的情形；第八章考量了3世纪东吴的政府组织、社会和经济；两者中间的数章是对这个政权发展历程的记录，特别关注了时间和空间，并且着力于孙氏家族的首领，以及为其提供支持和服务的群体。

我特意选择了这种方式。这是因为我坚信：如果我们要了解任何一段时期的中国历史，我们必须对时间和空间拥有清晰的认知。现代汉学存在一个总体的趋势，即就常见的主题给予宽泛的论断；但这种论断必须得到由事实构成的坚实基础的支撑。作为分析并评论事件发展的第一步，我们需要知道"这些事件发生在哪里"。就三国而言，许多事件妇孺皆知，但它们其实并没有像我们通常所知的那样发生。

所以,本书的目的在于描绘那个见证了汉朝灭亡而一个独立政权在南方建立的时代。这一图景必须反映当时的社会、政治和经济因素,但它同时也必须包括时间、空间和相关人物的个人思想。的确,"这些人物是什么样的人"是个重要的问题:在一个乡绅地主及其门客主导的社会里,孙坚出身微末,这对他的生涯影响深远;孙策在不到 25 岁就取得了丰功伟业,这令人惊叹;孙权的年纪和威望足以收服其兄长麾下的诸将,这对孙氏家族事业的腾达,以及他毕生经营的王国至关重要。在类似短命的王朝当中,个性和人际关系发挥了很大的作用,这一点在更为常见的主题中常常被忽视。

总而言之,如果这些人物的成就为后世树立了榜样,启发了后来者的想象力,那么追寻构成他们传奇之基础的事实自然是在情理之中。即便年代久远且被文学的偏见所遮蔽,也不论历史的视角多么模糊,三国之一的吴国彰显着属于自己的英雄本色。

注释:

[1] 见赖德懋(Lattimore)《中国的内亚边疆》(*Inner Asian Frontiers*),446 页、537—540 页,以及拙著《边缘之人》(*Man from the Margin*)。

[原著为页下注,中文版改为章节后注。由于版本之间的差异,中文版注释编号与原著不完全一致,在此予以说明。——编者注]

第一章 东汉时期的中国南方：政治与地理

梗 概

公元 2 世纪末，中国南方已经在汉朝正式统治之下，这一地区包含三个州及下属的郡县。该章的作用之一在于介绍南方各州的地理情况，包括当地的地形、交通和物产。

南方在汉代最重要的发展当是大量迁移到南方的中原臣民，以及他们给南方居民带来的压力。由官府支持的土地兼并造成了当地的动乱，但土地兼并也伴随着文化冲突与交流。这种冲突与交流将南方更紧密地整合并纳入了中原文化圈。

早期移民极少为了扩张中央帝制政府的势力而移居南方，相反，他们移民是为了逃避中央政府的控制，他们的身家性命多倚仗于家族、亲缘或某种地方自保组织。公元 2 世纪末，当中央政府的权威因北方的动乱纷争而衰落时，南方的新移民对大一统帝国的认同感并没有很强烈。

另外，尽管在此之前主导北方平原的势力都能轻易地控制江南的土地，南方人口的增长却让一个新政权的建立在此时成为可能——一个在文化与传统上属于中国但在政治上独立于中原的政权。基于这一人口基础，南方的将军们将建立他们的伟业。

汉人与南方

　　发源自黄河流域的中华文明通过自身的文化影响力、移民扩张与武力征服推进到了长江流域及更远的地方。这是一个逐步扩张的过程，容易受到气候与地形的影响，但最重要的影响因素是：南方的土地能够适应中原式的开发；南方的人民能够接受中原式的教育。中国南部也因这些因素逐步融入了中华文化的世界。

　　昆仑大断层的余脉自青藏高原向东形成了一条中部山系：秦岭山脉、川陕之间的大巴山脉，以及湖北东部的桐柏山和大别山。这条漫长的分界线分开了长江与黄河水系，创造了中国的两个主要的地理区块。北方的气候主要受蒙古沙漠的干冷气流影响，南方的气候则多受东南海域的热带海洋气流影响。在北方，大量风积和水积的黄土磨平了山的轮廓，形成了辽阔的华北平原；在南方，长江及其支流于大多时候流经陡峭多石的山丘和狭窄的河谷，不过它们在每年季风来临时会涨水泛滥。

　　对于民众来说，北方的黄土便于耕种粟、麦等旱地作物。堤坝、运河和其他水利工程的建造，主要用来提供交通、灌溉渭水流域及其西部的旱地。它们更重要的作用是控制黄河在平原上的流向，让受洪水侵袭的沃土变得适于耕作。因此，中华文明建立在由水利维持的定居农耕之上，也难怪治水的大禹能够在中国神话里拥有领袖地位。

　　在南方的长江流域及其周边，治水的技术对于地方发展虽然不像北方那么紧要，却也能带来很大的好处。水利工程能够引水灌溉狭窄河谷里的水稻田和山坡上的梯田，还能排干河湖之畔的沼泽，恢复被洪水淹没的土地。因此，虽然两地的主要作物和治水目的存在很大差异，源于北方旷野的中原式农耕和灌溉技术还是被推广运用到了南方的土地上。

在编纂于公元前1世纪左右的《史记·货殖列传》中，司马迁概括了南北方的区别：[1]

> 楚越之地，地广人希，饭稻羹鱼，或火耕而水耨，果隋嬴蛤，不待贾而足，地埶饶食，无饥馑之患，以故呰窳偷生，无积聚而多贫。是故江淮以南，无冻饿之人，亦无千金之家。沂、泗水以北[2]，宜五谷[3]桑麻六畜[4]，地小人众，数被水旱之害，民好畜藏。

这段话的后半部分与我们讨论的主题关联性并不十分紧密，不过由此可以对比南北方的生活。北方有密集的人口，以及包括手工业和贸易在内的精细而多样的经济活动；南方的生活则较为简单，即便是贫民和弱者也可在南方维持生计。

在对南方农业的描述中，"火耕"常被理解为刀耕火种的农业模式，但它似乎更适于解释为休耕期焚草留茬之举，而且"水耨"显然是指在稻种萌发后给水田注水，以去除田里的杂草。基于上述论断，虽然司马迁可能不赞同南方另辟蹊径的农业技术，我们可以想见一种高效、复杂的稻米文化已在南方建立。[5]正是基于这种农业发展，汉朝的移民才能够在南方居民的包围中扩展他们的影响。

司马迁还详细描述了汉帝国的其他地区，我们应当将其与编纂于公元1世纪末的《汉书》中所描述的片段一起审视。[6]但遗憾的是，我们缺乏东汉时期对这些地区的详细记载[7]，而且，东汉文献中相关的讨论总是以朝堂辩论的形式呈现，这意味着这些讨论有可能会被历史典故和政治论点所歪曲。我发现，虽然西北的凉州在公元 2 世纪就因动乱而衰落为贫困孱弱之地，但当时的人们在描绘它时仍然使用《尚书·禹贡》中的溢美之词。[8] 汉朝的情势在改变，但官方说法并不倾向承认这一事实。当我们审视当时的中国南方时，《汉书》中依旧回响着《史记》里的陈词，实在是令人困惑。[9]

古代文献的确是有价值的，但同样不可否认的是，中国南方的地位以及它和中原的关系在西汉到东汉的四个世纪里发生了显著的改变。最直观的一点是，将可追溯至公元 2 年的《汉书·地理志》和反映 140 年情况的《后汉书·郡国志》（原系司马彪所作《续汉书》）的两组数据相比较。两位当代学者劳榦和毕汉思曾研究讨论过这些数据，他们达成了共识：江淮间的在册人口于公元 1 世纪初到 1 世纪中叶有显著的增长。这一地区有了更多的汉族人口，许多之前没有汉族的地区也出现了汉族居民，南方的汉族也在这一时期的帝国总人口里占据了更大的比例。[10]

毕汉思曾指出，汉朝境内的汉人移民导致了南方人口的增长，以及相伴随的北方在册户籍和人口的减少，尤其是西北。一方面，移民当然是一个重要的因素，但帝国北方和西北边境的动乱也迫使当地居民逃难，而司马迁笔下广袤的南方大地在此时为难民们提供了机遇和动力。另一方面，由于汉朝权力在北方的衰退，政府无力完全统计当地人口，与之相反的是，南方地区汉族人口的增长以及汉人和当地人的通婚推动了新的地方行政单位的建立，更多当地人口也因此被统计在册。

在南方的不同地区，汉族移民扩张的情况和政府控制力的增长所带来的影响各不相同。当时主要的移民趋势是沿直线南下建立居民点：由江汉平原入湘江河谷，过长沙，再翻越南岭。在东部，长久以来，长江下游、长江三角洲及杭州湾南部湖区处于中国行政与文化的范畴内；但今福建北部的山地难以逾越，汉族移民据点对当地的压力也相对较小。总之，河谷和平原天然地为移民进程提供了有利条件，而河谷平原之间的山脉因坡度陡峭不利于农耕，反而给予了当地居民和中原难民抗拒中华文化影响，以及躲避帝国政府关注的机会。因此，当汉朝官方的控制力沿着河流伸向南方，不愿接受这一趋势的人们就迁进了山里。

交州是一个特例。交州地跨岭南，沿河流和番禺（今广州）海岸向西延伸，因远离政治中心，一直是一个相对边远的地区。汉朝在此地的扩张主要是出于贸易动机的征服以及行政原因，我们在这里没有发现与长江流域类似的移民模式。我将在后文详细讨论这一地区。

不出意料的是，汉人向长江以南的扩张经常遭遇抵抗。东汉的记载里经常提到与"贼蛮"的战役，这些记载当然仅仅反映了朝廷的看法。显然，所谓的"贼"实际上是当地人的代表，他们被外来移民夺去了自己的生活方式、家庭和亲人，由此开始了愤怒的反击。从这一角度来看，虽然"贼"的出现常被看作政府权力弱小并受到限制的表现，但是汉朝在南方的许多平乱行动更应该被理解为一种动态的扩张。[11]

在一些地区，反抗相对来说是成功的。公元48年，在今湘黔之交、沅河上游，武陵郡和"五溪"地区的居民沉重打击了一支在当地招募的、人员庞大的汉朝军队，直到大将军马援后来发起大规模反攻[12]，才将其打败。在整个东汉年间，武陵郡涉及或发生过多起冲突，一次主要冲突发生于公元2世纪60年代早期。在三国时代的纷争中，"五溪"蛮人仍然被认为是一支不可小觑的力量。

　　在更南方的湘江河谷，自公元 157 年起就有显著动乱的记载。当时的长沙北部发生过一场战乱，它很可能是由汉人的定居和移民所引发的。在几年之内，整个湘江盆地周边的丘陵地带都发生了骚乱，而这些麻烦也跨越南岭散播到了南方。所谓"反贼"的主力由汉人和当地人共同构成，他们在公元 164 年被打败，而这一地区也在接下来的一年内被基本平定。[13] 然而，动乱的因子仍在。20 年后，吴国的建立者之一孙坚在这一地区的平乱中取得了他的首次重大胜利。[14]

　　但是，在行政层面，儒家式的教育得到了推崇。东汉初年，交趾刺史锡光、九真太守任延、桂阳太守卫飒和继任者茨充，以及曾任武陵督军和九江太守的宋均，都试图把汉朝的风俗和技术传授给当地人，尤其是关于婚姻、服装、农业、丝织和学校等方面。[15]

　　虽然在中国的历史学家看来，上述官员所采取的措施是仁爱、勤恳之举，但实际上他们的行为并没有依照任何官方的政策，他们在同行中也的确属于少数。不过上述举措说明，中原文化向南的扩张远不只是人口的迁移和科技的传播。据《汉书》记载，长江流域的居民曾经信奉巫师和鬼神，追随"邪俗淫祀"。[16] 因此，统治者一直很重视当地的学校教育、家庭教育、丧葬礼仪，以及对原有信仰的纠正。

　　例如，光武帝时期，武陵郡辰阳县令宋均发现当地人信奉萨满和鬼神，于是他设立学校并禁止了当地的淫祀祭典，之后他成为鄱阳湖北部的九江郡太守。九江郡的一群巫师发起了对当地两座大山的崇拜，逼迫年轻男女拒绝凡人的婚姻，以成为大山的新郎和新娘，宋均消除了这一不良习俗。100 年后的汉顺帝时，桂阳太守栾巴以建立学校和教化当地人合理的婚丧礼仪而闻名，此后，他成为江西鄱阳湖畔豫章郡的太守，在那里，他消除了另一种崇拜大山和河流中鬼神的地方信仰。[17]

当然,中国的每个地区曾经都有地方信仰,但史书中所描述的长江流域的文化极其强调"巫萨满"的概念,重视亡灵和自然之灵。[18]这已为考古记录和宗教文献所证实。伟大的诗歌总集《楚辞》里有这种信仰的例子,如诗歌《招魂》和《大招》读来像是某种祈祷,它们劝导刚死之人的魂魄远离通往死后未知世界之路上的危险和不确定性,回到像凡间生活那样的确定性和快乐当中。[19]同样在《楚辞》里,大约作于公元前3世纪的《九歌》,或可被解读为表现萨满和东皇太一或湘君等神祇在精神上的结合。[20]

虽然"巫"也被用来描述汉帝国其他地区带有强烈中亚和东北亚传统的、萨满性质的行为,但毋庸置疑的是,长江流域的信仰和风俗极大地受到了汉朝以前的楚国和楚文明的影响,这一宗教传承在汉代得到了延续。[21]许多考古证据表明,这种信仰影响了中国社会的最高层,得到了容忍和接受,例如马王堆汉墓所发掘的一些证据。从另一种角度来说,民众对于这种宗教的广泛接受,说明他们也会推崇宗教人员成为社会的领袖,而这对汉朝神圣的权威构成了本土性的挑战。

在东方,长江的入海口,当地存在另一种关于鬼神和方术的传统,他们通过解释风来预测未来。[22]更加活跃的越巫或越地术士十分关注一种对人、动物、植物和物件施加咒语,从而使他们静止或复活的技艺。《后汉书·方术列传》记载了术士徐登和赵炳的故事,他们两人来自杭州湾南部,在一场对他们的法术的测验中,徐登能够让一条河流停止流动,而赵炳可以让一棵死树发芽。[23] 3世纪初,在孙权治下的会稽,学士吴范因通过推算历法和占卜风候以预测未来的能力而闻名遐迩。[24]

越过长江来到北方,淮河地区以及山东半岛南部海岸的琅琊郡存在一种超自然技艺和非凡力量的传统。例如,著名神医华佗,他来自华北平原南部的沛国;而《太平经》最早的版本将其作者归于道家术士琅琊的干吉,此人之后向南游历到达长江下游,死于善妒的军阀孙策之手。[25]

遗憾的是,尽管这些异人中的少数在《后汉书》中留有记载,并且后世有记录道家技艺的书籍流传,但关于他们的信息总是模糊,或流于奇闻逸事。尤其是官方的中国历史学家,主要关注这些人和官府的关系,比如一个通灵的人如何给予皇帝和大臣建议,或一个术士如何与朝廷对抗。通常这些人被后世归结为"妖",即"离经叛道的、异端的、邪恶的",所以"妖贼"一词,可以被加诸汉朝任何地区的、带有宗教性质的动乱。"巫"通常有萨满信仰和行为的含义,而"妖"和"淫"则主要是对反对官方儒家的、超自然行为的万用描述。儒家不一定对这些异端信仰的细节感兴趣,而官方文献仅仅将一种宗派或风俗定义为"妖"或"淫",却没有详细记载这些信仰的内容或其信众的具体行为。我们所知道的仅仅是汉代的权威们不认同他们。[26]

因此,在汉朝的数百年间,长江流域对于北方人而言在许多方面是陌生的。在这种经典的移民扩张模式中,当地人承受了两种压力:一者来自拥有帝国军队支持的汉代地方政府,二者来自表面和平的北方个体移民。他们要么被迫接受大批新邻居来到他们的土地定居,要么直接被赶到不那么适于耕种的山地和丘陵。面对这种挤压,当地人有时会通过诉诸武力来进行抗争,通常会失败;同时也试图通过保留原生文化来保持一定程度上的独立。所以,从某些层面上来看,"儒家化"的过程其实是一场通过镇压和消弭南方传统文化来确立汉朝对南方物理征服的斗争。[27]

从这个角度来看,鼓励定居农业和建立学校的官员们是在实施旨在确立文化和政治统治的计划，他们针对婚丧习俗的改革是对旧宗教权威的直接挑战。不论他们是否知道这一点，也不论他们的动机是出于人道主义，还是仅仅以中原为中心的自觉，当宋均和栾巴终结年轻男女和山神的神秘联姻之时，他们进击并摧毁了地方信仰的根基。

这些时期偶尔有关于地方反抗的记录。光武帝时期，会稽太守第五伦发现了一种宰杀耕牛的地方习俗，当地的巫首领们告诉人们，如果他们不杀自家的牛，他们就会像牲口一样低吼，然后死去。由于对后果太过恐惧，寻常官吏无法阻止这一习俗的传播，但牛拉耕犁是中国定居农业的核心，所以第五伦采取了快速、坚定而有效的办法去消除这一信仰，恢复了理想的秩序。[28]

然而，更多时候，反抗要么是隐秘的，在汉帝国的有效控制疆界之外进行；要么直接诉诸武力。我们知道，在公元 2 世纪的132 年，即汉顺帝时期，反抗者章河攻占了扬州一带的郡县。在这场骚乱中，被镇压的还有另一个"妖贼"许昌，他在灵帝初年活跃于会稽。[29] 这两场动乱较为重要，足以在帝国的编年史里占据一席之地。但显然，地方层面也曾小规模遭遇过这种来自移民进程的压力，在报告和评论中可以看到对异端和叛乱的描述，正如法国谚语："这个动物很淘气，但当你攻击它时，它也懂得保护自己。"

汉人的最终胜利是由其人口数量决定的。这些人口数据，在《汉书·地理志》和《后汉书·郡国志》中有详细的记载。公元 2年，长江中下游盆地及以南地区曾经居住着不到 400 万人，而当时整个帝国的人口已超过了 5 700 万。到 140 年代，南方有大约750 万人口，当时的总人口数是 4 800 万。在不到 150 年里，中国南方的在籍人口几乎增长了两倍，增量的诱因主要是移民，他们运用从北方带来的更先进的农业技术对土地进行了开发。

这一增量显示了汉朝统治在南方的扩张,也显示了南方在整个帝国中重要性的提升。西汉时期,长江以南的人口仅仅占帝国人口的 7%。公元 2 世纪后半叶,中国南方的人口几乎占到了在籍人口的 15%。虽然只是一小部分,但是这样的人口数量足以支撑南方人建立一个独立的政权。

当然,那会在未来发生。此外,其他的因素诸如地理、政治、后勤保障和领袖,仍然有待登场。现在我们应该讨论东汉时中国南方各地的情况。

荆州与长江中游

在东汉帝国的统治下,荆州抑或荆州地区从北部的南阳郡向南延伸,进入今天的湖北和湖南;南阳郡的郡治位于今河南南阳的宛城,因此,这一地区涵盖了汉水的下游河谷、长江中游的沼泽和湖泊,以及远至南岭山脉的整个湘江盆地。在西面,这一地区被峡山阻隔,它从巫山向南到达武陵山和今湖南与贵州交界的雪峰山。在东面,荆州与扬州以江北的大别山、高耸的幕阜山脉和今湖南与江西接的武功山为界。

荆州北部的南阳郡在某些方面是反常的。它占据着向南汇入汉水的白河和唐河流经的盆地,但这一地区向北越过熊耳山,与帝国首都洛阳一带的联系更为紧密。值得注意的是,南阳是国姓刘氏一支的封地,这支刘氏曾起兵反抗王莽,最终在东汉光武帝刘秀的领导下重建了汉王朝。这个家族西汉时期的祖陵仍然留存在南阳。据当时记载,郡治宛城的雅致、繁荣和富庶,足以媲美洛阳。[30]

15

除了与皇室的联系，宛城还是重要的贸易中心。在西北方，此地能够沿着唐河经武关越过山地，进入今陕西南部，以及长安城和关中之地，即秦与西汉的京畿重地。从宛城向西，则可溯汉水与今四川北部的汉中郡和益州建立联系。向南则可通往汉水下游和长江中游盆地，尽取沿途物产。向东则有汝水、颍水和其他淮河支流所提供的通向长江下游的水道。[31] 从西汉时起，许多史料便记载了宛城民众驳杂而富有活力，善于经商和贸易。王莽曾认识到其作为五大地方市场中心的重要性。[32]

在基于公元前 2 世纪的地理调查而写成的《史记·货殖列传》当中，司马迁将"西楚"地区界定为从淮河上游河谷穿越大别山北麓，再弯折向南到达长江的区域。通过调查，他发现了一片包括宛城在内的南部商贸腹地；还看到了一些沿淮水上游和汉水下游东西向分布的贸易据点。在 100 年后，相似的文献《汉书·地理志》下认为，"楚地"包括荆州的所有郡及西面的汉中和东面的汝南，但不包括南阳，南阳和颍川被认为是"汉地"的一部分。[33]《汉书》当中的区别和分析固然是基于古典历史与所处时代的社会学和星象学，然而，我们可以从中观察到一条从南阳到荆州的南部轴线在西汉地方发展中的影响。同时，轴线北部的地区（今河南南部）作为南方的一部分，有着良好的东西向交通。

除却作为交通枢纽的地位，宛城也是西汉官营冶铁业的中心之一。[34] 到了东汉，中央政府对冶铁机构的维护和监管并未像西汉时那样严格，故当地的冶铁业得以延续发展；有考古证据表明了这一产业的规模堪称宏大。[35] 据《汉书·地理志》，公元 2 年时，南阳郡的人口不足 200 万。150 年后，据东汉年间的记载，在土地面积鲜有扩张的情况下，这一数据接近 250 万。在一个如此靠近北方以及东汉首都的地区，这一增长难以被归功于移民和新居民点的建立。这一增量的部分原因可能是一个发达地区的自然增长，剩余的部分则肯定与迁都洛阳有关。迁都鼓励着汉朝各处的移民前往新的权力中心。[36] 与司隶校尉辖区一起，南阳和东面近邻的颍川以及豫州的汝南成为汉朝人口最密集的地区。

南阳的南侧与江夏和南郡接壤。[37] 江夏控制着汉水下游的蜿蜒河道，以及今武汉与长江交接之处的湿地。东汉时该郡的郡治在西陵（今新洲东北部）。汉水流经此处的下游，也被称作夏水。而这个郡显然是通过结合"夏"和"江"（即长江）这两个字而得名"江夏"。当地显著的居民点夏口位于汉水河口[38]，而长江干流又提供了向东的优良通道。所以，江夏曾是一个有巨大潜力的地区。然而，该郡因大别山脉与相邻的中国北方隔开，这一地区整体上是一片季节性洪水流经的沼泽地。公元2世纪，江夏人口有265 464人，与西汉末年记载的219 218人相比，这是一个高达21%的显著增长。但与更南部的地区相比，江夏的规模仍然较小。

南郡在江夏西面，从宛地以南、濒临汉水的双子城襄阳和樊城（今合并为襄樊）延伸至古都会江陵。江陵即今长江边的沙市，当时是南郡的郡治。南郡的大部分土地被西部的山区覆盖，荆山从一片高地延伸到汉水一线，但汉水沿岸地势开阔，在当今能容纳铁路蜿蜒通过。沮水和漳水从荆山南麓向南汇入江陵附近的长江，从而提供了一条通往枢纽城市当阳附近北方地区的水路。另一方面，汉水蜿蜒向东汇入长江，在江汉之间的沼泽地带，尽管存在相当可观的小规模水上交通，但对于南北交通而言，汉水的价值较小。

根据传统认知，公元前7—前6世纪的古国楚国的都城郢位于江陵地区的扬子江畔,但当代研究显示郢的原址位于汉水北侧。[39]当然,直到公元前 3 世纪早期,楚国的首都仍然被称为郢,它位于今湖北宜城附近。[40]关于这些早期遗址的辩论反映了汉代南郡内两个地区的分割:一是北部汉水之畔的襄阳,二是南部长江之畔的江陵。尽管南郡东部位于汉水和长江之间的湿地隔绝了江夏同外界的联系,但是两地之间有利于水陆交通的开阔地域。这片湿地里有云梦泽的旷野,它作为楚国统治者的猎场而闻名,被司马相如的名篇《子虚赋》大加赞美:

> 其南则有平原广泽,登降陁靡,案衍坛曼,缘以大江,限
> 以巫山。……其西则有涌泉清池,激水推移,外发芙蓉菱华,
> 内隐巨石白沙。……其北则有阴林,其树楩柟豫章,桂椒木
> 兰檗离朱杨,楂梨梬栗,橘柚芬芳。[41]

江陵以西,溯长江而上穿越宏伟的河谷,有去往今四川益州的通道。据已知记载,长江是当时唯一能够穿越山地的、实用的通道。因为除了江边的驿站,当时这一带没有能够相互通达的、县一级的据点。对于大规模的迁徙,不论是和平的贸易,还是军队的调动,唯一有效的交通方式就是利用长江:通过纤夫们的繁重劳动,从崖壁上凿出的廊道中将舢板向上游牵引,抑或借助水势,以迅捷却危险的漂流穿越障碍和漩涡。[42]

另一条主要的通道从江陵向南越过长江。秦始皇时曾经从首都咸阳向东南修建了一条秦代官道。它越过武关到达南阳,再越过襄阳的汉水到达江陵,继续向南通过长沙,溯湘江而上。

在对这条道路的复原过程中,李约瑟认为这条路经过了今洞庭湖的东侧。然而,更有可能的是,这条官道在江陵近郊跨越长江并经过了武陵郡。若要经过洞庭湖东侧,这条路须越过广阔的

云梦泽，何况当时洞庭湖的水域较如今集中在更东面。所以，靠西侧的道路在当时显得更为合理。[43]

还有，尽管东汉时武陵郡的面积和人口有限，它却是荆州刺史的治所，这意味着它对于南北交通更为关键。我们知道，此地西面山地里的居民直到东汉末年都十分活跃。可能基于这一点，武陵获得了其在行政上的重要性，但也因此遭受着潜在的威胁。这一郡正式控制了从洞庭湖西南部到澧水和沅水的大片土地。当时，这两条河流于洞庭湖和长江交汇处流入湖中。当地主要的居民点最有可能位于穿过这些河流、地处临沅附近下游的狭长大道上。临沅是武陵郡的郡治，抵近当今的常德。而刺史的治所汉寿在临沅以东不远处。[44]

就人口而言，武陵是荆州最小的郡，但其人口在东汉时呈现显著的增长。公元 2 年，据记载武陵有 185 758 人；但到 2 世纪中叶，这一数据增长了三分之一，多达 250 913 人。而这还是武陵有 13 个县划给了北部的南郡之后的数据。对比之下，南郡的人口几乎没有变化：从公元 2 年的 718 540 人到 140 年代的747 604 人；这一小规模的增长是因为武陵将其长江南岸的边境县衡山划给了南郡。[45]

然而，相较于发生在湘江及其支流流域周边的三个南方郡的发展，长江中游的人口增长微不足道。[46]

在洞庭湖及其与长江交汇处的湘江河谷，长沙郡占据着主导地位。《史记》认为这一地区是当地铅和锡的生产中心，只是司马迁声称其当时的产量不足以支撑成本。[47]对汉以前时期的考古显示，长沙曾经是楚文化的一个重要中心，诸如马王堆汉墓这样的发现正位于今长沙市郊。那里在汉代叫作临湘，是郡治所在。这些证据表明了这一地区在汉代早期的富庶和重要性。[48]面对马王堆汉墓发掘出的诸多宝藏，当代学者很难将考古证据与《史记》和《汉书》中"无积聚而多贫"的苛刻评价联系起来。

公元前2世纪，这一地区曾是汉朝的南部边疆；它面对着南岭另一侧的独立王国南越。南越于前111年被汉武帝征服。汉朝与南方的贸易一直很繁荣，但这一地区在西汉末年的人口并不很多：长沙大约有25万人，更南部的桂阳有15万人，而西南的零陵郡人口更少。但是，到了公元2世纪中期，分水岭南岭另一侧、北江上游的桂阳占据着湘江支流耒水流经的丘陵，其在籍人口增加两倍多，达到了50余万人。而且，长沙和零陵各自登记了逾百万人口。与西汉的人口记录相比，长沙的人口增长了4.5倍，而零陵增长了7倍。这些数字超过了长江中游的那些郡，将长沙和零陵的地位抬升到了汉朝的主要地区之列。

这些显著的发展反映了汉代交通路线的重要性以及汉朝通过与南方海岸的贸易所获得的繁荣。秦朝时，向南通往长沙的官道曾溯湘江河谷而上，沿今天的铁路线向东南抵达零陵。在零陵郡南侧，今广西兴安附近，秦始皇曾下令开凿一条跨越分水岭、连接湘江与漓水上游的运河——灵渠。这一卓著的水利工程，起初是为了在对更南方的征服中协助秦始皇的军队行军而开凿。灵渠在整个汉代得到了维护，在过去的两千年里时不时地被修复，当今仍然被用于南北方之间的交通。[49]

所以，荆州南部的主要交通线路沿着湘江以及秦代的官道分布。汉代通过增添道路对这条主干线进行了补充。一条新增加的道路沿更直的线路向南经过桂阳，尽管当地没有协助货物运输的运河，并且那条经过灵渠的、更长的线路更为有效，但这条道路为当地的发展作出了贡献。另外，主要是出于行政组织和管控的考量，东汉时将道路修至这一地区，使其穿过河流之间的山地。

因此,零陵在其北部与沅河上游连接,在其东南与桂阳郡连接。尤其是桂阳郡的道路,是光武帝时期由太守卫飒特意修建的,这是为了彰显汉朝政府的权威、保障税收,并且将当地人民完全置于汉朝的管控之下。[50]

我们已经了解到太守卫飒对于南方儒家化的推行非常积极,同时他也关注治下的经济发展,重建了耒阳的冶铁业。西汉时期,此地曾设立了铁官,但随后败落。[51]新的铸造厂是地方上自发建立的;据公元 2 世纪的调查记录,它是该地区有记载的唯一钢铁来源。它显然满足了长沙和零陵的需求,也很可能供应了更南方的地区。

因此,东汉末年,荆州南部的这三个郡按照中央政府的统治模式获得了极大的发展。但是,移民带来了频繁的地方动乱。160 年代和 180 年代,这些动乱随着当地人的大规模叛乱达到高潮;意图反抗政府的汉人移民也加入其中。对这些问题的处理需要三个郡的官府通力合作。尽管受到新建的地方陆路的挑战,水上交通还是促进了这一地区在行政上的统一。虽然三面环山且越过长江向北的沟通有限,长沙、零陵和桂阳不仅提供了一条向南的交通线,还形成了一个在经济和政治上占有重要地位的、可辨识的地区。

交州与岭南海岸

中国对南岭以外的地区进行统治自秦始皇开始。通过前 220 年到前 214 年最终胜利之间的一系列征战,秦朝的军队征服并兼并了今广东、广西和越南北部的大片地区。当时也有对福建部分地区的短暂占领。[52]然而数年后,随着秦朝灭亡,秦代治下的南海都尉继任者赵佗,乘北方大乱堵截了越过南岭的道路,自立为王。南越王国在赵佗及其继任者治下延续了将近百年,直到前111年被汉武帝的军队征服。[53]

马王堆三号墓发现的两幅地图记录了2世纪最初几年西汉对阵南越前线的民情和军情。[54]总体而言,前线相对太平。南越居于中原王朝的统治之下,十分仰赖移民的支持,他们认为这片土地属于中华的文化范围。

在对岭南地区的描述中,司马迁认为这里是南楚地区的一部分。他发现这里的人民多为当地的"越人"。南海郡的郡治番禺位于今广州附近,曾是一座主要城市。司马迁具体提到了当地珍珠、犀牛角、玳瑁壳、水果和纺织品的贸易。100年后,《汉书》对"粤地"的描述提到了象牙、白银和红铜。[55]这一地区的考古发掘肯定了文献中对番禺曾是一处贸易和漆器生产中心的描述,[56]还揭示了当地一项重要的产业——造船业。当地能够制造可以承担海岸贸易和南下航行的船只。[57]

东汉在交州地区推进了统治和移民的进程。[58]在这一地区东部,南海郡沿北江而上,与荆州的桂阳郡接壤,沿东江水系和海岸线远达今天的汕头。苍梧郡治在今梧州,控制着今西江的下游,而西江在当时称作郁水;值得注意的是,西江北部的支流桂江当时称作漓水,后汇入灵渠。公元2年,南海郡的人口不足10万;而在接下来的150年里增长了2.5倍,达到25万。在同一时期的苍梧,这种增长更加惊人:从不到15万人到多于45万人,乃至近乎50万人,这是前一数字的3倍。[59]

在苍梧郡的上游,郁林郡控制着西江的主要流域和它的支流。[60]这一郡的郡治位于今广西桂平附近的河流交汇处。西汉时期,该郡的人口约为7万,是苍梧的一半;但我们没有搜集到东汉时期的数据。移民进程的主流可能略过了这一地区,尽管当地很有可能受益于从苍梧沿西江上游跨越分水岭,再于今越南河内附近的红河盆地抵达交趾的官道和水路交通。

李约瑟和一些学者发现,汉朝的内部交通能让货物通过水路移动多达 2 000 公里。从岭南的南海或郁林,沿西江溯桂水或漓水而上,通过灵渠到达湘江源头,再顺流而下,过长沙和洞庭湖可进入长江。从那里开始,舟船能够向北溯汉水到达襄阳和宛城,再通过一小段陆路抵达洛阳。它们也可以顺江而下,在华北平原南部进入淮河附近的河流与运河系统。得到汉代官道以及其他道路的并行和补充后,这是一个卓越的交通系统:较埃及的尼罗河更加通达和灵活,较罗马的地中海内湖得到了更好的管控。[61]

尽管内陆的通道对政府很有用,也对旅行者和商人很有价值,当时还存在一个天然的、尽管有些危险的选项:沿海岸从红河三角洲到广州湾,再北上杭州湾、长江入海口和其他地区进行海上贸易。据王赓武观察,"不必多言,这种贸易是中国经济的重要部分"[62]。对于海上行动的记载则揭示了中国当时强大的航海能力:在前 3 和前 2 世纪,秦朝沿着今福建海岸线进行了海上军事行动;而前 111 年汉朝对南越的最终胜利是通过一支在番禺集结的舰队取得的,这支舰队追击敌人直到北部湾。与之相似,东汉末年,孙策于 196 年进行了一场从杭州湾前往闽江河口的海上远征,吕岱于 226 年海陆并进攻击了交趾的士氏家族。这些军事行动需要大量的船只和水手,间接说明当时存在一支能在所需之时征用的商船舰队。[63]在旧时的番禺广州,古代船坞的遗迹展现了南越时期所建造船舶的性能。[64]而且,尽管汉朝的征服减少了官府对于这一领域的兴趣,地方上的汉人和越人商人仍继续着造船业。

今广州与河内之间的海岸总体处于合浦郡的治下，[65]汉代时较为动荡。汉朝有向此地扩张的动机，因为运输船只需要穿过徐闻海峡，而雷州半岛末端的徐闻县是一个有利的中转港口。[66]对政府而言更为重要的是，南方海岸是珍珠的一大产地来源，尤其是海南的渔业。然而，雷州半岛因丘陵山地与西江隔开，它与广州湾之间狭窄、潮湿且不利于健康的海岸劝阻了汉朝的移民行动。据记载，合浦在公元 2 年时的人口不足 8 万且增长很缓慢，东汉时的统计显示当地有 8.6 万人。

合浦县是郡治所在，位于雷州半岛西侧，面向北部湾。它向北有一条陆路，越过低洼且狭窄的湿地到达郁林的西江。西汉时期，合浦是远途海运的基地。因为我们知道，汉武帝时黄门译长曾被派遣远赴印度，用中国的黄金和丝绸换取宝石和奇珍异宝。他们带回来的珍珠直径长达二寸，远比本地开采的要值钱。[67]这些货物在合浦的市场进行评估和交易后，与当地生产的珍珠一起通过陆运到达西江，再沿着河流与运河被运往北方。西汉和东汉时期，向皇室供应珍珠是当地管理者的一项重要任务，官吏和商人从这一贸易中获得了巨额的财富。[68]

公元 170 年代和 180 年代，为了加强对雷州半岛东部孤立地区的有效管理，东汉灵帝时曾设立了高凉郡。然而，这一发展非常短暂，这个新的行政单位在几年后就消失了。[69]

当时海南岛上也有相似的旨在建立汉朝统治的尝试。前 2 世纪早期，汉武帝刚刚征服南越后，便向该地派遣军队，进行移民，宣布建立儋耳和珠崖两郡。儋耳，意为"塌下的耳朵"，可能得名于当地少数民族穿鼻儋耳的习俗。珠崖，意为"珍珠海岸"，道出了征服行动的真正原因：珍珠贸易很有价值。但是，获取这一通往珍珠产地的直接通道的背后还有更深层的原因。

《汉书》认为，海南人过着简朴的生活：一种基本的小农经济，间杂着狩猎。然而，因为中部地区的官员压迫百姓，激起民愤，当地时有反抗。而且，在后续的治理中，当地在汉朝时获得的行政地位被撤销。儋耳郡于前82年被废除，珠崖则于前46年撤郡。[70]东汉初年，一个叫作珠崖的县被重新设立，它可能位于海南岛的北岸。据载，汉明帝曾经接受过来自儋耳人民的贡物。[71]但是，直到三国及吴国时期，当地并没有出现恢复中原王朝统治的重大举动。[72]

这些试图建立统治和管理当地的失败，反映了此地路途遥远及相伴而生的种种困难。直到今天，海南及其邻近海域仍以热带传染病著称，尤其是疟疾。这些疾病的后果在古代同样令人畏惧。例如，唐代西江上有一处峭壁间的裂谷，俗称鬼门关，被一座相传是东汉将军马援所建的石刻镇守。民间相传，过此处者，十人九不还。[73]汉代也有相似的情况。合浦在当时主要用来安置发配的囚犯及其亲属。

从秦朝前3世纪末的征服开始，今越南的沿海地区曾被正式置于中国的治理之下。西汉也从赵佗和南越国在此地的扩张与经营当中受益。[74]当地主要的行政单位有位于红河三角洲的交趾刺史部，治所在今河内附近的龙编；还有九真郡，郡治在胥浦，靠近越南北部的清化；以及地处今广治附近的日南郡。[75]

东汉初年，马援平定了公元40年和43年红河地区征氏姐妹所领导的起义，从而确立了汉朝在该地区的统治。[76]尽管她们当时属汉朝的子民，但后来的越南还是将这两位英雄当作民族独立和反抗精神的象征。而通过利剑强势输出了中华文化的伏波将军马援，将越人酋长神圣的青铜鼓熔铸成凯旋马，进献给洛阳的皇帝。几个世纪以后，他被尊崇为战神和英雄。[77]

在汉人居住区的西部,山民占据了大部分土地,他们可能是今苗族的祖先,也可能与南边更加先进和强大的占族和高棉有联系。[78] 对中原王朝的统治者以及三角洲和沿海平原的居民而言,他们似乎更多的是一种剥削的对象而不是威胁。对汉朝统治者的主要威胁来自他们所欲征服地区的定居者。

在马援平定征氏姐妹起义后的 100 年里,汉朝的统治大体稳固。尽管有普遍的小规模反抗,不过多被认为是由于北方统治者的腐败和贪婪造成的。然而,136 年,当地爆发了一场主要由南方占族人组织的大规模反抗,席卷了日南郡大部并严重侵袭了九真。另外,当平叛军队在交趾集结后,他们当中发生了哗变。汉朝在这一地区的整个统治也受到了威胁。

朝廷在讨论后认为,岭南的资源不足以通过军事解决这一问题,但是从荆州征调一支军队的提议被明智地否决了。一方面,热带的环境、炎热和疾病将会造成大量的非战斗性减员。另一方面,这样一支军队能否有效听命于部署也令人怀疑。还有,据当时文献记载,荆州南部正民怨沸腾。所以,一场大规模征兵所带来的扰动很可能造成另一场兵变,甚至是更靠近中心的、更严重的问题。南方的叛乱表现了汉朝权力的局限。太尉李固进言,平息这一事件最好的方法是运用政治手段、外交手段和计谋来扰乱敌人。这是一个用于处治边境居民、老派且屡试不爽的良方。[79]

这一计划是成功的,至少结束了如火如荼的战争,汉朝的统治被正式恢复。然而,144 年、157 年和 160 年,今越南地区仍有动乱,今广西和贵州一带也有与北部山民的冲突。[80] 在汉帝国的极边之地,北纬 16 度以下的日南郡似乎丢失了。林邑在顺化地区建立,向南越过今天的岘港。[81] 沿岸的更远处,在湄公河三角洲,扶南经常与汉朝进行贸易。拥有沿马来半岛东岸扩展的政治权威和对地区贸易的支配，扶南的强大和遥远足够使其避免任何军事野心与冲突。[82]

我们没有东汉时期交趾刺史部的人口数据。但公元2年时，已经有接近75万的在籍人口，比其余的县加起来还多。显然，当地居民的人口数量在公元2世纪超过了100万。九真郡增长了大约四分之一，从166 013人到209 894人，日南郡增长了超过40％，从不到7万到10万多。然而，10万多的人口数据可能反映的是130年代末发生叛乱和部分撤退以前的、经济最为繁荣时的情况。[83]

交趾曾是这一地区最重要的部分。尽管当时的红河三角洲没有像今天延伸到北部湾，但这一地区还是广袤而肥沃的。它为贸易和海陆交通提供了一处繁荣的腹地。那里曾经有陆路的交通：向东北跨过边境进入西江上游；向西北进入益州。当时，今云南昆明处于益州治下，东汉成了哀牢人的宗主国，而新立的永昌郡在洱海畔。此外，龙编是南海的一个主要贸易中心，由此向东沿海岸线可连接南海，向南能抵达东南亚的半岛和岛屿，以及通往印度洋的海峡。[84]

《汉书·地理志》记录了最早的海上贸易。它强调了合浦郡的重要性，书中所载的航海距离显然是从这里算起。[85]然而，在公元后的前几个世纪，龙编的自然优势，包括利于移民的肥沃而开阔的土地，以及与交通线路的连接，曾经带来更多地利。汉朝末年，对于士燮治下城市的记录，还有关于交趾的人口与繁荣的记载显示了此地作为一处海陆商品市场的主导地位，它与中国沿海、东南亚地区和印度洋之间的贸易蓬勃兴盛。

这种贸易本质上是季节性的，基于季风的变换。船舶在冬天到年末向南航行，在夏天向北航行。理论上，船舶有可能在华列拉岬离开海岸,向北去往海南,甚至航向更东方,在广州湾登陆。然而,实际上,除了离岸航行的常见困难,西沙群岛和其他小岛的暗礁和浅滩使得航行风险极大。多数航线追随着海岸的轮廓,以抵达龙编。

目前没有东汉期间官方直接介入海外事业的证据,这一贸易的主体可能是越人的船只或南方和东方的外国船只。桓帝时期,许多得到官方承认的、来自西方遥远之地的访客从日南以南通过海路到达。159 年和 161 年,朝廷接待了来自印度的"使团";一个来自大秦即罗马帝国的"使团"于 166 年到达。他们可能只是寻求有利商贸待遇的私人商团,但朝廷为了自身的威望默许了这种行为。不管这些旅行者的真实身份为何,他们到访的记录表现了汉代中国与南海之外的世界在交流上的广度和深度。[86]

扬州与长江下游

汉朝时,政府极少试图干涉今福建海岸线上的贸易和人民。在闽江入海口(今福州附近),东冶县和候官县组成了汉朝的前哨据点,同时可能也是交通节点和向地方人民以及过路商贾征税的关卡。[87]当时的人们对于台湾略有所知,称其为夷洲。在更北方,从汉顺帝时期开始,永宁县占据着瓯江河口,邻近今浙江南部的温州。然而,没有一处海岸移民点对腹地形成政治上的威胁,它们也没有这么做的动机。中国东南部的大部分山区,包括整个福建和广东东部的大部、江西东南以及浙江南部,都处于汉帝国的边疆之外。它们甚至不在中国移民的兴趣范围内。

然而,充足的考古证据揭示了中国中部与长江下游之间长期存在的联系。周朝时,杭州湾地区存在拥有中原统治模式的越国。前5世纪初,越打败了与其相争的吴国。吴国位于太湖地区,中心在吴县(今苏州)。之后,越成为大国楚国的敌人,直到前334年被最终打败。[88]当楚国后来于前223年被秦国灭亡,越国的故地被划归会稽郡,郡治在吴县。后来,一支秦军很快从江西向东行进,越过分水岭武夷山,再沿着海岸南下到达今广东地区。[89]在行军途中,这支远征军征服了两个越人的小国,它们位于今温州和福州附近。为了管理福州地区,秦代建立了闽中郡。

随着秦朝的灭亡,这些地区获得了独立。两个新的王国出现:福州的闽越和温州的东瓯;其统治者被汉朝赐予王的名号,得到承认。[90]然而,大约在前138年,闽越进攻了东瓯并围困了其首府。东瓯向汉朝求援,要求将所属土地内附于汉朝本土。东瓯人被迁徙向北,到达江淮之间的东海地区,东瓯地区由闽越占领。

一代人以后,随着西汉武帝对南越的征服,闽越(当时被称为东越)遭受了同样的命运。来自豫章的军队和来自杭州湾的舰队一同攻占了这个小国。又一次,这里的人民被迁徙向北到了江淮之间。

很难说,福建和浙江南部的全部人口都被迁移到了北方;所以,几乎可以肯定的是,被迁徙的只是这两个王国的皇室和贵族家庭。然而,他们的离开移除了当地人的文化和政治领袖,之后汉朝在当地维系的县级居民点便足以防范未来的可能的政治独立。在接下来的300年里,没有王朝军队在福建的河流和武夷山以东行动,当时也并不存在让他们这么做的理由。当地人住在山里小而分散的聚落当中,他们没有制造动乱的能力,帝国政府对他们也没有兴趣。实际上,到了东汉顺帝时的138年,东瓯故地(今温州附近)从一个下属的军事占领区提升成了永宁县。[91]

更北方的杭州湾附近地区得到了很好的开发,那里有许多沿南岸建立的县和沿主要河谷向南的移民定居点,尤其是沿浦阳江和浙江流入今杭州的钱塘江口。从杭州湾南北到长江口,汉朝的会稽郡还控制了太湖地区和附近低洼、沼泽遍布却肥沃的土地。这一郡的人口在公元2年时超过了100万。[92]

此时,长江口的海岸线远没有延伸到如今的位置,今日的大都市上海仍然在浅海里,而守卫着这一入海口的崇明岛也并不存在。当时海岸线向北的转折处似乎更接近今江苏如皋。然而,如今长江的流向也仅仅是在近几百年内形成的。因为有资料显示,在公元前的第一个千年,长江的主要河道还没有集中于过去两千年里更靠北的方向;当时至少有两条河流流经太湖地区,即所谓的中江和南江。[93]

司马迁在《史记》里将这一地区称作东楚。《史记》和《汉书·地理志》中对于"吴地"的描述都将这个"三江五湖"地区形容为低洼的、潮湿的和易致人早亡的。然而,此地自然禀赋丰沃,有着生产海盐和西面章山的红铜带来的利益。并且吴县曾是汉朝最大的城市之一。[94]

在会稽以西,长江南岸有丹阳郡,郡治在今安徽宛陵。[95]长江在这一地区向东北流经今芜湖。丹阳郡主要分布在长江及其东南方的高地(今黄山)之间,此处也是潮水的界限,一些孤立的县则越过了这一界限。

秦和西汉时期,丹阳曾被称为鄣,所以上述引用《汉书》中提到的"章山"可能就在这一地区。[96]西汉时,丹阳设有铜官;这显然是基于当地的物产。此地还以所产铜镜的质量而闻名,一些王莽时期的铜镜上骄傲地刻着它们是由丹阳的铜所打造;在东汉的第二个百年,当地还有一种特别的图案设计,上面描绘着男神、女神、神话动物抑或驾驭马和马车的人。这种图案在中国其他地区广为流传,而会稽被认为是其生产制造的中心。**97**

　　笼统来说,长江以南的一些陶器是当地特有的。尤其是一种用厚重黏土制成、比一般灰陶需要更高烧制温度的"硬陶"。具体来说,会稽当地曾出现青瓷釉发展的最早证据。1950年代,南京和武汉地区的古墓中发掘出3世纪吴国时期的容器,被认为是最早的例证。更晚近些,在杭州湾南部的绍兴地区发现了2世纪末期的窑炉:它们的设计能够适应烧制过程中产生的较高温度,有利于进行良好的空气循环。而且窑中陶瓷碎片里有一些泛着绿光的瓷器,它们是标准的青瓷。**98**

　　在东汉顺帝治下,会稽的辖域被分割以建立吴郡,吴县成为新行政区的郡治。吴郡位于长江入海口和杭州湾之间,顺着浙江延伸到西南方和小县富春。旧郡的南部仍然保留会稽之名,郡治在杭州湾南岸(今山阴)。

　　东汉时期,顺帝末年的人口记录显示吴郡的人口达到了70万,而被分割的会稽略少于50万。两者共计1 181 978人,较公元2年增长了约14%。加之这一地区县的数量的确有所减少,这一数据令人感觉是自然增长而非大规模移民的结果。尤其今杭州附近的钱唐,在西汉时曾经是县的治所,但在东汉的某一时期失去了这一地位。当然,钱唐在王朝的末年恢复了之前的地位。钱唐为战略要地,此后成为南宋首都,被马可波罗盛赞为"世上最伟大城市"。钱唐显然保持住了它在当地的重要性,但它所受的贬抑说明汉朝政府对其并没有太多兴趣或关注。

　　相似的,尽管丹阳的人口在两汉之间的增长多于50%,从公元2年的405 171人到140年代的630 545人,但这一郡的正式辖域并没有扩大,而且其治下县的数量还减少了1个。

　　从丹阳的角落和相邻的吴郡地区越过长江就到了徐州的广

陵,它占据着当时宽阔的长江入海口的北岸。广陵郡的郡治是广陵县,靠近今江苏扬州。当地似乎有向北汇入淮河的运河与水路,大约处在今天的大运河一线,蜿蜒向东流经射阳湿地。[99]

然而,当时长江的入海口并不像今天一样有天然屏障,并且汉朝的中心不在正北方,而是在西北。因此,通向广陵的交通连接主要是地方性的,中国东南部和中部之间的交通要道,则是经过长江更上游的过境点以及今南京的西南侧。与此同时,广陵对岸吴郡的丹徒、曲阿和毗陵以南的丘陵沼泽使得入海口的南侧只有一条较窄的沿岸开阔地。在通往吴郡中心和更远的会稽地区的水陆交通中,此处的县的地位很重要。

更上游的丹阳西南处是豫章郡,占据着今江西省的大部。[100]司马迁认为这一地区是南楚的一部分,他提到此地出产黄金,却也发现就和长沙的锡一样,当地开采黄金的成本要大于黄金的市场价值。《汉书》中关于吴地的部分认同了这一观点。而且,和其东北方的地区一样,这一地区也被形容为"江南卑湿,丈夫多夭"。[101]

今鄱阳湖一带在汉代确实主要是沼泽地。今江西境内所有的河流都灌入此处,尤其是自南向西流动的赣江。这些河流在鄱阳湖的沼泽地交汇,但它们注入长江的地方是另一大湖泊湿地彭蠡。它基于长江干流南北向延伸。汉人的定居点围绕着湖泊和沼泽地分布,县则建立在南边的支流河谷中。[102]

这一地区的移民速度十分惊人。公元 2 年,豫章郡有 18 个县 351 965 人。2 世纪中叶,《后汉书》列举了此地的 21 个县,它们共有人口 1 668 941 人;这是一个几乎五倍的增长。因此,豫章郡汉人居民数量的增长能够与长沙相比,仅略逊于长江以南增长最多的零陵,是长江以南最大、人口最多的郡。

这一移民进程的大发展，还提升了豫章的河湖水网作为通向更南方的交通道路的重要性。在西侧，豫章的宜春县与荆州的长沙郡以及湘江上的南北交通，仅隔着山区里的一小段距离。[103] 但最重要的发展则发生在更南部的赣江干流上。通过这条通道，一个从淮河与长江下游地区出发的旅行者，可以通过彭蠡湖与长江的交接处进入豫章，再溯赣江而上经过郡治（今南昌），远达西南方的赣县。从这里起，一条有人维护的驿道穿越群山通向荆州桂阳郡的曲江。曲江位于北江的上游，从这里顺流而下可以到达南海郡和其郡治番禺。

唐朝时，809 年，学者、官员李翱正是顺着这条道路赴任。他从洛阳向东南行进，越过淮河，过长江向南到达杭州和浙江，再越过一处山隘抵达鄱阳湖以南赣江边的洪州。他于 6 月 12 日到达那里，整整 1 个月后的 7 月 12 日，他从赣江源头越过大庾岭山隘。7 月 17 日，他和家人身在曲江，而一周多后，7 月 25 日，他们来到了广州。[104]

在汉代，溯浙江而上的路线可能既不可行也不理想，进入豫章郡的通道也仅限于穿过长江之畔湖泊沼泽的水路和狭窄陆路。越过大庾山隘的汉代古道在唐朝初年为更易于通过的新路所取代。但是，新路的监造者官员张九龄，留下了描绘那处山隘以东的废弃古道的字句：

> 岭东废路，人苦峻极。行径夤缘，数里重林之表；飞梁嶻嶫，千丈层崖之半。[105]

所以说，这条路线并不吸引人。它令人想起西北地区通过栈桥和廊道建立的褒驿，以及越过渭水和汉水河谷的路径。[106] 对于大规模的交通和军队的调度而言，这条路绝不容易；但对于携带轻且值钱的货物,如珍珠和其他珍品的行商是方便的。而且,它至少有进行军事行动的潜力,这确立了政府在这一地区的权威。

在长江北岸,从扬州的另两个郡庐江和九江的发展历程中,可以看出豫章在移民和发展上的成功经验。西汉时,这两个郡的辖区曾被分为三处:庐江、九江和今安徽北部刘安的王国,总共有32个县和140万人口。东汉时,庐江和九江瓜分了刘安曾经的封地,县的总数被减少到了28个。而此地的人口却下降到了857 109人,减少了50余万。[107]

在远抵淮河流域的整个长江以北地区也出现了相似的衰减。庐江北侧的汝南,在籍人口从250万下降到了200万出头;相邻的沛地区以前有200多万人口,之后几乎折半;占据着从山东半岛南抵长江入海口的徐州,人口减少了40%,从480万到280万;当地县的数量减少了一半,从西汉时记载的130个到东汉时的62个。[108]

在讨论王莽失败的原因时,毕汉思将这一灾难性的在籍人口衰减归结于黄河决堤和随之而来的华北平原南部的洪水。[109]他的论述令人惊叹:公元1世纪上半叶,大多数时期,洪水一直在这一地区肆虐,似乎仅仅在东汉明帝时得到过控制,这驱使着人民逃往北方、西方和南方寻求庇护。短时间内,涌入汉朝腹地的混乱、绝望且无家可归的难民带来了匪患和动乱。但长期来看,泛滥无常的洪水也促使人们和他们的家人迁往长江以南,尤其是豫章和丹阳以及更上游处的荆州。

庐江郡位于豫章郡的北侧,郡治在舒,即今安徽庐江附近。它抵近大别山脉,占据着这一低海拔分水岭东端,分隔着江淮的淮阳山。[110]因此,庐江提供了分水岭一侧从北向南最直接的陆路,占据长江中段的地理位置使得它的战略地位十分重要。西汉时，庐江郡曾设有楼船官，楼船显然是用于建造和维护的船坞，但也有可能是一种水师训练船坞。从这个基地出发的舰船不仅能够在长江下游航行，也能够溯江而上进入相邻的江夏地区，还可以远抵汉水河口巡逻。东汉时期，这种部署有可能延续了下来。[111]

九江的郡治在阴陵，靠近今安徽凤阳；它位于地势开阔，遍布湖泊、沼泽和湿地的淮阳山东端。[112]庐江和九江的交接处有数个大湖，有今合肥附近的巢湖和更北边淮河南畔的芍陂。[113]《史记》和《汉书》都称此处是江淮之间的有效交通路线，而合肥是重要的大都市和市场。《汉书》还提到了九江北部芍陂湖附近淮河边的寿春城，它与合肥共享贸易和繁荣。[114]

合肥还是另两条路线上的一处重要枢纽。在巢湖以西，一条路线沿着现代的铁路线向南，经过庐江的舒城到达今安庆附近的长江，由此溯江向南和向西，可去往豫章和长江中游以外。另一条路线几乎向东，越过巢湖北部抵达今芜湖和南京之间向北流去的长江。在长江上的历阳县和其北侧的阜陵有过境点和内河港口，货物和人员可以从那里通过陆路进入丹阳，或顺江而下去往入海口处。这么看来，尽管有时需要陆上运输，合肥仍是中国中部和东南地区的主要交通要道。虽然其人口大量流失，但东汉时这一地区的城市似乎仍旧维持了繁荣。[115]

徐州沿海岸线从长江口延伸，越过淮河下游，北及山东。我们已知道其人口的下降。东汉时，这一地区对于政府而言似乎不太重要。然而，山东半岛南端的琅琊郡是一处民间宗教的中心。那里有着充满神秘色彩的宗师和频繁的起义以及其他动乱。当时显然存在一些沿海岸传播的宗教。我们前文提到的也将继续讨论的著名术士干吉，与影响北方的《太平经》的教义有关，他曾在会稽、吴县和丹阳地区传教。

然而，更重要的是，在九江和庐江的北侧，豫州曾是汉朝关键的地区之一；沛国和汝南郡在当时也仍然庞大且重要。合肥和寿春到北方有良好的交通；因为淮河的支流大体向东南流去，是溯游而上抵达黄河和洛阳的良好通道。

这一天然水系得到了伟大的水利工程鸿沟的加持。就汉代的开凿工程而言，鸿沟由两套不同的运河构成，它们都集中在今郑州北部黄河之畔的荥阳城。那里有巨大的粮仓储存着溯游运往洛阳的物资。运河蒗荡渠从荥阳折而向南，连接多条淮河支流的上游；从而提升了它们的运力并和它们一起汇入黄河。另一条更长的运河向东，连接着一条又一条天然水道，它们远抵徐州的下邳城，而后注入向南流入淮河的泗水。这条水路叫作汳或汴，文献中通常称其为河流或运河。之后到了隋唐时期，它被拓修为汴运河，即近代大运河的一个重要组成部分。[116]汉代王莽时期，它是黄河涨水时的一处引导渠。东汉时，上述水路成为重要的防洪工事，用来避免洪水灾害的重演。[117]

因此，汉朝的首都和黄河流域与东南的淮地有着良好的水路交通。徐州的淮河下游附近可能有一条连续的水上通道，能从下邳到泗水，再向南经过广陵的河流、运河与湖泊，从而抵达长江。然而，更直接的交通可以沿着汝水和颍水进入寿春附近的淮河，再向南经过合肥和湖泊，其间偶尔行经陆路，最终抵达长江。如我们所见，从当地出发有去往最南方的水路和陆路，这是一个可供政府和商业交通的宏大系统。然而，正因如此，到了东汉末年的纷乱年代，九江与庐江的城市在南北之间的前线战役中有着重大的战略意义，而它们的繁荣也因此蒙上了动荡和衰落的阴影。

统治的强化

在以上部分，我们已经考察了王朝扩张与人口的变迁，汉人向南方的移民，以及能够让商人、官员和军队行进的道路。然而，现在必须强调的是，中原文明是基于小农农业的。尽管人们可能想向南迁移，但旅途的终点仍需要寻求适宜农耕和定居的场所。

总体而言，南方农业的基础是水稻，它们沿着河谷分布抑或种在向山上延伸的梯田里。在政府时不时的帮助和鼓励下，当地兴建了小型水坝、灌溉渠及其他工程以维护低洼地里的作物，以及年复一年的播种、移植、除草和收割，就像在北方的粟和小麦田地里一样，代表了人们的基本劳作和个人眼界的局限。商人、官员、将军和士兵的数量毕竟很少；他们的重要性与对农耕、食品和衣物的无尽考量相比几乎微不足道。

南方的东汉政府反映了这种定居的重要性。在两个世纪间，行政单位几乎没有变化，也很少有新的地方权力中心出现。像豫章郡这样的案例，人口增长了几乎五倍，但该地区县的数量仅仅增加了 3 个，即从 18 个增加到 21 个。在中国中部和东部，东汉政府废除了许多前朝的县。[118] 甚至，在向南的扩张中，县的设立更多的是为了监督新的居民，而不是为了进行移民或加强对地方的控制。虽然移民带来了变化，但南部前线对于中央政府不是特别重要；针对当地的政策则是保守的而不是扩张性的。

整个南方的行政分级效仿了汉朝稳固的中心区域。[119] 最大的行政单位州由刺史监管。刺史的品级可从其六百石谷物的正式俸禄中窥见。州被下分为由太守或丞管辖的郡和王国。总体来说，王国的特别之处仅仅是刘姓皇室成员名义上的封地。尽管头衔不同,郡的太守和王国的相都由朝廷任命且对中央政府负责。

由此,郡和王国又被分为县;有些县名义上属于汉朝的封侯,而实际上被相管辖。一般来说,依据它们的人口:多于1万户的县由令管理,少于的则由长管理。包括侯国的相在内的这些官员的正式品级和俸禄从一千石到三百石不等。而太守和王国的相的俸禄是两千石,接近首都大臣的俸禄标准。

俸禄为六百石的刺史与俸禄为两千石的太守或相在品级和俸禄上的差异是深思熟虑的结果。刺史被给予凌驾于一个广袤地区的权力,但通常情况下并没有执行权。地方政府处于郡或王国的控制之下,而这位刺史只有检举不正当行为的权力:握有更高权力的中央政府会基于其工作调查情况来决定采取合适的行动。有两种例外:第一,由于和首都距离遥远,交趾刺史被给予持节权,这种特权允许他不需要向皇帝汇报而第一时间采取行动;[120]第二,在大范围起义或其他动乱发生时会有特别的安排,这将在下文予以详述。

尽管刺史们的品级和所受的正式权力限制不同,若仅仅根据他们干预、批评以及全面审视整个地区事务的能力来看,地方上的刺史部至少在重要性上能够与郡和王国相比拟。在王朝的后期,这两个行政机构的实际影响十分相似。在日后成为孙策部下校尉的太史慈的传记里,记载了一则有趣的逸事,身为东海郡奏曹史的他,在郡与州的争端中用计,从而保全了郡的政见。文献中这样写道:"会郡与州有隙,曲直未分,以先闻者为善。"[121]

然而,在军事危机来临时,情况则大为不同。地方官员不能够在他们的辖区以外进行军事行动是汉代的一条基本法则。因此,县官只能在县境以内处理匪患或移民与当地人的冲突;郡的太守也只能在其辖区内行动。如果一场叛乱或其他骚动的规模扩大,以至于波及多于一郡,那么州的刺史会被给予更多权力来主导和协调军队的征调及在行动中的使用。在这些特殊情况下,刺史拥有直接命令太守的正式权力。

此外,在东汉末年,汉灵帝统治的最后几年,做出了一项变革,州牧被允许委任到一些州;这些大臣可以直接控制辖区内的郡。简单来说,这一举措在西汉末期曾尝试过,尽管直接管理提升了地方官府的效率,但这种做法有使地方权威获得足以令其独立于皇权之外的危险。[122] 在东汉末年的内战中,州牧为政治和军事力量提供了一个极好的基础。对比之下,尽管之前的刺史制度有明显的矛盾,州牧制度却很好地服务了中央集权政府的利益。

地方军队的来源和素质并不清楚。西汉时曾有规范的征兵制度:男子在大约18岁时被征召,接受基础的训练并在汉帝国的一处或几处地方担任一段时间的戍役。他们也可能被要求在前线正式服役一段时间或出钱免役。经过这些历练,青壮年男子从此可以被当地或外地征入武装力量。

然而,东汉大体上废弃了这一制度。当时仍然有征兵,但内地郡国的人民所受的训练是基础性的,并且征兵只用于满足最基础的戍役。主要的军事行动由从前线哨所或首都的北军调来的职业士兵执行,辅以大量少数民族辅助军和持续驻守前线地区的民兵武装。[123]

这一区别反映在对太守的辅助力量的安排上。西汉时,每个太守有一个或多个都尉,王国中对等的职位也配有一个都尉。当一个郡有多于一个都尉,每一个则负责一个地区,他们的任命根据东、南、西、北、中划分。然而,东汉时,都尉仅仅被设立于前线上的郡和其他担负特别军事考量与责任的地区。[124]

很可能,这些拥有一个都尉的郡也维持着一支规范的、训练得当的武装。但在汉朝内地,如果对训练有素的士兵没有迫切需要,维护安全的职责就会交给一支小规模的、下属于郡或县的地方守卫,偶尔辅以大量没受过正规训练的民夫。他们受太守或县令的统帅。从政府的角度来看,汉朝内地的主要危险是地方匪患。如果人民没有受过训练,那么匪徒们也没有。西汉和王莽时期,曾有对不满者在秋收时发动暴乱或兵变的担忧:毕竟一把钝弱的武器好过它容易刺伤统治者。

与西北的边疆地区不同,岭南地区没有大规模的前哨,并且多数动乱被当地征召的军队镇压。但是,由于汉人定居的土地与山里的居民挨得很近,设立都尉府是很必要的。有史料记载,在岭南的交趾和九真曾任命了一些都尉,而且交州的特殊情况可能需要这一地区维持都尉以及配套的征兵和训练机构。[125]

在更北方,我们有关于会稽东部和西部都尉的记录。都尉系统很可能在这一前线地区被一直维持着。[126]然而,其他地方并没有这种设置的记录,尽管我们可以说长江以南的任何郡,不论在荆州还是扬州,都在前线上面对着没有被同化的当地人。然而,关于都尉记录的缺失使人猜想,这些职位根本没有被任命,汉人和当地人的关系在多数情况下也不足以上升到重大的军事考量。为应对暴动,2世纪曾有过在地方上的大规模征兵,例如160年代的荆州南部和170年代的会稽。但这些是特定的安排,关于郡属部队在荆州应对暴动的早期记载很难让人认为他们受过良好的训练。然而,在王朝的末年,叛乱的频发和对士兵的需求意味着大量的平民男性有着使用武器的经验。

最后,我们可以在纷乱时代中发现另一个变化。当政府在越来越多的时间和地点不能够提供安全感,那么,无论有无得到政府的资助,汉人和当地人便会抱团寻求共同的安全。他们基本的单位是家族或部落，但当中更加强大的会通过奖赏吸引弱小的群体或个人。地方领袖也因此聚集了能增强其财富与权力的食客、部曲和下属。[127]

东汉时期，这一发展甚至在日常事务中也可以见得。因为，在自给自足经济当中，有土地的大家族可以通过地租和高利贷收拢佃户；他们可以雇佣部曲，也可以负担昂贵的教育和通向官府的仕途。世家成员期待着所在郡或州的官员举荐其进入帝国的官府。而没有这般势力的人可以通过更低级的、从地方征召的贼曹和郡县的文书机构任职，从而寻求关注和认可。所以，不论什么级别，就任这些职位提供了一个出于部族利益而影响地方官府的机会。因为任何官员都急切地希望获得坐拥地方势力的人的协助。对于其亲属可能在某些时候治理自己家乡和族人的人，官员在与之交往时也会谨慎。乡绅和官员之间的这一联系是中央政府的一项长期顾虑，它是州的刺史被任命来管控的主要问题之一，也是限制汉朝权力与能力的主要因素之一，而且与汉朝最终致命的弱点有很大关系。

自然，最有势力的家族位于京畿地区和华北平原的发达地区。在那里，强大的宗族通过他们庞大的庄园资产、对谷物的投机买卖、对靛蓝等经济作物的垄断和对新农耕与劳务方式的实验获得了经济与社会上的主导地位。而在南方的开放前线，稻米多种植于新开发或移民的土地上；这一情况限制了乡绅权力的坐大。同时，与京畿的距离削减了他们在中央政府获取影响的机会。但是，我们了解到吴郡阳羡的许家从东汉初年起就被推举为官，许馘在181年成为太尉，即官僚机构中的最高职位；庐江舒县的周家有许多人在汉朝为官，包括两位官至太尉。[128] 在更狭义的层面，吴郡吴县的陆家曾数代担任地方领袖并有许多族人为官；[129]而吴郡的皋、严，会稽的焦、贺等宗族在县甚至是郡里有着很大的影响力。[130]

此外，2世纪的后半叶，当纷乱频仍且政府的权力似乎越来越飘忽不定，人们变得更愿意抱团寻求安全和支持。在汉朝各地有着或大或小的领袖，他们拥有不一定仰赖官方支持的私人权威；而他们起初为了共同防御而聚集的武装也可以被用于更有野心的行动。[131]从这个角度来看，当中央政府于189年汉灵帝驾崩后崩溃，这个王朝已经为内战做好了准备。

然而，很重要的一点是，东汉末年的冲突与两百年前随王莽的覆灭而来的混战有所不同。当东汉开国皇帝光武帝刘秀成为新一任帝王时，他只需要面对一个主要对手，即今四川的公孙述。长江以南的中国在当时没有产生有影响力的政治或军事组织，这一整个地区也就自然而然地落入北方胜利者手中。

然而，东汉末年，越过长江移民和定居的进程给汉朝带来了一个新的模式。在这两个世纪中，帝国权力在北方草原一线的虚弱，以及中部大地主家族稳定的压迫使帝国较有魄力的臣民向南寻求财富。他们有时得到政府力量的协助，但更多时候试图逃离这种干预。这些新移民带着新的动力和新的定居农业技术来到了开放的边疆。在一场持续两千年的、平静的进击当中，来自北方的移民占据了南方的土地。对于中国的未来而言，这一发展确立了汉人和其文化在广阔东亚大地的主导地位。然而，更加直接的影响是，公元2世纪末南方持续增长的经济和人口塑造了一种新的力量均势。长江以南的土地曾经处于北方的政治和经济统治之下，而现在出现了另一种可能，那就是尽管语言和文化上仍然与帝国中心捆绑，南方的人民可以与大一统的汉朝决裂，基于自身的利益谋得政治上的独立。

注释：

［1］《史记》卷 129,3270 页；孙念礼（Nancy Lee Swann）：《中国古代的食物与货币》（*Food and Money in Ancient China*）,447—448 页。

［2］ 沂水和泗水是淮河的北部支流。据此,司马迁对于南北分界的定义是一条东西向横穿今江苏北部的界线,接近于 1852 年前黄河故道的位置。

［3］ 关于"五谷"的列举,古代文献中有所争议。一种版本包含稻、黍、稷、麦、菽；在另一种可能更古老的版本里,麻取代了随着汉人南迁而愈发重要的稻。参见许倬云《汉代农业》（*Han Agriculture*）,81 页及以后几页；李约瑟（Joseph Needham）、白馥兰（Francesca Bray）《中国科学技术史》第 6 卷第 2 分册（*Science and Civilisation in China* Ⅵ:2）,432 页；拙著《北部边疆:东汉的政治和策略》（*Northern Frontier*）,452—453 页注释 25。然而,既然现代文献多将麻于五谷之后提及,可见稻一定是位列"五谷"的。

［4］"六畜",传统上指马、牛、羊、猪、狗、鸡。

［5］ 见李约瑟、白馥兰《中国科学技术史》第 6 卷第 2 分册,591 页；许倬云《汉代农业》,120 页；西嶋定生（Nishijima Sadao）《西汉经济与社会史》（"The Economic and Social History of Former Han"）,568—574 页。崔寔于公元 2 世纪著有《四民月令》一书,其中曾提及稻米的移植,见李约瑟、白馥兰《中国科学技术史》第 6 卷第 2 分册,594 页；许倬云《汉代农业》,222 页。

［6］ 对汉帝国不同地区的描述来自《史记》卷 129,3260—3270 页；孙念礼《中国古代的食物与货币》,437—448 页；《汉书》卷 28 下《地理志》,1641—1670 页。《汉书》卷 28 下 1640 页解释称,这一段文献由公元前 1 世纪末学者刘向整理,附有同时代学者朱赣关于地理对民俗的影响的论述,班固将这些论述收入了《汉书》。［原著将《汉书》编纂时间误作"公元前 1 世纪末",正文已订正。同类讹误均径改。——编者注］

［7］《后汉书》卷 109 志第 19 至卷 113 志第 23 保存了司马彪《郡国志》的部分内容,大体罗列了东汉时期的州、郡、国及其下属县治,但没有像《史记》和《汉书》一样对它们进行详细描述。汉代地方政府组织结构按照州、郡或国、县层层向下,下文中将经常提到这些单位。亦见毕汉思《汉代官僚制度》（*Bureaucracy*）中"威权的强化"部分。

［8］ 见拙著《北部边疆:东汉的政治和策略》116 页,一个叫虞诩的官员于公元 129 年所写的疏奏中的一段。虞诩主张于公元 107—118 年羌乱之后重新占领凉州,见《后汉书》卷 87 列传第 77,2893 页。

[9]　此处比较见《汉书》卷 28 下第 1665—1670 页与《史记》卷 129 第 3270 页对于南方土地的相似描述，尤其是《汉书》卷 28 下第 1666 页将"楚"这一地区描述为"地广人稀"，这与《史记》卷 129 中对"楚"的描述紧密呼应。然而，《汉书》卷 28 下所说的"楚"实质上指今两湖地区，而《史记》卷 129 中的"楚"要大得多，包括了江淮以南的整个地区。

[10]　关于公元 1 世纪的中国人口，我使用以上引用的《汉书·地理志》卷 28 上下与《后汉书·郡国志》卷 109 至卷 113 第 109—119 页、113—123 页中的数据，而且我接受毕汉思《中国人口记录》（"The Census of China"）一文中的修正。两部文献分别罗列了汉帝国在公元 2 年与公元 140 年前后的行政单位，并给出了每一郡或国精确到户籍和个人的人口数据。虽然后世历史记载中有部分数据反映的仅仅是税收数据，但这两部汉代文献所记可以视为地方政府向国都上报的全部人口数。这些数据非常详尽，尽管它们并不是完全正确的，因为即便是现代人口普查也不能做到完全精准。但是，两朝之间对信息的收集和呈现是连贯的，两组数据也足以用来比较分析，因此，它们呈现的人口大体变化可以被视为史实依据。关于东汉时期帝国北方在册人口的下降，亦见拙著《北部边疆：东汉的政治和策略》，145 页、244 页。

[11]　毕汉思《汉朝的复兴》第 3 册展示了东汉动乱地区的地图，只是他将动乱解释为政府权力的衰弱，而非力量与扩张的表现。

[12]　关于东汉时期的武陵蛮人，见《后汉书》卷 86 列传第 76,2831—2834 页。关于对叛乱与平叛行动的分析，见毕汉思《汉朝的复兴》第 3 册，67—73 页。虽然马援死于此次平叛行动，但毕汉思认为由于马援生前的部署，汉朝军队的胜利是顺理成章的。

[13]　《后汉书》卷 86 列传第 76,2833—2834 页；《后汉书》卷 8,303—313 页。

[14]　接下来的第二章里有吴国的建立者之一孙坚的传记，他是孙策和孙权的父亲。

[15]　关于锡光和任延，见《后汉书》卷 76 列传第 66,2460—2462 页。任延的传记见《循吏列传》中的章节，《后汉书》卷 86 列传第 76,2836 页。薛综于 231 年上疏孙权的奏章中也有涉及，见《三国志》卷 53《吴书》8,1251—1253 页，详见 1253 页。

关于卫飒和茨充，见《后汉书》卷 76 列传第 66,2458—2460 页。卫飒的传记见《循吏列传》中的章节。宋均的传记见《后汉书》卷 41 列传第 31,1411—1414 页，详见 1412 页。

[16]　"淫祀"一词见鲁惟一《中国人对生死的概念》（*Ideas of Life and*

Death)第 109 页:"这一表达在当时(前 30 年)的确切意义可能无从知晓。它总体指代本质上不洁或下流的行为,抑或是不为人接受的不当宗教行为,如向神明的献祭。再后来,这一词语也可以表示性行为,但没有直接证据表明这些行为与汉代的萨满性质行为有关。"

[17] 栾巴的传记见《后汉书》卷 57 列传第 47,1841—1842 页。魏郡人栾巴是一个好学的人,其生平可圈可点。他曾在后宫做过太监,但由于男性体征的恢复离开了那里。作为道术的行家,他运用法力控制着豫章的神灵,摧毁了当地人的信仰。他于约 170 年因为反对灵帝朝中的宦官专权而被处死。唐代留存的对栾巴生平的记载中,成书于 4 世纪的葛洪《神仙传》提到,栾巴并不是魏郡人,而是西部的蜀郡人,一系列的奇闻逸事夸大了他在法术上的成就。他曾经做过太监,精于道术,还在地方为官时修过(可能是儒家的)学校。这些过往令人困惑。不论他的出身和真实性,栾巴似乎总是成为许多民间传说的焦点。

[18] 关于巫的信仰,见鲁惟一《中国人对生死的概念》,104—108 页;以及《汉代中国的危机与冲突》(*Crisis and Conflict*)"前 92 年的巫术"部分的探讨,81—90 页。

[19] 见霍克斯(David Hawkes)译《南方的诗歌〈楚辞〉》(*Songs of the South*),101—114 页。

[20] 见霍克斯译《南方的诗歌〈楚辞〉》,35—44 页,尤其是《湘君》《湘夫人》和《东君》。

[21] 关于长江中游和楚国的早期文化,见张光直《古代中国考古学》(*Archeology of Ancient China*),400—408 页;蒲百瑞(Barry B. Blakeley)《楚国研究的最新发展》("Recent Developments in Chu Studies");柯鹤立(Constance A. Cook)、马卓安(John S. Major)编《定义楚国》(*Defining Chu*)。

[22] 见吴文学(Ngo Van Xuyet)《中国古代的占卜、方术和政治》(*Divination, magie et politique dans la Chine ancienne*),94—95 页涉及李南的内容(李南生平见《后汉书》卷 82 上列传第 72 上,2716—2717 页),87—92 页涉及谢夷吾的内容(谢夷吾生平见《后汉书》卷 82 上列传第 72 上,2713—2715 页);186—190 页描述了通神的技巧。

[23] 《后汉书》卷 82 下列传第 72 下,2741—2742 页;吴文学:《中国古代的占卜、方术和政治》,127—128 页;杜志豪(Kenneth DeWoskin):《中国古代的占卜和巫师:方士传》(*Doctors, Diviners and Magicians*),76—77 页。关于吴国将军贺齐对这种法术的运用,见本书第五章注第 63。

[24] 吴范的传记见《三国志》卷 63《吴书》18,1421—1423 页。

[25] 关于华佗，见《后汉书》卷82下列传第72下，2736—2740页；《三国志》卷29,799—804页；吴文学《中国古代的占卜、方术和政治》，118—126页；杜志豪《中国古代的占卜和巫师：方士传》，140—153页。关于干吉（也作于吉）和《太平经》，见《后汉书》卷30下列传第20下，1080页、1084页；拙著《东汉党争的预兆：桓帝时襄楷的上书》（Portents of Protest），31—32页、90—94页；以及本书第三章。关于近代早期对于这一地区民间道教传统的讨论，见陈寅恪1934年的论文。

[26] 近现代，一个汉族的儒家子弟曾用"妖"来形容伊斯兰教、犹太教和基督教派，将他们的宗教仪式贬称为"淫祀"。相似的，古代的宗教徒可能会关注自身与其他教徒之间的不同，但正统的学者不屑于了解这些。

[27] 关于对中国南方的儒家化的传统看法，见宫川尚志《中国南方的儒家化》（"The Confucianization of South China"）一文。

[28] 第五伦的传记见《后汉书》卷41列传第31,1395—1402页，详见1397页。

[29] 关于章河，见《后汉书》卷6,260页。关于许昌，见《后汉书》卷8,334—336页，以及本书第二章。

[30] 关于宛城，见《后汉书集解·郡国志》12页下；张衡于公元2世纪写作的《南都赋》，摘自康达维（David R. Knechtges）《〈文选〉译注》卷1,311—336页；还有《古诗十九首》之三，摘自桀溺（Jean-Pierre Diény）译本《古诗十九首》（Les Dix-Neuf Poèmes Anciens），13页。

[31] 《史记》卷129,3269页；孙念礼：《中国古代的食物与货币》，446页；亦见《汉书》卷28下，1654页。

[32] 《汉书》卷24下，1180页；孙念礼：《中国古代的食物与货币》，336页。

[33] 《史记》卷129,3269页；孙念礼：《中国古代的食物与货币》，446页；亦见《汉书》卷28下，1654页。

[34] 《汉书》卷28下，1665—1666页；《汉书》卷28下，1654页。

[35] 见王仲殊《汉代文明》，126页，其中记载了今河南南阳对一处汉代铸铁厂的发掘，刊登于《考古学报》1978年第48期。这一铸铁厂位于古代宛城城墙内，于西汉中期到东汉被使用，可能是当地铁官管辖下的数个铸铁厂之一。它有16个用于浇铸和锻造的熔炉，使用的铁锭来自外界或回炉重铸的旧物。根据泥坯样本推断，其产品包括了铁锹、鹤嘴锄、斧头和犁头等农具，用于马车的车轴和挽具，还有架子、锅具和盆。

[36] 据《后汉书·郡国志》，南阳郡的人口是528 551户，2 439 619人；颍川的人口是263 440户，1 436 513人；汝南是404 448户，2 100 788

人；河南的人口是 208 486 户，1 010 827 人。见《后汉书》卷 112 志第 22，
3476、3424 页；卷 109 志第 19，3389 页。

　　［37］　江夏郡和南郡见《后汉书·郡国志》卷 112 志第 22，3482、3479
页；《汉书》卷 28《地理志》8 上，1566、1567—1568 页。

　　［38］　汉水此时也被称为沔水，所以它和长江的交汇处有时被称作
沔口。

　　［39］　周朝初年，楚国的首都在丹阳，见《史记》卷 40，1691—1692 页；
沙畹（Edouard Chavannes）《〈史记〉译注》第 4 册（Les Mémoires historiques
de Se-ma-Ts'ine IV），340 页。不过，关于这座古城的位置有所争议。一种
现在基本被摒弃的观点认为，它位于今安徽省，靠近汉代的丹阳郡；当下的
讨论中，一方认为它在长江流域，靠近推测中的第一座郢都的位置，另一方
认为前后两座首都位置都更靠北，在今湖北襄樊的汉江边，与推测中第二座
郢都，也叫鄢郢（见注第 40）的位置更近。目前多数观点认可前者，参见蒲
百瑞《楚国的地理》（"The Geography of Chu"）一文，载于柯鹤立、马卓安编
《定义楚国》，10—13 页。

　　［40］　《史记》卷 40，1695 页；沙畹：《〈史记〉译注》第 4 册，345 页、337
页注释 1；《史记》卷 40，1716 页；沙畹：《〈史记〉译注》第 4 册，378 页。更晚
近的首都有时被称作鄢郢。楚国曾两次迁都，分别在公元前 278 年和公元
前 241 年。第一次迁往今河南淮阳地区，见《史记》卷 40，1735 页；沙畹《〈史
记〉译注》第 4 册，414 页，然后迁往今安徽寿县。这个新首都得名郢，见《史
记》卷 40，1736 页；沙畹《〈史记〉译注》第 4 册，416 页。关于这些变迁的历
史，见沙畹《〈史记〉译注》第 4 册，337—338 页注释 1。

　　［41］　《史记》卷 117，3004 页；华兹生（Burton Watson）：《汉魏六朝赋
选》（Chinese Rhyme-Prose），32 页；康达维：《〈文选〉译注》卷 2，59—61 页；
在此略作修正。

　　［42］　关于穿越长江峡谷的传统方法和一些往往很惊悚的漂流，见
G. R. G. 伍斯特（G. R. G. Worcester）《长江上的帆船和舢板》（Junks and
Sampans），51—56 页；李约瑟、白馥兰《中国科学技术史》第 4 卷第 3 分册，
662—664 页。

　　［43］　李约瑟、白馥兰：《中国科学技术史》第 4 卷第 3 分册，8、16 页，
图 711。然而，汤姆（Tom）《陆上交通》（Land Communications）206、212 页
的地图显示，从江陵向南的路穿过武陵地区，于今仍叫作益阳的城市越过资
水。这似乎是最有可能的。

　　［44］　《后汉书》卷 112 志第 22，3484 页。《三国志》卷 46《吴书》1，
1096、1097 页。《三国志》1097 页注释 2 引《吴录》，记载了孙坚于 189 年从

长沙向北行军并杀死了荆州刺史王叡。

[45] 武陵和南郡见《后汉书·郡国志》卷 112 志第 22,3484 页、3479—3480 页;《汉书·地理志》卷 28 上,1568—1569 页、1594—1595 页。

[46] 长沙、零陵和桂阳见《后汉书·郡国志》卷 112 志第 22,3485 页、3482—3483 页、3483—3484 页;《汉书·地理志》卷 28 下,1639 页;《汉书·地理志》卷 28 上,1594 页、1595—1596 页。

[47] 《史记》卷 129,3268 页;孙念礼:《中国古代的食物与货币》,445 页。《汉书·地理志》和《后汉书·郡国志》中没有提到这些物产。

[48] 见王仲殊《汉代文明》,81 页和 128 页是关于在长沙发掘的战国时期的漆器和铁器;81—83 页、103 页和 105 页是关于汉代的漆器和鎏金铜器;而 52 页和 207 页是关于在马王堆发现的食物和墓中器物;还可参考274—278 页和 285—291 页的图及其他。

[49] 关于对运河工程的描述,见李约瑟《中国科学技术史》第 4 卷第 3 分册,299—305 页。

[50] 《后汉书》卷 76 列传第 66,2459 页。伊沛霞(Patricia Ebrey)《东汉经济和社会史》("The Economic and Social History of Later Han")614 页曾引用。

[51] 《后汉书》卷 76 列传第 66,2459 页;《后汉书》卷 112 志第 22,3483 页。《汉书》卷 28 上 1594 页记载了桂阳郡设立的一处铁官,似乎曾经位于耒阳。

[52] 《淮南子》卷 18 第 15 页上下具体描述了这些战争。近现代,鄂卢梭(L. Aurousseau)曾进行过相关的讨论和翻译,见《中国首度征服安南诸国》("La première conquête chinoise des pays annamites");泰勒·基思·韦勒(Taylor Keith Weller)《越南的诞生》(*The Birth of Vietnam*)17—19 页有简短涉及。五支军队被派出,其中四支从今湖南出发向南越过南岭。而第五支在今江西鄱阳地区集结,向东越过了分水岭武夷山到达富春江,再沿今福建海岸线向南,从东面经揭阳隘口过汕头进入广东地区。可能得到了海军力量的护航和协助,这场行军使得秦朝建立了闽中郡,郡治在今闽江边的福州。参见《史记》卷 114,2979 页;《汉书》卷 95,3859 页;下文亦有提及。

[53] 关于赵佗建立的南越国的历史,见《史记》卷 113,2967—2978 页;《汉书》卷 95,3847—3859 页;泰勒·基思·韦勒《越南的诞生》,23—27 页;以及余英时《汉代外交关系》("Han Foreign Relations"),451—453 页。对一些中下层南越军官墓葬的发掘,在《考古学报》1974 年第 40 期中有报道。关于南越皇陵,见《考古》1984 年第 3 期。

[54] 中国早期制图的卓越案例,拙著《来自马王堆的两张地图》

("maps from Mawangdui")中有对这些地图的论述。

[55]　《史记》卷 119,3268 页；孙念礼：《中国古代的食物与货币》,446 页；《汉书》卷 28 下,1670 页。后者注释第 1 引用了 3 世纪吴国史官韦昭(关于韦昭见本书第九章)的论述,他将广义的词语"果"定义为龙眼和荔枝。

韦昭进一步将"布"解释为特指一种由葛制作成的材料,葛可能是一种扁豆类或葛藤,因其茎部的纤细纤维而被重视[葛的拉丁名为 Pueraria Thunbergiana Benth,见李约瑟、白馥兰《中国科学技术史》第 6 卷第 2 分册,536 页,以及贝勒(Bretschneider)《中华本草》第 2 册(*Botanicon Sinicum* II),390 页]。而颜师古将"布"解释为对各种纹理和颜色的织物的统称。当时中国有麻和苎麻,却没有棉；其他的织物有丝、羊毛等动物来源的材料,见李约瑟、白馥兰《中国科学技术史》第 6 卷第 2 分册,532—537 页。

[56]　王仲殊：《汉代文明》,84—85 页。

[57]　见下注第 65。

[58]　汉代岭南地区刺史所控制地区的称谓和行政等级至今存疑。在《汉书》卷 28 下 1628—1630 页对郡的罗列中,这些地区被认为是归交州统辖。《后汉书》卷 113 志第 23 第 3533 页的总结性言论也认为如此。

但是,东汉时的文献数次提到过交趾刺史。而《后汉纪》卷 15 第 464—465 页声称,这一地区直到 203 年成为州牧治下的州时都被交趾刺史部管辖,就这一问题的讨论,也见本书第五章。

在《后汉书集解·郡国志》30 页下的评论中,王先谦发现,直到 203 年的变动前,《后汉书》将整个地区认作交趾,所以司马彪的观点是史实性的错误。几乎在整个东汉,这一处于刺史管辖下的地区都被叫作交趾。

当然,这意味着岭南曾经有一个叫交趾的州一级的地区,它被一位刺史管辖。在它下辖的行政区域里有一个郡叫交趾,由一位太守管辖。[公元 203 年,交趾刺史部始称交州。此处原著作者理解似有误。——编者注]尽管这一重名令人困惑,但它不是孤例：汉代西南部的益州内有一个郡也叫益州,例如《后汉书》卷 113 志第 23 第 3123、3516 页。在多数情况下,所论述的官府的层级要么取决于这段文字的背景,要么取决于对刺史或太守的提及。在西汉和东汉初年的某段时间,"朔方"这一名称既被用来命名一个郡,也被用来命名帝国北疆的一个存在时间较短的州,见《汉书》卷 28 上,1543 页；《后汉书》卷 1 下,58 页。

在此说明,由于岭南地区多数有关吴国的事件发生于 203 年的变动之后,我有时会误将这一地区称作交趾。

[59]　南海和苍梧郡见《后汉书》卷 113 志第 23,3530—3531 页；《汉书》卷 28 下,1628、1629 页。

［60］ 郁林郡见《后汉书》卷 113 志第 23,3531 页；《汉书》卷 28 下，1628 页。

［61］ 李约瑟：《中国科学技术史》第 4 卷第 3 分册,306 页；卜德(Derk Bodde)：《秦之国家与帝国》("State and Empire of Ch'in"),65 页。

［62］ 王赓武：《南海贸易》("Nan-Hai trade"),29—30 页。

［63］ 《史记》卷 114,2980 页；《汉书》卷 95,3860 页；《史记》卷 114,2982 页；《汉书》卷 95,3861 页；也见于《史记》卷 113,2976 页；《汉书》卷 95,3858 页。关于孙策见本书第三章,关于吕岱见本书第七章。

［64］ 关于今广州地区秦和汉早期的船坞,以及当时船只的构造,见广州本地和上海交大学者发表在《文物》1977 年第 4 期中的相关论文;也见于王仲殊《汉代文明》,122 页。这些船坞里的造船台估计能够建造 60 吨重、30 米长、8 米宽的船只。

［65］ 合浦郡见《后汉书》卷 113 志第 23,3531 页；《汉书》卷 28 下，1630 页。

［66］ 关于汉代徐闻县,见广东省博物馆的学者发表在《考古》1977 年第 4 期的文章。

［67］ 《汉书》卷 28 下,1671 页。

［68］ 余英时：《汉代贸易与扩张：汉胡经济关系结构的研究》(Trade and Expansion),178 页。

［69］ 170 年,汉朝收服了乌浒蛮,将其地区立为新郡。根据《后汉纪》卷 15 第 464 页,这一郡的名字是高兴,之后被改为高凉。然而,178 年,这些人发动了席卷整个地区的叛乱。181 年,新任交趾刺史朱儁成功镇压了这些动乱,见《后汉书》卷 86 列传第 76,2839 页；《后汉书》卷 71 列传第 61,2308—2309 页；《后汉书》卷 8,345 页。但此后的文献中没有再提及高凉郡,它很可能被废止了。

［70］ 《汉书》卷 28 下 1670 页记载了海南岛和儋耳、珠崖两个郡。关于它们的建立,见《史记》卷 113,2977 页；《汉书》卷 95,3859 页。关于它们的废止,见《汉书》卷 7,223 页；德效骞(Dubs)译本《汉书》第 2 册 160 页(儋耳)；《汉书》卷 9,283 页；德效骞译本《汉书》第 2 册 310 页(珠崖)；《汉书》卷 64 下,2830—2835 页。也见《后汉书》卷 86 列传第 76,2835—2836 页,以及薛爱华(Edward Hetzel Schafer)《珠崖》(Shore of Pearls),8—14 页；王赓武《南海贸易》,21 页；余英时《汉代贸易与扩张：汉胡经济关系结构的研究》,192 页；余英时《汉代外交关系》,453 页。

［71］ 《后汉书》卷 2,121 页。关于东汉的珠崖郡,见《后汉书集解·郡国志》27 页上下。

[72]　在 242 年，见《三国志》卷 47《吴书》2，1145 页；王赓武《南海贸易》，33 页。

[73]　薛爱华：《朱雀：唐代的南方意象》(*Vermilion Bird*)，31 页。

[74]　《史记》卷 113 第 2969 页和《汉书》卷 95 第 3848 页，记载了赵佗对红河三角洲地区瓯骆的征服；泰勒·基思·韦勒：《越南的诞生》，23—27 页；薛爱华：《朱雀：唐代的南方意象》，15 页。

[75]　詹尼弗·霍姆格伦(Jennifer Holmgren)《中国对越南北部的经营》(*Colonisation of Northern Vietnam*)23—52 页，详细地呈现了汉朝经营时期，这一三角洲的河流系统里各个县的位置。

[76]　《后汉书》卷 86 列传第 76，2836—2837 页；《后汉书》卷 24 列传第 14，838—839 页；泰勒·基思·韦勒：《越南的诞生》，37—41 页；詹尼弗·霍姆格伦：《中国对越南北部的经营》，11—16 页；薛爱华：《朱雀：唐代的南方意象》，81 页。

[77]　关于后世对征氏姐妹的态度，见泰勒·基思·韦勒《越南的诞生》，334—339 页附录 K。关于马援在后世的声名，见薛爱华《朱雀：唐代的南方意象》，97—99 页。关于当地对马援的推崇，见石泰安(Stein)《林邑》("Lin-yi")，147—202 页。

《后汉书》卷 24 第 14《马援列传》第 840 页告诉我们，马援是一位鉴赏马的专家。当击败了南方的叛乱后，他将缴获的含有宗教和权力象征意味的鼓，融铸成了一匹骏马的青铜雕像，并将它献给了洛阳的皇帝。这座雕像被保存在宫殿南部的宣德殿，见毕汉思《东汉时期的洛阳》，25—26 页。

[78]　薛爱华：《朱雀：唐代的南方意象》，16—17 页。

[79]　《后汉书》卷 6，266—268 页；《后汉书》卷 86 列传第 76，2837—2839 页。也见泰勒·基思·韦勒《越南的诞生》，61—62 页，以及 341—342 页附录 L。在附录 L 中，他翻译了李固的回忆录。也见鲁惟一《政府行为与重要事务(公元 57—167 年)》("Conduct of Government")，310—311 页；余英时《汉代外交关系》，454—455 页；王赓武《南海贸易》，26 页。

[80]　泰勒·基思·韦勒：《越南的诞生》，63—67 页。

[81]　关于林邑及其历史的记载，见《梁书》卷 54，784—787 页。关于当代的研讨，见石泰安《林邑》，详见 130—147 页；也见桑田(Kuwada)《关于日南和林邑》("On Rinan and Linyi")。

《后汉书》卷 113 志第 23 第 3533 页刘昭注认为，林邑在 5 世纪占据了东汉日南郡的象林县。石泰安认为，这个新兴政权代表了长期居住在帝国治下的当地人的一种组织，他们不来自边境之外，他们是在这一时期取得独立的地方群体。

[82]　关于扶南，见《梁书》卷 54,787 页；伯希和（Paul Pelliot）《扶南》（"Le Fou-nan"）；以及当代研究东南亚的学者肯尼斯·H. 霍尔（Kenneth R. Hall）的探讨，见《古代东南亚的海上贸易与国家形成》（*Maritime Trade and State Development*），38 页和 48—68 页。

[83]　交趾、九真和日南郡见《后汉书》卷 113 志第 23,3531—3533 页；《汉书》卷 28 下,1629、1630 页。

[84]　余英时：《汉代贸易与扩张》,177—178 页；也见本书第五章。有些学者认为"龙编"是希腊地理学家托勒密所描绘的"Cattigara/Kattigara"，如许理和（Erik Zürcher）《南潮》（"Tidings from the South"）,30—31 页。

[85]　《汉书》卷 28 下,1671 页；也见王赓武《南海贸易》,17—23 页。关于对汉代海外贸易的另一研究，见韩振华《公元前 2 世纪至公元 1 世纪间中国与印度、东南亚的海上交通》。

[86]　关于来自印度（天竺）的"使团"，见《后汉书》卷 7,306、309 页；《后汉书》卷 88 第 78,2922 页。关于来自大秦的"使团"，见《后汉书》卷 7,318 页；《后汉书》卷 88 第 78《西域传》,2920 页；《后汉书》卷 15 列传第 5 上下。159 年，汉桓帝通过宫廷宦官协助发动政变，推翻了大将军梁冀的把持，独揽大权。166 年，汉桓帝的政府遭到反对，他的政策和宦官在朝中遭到学者和官员们的批评与施压，见拙著《桓帝和灵帝》（*Huan and Ling*），11—14 页、69—85 页。这些使团带着异域贡品的到来是这一政权有力的宣传资本。

关于大秦的文献，许多西方语言写成的二手资料里有所讨论，参见夏德（F. Hirth）《中国与罗马东方管区》（*China and the Roman Orient*），47 页、82 页、94—95 页、173 页。伯希和：《7 世纪末从中国到印度的两条路线》（"Deux Itineraires"），132—133 页。裕尔（Henry Yule）：《东域纪程录丛》（*Cathay and the Way Thither*），281 页。白鸟库吉（Shiratori）：《西方的地理：对大秦记载来源的研究》（"Geography of the Western Region"），145 页。李约瑟：《中国科学技术史》第 1 卷,197—198 页；第 3 卷,174—175 页。王赓武：《南海贸易》,28 页。曼弗雷德·G. 拉施克（Manfred G. Raschke）：《对罗马同东方贸易的新研究》（"New Studies In Roman Commerce With The East"），853—855 页。也见卢弼《三国志集解·魏书》62 页下。我曾有幸咨询 D. D. 莱斯利（Dr Donald Leslie）和加德纳，他们的著作《中国史料中的罗马帝国》（*The Roman Empire In Chinese Sources*）于 1996 年在罗马出版。

[87]　关于东冶县和相邻的候官县，见毕汉思《唐末以前中国对福建的经营》（"Colonization of Fukien"），121—122 页。《后汉书》卷 112 志第 22 第

3488 页对两地的描述十分模糊,须参照《后汉书集解·郡国志》47 页上下的注释才能弄清楚。

候官县古称东候官,这显然跟它曾是军事驻地有关,"候官"一词似乎在汉朝北部边境数个县的名称中常见,见拙著《北部边疆:东汉的政治和策略》,注释 38、457—458 页;鲁惟一《汉代行政记录》,76、96 页。前缀"东部"使它有别于西北部有着相似或相同名称的地方。

[88]　关于越和吴的历史,见《史记》卷 41;沙畹《〈史记〉译注》第 4 册,418—448 页;《史记》卷 31;沙畹《〈史记〉译注》第 4 册,1—33 页。关于楚国的历史,见《史记》卷 40;沙畹《〈史记〉译注》第 4 册,337—417 页;以及柯鹤立、马卓安编《定义楚国》。

[89]　见前文注第 52。

[90]　关于这两个王国的历史,见《史记》卷 114;《汉书》卷 95,3859—3863 页。

[91]　《后汉书》卷 112 志第 22,3488 页。关于汉代在闽江入海口以北的县级定居点,也见毕汉思《唐末以前中国对福建的经营》,101—103 页。

[92]　关于之后被分割以建立吴郡的会稽,见《后汉书》卷 113 志第23,488—491 页;《汉书》卷 28 上,1590—1592 页。

[93]　关于现在成为长江干流的北江,以及中江和南江,还有分江水,见《汉书》卷 28 上,1590—1591 页(毗陵)、1592 页(芜湖)、1590 页(吴县),以及 1592 页(石城)。也见于《汉书补注·前汉二十八》,11 页上、20 页上、10页上和 19 页上。

关于这些河流的流向,见杨守敬《历代舆地沿革险要图(前汉)》,47 页上至 48 页下;以及 G. R. G. 伍斯特《长江上的帆船和舢板》,5 页。很可能南江和分江水在西汉末年已经断流,而中江在东汉末年也不过是一段河床遗迹。也见谭其骧《中国历史地图集》第 2 册,24—25 页、51—52 页。

关于杭州湾地区、长江入海口和山东北部海岸大体的海岸线轮廓,我认同《中国历史地图集》的相关描绘,详见谭其骧《中国历史地图集》第 2 册,24—25 页、51—52 页;第 3 册,27—28 页。

[94]　《史记》卷 129,3167 页;孙念礼:《中国古代的食物与货币》,444—445 页;也见《汉书》卷 28 下,1666—1668 页。

[95]　丹阳郡见《后汉书》卷 112 志第 22,3486 页;《汉书》卷 28 上,1592 页。

[96]　丹阳郡的名称在前 109 年被变更,见《汉书》卷 28 上,1592 页。

[97]　王仲殊:《汉代文明》,105 页。

[98]　王仲殊:《汉代文明》,143、145 页。李约瑟:《中国科学技术史》

第 5 卷第 12 分册,523—527 页。南京博物院等合编:《江苏省出土文物选集》,127 页和 128 页的图表。倪振逵等:《南京赵士冈发现三国时代孙吴有铭瓷器》。叶宏明、曹鹤鸣《关于我国瓷器起源的看法》,讨论了在邻近的绍兴发掘的窑炉和青瓷釉发展的证据。

[99] 李约瑟:《中国科学技术史》第 4 卷第 3 分册,271—272 页。谭其骧:《中国历史地图集》第 2 册,45 页。

[100] 豫章郡见《后汉书》卷 112 志第 22,3491 页;《汉书》卷 28 上,1593 页。

[101] 《史记》卷 129,3269 页;孙念礼:《中国古代的食物与货币》,445 页;《汉书》卷 28 下,1668 页。关于豫章鄱阳县在西汉时期的金矿,见《汉书》卷 28 上,1593 页。

[102] 关于这一地区水系的情况,见《中国历史地图集》第 2 册,24—25 页,51—52 页。

[103] 孙坚曾任湘江边的长沙太守,因此能够在豫章郡于 189 年左右被反贼进攻时援助当地。见《三国志》卷 46《吴书》1,1096 页引《吴录》;见本书第二章。

[104] 李翱的路线由薛爱华根据其日记中行程进行整理,见薛爱华《朱雀:唐代的南方意象》,22—24 页。

[105] 对这篇文章的翻译参见薛爱华《朱雀:唐代的南方意象》,22 页。

[106] 关于汉代栈桥廊道的工程,见李约瑟《中国科学技术史》第 4 卷第 3 分册,20—24 页;贾大卫(Jupp)《对栈道的历史研究》("Historical Research of Plank Roads")。

[107] 在此将《汉书》卷 28 上第 1569、1568 页和卷 28 下第 1638—1639 页与《后汉书》卷 112 志第 22 第 3485—3486 页做比较;也参考《中国历史地图集》第 2 册,24、25 页。

[108] 汝南和沛国见《后汉书》卷 110 志第 20,3424、3427 页,以及《汉书》卷 28 上,1561—1562 页、1572 页。

当时的沛是一个王国,其人口数据按东汉的记录是 200 495 户,仅仅 251 393 人;西汉时这里曾有 409 079 户,2 030 480 人。相较于西汉人口断崖式的下跌及与户数的比例,东汉所记载的人口过少。毕汉思在《公元 2 年至 742 年间中国人口记录》("The Census of China")159 页表示,东汉的人口数据应该计为 1 251 393 人;显然是正确的。

[109] 毕汉思:《公元 2 年至 742 年间中国人口记录》,140 页;毕汉思:《汉朝的复兴》第 1 册,146—151 页。

[110]　庐江郡见《后汉书》卷 112 志第 22,3487 页;《汉书》卷 28 上,1568 页。

[111]　西嶋定生认为"楼船官"是一处船坞,见其《西汉经济与社会历史》("Economic and Social History of Former Han"),582 页。当地可能也造船。

西汉兵员接受的训练可能就是在一艘楼船上担任水手或水兵,见严耕望以及《中国地方行政制度史》第 1 卷第 1 册,204 页;以及拙著《北部边疆:东汉的政治和策略》,48 页。庐江很可能是长江上水师作战的基地、补给点和建造地点以及训练兵员的场所。西汉通行的征兵系统基本上在东汉时被废除(见下文),但指挥所和船坞的功能可能被沿用了下来。当时可能还有对志愿兵的训练。[关于"楼船官",楼船是古代水军战船的统称,负责造船的官员称"楼船官"。——编者注]

[112]　九江郡见《后汉书》卷 112 志第 22,3485—3486 页;《汉书》卷 28 上,1568 页。

[113]　芍陂中的芍字一般念作 sháo。但是,根据地方传统,应读作 què bēi。来自我与威廉·戈登·克洛威尔(William Gordon Crowell)的个人通信。

[114]　《史记》卷 129,3268 页;孙念礼:《中国古代的食物与货币》,445 页;也见《汉书》卷 28 下,1668 页。

[115]　关于这一地区的道路,见汤姆《陆上交通》,212 页地图。

[116]　见李约瑟《中国科学技术史》第 4 卷第 3 分册,270 页。

[117]　《后汉书》卷 2,116 页;《后汉书》卷 76 列传第 66,2464—2465 页。毕汉思:《汉朝的复兴》第 1 册,147—150 页。

[118]　关于光武帝时期的经济,以及东汉初年被废止的县,参见毕汉思《汉朝的复兴》第 1 册,141—145 页和 19 页的地图。

[119]　接下来的讨论,很大程度上依据毕汉思《汉代官僚制度》(The Bureaucracy of Han Times)一书的论述。该书资料来自《汉书》卷 19 上的《百官公卿表》、《后汉书》卷 114 志第 24 至卷 118 志第 28 的《百官志》以及其他早期文献。我还参考了严耕望《汉代地方官吏之籍贯限制》一书,该书对逸闻中的证据和碑刻上的记录有特别的关注。

尽管我对官职头衔的描述是基于毕汉思根据德效骞译本《汉书》中建立的系统所作的解释,我还是作出了一些修正,以便更清晰地反映东汉的情况。更加细节化的调查见拙著《东汉三国人物辞典》(Biographical Dictionary of Later Han to The Three Kingdoms)的一则附录。

[120]　关于交趾见前注第 58。关于持节权和刺史的特权,见《汉书》

卷 28 上第 1543 页注释 1 所引学者和官员胡广(91—172 年)的观点,以及《后汉书》卷 114 第 28《百官志》第 3618 页的注释,该注释所引史料来自《东观汉记》(原文称《东观书》)。

[121] 《三国志》卷 49《吴书》4,1186—1187 页。

[122] 《后汉书》卷 8,357 页;《后汉书》卷 75 列传第 65,2431 页;《三国志》卷 31《蜀书》1,865 页;以及拙著《两汉的监察官员》("Inspection and Surveillance"),59—60 页、62—63 页、67 页。

[123] 我在《北部边疆:东汉的政治和策略》第 48—50 页探讨了这一问题。我同意贺昌群《东汉更役戍从制度的废止》一文的观点。参见毕汉思《汉代官僚制度》,114。近期,陆威仪(Mark Edward Lewis)的《汉朝对普遍兵役的废除》("Han Abolition")进一步探究了这个问题。

[124] 《后汉书》卷 118 志第 28,3621 页;毕汉思:《汉代官僚制度》,96 页;以及严耕望《中国地方行政制度史》第 1 卷第 1 册,153 页和 167—171 页的任命图表。

在帝国北方和西方的边疆还有一些属国。它们控制着大部分居住着其他民族的土地,而它们又受都尉的管辖,见拙著《北部边疆:东汉的政治和策略》,2—3 页。然而,这一系统并没有运用于帝国南方的州。

因叛乱或匪患而临时设立都尉的例子有,琅琊郡,155 年到 165 年;泰山郡,155 年到 162 年(见《后汉书》卷 7,301、311 和 314 页);还有九江郡,145 年(见《后汉书》卷 38 列传第 28,1275 页)。

[125] 例如,《后汉书》卷 7 第 302 页和《后汉书》卷 44 列传第 34 第 1504 页,严耕望在《中国地方行政制度史》第 1 卷第 1 册 162 页引用了这两则史料。前者是关于一名都尉对特殊骚乱的应对;而后者只是一笔带过,无关乎任何具体的事件或行动。

[126] 严耕望:《中国地方行政制度史》第 1 卷第 1 册,162 页。

[127] 大约在 170 年代和 180 年代,汉朝的军官发现将自家部曲补充进军队十分有用。例如,约 180 年,朱儁在镇压一场交趾的叛乱前,在会稽集结了自己的人马,见《后汉书》卷 71 列传第 61,2308 页。由此,之后每一级的统领都依赖自己的亲随在军队中起到的核心作用。

关于这一发展,见伊沛霞《东汉经济社会史》,622—631 页。也参见唐长孺《魏晋南北朝史论丛》,3—29 页,以及贺昌群对此书的书评。伊著第 629 页特别提到了鄱阳湖地区与孙策有牵连的群体。吴郡和会稽地区相似,但当地豪强却选择反对这位年轻的军阀,见本书第三章。

[128] 《后汉书》卷 76 列传第 66,2471—2472 页;《后汉书》卷 8,345 页;《三国志》卷 54《吴书》9,1259 页。

［129］《三国志》卷58《吴书》13，1343页裴注第1引《陆氏世颂》，也可见于本书第八章。

［130］关于皋氏，见《后汉书》卷37列传第27，1250页，唐代的注释1引谢承《后汉书》；关于严氏，尤其是孙策的对手严白虎，见本书第三章和《三国志》卷56《吴书》11，1310页。关于焦氏，他们资助了后来成为吴国丞相的步骘，见《三国志》卷52《吴书》7，1236页。关于贺家，见《三国志》卷60《吴书》15，1377页；本书第三章。

［131］直到2世纪中叶，崔寔《四民月令》还认为三月应"警设守备，以御春饥草窃之寇"（许倬云《汉代农业》，220页），九月应"缮五兵，习战射，以备寒冻穷厄之寇"（许倬云《汉代农业》，225页）。也见于贺昌群《论两汉土地占有形态的发展》，60—61页。

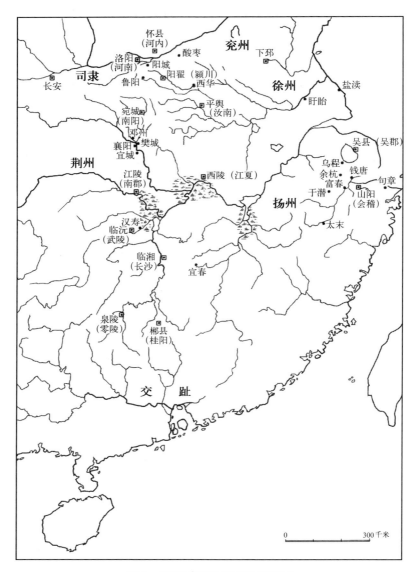

图1 孙坚时期各州形势示意图

第二章 家族的奠基者：孙坚

梗 概

孙坚出身于今杭州附近一处偏僻之地，家族并不显赫。他作为对抗反叛军的领袖而为人所知。起初是在他的故乡吴郡和会稽，之后是在对抗184年黄巾起义的行动中。他后来也在西北统领过军队。

被任命为长沙太守后，孙坚在当地快速建立了军事秩序并确立了个人的权威。189年，首都的混乱伴随着汉灵帝的驾崩而来。这给予了前线的将军董卓攫取权力的机会。然而，这一篡位带来了大范围的反抗，标志着终结汉朝权力的内战正式开始。

孙坚悲愤地率军参与了这场冲突，在关东联军的豪强将领之一袁术麾下任职。作为袁术阵营的一员将领，孙坚一路攻到洛阳，将董卓向西驱逐至长安。在此之后，这一联盟很快破裂，中原成为军阀逐鹿的地区。孙坚被袁术派去进攻荆州牧刘表，然而他却在这场战役中死去。

出生、背景和早期生涯(155—184 年)

约 155 年,孙坚生于东汉扬州吴郡的富春县。[1]富春的原址在今富阳,位于富春江的北岸,今杭州东南方约 30 公里处。

关于孙坚的早年生活,史籍中并没有太多信息。据《吴书》,吴国的正史起始于他的儿子孙权。这个家族有着超过六百年的传承,可以追溯到著名的将军孙武,他曾在公元前 6 世纪为古代的吴国效力,被认为是军事经典《孙子兵法》的作者。孙武的后人也就是孙坚假称的祖先一直在吴国为官,到约前 473 年吴国灭国。《吴书》还称,孙氏家族在富春城东有一处墓地,附近曾有祥瑞气象。[2]

三国时吴国的史官们自然有责任记录开国皇帝父亲的事迹。通常来说,当他们去寻找相关材料时,他们会遇到关于远古血脉的传说,以及配得上显赫家族之主的征兆。

富春的孙家有可能是传说中孙武的后代。但相隔这么多个世纪,这一说法的意义与价值已然不大。更重要的是,这一家族将年代遥远的孙武认作祖先的事实说明,他们可能从前 5 世纪吴国灭国之后就没有了身居高位的亲属。很可能确定的是,这一宗族没有一名成员在汉朝担任过重要的官职。就像其他史书一样,《三国志》会照例提到所述人物的祖先,以及其亲属的头衔和官场经历。当《三国志》的正文没有给出这类信息时,裴松之的注释总能引用宗族记录、地方史料或相关文献来补充。[3]而吴国的史官却找不到一个能与孙坚联系起来的汉朝官员。这一事实强烈地表明,孙坚的家族在汉朝三个半世纪的历史中所扮演的是一个微不足道的角色。

尽管《三国志》提到了孙坚的祖先孙武,但关于他的父亲并没有充分的记录。一则志怪逸闻显示他的父亲叫孙钟,不管怎么说他是一位皇帝的祖父,但《吴书》和《三国志》都没有记载他的姓名。[4]至少,我们不得不由此推测,孙坚出身的家族是默默无闻、不值一提的。

关于孙坚的母亲,我们只知道:

> 及母怀妊坚,梦肠出绕吴昌(阊)门,寤而惧之,以告邻母。邻母曰:"安知非吉征也?"坚生,容貌不凡,性阔达,好奇节。[5]

吴县(今苏州)距离富春约 150 公里,而阊门是吴县西侧城墙的主要入口,也是这一地区的著名景观之一。所以,这位未来的母亲在梦到它之前可能在现实中见过这个地方。但我们必须同情她,毕竟她经历了一个关于显赫未来的骇人征兆。还有,尽管孙坚相貌不凡,他实际上是双胞胎当中的第二个,他的胞兄孙羌也活到了成年。[6]这些事实可能会让我们对这个梦的解释更加清晰。

富春位于一处边缘地带。尽管靠近杭州湾沿岸汉人的聚居地,但这个县位于浙北山区的边缘,当时这一地区并没有多少汉人居民点。[7]几个世纪以来,这一地区整体属于汉语世界,但汉朝对它没有太多的兴趣。当时主要的发展发生于长江中游到今广东的通道上,而不是这个东边的角落。尽管这里与山中当地人和一些来自北方的汉人移民有着贸易和交流,但是富春在东汉时期类似于一潭死水。

孙氏家族显然在这一地区生活了几个世代,因为他们在城东的河对岸有建立已久的墓地。传说告诉我们,这些坟墓上方有光怪:"云气五色,上属于天,曼延数里"。从更为现实的角度来看,无论是否为一处吉兆所在，家族墓地在一定程度上是稳定性和社群地位的标志。

孙坚的传记里称，当他还年轻、不到十五六岁时，他成为一名县吏。这本身可能说明了其家族的地位。如果孙坚属于这一地区的世家之一，他可能被举荐给皇帝并得到做官的机会；他可能在吴郡太守手下短暂地效力，再被郡府举为"孝廉"，甚至被州署举为"茂才"。[8]世家的年轻人会将地方官员视作长辈，以及自身阶层里受尊敬的成员，来自他们的恩惠、资助和举荐几乎被视为一种权利。

孙坚显然没有这样的地位，也不指望这样的举荐。但其家族的名望至少足够让他在当地的县衙获得职位。如果他来自最贫穷的阶层，他不会从日复一日将将糊口的劳碌中得空当差，也不可能得到任命。事实上，对于一个有野心和空闲的年轻人，地方政府的公职可能是其政治生涯的第一步。即使没有进一步升官，他在任内积累的人脉和影响也在一定程度上保护其免于未来可能遭受的零星压迫。大体上，在中国古代王朝里，任何层级的官职既是一种个人与家庭的保险，又是一个从政的机会。

汉代，"吏"是对政府部门低级官员的一般指称，在州、郡和县里，这些低阶职位通常由地方任命。同时，"吏"也可以指代官府的文员或衙门的差役。孙坚所担任的并不是一个重要的职位，鉴于他之后的征战生涯，我们可以猜想，他最初的职位可能是县衙里的贼曹或护卫。

据孙坚的传记，他在 17 虚岁时首次受人瞩目。假设他生于155 年，那么这一转折发生在 171 年。那时，他和他的父亲正前往钱唐，钱唐位于富春东北，在今杭州附近的富春江口。[9]在旅途中，他们了解到当地的水贼胡玉在附近扎寨，劫掠行人，正在与其同伙分赃,江上的船只都不敢靠近行驶。孙坚请求他的父亲允许他攻打水贼,但他的父亲仅仅回道:"非尔所图也。"[10]

然而,孙坚独自带剑爬上了岸,走向这伙匪徒。当他走入匪徒的视线,孙坚挥舞手臂指向一侧,再指向另一侧,看起来像是给准备攻击的士兵发送信号。水贼们认定孙坚是前来捉拿他们的官兵头领,遂四散奔逃。孙坚紧追不舍,抓住一人并斩首,然后带着他的战利品回去了。这令他的父亲十分惊愕。

水贼胡玉仅仅是一个小贼,击败其匪帮也不过是一件仅具有地方意义的事件;关于这场冲突,历史上也没有其他记载。然而,据孙坚的传记称,由于这次的大显身手,县衙将孙坚任命为假尉;他由此扬名,得到了军官的职务。

关于这次事件的记载包含了正史对孙坚父亲的唯一提及。值得注意的是,他对孙坚的出众野心的回应并不热情。"非尔所图也"是这位英雄的父亲口中不寻常的一句话。尽管这句话没有确凿依据,并且史料中任何直接引语的段落都值得怀疑,但这则传说至少说明孙坚的父亲并不是一个胆大的人,种种迹象表明他是一个商人。这趟旅途不一定是他第一次去往钱唐;他对儿子尝试突围的反对,以及他不愿多管闲事的倾向,非常符合中国商人的传统形象。在儒家视角中,商人是社会中最没有价值的阶层,既然商人们被官员轻视,他们也就鲜有公德心。另外,如果孙坚想要从政,一个殷实商贾的儿子在地方官府里当上一个小吏并不难。[11]

孙坚恰好在许昌揭竿而起的时候,当上了一个小吏。许昌是一个假装拥有超自然力量的人,他在会稽郡句章起兵,此地现位于杭州湾南岸的宁波地区。[12]根据《后汉书·灵帝纪》,这场动乱爆发于 172 年,于 174 年被扑灭。据孙坚的传记称,郡府任命他为司马,让他在吴郡募兵。孙坚聚集了1 000余人,参与了消灭反抗武装的战斗。

孙坚早年担任过的两个军职都有一点不寻常。关于第一个,在打败了以胡玉为首的水贼后,孙坚被任命为富春县的假尉。这不是个重要的职务,可能仅仅是正规校尉的一个高级助理。正式来讲,他仍然是一个文职官员,但他的职责是监督县里的军事、治安,以及一年一度的征兵。[13]

起于一个微末的半军事职务,孙坚被郡府委以司马的官阶,被派去募兵对抗反抗武装。这一"委任"实际上是一种应急机制:东汉时有短期兵役的定期招募,通常伴随着一年实习期的护卫或岗哨职责的基本训练;地方上有大体由志愿兵组成的设立在郡或县治所的小单位,类似孙坚担任的级别。得到完整训练的正规军则大体上只驻屯在京畿和北方地区。[14]当地方上面临紧急情况,比如许昌起义,更多的部队需要当场招募。所以孙坚就被授予特权和一支小队,被派去征召一切有军事经验的人加入战斗。[15]

带领着以这种方式征集的人手,孙坚表现得足够突出,以至于得到了平乱的将领扬州刺史臧旻的注意。臧旻举荐孙坚前往京畿,而一份朝廷的委任书将其任命为广陵郡的盐渎县丞。此地靠近今江苏盐城的海岸。[16]

我们已知晓,经过州或郡一级官府考察,被推举为"孝廉"或"茂才",从而进入帝国官场是汉代士子开启政治生涯的重要途径。一旦举为"茂才",可以立刻获得委任。然而,十三个州当中的每个每年只能举荐一名茂才,再考虑到几个来自京畿高官的推荐,能够通过这一途径进入仕途的候选人并不多。[17]更常见的为官之路是被郡里推举为"孝廉",从而让候选人进入郎官之列,以皇家仪仗队的身份进入朝堂。理论上来说,在宫中的这段时间,皇帝和朝廷高官有机会观察与评判这些候选人的品质。实际上，在汉朝后期，这种考察流于形式，而来自地方官府的举荐才是进入帝国官场的有效途径。

察举制度背后的原则是，任何有望身居高位的人都一定要经过皇帝的考察。不论在京畿，还是整个汉朝，最低级的官职可以来自地方性的、寻常的征召，但这种职位的担任者大体上和军队里的普通士兵处于同一地位：不论他们当职多久，都不能获得提拔。相较之下，朝廷考察过的人可被委以汉朝的任何官职，也可以顺着京畿或州府的官阶层层升迁，抵达官僚系统的最高职位。地方上委任的、没有被考察过的官吏与身在首都、受过考察的官员之间的鸿沟，总体上是通过举荐这一程序来弥合。

当时，尽管孙坚为官府统领过部队，但是他所有的委任都来自地方行政机构，并没有得到朝廷的认可。然而，当臧旻上报了孙坚的出色表现，他就收到了来自朝廷的委任状，这使他获得盐渎县丞的职位。这份文件代表着孙坚获得了进入汉朝官场的授权。虽然臧旻的推荐并没遵循常见的察举形式，但它为孙坚奠定了仕途的重要一步。

大约在此时，孙坚结婚了。他当时19周岁，有着令人尊敬的职业。他的妻子吴夫人的名字没有记载。她来自吴县（吴郡的郡治），但她的家族搬到了钱唐。她的父母早亡，她与弟弟吴景和其他亲戚一同生活。吴夫人家族的地位可能比孙坚的家族更高，而我们知道她的亲戚一开始不看好孙坚，认为他出身不高。孙坚喜爱吴夫人的美貌和性格，他在求婚被拒时感到羞辱和愤怒。吴夫人担心孙坚可能会报复她的家族，所以劝说她的亲人们同意这门婚事。而孙坚在官府的新职位也使得吴家相信这场联姻是值当的投资。吴夫人的兄弟吴景后来成为孙坚的主要亲信之一，而吴夫人在日后也有着相当的影响力。[18]

　　这对夫妻的第一个儿子是孙策,生于175年。第二个儿子孙权即吴国未来的皇帝,生于182年。另两个男孩孙翊和孙匡,在之后几年里出生。孙氏夫妇还至少有一个女儿。同时,孙坚承认了他和另一个女人生的儿子孙朗。那个女人可能是他的姜室,也可能是萍水相逢。历史上还提到了孙坚的另两个女儿,她们可能也非吴夫人所生。[19]然而,孙坚和他的妻子之间似乎没有重大的矛盾,吴夫人与吴景在接下来的年月里是孙氏家族重要的谋士和同盟。

　　孙坚接连在三个县担任过县丞。先是在盐渎,之后在盱眙和下邳。盱眙位于今江苏盱眙县城北部,在洪泽湖南岸。下邳在今江苏北部邳城东部。两者都属于徐州的下邳王国,而下邳城是其王都。[20]按照汉代的制度,委任官员应避免在其家乡的官府任职。孙坚的职务都在长江以北,距他的老家有300公里。他可能是在174年被举荐并首次得到任命,当时许昌起义刚刚被平定。在接下来的十年里,他一直是徐州的一个地方官。

　　盐渎和盱眙是相对较小的县,人口不足1万户。下邳要大一些,有更多的人口和重要性。该县官府的长官是一位令,他有稍高一些的官阶和俸禄,县丞可能在一定程度上分享了这些好处。[21]尽管如此,孙坚在任上没有得到实质性的升迁。他仅仅是一名辅助官员,也没有自己的实权。另外,《江表传》(编纂于3世纪,是主要讲述长江以东地区地方历史的史书,《三国志》裴注多次引用)告诉我们:

> 　　坚历佐三县,所在有称,吏民亲附。乡里知旧,好事少年,往来者常数百人,坚接抚待养,有若子弟焉。[22]

184 年，孙坚虚岁已有三十，在汉朝的下邳县担任着一个小职位。他熟悉战争，并且聚集了一小批可能准备在未来支持他的朋友和追随者。

升至高位（184—189 年）

184 年 1 月 31 日开启的中国纪年是甲子年，即一个新甲子的第一年。这一年也是汉朝权力尾声的开始，因为两个地区的大规模叛乱妨碍了刺史部的管理，耗尽了京畿政府的资源：在东方有张角领导的黄巾起义，在西北有凉州的动乱。[23]

在这样的压力下，汉灵帝的军队难以维系，但汉朝的危难让孙坚有了脱颖而出的机会。他接连在与黄巾军和西北的对抗中取得了成就，这给予了他在和平时期未曾设想的地位和荣誉。

张角来自今河北南部的冀州巨鹿郡。在许多年里，他运用某种形式的道术，通过忏悔和信仰疗愈来治病。当人们来追随他的说教，他和他的兄弟张宝、张梁谋划了对抗汉朝的起义。张氏兄弟的宗教和政治是一种基于世界秩序将在末日改变的信仰。他们于 184 年告诉追随者，在新轮回的开始，天空将会变成黄色；而在新的天穹之下，汉朝的统治将会结束，新一轮的王朝将会诞生。"甲子"二字成为即将到来的变化的标志。之后，当张角的追随者上场作战时，他们会在头上缠绕黄布用作头巾。"黄巾"一词由此而来。[24]

公元 2 世纪的后半叶，汉朝政府在京畿的窘迫、各州社会与政治形态的矛盾，以及数场大瘟疫的爆发引起了人民的不满和不安。人们在民间宗教中寻求一定程度的安慰，而这甚至反映在儒家思想当中，比如对今文经学的迷信和对神圣经典中奇迹力量的信仰。洛阳的朝廷里，汉灵帝的继任者汉桓帝向黄老和佛陀举行国家祭典。[25]各州有保持独立或反对政府的地方宗派：170 年代早期，孙坚率部对抗的许昌只是其中的一员。[26]相信自然的新秩序并谋划着新的开始，张角领导的黄巾起义将是汉朝这些敌人当中最危险的一个。

在准备起义时，张角派弟子在整个华北平原争取支持，组织信众。他们甚至在帝国的朝廷里有信徒。尽管许多接受张角传教的人不太可能亲身加入起义，但在汉朝官员们不明确他们的意图抑或畏惧于他们的势力的情况下，这些反抗者可以做出自己的谋划。

张角认为他的追随者应该在全国一同起义，但他所持有的威胁在他振臂一呼之前就被发现了。当黄巾军的同情者在洛阳被逮捕和处决时，各州的起义不得不于中平元年（184 年）的二月提前开始。[27]尽管起事草率且在协调上有着不可避免的不足，但仍然有无数人揭竿而起。政府被摧毁，汉朝的军队一下子被迫进入防守状态。

黄巾军武装集中在三个区域。由张角和他两个兄弟领导的群体在黄河北岸地区得到了支持，这里靠近张角的故乡巨鹿和他在魏郡的大本营。第二场主要的起义发生于幽州的广阳郡和涿郡，靠近今北京。第三个起义的中心位于颖川、汝南和南阳三郡。这支武装显然意图与洛阳城中的反抗者里应外合以攻陷首都。然而，即使没有外援，这一地区的起义军仍是一个重大威胁。[28]

在起义的前几周，汉灵帝政府把重点放在寻找并处决首都的内应及京畿的防御上面。[29]三月，当这些准备已经完成，三支军队被派出平乱。一支向东对抗张角。另两支由皇甫嵩和朱儁率领，被派去对抗颖川、汝南和南阳的起义军。[30]

朱儁来自会稽郡。根据孙坚的传记,他举荐孙坚当上了军队中的佐军司马,从而召集其部队加入他的武装。

据《后汉书·百官志》的记载,别部司马统率或大或小的一支军队,而司马是这个军营里的二号领导者。作为自行募兵的佐军司马,孙坚的新职位与他之前对抗许昌的战役时一样。[31] 面对大范围的动乱,帝国的指挥官们急于获得部队兵源。而长江下游地区没有被张角的起义直接影响又足够近,是一处适宜的兵力来源。[32] 朱儁一定听说过,孙坚是一员来自其故乡的忠诚战士,而且当时显然有其他官员被给予强行募兵以应对危机的特权。在集结了他的人手之后,孙坚带着麾下 1 000 人行军,加入了朱儁的部队。

据孙坚的传记记载,孙坚的一些部众由下邳辖区内追随他的年轻人组成。[33] 除了这些人,也聚集了来往商贩以及下邳附近淮、泗地区受过训练的士兵。所以他带往战场的士兵,一部分由已把他当作自己领袖的人组成,另一部分由游民即四海为家且基本不能参与自给自足的小农经济的人组成。他麾下其余人里,有年龄适于参军、曾经服役、接受过基本训练仍然能被征调的人。所有上述,无论是个人的追随者、居无定所者或民兵,都受同一个人指挥。而这一随意的征兵方式在接下来的战争中被延续。任何军事领袖都在一定程度上与他统领的群体在利益上休戚相关。而这些群体更多地服从他们的直接统帅,而不是这位统帅所效力的将军或政权。

对抗颍川、汝南和南阳黄巾军的战斗常常是激烈的,并且胜负夹杂。中平元年(184 年)三月,起义爆发后不久,黄巾军将领张曼成打败并杀死了南阳太守。四月即夏季的开始,朱儁麾下的汉朝军队在颍川被黄巾军将领波才击败。而汝南太守被另一支起义军打败。

然而,在这一年年中,势态发生了转机。五月,皇甫嵩和朱儁会师打败了波才。六月,他们在西华(今河南西华)的一场战斗中摧毁了汝南的黄巾军。这两位将军之后兵分两路,皇甫嵩前去加入对黄河北岸黄巾军的进攻,而朱儁杀向了南阳的黄巾军。

此时,一位新任的太守击败了张曼成并杀了他。然而,黄巾军攻下了郡治宛城并在此休整。接下来的几个月,战役的核心即在这座城市及其周边展开,直到宛城最终被攻克,守城者在十一月也就是 185 年年初的深冬被屠杀。

孙坚在整场战役中追随朱儁,传记中称他所向披靡。然而,《三国志》孙坚传记中裴松之注引用了一则来自《吴书》的逸闻,描绘了一场不纯粹却也因此更有趣的胜利:

> 坚乘胜深入,于西华失利。坚被创堕马,卧草中。军众分散,不知坚所在。坚所骑骢马驰还营,踏地呼鸣,将士随马于草中得坚。坚还营十数日,创少愈,乃复出战。[34]

孙坚的传记还描绘了他如何领导对宛城的进攻,他在这场攻势的最后突破中第一个翻过城墙。然而,朱儁的传记对这场漫长战役有着详细的描述,里面没有提到孙坚。这么看来,孙坚的传记夸大了他本人的成就。从另一个角度来说,孙坚也证明了自己是一位成功的军事统帅。年末的最终胜利之后,呈给皇帝的奏折中提到了孙坚,他因此官升别部司马。

宛城的陷落是黄巾军遭受的最后一场重大失败。夏天的时候,他们在华北平原的武装已然在战场上被汉朝的军队摧毁,他们的据点被包围攻陷,而张氏三兄弟相继殒命。剩余下来散落的反抗者被郡县武装在数场收尾行动中追捕。这一甲子年的十二月，即185年2月中旬，汉朝政府发表了声明以庆祝胜利，并且改元中平。

汉朝的军队当然是胜利者，它能这般快速地平定张角的起义也是一项可圈可点的成就。然而，付出的代价很高。大片地区的官府被摧毁，官吏被杀死，整片整片的地区脱离了中央政府的管控。敌人屠杀了千百人，更多无辜的人民苦于战乱，无家可归，这一汉朝人口最密集地区的经济与社会化为废墟，无以为继。动乱仍然持续。土匪们出现在每一片地区，而官府无力镇压这些小规模的骚乱，只得尽其所能平息局面。和平与繁荣的部分恢复需要一段长期的巩固，但这样的喘息空间并没有到来。

因为和平仅仅维持在东部。在184—185年的冬天，当黄巾叛乱频仍，驻扎凉州金城郡的少数民族辅助军中爆发了一场兵变。羌族部落加入其中，他们的力量压倒了当地官府，占领了郡治。太守被俘虏后处死，一些汉族官员也加入了叛军。到了185年春天，帝国在凉州的统治被完全推翻。由叛军、羌族部落和当地汉人组成的反抗武装沿着渭河河谷前进，直取汉朝旧都长安。

在这场新的危机中，平定了黄巾军的皇甫嵩被任命为西部帝国军队的统帅。然而，他无法击败叛军，四个月后被张温取代。张温日后官至政府最高职位之一的司空。最终，在十一月，即185—186年间的深冬，叛军在美阳（今山西武功附近）的一场战斗中被击败，遂折返向西。于是，张温兵分两路。一支分遣队由董卓率领去对抗羌人，而他自己的主力在榆中（今兰州附近）包围了叛军将领边章。然而，两路追击都不成功，被迫撤退，叛军则在金城得以喘息。[35]

中平二年（185年）八月，张温从皇甫嵩手里接过指挥权，当时孙坚为他的下属。关于孙坚在打败南阳黄巾军后的几个月里在做什么,历史并无记载;但当时许多军队被从东部调走以应对凉州的威胁,并且孙坚之前已经在皇甫嵩手下效力,他可能被张温注意到。他很可能是被朱儁推荐给皇甫嵩,再由后者推荐给张温的。孙坚传记称,张温在中平三年(186 年)向西行军,他致函邀请孙坚加入。但其他关于这场兵变的史料明确表示,皇甫嵩是在 185 年而不是 186 年被张温取代,孙坚应该是在那时加入了张温麾下。传记里的"中平三年"是一处笔误,应为中平二年。

然而,孙坚传记对于平定战役的过程,以及孙坚在其中发挥的作用描写得很不令人满意。其主要内容是一则表达孙坚对董卓的不喜与怀疑的故事。董卓在日后篡夺了洛阳帝国政府的权威。

根据这个故事,张温带领军队来到长安,召见了董卓。然而,董卓姗姗来迟。当他到来时,他表现得桀骜无礼。孙坚当时正陪侍张温,他就此发表了一则冗长且富于历史典故和影射的观点,指出董卓应当因对上级的桀骜行径被处决。既然这番话被描述为孙坚在张温耳边的低语,我们很难想见当时它是如何被记录下来的,也就无从依据这一段记录。很可能,在这场战役的某个阶段,董卓违背了张温的命令,而孙坚敦促张温惩罚董卓。[36]

然而,实际上,董卓是张温麾下最成功的将领。他在皇甫嵩之前半途而废的战役中表现出色,并且在美阳的胜利中扮演了重要的角色。这场胜利最终导致敌人撤退向西。还有,在孙坚传记裴松之注后半部分里,有一段出自《山阳公载记》的引文,里面包含了一则董卓本人对这场战役的讨论。就像史书中的任何直接引语一样,这段话的真实性值得怀疑。但据说董卓曾经与历史学家刘艾对话,而刘艾很可能留下了笔记。[37]

根据这则记录,当张温打算派周慎和董卓率领两支独立的纵队向西时,董卓称这两路兵马应该合为一处,他自己应该在周慎向前接敌时作后备队。他的观点是,叛军会因此不敢集中进攻周慎,因为他们害怕会被董卓突袭。董卓担心,如果他们都独自前进,反贼就可以观察他们二人并在理想的地点集中兵力分别进攻他们。事实正是如此,这两支纵队都在自身补给线过长的时候,遭到敌人在陌生地带的袭击。董卓被羌人包围,只得使诈脱身;周慎遭遇反击,在逃跑中丢下了辎重。

董卓接着说,孙坚向周慎提出了他向张温提出的同一计策:周慎应该用部队的主力建立一个安全的基地,再让孙坚带着一支纵队向前。敌人会因大部队进攻的威胁而束手束脚,这使得孙坚和他的军队能够肆无忌惮地洗劫敌方的据点和通信。叛军们害怕在一场大规模战斗中与任何一支汉朝军队交手。因为在这样的交战中,他们会被大部队围困并摧毁。然而,和张温一样,周慎拒绝采纳这一计策。

《后汉书》里也提到了孙坚向周慎提出的这一方案,不过这则记录显然也是基于《山阳公载记》。然而,令人惊讶的是,《三国志》孙坚传记正文对这则提议只字未提。相反,我们读到,当叛军们得知张温的军队来攻击他们时:

> 党众离散,皆乞降。军还,议者以军未临敌,不断功赏。[38]

但这是相当错误的。汉朝军队实际上在美阳打了一场硬仗,叛军没有四下逃窜,也根本没有投降。孙坚传记中的记载与关于这场战役的其他所有记录相左。可能,传记的作者试图解释孙坚回到首都后为什么没有得到任何奖赏;抑或他太重视表现孙坚对董卓的反感,从而觉得将他们描述为英雄所见略同令人尴尬。不论哪种情况,这里显示了,当传记的主人公在所描述事件中只是一个小人物且相关事件在时空上相隔甚远时,传记可以是多么的不可靠。

还有,我们可以发现,孙坚此时不仅仅是一位官员,他还在战斗中指挥部队。他跟随周慎并甘当前锋;而且,在《山阳公载记》里,刘艾提到孙坚在美阳城外对阵叛军时的尴尬失败,这很可能是在董卓的成功之前。董卓观察到当时的孙坚部队素质堪忧,但孙坚是一位好的指挥官。

孙坚于 186 年回到首都,被任命为政府中的议郎。

议郎,顾名思义,是帝国朝廷中的顾问。他们有着六百石的俸禄,这不是很高的职位。孙坚在这场变动中是被降级了:司马的俸禄是一千石,而别部司马的更高。然而,这是孙坚在真正官场中的第一个职位,并且议郎的职位常被用作可考虑委以重任者的中转站。[39]这当然是即将发生的事。187 年,当他从凉州回来几个月后,孙坚被任命为长沙太守,俸禄两千石。这是首都以外官僚机构里最高的官阶,并且长沙是帝国的一个重要地区。

长沙郡治在今长沙附近的临湘。这一郡控制着位于今湖南的湘江下游盆地。在其南面,湘江的上游由零陵郡管辖,支流耒水的河谷由桂阳郡管辖。和今天一样,湘江和其支流提供了从中国中部和北部越过南岭山脉去往岭南肥沃而奇异的土地的通道。长沙郡的在籍人口此时超过了 100 万,这反映了这一地区的发达交通以及南向的移民,后者正是东汉人口的一大特征,从而使得长沙成为汉代较大的郡之一。[40]

然而,这一地区的麻烦很多。据孙坚的传记,长沙的一个民变首领区星自封为将军,带着一万多人的军队攻城略地。不过,在孙坚被派往长沙郡担任太守后,他于抵达后的一个月内就制定并实施了摧毁区星及其部众的计划。接着,孙坚进攻了民变首领周朝和郭石,他们在零陵和桂阳制造麻烦并与区星为伍。孙坚离开长沙郡去追击他们,消灭了他们的武装。

根据另一则史料,《后汉书·孝灵帝纪》记载,零陵的民变首领观鹄自封为平天将军,盘踞桂阳。中平四年(187年)十月,长沙太守孙坚进攻观鹄,将之斩首。[41]

虽然关于孙坚所打败的民变头目的名字存有不同记载,但是事件的进展并没有真正的问题。最有可能的是,至少从北方黄巾军在184年起事开始,长沙郡和相邻地区就有一些反叛军和土匪团体活跃。到187年,这一地区的动乱变得足够严重,招致了中央政府的注意。而孙坚作为一位有着实战经验的官员被派往此地重建秩序。据说,新上任的他颁布政令称:"谨遇良善,治官曹文书,必循治,以盗贼付太守。"

那些首领们的名字并不是非常重要。这种群体的组织很少是长期的。很容易想见的是,长沙、零陵和桂阳三郡的反抗武装曾经结成松散的行动联盟。当孙坚来到长沙,他先解决了眼前的问题区星,然后再转向其他武装。在他这么做的时候,周朝和郭石曾取代观鹄成为被孙坚摧毁的人。朝廷的记录远离这些行动的现场,对于小人物的姓名也很容易混淆。但重要的是,187年末,孙坚已经解决了湘江盆地的麻烦。

作为长沙太守,如果没有特别授权,孙坚并没有在他辖区之外进行军事行动的权力。但大部分时间里,他似乎是在地方官员充分的监督之下开展行动的。[42]然而,他不是特别在意这些细枝末节,声称对付不寻常的动乱和反叛的蔓延需要特别的手段。例如,大约在此时,豫章宜春县官被土匪攻击,向孙坚寻求帮助。孙坚已准备好前去,而他手下的文员表示反对:尽管宜春就在长沙东部边界上,但它不仅属于另一个郡,还属于另一个州。孙坚回答道:"太守无文德,以征伐为功,越界攻讨,以全异国。以此获罪,何愧海内乎?"**43**

根据传记,作为对其出色工作的奖赏,孙坚被封为乌程侯。所以我们可以断定朝廷默许了他的做法。

封侯是一项特殊的荣誉。侯是刘氏家族之外的人所能被赏赐的最高爵位,这绝不是太守通常能得到的。通常来说,侯仅仅能得到一个村子或一片区域作为他的封地。但乌程是吴郡的一个县,位于太湖南岸。随着这个头衔而来的是基于此地税收的收入。尽管他在自己封地里没有实权,甚至不一定能够住在那里,汉朝政府的慷慨还是实实在在地给孙坚和他的家族带来了财富。对于一个来自偏远乡下、出身普通的年轻人来说,这是能力与好运的罕见结合。187年,孙坚约莫32周岁。

在接下来两年里,孙坚继续担任长沙太守。对抗反叛军的成功使他配得上显著的升迁和高官厚禄,他显然被认为是朝廷的一位有价值的支持者。当189年汉朝首都发生动乱,随后而至的是数年内战。孙坚掌控着他自己郡内的土地和人民,他在相邻数郡的太守之中建立了自己的威望,并且准备好率军北上,匡扶汉室。

讨伐董卓(189—191 年)

中平六年四月,即189年5月13日,汉灵帝驾崩。他幼年登基,驾崩时只有34虚岁,即33周岁。他留下了两个儿子,同何皇后所生17岁的刘辩,还有同其妃子王美人所生9岁的刘协。何皇后处死了王美人,而刘协是在他父皇的生母,也就是他的祖母董太后的抚养下长大的。在此之后,这两个男孩都没有被立为太子。但据说病榻上的汉灵帝曾打算立刘协为太子，将其托付给了当时陪伴他并被赋予首都军队指挥权的宦官蹇硕。[44]

然而，守寡的何皇后和她宗族的势力都仰仗男孩刘辩的继位。于是，他们在几个小时内强行促成了这一继位。之后几周内，蹇硕和董太后去世，而何皇后也就是现在的何太后的兄弟大将军何进控制了朝廷。[45]但当时何进正在谋划的是如何对付宦官们。

汉灵帝时，宫中的宦官主导了朝廷。168年，当年轻的皇帝刚刚来到首都，宦官们正处在摄政的窦氏家族的威胁下，但他们通过政变推翻了对手。在此之后，宦官群体通过资助其支持者、流放其主要的对手维系了他们的影响和成功。他们也成功地倚仗了皇帝的喜爱和信任。在他们的主张下，何氏成为皇后。即使皇帝已经驾崩，他们还希望得到新的太后和她兄弟的支持。

然而，作为政府实质上的首脑，何进正处于格外的矛盾压力之下。何氏并不是帝国最显赫的家族之一，所以何进觉得他需要得到大乡绅和世家宗族的支持，以维持他的权威。尤其是汝南的袁氏，他们曾四代占据着帝国最高的官职，位列何进的主要支持者。而大司徒袁隗的侄子袁绍、袁术兄弟在京畿地区的护卫和部队中担任统领。[46]这两个年轻人现在表达了乡绅官员一直以来对宫中得宠宦官的憎恶，他们要求将整肃朝纲和诛除宦官作为换取其支持的条件。

宦官们的处境岌岌可危。168年，他们曾经能够代行皇帝的权威来召集军队剪除大将军窦武。当然，何进也知道这一前车之鉴，但蹇硕的死断绝了宫廷宦官和任何外部武装力量的联系。为了震慑宦官并树立自己的权威，何进让董卓带领军队驻扎在首都附近。何皇后和何苗为宦官说话，而袁绍和袁术反对他们。何进无法作出决定,而宦官们变得绝望。

189 年 9 月 22 日,一群宦官伏击了何进,在他出宫时将其杀死。他们试图给何进打上"反贼"的标签并将他的部队控制起来,于是他们命自己的支持者去关键的岗哨控制首都。但他们的计划毫无希望,以致失败。袁绍和他的同党控制了宫廷卫队,他们烧毁了宫门,攻入了宫殿,处死了所能找到的宦官。

一伙宦官试图带着小皇帝刘辩和刘协逃跑。袁军追上了他们,处死了宦官,带回了小皇帝和刘协。在返回洛阳时,他们遇到了董卓和他的军队,小皇帝在其护驾下回到了首都。

在此之前,阴谋、政变和叛乱充斥着首都,汉灵帝治下被维系着的政治均势现在已被摧毁。9 月 24 日晚,当宫殿被攻入、宦官被杀死时,燃烧的楼宇照亮了夜空。董卓从他的军营里看到了火光,觉得那里有麻烦便带兵往城里去。当他发出这一命令时,汉朝的统治便宣告结束了。

驻军洛阳后,董卓不费吹灰之力就控制了局面。帝国的两个皇子在他手里,宦官被杀死,何进已死,而何苗也在政变的混乱中被刺杀。他们之前统领的军队倒向了董卓,而何太后没有任何实质的后台。与之相似的是,尽管拥有很大影响力,但袁氏家族和其他领导人物在洛阳城里并没足以仰赖的部队,能够与董卓的部队一决高下。此时他们什么也做不了,只有接受董卓的权威。

董卓没有长久维持他的权力,但他获取和使用它的方式意味着汉朝合法统治的终结。[47]他没有进入都城的正当权力,他能得到权力仅仅因为他是一个军队统帅;假使当时有另一支军队就能够罢免他。另外,在他来到洛阳的几周内,他废黜了刘辩的皇位,立刘协为皇帝。刘辩和他的母亲在几个月后死去。对于两个皇子的继位之争,异议很少:董卓仅仅是移除了一个皇帝,将他推举的那个人扶上了皇位。董卓做到这件事，纯粹通过自己的军事实力，而他对朝廷的控制也是基于武力。这个男孩刘协在历史上被称作汉献帝，是汉朝的末代皇帝。他在位 30 多年，却从未拥有过自己的权力。

然而，董卓很快便面临着国都外"忠臣抗议者"的武装抗争。袁绍、袁术和数个其他领导人物逃离洛阳，去往东南。他们和地方上的代表一起集结军队，准备反攻。190 年年初，这一同盟集结了他们的部队，而这整支武装叫作"关东义军"。他们在从洛阳东北方到南方的弧线一带扎营。这一联盟的领袖袁绍身处黄河以北的河内郡；另一支军队在陈留，占据着首都东面的黄河南岸[48]；第三支军队由袁术统帅，总部在南阳的鲁阳（今河南鲁山）。参与对董卓进攻的人包括灵帝朝被任命的官员，他们中有一些是被董卓委任的，但现在也来反对他。这里面还有其他的领导人物，如未来的军阀曹操；他和袁绍、袁术一样逃离了都城，再从家族的追随者和地方役兵中组建军队。[49]

在长沙，孙坚也组织了一支军队，前来加入这个联盟。然而，在行军途中，他趁机杀死了两位帝国官员：荆州刺史王叡和南阳太守张咨。

据孙坚传记裴注引《吴录》，王叡曾在两三年前陪同孙坚参与了平定零陵和桂阳民变的战役；当时，他曾对孙坚的军事部署作出轻率的评价。

王叡和孙坚一起参与长沙之外的平乱行动是十分合理且完全必要的。一方面，在这一情形下，刺史的职责主要是监督这场军事行动，防止任何指挥官建立地方上的军事独裁。这场战役的真正功绩属于孙坚，而高升太守及之后的封侯为其招致了嫉妒与矛盾。王叡有着良好的家世，他似乎无意中说过，一个郡在受过训练且有经验的官员治下会发展得更好,而武夫只应该作为辅助。[50]不论这是怎样的冒犯,它被孙坚记住了。

荆州刺史部位于武陵郡的汉寿,在今湖南常德东北。从长沙出发,孙坚转向洞庭湖以西,他的路线经过王叡的治所。《吴录》所述的经过是,王叡也调集了士兵参加讨卓的联盟,但他与武陵太守曹寅争执不下,便声称将计划让他的部队在北上之前杀死曹寅。作为太守,曹寅的郡治在临沅,今常德以西且非常靠近汉寿;他惧怕王叡,于是想利用孙坚的到来。所以,曹寅伪造了朝廷的诏令送予孙坚,声称这一文件来自帝国的特使,文件内容指控王叡犯下了多项罪行并要孙坚处决他。孙坚接受了命令,带领他的军队前往汉寿。孙坚装作是来寻求补给的,进而混入城内,当他告知前来的真正目的后,王叡自杀了。

从孙坚的角度来看,这一切很令人满意,而且他可能不太在意他所收到的诏令是真是假,他可以一直声称他相信它是真的;出于他本人的目的,这个除掉王叡的机会非常有用。这不但让他报了私怨,还让他控制了王叡的士兵并将其纳入麾下。如果王叡能够威胁到武陵太守,那么他的军队主力应是在武陵,而且他可能得到刺史部其他地区的役兵。孙坚有他自己从长沙带来的人,以及来自零陵和桂阳的纵队。现在他合并了王叡和他自己的军队,还能在行军途中集结更多的人。他的传记可能有所夸大地显示,当他到达南阳时,他已有成千上万人的军队。

在北上行军的某个阶段,孙坚的侄子孙贲带着来自故乡的小队加入了他。孙坚的哥哥孙羌在几年前去世,留下了两个儿子孙贲和孙辅。年长的孙贲此时可能不过是少年,但他曾在吴郡当官。董卓之乱爆发后,帝国的领军人物开始集结部队;而孙贲前来投奔他的叔父并为其效力。[51]

之前我们注意到，孙坚集结军队加入朱儁平定黄巾起义时，军队的一部分由弟弟孙静统领的人手及家族追随者组成。这支人马规模不大也不强势，充其量只能作为统帅的个人卫队。而现在，孙坚统领着一支大军，他有更多的理由来组建一个以亲随为核心的团体，让他在茫茫大军之中拥有可以信任的人。孙坚和当时其他的统帅各自维持着自己的亲近团体。在局势还不明朗的时期，这类个人随从和家族亲眷尤为重要。[52]

带领着这支来自南方的大军，孙坚到达南阳的郡治宛城，而宛城太守是董卓任命的张咨。

根据《献帝春秋》和《三国志》孙坚传记，孙坚在到达前先致函张咨索要补给。当他到达后，这两位官员交换了礼物，孙坚也向张咨行礼；第二天，张咨出于礼貌回访了孙坚。此时，张咨正身处孙坚的军营，而孙坚的主簿走来汇报称部队没有得到任何补给。张咨很害怕，试图逃走，但孙坚逮捕了他。经过一番简短的审讯，张咨被指控犯下了叛国罪行，依照军法被处决。

《吴历》的记录在一些细节上有所出入，称张咨不愿意拜访孙坚，但孙坚假装重病，声称要把自己的军队交给张咨统领。当张咨来到他的军帐接收指挥权时，孙坚从床上跃起，对张咨大喝并当场将其斩首。[53]

不论事件经过如何，张咨被杀了。尽管他接受了董卓的委任，但许多这样的人也准备倒戈加入反抗军。[54]然而，张咨似乎对关东联盟持保留意见，也不愿意全力支持他们。[55]鉴于袁术的军队植根于南阳北部，在南阳受到的任何阻碍将会切断孙坚和南方补给的联系，将他的士兵和他们的家乡分开。一个如此重要的郡的太守对其责任游移不定，这在任何情况下都是很危险的。还有，南阳的军队为孙坚的军队提供了重要的补充。与王叡那次一样,孙坚有理由借此消灭一个潜在的对手。

在安排好宛城的政务之后,孙坚前往鲁阳加入袁术的阵营。在此之前,他已被任命为假中郎将[56],而现在他被举荐为行破虏将军和豫州刺史。

孙坚从袁术那里所得职位前的"假"和"行",反映了这些任命仍然留待帝国的确认,而"表"字显示袁术正向皇帝汇报孙坚的作为。当然,实际上,袁术向还是小男孩的汉献帝进行的任何举荐都没什么作用:袁术是董卓公开的敌人,而董卓完全控制着这位年幼统治者的行动和公开决策。然而,袁氏及其同盟声称他们是在以皇帝的名义行动,以便从篡位反贼手中解救他。所以,他们根据正式的文书宣示对官员的举荐,声称相信皇帝在被从董卓手中解救出来后会肯定他们的行为。当这些"忠臣抗议者"开始征战,其中的一些便自封官爵。这一情形很快失控,汉朝末年,很少有逐鹿的军阀没有向皇帝的权威"献上"此种"殷勤"。[57]

孙坚现在拥有的职位给予了他军事上和法理上的权威,也使他成为袁术麾下的重要将领。作为豫州刺史,他在六个郡拥有权威,包括颍川和汝南。而这个富庶的地区是袁氏家族的故地。显然,相较于太守,刺史的品级较低,其权力也没有清晰的界定。但这个职位给予了孙坚从整个刺史部调集军队的权力。而新的将军头衔也给予了孙坚在战场上仅次于袁术的指挥权。

除去了王叡和张咨后,荆州刺史和南阳太守的职位就出现了空缺。而孙坚也放弃了之前长沙太守的职位。还有,当他服从了袁术的权威,袁术也就可以吞并南阳了。

然而,当王叡殒命的消息传到首都,董卓任命了一位新刺史来接替他的位置。刘表是皇室宗亲,他曾参与汉灵帝初年反抗宦官的行动,因此被流放远离首都约莫二十年。之后,在何氏家族短暂的当政期间，他曾被召回洛阳；而现在他被派去重整荆州的秩序。[58]

尽管袁术挡住了去往南方的主要道路，当地官府在孙坚行军过后的坍台造成了匪患和宗族械斗，刘表还是试图独自前往荆州，在南郡的宜城建立了他的治所。此地在今湖北襄阳之南，汉江之畔。董卓可能希望利用刘表作为曾被宦官流放的士大夫和何进同党的过往，让他与袁术和反抗军达成一定程度上的共存。起初，事态是这样发展的：袁术接受了刘表对荆州大部的占领，而刘表举荐袁术为南阳太守。由此可见，刘表在董卓与其敌人们的对抗中没有选边站。

孙坚似乎没有从袁术北上途中的劫掠所得里分到多少。从某些方面来看，孙坚被从已经建立一定权威的荆州调离，去担任此前几乎没有联系的豫州太守一事，令人感到些许意外。还有，这些安排的显著后果就是，袁术仅仅稳定了自己对南阳的统治，而荆州的其余部分被交给了刘表。他是董卓委任的人，充其量算是保持中立。

可以想见，孙坚是在某种压力下默认了这些安排，而我们必须知道他的处境并不强势。如刘表、袁术和反抗军的其他统帅都来自帝国最显赫的家族，不论孙坚通过在荆州的运作得到怎样的暂时性权威，他都没有能与之相较的个人地位。当他来到北方，他不得不成为袁术这种人的代理人和拥护者。如果世家大族凭借威望对他不利，他会被轻松地剪除；他只能争取他们的接受和宽容，而不是与他们平起平坐。

所以，在袁术的领导下，孙坚被指派对董卓的洛阳据点发起正面进攻。他先和袁术一起将指挥所建在鲁阳，在那里安排了补给线。之后，他向北行军前往河南郡的梁县（今河南临汝西部）。

按照今梁县所在的位置，梁县的城池位于汝水上游，而沿着河谷向北或西行进，孙坚的军队会经过熊耳山的一处山脊。在这里他可以从南面俯冲洛阳。广城关是守卫都城的关隘之一，位于梁县的西面。但一处重兵把守的据点并不能长久地拖住孙坚所率领的大军。[59]

意识到这一威胁，董卓令他的部下徐荣和李蒙率领一支军队在梁县附近迎击孙坚。在一场大规模战斗中，孙坚被击败，被迫逃命。孙坚的一名护卫拿着孙坚常穿的红色斗篷引开了敌军的追击。孙坚因而突围逃走。

他的一些同袍则没有那么幸运。据《后汉书·董卓传》，颖川太守李旻被徐荣的部队俘虏，被活活煮死，而关东联军的其他士兵则被热油烫死。令人略感欣慰的是，据史料记载，救下孙坚的祖茂成功逃了出去。[60]

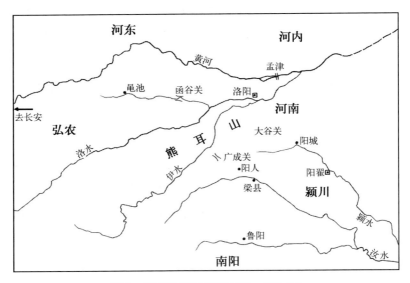

图 2　洛阳地区示意图（189—190 年）

　　对于董卓来说,这个中国纪年的最后时日是胜利的时光。河内太守王匡被袁绍派去督军沿黄河前去洛阳的进攻,他在首都东北的孟津扎营。董卓派兵摧毁了王匡的军队。所以,董卓的防御在两条战线上都是成功的,而联军主力在山脉东部的进攻也崩溃了。孙坚在南面也没有得到黄河河畔联军进一步的支持或协作。

　　然而,董卓与王匡的战斗和他对黄河一线的短暂投入给予了孙坚在被徐荣打败后所需的喘息,也给了他收复所失战场的时机。徐荣可能主要是通过突袭和奇袭取得的胜利,所以他仅仅消灭了孙坚军队的一部分。显然,这场追击并不紧迫,孙坚也能出乎意料地轻松重整旗鼓。而在另一方面,徐荣可能把他的战果看得太大,料定孙坚在接下来的一段时间内无法进行进一步的行动。但就孙坚自己而言,他在惨败后重组并控制了部队,这是一项可圈可点的成就。在191年2月末抑或3月初,新的中国纪年的首月,孙坚从战败的地方溯汝水河谷向着梁县西北方的阳人移动并扎营。尽管王匡的战败在东线被证明是决定性的,但对董卓来说,南线还需从头来过。

　　据《三国志》孙坚传记裴注引《英雄记》,董卓派五千步骑往南方对付孙坚。他们由将领胡轸率领,而著名的战士吕布统领着骑兵。他们在阳人进攻了孙坚所筑坚固的营垒,却是完全的徒劳。记载称,吕布和其他将领厌恶胡轸,他们一起欺瞒长官和士卒,故意消耗他们,使他们恐慌。不论真相如何,孙坚坚守着阳人,而董卓没有派出更多部队来进攻他。[61]

　　然而,就在此时,当孙坚准备向洛阳开拔时,他突然因为袁术的猜疑陷入了危险与困境。袁术的一员将领称,如果孙坚成功攻下洛阳,他可能背叛袁术并重演董卓的军事篡位。袁术似乎被这一观点动摇,所以他停止了给孙坚部队的补给。他可能只是想彰显他的权力,也可能是想让孙坚离开这场战役。当然,孙坚十分焦虑:他在一夜间从阳人纵马 50 公里来到鲁阳,为自己向袁术开脱。他在地上画图来展示自己的部署和计划,并且向袁术保证他只是想为了国家的利益和袁氏家族的荣誉进攻董卓。袁术感到满意,补给也恢复如前,而孙坚返回了他的驻地。[62]

关于袁术的疑虑,一种可能的解释见于大约此时对董卓来使的一则描述。两位董卓的高级将领来到阳人寻求和平与结盟。他们同时保证,如果孙坚推举他的任何亲属担任刺史或太守,董卓便会安排他们上任。然而,孙坚回道:

> 卓逆天无道,荡覆王室,今不夷汝三族,悬示四海,则吾死不瞑目,岂将与乃和亲邪?[63]

事实上,倒戈对孙坚并没有什么好处。他来自江南,他的军事名望大多建立在那里,而他的部队和补给是根据袁术的安排从豫州和荆州送来的。如果他抛弃袁术,董卓固然会给予他一些个人层面的尊重,但他并不能在都城里得到显要的职位。他和他的部下会被迫与故土隔离,他的军队很可能会出现骚动。而且,关东联军的行为显示,如果没有一支强大军队的支撑,董卓能够提供的地方官府头衔对于孙坚和他的亲眷没什么用处。尽管袁术可能多疑而不可靠,孙坚认为他相较于董卓是一个更有利于自己的领导者。

尽管发表了精妙而凶悍的言论,孙坚似乎尊重这次停战,而董卓的使者也被允许返回洛阳。[64]我们已知董卓对待阶下囚并不温和。在这场内战中还有另一支调停使团,其中有地位很高的人。他们被袁绍和袁术杀了。[65]所以,有可能是袁术在了解到董卓的使者去过孙坚的军营并被放回后开始怀疑他的。袁术可能需要孙坚对于他及他们共同事业忠诚度的保证，而他显然对孙坚的反应感到满意。

清除误解之后，孙坚带着军队离开在阳人的前进基地，通过洛阳南面约 50 公里处重兵把守的大谷关越过熊耳山。[66]

董卓亲自来迎战，两支军队在东汉的皇陵之中交战。汉代帝王的陵墓有庙宇和坟堆，建在首都之外。[67]董卓占据洛阳时，曾安排人手盗墓，而现在孙坚的进军将这些王朝的神圣之地变为战场。董卓的军队惨败，于是他沿着通往长安的路向西撤退，在弘农郡的黾池扎营。另一支吕布指挥的军队，在洛阳城下等待着孙坚。在吕布带着董卓剩余的军队离开洛阳前，还发生了一场战斗，然后孙坚便攻陷了这座城市。

这是一场辉煌却空洞的胜利。洛阳已经被洗劫并烧毁，而董卓已在大约一年前把皇帝和朝廷赶到了长安。至于平民百姓，那些没有被赶到长安的人逃往了附近的乡下。《江表传》中称："旧京空虚，数百里中无烟火。坚前入城，惆怅流涕。"[68]

另外，从军事的角度来看，孙坚的处境岌岌可危。王匡的军队于数月前在黄河边上被摧毁后，关东的人马就不再尝试越过这条线。孙坚以一己之力攻下了洛阳，但并没有足够近的联军前来支持他或巩固他的战果。他派出一支纵队前去袭扰敌人的撤退，但董卓和吕布已将他们的部队撤入长安道上的据点，他们可以选择在任何时机对孙坚的孤军发动反攻。尽管他胜利了，但他不可在此久留。

在离开首都前，孙坚出于对汉朝的忠心举行了典礼。他清理了帝国庙宇的残骸，修葺了损坏的陵墓。他还宰杀了一头公牛、一只公羊和一头猪来举行了一场盛大的祭典，以告慰皇室宗族的先祖们。另外，据说他麾下的一名士兵在甄官作坊的一口井里发现了汉朝的传国玺。

据《三国志》孙坚传记裴注引《吴书》，这尊玉玺在189年诛杀宦官时被丢弃，之后没有被找到。后来，当孙坚驻扎在城里时，一道彩色的光线在这座井口浮现。所有人都很害怕，也没有人敢去打水。孙坚让一名下属下井，此人发现了玉玺并把它带上来。根据《山阳公载记》，孙坚起初将玉玺据为己有，但袁术强迫他交出玉玺，并威胁说如不照做，将逮捕他的妻子。

孙坚传记的注释里有一些关于这一发现的进一步记载和讨论。除却必然会伴随这件神圣之物的故事中的超自然象征主义，记录本身并非不可信。很可能，孙坚的一名部下在首都的废墟中发现了玉玺，而他可能是在皇家陶艺工坊的井里发现的。这一重要发现很快被得知，而孙坚作为军队的统帅会将它收入囊中；孙坚的上级袁术也自然希望尽快得到它。

然而，在孙坚传记的注释里，历史学家虞喜和注释者裴松之都似乎相信孙坚图谋保留了这尊玉玺，它一直被保存在他的后人即吴国皇帝们手中，从来没有交还。这种说法没有证据支持。相反，我们得知，当袁术在199年殒命时，孙坚手中的玉玺被送往了汉朝朝廷。那时，袁术试图登基成为一个新王朝的皇帝，但失败了，我们有理由相信他曾将传国玺用于这一目的。似乎可以明确的是，不论被威胁与否，孙坚在将其上交袁术之前曾在很短的时间里拥有过这尊玉玺。**69**

带着这一战利品和上苍的保佑，孙坚离开了东汉破败的都城，回到了鲁阳的袁术那里。

内战与最后一战(191—192 年)

大约在初平二年(191 年)三月,孙坚攻陷了洛阳。即便在他作战时,破裂已然发生于讨伐董卓的联盟之中;这些从前的盟友到头来都在假意合作。袁术认为自己是袁氏家族的头领,对于袁绍作为盟主享有的名望感到嫉妒。于是他传播对袁绍不利的谣言,声称"绍非袁氏子",是"吾家奴"。当袁绍听到这些时,他应当是很恼火的。[70]

就他个人而言,袁绍担心自己没有根据地。除却对于已经显示出解体迹象的联盟的名义上的领导,他也没有真正的权威。191 年年初,他对韩馥施压,说服他让出冀州牧的位置。大约与此同时,他派出军队攻打袁术控制的地区。他任命了会稽的周㬂作为同孙坚竞争的豫州刺史。袁绍派他在孙坚不在时对后者的控制区发动奇袭。

大约此时,来自会稽的三兄弟周昕、周昂和周㬂都来为袁绍效力。据《三国志》孙坚传记裴注引《会稽典录》,当曹操在陈留郡为 189 年起兵反抗董卓而集结军队时,他邀请了周㬂。周㬂集结了 2 000 人北上加入曹操。[71]这三兄弟可能是共赴沙场,他们显然来自一个显赫的家族。因为曹操曾听说过他们,而他们能够聚集一支庞大的军队。之后,当各路军队一同对抗董卓时,他们转而为袁绍效力。当周㬂奋力作战以稳固豫州刺史的职位时,他的哥哥周昂被任命为九江太守,此地在扬州的长江北岸,今南京西面。

当孙坚往洛阳行进时,他派出一支纵队占领颍川的阳城,此地位于颍水河谷,在今河南登封东南。在他撤出时,留存了这个前哨来警戒董卓在西面采取的任何行动。然而,虽然这座城市在孙坚作为刺史的豫州辖区内,它同时也位于袁绍在黄河北岸的冀州和河内郡的影响范围之内。因此,就在此时,周昂发动奇袭并夺取了阳城。

根据《吴录》,当孙坚听闻周昂的进攻,他叹气道:"同举义兵,将救社稷。逆贼垂破而各若此,吾当谁与戮力乎!"[72]

事实上,两袁之间这些最初的动作,标志着终结了东汉的战乱中一个新阶段的开始。当反对董卓的联盟破裂,而战线在整个华北平原展开,军阀和他们的军队已经为只能留下一人成为中原之主的战斗做好了准备。

联军之前的领袖袁绍已经拿下了冀州,他还派一名部下去占领了青州。刘虞和公孙瓒作为州牧和主要的军事领袖,通过一场脆弱的合作占据了北方的幽州。[73]而刘表在南方控制了汉水的下游,拥有长江以南的荆州名义上的控制权。在更东面,黄河下游与淮河之间,地方长官们没有被要求彰显他们的忠心,但抉择很快会强加于他们。

与此同时,重要的将领们已然选边站。孙坚带领他的军队,同公孙瓒的堂弟公孙越带领的1 000名幽州骑兵一起对抗周昂。《资治通鉴》中的一个段落概括了这次合作中的军事部署,这在当时复杂的个人和政治关系中十分典型:

> 刘虞子和为侍中,帝思东归,使和伪逃董卓,潜出武关[74]诣虞,令将兵来迎。和至南阳,袁术利虞为援,留和不遣,许兵至俱西,令和为书与虞。虞得书,遣数千骑诣和。公孙瓒知术有异志,止之,虞不听。瓒恐术闻而怨之,亦遣其从弟越将千骑诣术,而阴教术执和,夺其兵,由是虞、瓒有隙。[75]

所以,公孙越和他的部队与孙坚一起在阳城进攻周昂,但公孙越在这场战役的首场交锋之一中被杀死。由于对他堂弟的死感到愤怒,公孙瓒将一切怪罪于袁绍。于是他带领军队进攻了袁绍控制区的北部边界。

周禺的首轮攻击是成功的,当时距孙坚收复其失地还有一段时间。然而,经过最初的受挫及公孙越的阵亡,孙坚重新控制局面并在一系列的交战中打败了周禺。之后袁术在九江郡领导了对周昂的进攻,而周禺带兵前往东南协助他的兄弟。周禺又一次被打败,他离开了战场回到了他在东南的故乡。[76]

现在,袁术对袁绍的两线作战取得了相当程度的成功。虽然他还没有征服九江,但孙坚在颍川重新站稳,而周禺的军队作为一支作战力量已经被消灭。另一方面,局势对于袁绍来说非常困难:除了在南方的失败,他还面临来自北方的威胁。因为公孙瓒已拒绝了袁绍所有的示好,并无视了刘虞议和的尝试。相反,他带领一支军队进驻到今山东北部袁绍控制区的边界,唆使各地头领造反。他还任命了自己的人担任冀州、兖州和青州刺史。

面对这些敌人的夹击,袁绍与荆州刺史刘表结为同盟。从袁绍的角度看来,在袁术的南面牵制住他,可以为自己赢得宝贵的时间。对刘表来说,袁术已经控制了富裕的南阳郡,他随时可能会向南扩张。另一方面,如果袁术被打败,刘表可以图谋南阳。自从一年前被任命,刘表平定了到来时发生的匪患和民间争端。他还让将领黄祖带兵驻扎在其与袁术控制区的边界,即汉水之畔襄阳附近。就袁术而言,他意图利用好新近的胜利,所以他派孙坚带兵向南进发。

刘表令黄祖前进到邓县和樊城之间的地带。这两座城池都位于南阳郡,在汉水北岸。刘表则从宜城大本营前去守卫襄阳。之后孙坚到来了。他完全击败了黄祖的部署,越过汉水包抄他们。之后包围襄阳，防止黄祖引兵回城。部分黄祖的残部逃亡到叫作岘山的山里，那是襄阳城南的一处山脉。孙坚带领一支轻骑兵追击他们；在那场荒野里的战斗中，孙坚被杀死。

《三国志》孙坚传记及注释中所引《典略》和《英雄记》，对于孙坚的死亡有不同的描述。[77] 各方文献对这一系列军事行动顺序的记载大体能够吻合，但《典略》称黄祖在夜晚发起了突围，樊城附近的战斗和那场致命的追击都发生在黑暗中。传记的正文和《典略》称孙坚被箭矢射中，但《英雄记》称他被击中了头部，被高处的落石砸死。我们无法确切得知当时发生了什么，但夜战似乎是很有可能的。即使主要的战斗发生在白天，孙坚可能认为带兵追击是有必要的，所以他在混乱的战斗中试图乘胜追击；而在破碎地形的暗处，孙坚很容易和他的随从分开，或在他们当中被击倒。

他的遗体似乎落入了敌人手中。据《三国志》记载，大约在189年孙坚担任太守的时候，他曾经举荐了长沙人桓阶为孝廉。当孙坚被杀死时，桓阶前往刘表处讨要遗体，而刘表同意了他的请求。[78] 遗体被送回孙坚的家乡，而孙坚被埋葬在了丹阳郡的曲阿。[79]

孙坚的死结束了刘表和袁术之间的战斗。刘表继续占据襄阳，但没有向北前进。孙坚的侄子孙贲，也就是他双胞胎哥哥孙羌之子，接过部队的指挥权，回到了袁术那里。袁术通过正式的举荐程序，让孙贲接替孙坚豫州刺史的职位。

我们已知，孙贲是在孙坚从长沙北上讨伐董卓的途中加入的。那是大约一年多前，孙贲当时仅仅20岁。他的刺史职位并没有伴随和孙坚一样的将军职位。尽管袁术出于惯例给了他这个职位，但这个头衔并不重要。孙坚死后，他的家族里没有足够有影响力或可靠的人来接替他作为袁术高级将领的角色。孙坚曾为袁术立下汗马功劳，而在接下来的数年里，他的亲眷可以从袁术那里得到资助和好处；并且，作为可靠的同盟，他们可以期待在袁术麾下带兵。然而，此时，孙坚的去世已然结束了这个家族更大的野心。

尽管有多年的研究和丰富的资料，我们仍然很难了解孙坚这样一个人的品质。与他同时代的人和后世的历史学家大体认为他是汉朝的忠实臣民。但他主要是一位战士；尽管在他作战时，汉朝的统治已经崩塌，而且他死于结束了这个大一统王朝的私人纷争之一。

孙坚能够走向高位是因为乱世给予了他施展才能的机会。他并不总是在战斗中取胜，也经历过一些重大的失败。但他在军事上最主要的长处在于训练和控制军队的能力。传记中的一则逸闻记载，孙坚在鲁阳城墙外被敌人捉住的情况下，仍能继续指挥他的士兵脱离险境。这可以证明他的这一优点。[80] 更好的一个证据则是，他在梁县附近被徐荣打败后能够重整旗鼓。就算孙坚当时是被迫逃命，但他能够重组军队并继续前进，本身就是个不小的成就。

的确，对于一支一路上与数支敌军作战攻坚，补给线飘忽不定且有着一位多疑上司的孤军来说，整场进攻洛阳的战役是一个显著的成就。在这种行动中的成功，需要的是整合正规军、各地的役兵和个人随从的能力，出于种种原因，这三者中的每一个都有可能被证明是不可靠的，或试图逃跑。在内战中征集兵源的方法并不总能产生好士兵，但聚集起来的人，需要一位能让他们愿意为之奋战的领袖。

这么看来，上述一点是孙坚的优秀品质：管控他所统领的人并得到他们的信任。孙坚去世时仅仅年约 35 岁，但他的成就为他的宗族在汉末争取了一定的地位，而他的威名也给他的儿子们带来了优势。

关于传国玺

传国玺是皇帝的印章。它是继位典礼中重要的物品,[81] 会在国家典礼上被戴在腰间。古代还有其他的玉玺;东汉时期有六个,它们被用于证实各类文件的合法性。[82]

毫无疑问的是,传国玺在历史上产生了许多传奇故事。例如,我们知道它是为进献给秦始皇而被雕琢的,原料是蓝田的玉石。抑或根据另一则史料,这块著名的玉石原料是由传说中的下和献给楚王的。[83] 玉玺上的书法来自臭名昭著的丞相李斯:这一说法并不唐突,因为李斯被认为是改革了中国书法,从而使其符合秦大一统政策的人。

秦末时,秦朝最后的统治者将玉玺献给了汉高祖。在被篡位者王莽得到之前,汉朝一直保有着它;在王莽被推翻时,它又落入了光复汉朝的光武帝手中。之后,它被与汉室其他的宝藏一起保存起来,直到在 189 年洛阳的混乱中丢失。191 年,孙坚找到了它,将它交到了袁术手里。[84]

袁术在 197 年登基称帝,死于 199 年。我们知道,他的将领徐璆得到了袁术夺来的玉玺。他将玉玺带到了许都,也就是汉献帝被曹操控制下的所在,交给了朝廷。[85]

据韦昭《吴书》所记,孙坚发现的玉玺,底面积约 4 平方英寸[86],其上刻着五条相连的龙的圆环。它的一角缺了一块,这被归咎于西汉元帝的皇后即王政君,也就是王莽的姑妈。《汉书·元后传》记载了这样一个场景:大约公元 6 年,当王莽试图篡夺皇位,他前去向太后索要玉玺;太后不悦,将玉玺扔到了地上。[87]

我们对于玉玺底部的铭文有些许困惑。据韦昭《吴书》,孙坚找到的玉玺底部铭文是"受命于天,既寿永昌"。而在《志林》中,虞喜认为这段铭文的最后两个字应该是"且康"。但是,我们可以观察到,韦昭作为吴国的臣民死于273年,玉玺当时在敌对的晋国手中;而在虞喜的时代,也就是东晋治下的4世纪上半叶,玉玺又出现在了北方某地:关于这段后世历史,下文会述及。所以,两位学者都从没见过他们所描述的玉玺,他们也没有任何确定正确铭文的有效方法。5世纪的学者崔浩提出,《汉书》里有另一个版本的铭文是"昊天之命,皇帝寿昌";然而现存的《汉书》里并没有这一内容。[88]

当这尊玉玺离开袁术手中,被交还给汉朝朝廷后,它在接下来二十年里正式归属于汉献帝,之后又在曹操的儿子曹丕于220年12月11日称帝并终结汉朝时,被交给了曹丕。[89]这尊玉玺后来又在魏国皇帝于266年2月4日退位时,被交给了司马炎,即晋朝的第一位皇帝。[90]

西晋的传国玺显然就是这尊玉玺。据说,在311年洛阳被攻陷并洗劫时,它落入了匈奴首领刘聪手中。这是标志着西晋正式结束的事件。[91]此后的记载就变得混乱复杂,扑朔迷离。

根据7世纪成书的《晋书·舆服志》,这尊玉玺从前赵或北汉统治者刘聪手里落入其继任者刘曜手中。[92]329年,当刘曜被将军石勒推翻,玉玺被运往了后者建立的后赵。当后赵政权在352年陷入混乱后灭亡,玉玺出现在位于今江南地区的东晋朝廷。[93]当玉玺再次出现在记载中,《晋书》称玉玺上的铭文为"受天之命,皇帝寿昌"[94]。4—5世纪的学者许广在对司马彪《续汉书·舆服志》的注释里引用了这个版本,但他并不是公认的东汉玉玺铭文方面的专家。[95]

然而,传国玺后来的历史与孙坚的故事关联不大;人们也不得不怀疑真正的玉玺已在几经转手途中遗失。

关于传国玺的文献,西文的最佳翻译集是道丁的作品。尽管他对于一些头衔和姓名的解释不可靠,但他书中对一系列中国史料的翻译得其要义,十分清晰。[96]

更近些,罗杰斯在他翻译的《中古史译丛》中探讨了传国玺在4世纪的历史。他认为中文的记录主要出于编撰传记和正史的需求。他的个人观点是:"作者本人不相信关于这尊玉玺的任何信息得到过哪怕一条客观事实的支撑。"[97]

罗杰斯批判了道丁及其他中国、日本和西方的学者。他们太轻易地接受了玉玺的故事。然而,道丁在对其译文的介绍中称:"这件珍贵的物品在战争中流离失所,被篡位者伪造,在火灾中变质或毁坏;因此,即使在唐之前,传国玉玺的真实性也非常值得怀疑。"

还有一个问题则是,孙坚是否如他所说在洛阳打败董卓后找到了这件宝物。

我怀疑这难以达成任何确切的结论。在陶艺工坊的井中发现玉玺的故事离奇且令人怀疑;另一方面,我们很难相信,孙坚有时间或机会在一场激烈的战役及之后的混乱中,安排人手雕刻一件赝品。制作令人信服的玉玺赝品需要一定的技术。而且,如果我们假定孙坚,或是更有嫌疑的袁术预先准备了这件赝品,假装在洛阳发现了它,那么考虑到它很容易败露,这一阴谋的可行性,以及它败露时尴尬的风险会让整件事变得极其复杂。更令人信服的推断是,孙坚发现了玉玺,抑或将它交给了某个人藏起来。

还有,我们可以观察到,孙坚重新发现玉玺的故事,包括之后袁术夺玺以及它最终被交还给曹操主导下的汉朝朝廷一事,对于任何一方都没有宣传价值。它仅在一小段时间里对袁术有价值,但袁术明显没有从他对玉玺的占有中得到很多。显然，在一些传说中，孙坚保有了玉玺，将它交给了他的后人，也就是后来吴国的统治者。但没有任何历史记载显示，孙策、孙权或他们的继任者声称其拥有这一宝物；而且基于这一点进行的讨论也站不住脚。[98]在这个故事的另一面，没有证据显示，汉献帝或其背后掌控者曹操从重获玉玺这件事里得到额外的权威或可信度。汉献帝基本上被认为是汉朝名义上的统治者，而曹操显然从虚位君主"保护者"的身份中得到了好处，但他的地位几乎没有因他实际对玉玺的占有而加强。

所以，除却袁术，玉玺没有给故事中的任何主人公带来舆论优势。而当时袁术是否能够那么过分地命令孙坚，使其难堪也是存疑的。[99]因此，我个人倾向于接受这一事件的历史记载；至少，我相信孙坚在洛阳得到了东汉的传国玺。从那以后，关于玉玺被交给袁术、曹操和他的继任者以及晋朝统治者手中的记载，在上述情况下似乎都可以被预料到。再后来，自 311 年洛阳陷落起，史料变得太过混乱；歪曲事实进行宣传的机会对于任何指鹿为马的人来说也太过诱人。

最后，我们可以注意到，《三国演义》第六回描绘了孙坚如何试图隐匿玉玺，以将它占为己有，并且在自己的统帅袁术面前发伪誓，假称他没有占有玉玺。然而，这个充满戏剧性的场面需要袁术本人和他的军队抵达洛阳并在场；但史书里没有证据表明袁术当时身在首都附近。

注释：

　　[1]　关于孙坚的生卒年，不同文献中存在矛盾。

　　据《三国志》卷 46《吴书》1《孙破虏讨逆传》第 1101 页裴注引《吴录》称，

孙坚去世时是 37 岁。

《三国志》第 1100 页正文给出了孙坚对抗刘表的最后战役的时间是初平三年（192/193 年），裴注引《英雄记》称，孙坚去世时间为初平四年正月初七（193 年 2 月 25 日）。如果对刘表的军事行动在初平三年末开始，那么这一说法可与《三国志》正文相一致。但是其他的文献表明这一行动在 12 个月前就开始了。

袁宏《后汉纪·后汉孝献皇帝纪》卷 2 第 27 下提到，孙坚死于初平三年五月。但现存《后汉纪》版本里的时间常常是错乱的。

在《资治通鉴》卷 60 第 1928 页中，司马光认为孙坚死亡时间是初平二年（191/192 年）。注释中，提到了孙坚之子孙策写于约 197 年的书信（本书第三章会有翻译和讨论），孙策称孙坚死时他 17 岁。既然孙策于建安五年（200/201 年）26 岁时去世，那么孙坚应该死于 9 年前。司马光还引用了张璠的《汉纪》和《吴历》，两者均在《三国志》卷 46《吴书》1 第 1107 页裴注第 5 被引用，认为孙策的去世时间是初平二年（191/192 年）。如果这是正确的，我们认可《吴录》中关于孙坚年龄的记载，那么孙坚则是生于永寿元年（约 155 年）。

此外，假如对抗刘表的战役的确直到初平二年才开始，并且《英雄记》将孙坚的去世时间记为初平四年是错误的，那么《英雄记》所记载的日期正月初七，即初平三年的开始，有可能是正确的。这么一来，孙坚应死于 192 年 2 月 7 日。再对照《吴录》可知，他生于永寿二年（156 年）。

我个人倾向于忽略《英雄记》的记载，接受孙策和《吴录》的说法，所以孙坚的生卒年应是 155 年至 192 年。

［2］《三国志》卷 46《吴书》1，1 093 页裴注第 1；拙著《东汉三国人物辞典》，20 页。

孙武的个人传记见《史记》卷 65，2161—2162 页。关于其著作《孙子兵法》，见塞缪尔·B. 格里菲斯（Samuel B. Griffith）译本《孙子兵法》（*Sun Tzu*）和闵福德（Minford）译本《孙子兵法》（*The Art of War*）。

［3］例如，《三国志》卷 54《吴书》9 第 1259 页，记载了周瑜家族中先辈们担任的官职，包括两名太尉，太尉是汉代官僚系统中的最高职务。还有，周瑜的父亲周异担任过帝国首都洛阳的令；《三国志》卷 58《吴书》13 第 1343 页裴注第 1 引用了《陆氏世颂》，它显然是一则宗族记录，记载了陆逊的祖父、父亲担任过的校尉和都尉职务；《三国志》卷 60《吴书》15 第 1377 页裴注第 1 引用了虞预《晋书》中关于贺齐家族早期历史的内容，包括了他父亲曾在今福建偏远小县永宁为官的事迹。所以，不论多么微末，孙坚的任何一位祖先担任过的任何职务都一定会被记载。

〔4〕 根据南朝刘宋刘敬叔所作《异苑》卷 4 第 1 页上,安妮·斯特劳海尔(Anne Straughair)译《异苑》(*Garden of Marvels*)第 77—78 页,我们得知孙坚之父富春人孙钟是个值得尊敬的人。他以种瓜为生,一天,三个年少且容服妍丽的人出现在他面前,向他讨要一只瓜,孙钟礼貌地款待了他们。他们自称是司命郎,因欣赏其为人,给孙钟一个选择:他的后人要么被封侯且传承很多代,要么当皇帝但只能传承几代。孙钟选择了后者。众仙示以庆祝并为这个家族选择了一处合适的墓地,尔后变为白鹄飞走。〔此处原著描绘有误,已据《异苑》原文予以订正。——编者著〕

《异苑》还提到了这个传说的另一个版本:孙坚在悼念其父的时候,遇到了一个给予他上述选择的仙人,和第一个版本一样,孙坚选择了让后人当皇帝;而那个仙人为他父亲的坟墓指点了一处风水宝地,然后消失。

孙钟和瓜的故事也收录在《蒙求》下 23 页上下中。《蒙求》是 10 世纪李翰编纂的书,基本上由一系列的掌故以及解释它们的逸闻构成,"孙钟设瓜"的故事赫然在列。这里依据的是《异苑》里的第一个版本,而这个故事说明小的善行可以得到慷慨的回报。

所以说,古代曾有关于孙钟的民间传说,并且被《异苑》收录。但这个故事没有被陈寿或裴松之认可,它和史实也没有任何有用的联系。甚至,它对于孙氏墓地选址的强调也是矛盾的:如我们前面提到,《吴书》认为孙家一直是富春当地人,有现成的墓地;当地有祥瑞的光和云彩,但没有瓜抑或仙界来客。在这种情况下,这个故事的任何细节都很难站住脚,而且孙坚之父的真实名字也不得不留待考证。

〔5〕 《三国志》卷 46《吴书》1,1,093 页裴注第 1 引《吴书》。高德耀(Robert Joe Cutter)、威廉·戈登·克洛威尔(William Gordon Crowell)《皇后与嫔妃》第 213 页提供了一则 4 世纪的文献,细节更丰富,但略有出入。

〔6〕 《三国志》卷 51《吴书》6 第 1209 页,在孙坚侄子孙贲的传记中提到,孙贲是孙坚的双胞胎兄长孙羌的儿子。孙羌生育了孙贲和其兄弟孙辅,在两人儿时去世。

〔7〕 富春县在富春江边,今杭州西南。在它北面,吴郡余杭县位于杭州西侧一处独立的山谷里的湿地。在它南面,会稽太末县(或大末)在今金华以西,从富春县延伸入山中的富春江上游的一处支流岸边。然而,太末很可能隔着一片今铁路沿线的浦阳江畔的水泽与会稽的主要部分相连接,而不是通过下游属于另一个郡的富春。在富春以西,丹阳郡的於潜县(靠近今临安市于潜镇)位于另一处河谷。与太末一样,它是汉朝的统治通过不同腹地的延伸,而不是汉人移民定居点与富春及当地人居住地的中间地带。见《后汉书集解·郡国志》,50 页上、49 页上、45 页下和 39 页上;《中国历史地

图集》第2册,51—52页。

[8] 关于举荐"孝廉"和"茂才",见拙著《再次应征:东汉任命的官僚》("Recruitment Revisited"),9页、20—21页。亦见毕汉思《汉代官僚制度》,134—137页。

[9] 据《汉书》卷28第1591页,西汉时钱唐是一处县的治所,但这个县在东汉大部分时间里被撤销。当然,这座城镇留存了下来,可能归相邻的余杭管理。大约在东汉末年,钱塘可能恢复了县制,如185年,大将军朱儁获封钱塘侯,应是一处县级采邑,见《后汉书》卷71列传第61,2310页。

[10] "非尔所图也"之句见《三国志》卷46《吴书》1,1093页。

[11] 关于商人在汉代的地位,见瞿同祖《汉代社会结构》(Social Structure),113—122页。当时政府试图限制商人做官,但这一限制似乎没有被长久和有效地执行。在某些情况下,这项限制仅用于注册在案的商贾,而不包括他们的亲属和后代,见毕汉思《汉代官僚制度》,132页。

[12] 《三国志》卷46《吴书》1第1093页,将许昌描述为妖贼(见第一章)。他自称"阳明皇帝",得到他的儿子许韶的协助。上述文献第1094页裴注2引刘艾《灵帝纪》补充称,许昌将其父称为越王,而《后汉书·孝灵帝纪》卷8第334页称,是会稽的许生自封为越王。"越"既可以指古代诸侯国,也可以指杭州湾以南当地的少数民族。艾士宏(Werner Eichhorn)《张角起义和张鲁建立的政权考察》("Chang Chio und zum Staate des Chang Lu")298页,将这场叛乱描述为越人的反抗。然而,更有可能的是,"越王"的"越"取自这个地区,而不是当地的少数民族,因为许昌的武装里有很多汉人。

《东观汉记》卷3第5页下称,这一反贼的名字为许昭,他自封大将军;而他的父亲许生自封越王。《后汉书·臧洪传》卷58第48第1884页,以及《后汉书》卷102志第12第3258页同意这一说法。

通过把"昭"改成"韶",陈寿避免了触犯被追封为晋文帝的司马昭(211—265年)的名讳,所以这两个名字不矛盾。见《晋书》卷2,32、34页。

然而,《后汉书》和《东观汉记》认为反贼是许生和他的儿子韶/昭,《三国志》和《灵帝纪》认为反贼是许昌、他的儿子韶/昭及许昌的父亲(这里没有名字,可能是许生)。《资治通鉴》卷57第1831页称许生自立为皇帝。所以,司马光应是整合了不同的记载,但他在《资治通鉴考异》中并没有探讨这个问题。

还有一个证据显示,许昌是反贼领袖的名字。据谶纬书《春秋佐助期》,当时的王朝将会因为许昌而失去自身的统治,即"汉以许昌失天下"。

曾珠森(Tjoe Som Tjan)《白虎通:白虎观中的全面讨论》(White Tiger

Discussions）117 页认为，因魏国的第一位皇帝曹丕于 221 年将首都的名字从"许"改为"许昌"，与这一预言吻合，这件事发生在他逼迫汉献帝退位以后，见《三国志》卷 2,77 页。《三国志》卷 2 第 64 页裴注引太史丞许芝呈魏王的奏疏，其中讨论了预示着魏将代汉的预言，还提到了《春秋佐助期》，他将其与许/许昌城（今河南许昌）联系起来解释。关于这则奏疏的政治背景，见卡尔·雷班（Carl Leban）《天命的操纵：公元 220 年曹丕即帝位所隐含的天意》（*Managing Heaven's Mandate*），328 页；以及霍华德·顾德曼（Goodman）《曹丕的卓越》（*Ts'ao P'i Transcendent*），101—102 页。

有可能，这个姓许的反贼 50 年前活跃于会稽，给自己取了"昌"这个名字。因为他希望预言成真，抑或他根据自己名字编造了这则预言。见拙著《桓帝和灵帝》2,473—475 页，熹平一，注第 41。

［13］ 关于东汉的县校尉，见毕汉思《汉代官僚制度》，100—101 页。

我将"假"解释为"暂时的"，毕汉思解释为"暂行的"，如《汉代官僚制度》第 121 页提到的"行司马"。然而，我注意到毕汉思也将"行"解释为"暂行"，类似刚刚上任的度辽将军，如《汉代官僚制度》，120 页。我同意他上述观点，如拙著《北部边疆：东汉的政治和策略》，第 4 页。在这一背景下，"行"可以被理解为"行……事"的缩写，即"承担某一官职的职责"。

另外，"假"作为司马或军候一类职务的前缀，出现于《后汉书》卷 114 志第 24 第 3564 页，《百官志》将其解释为"副贰"，即助理。

可能"行"和"假"通常被用作同义词，但我认为"假"可能有特别委任的意思，即一个人被给予其现在的官阶还不足以担任的职位。这很可能像英国在二战前使用的"名誉晋升令"。

根据这一解释，县校尉的前缀"假"说明，孙坚还没有被正式任命为帝国官僚机构的一员，也没有被正式给予这一职位。

我们还可以注意到，"守"也可以作为官职的前缀，类似于"行"。它可能和"假"一样，有着类似"名誉晋升令"的意义。

［14］ 关于东汉末年的募兵和征兵系统见本书第一章，以及拙著《北部边疆：东汉的政治和策略》，45—50 页。

［15］ 毕汉思：《汉朝的复兴》第 2 册，69、207 页。其中提到关于这种紧急情况的先例。

［16］ 关于盐渎县，见《后汉书集解·郡国志》21 页下。今江苏北部的海岸线与长江三角洲的其他地区一样被长江和淮河向东推进了，盐渎的旧址现在距海岸 40 公里，但东汉时这座城市离海很近。"盐"字显然得自当地的晒盐产业。

［17］ 拙著《再次应征》，10 页、20—21 页，提供了对这一系统的详细

描述。

[18]　吴夫人和吴景的传记，见《三国志》卷50《吴书》5《妃嫔传》，1195—1196页；相关译文见高德耀、威廉·戈登·克洛威尔《皇后与嫔妃》，122—124页。

与我早期对吴夫人结婚动机的解释相左，我接受高德耀、威廉·戈登·克洛威尔《皇后与嫔妃》第122页的解读。亦见戚安道（Andrew Chittick）《历史与三国：三种新近的研究方法》（"History and the Three Kingdoms"），91页。

[19]　在孙坚传记的最后，《三国志》卷46《吴书》1第1101页提到了他四个儿子的名字：策、权、翊、匡。这段文字的注释引用了虞喜《志林》。其中补充称，孙坚的妾还为他生了一个小儿子，名字为朗，也可能叫仁。

孙坚的女儿的情况则更加不确定。《三国志》卷50《吴书》5第1195页，吴夫人的传记中称，她为孙坚生了四个儿子和一个女儿。然而，卢弼对这一段的注释（见《三国志集解·妃嫔传》1页上下）引用了清代学者钱大昭的论述，提出孙坚的儿子孙权有三个姐妹：

一个姐姐嫁给了弘咨，《诸葛瑾传》里提及弘咨仰慕诸葛瑾的才华，见《三国志》卷52《吴书》7，1231页。

另一个姐姐嫁给了陈氏，生下了一个女儿，这个女儿后来被孙权赐婚给潘祕，见《三国志》卷61《吴书》16，1399页裴注第1引《吴书》。我之前对相关段落的解释，在此接受高德耀、威廉·戈登·克洛威尔的修正，参见《皇后与嫔妃》，213页注第4。

一个妹妹于209年被孙权赐婚给刘备以巩固同盟。她后来于211年离开了刘备回到吴国，见《三国志》卷32《蜀书》2，879页；《三国志》卷36《蜀书》6，950页裴注第2引《云别传》；也见本书第五章。

似乎孙权的妹妹是孙坚和吴夫人的女儿。两个姐姐可能是孙权和他兄弟们同父异母的姊妹：陈氏没有在其他地方被提到，弘咨也并不出名。

重申，我们不知道孙氏家族任何女性成员的名字，我们甚至不知道孙权的亲妹妹也就是刘备之妻的名字。

[20]　关于下邳和盱眙县，见《后汉书集解·郡国志》23页下、22页上。

[21]　关于令、长和丞，见第一章的讨论，以及毕汉思《汉代官僚制度》，101页。汉代的行政系统将县的长官分为管辖多于1万户的令和少于1万户的长；我通常用"地方官"（magistrate）一词代指两者。

钱大昭《后汉郡国令长考》（见《二十五史补编》第二册，2074页）提供证据表明，下邳由一位县令管理；丁锡田《后汉郡国令长考补》（见《二十五史补编》第二册，2081页）显示，在某段时间内这个县由一位县长执掌。在东汉末年，这似乎是一个县级的职务。

钱大昭和丁锡田都没有提及孙坚供职的另两个县的规模或地位。

［22］《三国志》卷46《吴书》1，1094 页裴注第 3 引《江表传》；拙著《孙坚传》（*Biography*），31 页。

［23］保罗·米肖（Paul Michaud）研究过黄巾起义，但细节更丰富也更富有想象力的描述来自卡尔·雷班《曹操及魏国的兴起：初期阶段》（"Ts'ao Ts'ao"），60—118 页，第三章。也见于《资治通鉴》卷 58，1864—1875 页。拙著《桓帝和灵帝》，174—189 页。《剑桥中国秦汉史》（*Cambridge Han*），338—340 页，第五章"汉朝的灭亡"，贝克撰。以及拙著《国之枭雄：曹操传》（*Imperial Warlord*），35—39 页；《洛阳大火》（*Fire over Luoyang*），402—415 页。

关于凉州，见古斯塔夫·哈隆（Gustav Haloun）《凉州叛乱》（"The Liang-chou Rebellion"），以及拙著《北部边疆：东汉的政治和策略》，146—162 页。

［24］黄巾起义与当时一般的叛乱活动一样，深受五行学说的影响。

从东汉初年开始，人们逐渐接受一种说法，即汉王朝的统治基于火德，与之联系的颜色是红色，而取而代之的政权应该代表土德和黄色，根据阴阳五行理论，火生土。关于这些猜想，见崔瑞德、鲁惟一编《剑桥中国秦汉史》，360—361 页。

因此，张角和他的追随者选择黄头巾是十分合适的。天色将由蓝转黄的说法，可能仅仅是他们行动的一个吉兆，而不是五行理论的直接体现。

我们应该注意到，"黄巾"一词通常理解为"黄色的头巾"，我也追随这一惯例。这里所说的头巾并不是锡克人的那种，而仅仅是一条系在头上的有颜色的布。这一习俗仍然可见于传统中国葬礼当中。

［25］关于进一步的探讨，见拙著《桓帝时期的政治和哲学》（"Politics and Philosophy"），73—80 页。

［26］《三国志》卷 8《魏书》8，264 页裴注第 1 引《典略》称，东汉熹平至光和年间（172—178 年与 179—183 年）有许多"妖贼"，一是张角，另一个是汉中的五斗米教，可见本书第六章。当时还有一个名叫骆曜的贼人，活跃于长安附近的渭水下游河谷。

《后汉书》的帝纪里有关于这些妖贼更早的记录，如 132 年在扬州（《后汉书》卷 6，260 页），150 年在右扶风（《后汉书》卷 7，296 页），165 年在渤海（《后汉书》卷 7，3160 页），以及 172—174 年的会稽许氏集团。

关于这些教派的背景，见石泰安《论 2 世纪政教合一道教的运动与宣传》（"Remarques sur les mouvements de Taoisme"），以及索安（Anna

Seidel)《早期道教的完美统治者图像：老子和李弘》（"Image of the Perfect Ruler"）。

还有，我们必须注意到，就像本书第一章一样，尽管一伙叛乱者可能被正史描述为"妖贼"，这一描述只能说明他们游离于汉朝儒家正统之外。除了黄巾军和张鲁的教派，我们并不知道其他教义的细节。实际上，就算我们假设这些运动背后的信仰或迷信有一定的相似性，但我们没有理由假定他们在哲学、宗教或者政治上都所见略同。

卡尔·雷班《曹操及魏国的兴起：初期阶段》第69—70页提到，从许昌于174年起义失败到张角起义，这10年时间里，史书对起义的记载存在一个断层。他认为，这是由于张角长期控制信众，要求他们避免小规模的地方冲突以准备大规模的叛乱。我怀疑，这么做对前瞻性和纪律性的要求太高。所以，我倾向于认为这一断层的产生，部分原因是个巧合，虽然当时可能有一系列小规模的骚乱，但如《三国志》卷8所述，它们都被地方官员扑灭，无须朝廷介入。然而，很显然，张角的大起义必须提前数月，甚至数年谋划。

［27］《三国志》卷46《吴书》1第1094页称，这一起义发生于三月的甲子日。然而，《后汉书·孝灵帝纪》卷8第348页称，起义发生在二月，官府在三月早早作出反应。这说明起义的日子远在甲子日之前。所以，起义发生在甲子年而不是甲子日。

卡尔·雷班《曹操及魏国的兴起：初期阶段》第79—88页，讨论了起义原定日期的问题，称张角和他的农民追随者希望在中国北方的播种季以后起事，可能是在五月即盛夏时分。

［28］关于颍川和汝南两郡，见《后汉书集解·郡国志》1页下至11页上。关于南阳及其郡治宛城（今河南南阳），见本书第一章。

［29］此时，八关都尉被重新设立。关于八关都尉，见《后汉书》卷8，348页。这些关隘保卫着通往首都的道路。它们在东汉初年被弃用，但现在它们的工事被恢复并驻扎有士兵。

［30］皇甫嵩和朱儁的传记，见《后汉书》卷71列传第61，2299—2308页和2308—2313页。皇甫嵩的传记里包含了有关黄巾起义经过的许多信息。另一则朱儁传记，出自司马彪《续汉书》，《三国志》卷46《吴书》1第1094—1095页裴注第3，以及拙著《孙坚传》第33—34页曾广泛引用。

［31］关于两个级别的"司马"，见《后汉书》卷114志第24，3564页。我这里使用的"别部司马"被德效骞和毕汉思解释为"有独立指挥权的司马"。孙坚的职位前缀为"佐"，显然是个低级职位，参见前文注释。一些文献里称这个官职为"军司马"，但多数仅仅称"司马"。我相信所指的是同一职位。

［32］　鉴于前注的观点，没有理由相信 170 年代早期许昌的叛乱和张角 180 年代的起义有任何瓜葛。不论怎样，孙坚和其他临时指挥官在此地招募的军队可能对之前的反贼怀有恨意。

［33］　《三国志》卷 51《吴书》6 第 1205 页是孙坚最年轻的兄弟孙静的传记，称孙坚第一次去讨伐时，孙静聚集了大约五六百地方和家族的追随者并加入了孙坚。这些人也可能是孙坚在当时招募的部从之一，这说明孙静为他哥哥招募来了许多人马。

［34］　《三国志》卷 46《吴书》1,1094 页裴注第 2 引《吴书》。

［35］　关于美阳之战和之后皇甫嵩、张温各自领导的战役，见拙著《北部边疆：东汉的政治和策略》，150—151 页。

［36］　这一事件见于《三国志》卷 46《吴书》1,1095 页；拙著《孙坚传》，34—36 页，以及《后汉书》卷 72 列传第 62 第 2330 页中较短的版本。参见《资治通鉴》卷 58,1882 页；拙著《桓帝和灵帝》，197—198 页。

［37］　《三国志》卷 46《吴书》1,1098—1099 页裴注第 8 引《山阳公载记》；拙著《孙坚传》，45—47 页。

这段对话据说是发生在孙坚率领军队于 190—191 年进攻董卓的时候。刘艾为董卓的长史，他是一位历史学家，以及灵帝和献帝纪的作者，见《灵帝纪》注第 12 上。

山阳公是皇帝刘协在 220 年被曹丕逼迫退位后的名号，见《后汉书》卷 9,390 页；《三国志》卷 2,76 页；方志彤（Achiues Fang）《三国编年史（220—265 年）》第 1 册［*The Chronicle of the Three Kingdoms*（*220 - 265*）Ⅰ］,10 页。刘协在 234 年死后才被追封汉献帝的谥号，见《后汉书》卷 9,391 页；方志彤《三国编年史（220—265 年）》，443 页。晋人乐资编纂的《山阳公载记》记载的是汉朝最后几年的历史，这一标题是为了顺应后世王朝的惯例。

也见于拙著《北部边疆：东汉的政治和策略》，157—158 页。

［38］　《三国志》卷 46《吴书》1,1095 页；拙著《孙坚传》，36 页。

［39］　议郎被列入《百官志》，见《后汉书》卷 115 志第 25,3577 页。议郎通常由学术上有成就的人担任，以适应其职责。例如，79 年，议郎参与白虎观对于儒家理论的辩论，见《后汉书》卷 3,138 页；曾珠森《白虎通：白虎观中的全面讨论》，6 页。112 年，议郎被派去求雨，见《后汉书》卷 103 志第 13,3278 页注释。

这一职务的担任者通常被调往其他顾问性质的职位，如太学或尚书，抑或刺史部的刺史与地方官。在一些情况下，一位议郎会得到快速的升迁，仅仅经过一两道转场就身居高位。

然而，经常性的是，一位离开自己职位（通常是不光彩地）已久的老官员会被任命为议郎并由此回到高位。例如，大约185年，乐安郡太守陆康在反对汉灵帝的铺张浪费时因冒犯皇帝被罢官并惩戒，但他后来作为议郎回到官场，很快被任命为庐江太守，见《后汉书》卷31列传第21，1113—1114页。

更早时，159年，尚书令陈蕃为一些不满的官员上书，汉桓帝十分恼火，陈蕃不得不退官居家。但一段时间过后，他被召回做议郎，数天之内，升至光禄勋的高位，见《后汉书》卷66列传第56，2161页。

当时同孙坚最相似的任命来自段颎，他是稍早一辈人里的著名军事将领。虽然他作为前线的低级军官大放异彩，但因僭越职权被罚作劳役。段颎之后被任命为议郎，156年，他被授予中郎将的头衔，并被派去镇压东部泰山郡和琅琊郡的叛乱。由于完成得很好，段颎获封侯。见《后汉书》卷65列传第55，2145页；格里高利·扬《东汉的三位将军》，64—65页。关于段颎晚年生涯里相似的事件，见《后汉书》卷65列传第55，2147页；格里高利·扬《东汉的三位将军》，68页。可以发现，段颎是一位出色的将领，但很少有人会认为他在学术上有所造诣。

[40] 关于长沙郡与相邻的零陵和贵阳，见本书第一章。

[41] 《后汉书》卷8，354页；《三国志》卷46《吴书》1，1095页；拙著《孙坚传》，36—37页。

[42] 从从属关系以及下文将会讨论的孙坚与荆州刺史王叡之间的纠葛来看，在零陵和桂阳的战役中，孙坚受到王叡的陪同和监督。然而，孙坚占据着主导地位并因帝国军队的胜利得到奖赏。

[43] 《三国志》卷46《吴书》1，1096页裴注第2引《吴录》。宜春位于今江西同名城市宜春附近。东汉的豫章郡属于扬州。

《吴录》还说宜春的地方官是庐江太守陆康的侄子。关于孙、陆两家的更多联系，见第三章注第14。

[44] 《后汉书》卷8，357页。汉灵帝驾崩后首都内发生的事件，见《后汉书》卷8《孝灵帝纪》，有关何皇后与王美人的记载，见《后汉书》卷10，449—450页；何进的传记见《后汉书》卷69列传第59，2247—2253页。宦官们的传记见《后汉书》卷78列传第68，2537页及他处。这些事迹还被概括在《资治通鉴》卷59，1894—1905页；拙著《建安年间》，2—26页。

关于刘辩的年龄，见拙著《洛阳大火》，437、458页。

[45] 何氏的名字没有记载。她来自南阳宛城。她通过每年八月公开的选妃进入后宫，见毕汉思《汉代官僚制度》，63页。作为一个美貌的女人，她吸引了皇帝的注意，有幸为他生下了一个活过幼年的儿子。她被升为贵人，于180年被封为皇后。她的传记见《后汉书》卷10下，449—450页。

何氏的父亲在此之前去世，181年被追封为车骑将军和舞阳侯。183

年,何氏的母亲被封为舞阳君。

何进实际上是何皇后同父异母的哥哥:他是何父和另一个女人生的儿子,那可能是一个妾,也可能是前妻。他在妹妹成为贵人时被带入国都,后被给予数个高级官职,包括一段时间的颍川太守,在黄巾起义时成为大将军。他的传记见《后汉书》卷 69 列传第 59,2246—2253 页。

何氏还有一个同母异父的兄弟叫苗。他是何母在之前婚姻里的儿子。在某一时期,要么是在他母亲再婚后,要么是在他姐妹飞黄腾达后,苗将他的姓氏改为了何,而他也通常被记载为何苗也就是何进的弟弟;尽管这两个人没有血缘关系而苗显然更为年长。见《后汉书》卷 104 志第 14,3299 页,及《后汉书集解·五行志二》6 页上引清代学者洪亮吉和钱大昭的注释;也见于《后汉书》卷 103 志第 13,3275 页,及《后汉书集解·窦何列传》6 页上。187 年,何苗成功平定了一场河南郡发生的靠近首都的叛乱,被赏赐为车骑将军,即他继父之前的职位;他还被封为侯,见《后汉书》卷 69 列传第 59,2246 页。

虽然何进与何苗似乎在行使他们职责时展现了一定的能力,但他们的高升主要归功于其妹妹作为皇后的地位。大将军和车骑将军的职位,一直用来赏赐皇家的姻亲,而不是真正的军事将领。还有,据说何氏的父亲抑或他的家人曾经做过屠夫,不过这并没有妨碍何氏进入后宫并获得高位。事实上,显赫背景和社会影响力的缺乏,使得何氏在宦官眼中成为绝佳的候选人。他们把持着朝廷,也就不希望一股强大的竞争势力入宫。然而,当何氏家族得到摄政权力后,他们的血统、背景和社会地位,无疑让他们在与中央政府的官僚机构中身处高位的士大夫们竞争时落于下风。

［46］　袁绍的传记见《后汉书》卷 74 上列传第 64 上,2372—2403 页,以及《三国志》卷 6,188—201 页;袁术的传记见《后汉书》卷 75 列传第 65,2438—2444 页,以及《三国志》卷 6,207—210 页;袁家先祖的传记见《后汉书》卷 45 列传第 35,1517—1524 页;关于袁隗见 1523 页。

关于袁绍和袁术的关系,见下注第 69。

［47］　董卓的传记见《后汉书》卷 72 列传第 62,2319—2331 页;《三国志》卷 6,171—179 页。

［48］　当时这一地区黄河的河道比它现在的要向北一些。

［49］　魏国建立者曹操的生平,见《三国志》卷 1,1—55 页;拙著《国之枭雄:曹操传》。

我们可以看到,在董卓杀了前太傅袁隗以及其所有留守洛阳的家眷后,董卓和袁氏家族的恩怨,由政治上的敌对演变成了私人仇恨。见《后汉书》卷 45 列传第 35,1523 页。

[50] 《三国志》卷 46《吴书》1,1096 页、1097—1098 页,1097 页裴注第 2 引《吴录》;拙著《孙坚传》,38—39 页。

裴注还引用了《王氏谱》,称王叡是王祥的叔祖,而王祥曾在 3 世纪中叶相继在魏晋做官。王祥的传记见《晋史》卷 33,987—990 页,这一传记的开头,见方志彤《三国编年史(220—265 年)》,254 页。

王家来自琅琊,汉朝时数代为官。王祥的祖父,也就是王叡的兄长一度做过青州刺史。

所以,王叡是世家子弟,在帝国有一定的地位以及大量的土地,这都是他轻蔑地评论孙坚的本钱。

[51] 孙贲的传记见《三国志》卷 51《吴书》6,1209 页。关于孙羌,见上注第 6。孙辅的传记见《三国志》卷 51《吴书》6,1211—1212 页。

[52] 关于孙静,见上注第 33。接下来讲述在梁县附近的战斗时会提及祖茂,《三国志》卷 46《吴书》1 第 1096 页称他是孙坚的亲随。

[53] 《三国志》卷 46《吴书》1,1096 页、1097—1098 页,1098 页裴注第 4;拙著《孙坚传》,39—41 页,也见于下注第 54。

[54] 例如,荆州牧韩馥和兖州刺史刘岱都是董卓任命的,却在袁绍起事时反对董卓,见《后汉书》卷 72 列传第 62,2326 页;《后汉书》卷 74 上列传第 64 上,2375 页。

我们可以回想,东汉时期对各州的监视权是交给刺史的,但 188 年的法令让一批刺史的职位变为州牧,任职者将从官阶更高也更有经验的人当中挑选。按照官场的等级制度,州牧通常凌驾于他们治下各郡的太守之上。所以,州是帝国主要的单位,而一个地方的行政机构则视情况由一位刺史或一位州牧领导。

韩馥一开始被任命为荆州刺史,见《后汉书》卷 72 列传第 62,但在袁绍准备反抗时,他的头衔变成了州牧,见《后汉书》卷 74 上列传第 64 上。

[55] 在此,我们必须注意到,孙坚离开长沙参加对董卓的讨伐是僭越了他的职权。接下来,他从袁术那里得到官职,但这并不是正规的任命。因此,张咨对孙坚请求的回应是张咨对这些"忠臣抗议者"事业支持的试金石。《三国志》和《吴历》都将张咨的态度描述为十分勉强。

[56] 《三国志》卷 46《吴书》1,1097 页裴注第 3 引《献帝春秋》。关于"假"这一前缀,见上注第 13。

中郎将通常被朝廷任命来统领一支处在试用期的候补卫队,见毕汉思《汉代官僚制度》,24 和 27 页,拙著《北部边疆:东汉的政治和策略》,46—47 页和 48 页及以上。然而,东汉初年时,持此头衔的将领就活跃于北方边境对少数民族的战役当中(毕汉思《汉朝的复兴》第 2 册,204 页和注第 5;拙著

《北部边疆：东汉的政治和策略》，108、130 页和 340 页），以及后来对黄巾军的战役中，例如朱儁（《后汉书》卷 71 列传第 61，2309 页）和董卓（《后汉书》卷 72 列传第 62，2320 页）。

[57]　由于整个提名程序是完全非法的，很少有任命能够得到皇帝的肯定。就算皇帝没有肯定，不同的军阀仍然会以同一职位委任不同的官员。袁绍此后会任命他的一员将领为豫州刺史，并派他进攻孙坚。

然而，此时袁术提名孙坚的官职大概率已有人在任上了。一个叫孔伷的人曾担任豫州刺史，并且加入了袁绍的抗议军，见《后汉书》卷 74 上列传第 64 上，2375 页。但在此之后，他没有被提到，有可能孙坚被任命时，他已离开职位或去世。因为袁术不太可能且没有必要在这一阶段提拔他自己的人到一个已被占据的职位，由此得罪他的同党。

[58]　刘表的传记见《后汉书》卷 74 上列传第 64 上，2419—2424 页；《三国志》卷 6，210—213 页，以及戚安道《刘表的生前与死后：东汉的州牧、军阀及篡位者》（"Life and Legacy"）。

[59]　广城关是 184 年黄巾起义期间被重新驻防的八个关隘之一。这一关隘控制着沿汝水上游东西向行进的交通，也守卫着从南阳到洛阳的南部通道。

[60]　《三国志》卷 46《吴书》1，1096 页；《后汉书》卷 72 列传第 62，2328 页。

[61]　关于梁县和阳人的战斗，见《三国志》卷 46《吴书》1，1096 页、1098 页裴注第 5 引《英雄记》；拙著《孙坚传》，41—43 页。

《后汉书》卷 72 列传第 62 第 2328 页和之后的《资治通鉴》卷 52 第 1919 页也有相关记载。拙著《建安年间》第 65 页所记事件的顺序与前两者不同，我在这里的表述按照拙著所记顺序。据拙著《孙坚传》72—73 页注第 60，我怀疑《英雄记》引文中记载的胡轸的糟糕行为在《三国志》正文里的先后顺序有所错乱。它应该在时间顺序上接续孙坚在梁县的失败，这段故事实际上与孙坚之后在阳人的胜利有联系。

[62]　《三国志》卷 46《吴书》1，1096—1097 页，1098 页裴注第 6 引《江表传》；拙著《孙坚传》，43—44 页。

[63]　《三国志》卷 46《吴书》1，1097 页；拙著《孙坚传》，44—45 页。关于这一事件的记载，《三国志》卷 46《吴书》1 第 1098—1099 页裴注第 8 引《山阳公载记》，插入了一则董卓和刘艾对孙坚此前与凉州反贼作战时所用策略的讨论，见前文。

[64]　《后汉书》卷 72 列传第 62 第 2328 页和《三国志》卷 46《吴书》1 第 1097 页认为，这个使团的首领之一是董卓的将领李傕。董卓于 192 年在

长安被刺杀后，李傕是夺权的军事首领之一，见《后汉书》卷72列传第62，2333—2334页，《三国志》卷6，180—181页。

[65] 《后汉书》卷74上列传第64上第2376页，记载了190年夏对董卓派往袁绍和袁术处使团成员的屠杀；被杀的包括两位公卿和数位高官。五位代表中，只有被董卓任命为大鸿胪的学者韩融因为个人名望幸免。相似的记载见《资治通鉴》卷59，1916页；拙著《建安年间》，53页。

[66] 大谷关或太谷关是184年恢复的八个关隘之一。它位于过熊耳山前往洛阳南面的道路上，在伊水以东。如今沿这条道路修建了一段现代公路。参见上注第59。

[67] 东汉皇陵位于两处：洛阳的西北和东南。见毕汉思《东汉时期的洛阳》，83—87页。孙坚是从东南方进入的，所以这场战斗损坏了光武皇帝和他的继任者章帝、和帝与桓帝的陵园。

[68] 《三国志》卷46《吴书》1，1099页裴注第9引《江表传》。

[69] 《三国志》卷46《吴书》1，1099页裴注第9引《吴书》《山阳公载记》《江表传》《志林》，以及一些裴松之自己的观点。拙著《孙坚传》，48—51页。也见下文"关于传国玺"。

[70] 《后汉书》卷74上列传第64上第2373页认为，袁绍的父亲是袁成；而《后汉书》卷75列传第65第2438页认为，袁术的父亲是袁逢，他曾在汉灵帝一朝做过司空。因此这两个人应该是堂兄弟，《三国志》卷6第207页认为，袁术的年龄较小。《后汉书》卷45列传第35第1523页是袁氏家族先辈传记的一部分，也认为袁绍是英年早逝的袁成的儿子，而袁术是袁成的弟弟袁逢的儿子。

然而，《后汉书》卷74上列传第64上第2373页的注释引用了袁崧所著《后汉书》，《三国志》卷6第188页裴注第1引用了王沈所著《魏书》，两者都称袁绍是袁逢一个妾室的儿子，之后被袁成收养。因此袁绍就是袁术同父异母的兄弟，而袁术对袁绍在家族中地位的评论，可能基于他们母亲的不平等地位。

另一方面，《三国志》卷6第188—189页裴注第2引《英雄记》称，袁成在袁绍年幼时死去，而袁绍为他举行了盛大的悼念活动。根据这一点，裴松之认为袁成和袁绍之间的关系比养父子更亲密。

尽管存在上述不同观点，我还是留意到了袁术对袁绍的评论，认为二人都是袁逢的儿子：袁术是正室所生，而袁绍是庶出；袁绍在家族中居兄长地位是因为他被袁成一脉收养。

[71] 《三国志》卷46《吴书》1，1100页裴注第10；拙著《孙坚传》，52页。

［72］　《三国志》卷 46《吴书》1,1100 页裴注第 10;拙著《孙坚传》,52 页。

关于是周氏兄弟中的哪一个攻击了孙坚存在很大争议。《后汉书》卷 75 列传第 65 第 2439 页认为是周昕,《后汉书》卷 73 列传第 63 第 2359 页也同意这一点。但《三国志》卷 8 第 242 页与《后汉书》卷 73 列传第 63 并行的文献认为是周昂。这一观点也见于《资治通鉴》卷 52,1926 页;拙著《建安年间》,76 页。

然而,《吴录》认为是周㝢。既然这个观点被《会稽典录》中三兄弟的详尽生平叙述所佐证,见上注第 71,我同意这个说法。

尽管同姓,会稽周氏和庐江周氏之间似乎没有紧密的联系。尤其是,会稽的周㝢和庐江那位成为孙策好友及孙权大将的周瑜不是同一个人。

［73］　关于公孙瓒和刘虞在幽州的对抗,见拙著《北部边疆:东汉的政治和策略》,400—403 页,也见下文。

［74］　武关位于长安东南通往南阳郡的道路上。

［75］　《资治通鉴》卷 52,1925—1927 页;拙著《建安年间》,77—78 页,基于《后汉书》卷 73 列传第 63,2355—2356 页,以及《三国志》卷 8,241—242 页。

［76］　关于会稽周氏之后与孙氏及其朋党的交集,见第三章。

［77］　《三国志》卷 46《吴书》1,1100—1101 页裴注第 1;拙著《孙坚传》,52—53 页。

［78］　桓阶的传记见《三国志》卷 22,631—633 页。

［79］　《三国志》卷 46《吴书》1,1101 页裴注第 1 引《吴录》补充称,孙坚陵墓的名称是高陵。

［80］　《三国志》卷 46《吴书》1,1096 页;拙著《孙坚传》,41 页。

［81］　见《后汉书·礼仪志》卷 96 第 6,3143 页。《礼仪志》原是司马彪《续汉书》的一部分,见贝克《东汉的志》(Treatises),77 页。将玉玺绑在腰上再取下是继位典礼当中重要的部分,这可以在前 74 年西汉短暂的统治者刘贺继位时的记载中得见。见德效骞译本《汉书》第 2 册,203—205 页;鲁惟一《汉代中国的危机与冲突》,120 页。

［82］　见《后汉书》卷 1 上 33 页引蔡邕《独断》;德效骞译本《汉书》第 1 册,256 页注第 3。

［83］　关于卞和,见《史记》卷 83,2471 页。

［84］　关于这段历史,见《史记》卷 6,228 页注第 7。唐张守节《史记正义》注释引 5 世纪崔浩《国书》,见沙畹《〈史记〉译注》第 2 册,108—110 页注第 5。《后汉书》卷 1 上 33 页注释引 2 世纪蔡邕《独断》。唐徐令言编《玉玺

正录》,以及《后汉书》卷 120 第 30《與服志》,3673 页刘昭注第 1。另一则关于东汉玉玺的记录,见《东汉会要》卷 9,131—133 页。

[85] 《后汉书》卷 75 列传第 65,2442—2443 页;《三国志》卷 6,209—210 页。徐璆的传记见《后汉书》卷 48 列传第 38,1620—1621 页(李贤注认为徐璆名字的读音应当同"仇"),以及《三国志》卷 1,30 页裴注第 2 引《先贤行状》。

[86] 汉代的一寸大约是今 23 毫米。

[87] 《汉书》卷 98,4032 页。

[88] 关于崔浩,见上注第 84。

[89] 《三国志》卷 1,62 页;方志彤:《三国编年史(220—265 年)》,10—11 页和 35—39 页;也见卡尔·雷班《天命的操纵:公元 220 年曹丕即帝位所隐含的天意》。

[90] 《三国志》卷 4,154 页;《晋书》卷 25,772 页。

[91] 《晋书》卷 102,2659 页。

[92] 《晋书》卷 25,772 页;卷 6,151 页;卷 103,2684 页。

[93] 《晋书》卷 107,2797 页;卷 79,2071 页;卷 8,198 页。

[94] 《晋书》卷 8,198 页。

[95] 《后汉书》卷 120 志第 30,3673 页刘昭注引。

[96] 道丁(Daudin)在其著作里具体探讨了这个问题,129—157 页。也见于沙畹《〈史记〉译注》第 2 卷,108—110 页注第 5。

[97] 迈克尔·罗杰斯(Michael Rogers):《中古史译丛》,102 页注 279;54—55 页。

102 页所引用的迈克尔·罗杰斯的观点,阐发了栗原朋信(Kurihara Tomonobu)的观点,后者认为玉玺是东汉开国皇帝光武帝的宣传工具。它被用来强调他继承西汉政权的合法性。

这是很有可能的,而且《汉书·元后传》中记载的王莽夺玺之事,的确使得后世的宣传对这个篡位者不利。另一方面,东汉王朝的确拥有传国玺,不论这尊玉玺是否为秦始皇雕刻,并且被西汉的统治者代代相传。

[98] 见《三国志》卷 46《吴书》1,1099 页裴注引虞溥《江表传》和虞喜《志林》;拙著《孙坚传》,48—49 页。

[99] 有可能袁术之后在空余时间伪造了一尊玉玺,利用孙坚攻陷洛阳这一事实在孙坚死后为它编造了一个虚假的来源:这与栗原朋信所推测的光武帝的做法一样(见上注第 97)。然而问题仍然存在,因为袁术对玉玺的占有并没有给他带来任何声望。如迈克尔·罗杰斯所论,目前整个关于玉玺的讨论已消失在了理论和虚构的交织当中。

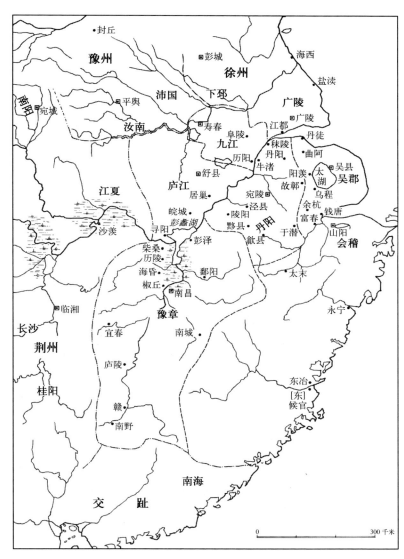

图3 孙策时期扬州形势示意图

第三章　少年郎：孙策

梗　概

孙坚的长子孙策在他父亲去世时仍然还是一个男孩。18岁时,他在孙坚的前主公袁术手下效力,被委以一些低阶的军职。然而,195年,他被委派进行一场对长江下游以南地区的远征。在一系列精彩的战役中,他与地方官员和首领争斗,征服了丹阳郡、吴郡和会稽郡。

此时,袁术基于淮河谷地相对弱小的处境却大胆称帝,与汉朝针锋相对。然而,这一篡位行为没有得到认可。其他军阀联合反对袁术,而孙策抓住这一机会宣布独立。

基于长江下游的大本营,孙策向西扩张势力,抵达今鄱阳湖地区。他窥视着更上游处荆州刘表的辖区,然而在他站稳脚跟之前,却被地方宗族首领的忠诚门客们刺杀。他去世时年仅25岁。

早年生活及为袁术效力(175—195年)

孙坚的长子孙策生于175年。几乎可以确定的是他生于盐渎;当时孙坚在盐渎担任县丞,这是他的第一份官职。[1]同母亲吴夫人一起，孙策跟着父亲从一处公职迁往另一处。不过，184 年，当孙坚在平定黄巾军的战役中投靠朱儁的时候，他的家人留在了位于今安徽寿县的寿春，一处作为扬州刺史驻地的县。当时，孙策不超过 9 周岁。他的弟弟孙权生于 182 年，三弟孙翊生于 184 年。[2]

有可能，当孙坚于 186 年在都城暂任议郎时，他的家人同他在一起，显然在孙坚成为长沙太守时，其家人也随他一同赴任。190 年，当孙坚带领军队从长沙北上讨伐董卓时，他将孙策及其母亲兄弟们一同留下。于是，这家人前往扬州庐江郡的舒县定居：这座城市位于今安徽庐江以西，大约在寿春以南 150 公里处。

孙策此时大概 15 岁。尽管《三国志》孙策传记声称是孙策将全家带往了舒县，但更合理的推论则是，这些安排是由孙坚和吴夫人作出的。同样，根据传记，184—185 年身在寿春的这段时间里，孙策已然在当地扬名，并与地方上的一些首领们结为好友；这对于一个 9 岁的男孩来说，未免过于早熟，看起来也是十分不可能。然而，据史料记载，他在这段时间里遇到了同样生于 175 年的周瑜，两人成为朋友。由于他们的友谊，孙策和他的家人在几年后前往舒县定居，周瑜礼待了孙策的母亲吴夫人，并且与孙策分享他的一切。[3]

庐江周氏是帝国较大的宗族之一。周瑜的一位堂祖父和一位叔父都曾担任过太尉，即汉代官僚机构中的最高职位；其他的周氏成员也世代为官。周氏世居舒县，他们显然很富有。当吴夫人和她的孩子们在 190 年到达那里时，周家给了他们一幢大宅居住。周瑜的传记里没有提到任何与孙策在寿春的早期往来，只显示这两个年轻人第一次相识是在舒县。传记认为是周瑜将那座大宅赠予了孙策。但是，如同前文一样，似乎这两个家族之间的主要联系在于两个 15 岁男孩间的友谊,然而处于这个年龄的周瑜不太可能对家族的财产有直接的掌控能力。

从周家的角度来看,虽然孙家的背景并不显赫,也不能与他们相提并论,但他们的礼貌和慷慨在此合情合理。190 年时,孙坚是一位太守,统领着一支强大的军队。他在当时看起来显然是一位蒸蒸日上的人物;在越发混乱的时代,即便周氏这样的宗族也会选择与他的妻子和孩子们建立良好的关系。

到 191 年年末,孙坚在一场襄阳附近的战斗中被杀死。他的遗体被带回曲阿埋葬,那是他的故乡吴郡下辖的一个县,位于今江苏丹阳。孙策和他的族人前往曲阿参加葬礼,途中于长江北岸的广陵郡江都县(地处今扬州以南)作短暂停留。

自从孙坚去世,袁术的境遇每况愈下。他被迫放弃南下兼并荆州刘表辖区的尝试。193 年年初,他不得不将总部从南阳郡向东北迁到陈留郡的封丘(今河南封丘)。[4]

193 年的前几个月,与袁术结盟的兖州牧曹操从北面发起进攻。在一系列的战斗和失败中,袁术被驱赶向东南,进入今安徽。虽然袁术仍然统领着一支庞大的军队,它是东南地区最为强大的力量,但这场战役已然使他永远失去了南阳郡,消灭了他在黄河流域几乎所有的影响力,并且迫使他退至淮河谷地,以寿春为总部重组武装。[5]

父亲老主公的突然到访,给孙策的境遇带来了巨大的改变。据孙策传记称,这个年轻人在与周家同在舒县时就已经非常出名,"江、淮间人咸向之"。不管怎么说,他已经聚集了一群追随者。其中包括来自汝南郡的难民吕范,他为孙策带来了 100 名自己的私兵。还有孙河,他曾为孙坚效力并一度统领过孙坚的亲卫。[6]孙策传记称,孙策起初前往袁术麾下是在 194 年。但裴注引

《江表传》及吴景、孙河与吕范传记中的相关段落显示，孙策似乎在 193 年就与寿春建立了联系。[7]几乎可以肯定的是，《江表传》所记孙策拜访袁术的故事描述了这段早年经历：

> 策径到寿春见袁术，涕泣而言曰："亡父昔从长沙入讨董卓，与明使君会于南阳，同盟结好；不幸遇难，勋业不终。策感惟先人旧恩，欲自凭结，愿明使君垂察其诚。"[8]

据说孙策的谈吐和举止给袁术留下了深刻的印象。孙策当时只有 18 周岁，袁术可能觉得他太年轻了。但是，这样一来，孙策便与寿春建立了联系，他父亲的一些老部下也来投奔他。很快，在他与袁术的第一次会面后，孙策向南渡过长江投奔了他的舅舅，即丹阳太守吴景。

随着孙坚在 191 年到 192 年间冬天的去世，孙氏集团在袁术的阵营里失去了他们很大一部分的影响力。孙坚的侄子孙贲曾经正式接手孙坚的部队。尽管表面上他被任命为豫州刺史，但他似乎没有担任过任何显要的职位。似乎，孙坚的大部分兵力顺理成章地被袁术和他的高级军官们接收，而孙贲很快回到南方去参加孙坚的葬礼；直到袁术抵达寿春，他似乎都没有回去投奔这位军阀。

然而，当时还有一些募兵和亲随对孙坚或他的亲属有着个人层面的忠诚，他们组成了孙坚大部队牢固的核心。像孙河、程普、黄盖和韩当这样的人，继续在较大的兵团里效力；但在袁术的领导下，他们并不扮演重要的角色。袁术有自己的亲随和门客，他并没有器重孙坚的老部下，抑或给予他们升官的机会。[9]孙策依照父死子继的传统请求将这些人交还给他，而袁术对他们的轻视正中了孙策下怀：对于这些曾在孙坚麾下寻求仕途的人来说，尽管孙策很年轻,但他代表着一个新的聚集点。

当然,孙策母亲吴夫人的弟弟吴景是一个例外。他被委以高位并且统领着一支军队。吴家以前的确比孙家显赫。然而,出于种种原因,吴景似乎没有能力得到孙坚老部下们的忠心,从而成为他们的首领。毫无疑问,在某种程度上,这是因为他们对孙坚个人威信的记忆,同时也因为吴景只是一个年轻的外戚。无论如何,当孙策发展事业之时,舅舅吴景是他的支持者与助手,而不是对手。

通过 193 年拜见袁术,孙策宣告了他与寿春的联系,之后,这个家族在江都的处境变得危险。位于寿春的袁术正式控制着扬州,但包含江都在内的广陵郡则在徐州境内。徐州牧陶谦在袁术抵达寿春后变得焦虑,也不愿意见到袁术老部下的儿子同一群追随者,在其辖区的南部定居下来。[10]当孙策前去拜见袁术时,他让广陵郡文士张纮照看他的母亲和兄弟们;但当他见过袁术后,他让亲信吕范将家人带回曲阿。陶谦将吕范当作间谍逮捕,想用酷刑折磨他,但吕范的一些随从救下了他。这一行人安全抵达了长江以南。[11]

陶谦有充分的理由惧怕袁术和孙氏。袁术在寿春一安定下来就开始占领相邻的郡,并派遣吴景和孙贲作为太守和都尉前去丹阳,他们驱逐了那里原有的太守周昕。[12]袁术也鼓励孙策和他的亲戚同去。当然,这很可能是他摆脱这个纠缠不休的年轻人的一种方法。而孙策在丹阳停留了数月,逐渐扩充了追随者的数量,在对当地敌军、土匪和居民的小规模战斗中积累了军事经验。《江表传》称,他得到了一支数百人的武装;但在一场与丹阳郡南部山民首领之一祖郎的冲突中,孙策遭到奇袭,差点丧命。这次挫折之后,他聚拢追随者,再次北上寿春面见袁术。[13]

194年，孙策回到袁术的大本营。这一次，袁术从孙坚旧部中抽调了大约1 000人交由孙策统领，让他留在寿春。我们知道，孙策当时受到年老的和高级的军官们拥护，被授予了怀义校尉的华丽头衔。然而，基于孙坚之前对袁术的贡献，孙策想要的是独立的指挥权和一些自己的辖区。只是他想要的很多，也难以获取，因为袁术似乎并不对孙策和他的野心感兴趣。

一开始，据说袁术已保证会任命孙策为九江太守。这当然是个宝贵的职位，但袁术之后改变了主意，将这个位置给了另一个下属。过了一段时间，庐江太守陆康拒绝提供袁术索要的一些补给，引得袁术准备进攻他。关于孙策，我们知道他与陆康不和。因为他一度前去拜访陆康，但陆康避而不见，只让一名主簿接待他。所以袁术让孙策进攻陆康，并且向他保证：如果他攻下了庐江，他将会被任命为新的太守。孙策征服了庐江郡，而且俘虏了陆康。但是袁术背弃了他的承诺，把太守职位给了另一个部下刘勋。于是孙策越发醒悟。[14]

与此同时，淮河谷地和长江下游地区的局势变得更加复杂。193年，袁术被逐至扬州的同年，陶谦被曹操重挫。当年夏天，曹操邀请他的父亲前太尉曹嵩，从琅琊郡前来兖州。琅琊郡在徐州，曹嵩显然自内战开始就在这里避难。然而，当他带着一支庞大且价值不菲的车队西行时，遭到伏击和劫掠，曹嵩被陶谦麾下的一些军官杀死。陶谦个人在这一事件中看起来并没有责任，而且他似乎试图保护曹嵩。但是，在盛怒之下，曹操引兵攻向徐州。陶谦前往今山东南部避难，曹操在今江苏和安徽北部进行了一场屠杀。[15]

有可能，曹操试图利用这个机会征服徐州，将这一地区并入辖区较小的兖州。然而，一些史料显示，一向愤世嫉俗并肆无忌惮的曹操这一次真的很沮丧，这场战役没有给他带来优势。[16]屠城行为使曹操无法在被征服的地区进行权力的和平交接。194年，当曹操再次进攻徐州时，一股反对者起兵攻占了曹操兖州大本营的大部分。曹操被迫掉头对付吕布，后者曾是董卓的老部下，现在正寻求自己的地盘。[17]然而，陶谦没能利用这一时机。陶谦在几个月后死去，也没能重塑自己的威望。在接下来的数年内，徐州当地的政权归属一直飘忽不定，这一地区也成为小规模战争的舞台。

当北方和东方发生这些事件时，一个与袁术争夺扬州的对手在长江以南出现。东莱的刘繇出身皇室的一支远亲，也是汉朝官宦世家的子弟。他曾在朝廷做官，由于内战的纷乱，前来东南避难。194年，一封来自被董卓取代并屠杀的长安军事政权的诏书任命他为扬州刺史。[18]

刺史的治所在寿春，被袁术占据，而刘繇并不想立刻与之交战。[19]因此，他来到长江以南与吴景合作，而吴景将他安置在曲阿。在这里，他可以聚集支持者。194年年末，刘繇认为自己足够强大，可以背叛袁术的亲信吴景。于是他将吴景逐出了曲阿，又占领了丹阳。

吴景因此向袁术求助，而袁术派来一支军队支持他对抗刘繇。他将军队的指挥权交给吴景，让庐江的周尚即孙策的朋友周瑜的叔父担任丹阳太守。两支军队在位于今安徽和县东南的横江和当利隔江对峙了将近一年，但没有实质的行动。就刘繇所有的意图和目的而言，袁术已经失去了对长江以南地区的控制，而刘繇正在获取兵力，成为越来越大的威胁。另一封诏书将刘繇提拔为扬州牧，并授予他将军之位。之后，195年，孙策向袁术请辞，投奔南方的舅舅吴景和堂兄孙贲。

据《江表传》，孙策在与袁术交谈时称：

> 家有旧恩在东，愿助舅讨横江；横江拔，因投本土召募，可得三万兵，以佐明使君匡济汉室。**[20]**

既然刘繇成功占据了长江南岸并似乎在曲阿站稳脚跟，同时更东南方的会稽郡被太守王朗牢牢掌控，袁术难以相信孙策有成功的胜算。然而，他还是给予了孙策折冲校尉的头衔，允许他前往。

孙策只被分配到了大约 1 000 名步兵和三四十名骑兵，但有几百名准备跟着他的亲随，而且他拥有在行军途中募集兵员的权力。九江的县城历阳是袁术部队在南方的大本营，位于今安徽和县，距寿春约 200 公里。孙策带着大约 1 500 人离开寿春，在到达历阳时已有五六千人。在那里，孙策投靠了其他统帅的阵营，并计划渡江。

孙策传记称，他自到达历阳起就负责指挥对抗刘繇的行动；而与之平行的文献，吴景传记和孙贲传记中并没有与之相反的观点。袁术将吴景从丹阳太守调为督军中郎将；而作为之前的太守，他可能有望成为指挥全局的高官。**[21]**然而，在接下来的行动中，孙策显然占据了主导地位。在对抗刘繇的战争结束时，孙策在亲戚和袍泽之中建立了威信。这可能要部分归功于他们对其父孙坚的记忆，毕竟孙坚统领过吴景和孙贲。但在更大程度上，这要归功于孙策自己的军事才能。

占据长江以南和与袁术决裂（195—197 年）

横江和当利东部的长江河岸被刘繇的部下樊能、于麋和张英率领士兵把守。他们在安徽当涂以西的牛渚山有一座大营，身后的各个县里有其他的部队。在相距不远的北部下游，还有另两支军队驻扎，他们是刘繇的盟友：扎营于秣陵城（今南京）的彭城相薛礼和扎营于薛礼南面不远处的下邳相笮融。彭城和下邳均位于长江以北的徐州，在今江苏北部。然而，随着陶谦死后的动乱，这些地区的当权者毫无疑问的感觉受到了来自西面袁术的威胁；而刘繇显然说服了他们与其合兵一处，以形成一道面对敌人主要进军路线的共同防线。[22]

然而，孙策直接面临的对手是在当利把守要塞的张英。尽管有过去几个月的对峙作为缓冲，但孙策方面没有准备好足够的船只在敌占的对岸登陆。而且，吴景派遣分队去找寻更多船只的行为也造成了拖延。实际上，在我们的印象中，吴景没有在他指挥军队期间展现任何出众的能力；随着孙策的到来，他已准备好让这个年轻人掌握主导权，以及承担主要责任。

孙策的表兄徐琨曾为孙坚效力，现在他投奔孙策，参与了对抗刘繇的战役。据《三国志》徐琨传记称，徐琨的母亲是孙坚的一个妹妹，她此时正在军中，对徐琨说："恐州家多发水军来逆人，则不利矣，如何可驻邪？宜伐芦苇以为泭，佐船渡军。"徐琨将这告诉了孙策，孙策遵从了姑母的建议，在当利打败了张英。[23]

在建立滩头阵地之后，孙策立刻进攻并洗劫了刘繇在牛渚的大营。他劫掠了那里储存的所有粮食和装备。之后他折而向北进攻笮融和薛礼。他先是攻击了笮融，将他逐回军营躲避。之后他攻击了薛礼，薛礼从秣陵逃走，不再参与这场战役。然而，在他乘胜追击之前，刘繇的其他将领樊能和于麋对牛渚大营进行了反攻。孙策回防营垒，打败了樊能和其他将领。据说他这一仗"获男女万余人"。

孙策又一次转向北面进攻笮融，但是在一场笮融军营外的战斗中，被一支箭矢击中了大腿。他因此不能再骑马，便坐着马车返回了牛渚。

笮融从一个叛徒那里得知孙策受伤并相信他死了，所以他派出分队来攻牛渚。然而，孙策仍然可以指挥他的军队。他派出几百人迎敌，准备在侧面伏击。在他的指挥下，己方的第一条战线退出战场，佯装逃跑。当敌人冲来追击时，他们遭到了伏击并惨败，失去了 1 000 余人。于是孙策领兵前去笮融的营地，他让随从们在阵前喊话："孙郎竟云何！"

当笮融意识到孙策还活着，他将营墙筑得更高，把壕沟挖得更深，为防御做好了所有可能的准备。当地地势易守难攻，所以孙策绕过正面向东包抄。在一系列的战斗中，他向北前往秣陵，再向东南进攻曲阿。在孙策行军之时，笮融和刘繇放弃了他们的驻地，向西南溯江逃往豫章郡。[24] 孙策进入了曲阿城，在那里设立了他的大本营。

建安元年十二月，即公元 196 年 2 月，孙策到达曲阿。而袁术为了表示对他成功的认可，将他推举为行殄寇将军。此时，孙策停下来巩固自己的地位，整顿建制。据《江表传》云：

> 策时年少，虽有位号，而士民皆呼为孙郎。百姓闻孙郎至，皆失魂魄；长吏委城郭，窜伏山草。及至，军士奉令，不敢虏略，鸡犬菜茹，一无所犯，民乃大悦，竞以牛酒诣军。[25]

《三国志》孙策传记加上了一段简短的描述：

> 策为人，美姿颜，好笑语，性阔达听受，善于用人，是以士民见者，莫不尽心，乐为致死。[26]

通过对刘繇及其盟友们的胜利，孙策聚集了大量的士兵。例如，在牛渚的第二场战斗之后，我们知道他收编了许多之前为樊能或于糜效力的人；很显然，在许多情形下，战败军队被俘的士兵可以在战斗之后改换阵营。另外，刘繇的逃跑使得他的军队群龙无首，他们当中的许多分散在郊野当中，只等一个投靠新阵营的机会。在曲阿，孙策向他控制下的各个县发布公告称：

> 其刘繇、笮融等故乡部曲来降首者，一无所问；乐从军者，一身行，复除门户；不乐者，勿强也。[27]

据说，孙策在几周内得到了两万步兵和 1 000 余名骑兵，他们从各个方向云集而来。

尽管兵力的增加必然令人满意，但是将这些人及其中许多之前的敌人置于有效的管控之下并非易事。孙策很幸运，也足够受欢迎。他的老朋友吕范担任了都督的职位，负责操练新军。我们知道，吕范是在与孙策的对弈中提出了这一请求，而孙策起初称，像吕范这样的人不应该屈就管理实务的苦差。而吕范称，军队的良好秩序关乎他们全部事业的成败，"犹同舟涉海，一事不牢，即具受其败。此亦范计，非但将军也"。孙策笑而同意，吕范的工作给这支扩充后的军队带来了秩序和凝聚力。[28]

与此同时，孙策将他的母亲和兄弟们带到了曲阿。当刘繇将吴景驱逐过江时，孙策的家族也一同逃难，暂居在临近的历阳。[29]他们现在回来了。孙策委任约 14 周岁的弟弟孙权为阳羡县长，这是吴郡当中与曲阿相邻的一个县。孙权被给予这一头衔更多的是出于地位而非实际的考量，但孙策显然尊重并推崇他的弟弟。他在许多情况下听取孙权的意见，也在自己的亲随当中赞扬他。[30]

虽然在丹阳郡和曲阿附近吴郡地区的移民政权当中，孙策已经取代了刘繇，但许多山民及当地的宗族和其他群体，趁乱扩充自己的权力，建立私人武装。在曲阿南面的山中，一个叫作严白虎的地方首领似乎自立为一个松散联盟的领袖。在西面丹阳的泾县即今安徽泾县，忠于刘繇的军官太史慈试图在丹阳郡组建一个对抗孙策的政权，还与附近黄山山脉北麓的山民结盟。[31]

直到此时，孙策并不重视太史慈。他主要的目标在南方和东方，即他的家族位于吴郡和会稽的祖籍。吴郡太守许贡并不难对付，当他试图反抗孙策时，他被属下都尉朱治出卖。

作为都尉，朱治负责郡里的军事组织，也在法理上听从许贡的命令。但他是孙家的旧交，曾经为孙坚效力。当他听闻孙策到来时，他起兵进攻许贡。许贡被打败后投奔严白虎，而朱治夺过了太守一职。[32]

严白虎和吴郡其他反对者的重要性，不足以让孙策偏离他在南方的主要目标。196 年，他前去进攻会稽。太守王朗在位多年，看起来不像吴郡许贡那么好对付。当孙策进攻时，王朗来到杭州湾的钱塘江入海口一线保卫他的控制区。[33]

孙策抓住行军经过吴郡的机会，利用他在当地的人脉寻求支持，而他的叔父孙静即孙坚最年轻的弟弟，在其至钱唐时前来投奔。王朗的军队驻扎在水边的固陵镇。虽然孙策数次试图强行建立桥头堡，但是他都没有取得成功。然而，孙静之后率领分队向南数公里来到查渎的一处渡口，再折而向北从侧翼攻击了王朗的军队。孙策让他的部队点燃常规数目的篝火，令敌人在夜晚无法发现任何军队的离去，也就不知道孙静和他的军队脱身。王朗被打得措手不及，孙氏的军队渡水扎营。[34]

一开始，王朗试图停止撤退并重整旗鼓。在孙策的进攻下，他派军官前丹阳太守周昕稳住战线。[35]但孙策击败了周昕，将之处死，于是王朗放弃了自己的大部分控制区。他乘船沿着海岸向南抵达东冶，一个由会稽郡管理但位于福建闽江入海口南侧的县，距杭州湾500公里。[36]

孙策显然认为王朗足够重要，值得追击。这可能是因为王朗在孙策回到吴郡和丹阳后试图反扑。与此同时，对周昕的胜利十分彻底，这使得孙策在杭州湾地区没有紧迫的问题，从而可以留下军队的一部分进行基本的收尾工作。所以他追击王朗，攻占了东冶城，接受了敌人的投降。

与东冶相邻的候官县长商升，在王朗南下的时候曾经支持他。尽管王朗投降了，商升仍与一些当地人结盟，继续对抗孙策。当孙策回到北方后，他任命韩晏为会稽郡南部地区的都尉，派给士兵让他进攻商升。然而，韩晏没有取得成功，于是他很快被贺齐取代，贺齐是在孙策来到会稽后投奔他的当地世家子弟。商升愿意投降却被自己的盟友杀死。而贺齐还需要一些时间来争取当地人的支持，利用敌人之间的不和，最终打败他们。在接下来的几年里，贺齐继续为孙氏指挥这一边远东南地区的军事行动，他逐步地扩充了孙氏的权力和影响力。[37]

随着打败王朗，会稽也稳定了下来。孙策向北回到吴郡，对付严白虎和其他反对他的群体。许多敌对首领被杀死，但严白虎和前太守许贡逃跑，重组了他们的武装。

在这一战斗时期，孙策的家乡会稽有两则关于他的故事。曾一度做过岭南合浦郡太守的王晟，在与孙策作战时被俘。本来他要被处决，但孙策的母亲吴夫人说："晟与汝父有升堂见妻之分，今其诸子兄弟皆枭夷，独余一老翁，何足复惮乎？"于是孙策放过了王晟。[38]

相似地，据说严白虎曾经逃去投奔余杭（今浙江余杭）许昭。孙策尊崇许昭对老朋友的义气，没有攻击他。然而，实际情况是，严白虎的成功逃跑并不会在将来制造麻烦，吴郡现在已被孙策牢牢控制住。

孙策自命为会稽太守，也让他的舅舅吴景恢复了丹阳太守的头衔。之前的都尉朱治成为吴郡太守。孙策的堂兄弟们，孙贲和他的弟弟孙辅也被任命为太守。孙贲成为豫章太守，而孙辅成为庐陵太守。庐陵是由豫章南部地区组成的一个新的行政区。但孙策还没有征服豫章抑或庐陵的任何地区。

此时，196 年走向了尾声，吴景和孙贲回到袁术那里复命。袁术正进行一场意图从陶谦的继任者刘备手中夺取徐州的战役。他将吴景任命为长江北岸的广陵郡太守。孙贲被授权指挥寿春的军队。孙策的一个远亲孙香被任命为汝南太守。周尚和他的儿子即孙策的朋友周瑜，曾经参与对抗刘繇的第一场战役。但孙策在曲阿站稳之后将他们留下，以便在他前往吴郡和会稽郡时照看丹阳郡。很快，袁术召回了周尚和周瑜。他给予周瑜军事指挥权，但周瑜求取庐江郡居巢县长之位。此地位于今巢县东北，距长江不远。[39] 周瑜可能已经对袁术的野心有所怀疑，担心他会失败，所以他想驻扎得离孙策足够近，以便南下投奔孙策。

到了 196 年或 197 年，袁术决定称帝建立新朝。据史料记载，他早在 191 年就考虑过称帝；当时，孙坚在洛阳的废墟里发现了传国玺，将它交与袁术。[40] 之后，196 年，他与将领们讨论过这件事。尽管他当时没有开展这个计划，但孙策在听闻这一提议后上书表示反对。

《三国志》裴注引《吴录》记载了孙策让谋士张纮拟写并呈给袁术的书信，信的一部分称：

> 去冬传有大计，无不悚惧；旋知供备贡献，万夫解惑。顷

闻建议，复欲追遵前图……益使怅然，想是流妄。

这封信接下来还长篇驳斥了袁术的称帝计划。[41]但是，尽管有这封信和其他来自下属的反对意见，袁术仍在 197 年夏天称帝，国号为仲。[42]孙策随即断绝了对袁术的一切效忠。

袁术似乎对自己的重要性没有清晰的认知，同时很善于自我欺骗。的确，他控制着扬州的大部分并且在争夺徐州。而孙策名义上听从他的命令，却在东南攫取了更多的土地。因此，袁术在表面上统治了淮河流域与长江下游；但这在整个帝国里并不占很大一部分。

除了占有的土地，袁术还很在意自己来自一个显赫的官宦之家，而且在家族中自认为是他的堂兄抑或同父异母兄弟袁绍的兄长。[43]另一方面，如孙策在他信中指出，袁家从汉朝那里得到的尊荣应当鼓励袁术支持年幼的皇帝而不是篡位。

袁术还通过预言和对谶纬文字的解释，使自己相信他就是命中注定取代刘氏统治帝国的人；[44]但孙策和张纮出于儒家式的理性指出："世人多惑于图纬而牵非类，比合文字以悦所事，苟以阿上惑众……不可不深择而熟思。"

袁术称帝的行为被证明是不合时宜且错误的。他的这一仓促行动，打破了内战的规则，使他在当时所有的军事领袖眼中成了不法之徒。在此之后二十年里，再没有人像这样称帝。袁术本来就有强大的敌人；北方有曹操和袁绍，而他在东南的地位，很大程度上仰赖于家族的威信和个人的影响。他向在徐州的盟友军阀吕布提出和亲，但他人劝吕布称，与一位篡位皇帝有瓜葛是不明智的，于是吕布和袁术断绝关系，还在扬州进攻袁术。在保卫自己皇位和控制区的战斗中，袁术很不成功。197 年年末，在吕布和曹操的攻击之下，他被驱逐到淮河以南。之后他一直处于压力之下，逐渐缩水的控制区域里的资源也因为歉收和挥霍不断减少。他的权力逐步衰减。

孙策派出卫队把守渡过长江的通道，防备着他之前的主公。他还给袁术手下当官的亲友写信，邀请他们前来投奔。吴景、孙贲和周瑜都来投奔他。周瑜带来了鲁肃，他是孙氏此后的主要将领之一。[45] 孙策巧妙地在袁术面前保卫着自己的控制区，而袁术主要关注着吕布和曹操，无暇他顾。于是孙策的地位得到了认可，被鼓动加入对抗篡位者联盟。

早在192年，董卓在长安被其信任的军官吕布刺杀。然而，几周之内，吕布被迫向东逃离首都。他先试图在兖州，然后试图在徐州站稳脚跟。但是，年轻的汉献帝留在了长安，成为董卓旧部的人质。这些将领由李傕领导，他们报复董卓，却继承了他的权力。195年年末，皇帝终于能够利用这些"守卫者"之间的钩心斗角设法逃往东部。然而，在那里，他落入了曹操的手中。从此，曹操能够借汉朝的名义发布诏书，执行决策。

然而，197年，一纸诏书被送与孙策，任命他为会稽太守，并追认了他父亲在讨伐董卓时立下的功劳，还命令他和吕布及一位刚上任的行吴郡太守陈瑀一起进攻袁术。据《江表传》，这封诏书是王誧传达给孙策的。除了明确孙策作为太守的职位，还允许他世袭父亲孙坚之前的乌程侯头衔，并任命他为骑都尉。孙策觉得这一军事职位不够高，想要将军的头衔。为了安抚他，王誧便承制假孙策明汉将军头衔。[46]

《吴录》记有孙策对王誧到访表达感谢的上表，其中的一部分称：

> 臣以固陋，孤持边陲。陛下广播高泽，不遗细节，以臣袭爵，兼典名郡。仰荣顾宠，所不克堪。
>
> 兴平二年十二月二十日，于吴郡曲阿得袁术所呈表，以臣行殄寇将军；至被诏书，乃知诈擅。虽辄捐废，犹用悚悸。
>
> 臣年十七，丧失所怙，惧有不任堂构之鄙，以忝析薪之戒，诚无去病十八建功，世祖列将弱冠佐命。臣初领兵，年未弱冠，虽驽懦不武，然思竭微命。惟术狂惑，为恶深重。臣凭威灵，奉辞罚罪，庶必献捷，以报所授。**47**

总而言之，孙策在这里介入了一场精妙而复杂的外交策略。作为他近期胜利的结果，孙策控制了会稽郡、吴郡和丹阳郡的一部分。他可能毫不介意与袁术分道扬镳，因为他证明了自己能够自力更生，于是他想要通过与朝廷建立直接联系来确立自己的地位。不论这位皇帝是不是他人手中的傀儡，来自汉朝的官方认可能够加强他在当地的权威。

另一方面，王誧的到访是令孙策失望的。没有得到汉朝皇帝的认可，孙策仅仅被确认为已然拥有的郡的太守，继承了他本该承袭的侯位。更何况这个侯位对他没什么用。骑都尉的官职对于一个行使将军权力的人来说，是具有轻侮性的。更重要的是，这一任命很可能就是为了限制孙策在自己地区内的自由，因为他在会稽的边界之外指挥军事行动或集结军队，可能因此会面临一些困难。他迫使王誧给予他的半正式头衔带来了两个重要的好处：恢复了他之前的地位；公开承认了他是汉室忠臣。

还有，尽管被描述为暂时的安排，但令陈瑀为吴郡太守的任命显然并没有考虑到孙策的亲信朱治。一年多前驱逐了许贡后，朱治一直在担任太守。如果吴郡从孙策的控制下分离出去，他将会失去自己一半的控制区基本盘,由此被决定性地削弱。

这一计谋已然能够从操作中预见。陈瑀仅仅抵达了广陵郡的海西县,此地位于今江苏淮河以北的灌南。他没有与孙策合作,而是从那里派遣密使联系严白虎和其他可能的反对者,让他们成为对付孙策的代理人。当时似乎还有一个计划,就是等待孙策全军渡江对付袁术,然后安排一场夺取吴郡的起义,从而切断孙策与会稽的联系。这不仅会削弱孙策,还将彻底摧毁他。

孙策显然意识到了这一可能性,抑或通过自己的密探知晓了这个计划。他的回应简单而坚定。他对严白虎进行了一次惩戒性的远征。同时他派吕范率领一支军队对付因身处江北而自感安全的陈瑀。这场远征可能是在海上进行的,因为当时海西位于海边。而孙策位于长江口,很容易获得船只。最后,经过 200 公里的跋涉,吕范和他的军队打得陈瑀措手不及。他们俘获了 4 000 名将士以及他们的妻子儿女。而陈瑀逃往了北方。[48]

当孙策打败陈瑀,向曹操显示他并不好对付后,他已经准备好继续与北方来往,好像什么都没有发生。在接下来的一年里,他从会稽送出了一大批用于朝贡的地方物产。为表彰他的忠心,他被赐予了破虏将军的高位,并且被封为吴侯。他的新封地在吴县,是吴郡最重要的县。对陈瑀短暂的战役以及相关的政治手腕成功确立了孙策对其控制区的统治,而现在他还得到了汉室的官方认可。

从 197 年到 199 年,对抗袁术的同盟被维持着。孙策派他的堂兄孙辅越过长江占领了历阳城。然而,尽管当时可能进行了一些筹备,但南北两边都没有对袁术大举进攻。这位篡位者维持了一段时间,不受烦扰却被限制在江淮之间日渐缩水的土地上。

西进与控制长江中游(198—199 年)

到了 198 年年初,孙策已明确控制了吴郡、会稽郡及丹阳郡东部。然而,丹阳郡在泾县以西和以南的部分不曾归附于他。

在 196 年被孙策打败后,刘繇逃往了豫章郡。但他的下属军官太史慈回到丹阳建立新的官府,作为太守继续为刘繇效力。太史慈位于泾县的大本营靠近山区,他从当地人那里得到了支持。依据此地,他可以守卫大别山和黄山山脉之间的长江谷地。孙策有任何溯江向西南,前往豫章和长江中游的行动,都须先对付太史慈。同时,还有一群处于祖郎松散管控下的地方首领和部族成员,在靠近今安徽安庆长江畔的九华山地区活动。他们的威胁不那么大,但更为迫近。当孙策于 193 年到 194 年在他舅舅吴景麾下首次作战时,祖郎曾是被孙策击败的将领之一。[49]到了 198 年,据说袁术曾遣使过江联系这些反抗者,鼓动他们为孙策制造麻烦。

然而,四年的时间使两者的实力对比产生了变化。当孙策听闻这些动乱后,他率军溯江而上,再转进内陆进攻祖郎,在靠近今安徽太平的陵阳打败并俘虏了他。这时,他已然越过并孤立了泾县的太史慈;现在他回头进攻太史慈,同样将其打败并俘虏。孙策自此在丹阳没有了反对者,控制了远达今安徽南部省界的整个长江流域。

据《江表传》,当孙策俘虏了祖郎,他说:

> 尔昔袭击孤,斫孤马鞍,今创军立事,除弃宿恨,惟取能用,与天下通耳。非但汝,汝莫恐怖。

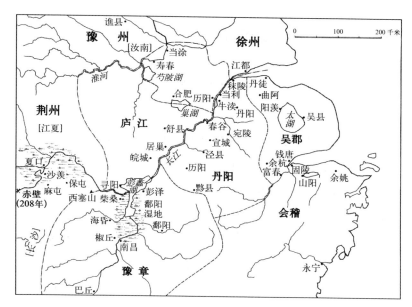

图4 长江下游地区示意图(约200年)

于是,祖郎向孙策叩头,而孙策为他松绑,将他纳入了自己的亲随之列。[50]

193—194年,孙策也曾与太史慈有过些许来往,当时太史慈在曲阿为刘繇效力。当他带领士兵进行巡逻任务时,在曲阿以西叫作神亭的地方,碰巧遇到了孙策和他的一小队随从。太史慈立刻发动了进攻,在一对一的战斗中与孙策短暂交手。两者不分胜负。但当双方更多人马到来时,他们不得不停止交锋。

现在,当俘虏了太史慈,孙策立刻为其松绑,亲手扶起他说道:"宁识神亭时邪?若卿尔时得我云何?"太史慈回道:"未可量也。"孙策大笑道:"今日之事,当与卿共之。"

当孙策的军队从丹阳回到东部,祖郎和太史慈骑马走在队伍最前面,而所有人都见证了他们被给予的尊重和信任。[51]

孙策于198年对祖郎和太史慈的宽大处理，与196年他对吴郡反抗者严酷的镇压形成了鲜明对比。在吴郡，除了他出于怜悯放过的王晟，以及成功逃跑的严白虎，反对孙策的地方首领都被杀了。很可能，孙策认为，宽大的政策在丹阳能够安抚曾经支持祖郎和太史慈的汉人与部族成员，以便在他的军队离开山区后能让他们保持安定。事实上，他的宽恕和友谊是真诚的，尤其是对于日后成为他得力干将之一的太史慈。更有可能的是，孙策认为他可以相信这两个人，而他在自己的同乡身上没有感觉到这一点。

没有任何既定规律来帮助我们推断一个人在内战中改换阵营的概率，但经验使得我们可以区分"职业士兵"和"家族成员"。尽管他们可能来自乡绅阶层，拥有家族关系和影响力，但祖郎、太史慈，以及孙策这样的人，主要是通过个人的权威和能力来获得权力的。另一方面，当孙策进入吴郡时，他主要的反对者是地方宗族首领和家族群体，以及他们武装起来的私兵。孙氏是来自吴郡的家族，当孙策向东南行军时许多人来投靠他。[52]并没有准备好这么做却坚持反抗孙策的人，可能是反对孙策本人，也可能是与他的部下产生了一些争执，抑或仅仅希望保持他们在地方权力当中的独立地位。在任何情况下，孙策不会信任这些一直不顺从自己权威的人，他也不太愿意将这些独立的地方群体或听命于个人的私兵们，作为带有印记的个体纳入他的军队。最好的做法是，消灭当地的首领们，让普通民众和士兵能够接受他取而代之的权威。

根据这一分析，我们或许可以得知，依靠家族关系统治个人武装的地方宗族首领，在对抗孙策这样有能力的军事首领时难以取胜。即便他只是想生存，他也需要展示自己的不二忠心和一些可圈可点的个人品质。孙策打算接受的人，是那些愿意全力投入他的事业，并且能够独当一面的将领。当各路大军进行内战之际，一个人仅仅是地方的私兵首领是不够的，他还必须是一位战士。家族地位仅仅是起点，孙策此时面临的风险与需求，远远高于一般的家族世仇和地方上的恃强凌弱。

此时，孙策刚刚征服了整个丹阳，他还了解到刘繇已在豫章郡去世。曾做过刘繇治下豫章太守的华歆可接替他，扬州牧或扬州刺史的头衔也迫使他去统领刘繇所有的军队。然而，华歆是个谦和的人，他不愿意成为一郡的最高统帅。尽管他继续控制着豫章郡，但除此之外的刘繇旧部均各自为政。[53]

当孙策听闻这一情况，他召见太史慈，让其向西侦查，伺机游说其之前的袍泽投靠孙策。

据《江表传》，孙策向太史慈解释了他所处的情形，说道：

> 刘牧往责吾为袁氏攻庐江，其意颇猥，理恕不足。何者？先君手下兵数千余人，尽在公路许。孤志在立事，不得不屈意于公路，求索故兵，再往才得千余人耳。仍令孤攻庐江，尔时事势，不得不为行。但其后不遵臣节，自弃作邪僭事，谏之不从。丈夫义交，苟有大故，不得不离……今刘繇丧亡，恨不及其生时与共论辩。[54]

太史慈带着小队离开，在几周后回来。他向孙策报告称：

> 华子鱼良德也，然非筹略才，无他方规，自守而已。又丹杨僮芝自擅庐陵，诈言被诏书为太守。鄱阳民帅别立宗部，阻兵守界，不受子鱼所遣长吏，言"我以别立郡，须汉遣真太守来，当迎之耳"。子鱼不但不能谐庐陵、鄱阳，近自海昏有上缭壁，有五六千家相结聚作宗伍，惟输租布于郡耳，发召一

人遂不可得,子鱼亦睇视之而已。

我们知道,孙策听罢拍手大笑。当时他就认定他能够征服豫章地区。[55]

在接下来的 199 年,孙策做好准备溯江西上。然而,此时孙策的主要目标是黄祖的军队,而非由华歆或僮芝率领的刘繇残部,以及鄱阳和海昏地区独立的群体。

黄祖是那个 191 年带兵在襄阳附近杀死孙坚的人。他率领一支军队和一支舰队位于靠近今江汉之交的武汉附近的大本营,控制着长江中游。在刘繇死后,黄祖顺理成章地利用了豫章地区的权力真空,派军顺江东下,直到他的势力范围抵达了孙策在丹阳郡的控制区。所以,当他西进之时,孙策要对付的不仅是地方武装,还有一个在荆州有着稳固根基且富有经验的强大对手。同时,他还有着为父报仇的额外动机。

然而,尽管军队已经开拔,孙策却了解到了北方发生的变化。199 年,袁术在寿春去世。他的许多军队分散投奔其他首领,但大部分的军队及要员前去投奔了袁术治下庐江的太守刘勋。[56]当孙策听闻这一点,他对于侧翼方面来自这样一支联军的威胁十分焦虑,于是他计划在溯江而上前解决这一情况。

刘勋缺少供应新追随者的粮草,于是他派信使去豫章的华歆那里寻求补给。华歆也没有多余的物资,于是他向海昏和上缭的首领索要稻米。他们给的很少,在一个多月的奔波后,刘勋的信使什么也没有得到。于是刘勋计划进攻海昏,用武力夺取补给。[57]

在这一阶段,孙策写了一些友善的信件给刘勋,其中极尽谦恭之辞并伴以礼物。他称赞了上缭的财富,声称刘勋将不费吹灰之力占领这个地方。他自己则将带领部队在外支援，只是他不想介入。尽管谋士们警告了他，刘勋还是相信了上述所有。[58] 他应该回想起，他能够在庐江有自己的地位完全是因为袁术背弃了对孙策的承诺，并且在孙策于 194 年实际上征服了整个庐江后任命了刘勋。[59] 无论如何，刘勋接受了孙策结盟的请求，带领军队离开了庐江郡。

当意识到自己的计划奏效后，孙策立刻分兵两路：一支分队由孙贲和孙辅率领，被派往豫章的彭泽县，在江湖交接之处切断了刘勋和大本营的联系；而孙策和周瑜率领大军攻取了庐江郡的郡治皖城（今安徽潜山）。他们俘虏了刘勋的家人和亲随，以及袁术的妻子儿女与宫廷工匠、乐师和仆役。孙策将大部分人安置在江南的控制区，留下庐江太守李述来管理皖城的要塞。之后他挥师南下，与在彭泽的堂兄们会合。

与此同时，刘勋试图奇袭海昏，但当地人有所防范，所以他没有成功。当他了解到孙策对郡治的进攻后，他试图回防却被彭泽的军队切断后路，被迫溯江向西。他行军至今湖北大冶以东的西塞山附近布置防线，[60] 向刘表和黄祖求援。

黄祖的长子黄射带着一支舰队和 5 000 人来支援刘勋，但孙策击败了这一联军，将他们逐回汉水河口。他俘虏了 2 000 名刘勋的士兵和 1 000 余艘船，而刘勋放弃战斗，带领一些残部向北投奔曹操。黄射回到他的父亲那里；孙策乘胜追击，进攻了黄祖位于今湖北武汉西南处江夏沙羡的大本营。

在一则给朝廷的奏折中，孙策描述了接下来的行动：

> 臣讨黄祖，以十二月八日到祖所屯沙羡县。刘表遣将助祖，并来趣臣。

臣以十一日平旦部所领江夏太守行建威中郎将周瑜、领桂阳太守行征虏中郎将吕范、领零陵太守行荡寇中郎将程普、行奉业校尉孙权、行先登校尉韩当、行武锋校尉黄盖等同时具进。身跨马栎陈,手击急鼓,以齐战势。吏士奋激,踊跃百倍,心精意果,各竞用命。越渡重堑,迅疾若飞。火放上风,兵激烟下,弓弩并发,流矢雨集,日加辰时,祖乃溃烂。锋刃所截,炎火所焚,前无生寇,惟祖迸走。

获其妻息男女七人,斩虎、(狼)韩晞已下二万余级,其赴水溺者一万余口,船六千余艘,财物山积······

诚皆圣朝神武远振,臣讨有罪,得效微勤。**[61]**

孙策送出这本奏折时一定很享受。他不仅以一种戏剧化的风格描绘胜利,还暗示了朝廷及其"保护人"、名义上的盟友曹操:他的权力和野心并不限于东南扬州的界域。他现在试图将刘表列入汉室的敌人之列,于是声称自己有权攻占荆州和长江中游的土地。**[62]**据说曹操当时评价道:"猘儿难与争锋也。"**[63]**

生前最后之战(200 年)

尽管在中国农历年的最后一个月里,对黄祖的胜利并不像孙策描述得那么显著,但这的确解除了黄祖介入荆州以下的长江下游地区的能力。黄祖因自己的损失被迫采取防守,他集结残部,从刘表那里获得更多的增援,以面对接下来的进攻。

在孙策这边,他回撤到彭蠡湖地区,准备进攻豫章和庐陵。既然他不想让刘勋"以其人之道还治其人之身",便不能在确定南部地区安全之前,将战线向西作过多延伸。

在农历新年之初,孙策在椒丘扎营,距豫章郡治南昌城数公里。据《江表传》,孙策对华歆的品德十分尊敬,于是他派前会稽太守王朗的下属虞翻劝说华歆不战而降。虞翻依据事实指出了孙策军队的强大和华歆的弱小处境;最终,华歆出城投降,将豫章献给了孙策。[64]

华歆投降后,孙策对这一地区便没了顾虑。自封的庐陵太守僮芝仍在坚持,但孙策将孙辅和周瑜留在南昌,等待进攻他的机会。在几个月内,他们了解到僮芝染病,于是趁机前去占领他的控制区。[65]当时还有一场与刘表的侄子刘磐的短暂冲突。刘磐试图在两州之间的山区维持游击战,但太史慈平定了这一动乱。[66]这一地区日后一直安定,其主导权也牢牢被孙氏集团把持。

历史学家和评论家曾比较过孙策对王朗和华歆的所作所为。两者都是著名学者,都在孙策手中失去自己的地盘,此后也都北上成为曹魏的高官。如我们所见,王朗试图与孙策作战,而华歆不战而降。4 世纪的学者孙胜对华歆的行为进行了严厉的批判:

> 失王臣匡躬之操,故挠心于邪儒之说,交臂于陵肆之徒。[67]

另一方面,裴松之更为宽容,也可能更现实:

> 二公于扰攘之时,抗猛锐之锋,具非所能……然王公拒战,华逆请服,实由孙策初起,名微众寡,故王能举兵……策后威力转盛,势不可敌……若使易地而居,亦华战王服耳。[68]

的确,在 200 年,孙策统领着中国南方最强大的军队,它也是帝国较强大的军队之一。

前文讨论过,在孙策的故乡吴郡和相邻的丹阳所进行的战役中反抗者的不同命运,而我试图将太史慈这样的"职业战士"和地方乡绅首领对比：职业士兵们可以被招募进胜利者的军队，而地方首领，尤其是当他们显示出个人或家族层面的敌意时，便不能够得到这么好的对待。

我们在此可以注意到，在王朗和华歆的案例中浮现第三种人：不仅在地方上拥有地位，而且往往有着显赫的家族和学术地位，却不能够适应内战压力的人。一方面，他们对于一个真正的军阀而言作用很小，他们总是蔑视这些暴发户。同时，他们太过于重要，不可随意处死；何况将他们纳入随从当中可以带来一些威望。他们虽然在战役中没什么价值；但即便在以武立国的国家，他们在文化礼仪中也有一些作用。

当然，孙策的朝堂中也有学者。像张纮这样的人是他私人的朋友，但孙策对像王朗和华歆这样的旧敌或潜在的敌人没什么兴趣。[69]在会稽于195年被占领后，王朗很快被允许回到北方，在那里他投奔了曹操；同样，华歆可能在被允许找借口离开前，与孙氏相处了一段时间。[70]重要的并不是处死这些人，而是将他们遣送给别人。如有必要的话，体面地遣送给别人。[71]

与此同时，在北方，曹操和他的死对头袁绍终于交锋。在许地挟持皇帝，并借用帝国的权威为自身行动正名的曹操逐步增强了自己的实力。袁绍仍然统治着广大的土地和一支强大的军队，他意识到曹操正对其形成威胁，决定将其摧毁。200年的春季到冬季，这两位军阀在黄河南岸即今河南中牟以北的官渡附近进行了一场漫长的战役。年末，曹操取得完全的胜利，而袁绍的实力日益衰减，在许多个月内，曹操都没什么时间考虑南方。[72]

为了维持与孙策之间的和平，曹操在孙策占领豫章后很快安排了一场联姻。曹操弟弟或堂弟的女儿，嫁给了孙策最年轻的弟弟孙匡，而曹操的儿子曹彰娶了孙策的堂兄孙贲的女儿。[73]曹操在此向孙策和他的兄弟们表示了礼貌和尊重，他还让其提名的扬州刺史严象推举孙权为"茂才"的候选人。[74] 这两个独立阵营之间的关系并不容易促成，也不一定是稳定或友善的；只是它在这一阶段并不重要，双方也都有着更迫切的其他考量。

实际上，在 200 年的夏天，孙策骑马奔向他最后的战役。当他在西边与黄祖作战，占领庐江和豫章时，宿敌严白虎的残部受曹操任命的广陵太守陈登的鼓动，在吴郡掀起了另一场动乱。陈登是 197 年被孙策驱逐的行吴郡太守陈瑀的堂弟。[75]

不论曹操是否有直接介入，陈登显然采取了他的堂兄在三年前使用的策略，而吴郡的动乱是将孙策的注意力吸引在东南的最有效手段。

叛乱者当中还有之前的太守许贡，他于 196 年被逐去官。在那之前不久，当孙策在江南打败刘繇但还没进取吴郡时，我们知道许贡曾上书朝廷，建议将孙策召去首都任职，将其限制在洛阳。之后，孙策占领了吴郡，而许贡逃去投奔地方首领许昭。直到此时，许贡似乎都能够避开孙策。然而，在这场新战役最初的一次交锋当中，孙策俘获了许贡，让他为那份奏折付出了代价，最终将其处以绞刑。

最初的成功之后，孙策领军在丹徒扎营，丹徒位于今江苏镇江东南。在那里的长江入海口南岸，他计划用几天时间等待补给，同时外出打猎。然而，许贡被杀，其亲随散去，但是有几名亲随在附近的乡野避难。孙策喜欢猎鹿，常常一马当先，所以护卫和仆役都跟不上他。打猎途中，孙策落单，遇到三个许贡之前的门客。他们拿起弓箭射向孙策，其中一支箭射中了孙策的下颌。孙策的随从之后赶来，杀死了这三个人，但孙策受了重伤，被带回营地。

关于孙策之死有数则逸闻，但《吴历》所讲述的故事是自然且十分感人的：

> 策即被创，医言可治，当好自将护，百日勿动。策引镜自照，谓左右曰："面如此，尚可复建功立事乎？"椎几大奋，创皆分裂，其夜卒。[76]

孙策的忌日是公元200年5月5日。他当时26虚岁，25周岁。[77]

孙策和干吉的传奇：文献的杂糅

只是有一系列关于孙策之死的传闻，与术士干吉（或于吉）密切联系在一起，[78]而这须作一些分析。最关键的记录来自4世纪初干宝的《搜神记》。在这部作品中，关于孙策之死的记载如下：

> 策即杀于吉，每独坐，仿佛见吉在左右，意深恶之，颇有失常。后治创方差，而引镜自照，见吉在镜中，顾而弗见，如是再三，因扑镜大叫，创皆崩裂，须臾而死。[79]

所以，这位干吉是谁？他如何与孙策有这般紧密的关系？

除却《三国志》孙策传记中裴松之注释里收集的故事，干吉在大多数时候被认为是道教典籍《太平经》的发现者或传播者。这一说法在史料中的依据，可见于《后汉书·襄楷传》，其中保存了他于166年夏上呈汉桓帝的两本奏章。在第一本奏章的末尾，襄楷对皇帝的政策和政府有所抗议，作出如下陈述：

> 臣前上琅邪宫崇受干吉神书，不合明听。[80]

他在第二本奏章里又指出：

> 前者宫崇所献神书，专以奉天地顺五行为本，亦有兴国

广嗣之术。其文易晓，参同经典，而顺帝不行，故国胤不兴。[81]

在《后汉书·襄楷传》当中，我们得到了对襄楷所述进一步的解释：

> 初，顺帝时，琅邪宫崇诣阙，上其师干吉于曲阳泉水上所得神书百七十卷，皆缥白素朱介青首朱目，号《太平清领书》。其言以阴阳五行为家，而多巫觋杂语。有司奏崇所上妖妄不经，乃收藏之。后张角颇有其书焉。[82]

然而，更加匪夷所思的是，4 世纪葛洪编纂的《神仙传》称，《太平经》是干吉和宫崇于西汉元帝时期即前 49 年至前 33 年得到的。[83] 这一说法赋予《太平经》更为古典的色彩，同时也暗示干吉在遇到孙策时已年逾 250 岁。

《太平经》的起源和早期历史，以及与之相关的门派另有讨论，[84] 在此深入探讨这一问题似乎并不合适。但是，可以确定的是，传统上认为干吉曾介入过《太平经》的早期历史。此人原本来自山东半岛南部的琅琊郡，而他似乎曾向更南方行去，于公元 2 世纪末在孙策的地盘活动。假设《后汉书·襄楷传》中的记载是准确的，而我们将《神仙传》中的说法暂且放在一边，那么干吉当时应当很年迈了。

关于孙策与干吉间的争执，裴松之在注释里提及了两个故事。第一个故事来自《江表传》[85]：

> 时有道士琅邪于吉，先寓居东方，往来吴会，立精舍，烧香读道书，制作符水以治病[86]，吴会人多事之。
>
> 策尝于郡城门楼上，集会诸将宾客，吉乃盛服杖小函，漆画之，名为仙人铧，趋度门下。[87]诸将宾客三分之二下楼迎拜

之,掌宾者禁呵不能止。策即令收之。诸事之者,悉使妇女入见策母,请救之。母谓策曰:"于先生亦助军作福,医护将士,不可杀之。"策曰:"此子妖妄,能幻惑众心,远使诸将不复相顾君臣之礼,尽委策下楼拜之,不可不除也。"

诸将复连名通白事陈乞之,策曰:"昔南阳张津为交州刺史,舍前圣典训,废汉家法律,尝着绛帕头,鼓琴烧香,读邪俗道书,云以助化,卒为南夷所杀。此甚无益,诸君但未悟耳。今此子已在鬼箓,勿复费纸笔也。"

即催斩之,县首于市。诸事之者,尚不谓其死而云尸解焉,复祭祀求福。

裴松之引用的第二个故事来自《搜神记》,是上述"镜中影像"传说的发源。根据这则记载,孙策准备利用曹操专注防范袁绍的时机奇袭许都,接管汉献帝。据此,孙策是想在此之后扮演和曹操一样的角色:将皇帝置于自己的"保护"之下,意图掌控帝国并将任何反对他的人列为反贼。然而,《搜神记》告诉我们,当时正逢大旱,孙策的车马陷入困境不能动。孙策试图鼓励随从解决这个问题,但他发现他们中的许多人更想聚集在随军出征的干吉周围,而不是追随他的作战计划,孙策变得十分愤怒。于是他逮捕了干吉,将他捆绑起来曝于空地,发誓说,除非干吉能让老天下雨,否则他不会将其放走。然后,天空中真的乌云密布,开始下雨,江河溪流水漫一片。

然而,不幸的是,孙策的将士们过于轻率地表达了他们的喜悦:既然现在干吉的确会被赦免,他们便聚集起来祝贺他。面对对其权威和纪律的挑战,孙策感到尴尬和不悦,于是杀了干吉。"将士哀惜,共藏其尸。天夜,忽更兴云覆之;明旦往视,不知所在。"[88]

　　仅据裴松之所注，我们难以将这两个故事的细节结合起来。裴松之还引用了一则晋代学者虞喜《志林》中的记载。虞喜提到干吉与顺帝时期《太平经》手稿的发现之间的联系。他认为干吉这样的权威应该被孙策以礼相待。虞喜还提出了其他的观点，特别是被孙策点名批评的张津，实际上直到孙策去世时，他还没有得到交州刺史这一官职。裴松之同意这一点，指出张津于201年仍然在交州。所以，至少在这个时间节点之前，《搜神记》中关于干吉之死的记载是错误的。[89]

　　如果我们能够在这两个故事之间发现任何的共同之处，那就是孙策的出丑，这成为他因权威受到挑战而将干吉杀死的动机。有趣的是，另一则故事提供了同样的信息。同被裴松之引用的《吴录》记载了孙策拜访学者高岱一事，[90]此人原本来自吴郡，但当时在会稽余姚县隐居，因对《左传》的研究而出名。孙策对这本书有兴趣，急于与他讨论。然而，一些小人告诉高岱，孙策年轻而跋扈，并且讨厌不同意见：所以，高岱最好同意他的所有观点。之后，孙策又被告知高岱看不起门外汉，所以他对这场讨论并不真的感兴趣：他会假装接受孙策所说并不作出辩论的尝试，因为他觉得孙策的观点根本不值得争辩。

　　这场谈话进行得如预期一样差：孙策对于高岱对他的"轻蔑"感到愤怒，逮捕了高岱。作为一位学者和有身份的名士，高岱极受人尊敬，许多人坐到孙策的府衙之前，请求他宽恕高岱。孙策因这种公开表达的反对更感愤怒，而将高岱处死。

　　根据我们已知的史料判断，孙策受正统儒家思想影响且不太迷信。他当然有自己尊敬的学者朋友。高岱采取的方式显然很不得当，而人们往往怀疑，是谁在此如此有效地扮演了伊阿古的角色。然而，又一次，我们看到了孙策的另一重性格：他对于自己的权威和尊严十分敏感，而且对于似乎受人拥戴并可能挑战他的人感到嫉妒；即便这种拥戴是基于其他的因素。如果我们能够接受这些故事，那么干吉和高岱都是这种性格的受害者；但我们在接受任何这类传闻时都应该谨慎。[91]

另一件须考虑的事是孙策曾计划攻打曹操但未遂。《搜神记》将此作为干吉之死的背景，而《三国志》的正文也称，孙策曾谋划一次北伐，但在出征前去世。裴松之在注释里引用了据说为3世纪历史学家司马彪所作的《九州春秋》，还提到了3世纪傅玄所著的《傅子》。[92]然而，后两部作品指出，孙策制定北伐计划时，曹操正远征靠近东北柳城的乌桓，而不是在官渡对抗袁绍。但征乌桓的战役发生于207年，那时孙策已经去世很久了。[93]尽管裴松之发现了这个错误，并合理地质疑了这些记载的可靠性，他还是接受了孙策生前可能意图发动突袭的说法。

然而，注释中也引用了3世纪学者孙盛的观点。孙盛指出了上述记载中的一些错误，但称实际上，孙策并不能够做出挟持汉朝皇帝这般富有野心的行动。虽然他掌控着六个郡，但他的西侧仍然有黄祖和刘表，同时还面对没有完全屈服的独立群体。而且我们知道，广陵太守陈登正在组建一个反对他的新地方联盟。此时实在不是一个带领大部队北上远征的好时机，远征也很可能会变成一场无谓的追逐。

尽管裴松之同意孙盛的许多观点，但他表示或许孙策打算快速解决陈登，再急速前往许城。裴松之还称：

> 若使策志获从，大权在手，淮、泗之间，所在皆可都，何必毕志江外，其当迁帝于扬、越哉？

然而,这是一个难以令人接受的观点。通过否定它,我们可以得知,为什么事实上孙策极不可能有任何图谋许城并挟持皇帝的企图。

关键在于,放眼整个帝国,孙策只是一个控制着某个州一部分的小军阀。对于曹操、袁绍和刘表等拥有显赫世家背景的人,挟持皇帝可以为其决策加注权威。因为他们的地位足以让这种关系变得顺理成章。在前些年,董卓对朝廷的控制并没能防止关东联军的起兵讨伐,而他在长安的继任者也从没有得到过广泛的接纳。更明显的是,后来,当孙策的主公袁术称帝后,他在帝国的地位与他张狂的断言之间的悬殊,很快为其招致了灾难。

所以,即便孙策挟持了汉献帝并将其带回南方,他也不可能通过"挟天子"对他的对手们施加任何压力。更有可能的是,此举会招致一个反对他的联盟。那会是曹操与袁绍间争斗的获胜者,还有刘表和他的控制区内部的反叛者。他将被立刻指控为欺君犯上,等同于犯罪。挟持皇帝根本不能巩固孙策的地位,这么做只会立刻让他陷入与所有统帅之间的激烈争斗。

对于他的家族来说,如果孙策曾经计划过这样的突袭,那么他在实施这一计划前去世是一大幸事。更有可能的是,尽管关于这一可能发生的行动有许多传说和观点,孙策本人也许仅仅作过上述考虑,并没有去设想这样大胆的行动。他可能考虑过一些小规模的北伐,主要目的是对付陈登,试图再次告诫曹操,不要介入他在江南的地盘,不论是直接介入还是通过代理人。然而,在他去世时,孙策从容地掌控了一片有限却完整的土地。在内战的混乱中,这本身是一项耀眼的成就。如果我们这样来看待他,或许是恰当的:孙策是一个有着敏锐直觉,能够体察到突如其来的不当野心会招致危险的人。[94]

值得注意的是,孙策的死伴随着许多逸闻,以及对包括曹操与《太平经》等众多人物的提及和隐喻。但我们不能够确切地判断哪些传说可信,以及它们在何种程度上可信。然而,抛去一切润色,我们可以看到一个重伤将死之人,而《三国志》记录了孙策在高级幕僚的见证下口述的遗言:

> 创甚,请张昭等谓曰:"中国方乱,夫以吴、越之众,三江之固,足以观成败。公等善相吾弟!"
>
> 呼权佩以印绶,谓曰:"举江东之众,决机于两陈之间,与天下争衡,卿不如我;举贤任能,各尽其心,以保江东,我不如卿。"
>
> 至夜卒,时年二十六。**95**

注释:

[1] 孙策的传记见《三国志》卷 46《吴书》1,1101—1112 页。

《三国志》卷 46《吴书》1 第 1109 页称,孙策在公元 200 年去世时年仅 26 岁;故他应当生于 175 年。关于孙坚被任命为盐渎县丞,见本书第二章。

[2] 关于孙坚的子女,见第二章和注第 19。

[3] 周瑜的传记见《三国志》卷 54《吴书》9,1259—1264 页。

[4] 封丘位于今黄河河道北岸,但汉代时这一地区的黄河河道更向北。所以,这座城市当时在黄河以南,见谭其骧《中国历史地图集》第 2 册,44—45 页和 46 页。

[5] 关于这场战役,见《三国志》卷 1,10 页;《三国志》卷 6,207—208 页;《后汉书》卷 75 列传第 65,2439 页。

《三国志》和《后汉书》都称,袁术杀死了在任的扬州刺史陈温,夺取了行政权。然而,《三国志》卷 6 第 208 页裴注第 2 引《英雄记》称,陈温在袁术到来后很快死于疾病。

《英雄记》还称,袁术治下的扬州刺史一职被委任给了下属陈瑀,关于陈瑀之后的仕途,见下注第 48。

[6] 吕范的传记见《三国志》卷 56《吴书》11,1309—1311 页。

孙河的传记见《三国志》卷 51《吴书》6 第 1214 页,在其侄孙韶传记的开头。根据正文,他的姓氏原是俞,因孙策对他的喜爱改姓为孙。据《三国志》卷51《吴书》6 第1214 页裴注第1 引《吴书》,孙河或俞河是孙坚的一个远方堂兄,曾被外戚俞家收养以延续血脉;他之后回到了孙氏宗族。

[7] 《三国志》卷50《吴书》5,1195 页;《三国志》卷56《吴书》11,1309页;《三国志》卷51《吴书》6,1214 页。

[8] 《三国志》卷46《吴书》1,1103 页裴注第1 引《江表传》。

孙策传记的正文称,194 年,孙策起先去丹阳投奔他的舅舅吴景,之后再投靠袁术。还有,据说徐州牧陶谦憎恶孙策,这是孙策接触袁术的一个动机,见下注第11。

《江表传》将孙策去寿春见袁术的旅程描述为"径到",我将其解释为"直接去",但考虑到当时的情形,孙策可能会避开大道,隐蔽行进。

[9] 程普、黄盖和韩当的传记见《三国志》卷55《吴书》10,1283—1284页、1284—1285 页和1285—1286 页。

另一名亲随孙香是孙坚的堂兄弟,曾经为之效力。他当时也为袁术效力。他被提拔为将军,袁术在197 年称帝时,他被任命为汝南太守。尽管孙策当时写信邀请他,孙贲和吴景渡江投奔了他,但孙香离得太远,当然也有可能只是更想跟随袁术。大约在199 年,袁术称帝的最后日子里,孙香于寿春去世。见《三国志》卷54《吴书》6,1210 页。

[10] 《三国志》卷46《吴书》1 第1101 页称,陶谦憎恶孙策,但令人疑惑的是,如果有如此明显的威胁,为什么孙家会定居于陶谦的辖区内。

陶谦的传记见《三国志》卷8,247—250 页;《后汉书》卷73 列传第63,2366—2368 页。他来自丹阳郡,曾为朱儁效力,讨伐凉州的反贼。董卓于189 年在洛阳攫取权力时,陶谦已经在徐州。他与董卓控制的洛阳、长安的朝廷及其继任者保持着联系。有可能陶谦在西北的战役中遇到了孙策的父亲孙坚,他们在讨卓内战中显然身处相对立的阵营。然而,最有可能的是,来自陶谦的威胁仅仅在孙策正式与袁术联系后才显现。

[11] 《三国志》卷56《吴书》11,1309 页。这一事件之后,吕范成为孙家亲密的朋友。当他来拜访时,孙策的母亲吴夫人会面赐其饮食。

张纮的传记见《三国志》卷53《吴书》8,1243—1247 页。他曾经是洛阳的太学生,也曾自学。朝廷曾赐予他数个职位,但他总是拒绝当官。

《三国志》卷46《吴书》1,1102—1103 页裴注第1 引《吴历》,记载了孙策在张纮悼念其母时对他进行了拜访。一开始张纮不愿意在这种时候议事,但他随即开始欣赏这位年轻访客的热情,鼓励他在东南争取扮演一个类似齐桓公、晋文公在周代的角色:他可以匡扶汉室,在帝国的事务中扮演主导角色。

[12]　这三个人在此之前都出现过。吴景是孙坚的妻子吴夫人的哥哥；孙贲是孙坚的侄子，也就是他双胞胎哥哥孙羌的儿子、孙策的堂哥。周昕是来自会稽的三个周氏兄弟中最年长的，曾在第二章中提到。

《三国志》卷51《吴书》6 第 1206 页裴注第 2 引《会稽典录》和《献帝春秋》，对周昕有简短的描述。据《献帝春秋》中的一则故事称，面对吴景和孙贲的进攻，他因心软失去了丹阳；吴景公开宣布对任何为周昕作战的人格杀勿论；而周昕为了不枉造杀戮解散了他的军队，退隐故乡会稽。

[13]　《三国志》卷 46《吴书》1,1103 页裴注第 2 引《江表传》。

[14]　陆氏和孙氏一样来自吴郡，尽管他们的家世更为显赫。陆康的传记见《后汉书》卷 31 列传第 21,1112—1114 页。亦见第八章。

数年前，大约在 188 年，当孙坚任长沙太守时，他跨越州郡边界去援助陆康的一个侄子，此人在宜春担任县长，正被匪徒围困，详见第二章。关于这位县长是陆康侄子的身份，见《三国志》卷 46《吴书》1,1096 页裴注引《吴录》。

鉴于其父曾经的恩惠，孙策可能期望陆康以礼相待，由此获取职位。而陆康显然不愿意承认这一人情。

然而，史料记载中对此有些许争议。因为《后汉书》卷 31 第 21《陆康传》第 1114 页称，他守城两年，得到忠实的私兵和当地居民的帮助。这可能是为了彰显传记主人公而编造的一则故事；但在孙策的传记中，这种故事也不鲜见，毕竟其中还称孙策俘获了陆康。

如果我们结合上述两点，那么孙策可能代表袁术占领了庐江郡的大部分土地；但陆康在被孤立的郡治舒县坚守。当然，如果围城持续多于一年，孙策则不可能在城破之时统领部队进攻。因为那时，他早已身处江南。

所以，有可能孙策在对庐江的进攻中取得了相当大却不完全的胜利。并且他没有真正地俘虏陆康。由于这场战役并不是完胜，袁术也没有奖赏孙策。

我们还知道，当袁术进攻的威胁显而易见时，陆康将他的家人送往家乡吴郡避难。在之后几年，陆康的儿子陆绩成为孙策的弟弟和继任者孙权朝中著名的学者，而陆康的侄孙陆逊成为吴国的大将之一。陆绩的传记见《三国志》卷 57《吴书》12,1328—1329 页。陆逊的传记见《三国志》卷 58《吴书》13,1343—1361 页。因此，不论陆康的遭遇如何，孙策的行为并没有造成两家之间的世仇。

[15]　关于这一事件和之后的战役，见《后汉书》卷 73 列传第 63,2367 页；《三国志》卷 8,249 页及同页裴注第 1 引《吴书》；以及《三国志》卷 1,10 页。

[16]　关于曹操此时的动机,见卡尔·雷班《曹操及魏国的兴起:初期阶段》,218—222 页和 225—227 页。许多评论家可能受对曹操传统偏见的影响,声称他唯一的动机是攫取陶谦的土地,杀父之仇不过是借口。然而,除却曹操的个人情感,在政治层面上,这一怒气的宣泄似乎是合理且必要的:这等对陶谦显著的仇恨公开表达了当时一位士大夫对家仇的重视。

[17]　吕布的传记见《三国志》卷 7,219—221 页;《后汉书》卷 75 列传第 65,2444—2452 页。吕布曾是董卓主要的军事统帅和亲信之一,见第二章。然而,192 年,吕布在鼓动下反抗董卓并将其刺杀。接着,由于李催领导的董卓旧部的反对,吕布和其部下无法在长安站稳脚跟。吕布被迫逃向东方,而他的多数部下被杀。见《资治通鉴》卷 60,1933—1939 页;拙著《建安年间》,93—103 页。

[18]　刘繇的传记见《三国志》卷 49《吴书》4,1183—1184 页。

[19]　《后汉书》卷 112 志第 22 第 3486 页称,扬州刺史的衙门位于九江郡的历阳;然而,上述文献中,刘昭注第 1 引《汉官》称,这一衙门位于寿春。似乎这一衙门在东汉末年被移到了寿春。我们可以注意到,被袁术罢免扬州刺史之位的陈温显然身处寿春,见上注第 5。

[20]　《三国志》卷 46《吴书》1,1103 页裴注第 2 引《江表传》。

[21]　中郎将通常是一队汉朝宫廷侍卫的首领的头衔。然而,许多时候,尤其是王朝末年,这一头衔也会授予野战军队的指挥官,见第二章注第 56。在汉的官僚体系中,一位中郎将的品级等同于两千石,实质上与一位校尉即孙策此时的头衔相当,见《后汉书》卷 114 志第 24,3564 页;《后汉书》卷 114 志第 25,3574—3576 页。然而,我们无从得知"督军"这一前缀在袁术的军事系统里代表什么,抑或吴景和孙策在这种专门的军官体系当中处于什么级别。

[22]　在这些人当中,笮融尤为有趣。他在《后汉书》卷 73 第 63《陶谦传》第 2368 页的末尾被特别提到,在《三国志》中,他的传记附在刘繇传记的末尾,见《三国志》卷 49《吴书》4,1185—1186 页。

来自丹阳郡的笮融是中国最早信奉佛教的人之一。在其生涯的早期,陶谦派笮融监管从广陵运往彭城的税谷,但他将它们全部贪墨,用以建造一座佛寺并举行盛大的佛教节日典礼。之后,当陶谦遭到曹操的进攻时,笮融带着多于 1 万追随者逃往南方的广陵。在那里,他得到太守赵昱的接待。然而,在那之后不久,他在酒席上杀死了赵昱。基于这些行为以及他之后生涯中一系列事件,笮融很少被中国的佛教徒推崇,见许理和《佛教征服中国》第 1 卷(*Buddhist Conquest* I),27—28 页。

在《三国志》卷 46《吴书》1 第 1103 页裴注第 3 引《江表传》中,笮融的官职是下邳相。尽管这一头衔在《三国志》卷49《吴书》4《笮融传》中没有被提到。他可能是被陶谦赏予这一职位，抑或他仅仅自封此官职。

［23］ 徐琨的传记见《三国志》卷50《吴书》5，1197页；他的女儿之后成为孙权的妃子。

［24］ 《三国志》卷46《吴书》1第1103—1104页裴注第3引《江表传》中，有对这些行动最富于细节的记载，而《三国志》卷49《吴书》4第1184—1185页，对笮融富于背叛和杀戮的生涯提供了更多信息。

在盟军被孙策打败后，笮融杀死了他之前的袍泽薛礼，之后前往豫章杀死了当地的太守。他试图将此地占为己有并将刘繇排除在外，但起初受挫之后，刘繇集结地方武装打败了笮融并将他驱逐。笮融逃进了山区，被那里的人们杀死。

［25］ 《三国志》卷46《吴书》1，1104页裴注第1引《江表传》。

［26］ 《三国志》卷46《吴书》1，1104页。

［27］ 《三国志》卷46《吴书》1，1105页裴注第1引《江表传》。

［28］ 《三国志》卷56《吴书》11，1309页裴注第1引《江表传》。

都督的官职在此被解释为总管，是相对低且本质上关乎行政的职务：一位具有督查权力的助理。然而，这一职位的地位和职能会根据情况变化，大约在这一时期，同一头衔在其他地方被给予作战部队分队的首领；在之后的时期，它意味着对一个广大军事地区的统治，详见第八章。

［29］ 如上所引，《江表传》称孙策的母亲和兄弟们曾在阜陵。它是九江的另一座城市，在历阳北侧，不远。

［30］ 孙权的传记见《三国志》卷47《吴书》2，1115页。该传记称，孙权被家乡吴郡和扬州推举为孝廉与茂才的候选人。似乎这些荣誉是在他成为阳羡县长后被给予的。

关于帝国官场的正规选拔系统，见第二章。根据其中规则，孙权得到的提名毫无依据，因为被任命为县长不仅需要提名，还需要皇帝的允许。而且孝廉候选人通常需要经历一段考察时期。显然，在孙权的案例中，这些举荐仅仅是出于人情，但他总是被称为"孝廉"，所以当时的人们对帝国选拔程序的遗存还保有口头的认同，参见《三国志》卷47《吴书》2，1115页。

［31］ 太史慈的传记见《三国志》卷49《吴书》4，1186—1190页。

太史慈来自东莱，和刘繇在同一个郡。他是一个智勇双全的人，有的逸闻以骑士小说的风格来描绘他迅捷的思维和对同伴的忠诚。然而，刘繇没有给予他高位，丹阳的事业主要是刘繇在单打独斗。

［32］ 朱治的传记见《三国志》卷56《吴书》11，1303—1305页。他曾为孙坚早期的战役效力，当过行长沙都尉，也曾参与对洛阳董卓的攻克。他已

然与孙策及其家族有一些联系。

[33]　王朗的传记见《三国志》卷 13，406—414 页。

[34]　《三国志》卷 51《吴书》6，1205 页。

[35]　关于周昕，见上注第 12。

[36]　关于东冶，见第一章注第 87。

[37]　贺齐的传记见《三国志》卷 60《吴书》15，1377—1380 页。

[38]　这一则以及下文许昭的故事或逸闻来自《三国志》卷 46《吴书》1，1105 页裴注第 2 引《吴录》。

[39]　《三国志》卷 54《吴书》9，1260 页。

[40]　参见《三国志》卷 46《吴书》1，1099 页裴注第 9 引《山阳公载记》；以及《三国志》卷 6，208 页裴注第 1 引《吴书》。

[41]　《三国志》卷 46《吴书》1，1105—1106 页裴注第 4 引《吴录》。

在这则注释的末尾，裴松之提到鱼豢《典略》认为，孙氏的另一位谋士张昭是这封信的作者；然而，裴松之认为这一信件文笔优美。既然张纮的文笔远胜张昭，那么这封信应是张纮所作。

[42]　《三国志》卷 6，209 页；210 页裴注引《典略》，及《后汉书》卷 75 列传第 65，2442 页。

“仲”字有时写作“冲”。评论家解释为袁术所建立帝国的国号。就像“汉”对应刘氏的王朝，抑或“成”对应东汉早期今四川地区的军阀公孙术一样。

似乎很可能的是，袁术所选的名字是“仲”，从而含蓄地表达对汉朝的继承。同理，之后刘备在西部建立的蜀汉也往往被称为季汉。另外，如“冲人”一词，是年幼统治者的自谦之语。但这一解释无助于袁术的权威，反而像是他敌人们的恶意中伤。

当然，汉朝的建立者以秦亡后自身封国之名命名了新的王朝，而公孙术显然是根据所在“国都”成都来给王朝命名。不过，袁术似乎没有与叫作仲或冲的地方有联系。

[43]　关于袁术和袁绍的关系，见第二章注第 70。

袁术的父亲袁逢，以及他的祖父、高祖父和其他旁系亲属都曾位列三公，即汉代官僚系统的最高职位，见《后汉书》卷 45 列传第 35，1517—1523 页。

[44]　《三国志》卷 6 第 210 页裴注第 1 引《典略》和《后汉书》卷 75 列传第 65 第 2439 页记载，当时有一种四处传播的谶纬之语：“代汉者，当涂高也。”既然袁术的名“术”有道路或街道的意思，那么他的字“公路”也符合“涂”之意。所以袁术相信这是指他自己。

事实上，这一预言很可能来自一个叫徐凤的叛乱者。此人曾于约144—145 年在九江郡当涂起事，设计了这一说法来激励自己的事业。见《后汉书》卷 6，276 页；《后汉书》卷 112 志第 22，3486 页；贝克《东汉的志》，186 页。

另外，如《后汉书》注中指出，魏国的国号为曹操所取，它的确继承了汉帝国且有着"高"的意思。见霍华德·顾德曼《曹丕的卓越》，102 页。

[45] 　鲁肃的传记见《三国志》卷 54《吴书》9，1267—1273 页。

《三国志》卷 51《吴书》6 第 1210 页裴注第 1 引《江表传》称，孙贲在离开并投奔孙策时遇到一些困难。孙策的另一个堂兄孙香不能前来，因为从汝南到江南对他来说路途太过遥远。他后来死于寿春。《三国志》卷 51 的正文称，孙贲实际上在渡江逃跑时抛弃了自己的妻女。然而，既然我们知道，曹操的一个儿子娶了孙贲的一个女儿，那么说明他的一些家人后来又与他团聚了。见《三国志》卷 46《吴书》1，1104 页。

袁术似乎没有利用人质来控制孙策及其同盟的远见或直觉。

[46] 　《三国志》卷 46《吴书》1，1107 页裴注第 5 引《江表传》。

关于"假"，在此解读为"名誉上的"，见第二章注第 13。

《三国志》卷 46《吴书》1 第 1101 页裴注第 2 引王沈《魏书》称，孙策将乌程侯的世袭权让给了最年轻的弟弟孙匡。不过在当时，这并不重要。

[47] 　《三国志》卷 46《吴书》1，1107 页裴注第 5 引《吴录》。

在这段文字末尾的注释中，裴松之认为，上表中称孙策 17 岁时父亲去世，而孙策传记的正文称，孙策在 200 年死时 26 岁。如果这些记载是正确的，孙坚一定死于初平二年。张璠《汉纪》和《吴录》都称孙坚死于初平二年，但《三国志》卷 46《吴书》1 第 1100 页认为，孙策死于初平三年。亦见第二章注第 1。

[48] 　《三国志》卷 46《吴书》1，1107 页裴注第 5 引《山阳公载记》称，陈瑀前往袁绍处避难，被委以冀州的一个低阶军职。

陈瑀因此有着多变的仕途。他一开始是袁术的部下，见《三国志》卷 6，208 页裴注第 2 引《英雄记》；之后成为曹操的亲信，对抗袁术和孙策；最后成为袁绍的军官。此后便没有他的记载。

[49] 　见上文。[原著注第 49 与注第 50 重复，已调整。——编者注]

[50] 　《三国志》卷 51《吴书》6，1212 页裴注第 1 引《江表传》。

[51] 　同上注 50；以及《三国志》卷 49《吴书》4，1188 页。

[52] 　除了孙策的家人、亲属和他父亲的老战友朱治，还有会稽的董袭（《三国志》卷 55《吴书》10，1290 页）、贺齐（《三国志》卷 60《吴书》15，1377 页及上文），以及吴郡钱唐的全柔（《三国志》卷 60《吴书》15，1381 页）。

［53］　华歆的传记见《三国志》卷 13,401—406 页。他的字是子鱼,所以太史慈在接下来的报告中以表字相称。

［54］　《三国志》卷 49《吴书》4,1189 页裴注第 2 引《江表传》。

正文记载了孙策的亲信对于刚刚俘获的太史慈是否会对新首领忠心的疑虑;许多人相信他会趁机逃跑。然而,孙策完全相信他的新将领。太史慈也的确不辱使命而归。如孙策所说,如果太史慈会背弃他,他会去哪里? 谁能够相信他?

［55］　《三国志》卷 49《吴书》4,1190 页裴注第 3 引《江表传》。

东汉的豫章郡治位于南昌,靠近今同名城市,是今江西的省会。汉代的豫章郡主要占据了今江西全境,位于近代鄱阳湖水域。然而,汉代的彭蠡湖并没有如今的鄱阳湖那么大。因为该湖域的大部分在汉代是水泽与河流。见《中国历史地图集》第 2 册,51—52 页;以及第一章。

太史慈的报告中提到的豫章郡各个地区如下:

庐陵是靠近今吉安的县。我们之前了解到,它已被划作一个独立的地区,而且这个由僮芝建立的新"郡"可能占据了位于今江西南部赣江上游的五六个县;

鄱阳是彭蠡湖之东靠近今景德镇的县;

海昏县靠近今永修,位于彭蠡湖之东;《水经注》(卷 29 第 17 页下)称,流入彭蠡/鄱阳湖的缭水在海昏附近汇入修水的一段被称作上缭。

［56］　据《三国志》卷 46《吴书》1 第 1104 页,袁术治下的百姓曾计划前往孙策处避难,但刘勋伏击并俘虏了他们。然而,1108 页裴注第 6 引《江表传》中,并没有提到这一点。并且司马光《资治通鉴》(卷 63,2019—2020 页)也不认同这个故事。对于袁术之前的追随者来说,相较于袁术公开的敌人孙策,刘勋是更合理的选择。

［57］　《三国志》卷 46《吴书》1,1108 页裴注第 6 引《江表传》。

［58］　刘晔的传记见《三国志》卷 14,443—444 页。当时他是刘勋的谋士。

［59］　见前文。

［60］　西塞,这一名字显然指的是长江南岸高地的位置,它处于扬州西部与荆州的边界。

［61］　《三国志》卷 46《吴书》1,1108 页裴注第 6 引《吴录》。对于这一战役的记录,亦见同注释中引《江表传》段落。

［62］　上文奏折的第二段是孙策军中分队将领的姓名与头衔,除了华丽的军事头衔,这一名单的另一个特征是,孙策将三位将领列为荆州未来太守的方式:"领"的基本意思是"统领",在此处可以理解为表达一种任命已被

决定但还没有实施。尤其是，周瑜的任命直接挑战了黄祖，因后者正是刘表任命的江夏太守。

[63] 《三国志》卷 6《吴书》1,1109 页裴注第 7 引《吴历》。

[64] 虞翻的传记见《三国志》卷 57《吴书》12,1317—1326 页；关于他和华歆谈判的记录，见 1318 页裴注第 1 引《江表传》。

[65] 《三国志》卷 51《吴书》6,1210 页裴注第 2 引《江表传》。

我们可以回想起，孙策早在 196 年就任命孙辅为庐陵太守。

[66] 《三国志》卷 49《吴书》4,1190 页。太史慈控制着这一地区，直到 206 年去世。

[67] 孙胜的言论见《三国志》卷 13,403 页裴注第 5；《资治通鉴》卷 63,2022 页；拙著《建安年间》,265 页。

不论将虞翻认定为叛徒是否公正，此人曾是一位著名学者，也多次作为说客出使。他的传记见《三国志》卷 57《吴书》12,1317—1326 页。

[68] 《三国志·虞翻传》裴注有对这一话题的见解，见《三国志》卷 57《吴书》12,1319 页裴注。

[69] 孙策的确庇护了刘繇的三个儿子。长子刘基在其父去世时 14 岁，之后在孙权朝中身居高位并得宠，而他的弟弟刘铄和刘尚都得到官职。见《三国志》卷 49《吴书》4,1186 页。

同样，袁术的子女在刘勋于庐江被打败后也落入孙策手中。袁术的儿子袁耀在吴国身居高位，他的女儿嫁给了孙权的儿子孙奋。袁术的女儿进入了孙权的后宫，一度被认为有可能成为正室；然而，她因为没有子嗣而未被选中。见《三国志》卷 6,210 页；《三国志》卷 50《吴书》5,1200 页裴注第 1 引《吴录》。

[70] 220 年，当曹丕继曹操之后成为魏王，华歆和王朗在朝廷中位列三公之二。见《资治通鉴》卷 69,2177 页；方志彤《三国编年史（220—265年）》第 1 册,3 页、22 页；《三国志》卷 2,58 页。

[71] 这一类人中，有一些过于孤傲易怒，难以被一直容忍。一个例子是孔融，他是一位著名学者、孔子之后，他在内战的危机当中表现出有限的能力，最终被迫投奔曹操控制下的朝廷寻求保护。然而，他不断为兴复汉室而激怒曹操，并且借自己的名望讥讽曹操。208 年，曹操将他处死。孔融的传记见《三国志》卷 20,370—373 页裴注第 1；以及《后汉书》卷 70 列传第 60,2261—2280 页。亦见《资治通鉴》卷 64,2081 页；拙著《建安年间》，374 页。

还有祢衡（他的姓氏"祢"通常读 mí，但旧音 ní 似乎更合理），汉末名士，性格傲慢。他被孔融推荐给曹操，但举止无礼。曹操想处死他，但害怕人们会认为他缺乏宽容而遭受非议。所以曹操将祢衡送往刘表处，后者一开始很欣赏他并与之交好。然而，祢衡继续轻慢刘表的仆从。最终，有人告诉刘表，祢衡称他是一位教养良好的士大夫，却优柔寡断。刘表感到愤怒，便派祢衡到将领黄祖那里。黄祖没有曹操或刘表的耐心；有一天，祢衡当众评论黄祖，于是黄祖杀了他。

祢衡的一则传记见《后汉书》卷 80 下列传第 70 下，2652—2658 页；另一则见《三国志》卷 10，311—312 页裴注第 2 所引。他的仕途经历见《资治通鉴》卷 62，1993 页；拙著《建安年间》，210 页。《资治通鉴》胡三省注认为，曹操将祢衡送到刘表处是很明智的，因为刘表是一个有文化的人；但刘表将祢衡送到粗人黄祖那里则是不对的。

关于在曹操朝堂上的冒犯，祢衡当时裸身上朝打鼓，以示不敬。《三国演义》第二十三回诙谐地描绘了这一场景，也成为著名戏剧《击鼓骂曹》又名《群臣宴》的素材。见阿灵敦、艾克敦（Arlington and Acton）《中国著名戏剧编译》（*Chinese Plays*），38—52 页。

[72] 有关官渡之战的记载，见《资治通鉴》卷 63，2015—2035 页；拙著《建安年间》，252—290 页。拙著《国之枭雄：曹操传》有所讨论，见 135—152 页。

[73] 曹彰的传记见《三国志》卷 19，555—556 页。他是曹操与正室卞夫人的次子。

[74] 这次推举茂才显然就是孙权传记中所指的那次，见上注第 30。既然汉代的选拔系统已经崩坏，这一举荐在实际上毫无意义。

[75] 和陈瑀（关于此人见上注第 48）不同，陈登是曹操忠诚的、明面上的支持者。他和他的父亲陈珪，在曹操消灭徐州的敌人吕布的过程中扮演了重要角色，见《三国志》卷 7，224 页。陈登的另一则传记见《三国志》卷 7 第 229—230 页裴注引《先贤行传》的一段长文，记载了陈登之后如何守卫广陵郡，抗击孙策的继任者孙权来自南方的攻势。

关于陈登和陈瑀的关系（他们曾被认为是堂兄弟，但陈瑀要长陈登一辈），见《三国志》卷 46《吴书》1，1111 页裴注第 2 引《九州春秋》。

[76] 《三国志》卷 46《吴书》1，1112 页裴注第 2 引《吴历》。

[77] 孙策的忌日见虞喜《志林》，《三国志》卷 46《吴书》1，1110 页裴注所引。那是农历四月初四，《资治通鉴》（卷 63，2029 页）将其认作丙午日；亦见拙著《建安年间》，279 页。他的卒年见《三国志》卷 46《吴书》1，1109 页正文。

[78] 这位道教宗师的姓氏会被写作"干"或"于"。我接受福井（1958年论文，63 页）的观点。他曾仔细研究过资料，确认"干"的写法。贝克《太

平经的年代》("Date of the *Taiping jing*")第 149 页注第 1 认同福井的观点。

[79]《三国志》卷 46《吴书》1,1112 页裴注第 3 引《搜神记》。

[80]《后汉书》卷 30 下列传第 20 下,1080 页,译文见拙著《东汉党争的预兆》,27 页;参见彼得森(Petersen)《早期传统》("Early Traditions"),133—151 页。拙著《桓帝时期的政治和哲学》("Politics and Philosophy")对襄楷的奏折也有所讨论, 见 65—67 页。

[81]《后汉书》卷 30 下列传第 20 下,1084 页,译文见拙著《东汉党争的预兆》,28 页。

[82]《后汉书》卷 30 下列传第 20 下,1084 页,译文见拙著《东汉党争的预兆》,31—32 页。

[83]《神仙传》,10 页,《后汉书集解·襄楷传》18 页下,清代学者惠栋注所引。贝克《太平经的年代》第 160 页有关于这段文字的翻译和讨论。

[84] 例如,索安《早期道教的完美统治者图像:老子和李弘》;康德谟(Max Kaltenmark)《太平经的意识形态》("The Ideology of the Tai-p'ing ching");贝克《太平经的年代》;坎德尔(Barbara Kandel)《〈太平经〉的起源与传播》(*Origin and Transmission*)以及彼得森《早期传统》。

[85]《三国志》卷 46《吴书》1,1110 页裴注第 1;彼得森:《早期传统》,155—157 页。

[86] 将符咒注入水中制作灵药是当时常见的方术。曾被黄巾起义的领导者张角使用(见《后汉书》卷 71 列传第 61,2299 页),我们还知道,西部张修和张鲁创立的五斗米教也大体效仿了张角的方法,只是我们不知道他们是否也会用符水,见第六章。

张角领导的黄巾军和西部的五斗米教都相信病痛是罪恶的表现,生病的人是因为做错了事才生病,见《三国志》卷 8,264 页裴注第 1;《后汉书》卷 75 列传第 65,2436 页注引鱼豢《典略》。

然而,我们还知道,张修创立的五斗米教有一套建立"静/净舍"的系统,这是张角那里没有的风俗(见第六章注第 11)。生病的人会被送入这些"静/净舍"反思他们的罪过。

干吉的"精舍",在名称上和西部的"静/净舍"很像,有可能两者的区别只是写法不同。因此,干吉可能运用了张鲁及其同党的系统,相信将疾病与罪恶相联系的理论。

然而,我们注意到,"精舍"及其他版本的表述均来自东汉道教以外的词语。例如,"精舍"这一词语出现于先秦时期的《管子》,指代胸中压抑的情感;在《后汉书》里,指儒家讲学的建筑场所,如《后汉书·刘淑传》(卷 67 列传第 57,2190 页)和《后汉书·包咸传》(卷 79 下列传第 69 下,2570 页)。

[87] 这一文本中有一个"铧"字(据《三国志集解·吴书一》32 页下,卢弼注给出的读音念 huá)。卢弼将这个字的意思解读为"鏊",即锹。他发现《三国志》的官方版本中有两处不同写法："鐮",即镰刀；"鐀/鐼",即锁。贝克在 1975 年 9 月递交给莱顿大学"早期中华帝国的国家与意识形态"会议(Conference on State and Ideology in Early Imperial China, University of Leiden, September 1975) 的文章中称,这个字应该是"鐸"；这比其他的解读更合理,我也同意这一说法。

[88] 《三国志》卷 46《吴书》1,1110—1111 页裴注第 1 引《搜神记》。

[89] 《三国志》卷 46《吴书》1,1110 页裴注第 1 引《志林》。作为证据,虞喜引用了一封当时夏侯惇(其传记见《三国志》卷 9,267—268 页；此处称其字元让)写给石威则("威则"可能是这个人的字,除此我们不知道更多的信息)的信件。在这封信里,夏侯惇在袁绍于官渡被打败后,提到了在零陵和桂阳做官的张津；这件事发生于 200 年冬天,而早在当年农历四月,孙策就已经去世。虞喜有理有据地声称,孙策不可能拿张津在交州的死亡作比喻。

裴松之赞同虞喜的观点,并附上《交广二州春秋》,这是地方官王范于 287 年呈交晋朝朝廷的著作。其中提到张津于 201 年才担任交州牧。张津的生平见第五章注第 94。似乎可以确定的是,在有关孙策和干吉间发生争执的故事中,对张津的提及是史实性的错误。

[90] 《三国志》卷 46《吴书》1,1109 页裴注第 1 引《吴录》。

[91] 关于这一主题的另一个故事则描述了孙策如何成功平息了在头昏脑热之下产生的愤怒。

据《三国志》卷 50《吴书》5 第 1196 页裴注第 1 引《会稽典录》,会稽郡负责举荐和官员任职的功曹魏腾,就一些事情反对孙策,而招致孙策的愤怒和杀意。

其他人的求情无果,但孙策的母亲吴夫人站在深井边对他说："汝新造江南,其事未集,方当优贤礼士,舍过录功。魏功曹在公尽规,汝今日杀之,则明日人皆叛汝。吾不忍见祸之及,当先投此井中耳。"

孙策幡然醒悟,立刻释放了魏腾。亦见《资治通鉴》卷 63,2022 页；拙著《建安年间》,266 页。

考虑到关乎干吉的情况可能远比魏腾危急,我们便疑惑,为什么孙策在前一次听取了母亲的告诫而后一次却没有：有可能随着年龄增长,他更为固执；抑或这一系列的故事都是围绕着一个主题的不同变体,与事实联系甚微。

《三国演义》第二十九回富于想象力地重构了整个杀死干吉的事件和孙策之死。

[92]《三国志》卷46《吴书》1,1109页。裴松之的注释和引用的文献,见《三国志》卷46《吴书》1,1111—1112页裴注第2。

[93]关于这场战役,见第四章和拙著《北部边疆:东汉的政治和策略》,407—413页。

[94]然而,必须注意的是,《三国志》卷1第20页称,孙策有这个意图,但因他的死亡而中断。曹操的谋士郭嘉的传记里(《三国志》卷14,433页)有更为深入的记载。

根据后一则史料,曹操的其他下属都担心孙策发动奇袭,但郭嘉称:"然策轻而无备……以吾观之,必死于匹夫之手。"这也的确发生了。

然而,这段话的注释引用了《傅子》,其中郭嘉就来自刘备的同等威胁给出了相同的建议。当时刘备支持袁绍,在另一条战线上威胁曹操。据裴松之所注,《三国志》卷1第18页称,曹操在考虑后认为,他可以在袁绍出动前对付刘备,而郭嘉仅仅是同意了这一观点,并未提出计划。于是,裴松之继续评述了郭嘉出色且准确的预判,因为孙策不仅被刺杀,而且这场刺杀发生在他北伐之前。

这些惊人的预判令人难以置信。关于孙策的那则逸闻,很有可能是为了巩固郭嘉料事如神的形象而杜撰出来的故事,并不是史实。

当然,曹操的阵营里对孙策进攻的担心不是没有道理的:短期内看,在曹操对付袁绍的关键时期,这会对其局势造成尴尬的影响,十分危险。但话说回来,疑虑和威胁不能够被当作孙策正在准备这等大动作的证据。

[95]《三国志》卷46《吴书》1,1109页。

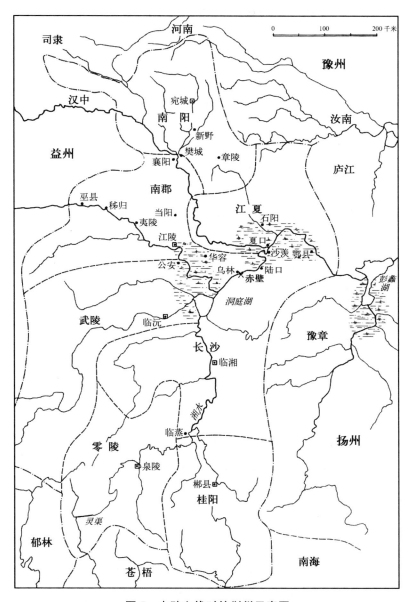

图 5　赤壁之战时的荆州示意图

第四章　进军赤壁（200—208年）：孙权

梗　概

200年，孙坚的次子、孙策的弟弟孙权在18岁时继承了他哥哥的基业。尽管年少，作为孙氏当中地位较高的男性，孙权得到了孙策麾下将领们的认可与接受。

经过一段时间的休养生息，孙氏集团再度溯江而上进攻荆州。208年年初，在今武汉汉水河口的战斗中，孙氏的军队打败并摧毁了刘表阵营的将军黄祖。

然而，在这段时间，军阀曹操主导了北方。在200年的官渡之战，曹操打败了他的主要对手袁绍，在接下来的几年里消灭了袁氏集团，从而控制了整个华北平原。208年，曹操南下图谋荆州刘表在汉水河谷的地盘。大约在此时，刘表去世；曹操接受了他的儿子和继承者刘琮的投降。

但是，在流亡军阀刘备的帮助下，刘表的长子刘琦试图反对曹操接手荆州。被曹操击败后，他们前往江南向孙氏集团求援。孙权令周瑜率军西进；这支盟军在今武汉上游的赤壁遇上了曹操的水师和陆军。经过短暂的交锋，一场由火船发动的攻势摧毁了曹操的舰队，迫使他撤退。

承继孙策

当孙策于 200 年夏天去世时，182 年出生的孙权大约 18 周岁。[1]在过去的两到三年里，他得到兄长及其同僚的礼遇和尊重。正史记载他已经准备好承继，这一过程也很顺利。

这在某种程度上是真实的，恰当地反映了孙策一派的团结和孙策追随者的忠心。孙策的猝死并没有带来秩序的彻底崩坏或兵变、分裂叛乱与继承斗争的发生。当时，其他的军阀政权很难应对像首领死亡这样的重大变故。

还有，孙策去世的时间对于孙权而言是一种幸运。孙策仅仅在去世前一年才娶亲。在 199 年占领庐江郡后，孙策娶了一个当地乔家的女子。[2]他们育有一子孙绍，但他在父亲去世时不过几个月大。[3]一个需要为生存而战的地方性政权，不可能等待一位幼主长达 15 年甚至更久的成长期；孙策的继承者必须是一个成年人。

因此，孙绍并不是孙权的主要对手。但孙翊有可能是。作为吴夫人为孙坚生下的第三个儿子，孙翊是孙策和孙权的弟弟。[4]我们通过《三国志》孙翊传记了解到，他是一个精力旺盛且开朗的人。相较于可能比较保守且心思缜密的孙权，他更像孙策。另外，裴注引《典略》称，当孙策濒死之时，张昭和其他谋士劝他立孙翊而不是孙权为继承人。然而，孙策拒绝了这一建议，将自己的印绶交给了孙权。

孙翊当时 17 岁，大约 16 周岁。[5]理论上来说，他至少已然成年，也可以担任孙氏军队的统帅。另一方面，这一委任将势必导致孙翊和孙权之间的矛盾，也一定会造成分裂。最重要的是，那时孙权已经准备好接替孙策掌权，而孙翊仅仅是到了有能力聚集朋党的年纪。

事实上，我们很难相信张昭及其同僚会提出这样的一个建议。临终改换继承人的后果重大，没有哪个清醒的政客会支持这种决定。[6]如果这一显示孙氏阵营内缺乏信任的故事真的发生了，那可以想见孙权将会报复，以彰显他的权威。但事实上，尽管孙权没有像孙策那样欣赏张昭，他似乎一直对张昭表示尊重。在他在位的早些年里，孙权将政府中最重要的职位都交给了张昭。

所以，更有可能的是，《典略》里记载的这个故事，是一则外人试图削弱孙权的权威和对大臣信任而编造的反向宣传。另一方面，这个故事在未来有可能发生：如果孙策多活几年，他兴许会偏爱孙翊并扶持他和孙权竞争，甚至取代孙权。然而，孙策的确死得过早，而孙权是他唯一可行的继承人，毕竟其他的兄弟年纪还不够。虽然孙家的几个堂兄弟有足够的年龄和军事经验，但既然这个集团在南方的地位是孙策奠定的，他的个人权力很难被一个远亲攫取。[7]

孙权是被孙策认可的、合理的继承人；同时，他很幸运地得到孙策部下核心官员们的支持。在他们当中，最重要的文臣是张昭、吕范和之后的张纮。在大本营的主要武将则是程普和著名的周瑜。

张昭当时约45岁。他来自徐州彭城，这一地区大约位于今江苏西北的徐州。他是一位杰出的儒家学者，对《左传》颇有研究，在汉末受到了广泛的尊敬。即便在他年轻时，他也曾多次被推举当官，但他并没有接受。[8]

193年，当曹操在徐州进攻陶谦时，许多人向南逃避战火。大约在此时，张昭搬去了扬州。195年，当孙策开始江南的战役之时，他遇到了张昭并任命其为长史，即协助将军处理行政事务的官员。[9]张昭当时大约 40 岁。他还被给予校尉头衔，之后又被封为抚军中郎将。但这些任命并不能表明他曾在战场上统领军队。他主要是一位文臣。[10]

据《三国志·张昭传》，张昭几乎被孙策任命为孙权的摄政大臣，[11]孙权也急缺在孙策死后数日里担任行政机构主理人的人选。在一则带有一丝道德褒奖的逸闻里，我们得知孙权在哥哥死后过于悲痛，无法参与事务；当时是张昭让他理政并告诉他，他对孙策真正的义务在于继续他的事业，而不是坐在那里无用地恸哭。之后，张昭安排孙权检阅军队，作为新的统帅面见百姓，自己则继续在孙权的麾下担任长史。

吕范来自汝南郡。他和孙策在寿春同为袁术效力期间相识。他带着自己的 100 名部下投奔孙策，之后他前往徐州江都，将孙策的母亲吴夫人和其他家人带了回来。[12]他在孙策征服丹阳和吴郡时陪伴左右，也在许多新占领的县里担任行政或军事职务。他统领了驱逐曹操代理人陈瑀的远征，[13]也参与了向西进攻祖郎、太史慈、黄祖和鄱阳附近定居点的战斗。

吕范当时是追随孙策最久的亲信之一。作为一个家世和相貌出众的人，他喜爱奢靡生活，很懂得服装与饰品。除了军事行动中的成就，他的实际管理能力也很突出。最值得一提的是，当孙策刚刚来到江南时，吕范坚持担任位置较低的都督（此时是一个辅助职位），以为军队建立良好的内部管理和军纪。[14]他还负责筹集了这场远征的经费，对当时担任阳羡县长的年轻的孙权严加管教。孙权曾有一次或两次试图额外取钱以中饱私囊，但吕范严谨地记录在册。孙权的一名助手周谷数次试图修改账目，孙权对他很是感激；然而，在他日后称帝时，他更信任吕范，周谷却没有得到升迁。

　　这个新政权的另一位主要文臣是张纮,他前来为孙权效力的过程有些曲折。张纮是孙策的老相识:在孙策于193年前去投奔袁术时,他将自己的母亲和兄弟托付给张纮,安排他们在江都避难。之后,张纮随孙策参加了江南的几场早期战役;当时,他是张昭的亲密同僚。根据《吴书》,他们共同管理行政事务,他们中的一位总是留守大营,而另一位则会跟随孙策四处征讨。[15]

　　然而,199年,孙策派张纮作为信使前往曹操控制下的许都朝廷。张纮是一位备受尊敬的学者,他曾经在洛阳的太学学习,也广泛地阅读过儒家经典。[16]他擅长诗赋和属文,书法负有盛名。因此,他在朝廷得到礼遇,成为著名学者孔融的好友,还被曹操任命为负责监察的侍御史。根据《吴书》,这是由于张纮称赞了曹操追封孙策为将军和吴侯的做法。[17]

　　张纮在许都朝中的处境很微妙。正统上说,他是汉室的臣子;作为一位忠诚的官员,他既可以为地方统治者孙策效力,也可以在首都做官。然而,实质上,他在许都担任的任何职位都处于曹操的监视之下;与此同时,他仍然对孙策效忠,他起初也是代表孙策前来许都的。所以,忠奸两面和个人妥协的可能性始终是存在的;对于处在张纮境遇下的人来说,一大问题在于他可能最终遭到双方的猜疑,失去他想效力的两方的信任。

　　我们知道,曹操想任命张纮为九江太守,通过这一方式,他可以让张纮回到南方,在孙策的控制区域边上管理一片地区。但接受这一任命意味着对曹操的归顺;张纮意识到了这个陷阱,坚决称病相辞。

　　但是,孙策在数月之后去世而孙权接替了他。据《三国志》,曹操当时打算利用权力交接的不确定性进攻孙氏集团。实际上,既然曹操当时全力投入到对付袁绍的战役,并且这场战役直到

200年年末冬天的官渡决战还没有结果,当时的处境极不可能允许他谋划一场进攻东南的重要战役。从许多方面来看,这些事实反而从侧面印证了孙策进攻许都并挟持皇帝的计划。[18]据说,张纮劝阻了曹操,理由是趁人发丧用兵是不合传统也不明智的。不过,他可能并没有机会提出这一意见。[19]

很可能,是在张纮的鼓励下,曹操与孙权延续了他之前和孙策的联盟。经汉朝官方授命,孙权被任命为征虏将军和会稽太守,除了对将军头衔的微小改变,这两个职位正是孙策之前担任的。还有,张纮被罢免了许都的职位,改任会稽东部都尉。

从官方的角度来说,这一任命让张纮成为孙权治下会稽郡地方官府中的直接下属。但考虑到孙权真正的大本营靠近长江南岸,张纮的辖区和职务便在一开始就有着不确定因素。在孙权的新阵营里,显然有一些谋士对张纮在许都朝廷的任职报以猜疑,因为虽然他仅仅离开了18个月,但他之前主要是孙策的亲信,而他现在不一定要为孙权效力。而且我们知道,曹操期望张纮能够监视孙权及吴夫人的动向。有着这样的背景,孙权和张纮最初的关系很难和谐。

在回归江东后,张纮顺理成章地表现得很谨慎。他紧密配合老同僚张昭的工作,但将工作内容限制在起草公文和出谋划策上,不试图积极参与行政。他还花时间书写了孙坚和孙策的逸事,来赞扬他们的成就。他将这些文章呈给了孙权。[20]孙权被这份温文尔雅的虔诚打动,于是接受了张纮;但可以想见,他仍对张纮的监视感到不悦。

202年,孙权在继位两年后已然20岁;他的母亲吴夫人去世,而他也不再受张纮的监视。[21]张纮被派去他就任的治所,即今宁波附近的杭州湾南部。在接下来的数年,他都留在了那里。

207 年,当孙权准备溯江西上进行扩张的战役时,张纮被召回担任旧职。和在孙策治下一样,他负责在军队行动时留守大本营。209 年,他继张昭之后成为孙权的长史;从那时起,他一直担任孙权的重要谋士,直到他于 212 年去世,享年 60 岁。

张纮在孙权的阵营中备受尊敬,他的才能很难被忽视。另一方面,孙权将他派往会稽,很可能意在显示自己的权威,而在 207 年,于必要时张纮就被孙权召回了权力核心。据《江表传》,孙权对麾下官员都直呼其名或字;但他总是称张昭“张公”,称张纮“东部”,后者指代的是张纮在会稽的职务。显然,这是尊贵地位的标志,也可能如《江表传》所说是出于礼貌;但也可能是用来提醒张纮,其真正的职责位于那个偏远的前线地区。[22]

新政权的武将多数在孙策时期就已身居高位,尽管少数像程普、黄盖和韩当这样的人,在十年甚至二十年前就为孙坚效力。原本从九江郡来投奔孙策的周泰,后来也成为孙权的亲随。[23]对于这些曾直接为孙策效力的人,接受孙权的继承是无法避免且必要的。据《三国志·董袭传》,吴夫人曾向数位大臣问起他们对孙权抱持的看法,而董袭回道:

> 江东地势,有山川之固,而讨逆明府,恩德在民。讨虏承基,大小用命,张昭秉众事,袭等为爪牙,此地利人和之时也,万无所忧。[24]

为了证实这些话,忠于孙氏的老将程普率军穿越三郡(可能是丹阳、吴郡和会稽),以向新政权显示力量和忠心,他还调查并惩处了可能变节的军官。程普原本来自右北平郡,它位于汉朝北部,在今北京东部。程普自黄巾军 184 年起义时就跟随孙坚,又在孙策生涯的早期投奔了他,那时孙策刚开始对江南地区的攻伐。程普德高望重,他对新政权的支持很有价值。

然而,在《三国演义》里,当然也有可能在史实中,当时独领风骚的人物是著名的周瑜——孙策的儿时好友,以及日后最信任的亲信。

尽管他们相识已久且惺惺相惜,但在过去五年里的大部分时间,周瑜和孙策并不总在一起。周瑜在孙策于195年渡江时前来投奔,196年年初刘繇被击败,孙策转而进攻吴郡和会稽,周瑜则被留下治理丹阳。一段时间之后,周瑜被袁术召回寿春。198年,他离开袁术回头投奔孙策;但他起初的任命还是在丹阳,此地位于长江岸边,面对着仍被袁术掌控的九江郡和庐江郡。

199年,当孙策计划溯江而上进攻荆州时,他召见周瑜并给予江夏太守的高位。江夏是孙策计划征服的郡。他还任命周瑜为中护军。秦汉时期,中护军这个头衔曾被广泛使用,尽管其意义多变,它通常指高级军事长官。[25]对周瑜来说,这个头衔似乎是将他任命为军队统帅,和长史张昭一起负责军队的管理。周瑜还统领战场上的军队,因为他于199年担任过对抗黄祖的分队统帅。显然孙策将他当作左膀右臂,给予了他相较其他将领更多的特权。

周瑜还随孙策进攻庐江郡并攻占皖城。之后,孙策娶了当地乔家的长女,周瑜则娶了乔家的次女。所以他此时至少间接成了孙策的亲戚。据说孙策曾同周瑜开玩笑称:"桥公二女虽流离,得吾二人作婿,亦足为欢。"

早在200年,在打败黄祖并占领豫章郡后,孙策让周瑜留在巴丘,一处位于南昌西南赣江之畔鄱阳湿地的城池。以此为据点,周瑜可以获得军事资源,以控制这一地区刚被征服和即将被征服的土地。

然而，数周之后，孙策去世了。有同袍孙辅和孙贲控制豫章，周瑜便带兵回到吴郡。他参加了孙策的葬礼，留在了大本营担任之前中护军的职位，和张昭共同负责新政权的行政事务。

当然，孙权的权威在当时有另一个潜在的竞争者，那就是周瑜。他曾是孙策的亲信，并且在军事和政治上远比孙权有经验。他现在也通过婚姻成了孙氏的亲属。另外，如我们所见，周氏是地方上数一数二的官宦世家，这等家世的威望要远胜于孙氏。

然而，周瑜似乎没有试图利用当时的形势，而且当时也有着不利于他的因素。尽管身居高位且与孙策有亲密的友谊，周瑜在过去几年不经常参与大本营的事务：他曾为袁术效力并多次独立作战。他不太可能在孙氏集团的将领当中，建立一个支持自己的强大核心。而周氏的威望，乃至于其过去的关系，也不一定能在孙氏核心圈里于对抗孙权的权力斗争中为他所用。

所以，尽管周瑜后来的成就使他跻身这一时代最优秀的军事将领之一，并且在名声上盖过孙策和孙权，但在历史和传说中，他只能被记载为一位年轻有为的英雄，而不是一方之主。而尽管在继承兄长权力的过程中面临潜在的威胁，孙权还是能够在南方树立一个帝国的基石。

确立权威

在孙策去世时，他的大本营在吴郡的丹徒，位于丹阳郡边界的长江南岸。[26]丹徒和25公里以南的曲阿是当时孙氏控制区的中心和战略要地。[27]往西面，它们可以通过丹阳郡进入长江干流；往东南方，它们是对吴郡及更南方杭州湾之外的会稽进行军事行动的理想起点。丹阳、吴郡和会稽三郡是孙权权力的心脏。

可以说,孙权对这一地区的控制是稳固的。继兄长之后,他被曹操挟持的朝廷任命为会稽太守。当地政府由来自吴郡且富有经验的郡丞顾雍管理。[28]而顾雍得到了孙策旧部西部都尉蒋钦的协助。[29]至少在数年里,会稽郡还受到张纮的监管。在更南方的闽江流域,今福州上游,忠诚而勤恳的贺齐从越人那里得到了一片和平的土地,用剑锋推行中原文化模式。

在吴郡,太守仍然是朱治,他的权威也不再面临重大的威胁,前太守许贡已被孙策杀死。虽然我们知道,孙策死前还在计划着对严白虎进一步的战役,但这场战役可能并没有发生,此后也没有了对严白虎的更多记载。似乎,这一地区对孙氏的反抗大体已濒临崩溃,也无须以大规模的军事行动去讨伐。

另一方面,我们能够清晰且并不意外地得知,当时还有许多县没有完全归依孙氏,这一地区也随处可见流民,"以安危去就为意,未有君臣之固"。[30]在权力所到之处,这些人都应得到规范管理,于铁腕军事政策的管控下,安定在边境和山区。

丹阳郡的郡治在宛陵,靠近今安徽宣城,处于孙权舅舅吴景的治下。当吴景于 203 年去世,孙权的弟弟孙翊接替了他。孙翊当时 19 岁。

在长江以北,更靠近前沿的地方,人们对孙权的认同则没有那么稳固,这是一个亟待解决的问题。

199 年,当孙策从刘勋手中夺取庐江郡时,他让官员李术担任太守,统管皖城的一处要塞。在任期内,李术成功保卫了他的辖区,杀死了曹操任命的扬州刺史严象。[31]然而,当孙权继位后,李术摇摆不定,试图改换阵营投奔曹操。他拒绝接受孙权的权威,反复无常并进行反叛。

然而,孙权用计孤立了李术。曹操此时专注于北方无暇他顾,已对孙权治下的地方权威给予了官方认可,孙权正是利用这些写信给曹操,斥责李术杀死严象是"残害州司",声称他只想将李术绳之以法。不论是否相信孙权的说法,曹操放弃了李术。孙氏的军队随即攻陷了皖城,而李术被斩首;孙权夺回了自己的地盘和军队,孙河则成为当地太守。[32]

曹操显然错失了一个机会,但他接下来的举动令人称道。他任命来自沛国的刘馥为新的扬州刺史。[33]这不是一个简单的职位:刘馥的前任刚刚被李术杀死,他手里勉强只有九江郡,而江淮之间还存有数不清的土匪和流民群体。

然而,刘馥在合肥重组建制。几个月内,他得到了啸聚山林的匪帮和流民的支持与忠心。接下来数年里,他屯田安置百姓,还修缮堤坝来恢复并改良灌溉系统和农业。从许多方面来看,对刘馥的任命是曹操在对抗孙氏的斗争中最大的成功。

此时李术引发的争议已然被摆平,孙权的控制区也得到了巩固。下一阶段主要的矛盾发生在数年后的 204 年,由一场丹阳兵变引起。

吴景于 203 年去世后,继任者年轻的孙翊试图建立一个宽容而温和的地方政府。尤其是,他将妫览和戴员二人纳为部下。此二人都是会稽盛宪的门徒。盛宪曾担任过吴郡太守,在孙策征服吴郡后,他保持抵抗并愤愤不平。最终他被孙权抓获并处决,而曾被盛宪推举为孝廉的妫览和戴员躲到了山里。但是孙翊邀请他们加盟;他委任妫览以军职,任命戴员为郡丞。[34]

不过,这一和解很难说是完满的。孙翊在一场宴会上喝醉,被一个叫边洪的人刺杀;此人是妫览和戴员的亲近之人。而妫览和戴员夺取了当地的行政权。刚上任的庐江太守孙河被委派统领大本营的军队,前去调查和恢复秩序,但妫览和戴员用计将其杀死。之后，他们北上送信给刘馥，邀请他代表曹操来占领这一地区。

然而，此时妫览似乎又因其他事分心：他不仅夺取了郡治，还夺取了孙翊的妾室和侍御，试图强迫孙翊的遗孀徐夫人嫁给他。这个年轻女子年方20岁，但有勇有谋：

> ……乃绐之曰："乞须晦日设祭除服。"时月垂竟，览听须祭毕。徐潜使所亲信语翊亲近旧将孙高、傅婴等，说："览已虏略婢妾，今又欲见逼，所以外许之者，欲安其意以免祸耳。欲立微计，愿二君哀救。"

> ……到晦日，设祭，徐氏哭泣尽哀毕，乃除服，薰香沐浴，更于他室，安施帏帐，言笑欢悦，示无戚容。大小凄怆，怪其如此。览密觇视，无复疑意。徐呼高、婴与诸婢罗住户内，使人报览，说已除凶即吉，惟府君敕命。

> 览盛意入，徐出户拜。览适得一拜，徐便大呼："二君可起！"高、婴俱出，共得杀览，余人即就外杀员。夫人乃还缞绖，奉览、员首以祭翊墓。[35]

在这段时间里，孙权和大军驻扎在豫章郡。在徐夫人进行政变后，他及时回到丹阳重整秩序，赏赐了忠诚的政变策划者，惩罚了妫览和戴员的朋党。他委任堂兄孙瑜即孙坚弟弟孙静的儿子为太守。[36]之后他行军向北至丹徒，佯装对孙河生前布置的营地进行奇袭。孙河的侄子即17岁的孙韶统领着已故伯父的军队，他已有准备并保持警觉。这给孙权留下了深刻印象，他明确孙韶可以继承这支军队，给予其校尉军衔。同时他有权任命下属，从丹徒、曲阿两县获取补给。

对于这样的职责，孙韶显然过于年轻；但孙权也很年轻，而新政权正急于支持对其家族忠诚且有能力的年轻人。同样,孙权还开始了检查军队并评估将领的计划,即便低级军官也包括在内。在日后成为吴国最杰出的将军之一,但当时仅仅是别部司马的吕蒙的传记中,我们得知:

> 权统事,料诸小将兵少而用薄者,欲并合之。蒙阴赊贳,为兵作绛衣行縢,及简日,陈列赫然,兵人练习,权见之大悦,增其兵。[37]

我们由此可以想象,一些小头目带领下的士兵群体那乌合之众般的样貌。所以,重整混合武装的秩序,并进行规范化训练,对于孙权这位新统帅十分重要;对于受他信任并委以高位且正要表现忠心的人更是如此。

同样,孙权有一套亲自考察官员的策略。据说,他这么做是听取了功曹骆俊的建议,此人负责选任官员。[38]但毫无疑问孙权自己也能够想出这个主意。不论怎样,在节日和其他典礼上,他会面见官员,询问他们最近如何,住在什么样的地方,以及是否有想要向他特别陈述的事情。这些都关乎良好、高效且重要的君臣关系。

对于更高级别的官员,孙权特意试图吸引德高望重的人前来他的朝堂;这不仅是为了巩固政权,也是为了基于从孙策那里继承过来的人手建立一个听命于自己的群体。在这方面,他似乎尤为成功:初期就投奔他且未来数年里留下来建言献策的学者和士大夫中有,来自琅琊的诸葛瑾,他是著名的诸葛亮的哥哥;下邳的步骘;鹏城的严畯;还有周瑜推荐给他的未来的大将鲁肃。[39]

讨伐黄祖

在孙权继位后的两年或三年内，巩固权力的行动至少在会稽、吴郡和丹阳三郡已大体完成。对抗山民的前线被稳住，并且得到了实质性的扩张。除却不幸的孙翊，各个郡的地方政府都很稳定。现在孙权可以将注意力转向孙策之前向南和向西的计划上了。

豫章郡的辖区即彭蠡湖地区和鄱阳湿地，名义上从 199 年起便被孙氏集团控制。但它处于势力范围的边缘，孙氏也没有在此地彻底地树立权威。在更西方，荆州在孙策死后的几年里没有发生重大的变故：刘表在北方维持着他的势力，松散地控制着长江以南的湘江盆地。孙氏的宿敌将军黄祖守卫着江夏郡和汉水下游地区，同时面临着一些来自长江下游豫章地区的威胁。如果孙氏的势力想要得到显著的发展，孙权必须消灭黄祖；在这一战略利益之上，还有为十年前孙坚在襄阳城外之死报仇的动机。[40]

因此，203 年，孙权派兵进攻黄祖在彭蠡湖上游的长江边的据点。虽然没有取得决定性的胜利，孙权那时也可能没有打算这么做，但这削弱了黄祖的舰队。这一行动还防止了黄祖在接下来的时间里介入长江下游。

在接下来的一年，孙权主要的顾虑是在鄱阳地区，以及今江西全域。孙氏部队的分队在程普、太史慈和其他人的领导下，被派往这片湿地，顺着河谷向南和向西进入山区。孙权将新的大本营建在靠近今南昌的椒丘，而行政上的中心和一支孙河(之后是孙韶)指挥下的后备军仍然在丹徒。

206 年，在认为鄱阳地区已然稳固后，周瑜在丹阳太守孙瑜的协助下,率领孙氏部队扩大攻势,向西进入荆州。第一次出击是针对麻屯和保屯的居民,这两个定居点位于靠近今湖北嘉鱼的水泽地区。[41] 这一地区官方上归属于江夏郡,而江夏的太守是黄祖。但此地又因河网和湖泊,与黄祖位于今武汉的夏口大本营分隔开来。[42] 周瑜可以一路向西进攻,而这次出击搅扰了黄祖的防御,迫使他进行反攻。

我们得知,周瑜杀死了麻屯和保屯的首领,并带着 1 万余人回到了彭蠡湖的军营。如此数目的移民看似不可能,但很可能发生的是,周瑜强行征兵,而许多征夫的家人也跟着他们前来。尽管这些新兵是被迫加入的,他们之前和黄祖没有紧密的联系,但周瑜显然准备让他们在正规军的监视下一同行动。

黄祖派来几千人,在将领邓龙的率领下对抗周瑜。周瑜在靠近今赣、鄂省界,濒临长江的柴桑迎敌。他打败邓龙并将其俘获,作为俘虏送往孙权处。

在接下来的一年,孙权前来统领攻势;但是我们可以想见,周瑜仍在实质上统领着军事行动。有时候看来,这一攻势是直接针对黄祖位于长江边的据点;但在这一阶段,它的主要目的在于俘虏人口并将其带回,而不是消灭黄祖。再者,强制移民被认为是有好处的:从敌人那里夺取的人力资源的价值,远高于俘虏的不满所引发的各种危险。他们要么因前首领未能尽到保护职责而不再对其效忠,要么处于征服者的武力控制之下;而在后一种情形下,他们忠诚与否也不再是个问题。

208 年春,孙权发动了最后的攻势,这一次直指黄祖在夏口的大本营。周瑜率领的是先锋部队,但实际上参与了大部队的联合攻击,其主要意图是在长江中游盆地建立据点。文献中记载了这场战斗中的一些场景:[43]

祖横两蒙冲[44]挟守沔口[45],以枍间大绁系石为碇,上有千人,以弩交射,飞矢雨下,军不得前。

袭与凌统[46]俱为前部,各将敢死百人,人被两铠,乘大舸船,突入蒙冲里。袭身以刀断两绁,蒙冲乃横流,大兵遂进。

祖便开门走,兵追斩之。

这是一场可圈可点的胜利,黄祖的灭亡标志着一场复仇计划的高潮,而这场复仇从191年孙坚死于襄阳附近之时就开始酝酿。孙权没有将自己的势力扩展到夏口那么远,但现在他占据了从江汉之交到东北方的大海,长达800公里的长江流域。

或许令人惊讶的是,刘表没有为支持他的将领而扮演一个更为积极的角色;尽管当时有其他事情困扰着他,但他本人也不是一个精力旺盛的军事领袖。另外,尽管江夏郡是荆州的一部分,但孙氏集团的胜利只是个微不足道的潜在威胁,它对刘表在荆州其余部分的统治并没有直接影响。基于襄阳的大本营,刘表与南方的主要交通路线位于江夏以西,借此可穿越南郡,于今洞庭湖附近渡过长江,再溯江沿河谷而上,抵达长沙和更远方。江夏郡位于刘表控制区的东部前沿,而当时更大的威胁来自北方的曹操。

刘表在内战之初来到了荆州;当袁术和麾下将军孙坚全力进攻洛阳的董卓时,刘表在这里站稳了脚跟。当袁术于191年的进攻因孙坚之死作罢后,刘表从此便能轻松维系自己的统治。当然,他忍受着孙策不断升级的袭扰和孙权对江夏地区的进攻。而且,在198年至200年这段时期,长沙太守张羡保持了独立,控制了零陵和桂阳。然而,张羡随即去世,他的儿子张怿归顺了刘表。在接下来的数年内,刘表没有迫近的对手,他的控制区大体上是太平的。

然而，他的控制区实则有限。刘表似乎不曾在北方的南阳郡占有任何据点，而他对长江以南的控制是间歇且偶然的。他对汉水河谷与长江中游一线即近代湖北的大部分握有实权。

在当时的文献记载中，尤其是《三国志》的段落中，刘表因懒惰、缺乏想象力，乃至于虚荣，遭到批判甚至是鄙视。据说，他曾僭越，使用过皇帝的服装和典礼，还从未向朝廷纳贡。与此同时，他没有实质性地参与过北方如火如荼的内战，他在袁绍和曹操的大战中没有参与任何一方。[47]但是，这么做的结果就是自守亡国。

从某种意义上来说，事实的确如此；但许多人在刘表的保护下避难。尽管当时的文学作品将荆州描述为孤独，乃至无用甚至蛮荒，但在席卷华夏文明的连年战事的疯狂中，荆州成为一处和平和理性的避难所。

例如，来自中国北方山阳郡的学术和官宦世家的诗人王粲，曾在董卓夺权之乱中暂居长安，之后又向南逃到家族旧交刘表处寻求庇护。在他的《七哀诗》中，王粲描绘了古都中悲惨的末世图景，但他同时认为荆州是蛮荒的异域：

> 西京乱无象，豺虎方遘患。
> 复弃中国去，委身适荆蛮。[48]

数年后，他在当阳城（今湖北当阳）避难期间创作了《登楼赋》。在描绘当地太平图景的同时，他也表达了自己身在南方的苦闷：

> 华实蔽野，黍稷盈畴。虽信美而非吾土兮，曾何足以少留。
>
> ……

平原远而极目兮，蔽荆山之高岑。路逶迤而修迥兮，川
既漾而济深。悲旧乡之壅隔兮，涕横坠而弗禁。[49]

然而，208 年秋，刘表去世，荆州的太平和孤立接近尾声。王粲和
其他人再次北上。对于刘表的家族来说，他们在独立时期的末尾
留有尊严，并没有面临大的危险。其他的军阀大多没有这样好的
收场。[50]

弩箭离弦

从 196 年挟持汉献帝开始，曹操的权力几乎不受限制地增
长。他和袁绍的斗争在官渡之战抵达了决胜时刻；而在 200 年年
末，以曹操的胜利告终。当时敌人的兵力和攻势几乎压倒了曹
操；于是他先在黄河以南站稳，再北上进攻袁绍的补给线。袁绍
的大军因此土崩瓦解，曹操从此确立了对华北平原南部的控制。

两年以后，袁绍去世，传位给小儿子袁尚。另两个儿子袁谭
和袁熙感到不悦和愤怒，兄弟三人自相内讧。在曹操的压力和鼓
动之下，袁谭正式与兄弟们决裂，向敌人寻求援助。204 年年末，
袁尚和袁熙失败被逐，而袁谭面临着曹操新一轮的攻势。205
年，曹操成为中国北部的实际掌控者。[51]

为了完成上述的政治和军事操作，曹操进攻了今河北北部和
辽宁山区中的少数民族乌桓人。这个部落联盟的首领蹋顿庇护
了袁尚和袁熙。但是，在一场令人称赞的战役中，曹操通过在北
方边境外的长线包抄行军将蹋顿拉入战斗中，并在白狼山消灭了
他。[52]蹋顿被杀，而袁尚和袁熙逃往今东北的军阀公孙康那里；公
孙康日后变得不信任他们，最终将他们处死。

当曹操从白狼山班师时,他的实力在北部中国已然没有对手,且他控制着十三个州当中的五个,它们是汉帝国人口最多也最繁荣的地区。它们的西部和西北部有着尚未联合的汉人匪帮、地方部队和少数民族部落;在益州,即今四川,州牧刘璋对他名义上的辖区进行着虚弱而有限的控制;[53] 在岭南的交州,许多独立的群体认同了领袖士燮松散的霸权;[54] 在幽州东部,即今东北南部和朝鲜,公孙康是曹操正式的盟友,他也乐于远离中原。[55] 当曹操将注意力转向南方,刘表和还不那么重要的孙权成为他唯一可见的对手。

208 年,近 70 岁的刘表去世。他留下了两个儿子,刘琦和刘琮。刘琦是长子,但刘琮娶了蔡氏宗族之女,她是刘表后来的正室蔡夫人的侄女。因此,蔡氏集团形成了一股支持刘琮的强大势力,而刘琦总是被批评,失去了父亲的认可。为了消除这一压力,并取得一定独立地位,刘琦试图取代黄祖出任江夏太守。[56]

但这一谋划没有把握好时机,因为刘表在几周后重病去世。蔡氏集团阻止了刘琦在病榻前见到父亲,还轻松地安排刘琮继承了荆州牧的职位。刘琦拒绝接受这个决定,显然意图抗争。但那时,曹操从北方南下,这场争端也被其他事件淹没。襄阳是刘表和现在的刘琮的大本营,位于其辖区的北部边界。尽管大体位于今河南南部的南阳郡东汉时曾是荆州的一部分,但它似乎不曾被纳入刘表的治下,而是一直作为一处争议和中立之地。刘表实质上的控制线将将位于汉水北岸,接近今豫、鄂省界。

当曹操领军来攻,刘琮正处于虚弱的状态。他通过政治操作而不是正式继承得到了父亲的头衔,有着一个不满并意图谋反的哥哥,并且没有时间为巩固自身权威采取任何行动。另外,曹操的接近使得荆州许多高层谋士劝刘琮投降:曹操是当时中国毫无争议最有实力的人，而现在正是一个恢复帝国大一统并结束军阀分裂的机会。

对于刘琮而言，军事抵抗的想法没有吸引力。面对曹操的进军，他显然不得不放弃襄阳，沦为自己控制区里的难民。他的军队可以抵挡首轮进攻的冲击，可一旦他加入南部混战，他的人身安全就很难得到保障。还有，如果仅仅为了自己小小的野心而卷入内战并带来悲剧，刘琮会遭到外人和许多支持者的责备。面临这样的抉择，如果条件合理，刘琮出于理智很可能会选择投降。而他也的确这么做了。

当曹操的军队来到襄阳以北 60 公里的南阳新野，刘琮带着印绶前去拜见并投降。曹操对刘琮以礼相待，在名义上任命他为青州刺史并封予侯位。15 个曾劝刘琮投降的谋士被赏赐了封地，刘表之前朝堂上的许多学者和官员被赐予帝国朝廷的高位。张陵太守蒯越成为光禄勋；[57]曾是地方政府别驾从事的刘先被任命为尚书令。刘表的参谋韩嵩曾被派去出使曹操，他回来时对刘表说应认可曹操的宗主权：他当时被刘表下狱，而现在他被释放并任命为大鸿胪，他还被鼓励去推荐其他人当官。而曾在襄阳附近统领过一支刘表军队的将军文聘，起初拒绝跟随刘琮投降，但最终与曹操言和：他被任命为江夏太守，成为曹操最重要的地方指挥官之一。

刘表手下的多数官员来自南阳，也因此代表了荆州最靠近中国腹地一带的地方精英。[58]当时还有其他的士大夫，他们大多从更北方来到荆州居住，但大多数被襄阳的官府孤立。南阳的邓羲曾一度当过刘表的治中从事，但在约十年前因不满刘表与袁绍持续结盟而辞官。他现在被曹操任命为侍中，一个待遇优厚的朝臣之位。[59]同理，河内司马芝、汝南和洽、河东裴潜、南阳韩暨和来自山阳的学者与诗人王粲都曾居住在荆州南部，现在他们被迎入曹操集团，在朝廷或地方官府中任职。[60]

在许多方面，这一对之前敌对的地区和官府的接收是顺利而慷慨的。然而，不可避免的是，这次近乎耻辱速度的投降引来了反对声音。当时有一支反抗者核心，他们出于各种原因不愿意接受曹操的管制；面对从刘表到刘琮再到曹操的这种政治环境的快速变化，平民百姓也倍感困惑与不确定。而位于反对者中心的正是刘备。[61]

当时年近 50 岁的刘备来自帝国东北部的涿郡，靠近今北京。他声称自己是西汉景帝的后人；这一血缘可能为真，但也很难证明，因为拥有这一血缘关系的人有上千人。汉景帝的统治在前 2 世纪中叶，他是当朝汉献帝 18 代以上的祖宗，而刘备可能是汉景帝第 16 代或 17 代的侄孙。从遗传学上讲，这种传承更多的是一种趣谈而不涉及实际利益，但刘备在最大程度上利用了它。

在更直接的层面，刘备的祖父曾担任过县丞，在刘备年幼时，他的父亲早逝，他不得不与母亲一起织席卖履为生。他因力气和脾性在地方上出名，在 184 年讨伐黄巾军的战斗中得到些许地位，随后被派往数个县为官。

当 189 年内战爆发时，刘备投奔了在北方成为军阀的旧相识公孙瓒并为其效力，从而开始了作为一名幸运士兵的生涯。他曾为公孙瓒、陶谦、吕布、曹操和袁绍效力，或与他们结盟。据记载，他有时在战斗中取胜，但经常战败；他的忠诚度经常令上级和同伴感到困惑。最终，在 200 年官渡附近的战役中，刘备因短暂试图支持袁绍而被从战场逐出，前往刘表处避难。208 年，他已远离战场多年，在靠近襄阳的樊城统辖一处要塞。

曹操的到来没有给刘备带来任何安全感。他上次出现在曹操的朝堂上时,曾被卷入一场意在杀死曹操并将权力归还傀儡皇帝汉献帝的阴谋中。曹操几乎不可能对他委以重任,而更有可能等到一个时机就消灭他。另一方面,刘备拥有一支亲随;他是一位著名的勇士,尽管有着朝秦暮楚的记录,他以品德高尚且心系天下而扬名。刘表在荆州的垮台给予了他寻求自身地位的新机会,而曹操的到来明确显示,这可能是刘备最后的机会。

208年秋,刘备在樊城的人马中有两位将领关羽和张飞,以及谋士诸葛亮。关羽和张飞从一开始就跟着刘备。两人都因他们的战斗技巧、勇气和傲慢的自信心闻名。张飞曾是一名屠夫,因火暴脾气出名。这种脾气也常给他自己和同僚带来麻烦。至于关羽,则有着品德高尚的名声。他的这一名声甚至要胜过刘备,同时也有着可能更可靠的佐证。[62]

刘备是在到达荆州之后才遇见诸葛亮的,他花了大把时间和精力来吸引后者入伙。诸葛亮来自琅琊,是孙权麾下官员诸葛瑾的弟弟。他们的父亲早亡,诸葛亮便跟着叔父诸葛玄,诸葛玄曾被袁术任命为豫章刺史,但在190年代末去官。一家人前往刘表处避难,而诸葛亮引起了刘备的注意。208年时,诸葛亮大约27岁。[63]

当曹操的军队接近刘琮的控制区,刘备并不确定刘琮的意愿。当他最后得知投降的决定时,他的选择很有限。有种说法称,他试图从刘琮那里夺权,与曹操沙场对决。虽然这一举动是极难成功的,但不论如何,刘备这次也要表现对刘表及其家族的忠诚。所以,可能的情况是,刘备要么加入急于对抗或畏惧曹操的群体并成为首领;要么与刘琮和被驱逐的刘琦合力,从而在更南方维持抵抗。

所以,刘备带兵离开了。不过,在这么做之前,他祭拜了刘表的陵墓致以敬意,彰显了他对旧主的缅怀与忠诚。之后他路过襄阳,可能为劝阻刘琮投降做出了最后尝试,但更可能为了显示他才是领导荆州进行独立抵抗的候选人。这一策略相当成功;当刘备沿汉水河谷而下时,我们得知大量的随从、战士和流民跟随着他。

大敌当前,不可避免的是,许多人想要逃离将要成为前线之地,另一些人也谋求曹操之外的依附对象。刘备似乎放任了这种复杂的希冀及民众的焦虑,而形势变得令人困惑,乃至引发了恐慌的乱局。在军事上,他没有得到什么好处,因为大量的平民对任何有效的动态防御而言都是阻碍,并且军队携带的辎重也严重拖慢了刘备的撤退。

刘备派关羽率领一支汉水上的舰队作先锋,继续直线向南,意图到达江边的江陵,它靠近今湖北南部的江陵。江陵是南郡的郡治,也是重要的军事基地和补给点。然而,曹操也意识到了江陵的重要性:他将大军和辎重留在襄阳,带着五千骑兵追击刘备。在当阳附近的长坂坡(今湖北荆门南部),他们追上了这支行动不便的队伍,彻底击败了刘备的武装。刘备被迫逃跑,还抛下了追随者和家人。张飞带着一小队侧卫在河边掩护刘备逃跑,而刘备的老朋友和骑兵统帅赵云营救出了刘备的姜室甘夫人和他们襁褓中的儿子刘禅。当刘备带着几名骑兵向东逃窜时,曹操俘虏了他大部分的追随者和辎重。[64]

曹操没有立刻追击。他南下的主要目标是江陵的大本营,他首先要保证自己能得到它。刘备随后与关羽和汉水上的舰队会合,他们继续撤退到江汉之交的夏口。在那里,他们只能等待。

在刘表死后变化难料的数周内,孙权和部下正试图利用变化中的局势。当得知刘表的死讯后,孙权派鲁肃出使,以便向刘琦和刘琮致哀的同时观察局势,联络刘备。据鲁肃观察,孙权在这一阶段有两个选择:如果荆州的局势保持稳定,最好的方案是和曹操结盟;然而,如果出现继位斗争,那孙权就有利可图。的确,他可以在争端方的注意力集中于襄阳和北方时,图谋割据长江流域与南部各郡。无论哪一种情况,与刘备建立一些联系都是重要的。[65]在鲁肃出使时,孙权将大本营迁到上游的柴桑,它位于荆州边界旁的长江畔。

但是,在鲁肃还没抵达襄阳时,他就得知了刘琮的继位和曹操的到来。于是他前去当阳附近等待刘备,似乎是在长坂坡的浩劫之后不久就追上了后者。在鲁肃的鼓励下,刘备和他的残部向东行进,在鄂县的樊口建立了一个新的大本营;此地位于夏口下游的江边,近今武汉。在这一阶段,鲁肃在诸葛亮的陪同下回到孙权那里复命。

发生在孙权朝堂上的著名辩论被两个重要的因素严重歪曲:一是诸葛亮的在场,作为伟大的谋士,他成为这场辩论中最显著甚至是决定性的角色;二是事实上,后世史家已经知晓了事件发展的经过。因此,尽管我们通常可以相信来自朝堂上公开辩论的记录,但双方的宣传都倾向于歪曲我们的看法。[66]

除却修辞不谈,这场辩论的背景和性质非常清楚。诸葛亮鼓动孙权在与曹操争夺荆州的战斗中支持刘备。在这一点上,他得到了鲁肃的支持;后者当时官阶不高,但他是主张介入荆州的西进政策的主要支持者,也显然备受信任。另一方面,远离本土的军事投入遭到像张昭这样更为谨慎的谋士的反对。

有一次,在这场辩论的早期阶段,诸葛亮似乎夸大了自己的筹码。通过强调刘备的目的,以及他皇室宗亲的血脉和他作为军事领袖与高尚之人的名声,诸葛亮表示,能有这样一个盟友为其效力是孙权的幸事。孙权难免感到不快,称他不打算征调辖区之内的军事资源,将其交与刘备,尤其是在刘备刚刚被重挫的情况下。诸葛亮向他保证刘备能够重组部下,并且刘琦也会带着江夏的部队来投靠。另外,诸葛亮还说:

> 曹操之众,远来疲弊,闻追豫州[67],轻骑一日一夜行三百余里,此所谓"强弩之末,势不能穿鲁缟"[68]者也。故兵法忌之,曰"必蹶上将军"。[69]

这番话给孙权留下了深刻印象。与此同时,曹操也送来了一封信,信中文采斐然:

> 近者奉辞伐罪,旄麾南指,刘琮束手。今治水军八十万众,方与将军会猎于吴。[70]

这封信的影响显而易见,之前受刘表控制的驻扎在江陵的长江舰队主力此时已成为曹操的舰队,而这一事实无形中消弭了孙权部队基于自身水战经验所期许的任何优势,这一点也助长了投降派的观点。从陆战的角度来说,即便加上刘备的流亡人马和刘琦在江夏的军队,他们的数量也不能够与曹操得到荆州士兵补充后的大军相比拟。

孙权有三个选择:他可以投降,与曹操言和,几乎可以确定的是,言和的条款将会彻底抹去他作为一位半独立领袖的地位;他可以将军队集中在自己的控制区附近,维持一种有限的防御;他也可以派兵,在从刘备和江夏刘琦那里得到支援后,公然与曹操在西部开战。

第三个"前进政策"的动机在于,在曹操被迫撤退的情况下,与荆州残余独立势力的联盟能带来大规模扩张势力范围的可能性。它的缺陷就是,孙权将要派大军前往控制区域的边界之外,而他不能确定自己的人马在不利的情况下能否全身而退。

当时，鲁肃劝孙权寻求周瑜的意见。周瑜正在鄱阳地区执行任务，现在他要回到大本营了。在朝堂上，周瑜称曹操不会长久地放任西北部的敌人，他的军队也不擅长水战，而且即将到来的冬天会使他们很难获取马匹的饲料。当地水泽密布，很可能给曹操的北方士兵带来他们不习惯也没有经历的瘟疫。"瑜请得精兵三万人，进住夏口，保为将军破之。"

孙权接受了这一观点，宣布了他的决定。他拔出自己的宝剑，切下了面前案几的一角，说："诸将吏敢复有言当迎操者，与此案同！"然后他宣布退朝。

据记载，当晚周瑜私下前去面见孙权。虽然可能没有被正式记录，他们之间的谈话描绘了孙氏集团战略与政治考量的合理图景。

> 瑜请见曰："诸人徒见操书，言水步八十万，而各恐慑，不复料其虚实，便开此议，甚无谓也。今以实校之，彼所将中国人，不过十五六万，且军已久疲，所得表众，亦极七八万耳，尚怀狐疑。夫以疲病之卒，御狐疑之众，众数虽多，甚未足畏。得精兵五万，自足制之，愿将军勿虑。"

> 权抚背曰："公瑾，卿言至此，甚合孤心。子布、文表诸人，各顾妻子，挟持私虑，深失所望……五万兵难卒合，已选三万人，船粮战具俱办，卿与子敬[71]、程公便在前发，孤当续发人众，多载资粮，为卿后援。卿能办之者诚决，邂逅不如意，便还就孤，孤当与孟德决之。"[72]

所以，孙权仅仅将接下来的战役看作他与曹操对抗与谈判的第一阶段。如果在首次交锋中失败，那么他至少有足够的实力在更靠近大本营的地方再战一场;如果决定不作战,他也有足够的资本来谈得一场体面的投降。在荆州对抗曹操显然是一场赌博,但获胜的概率并没有那么低;同时,失败的代价既不难以承受也不致命。

当然,孙权所有的下属并不都与他一样自信,这个抉择也很难轻易做出。当做出这个决定后,张昭和朝中的同党似乎毫无异议地接受了,他们可能在集中精力准备周瑜战败时的善后工作。然而,其他离这一威胁更近且远离朝堂辩论的人继续存有疑虑;也大抵在此时,孙辅迎来了他的厄运。

孙辅是孙坚的双胞胎哥哥孙羌的小儿子,他是孙贲的哥哥,孙策和孙权的堂兄弟。在孙策来到江南的早期,孙辅就追随着他,参与了在鄱阳地区对抗祖郎的战役,后被任命为庐陵太守。庐陵位于今江西赣江上游,是从汉代豫章郡分出来的新辖区。之后,他还被授予平南将军和交州刺史的头衔,这些头衔也是孙氏集团扩张野心的又一标志。

然而,当时曹操正前往东南,孙辅对此十分担忧,而我们也知道,他向曹操送信表示欢迎。当然,这一举措一开始没有招致什么后果。但在此之后,孙辅被囚禁,他的亲信被处死,其他门客和追随者作鸟兽散,流落于宗族里其他人门下。[73]

另外,孙辅的弟弟孙贲似乎也对抵抗政策抱有二心。孙贲是与庐陵相邻的豫章地区的太守。他的一个女儿嫁给了曹操的一个儿子[74],除却这层个人利益,他似乎认真考虑过来自曹操的威胁。和他的兄长不同,他没有采取任何与敌人建立联系的直接行动。但《三国志·朱治传》显示,孙贲曾支持送人质给曹操;朱治被派去向孙贲阐明朝中决策的正确性,警告他不要就这一争论推波助澜。[75]孙贲接受了这个建议,在孙辅蒙难时他也没有被波及。[76]然而，令人不安的是，作为孙氏的近亲，面对曹操的攻势，两个前线郡的太守对抵抗计划的成功概率存疑。这个决策并不容易，当时显然还有其他官员像朱治一样被派去劝导胆怯者。

然而，此时这种不确定性已然告终。建安十三年十月，也就是 208 年 11 月末或 12 月初，周瑜和程普带着士兵和舰船溯江而上，与刘备和刘琦结成联军。

赤壁之战

就像之前对孙权朝中辩论的记载一样，关于赤壁之战的历史同样令人困惑，几乎被围绕着这场冲突的传奇英雄主义所淹没。其中存在太多虚构；实际上，人们从中甚至看不出来是否有战斗发生。[77]但是，关于这场冲突的基本经过还是清晰的；在接下来的叙述中，我首先会关注历史事实中各个事件的顺序。

刘备将部队从夏口向下游撤退 50 公里，到达樊口的新大本营，和带着从江夏郡征得士兵的刘琦合为一处。在和孙权的对话中，诸葛亮称刘备和刘琦各有 1 万人。他可能有所夸大，不过两者很有可能聚集了一支大军，尽管军队的素质和士气很难评说。尤其是，关羽接管了之前刘表的汉水舰队；另一支长江上的可能更大的舰队，其基地在江陵，现在落入了曹操手中。刘备和刘琦的联军显然无论如何都无法阻挡曹操的进军；当我们知道樊口的刘备正焦急地盼望着孙权人马的到来，我们更可以确信这一点。

严格来说，孙权仅仅将周瑜任命为这支远征军的一位副长官，而老将程普与他同级。但是，在行动的初期，周瑜很显然被授权充当主导角色，他在和盟军的交往中也一定强调了这一点。

从樊口的集结地开始，这支联军溯江而上越过江汉之交，再向南抵达一处叫作赤壁的地方,此地靠近今湖北嘉鱼。在这里,他们遇到了曹操进击的先头部队。[78]

在当阳战胜刘备后,曹操继续南下以接管南郡郡治江陵的武器和舰队,再从那里向东行动。实际上,长江流域的水道是先流向东南,再越过今洞庭湖的江湘之交流向东北的,所以这支舰队像途经了一个三角形的两条边。这片地区的长江北岸大体上是一片沼泽;尽管为了监视刚刚投诚的刘表军队,曹操所率北方军队的一部分必须跟随舰队移动,其余的许多陆军还是很可能经过江陵向东的直线穿过了华容县城。这些进攻者的两翼在赤壁附近相互连接。

对于曹操,这个策略明显是为了强行渡江。他很难设想,在与刘备、刘琦和周瑜联军的对抗中,一路稳扎稳打地顺江而下;但如果他能够打败孙刘联军,在今嘉鱼附近建立一处桥头堡,那么对抗他的联军很可能在失败的冲击下瓦解。还有,为了推动这一部署,曹操在嘉鱼的部队既可以向东北进攻刘备和刘琦在江夏的据点,也可以直线向东进攻柴桑和孙权的控制区。面对这样咄咄逼人的威胁,联军不太可能维持他们的合作,他们非常有可能因目标上的分歧而产生内讧。

另外,曹操还必须考虑到孙权与诸葛亮、鲁肃和周瑜讨论过的自己所面临的问题。在这一点上,时间最为重要。如果他能够顺应从刘琮的投降、刘备在当阳的战败和夺取荆州长江舰队中得到的势头,那么他就有很大概率通过一场雷霆行动结束战争。但他经不起在离北方的权力中心这么远的地区身陷一场旷日持久的战役。荆州很难说是稳的,许多中国中部和西部的竞争者跃跃欲试地想乘虚而入。尽管为这场战争赌一次似乎是值得的,曹操显然是抱着有限的目标开始了战役的最后阶段;他也很清楚自

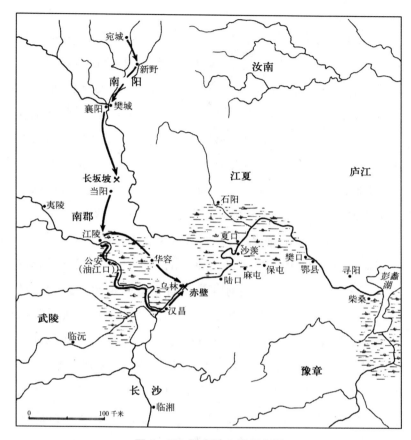

图6 208年赤壁之战示意图

已撤退的路线,以及巩固已有战果时须把守的据点。

这场战争的经过十分简短。我们知道曹操的人马抵达赤壁时状态很差:许多北方人被这场南下的漫长战役耗空精力,军营中也出现了疾病。孙刘联军在最初的交锋中取得胜利后,交战双方都回到了营地。曹操扎营在西北岸的乌林,而对手联军在下游的赤壁。很难说这一对峙持续了多久,曹操当时看来很可能是打算等待几天,以便集结军队;而周瑜觉得自身实力也难以做到冒险正面进攻。

此时,处于周瑜领导下的孙氏军队将领黄盖提出了一个进攻的计划。他通过信使送信给曹操诈降;当时也很可能有许多真正的投降者。但是黄盖准备了一支由十艘战船组成的小队,船上装满浇了油脂的干草柴堆。他将它们用红色的帐篷布盖好,插上令旗和绘着龙的三角旗,还在每艘船的艉上系了一艘小艇。他带着船只驶离联军一侧,航向北岸。当他们经过江心时,黄盖率先点火,其他船上的指挥官也跟着一起点火。他们换乘小艇,而这些无人操作的火船被顺风吹着烧向了曹操的舰队和营地。[79]

火当然是一种优越的武器,而火船也总是被弱势一方的水军用来对付更强势的一方。至少在南方的战争中,火总是在可行的前提下被使用:前文已讲过孙策在信件中提到用火和烟对付黄祖,在其他情形中我们也可以见到火攻的运用。曹操可能并没太在意自身处境的危险;虽然可以想见的是,一些来自荆州的部下警告过他。更有可能的是,面对木制船只、易燃的木屋和帐篷,以及反季节吹向的大风这些现实因素,曹操能做的很有限。[80]我们知道,曹操的船只被系在一起停泊,所以大火蔓延到了整支舰队和大军;当然可能也采取了一些措施,以将各个单位分开,减少危害。

王夫之讨论过曹操和其在赤壁的主要对手周瑜的相对处境。据观察,在八年前于官渡大败袁绍的战役中,曹操处于守势但拖垮了敌军,最终通过一次对敌方补给线成功的进攻瓦解了袁绍的部队。然而,在赤壁之战,上述角色被调转了;曹操的部队遭到了周瑜有效抵抗的压制。最后,火船的攻击可以仅仅被看作随时间推移而逐渐成为可能的军事崩溃的催化剂。[81]

不论火势实际上有多大,它最初带来的惊恐很快被周瑜所率的轻装部队把握住，而曹操的军队陷入了困境。曹操不得不下令撤退。又一次，伤亡无法计数。我们听闻过前往华容路上可怕的屠杀故事，其中生病和受伤的将士们在混乱的逃亡中被践踏；我们还知道曹操被迫烧毁了自己的舰船，以防落入敌手。这些故事可能是真的，但也可能许多来自荆州的人马能够带着他们的舰船和武器改换阵营。曹操放弃了不久前的征服计划，直接回到北方。但他在江陵留下了一处坚固的要塞；还有另一支军队被留在北部的襄阳，即刘表之前的治所。

回头看来，在赤壁的交锋可以被认为是中国历史上关键性的战役之一。所发生战斗与屠杀的规模是否如传统上所说的那么大固然有待质疑，当时曹操也可能没有将这场行动看得很重要。但是，在之后数年里，曹操再也没得到能与当时相比的机会，而赤壁之战在事实上成为他所错过的收服刘备和孙权的最后机会。经过后续的发展，这两个人的持续独立使得中国完全重归统一的可能不再有，这也奠定了三国时代和之后几个世纪的长期分裂。

自然而然，时间的推移凸显了这一事件的重要性，联军对他们在地方上的胜利愈感喜悦。一整个系列的故事围绕着这场战役产生，许多被保存在戏剧作品和《三国演义》中。赤壁之战在这部小说中占了八个章回，与之对应的戏剧作品在传统曲目中描绘了许多事件，从诸葛亮起先拜访孙权的朝堂并劝说他支持刘备，到曹操从华容撤退时被困，被英勇而侠义的关羽释放。[82]

然而，历史记载和小说传统之间有明显的区别。在史书中，对联军贡献最大的显然是周瑜和程普率领下的孙氏集团，其中关键的行动是黄盖率领下的火船攻势，同时曹操军中的疫病也对他的失败起到了重要影响。[83] 对这场战斗的记载主要来自《三国志·周瑜传》和裴松之对其的注释；《三国志·魏书》对这场战役只有最简短的提及，而蜀汉的历史记载中对它的提及要略多一些。[84]

但是，小说传统强调了刘备和谋士诸葛亮的故事，文学家也自然难以接受这些英雄在赤壁之战中只扮演微末的角色。因此，在传统戏曲集中的戏剧里，只有三则主要关乎孙氏集团：合乎情理的是，其中的两则《打黄盖》和《火烧战船》是关于火船攻势与用来骗曹操相信黄盖诈降的计谋；另一则《蒋干盗书》讲述了周瑜如何欺骗一个间谍，从而导致曹操错信两名忠诚且最有经验的将军意图反叛，将其处死。[85]

相反，《舌战群儒》强调了诸葛亮在劝孙权和态度勉强的大臣们支持刘备抗曹时于修辞上的胜利；《华容道》描绘了关羽如何在曹操撤退时抓住他，但因念及曹操从前对自己的优待放过了他。另两则著名戏剧《草船借箭》和《借东风》都彰显了诸葛亮的成就，也似乎是杜撰的，没有得到任何接近于当时的历史记载的支撑。

《草船借箭》讲述了诸葛亮如何接下周瑜的挑战在短时间内造出几千支箭。他没有试图制造，而是开着堆满稻草的空船在晚上沿着曹操据点的边界行驶，并且让人隐藏在船内辱骂和威胁敌军。曹操的军队以箭雨回应，于是诸葛亮满载而归，这令周瑜感到狼狈和尴尬。[86]《借东风》将对黄盖火船攻势必不可少的大风归功于诸葛亮；在戏剧中，是诸葛亮通过法术召唤来了这场大风。[87]

所有这些故事都与《三国演义》对这场战役的描写吻合，并且这部小说的基调反映了一种赞扬刘备、诸葛亮和相关角色的传统，而周瑜和孙氏集团的其他成员则沦为他们在精神、想象力和能力上的陪衬。尤其是周瑜，作为孙氏军队的统帅，他试图在诸葛亮面前立威，但这些举动总是被后者的智慧和超自然能力挫败；因为遇到了无可比拟的优秀对手，他被矮化为一个有才能却因挫败而产生嫉妒、并不吸引人的角色。[88]

关于这一问题的讨论有很多;《三国演义》中经常出现偏爱刘备和诸葛亮的例子,下文也将会有所论及。然而,赤壁之战原本就是一个富有戏剧性的事件,其历史记载也常因宣传和杜撰的需求而被掩盖与扭曲,所以必须特别谨慎地阅读和阐释相关史料。

赤壁的交锋发生于建安十三年的冬天,大约是公元 208 年的年末。对于曹操来说,这不一定是一场重大的战术失败,但标志着迅速打败联军的希望的破灭,他的军队从此再也没有这般深入南方。由此,这场战役在传奇和小说中的重要地位也并非空穴来风。在当时的情形下,曹操可以在较好的秩序下撤出这一地区,而他的军队仍然控制着从江陵边的长江一线到上游汉水河谷的荆州北部。对于胜利了的联军而言,他们还要面临能从这次成功里获利多少,以及如何瓜分战果的问题。

关于舰船和水上战争

对吴国军事历史的研究中有一个难题,与长江及其支流上的水军战争密不可分,那就是,我们对这些战役和冲突中采用的战术,以及在这些交锋中使用的舰船和武器知之甚少。探讨像赤壁之战这样的战役中所使用的策略固然可以,可一旦传奇的修辞被移去,我们并不掌握多少用以充实这个故事的事实。[89]

例如,我们知道曹操的部队和孙刘联军发生过一场前期的冲突,而曹操的人马大败,但关于这场冲突本身,我们并不知晓任何细节;从初次交锋到黄祖成功的火船攻势之间,这段时间里发生的事情,我们也一无所知。尽管《三国志》给出了火船进攻相关部署的明确细节;但即便是黄盖所用舰船的性质及其数量,文献记载中也不乏混乱。

首先,《三国志》称黄盖率领的小队中船只的数量是"数十",但《资治通鉴》可能采录了其他版本的《三国志》,其相应段落删去了"数"字,因而认为黄盖只有十艘船。[90] 还有,《三国志》仅仅将黄盖描述为周瑜的一位"部将",这一模糊的概念可能显示联军的领导结构不太正规,更有可能的是,这只是历史学家犯下的低级错误。[91]

关于这些舰船本身,被描述为"蒙冲斗舰",这是当时对作战船只的通用描述。在《三国志》稍前一点的段落中,这一表述被用于描述曹操舰队的数量。[92]

唐代学者李权在《太白阴经》中讨论过"蒙冲"这个词,相关段落成为当时描述船只的权威文献。[93] 我们由此可以列出包含六种不同级别战船的清单:楼船、蒙冲(被李约瑟描述为"被甲冲击舰")、战舰(也被称为斗舰)、走舸、游艇,以及海鹘。据说蒙冲为了防范火攻和投石而用生牛皮覆盖,其侧舷有为弩箭和长矛设立的孔洞。然而,文中强调蒙冲是一种轻巧而狭长的船只,建造上兼顾了速度和防御。通过将蒙冲描述为"被甲冲击舰",李约瑟将"冲"字解释为"向前冲击的剧烈运动"。[94]

然而,这一对蒙冲的描述与另一则对当时正在服役的这种船只的描述不太相符。早在208年,赤壁之战前的数月,当黄祖试图通过横跨干流的巨大绳索保卫从长江进入汉水的入口时,他停泊了几艘蒙冲来构建防御。蒙冲在这里显然是作为漂浮堡垒,而不是轻型战斗载具。[95]

关于这一名词,似乎曾发生过两重变化。首先,从我们所讨论的战役所发生的3世纪,到唐代学者编纂战船清单并对其进行描述的8世纪和9世纪之间,叫作蒙冲的舰船的角色发生了变化。它们后来的确被用作被甲的战斗载具，也在实际上变得更轻。其次，作为这种角色变换的后果，虽然"蒙"字仍然被理解为"覆盖的"，但"冲"字正如李约瑟所说，被解释为"冲击运动"。然而，我认为，在汉代和三国时期，"冲"字可能另外含有更基本的"冲破敌人防线"的意义。尽管唐代的蒙冲完全依靠速度达到这一效果，汉代的蒙冲则是一种强大的战船，也可能装备撞角。它冲击的效果取决于它的重量而不是速度。因此，我更倾向于将这一名词解释为"装甲破防舰"而不是"被甲冲击舰"，而且我怀疑它主要的功能是冲击敌军阵形，使得敌方单位被孤立包围，而不是冲撞并击沉其他船只。[96]

至于斗舰，唐代文献将它描述为一种庞大且敞开的船只，有两层高耸的堡垒，上面开有小孔。令人困惑的是，我们知道这些作战船只是为"战斗"设计的，但蒙冲不是，这对于战舰来说是一件奇怪的事。然而，李约瑟认为"这可能是一则为了熟悉陆战的读者所作的解释"。[97]关于这个解释，我们可以认为蒙冲是为了船与船之间的对抗而设计的，而斗舰是为了登船进行肉搏战，抑或装载杀伤有生力量的投掷物，如标枪或弩箭而设计的。

我们可能过度依赖这些零散且往往宽泛的文献；针对内河舰队中主要舰只的分配任务，以如下方式理解似乎是合理的：一种是长矛手和弓箭手介入近距离作战的战斗平台；另一种是覆盖有某种防护性材料，可以被用来击破敌军防线，甚至通过撞角和远程武器以损毁对方船只与人员的船只。这么看来，"蒙冲斗舰"一词可以统称当时主要舰只的两种具体用途。

当然，我们知道"楼船"一词通常用来形容汉朝巨大的战船。楼船只在对岭南地区的进攻中有所记载，而且一位楼船将军参与过西汉武帝对南越和东越的征讨。[98]另外，西汉时期庐江郡设有楼船官，负责楼船的建造和水手的训练。东汉时可能延续了这一情形。[99]这一名词的确在汉朝以前被使用了数个世纪。[100]而且，尽管唐代文献认为楼船是属于一个特定等级的、与蒙冲和斗舰不同的船只，但至少在汉末三国时期，它更应该被理解为对有多层甲板的战船的通称。

考虑到内河水流的特性及风向的不确定性，这些船只毫无疑问必须同时装备风帆和船桨。尽管许多是特地为战斗建造的，它们的设计很可能是基于地方上的内河帆船。在同时代的地中海地区，商船和专门的三桨战船与其他战船有明显的区别。与之不同，一艘3世纪早期中国的作战舰队看起来可能很像一支建造精良且满员的平民船队。[101]当然，舰队可能得到包括轻型帆船和独木舟等在内的许多小船的护航，这些小船可以被强征入伍并在冲突中发挥作用。

当然，内河水战本质上和海上水战有一个明显的不同：其活动实质上仅限于一片有限的水域。一支内河舰队的指挥官通常认为自己能够得知对手的位置和航向，并且其行动必须与岸上的军队紧密配合。[102]

在这一情况下，一支内河舰队的需求相对简单和直接；因为它的行动在许多方面与一支陆军相似，并且常常被用作一支陆军的延伸。许多船只主要是设计用来运输军队的；尽管船员们可以在水上作战，他们也很有可能下船介入岸上的战斗。当吕蒙提出在濡须建立桥头堡时，保守的官员们认为："上岸击贼，洗足入船，何用坞为？"[103]虽然这种堡垒被证明的确有用，但上述原则并没有被推翻。

由于当时的武器中没有任何有效的"船只杀手"这一事实，这种将内河舰队主要用于运输陆军的做法自然在汉代越发受用。

除却火船这样的特例，人们通常不认为一艘寻常的战舰能够摧毁另一艘。中国传统造船技术为防止沉船留有许多水密隔舱，却没有建造能够为撞角提供支撑的龙骨；因此，相较于地中海上的海战，中国水战中的进攻方较防守方处于更大的劣势。[104] 在火炮出现以前，像石弩和抛石机这种投掷机械过于缓慢与笨重，在对抗敌船时并不能起到很大作用。[105]

当时的确存在火攻的选项，但一场火船攻势的成功需要许多情况的特定结合，尤其是合适的风向，再伴以奇袭的成分或攻击对象有限的活动范围。因此，这样的一种战术通常是在战场上临时运用的。它要么是用一些特地为这种情况建造的轻型船只或废船来实施，要么是像黄盖一样用为这一目的改造船只去实施。若非如此，除了使用对防守方来说不难对付的、搭载易燃材料的箭矢，3 世纪的中国没有一种常规且有效的方法来实施火攻。最值得注意的是，当时还没有希腊火。[106]

因此，在当时的多数情况下，一艘水军船只面临的最大危险不是敌人而是天气。长江水域以及诸多湖泊与支流足以给航行制造麻烦；当时许多战船因搭载防御工事和上层建筑而常常超载，以至于许多船只吃水线太深且自身太过高大，因而极难驾驭。《三国志·董袭传》中记载了他是如何在夜间风暴突然来临时指挥一艘巨大的五层船只的。这艘船显然头重脚轻，适航性欠佳；当它即将沉没时，旁人催促董袭弃船，但他拒绝离开指挥岗位，随船沉没了。[107] 另一处记载中，孙权面临过同样的威胁。[108] 222 年，曹丕刚刚领军南下对抗孙权；由吕范统领的小队中的几艘船在长江上遭遇了猛烈的风暴，几千人因而丧生，船只破碎或沉没。[109]

然而，总体来说，南方人显然是极其优秀的水手；在与北方进攻者的对抗中，他们的航行技能一直占据优势。我们知道，208

年后,曹操和继承者数次在湖上训练士卒,试图将其投入长江一线的战斗,[110]但每天和长江打交道的吴人的经验积累,是通过例行巡逻与小规模远征,如同鄱阳地区、汉水流域和湘江流域的地方反贼的对抗中得来的,局促的人造环境下的演练无法与之相比。对南方人来说,河流是多数长距离旅行与民间货物运输的必经之路;所以,对航行技能和水战技术的掌握是吴国军事与政治力量本能的组成部分。

从这个角度来看,曹操在赤壁之战中的战败影响更为严重。因为他和继承者们再也没能控制一支能和他在 208 年夺得的舰队相比拟的舰队。在技能和经验上,曹操从刘表那里夺取的水军能够和孙权及其盟军相比拟。不论是由于内部哗变、糟糕的管理,或是坏运气,赤壁之战后,孙刘联军趁势夺取了江陵,曹操就此失去了那支庞大的舰队。

对于曹操和当时的其他人来说,这似乎是一件小事。因为船只总是可以再造,对荆州北部的征服仍然是一个显著的成就。然而,事实上,孙权和刘备通过这场胜利取得了对长江的控制;在对长江一线的防御中,南方人取得了战略上的先机和技巧上的压制。接下来的几代人维持了这些优势。

最后一点:关于在长江上作战的庞大战斗舰队的记载,以及大规模水上贸易和造船业发展的证据。汉代庐江的楼船及其用于维护和建造的设备,可能被江陵和汉水上的基地赶超;同时,水路周边的港口中显然还有私人的船坞。但是,长江从一条内部交通道路向一条水战前线的转变,催生了较之以往远为强大的建造能力。孙权控制区域的每一处防御点必须建有船坞,以便建造和维护他们的船只。

与此同时,长江对民间贸易的重要性也得到了提升。汉代的交通线以通往帝国首都洛阳的道路和运河为中心，而东西向的长江并不是那一网络的主要部分。然而，东吴的发展极大地仰赖于长江中游和下游之间的连接。所以，战船的建造与贸易和航运船只的建造相得益彰，而长江及其支流的水域见证了一场爆发性的商业发展。如上文所说，就像中世纪欧洲一样，许多作战船只可能是短期服役的、被征用和改造的民船。尽管按照惯例，正史中并未关注水上贸易的问题，我们还是能得知，219年被派往荆州的强大部队曾伪装成一支商人船队。[11]既然搭载3万人的船只可以伪装成正常的商用船只，那么显然有许多庞大的船队行驶在长江上。

注释：

　　〔1〕　孙权的传记见《三国志》卷47《吴书》2《吴主传》，1149页。我们得知孙权于252年去世时享年71岁，所以他生于182年，与他的哥哥孙策相差7岁。182年，孙权的父亲孙坚正担任下邳县丞，见第二和第三章注第1。

　　〔2〕　《三国志》卷54《吴书》9，1260页。乔家有两个女儿，都以美貌闻名。孙策娶了长女，周瑜娶了次女，见下文。

　　〔3〕　关于孙绍，见《三国志》卷46《吴书》1，1112页。

　　卢弼注(见《三国志集解·吴书一》，36页上下)认为，孙策显然还有三个女儿：一个嫁给了顾邵(见《三国志》卷52《吴书》7，1229页)；一个嫁给了朱纪(见《三国志》卷56《吴书》11，1305页)；还有一个嫁给了陆逊(见《三国志》卷58《吴书》13，1343页)。她们应是妾室或其他低级侍妾所生。

　　〔4〕　孙翊的传记见《三国志》卷51《吴书》6，1212页。

　　〔5〕　根据这一记载，孙翊在203年时20岁，因此他生于184年。

　　〔6〕　实际上，当时次子被优先考虑继位的情况在军阀政权中发生过两次：袁绍在202年将权力交给了小儿子袁尚；刘表将继承权给了次子刘琮，见下文。另一方面，尽管袁绍和刘表如自己所愿安排了继位，但他们这么做违背了高层谋士们的多数意见。因此，尤其是在袁氏的案例里，这么做招致了不幸的后果。

　　可能对这种做法最好的回应来自魏国朝堂上的谋士贾诩。当时曹操认为三子曹植的能力要优于长子曹丕。曹操就继位选择询问过他，但贾诩起初没有回答。曹操一再逼问，于是贾诩说："属适有所思，故不即对耳。"曹操问他在想什么。贾诩回道："思袁本初、刘景升父子也。"曹操大笑并采纳了这一建议，见《三国志》卷10,331页；拙著《建安年间》,513页。

[7] 根据《三国志》卷57《吴书》12 第 1319 页裴注第 1 引《吴书》，一种短暂存在的可能是，孙策和孙权的堂兄弟孙暠曾寻求继位。

孙暠是孙坚最年轻的弟弟孙静的长子。孙静陪孙坚参与了早期的战役，但之后回到了故乡富春。当孙策于 196 年在会稽进攻王朗时，孙静带着一支家族武装来支援他，之后自己回到富春照料家族墓园和其他产业。在孙权继位后，他很快在当地去世。见《三国志》卷51《吴书》6,1205 页。

根据《吴书》，孙暠在当时担任定武中郎将，驻扎在乌程（之前被封予孙坚的侯国），此地位于今杭州以北 50 公里。尽管他辈分较低，但据说他比孙策年长（他是孙策的从兄），因此也必然比孙权年长。

很显然，此时他试图接管会稽郡的官府和军队。考虑到孙暠的驻地如此靠近会稽郡大本营，这似乎并不是一场不可能的夺权。但孙策的旧交虞翻当时任富春县长，他派一名信使到孙暠处警告称，所有县的地方官府都会对孙权保持忠诚，拒绝任何反对孙权的企图。这一警告十分有效，孙暠从而放弃了他的计划。

尽管他的兄弟们在孙权手下当官，他的儿子们在这个政权后续的历史中扮演了重要角色，孙暠似乎就此没有仕途上的进展。和宗族里其他的成员不同，他在《三国志》卷51《吴书》6《宗室传》中没有单独的传记。

孙暠的消失似乎作为反例证实了，孙权的弟弟孙翊从来没有在权力方面成为一个重要的竞争者。如果他这么做了，那他不太可能被任命为丹阳太守这样重要的职位，见上下文。

[8] 张昭的传记见《三国志》卷52《吴书》7,1219—1223 页。

我们知道，他与 196 年被孙策打败的会稽太守王朗（见第二章），还有大约在 195 年被笮融杀死的广陵太守赵昱（见第三章注第 22）同为著名的学者。他也是二者的朋友。

[9] 关于东汉官僚系统下的这一职位，见《后汉书》卷 114 志第 24,3564 页；毕汉思《汉代官僚制度》,121—124 页。

[10] 《三国志》卷52《吴书》7 第 1221 页裴注第 2 引《吴书》记载，张昭曾在孙权时期统领过战场上的军队，以进攻豫章郡的反贼，并于 208 年参与进攻合肥的战役，见《三国志》卷47《吴书》2,1118 页，以及《三国志集解》卢弼注，卷 7,17 页上；卷 22,19 页上。

[11] 《三国志》卷52《吴书》7 第 1221 页裴注第 1 引《吴历》称，孙策告诉张昭，如果孙权不能够很好地治理国家，那么他可以取而代之，抑或回到

他的故乡彭城。

然而，很难相信孙策对弟弟的能力如此悲观。另外，这番话和刘备在病榻上对丞相诸葛亮说的话，有一种令人怀疑的相似。刘备所说的是儿子刘禅，他应当有更多悲观的理由，见《三国志》卷 35《蜀书》5，918 页。

[12]　见第三章。

[13]　见第三章。

[14]　见第三章。

[15]　关于张纮和孙策之前的联系，见第三章。

[16]　张纮起初去往洛阳，根据京房的阐释学习《尚书》和《易经》。京氏学派是汉代研究《易经》的著名学派，在当时备受推崇。他后来跟随私人学习汉代版本的《诗经》《礼记》《春秋》和《左传》。

[17]　《三国志》卷 53《吴书》8，1244 页裴注第 1 引《吴书》。

[18]　见第三章。

[19]　《三国志》卷 53《吴书》8，1244 页。

曹操可能早在 201 年于官渡胜利后就考虑过发动进攻，但这也不太可能，他应当不会考虑快速投入相反方向的战斗，而那时孙权已经继位八到九个月，其时长足以让他树立可靠的权威。

[20]　我个人认为，张纮所撰写的两人逸事文章，为《三国志》卷 46《吴书》1《孙破虏讨逆传》提供了基础材料，见第九章。

[21]　吴夫人的传记见《三国志》卷 50《吴书》5 第 1196 页，传记称她死于 202 年。《三国志》卷 47《吴书》2 第 1116 页同意这一观点，我也相信这两则史料。但《三国志》卷 50《吴书》5 第 1196 页裴注第 2 引虞喜《志林》称，207 年和 208 年会稽郡的税收在路上有一段耽搁，这是为了悼念吴夫人去世。《资治通鉴》卷 54 第 2074 页似乎认同这一观点；见拙著《建安年间》，362 页。

作为曹操控制下的朝堂的前任官员，张纮可能因曹操对孙权独立地位的不满而愈发受到质疑。

据《三国志》卷 54《吴书》9 第 1260—1261 页裴注第 1 引《江表传》，202 年，曹操曾试图通过索要人质来确认孙权的从属地位。孙权朝堂上的大臣们游移不定，周瑜和孙权一起前往吴夫人那里，声称孙权应当维持独立状态，这时彻底屈服于曹操的权势是不明智的。吴夫人同意这一点，对孙权说："公瑾议是也。公瑾与伯符同年，小一月耳，我视之如子也，汝其兄事之。"于是他们没有送出人质。

然而，这则故事里提到，曹操要求孙权送一个儿子作为人质这一点令人困惑：孙权为人所知的长子孙登到 209 年才出生，而当时 20 岁的孙权在年龄上远不足以有一个适合被送往北方的儿子。另一方面,既然吴夫人死于202年或207年,而周瑜死于210年,很难说关于这一话题的讨论曾真实发生。

总而言之,我们难以判断曹操是否在202年向孙权索取人质,即便他这么做了,那他又能索取哪一个人质呢?虽然这并非一个不合理的请求,但孙权也没有因拒绝它而面临任何迫切的威胁。大约在同时期,曹操可能偶尔想过将南方彻底纳入势力范围的行动,但在接下来的几年里,官渡的胜利为他制造的机会,以及袁绍随后的去世,让他完全投入到北方。

[22] 《三国志》卷53《吴书》8,1244页裴注第2引《江表传》。中国古人在取名时,根据人名中的字义,另取的别名叫"字"。对张昭的特殊称谓是"张公",张纮的是"东部"。

[23] 关于程普、黄盖和韩当,见第三章注第9。周泰的传记见《三国志》卷56《吴书》10,1287—1288页。

[24] 见《三国志》卷55《吴书》10《董袭传》,1290—1291页,详见1291页。

[25] 见拙著《两汉的监察官员》,62页注第46。

[26] 从此后数年,丹徒也被称为"京城",即首都。这可能是将其认作孙权的统治中心。见《三国志集解·吴书六》,13页上,卢弼注引《资治通鉴》(卷64,2058页;卷66,2101—2102页)胡三省注。但胡三省认为,"京"意指该地位于长江边上的高地。

[27] 曲阿是孙坚的陵墓高陵的所在,见第二章。孙策显然也被埋葬在这里,见《三国志集解·吴书一》,36页上,应劭注。当吴夫人去世后,她与丈夫孙坚合葬在高陵,见《三国志》卷50《吴书》5,1196页。

[28] 顾雍的传记见《三国志》卷52《吴书》7,1225—1228页。

[29] 蒋钦的传记见《三国志》卷55《吴书》10,1286—1287页。

[30] 《三国志》卷47《吴书》2,1116页。

[31] 《三国志》卷10,312页裴注第2引《三辅决录》。

[32] 《三国志》卷47《吴书》2,1116页裴注第2引《江表传》。关于孙河,见第三章注第6。

[33] 刘馥的传记见《三国志》卷15,463—465页。

[34] 《三国志》中孙翊的传记里并没有记载这则故事的细节,孙河侄子孙韶的传记里却有记载,见《三国志》卷51《吴书》6,1214—1216页裴注第1引《会稽典录》。

妫览的职位为大都督。这一头衔在当时愈发频繁地出现;它不在汉代正规官僚体系之内,似乎指代有不同职责的官员。在这一事件中,妫览的职位应相当于郡的都尉。参见第三章。

[35]　这个故事出自《三国志》卷 51《吴书》6,1215 页裴注第 2 引《吴历》。亦见于《资治通鉴》卷 64,2058—2059 页；拙著《建安年间》,335—336 页。

[36]　孙瑜的传记见《三国志》卷 51《吴书》6,1206 页。

[37]　吕蒙的传记见《三国志》卷 54《吴书》9,1273—1281 页。这则逸闻出现于 1273 页。

[38]　骆俊的传记见《三国志》卷 57《吴书》12,1334—1336 页。

[39]　诸葛瑾的传记见《三国志》卷 52《吴书》7,1231—1235 页；步骘的传记见《三国志》卷 52《吴书》7,1236—1240 页；严畯的传记见《三国志》卷 53《吴书》8,1247—1248 页；鲁肃的传记见《三国志》卷 53《吴书》9,1267—1272 页。

诸葛瑾、步骘和严畯都是著名学者，彼此为友。他们分别从中国北部的纷乱中逃往江南避难。关于鲁肃之前的经历，见第五章。

[40]　关于孙坚之死，见第二章；关于孙策对抗黄祖的早期战役，见第三章。

[41]　关于麻屯和保屯的位置，见《三国志集解·吴书六》,2 页下，卢弼注。关于这些人的来历，我个人认为他们可能是来自长江以北的流民，见下文。

[42]　东汉时期的江夏郡治在西陵，位于今武汉东北（《后汉书》卷 112 志第 22,3482 页）。但《三国志·甘宁传》卷 55《吴书》10 第 1292 页裴注第 2 引《吴书》称，黄祖的大本营在夏口，这与下文对最后攻势的描述相吻合。

夏口在东汉时并不是一个县，显然此时它的重要性才凸显出来。它位于汉水和长江的交界处，也因此得名。此地今位于大城市武汉，可能在两条河流交接处的北侧，即今汉口。

夏水在汉水干流注入长江前从西面注入汉水；因此，汉水/沔水最后的河段也兼称夏水，江夏郡的名称即取自长江的“江”和汉水入江河段的兼称“夏”，见《水经注疏》卷 28,54 页下；卷 32,38 页下至 44 页下，以及《汉书》卷 28 上,1567—1568 页，注第 1 引应劭注。亦见于下注第 45，以及《三国志集解·吴书一》,70 页下，卢弼注。

上文提到的甘宁的传记见《三国志》卷 55《吴书》10,1292—1295 页。甘宁来自一个从南阳迁到巴郡即今四川的家族。他年轻时是一名匪帮头领，但他后来读书习文。他前去投奔刘表却没有得到提拔。于是他想投靠孙氏集团，却被迫和黄祖共事数年。

当孙权于 203 年发动进攻时，甘宁与之交战，杀死了校尉凌操。最终，通过黄祖下属苏飞的帮助，甘宁被任命为邾县长，此地是长江边上最靠近东边的孙氏的位置。207年，他得以改换阵营。他劝孙权对黄祖进行最后的攻击，将后者描述为老迈且昏聩的。

当黄祖被打败，甘宁获得了独立的军事统帅权力，还成功为自己之前的庇护人苏飞调停，因为当时孙权俘获了他并打算将其处死。

［43］ 下面这段文字来自董袭的传记，见《三国志》卷 55《吴书》10，1291 页。亦见《资治通鉴》卷 65，2078 页；拙著《建安年间》，368—369 页。

［44］ 关于这些船只，见下文"关于舰船和水上战争"。

［45］ 沔口和夏口是一个地方（见上注第 42），它是指汉水和长江在今武汉的交接处。

沔水是汉水的另一个名字。沔水是汉水的主要支流之一，它来自今甘肃南部的武都郡的山区中。见《水经注疏》卷 27，2 下，西汉孔安国注和 2 世纪如淳注；《水经注疏》卷 27 和卷 28 将整条汉水称为沔水（夏水，一条在沔/汉水汇入长江前注入的支流，仅仅用作沔/汉水干流最后一段的兼称）。亦见《三国志集解·吴书一》，70 页下，卢弼注引《资治通鉴》卷 56 第 2076 页胡三省注。

［46］ 凌统的传记见《三国志》卷 55《吴书》10，1296 页；其中称他此时年约 18 岁。凌统的父亲凌操于 203 年被甘宁杀死（见上注第 42），那时凌统 15 岁。我们可以想见，孙氏阵营内部在此时有着些许矛盾。

［47］《三国志》（卷 22，631 页）称，曹操的谋士桓阶曾在张羡于南方反叛时游说他归曹，如此一来，刘表就不能够为盟友袁绍即曹操的主要对手提供显著的帮助。

［48］ 王粲的传记见《三国志》卷 21，597—599 页。这些诗句摘自《七哀诗》第一首，译文来自傅德山（Frodsham）译《中国汉魏晋南北朝诗选》（Anthology），26—27 页。

［49］ 摘自《登楼赋》，译文来自华兹生译《汉魏六朝赋选》（Chinese Rhyme-Prose），53—54 页。

王粲的生活与经历，可参考缪文杰《中古中国诗歌：王粲生平及其创作》。其中第 65—79 页，就刘表统治时期荆州的学术状况，提供了有价值的探讨。

［50］ 关于王夫之为刘表所作文辞优美的辩护，见《读通鉴论》卷 9，12 页下至 13 页上。

［51］ 曹操与袁绍及其继承人之间战争的记载见《资治通鉴》卷 63—64；拙著《建安年间》，251—338 页；以及拙著《国之枭雄：曹操传》，第三章和第五章。

［52］　曹操对抗乌桓直至在白狼山取胜的战役见拙著《北部边疆：东汉的政治和策略》，407—411 页；以及拙著《国之枭雄：曹操传》，230—240 页。

［53］　刘璋的传记见《三国志》卷 31《蜀书》1，868—870 页。刘璋是刘焉的儿子。刘焉是曾身居高位的皇室宗亲之后，188 年被任命为益州牧；194 年他去世后，刘璋接替了他的职位。刘焉的传记见《三国志》卷 31《蜀书》1，865—867 页；以及《后汉书》卷 75 列传第 65，2431—2433 页。亦见第六章。

［54］　士燮的传记见《三国志》卷 49《吴书》4，1191—1193 页。亦见于第五章。

［55］　关于东北的公孙氏，见加德纳《辽东公孙氏》（"The Kung-sun Warlords of Liao-tung"）。

［56］　根据《三国志》卷 35《蜀书》5 第 914 页，刘琦咨询了诸葛亮，根据其建议做出了这一举动。

［57］　张陵郡似乎是由刘表建立的，位于南阳郡东南的同名县城附近，靠近今湖北枣阳。

［58］　蒯越、韩嵩和文聘都来自南阳；刘先来自荆州南部的零陵郡。在这些人当中，只有文聘有一则独立的传记，见《三国志》卷 18，539—540 页。蒯越生平见《傅子》，韩嵩生平见《先贤行状》，刘先生平见《零陵先贤传》，三人生平均参见《三国志》卷 6，215—216 页裴注第 2、第 3 和第 5。

卢弼还提到，清代评论家赵一清引《后汉书·窦武传》（卷 69 列传第 59，2244—2245 页，窦武是于 169 年被宦官们推翻的摄政者和大将军）称，窦武的多数家人已亡，他的孙子窦辅被忠诚的追随者救下，送往零陵郡避难。窦辅顶着庇护者胡腾的姓氏被抚养长大。之后，他在刘表治下任职，恢复了原来的姓氏。刘表死后，窦辅和家族其他成员一起回到了北方，被曹操授予官职。

［59］　邓羲这个名字也可写作"邓义"，见《三国志》卷 1，30 页；《三国志》卷 6，211 页和 215 页；以及《后汉书》卷 74 下列传第 64 下，2424 页。

［60］　司马芝的传记见《三国志》卷 12，386—389 页；和洽与裴潜的传记见《三国志》卷 23，655—657 页及 671—673 页；韩暨见《三国志》卷 24，677—678 页。关于王粲，见上文。

［61］　刘备的传记见《三国志》卷 32《蜀书》2；他在此被称为"先主"。

［62］　关羽和张飞的传记见《三国志》卷 36《蜀书》6，939—942 页，以及943—944 页。

［63］　诸葛亮的传记见《三国志》卷 35《蜀书》5。

［64］　刘备的撤退、他在长坂坡的战败以及张飞和赵云的英雄事迹可

见于《三国演义》第四十一回和传统戏剧《长坂坡》。参见阿灵敦、艾克敦《中国著名戏剧编译》，25—37 页；《京剧剧目初探》英译本（*Peking Opera Texts*），1356 页；《京剧剧目初探》，84 页。

赵云的传记见《三国志》卷 36《蜀书》6，948—950 页；这一事件具体见 948 页，以及甘夫人传记，见《三国志》卷 34《蜀书》4，905 页。蜀汉后主刘禅的传记见《三国志》卷 33《蜀书》3。

[65] 鲁肃对这一早期形势的看法见于其传记，《三国志》卷 54《吴书》9，1169 页。

[66] 据《三国志》卷 54《吴书》9 第 1261—1262 页，孙氏方面由周瑜扮演辩论中的主要角色。他被描述为力排众议，推翻了多数人达成的投降共识。该段落裴注第 1 引《江表传》还补充了周瑜夜间面见孙权的故事，当时他计算了曹操的兵力以及与之对抗所需要的兵力，见下文。

然而，裴松之认为这一记载有所不足，并且过度美化了周瑜。鲁肃的传记明确指出，这场辩论分为两个阶段：周瑜起初身在鄱阳地区，鲁肃决定等他回来后再做安排，之后他才能参与此事，见《三国志》卷 54《吴书》9，1269—1270 页。

另一则对这场辩论的记载中，主角则是诸葛亮，其中态度勉强的孙权被他的雄辩所打动，见《三国志》卷 5《蜀书》5《诸葛亮传》，915 页。《三国志》卷 54《吴书》9《鲁肃传》第 1269 页裴注第 1 指出，这两个版本有不同的侧重，即便这两处正文都由陈寿撰写，但他特意保留了两个流传版本之间的差异。

《资治通鉴》卷 65 第 2087—2092 页，呈现了对这场辩论的记录；拙著《建安年间》，386—395 页。我倾向于同意这则记载。

不出所料的是，《三国演义》第四十三到四十四回将诸葛亮置于主导地位。戏剧《舌战群儒》讲述了他如何在思维与言语上胜过孙权的群臣。见阿灵敦、艾克敦《中国著名戏剧编译》，37 页；《京剧剧目初探》英译本，2895 页；《京剧剧目初探》，85 页。

[67] 在中国北方的经历中，刘备两次获取豫州的权力：194 年得到刺史头衔，同陶谦一起对抗曹操；196 年得到州牧头衔，同曹操一起对抗吕布。出于这一原因，他常常被称为刘豫州。

[68] 《汉书》卷 52 第 2402 页有如下表述："冲风之衰，不能起毛羽；强弩之末，力不能入鲁缟。"颜师古对这段文字的注释里提到，周朝春秋年间，鲁国故地曲阜的人民因织造一种特别纤薄的丝绸而闻名。

[69] 《孙子兵法》中这一段落的英文翻译见塞缪尔·B. 格里菲斯《孙子兵法》英译本，103 页。格里菲斯将其译作"三将"，而不是"上将"或诸葛亮所说的"上将军"。"三将"应是参考了常用短语"三军"一词。

[70]　《三国志》卷 47《吴书》2，1118 页裴注第 3 引《江表传》。

在包括汉朝在内的古代中国，一年一度的狩猎在秋季或冬季举行，是进行军事动员和演习的场合。

[71]　子敬是鲁肃的字。

[72]　《三国志》卷 54《吴书》9，1262 页裴注第 1 引《江表传》。

[73]　关于此事，更多的细节出自《三国志》孙辅传记注释中引《典略》，见《三国志》卷 51《吴书》6，1212 页裴注第 2。

《资治通鉴》卷 63 第 2039 页；拙著《建安年间》第 295—296 页认为，孙辅是在孙策于 200 年去世后开始不满于孙权的统治。208 年时，孙辅很可能更关注曹操的动向。他当时靠近荆州，一场关于投降与否的辩论正在上演，这个时候的曹操并不是只关注北方，或绝无可能大举南下。

早期文献对这一事件的唯一一提是，《典略》中称孙辅试图与曹操联系时，孙权在东冶，即近今福州东南海岸上的一个县。另外，据《三国志集解·吴书六》10 页上，注释引评论家陈景云称，史料中并未记载孙辅曾巡视东冶。清代评论家赵一清认为，陈记所称孙辅被流放向东，这里的"东"应当被解读为"东冶"，见《三国志集解·吴书六》，10 页上。所以，这个故事的确涉及东冶，但它是孙辅的流放地，后来被混淆了。

[74]　见本书第三章。孙贲的女婿曹彰是一位杰出且受人尊敬的军事指挥官。但他此时忙于对北方的治理，没有介入荆州。

[75]　《三国志》卷 56《吴书》11，1304 页裴注第 1 引《江表传》。

[76]　孙贲在数年后去世之前一直担任豫章太守，死后职位被儿子孙邻接替。《三国志》卷 51《吴书》6 孙贲传记第 1210 页称，他此时收到信使刘隐送来的诏书，其中任命他为征虏将军。关于刘隐，再没有更多信息，如果对这封诏书的提及属实，那么它一定是来自曹操控制下的朝廷。这么一来，孙贲就处在复杂且危险的境地。

[77]　研究中国史上重大决定性战斗相关记载的历史学家一定要参考迈克尔·罗杰斯的《淝水之战之谜》，作者在书中将淝水之战解释为一出从开始就是为维护东晋谢氏名誉而编造的事件，之后又被改编为对唐代统治者的一则警告。但也要对照阅读侯思孟对迈克尔·罗杰斯《苻坚载记》（*Chronicle of Fu Chien*）的评论，见《通报》（*TP*）57 期（1971 年），182—186 页。

我试图以一种适度的批判性视角审视对赤壁之战的记载；我的结论是：一些军事行动并没有如记载中的时间、地点发生。

[78]　关于赤壁的位置存在很多争议。《三国志集解·魏书一》74 页上至 75 页上，卢弼注就这一问题进行了有益的论述。更晚近些，有许多相

关文章和专著进行讨论,例如蒋永星、施丁、吴应寿、张修桂、吴永章、杨贯一、丁方、尹韵公和张志哲等人作品。

我个人对这场战役的过程、地点的结论大体依据卢弼的观点和《中国历史地图集》第 1 册 47 页,并以《中国历史地图集》第 3 册 29—30 页为佐证。特别是,我认同将这场战役的地点定为乌林地区,多处史料中都提到它,参见《三国志》卷 39《蜀书》9,980 页裴注第 2 引《零陵先贤传》;《三国志》卷 54《吴书》9,1274 页。而且我同意今乌林所处的位置,即长江西北岸,与同名的古代遗址同为一处。

并不是所有的古代遗址与它现代的地址同在一处。例如,汉代的华容县靠近今湖北监利,位于江汉之间;而叫作华容的当代城市位于长江以南的湖南,参见《中国历史地图集》第 2 册,49—50 页;以及《泰晤士世界地图集》(*Times Atlas*)图 74,2 页。还有,武昌这一地名现在指的是位于湖北江汉之交的现代大都市武汉三镇之一;然而,三国时武昌是鄂县即今鄂城的另一个名称,位于距今武昌一定距离之外的下游地带。鄂县于 220 年改称武昌,见《三国志》卷 47《吴书》2,1121 页。但在关乎更早时期的文献中,有将这座城市称为武昌的史实性错误。

在关于这场战役发生地的其他传统叙述中,我们可以注意到苏轼(字东坡)于 11 世纪所作的著名《赤壁赋》[见白芝(Cyril Birch)编《中国文选》(*Anthology*),386 页,格雷厄姆(Graham)译]中提到"西望夏口,东望武昌",这可能是指他抵达了江汉之交下游某处。亦见第九章。

关于武昌在 3 世纪的名称和位置,见上文。另外,武汉当地通常认为,这场战役发生于河流交汇处,即这座大城市当今所在的位置,例如费子智《为什么去中国?1923—1950 年在中国的回忆》(*Why China?*),92—93 页。

[79]　火船的故事并不在《三国志·黄盖传》(卷 55《吴书》10,1284—1285 页)中,而是在《三国志·周瑜传》(卷 54《吴书》9,1262—1263 页)中,其中裴注第 1 还包含了一则来自《江表传》的引文,当中有据说是黄盖写给曹操的信件。

[80]　在长江中游的这一地区,冬季的常见风向是西北风,所以曹操在大多数时间里认为风向对他有利。另外,有利于周瑜和火船的东南风是偶然且难以预测的(来自与复旦大学周振鹤教授的个人交流。他曾在湖南嘉鱼城附近生活数年,此地靠近古战场。)。

[81]　《读通鉴论》卷 9,21 页上下。

[82]　赤壁之战的故事在《三国演义》第四十三回到第五十回,占据了全书的中心。相关戏剧的名称各有不同,大多与著名剧集《群英会》有关。传统的剧目有《草船借箭》《蒋干盗书》《庞统献连环计》《打黄盖》《借东风》

《火烧战船》《华容道》。

见阿灵敦、艾克敦《中国著名戏剧编译》，201—210页；《京剧剧目初探》英译本，336页、2305页；以及《京剧剧目初探》，86—87页，其中提到一则当代的综合性作品《赤壁之战》。它于1958年彩排，当时的人们对曹操的生平和历史意义愈发感兴趣。

更晚近时有许多相关电视作品。还有由吴宇森执导的分为上下两部的史诗电影《赤壁》，分别于2008年和2009年上映。

[83]　在卫生条件原始且没有现代医疗的军队中，不能忽视传染性疾病造成的潜在危害。西方历史中有相似例子，如秦瑟(Zinsser)《老鼠、虱子与历史》(*Rats，Lice and History*)，其中有许多通过痢疾、坏血病、伤寒、天花、斑疹和鼠疫摧毁军队的案例，见154—165页。这些疾病本身不断变化，大量士兵的聚集是古代战争中的常见现象，在近现代也是一个重大的考量。就像军事指挥官们发现传染病的危害时已然太迟，后世的历史学家也常常不能认识到传染病的重要性。

[84]　《江表传》记有一封曹操给孙权的信件，其中曹操抱怨称："赤壁之役，值有疾病，孤烧船自退，横使周瑜虚获此名。"见《三国志》卷54《吴书》9，1265页裴注第2。

如《江表传》所说，这可能只是另一则试图将周瑜贬低为盲目自大者的文字，但这显示了周瑜当时因胜利而扬名。相比之下，《三国志·魏书》将火船战术主要归功于刘备，见卷1，31页裴注第2引《山阳公载记》。这在早期记载中很不常见。

[85]　《三国志》卷54《吴书》9第1265页裴注第2引《江表传》中，有一段记载曹操如何派信使蒋干前去说服周瑜投诚。蒋干来自九江郡，与周瑜所在的郡相邻。他被认为是江淮间最好的说客。

当蒋干到达时，周瑜热情接待了他。但在蒋干提出任何意见之前，周瑜坚持带他参观了军营中的仓库、军用物资、器械和仪仗，再设宴展示侍者服饰和珍玩之物。之后他告诉蒋干，他和孙权的关系好比亲兄弟，他们之间有着完全的信任。

蒋干便没再试图劝降周瑜。他回到曹操处说这一计划无法成功，没有任何言语能让周瑜背叛孙权。

《江表传》中没有记载这一事件发生的确切日期，但《资治通鉴》(卷65，2099页；拙著《建安年间》，407—408页)认为，这是在209年的赤壁之战以后。当然，它可能发生于200年孙权继位后的任何时间内。

然而，《三国演义》第四十五回和戏剧《蒋干盗书》称，蒋干在赤壁之战期间拜访了周瑜，而周瑜故意在桌上留下一封伪造的书信让蒋干去偷。这封信假称是给为曹操效力的原刘表下属蔡冒和张允的。曹操处决了他们，从而失去了关于操纵舰队的宝贵意见。

《三国演义》第四十八回和戏剧《庞统献连环计》里书接上回，讲述了诸葛亮的信使庞统如何说服曹操将战船排成脆弱的一排，并用铁链连起来。

然而，上述都没有在《三国志》里被提及。在投降曹操以前，蔡冒和张允在继位斗争期间被认为是刘表的儿子刘琮的门客，见上文和《三国志》卷6，213页；他们不以军事或水战闻名。庞统的传记里甚至没有提到他曾介入赤壁之战，见《三国志》卷37《蜀书》7，953页。

在许多相似的情况下，《三国演义》会拿来历史人物，让其在如赤壁之战这种重大事件中扮演额外的角色。作为另一个例子，我在此援引刘馥之死，书中称他当时被曹操在盛怒之下杀死。刘馥的确约于此时去世，但事实上，他当时在江淮前线担任曹操的扬州刺史，不太可能到访荆州军中，更不可能被曹操杀死，见下文。

[86]　这则故事在《三国演义》第四十六回。这个故事的早期版本，尤其是《三国志平话》，将使用草船的智慧归功于周瑜而不是诸葛亮。事实上，总体来说，关于赤壁之战的早期故事通常将主要功绩归于周瑜。见蒲安迪（Andrew H Plaks）《明代小说：四大奇书》（Four Masterpieces），499 页和471 页。

另外还有一则几乎对应的关于箭矢和船只的故事。《三国志》卷47《吴书》2 第 1119 页裴注第 1 引《魏略》，记载了曹操进攻孙权位于濡须的防御据点时的遭遇。这件事发生于 213 年，此地位于今安徽长江北岸。

那时孙权乘船在江上视察形势。曹操的部队冲其射击箭矢和弩箭。这些箭矢击中了朝向曹军一侧的船体，箭矢的重量差点让船只倾覆。所以孙权调转船头，以另一侧面敌。两侧的箭矢平衡了船只，孙权也就平安地回到大营。

有可能这一遭遇（显然是被夸大的）为后世关于诸葛亮智谋的故事提供了些许想象。再一次，这是小说传统中典型的偏见，不论多么歪曲事实，这一智谋被从孙权那里转移到诸葛亮那里。

[87]　戏剧《借东风》和《三国演义》第四十九回中的对应文字称，周瑜感到尴尬，在失望中发现他所计划的火攻取决于那个季节不会出现的风向，这就是为什么诸葛亮的法术那么必要。但是，见上注第 80。

[88]　关于周瑜和诸葛亮在小说中的关系，以及周瑜文学形象中产生的歪曲，见夏志清《中国古典小说史论》，69—71 页；蒲安迪《明代小说：四大奇书》，471 页。

[89]　对中国内陆战役最好的研究之一是戴德（Dreyer）关于鄱阳之战

的文章，该战役发生在 1363 年，由军阀陈友谅对阵未来的明太祖朱元璋。

［90］　比较《三国志》卷 54《吴书》9 第 1262—1263 页，与《资治通鉴》卷 65 第 2093 页。

［91］　《三国志》卷 55《吴书》10《黄盖传》提到，黄盖曾是丹阳都尉，在赤壁之战后被任命为中郎将。但我们无从判断他在赤壁之战时处于什么官阶，也不知道他能够指挥多少艘船。

［92］　《三国志》卷 54《吴书》9,1261 页，蒙冲斗舰。

［93］　8 世纪中叶编纂的《太白阴经》，见 9 世纪早期由杜佑编纂的《通典》卷 160,848 页中至 849 页上。杜佑所引用的这段文字，后来在《资治通鉴》卷 65,2089—2090 页，被胡三省引用。这段文字也与《三国志》卷 54《吴书》9 第 1261 页所记相对应。其他文献补充，见李约瑟《中国科学技术史》第 4 卷第 3 分册,424—425 页有所讨论，翻译见 685—686 页。

［94］　李约瑟：《中国科学技术史》第 4 卷第 3 分册,686 页注 a。

［95］　见上文引《三国志》卷 55《吴书》10 第 1291 页，其中我将蒙冲解释为"蒙着生牛皮的船只"。

李约瑟《中国科学技术史》第 4 卷第 3 分册第 449 页和 686 页，两次提到这次交战，但没有特别关注蒙冲的作用。

［96］　李约瑟《中国科学技术史》第 4 卷第 3 分册 680 页认为，大约成书于公元 100 年的《释名》将蒙冲描述为撞向敌船的狭长船只。但 18 世纪的评论家王念孙讨论了 3 世纪文献《广雅》中各类船只的名单（然而其中没有描述所列船只），他认为"蒙"这个字应该和"冒"同义，它原指代一层覆盖，但在这里表示"冲撞"。李约瑟进一步称，尽管"蒙"本义可能指代撞击功能，但在唐代又被解释为防御性的覆盖。

我认为李约瑟的解释是对的，但我还认为"蒙冲"一词在 3 世纪早期就有了这一意义。下文将会讨论关于撞击的问题。

亦见薛爱华《朱雀：唐代的南方意象》，242 页引《通典》,150 页还提到，尽管"艨艟"一词指的是战舰，但"鹲鹕"二字则是指犀鸟。

［97］　中国古代称蒙冲是"非战之船"，但斗舰是指战船。李约瑟的观点见于《中国科学技术史》第 4 卷第 3 分册,687 页。

［98］　见《汉书》卷 6,186 页和 189 页；德效骞译本《汉书》第 2 册,80 页和 82 页。

［99］　见本书第一章。

［100］　见李约瑟《中国科学技术史》第 4 卷第 3 分册 299 页和 440 页的注释。

［101］　当吕蒙在 219 年沿江西进攻关羽时，他令部队藏在舫船中，让

甲板上的士兵穿着平民的衣服,所以他们看起来像商人。这一伪装似乎取得了完全的成功;这显示当时的战船表面上不是特殊的船只,见本书第六章。

[102] 我们可以比较西方世界所知的、完全不同的海战场景。有两个很有名的例子:1588年,西班牙进攻英国时,需要海上的无敌舰队和荷兰的帕尔马公爵所部之间复杂的配合,最终证明并不可行;1805年,拿破仑希望位于布洛涅的军队进行一场相似的进攻,这一希望最终被纳尔逊和维尔纳夫在大西洋上的交战而击破。这场交战包括了一场远达西印度群岛的追猎,其高潮是直布罗陀海峡附近的特拉法加海战,此地距离进攻目标十分遥远。

[103] 见本书第五章。

[104] 撞击的历史问题是久远而复杂的,因为我们很难区分船只的设计目的,是用来撞击敌船水线以下的船只,还是用来承受纵向冲击,或以此来加固,以及仅仅是从侧面撞击敌船以获得意外优势。

李约瑟《中国科学技术史》第4卷第3分册(第678—680页)讨论了这个问题,引用了《越绝书》的内容。其中有部分来自公元1世纪的记载提到了"突胃"。它可能有着尖锐的凸起,以在水线下撞穿敌船。还引用了零散的3世纪文献《万机论》,作者是魏国水师将领蒋济。其中描述了战国时期吴国和越国的桨船如何"相触"。不过,在此我们不清楚对手是否被撞翻或撞沉,也不确定"触"这个字是否有水线下撞击的意义。关于上述两则史料,李约瑟很谨慎地只将这些词语解释为"与撞击相关"。然而,在第680页,他表示东汉初年的冒突船有着撞击能力;在第681页,他发现杭州地区有一种特殊的舢板,与多数中国船只不同,它装有撞角的、分叉的船头和船尾;第681页注b称,宋朝时有特意使用撞角的记载。

另外,在《1363年鄱阳之役》("The Po-yang Campaign")一书的讨论中,戴德发现"对战斗的记载清晰地显示,当时的战术不仰赖于撞角;所以战船只能够通过弓箭或其他远程武器互相攻击"(第209页)。虽然这一事件晚于我们所讨论的时代一千余年,但值得注意的是,那时的中国船只依然没有使用撞角。相比之下,西方自从奥匈帝国在1866年利萨海战中取得大胜以后,直到20世纪初,早期的蒸汽铁甲舰都在设计上特地考虑了撞击能力。

[105] 然而,它们可以在船只或其他浮动平台上用于进攻城墙这样的固定要塞。在朱元璋和陈友谅于14世纪中叶的战争中,双方通过在船上发动进攻来攻占城市,见戴德《1363年鄱阳之役》,204页。

[106] 李约瑟《中国科学技术史》第5卷第7分册"火药的史诗"一章中,提及了一些关于使用易燃物如石脑油、希腊火和火焰投掷器的古代

战争。

在 76—77 页,李约瑟观察到汉朝人可以通过天然原油渗漏获得石油,有证据显示石油在 3 世纪末成为军事补给的一部分。然而,石油在此不过是另一种可燃物。直到 10 世纪,"猛火油"一词才出现,说明希腊火得到运用。

可以通过泵喷、点燃来攻击敌人的希腊火的成分并不明确。一种理论称它是沥青和硝石的混合物,另一种认为它是提炼过的石油,与现代的挥发性石油类似。然而,这一技术直到 7 世纪后半叶才出现于地中海沿岸东部,见李约瑟《中国科学技术史》第 5 卷第 7 分册,76—80 页。相似的,对石脑油制成的可燃油的有效使用是从早期阿拉伯穆斯林军队开始的,大约和希腊火在同一时期出现,也可能略迟,见李约瑟《中国科学技术史》第 5 卷第 7 分册,73—74 页。

因此,上述易燃物无法为三国时代的勇士们所用。黄盖在赤壁火船上使用的油被描述为"膏油",它可能来自动物或鱼类。

[107] 《三国志》卷 55《吴书》10 第 1291 页;以及本书第六章。这一船只被描述为"五楼船",这个词可能是指五座不同的防御塔楼,也可能指五层甲板。唐代官方记载认为楼船通常是三层,见李约瑟《中国科学技术史》第 4 卷第 3 分册,442 页。

[108] 见第六章注第 30。

[109] 见第七章;《三国志》卷 56《吴书》11,1311 页;《三国志》卷 47《吴书》2,1126 页;方志彤《三国编年史(220—265 年)》第 1 册,133 页。232 年,吴国的舰队曾出使到访东北的公孙渊,但冬季时于山东半岛近海沉没,参见方志彤《三国编年史(220—265 年)》第 1 册,376 页和 393—394 页。然而,这属于航海当中的问题和危险。我们只知道这些船只被派去主要是为了获取马匹,所以没有理由认为它们是特殊的战船。

[110] 例如,在赤壁之战后的 209 年春季和夏季,曹操在谯县附近安排了水师演习,以准备对孙权在合肥以南的据点展开进攻,见《三国志》卷 1,32 页;以及本书第五章。

[111] 见本书第六章。

第五章 军阀政权

梗　概

在赤壁击败曹操之后，孙权的部队攻占了江陵，从而控制了长江中游和汉水下游。然而，与此同时，刘备和军师诸葛亮控制了今湖南湘江河谷的南部各郡。随着周瑜于 210 年去世，孙权不得不认可刘备对荆州大部的控制。

在东面的扬州，孙权也一样受到掣肘。因为投靠曹操的地方总督刘馥，通过屯田的方式巩固了淮水谷地。孙权无法在长江以北建立据点，江淮之间的土地也就成了无主之地。

但是，孙权在所属地域内强化了对山民的统治；尤其对黄山地区的移民。同时，下属官员贺齐从今福建海岸沿着各个河谷向鄱阳湖泽进发。

在岭南，交州大体上处于地方首领士燮的控制之下，治所在靠近今越南河内的龙编。210 年，孙权派步骘担任交州刺史，在东面靠近今广州的地方建立了一处据点。士燮保持独立，但也正式承认了孙权的权威。

初定荆州(209—210 年)

在建安十四年最后的几周,也就是公元 209 年的起始,孙权的部队努力地扩大着赤壁之战的胜利成果。在东面,孙权率领远征军北渡长江攻向合肥城。为了这个目的,他显然投入了在赤壁之战期间留作预备的部队。这场进攻意图切断淮水一线,在华北平原建立据点,不可小觑。它是一场两头并进的攻势:当孙权领大军攻向合肥城时,他派长史张昭率领第二支纵队长途跋涉攻向淮水边,抵近今安徽淮南的当涂,此地在合肥以北 100 公里。他们显然希望孤立合肥,断绝这座城市的补给和救济,从而迫使它投降。然而,这个计划是完全失败的。张昭没有在当涂取得成功,合肥也承受住了孙权的围困和猛攻,双方僵持一月有余。当北方的增援到达时,孙权已然撤退。[1]

这一行动的失败意味着孙权向东进取中原的计划破产,只能挥师向西直取荆州。尽管赤壁之战的成功和进攻势头有助于对曹操的据点进行反攻,但是夺取荆州仍然存在军事和政治上的困难。

对于大本营在长江入海口附近的孙权,荆州地区仍然鞭长莫及。他的权威延伸到了一系列遥远且在许多方面难以驯服的地区:从孤立的今福州地区到岭南海岸,从会稽和吴郡过杭州湾与太湖,沿着长江下游南岸到今江西的鄱阳地区。这一新月形的控制地带通过刘馥北接曹操的控制区,南接流民和山民占据的山区。向南发展的机会和来自北方的直接威胁意味着,如果孙权在长江更上游处即今湖南湖北采取任何潜在行动,只能使用很有限的军队。这不是因为缺乏有利的机会,而是因为孙权和将领们可用的资源有限。

另外，当时还有刘备以及不那么重要的刘琦的问题。两者都参与了在赤壁的胜利，也都期待分得战果。通过各种方式，两者都在荆州建立了据点，并在当地享有名望，相较于来自下游的外来者也能获取更多支持。尽管孙权的人马在对曹操的胜利中占据主导地位，但他不能够忽视盟友们的诉求。

实际上，刘琦并没有构成长期的问题。209 年，赤壁之战胜利数月后，他于江夏去世。通过任命程普为太守，江夏也正式被孙权接管。[2]

但刘备明显要难对付得多。他是一位经验丰富的军事统帅。虽然几乎可以确定他的军队还没有周瑜统领的多，但其体量还是不容忽视。它忠于刘备个人并且由地方兵构成。在被盟军冠以名义上的荆州刺史职位、从而部分继承父业的刘琦去世后，刘备就可以要求接替这一职位。在一场共同举荐的闹剧中，孙权推举刘备为荆州牧和行车骑将军。刘备的大本营位于油江口，一处位于自江陵而下的长江南岸的据点，靠近武陵郡和南郡的边界。刘备将其重新命名为公安。[3]

在赤壁之战胜利后不久，刘备已然能够就初步的势力划分进行谈判，以获取优厚待遇。当联军东进扩大战果时，刘备离开了周瑜。后者前去进攻统领着曹操留在江陵部队的曹仁。而刘备将注意力转向了南方。在很短的时间里，他接受了来自曹操不久前任命的武陵、长沙、零陵和桂阳的太守们的投降。刘备之后让诸葛亮协调后三个郡。于是诸葛亮在临蒸城建制，此地在今湖南衡阳周遭，靠近耒水和湘江的交汇处。在那里他易于同北面的长沙郡、南面的桂阳郡和西南的零陵郡取得联络。他还向武陵郡的刘备提供了补给和人员。

另一方面,周瑜因围困江陵停滞数月。我们知道曹操在赤壁失利;但对进攻者来说,长江似乎仍然是一个很大的阻碍。有证据表明周瑜和程普分头领军,这显示了他们面临的压力,以及他们之间缺乏合作。[4]最终,甘宁麾下的一支分队渡过江陵上游的长江,攻取了近今宜昌的夷陵城。曹仁派出精锐对付甘宁,但周瑜留下少数卫队维持对江陵的围困,同时率主力支援后者。他们打败了曹仁的部队,缴获了许多马匹并凯旋。由此,一处桥头堡便被建立了,周瑜也就能够领大军渡江。曹仁则放弃江陵,退回北方。[5]

又一次,这是曹操部队的一场失败,其地域的边界现在也后退了约 150 公里,撤到襄阳附近地区。他的对手们控制了整个汉水下游河谷。至于曹操从刘琮那里夺取的土地,只保留了襄阳及其东面江夏郡北部的一部分。但他在这一线的防御稳固,这使得他在接下来数年里不用担心被攻击,而且他还可以在东面渡淮威胁孙权。此时,曹操将注意力转向了长安和西北方,放任南方人自便。从荆州的撤退是一场挫折,但他现在有其他的机会。

对曹仁漫长的战役及其导致的伤亡重创了周瑜和程普的部队,也几乎削去了他们胜利的势头。他们没有立即追击曹仁。而且,尽管孙权的军队正式控制了南郡,他们在荆州并不强势。另一方面,刘备避免了来自战斗的冲击,在南部站稳了脚跟。[6]在 209 年到 210 年的冬天,他确切掌控了长江以南所有的土地。在孙权一方,周瑜成为南郡太守,而程普继续担任江夏太守。程普将郡治设在沙羡,此地位于长江上游,在今武汉南面。但他不得不与曹操任命的太守文聘共享这一头衔,后者的郡治在石阳,靠近今湖北安陆。

所以,孙权在荆州的地盘沿着长江东西向延伸,包括了两岸的湿地和汉水下游的一部分。它的北侧同曹操的部队隔着一条很长的边界,在南侧的扩展则被归顺于刘备的地区阻断。考虑到孙权曾在刘表死前于江夏打败黄祖,且赤壁之战及后续战斗主要由其部队承担,他从这样的成功中得到的并不多。当然,另一方面,他至少在曹操的进攻之下生存了下来。

同刘备的协作总体上出于形势所迫。50 岁的刘备当然是个更老道的人,他也能够运用在地方上的地位来获取优势。我们知道,周瑜建议孙权给刘备一个位于东部的重要职位,再对刘备的将领关羽和张飞委以高位。孙权认为刘备会拒绝这样的提议,这只会让局势变得更麻烦,他可能是对的。当时,联盟似乎是最好的策略。

孙权作为主导的一方似乎得到了一些承认。209 年,刘备前往孙吴的政治中心丹阳拜会孙权。尽管孙权在刘备回程途中与之同行了一段路,他没有前往公安回访。[7] 也正是在这段时间里,刘备娶了孙权的妹妹为妻。这位孙夫人可能不过 20 岁出头,而刘备的年纪是她的两倍多。但她显然是一个强势的女人,她接管了刘备的家庭,抚养他年幼的儿子及继承人刘禅。[8]

刘备得到了大片的土地,但此刻,他在荆州的举措仍然受制于孙权和周瑜。南郡和江夏控制着长江的中游。尽管位于公安的刘备在长江流域有了一席之地且南部各郡人多地广,他还是被限制在了湘江盆地——一个繁荣并封闭的流放之地。他没什么机会越过南岭向南扩张到交州;[9] 而孙权能够图谋更多北上的发展和机会。

此时,一个新机会已然出现。在长江河谷以西的四川盆地,194 年,益州牧刘焉去世,其子刘璋继承了州牧的职位。[10] 但他的统治遭到一系列叛乱的袭扰,袭扰来自外来流民群体及他的部下。另外,在益州的北部,汉中郡五斗米道的领袖张鲁在汉水上游河谷聚集了自己的势力,一直对刘璋构成压力。[11]

虽然刘焉和刘璋的家族是皇室宗亲,但他们和皇室的关系并不近。尽管有更可靠的证据,他们和刘备一样称自己是两个半世纪以前的西汉景帝的后代,然而,和刘备不同的是,刘焉来自一个体面的乡绅家族。他曾在帝国的朝廷里官至太常,在188年得到益州牧的职位。[12]

但是,在承袭父亲职位15年后,刘璋显然正在丧失权威,许多治下的人民已然准备好迎接来自东部的干涉。到209年年末,周瑜前去拜见孙权,敦促后者交给他一支军队,让他去取代刘璋和张鲁。

这个富有想象力的计划显然会耗尽孙权的实力,但这个机会很是诱人。尽管需要从南郡的据点溯游而上,但进入四川地区对周瑜来说应该不难。如果他所知刘璋不得民心的消息确凿,那他可以期待反对者欢迎他。他们当中的许多人和荆州及其他东部的州有联系,也很可能已经准备好接受他的统领。此时,周瑜声称,襄阳的敌人在曹仁从江陵撤退后大体处于守势,也不会愿意大规模进攻孙刘联盟;而刘备仍然忙于在南方巩固他的地位。

然而,不论成功概率几何,周瑜和孙权没有机会去实践上述计划。在周瑜回江陵准备对上游的远征时,他因病去世,年仅36岁。

在孙策死后的十年中,周瑜作为军事指挥官扮演了愈发重要的角色,他也被认为是孙权群臣之首。孙坚的早期追随者程普有时表现出对周瑜的嫉妒和不满。但周瑜一直对其报以尊重和宽容,于是程普成为他的好友与崇拜者。他说:"与周公瑾交,若引醇醪,不觉自醉。"[13]

周郎之死是对孙权在荆州地位的一记重挫。作为赤壁之战的胜利者和联军的主要统帅,周瑜能够维持制衡刘备的权威。我们可以怀疑,就像刘备曾在私人谈话中对孙权说的一样,周瑜是否准备好一直充当后者的下属;[14]我们甚至可以充分怀疑,如果周瑜在益州站稳脚跟,他可能在未来与孙权平起平坐,而不是继续做他的附庸。但现在,这种怀疑止步于可能性的范畴。当孙权盛大地悼念周瑜时,他的做法是对的。周瑜是他的国之柱石,他也很难找到一个替代周瑜的人。

在病榻上,周瑜推举鲁肃为他的继任者。在他写给孙权的最后一封信里,其中的一个版本称:

> 方今曹公在北,疆场未静,刘备寄寓,有似养虎,天下之事,未知终始,此朝士旰食之秋,至尊垂虑之日也。鲁肃忠烈,临事不苟,可以代瑜。人之将死,其言也善,倘或可采,瑜死不朽矣。[15]

虽然孙权没有立刻给予鲁肃相当的职位,但他接纳了这则建议。鲁肃一开始被任命为奋武校尉,统领着周瑜麾下的 4 000 人。他的大本营在江陵且有四个县的税收作为补给。然而,程普接过了南郡太守一职的空缺;所以鲁肃既没有周瑜的军阶,也没有周瑜的行政权力。

但是,不久以后,显然是出于鲁肃的建议,荆州的局势发生了重大的变化:刘备被允许"借用"南郡;而程普回到了江夏。鲁肃被任命为新成立的汉昌郡太守,其郡治在长沙北面长江边的陆口。他还被提拔为偏将军,统领 1 万人。[16]

我们不可能找到这些变故的确切时间,抑或孙权朝中言论的细节。相关的记载很模糊且往往自相矛盾;又一次,就像赤壁之战一样,这里有舆论竞争的因素,尤其是关乎刘备从孙权那里"借用"土地的问题。然而,似乎十分确定的是,孙权在周瑜去世后,允许刘备进入他之前未曾占领的南郡。[17]经过这一许可,除了江夏的一部分和洞庭湖与湘江之交下游的长江干流,孙权等于放弃了对整个荆州的控制。这不仅仅是涉及南郡的问题,因为孙权同时还给予了刘备介入益州的通道与机会。而这正是周瑜在去世前提出的计划。

在之后数年,孙权将这个决定视为他较大的错误之一,他为此特别责怪了鲁肃。在嘉奖了鲁肃所提出建立帝国计划背后的想象力,以及他在赤壁之战期间提出抗曹的勇气之后,孙权接着说:

> 后虽劝吾借玄德[18]地,是其一短,不足以损其二长也。

而且,孙权认为鲁肃惧怕刘备的将领关羽。正是出于这个原因,当鲁肃觉得不能够处理局面的时候,他就提出了些好听的理由来支持其意在合作乃至于奉承的政策。[19]

孙权对于鲁肃的这一看法,大抵被史学和文学传统接纳。在《三国演义》当中,鲁肃不过是用来衬托天才谋士诸葛亮所开玩笑和所使用计谋的笑柄,而周瑜至少试过主导局面(尽管不成功);反观鲁肃在对手的能力和计谋面前除了赞叹做不了什么。更晚近些,一些历史学家试图呈现一个更折中的评价;尽管我们必须承认鲁肃提出的计划,没有足智多谋的周瑜所提出的那么吸引人,但它们是理性的,在一些方面可能更明智。[20]

鲁肃此时年近 40 岁,比周瑜略微年长。他来自下邳的东城县(此时似乎被改名为临淮),位于江淮之间的地区。他的传记里没有记载其家族成员曾担任官职,他可能来自商人群体。据记载,他起初是在周瑜领军来要补给时认识了后者。鲁肃宅中有两个粮仓,每一个都堆满了谷物;他邀请周瑜自己来挑。周瑜感念他的慷慨,于是两人成为好友。尽管袁术任命他在自己家乡当县长,鲁肃还是离开并投奔了周瑜。他们一同加入了孙策麾下。[21]

鲁肃似乎在很大程度上利用了家族的财富来获取地方上的好名声。当他离开东城时,他手下有 300 人,其中包括足够数量的武装人员,以便防止地方部队前来袭扰他们,或迫使他们返程。[22]然而,他对于自己在孙氏的曲阿大本营所受的待遇并不完全满意。在孙策死后,他试图回到北方。而我们知道周瑜劝他留下:[23]

> 昔马援答光武云"当今之世,非但君择臣,臣亦择君"。[24]今主人亲贤贵士,纳奇录异;且吾闻先哲秘论,承运代刘氏者,必兴于东南[25]……是烈士攀龙附凤驰骛之秋。

之后,周瑜劝孙权同鲁肃谈话,而孙权也这么做了。据记载,孙权谈到了一个像春秋霸主一样匡扶汉室的计划。但鲁肃直截了当地说:

> 肃窃料之,汉室不可复兴,曹操不可卒除。为将军计,惟有鼎足[26]江东,以观天下之衅……
>
> 北方诚多务也。因其多务,剿除黄祖,进伐刘表,竟长江所极,据而有之,然后建号帝王以图天下,此高帝之业也。[27]

孙权否定了上述的所有宏大野心,但他很欣赏鲁肃。而更为保守的谋士张昭不认可鲁肃,认为他身上明显缺乏谦逊和谨慎,但孙权向鲁肃表达了自己与日俱增的尊重和喜爱。鲁肃家族的财富也恢复到了他们在北方家乡时的境况。

很难说这里有多少夸张的成分,孙权很可能将鲁肃认定为周瑜的好友,以及一个有用的建议来源。通过奖赏并优待他,孙权为长江以北的其他地方首领树立了榜样,从而显露出他们前来投靠时将会得到的奖赏。在更大的层面上,这两个人之间有一种主人和门客的关系,所以鲁肃可以被视为孙权的个人亲信。

从这个角色里,我们可以看见鲁肃对于赤壁之战中所用策略的贡献。他的传记里没有提到他当时的官阶和地位,但他作为孙权的私人使者被正式派往刘表那里;他还被派去和刘备联络。他显然得到了孙权的信任。当他回去加入关于曹操的最后通牒辩论时,作为不久前身在前线的人,他的立场是很重要的。孙权对他的建议洗耳恭听,而当周瑜证实了鲁肃的判断后,作战的决定就被做出。

考虑到鲁肃所处的背景,孙权的信任、对自己国家未来的野心、抗击曹操并守卫荆州的动力和想象力,我们便难以接受这一判断:鲁肃是一位失败主义者,一个将主导地位交给刘备并给予其向西扩张机会的人。当然,我们所看到的对鲁肃的观点和建议的全部记载,可能在后来的事件中被编造或篡改过,但孙权和周瑜似乎都对他评价很高。而孙权后来对他的批评,如上面的引文所述,可以被归结为后知后觉的判断。若要做出合理的评价,我们需要考虑孙权决定让刘备进入南郡时发生的情况。

从这个角度来看,我们已然知道刘备被认为是糟糕的盟友和不可靠的下属。我们了解到周瑜想将他从荆州调到东部,但孙权觉得这么做不可行。现在,周瑜已死,情势变得更加复杂;因为孙权之下没有一位将领有着相当的权威。周瑜在赤壁之战期间的亲密战友程普虽是忠心耿耿且经验丰富的老将,但还是不能比拟周瑜;而鲁肃虽然在名义上是周瑜之下直接的继任者,但他还没有巩固自己的地位。

另外,刘备已对益州有所图谋。在赤壁之战后不久,刘璋与之建立联系,甚至借了一支临时部队在荆州南部协助他。[28]所以,当周瑜提出进攻益州的计划时,刘备作为皇室宗亲的代表表示抗议,称自己是刘璋的盟友。这是个虚伪的借口,但它的确显示刘备认为益州是他势力范围内的一部分。如果孙权和周瑜想要西进,他们需要找些办法来补偿刘备,使其中立。

所以,有两点可以明确。第一,孙权手下没有哪位统帅有能力进攻益州;更没有哪位能够得到足够的支持,以让这样一场行动成功收场。第二,随着周瑜去世,刘备的机会便出现了;当孙权派军队过境时,刘备绝不可能坐视不管。[29]

因此,西征的可能性是很有限的。在当时的形势压力之下,部分出于地理距离,部分出于周瑜之死,以及更重要的是刘备在地方上的地位,孙权已然丧失了主动权。有可能,在程普和鲁肃作为太守和要塞指挥官身处江陵的短暂时间里,他们已然知晓刘备对这一地区有多大的野心。很可能,孙权的担忧是有道理的;如果他没有接受鲁肃的建议,自愿放弃江陵,他可能会迫于刘备的军事压力,以及曹操军队在北方的长期威胁而退出这一地区。孙权所控制的西至江陵的地区不再是通过河谷进一步溯江而上的基地;它现在成了一个暴露在北面和南面敌人之间的显著弱点。

另一方面,通过体面地交出江陵附近地区和保留理论上收回这一地区的权利,孙权在荆州得到了一个稳固的前线。刘备对鲁肃和程普在江夏据点的图谋不是问题:他当下的野心显然在西面。与此同时,荆州北部任何来自曹操的攻击将会巩固这一防守联盟。相较于刘表死后赤壁之战以前的混乱时期,孙权和刘备现在处于更加强势的地位。

　　因此，我们可以说，相较于寻求向西扩张并控制充满怨恨且危险的刘备这一美梦，孙权此时最明智的策略其实是接受现有局面，着眼于确切的可能性。这些可能性包括了扬州北部与曹操的边界这一开放性问题；对于长江以南直接控制区域的巩固和发展；以及第三条也是较为不确定的一条，位于今广东、广西和越南的遥远地区交州的事务。上述种种才是需要被关注且值得关注的问题。

　　如果这正是鲁肃的建议，孙权有理由接受它。赤壁的胜利解决了孙吴当时作为一个独立政权的生存问题。尽管作为制约因素，周瑜之死可能夺去了孙权快速溯江向西扩张的梦想。然而，接下来的巩固时期在很大程度上弥补了这一损失，它也为一个长久存在的政权和中国的长期分裂打下了基础。

保卫扬州

　　我们之前断断续续地提到，在孙氏集团江边的土地和曹操控制下的淮水谷地之间存在一条前线。当199年袁术去世，孙策接收了他之前的许多追随者，占领了庐江郡。[30]在孙策去世后，太守李术试图投奔曹操，但被孙权消灭。[31]

　　然而，孙权没能够进一步向北扩张统治，长江以北的重要据点则被曹操任命的刺史刘馥占据，他于公元200年担任这一职位。在合肥大本营，淮水以南的众多反贼和流民群体归顺了刘馥，成千上万的流民回头定居在了自己之前的土地上。按照正统的儒家方式，刘馥为他们建立了学堂，他也很重视对荒废田地的重新屯垦；他还开启了一项大型治水工程，以便通过水坝和运河为稻田提供灌溉。[32]

227

在 204 年丹阳叛乱期间,叛军杀死了李术之后被任命为庐江太守的孙河。然而,当时孙河实际上统领着一支位于丹徒大本营的军队,[33] 记载中也没有提到任何人被派去接替他担任庐江太守一职。

因此,似乎在孙权继位后的几年里,随着曹操任命了勤恳的刘馥,庐江地区脱离了南方人的控制。[34] 它至多成为一片无主之地:这片延伸至长江北岸的土地相较于丹阳、吴郡和会稽这些核心地区不那么受关注;而且孙权统治下头几年内的主要扩张方向在西面:他们溯江而上抵达彭蠡湖和鄱阳湿地,再在荆州对抗黄祖。出于这些战役的考量,只要庐江不在一个潜在的强敌手中,孙氏的军队就可以忽视这一地区。

刘馥死于 208 年,当时正值赤壁之战。当孙权领兵北上渡江攻向合肥时,他可能是希望越过淮水建立一处桥头堡。曹操的大军遭受了沉重的打击,其伤亡难以计数;同时,刘馥的去世令地方守卫者失去了他们最有能力也最受信任的首领。

然而,孙权和张昭没有取得成功。据《三国志·刘馥传》记载,他治下的人民奋力抵抗;即便在城墙被暴雨冲垮,须连夜轮班抢修的情况下,他们也抵挡住了敌军。孙权所有的进攻契机都遭到了反击,他最终收到的一则错误战报称,一支大军已被派来击破他的保围。于是,孙权烧毁并丢弃了营地,撤回了南方。[35]

这场进攻的失败确立了曹操在东南的前线,也是对孙权向淮水扩张的希望的一记重击。还有,刘馥的成就虽然没有充分反映于军事行动的结果中,却显见于他为治理人民和地方防卫所作的长期规划中。在他治理这一地区的八年内,他沿着淮水建立的经济和政治基础,在面对来自南方的任何劫掠和进攻时都被证明是稳固的。而且,刘馥的前线是曹操政府屯田系统之效果的一个体现。[36]

我个人将屯田一词解释为"农业移民",它出现于西汉时期。当时,这一技术被用于控制北方和西北的边陲地区或少数民族地区。尤其公元前 1 世纪,在今甘肃和青海的湟水又叫西宁河,汉朝将军赵充国提出并进行了一套建设屯田点的计划。[37]就粮草和武装防卫而言,它们本质上可以自给自足。而且,在汉朝向北方的扩张和对边境的防御中,这种兵农一体的概念是一个重要元素。将其中原理用于对毁于内战的中国中部地区的重建和控制是曹操及其谋士们的成就。[38]

汉朝对每个臣民占有的土地收税。[39]税率虽不高,但其他的苛捐杂税如人头税、徭役和兵役(或支付代服兵役者),给农民带来了沉重的负担。另外,在王朝的末年,私人土地的扩张使得帝国政府和农民之间出现了一个强势的乡绅阶级。东汉的统治者在从他们那里收税时面对着极大的困难。腐败、混乱、瞒报和逃避的机会随处可见,尤其是当负责收税的官员大多来自地主家族本身的时候。[40]

通过专注于分配收益而不是就土地和农具征税,曹操建立的屯田点取消了分析与调查土地及其他资料这一过程。至少在头几年里,通过将农民直接置于政府的控制之下,这个模式至少消解了个人利益造成的腐败影响。

一旦刘馥在长江以北建立的屯田点得到巩固,孙权就失去了处理这一问题的资源。屯田系统的建立基于闲置的土地和流离失所的人民,但孙权控制下的地区恰好缺少人口,那里的大部分土地仍然在原来的主人手中,孙氏和地方上对手间的战争并没有造成像中国中部那样的动乱。当然,当时有许多来自北方的流民;但他们中的许多人前往了更南面、处在孙氏政权控制以外的地方定居。这些人及南方山区里的山民,给孙权带来了另外的问题和机会。

与此同时,长江与淮水之间的土地仍然动荡不安。209 年春,孙权放弃了对合肥的围城。又过了几个月,曹操亲自前来彰显自身实力。他领大军从荆州回到了许都以南的谯县[41],于 209年年初在那里进行了水军演练。秋天时,他率领军队和舰队顺淮水而下,再南下合肥。他随即发出布告,其中提到他率将士参加的许多场战役,以及对其中战死和病死者的追悔,并且给予了他们的亲属抚恤和奖赏。他任命了一些扬州的地方官,下令在寿春以南的大湖芍陂扩建屯田点,然后班师北上。[42]

曹操没有进一步南下,这一决定可能是迫于军中的不满,尽管文献中没有提到任何骚乱。更有可能的是,这次南下只是为了给孙权一个警告,撤退则是曹操主动做出的决策。当然,在过去几年里,构成曹操军队核心的士兵们曾参加诸多战役。200 年于官渡打败袁绍后,曹操于 204 年和 205 年领军征服了袁绍之前的控制区,又于 207 年向东北跨境摧毁了乌桓联盟。随即,他几乎是立刻掉头投入荆州攻势,其高潮是 208 年的赤壁之战。他和将士几乎不间断地从中国的一端前往另一端作战,而他现在暂停下来似乎也在情理之中。

农历十二月,即 210 年年初的冬天,这支大军回到了谯县。在接下来的 18 个月里,曹操主要专注于巩固对控制地区的统治。211 年秋,他再次参战,但这一次是去西北。在那里,他击败了许多渭水谷地的地方军阀,兼并了他们的土地。他之后回到了邺城,即袁绍之前的治所。[43]经过另一段出于政治安排的停留后,他又一次将注意力转向东南。212 年到 213 年的冬天,他的军队来到了长江边上。

孙权一定也很享受这段停留。他大部分的精力集中在对荆州地位的巩固，而那一地区现在已相当稳固。他迫切的威胁来自曹操直接越过淮河的进攻，因为这将直捣孙权的权力中心，而刘备也不太可能给予他很大的帮助。

据史料记载，孙氏集团没有进行大的改革，显然没有能和北方的屯田相比拟的。[44]孙权的战略似乎主要集中于对长江以南所控制地区的巩固和扩张。然而，当时发生了两个变化：迁都和濡须要塞的建立。

211年，孙权将大本营从丹徒溯江而上迁到了秣陵。接下来的一年，他在秣陵县北部的石头山上筑城，将此处改名为建业。这座孙权所建的城市，成为今天现代大都市南京的发源中心。

作为位于长江三角洲之上的高地，这个地方在过去的几个世纪里军事意义重大。根据历史记载，越王勾践曾在此建立一处要塞，作为进攻长江以北和以西的敌国楚国的基地。之后，此地被楚国占领。在建立初期，这座城市曾叫作金陵。但当楚国被秦始皇灭亡后，这一地区的名称被改为更低调也更平凡的秣陵。[45]

汉代秣陵是一处县的治所，也曾是薛礼部队的一处基地，他于195年同刘繇联手抵抗孙策的进攻。[46]当长江再次成为一条重要的军事防线后，这一位于长江转折处、北望徐州、西望合肥的地区，是一个绝佳的中心和战略要点。这个新的都城位于之前的大本营丹徒以西80公里处，向东可以通往吴郡和会稽。孙权也由此极大地加强了溯江向西的联系。[47]

在修筑建业城的同时，孙权还在120公里外上游的濡须河口建立了一处水师基地和要塞。濡须河从合肥以南的巢湖流出，在距今芜湖不远处汇入长江。在这里，这条支流的河口似乎在长江北岸提供了一处开放式的港湾，而孙权修建了城墙来保卫这处港口。

据说这处要塞是依照吕蒙的建议规划的，而孙权其他的一些大臣们质疑它是否必要，问道："上岸击贼，洗足入船，何用坞为？"吕蒙回答称，没有人能保证在每一次战斗中取胜。如果己方需要快速撤离，一道陆上防线可以保护人员与船只，直到他们能够安全撤离。这是一个可信的观点，于是要塞便被依此建造。[48]

合肥以南 100 公里处的濡须要塞还被设计为孙权在长江以北的重要桥头堡。从这里出发，他的舰队控制着主要的水路交汇处，并且这处营垒的存在对于任何来自合肥或曹操的其他要塞的出击都构成了持久的军事威慑。在 212 年到 213 年冬季的战役里，孙权没有出前抵抗曹操的攻势，而是将军队和舰队集中在濡须，于此抵挡进攻。一个月后，当春雨来临，曹操不得不撤退且一无所获。[49]

在接下来几年，濡须的防御体系加上孙权水师对长江不间断的控制，被证明是一条对阵曹操军队的有效防线，正如合肥城对于孙权一样。作战季节的短暂强化了双方在进攻上的困难：北方军队试图在干燥的冬季取得优势，而孙权的军队仰赖于两栖作战，他们通常在春末和夏天进攻。与曹操在 212 年到 213 年对濡须的进攻一样，只要防线能够撑到湿润季节的来临，敌人就不得不撤退，丢失的据点也可以被收复。

然而，这片被争夺的土地暴露在双方的劫掠与破坏之下。在212 年到 213 年的战役里，孙权放弃了除濡须之外在长江北面和西面的营地与据点，它们都被曹操摧毁。当曹操撤退时，他试图将边境的人民带回北方，安置在淮河地区，从而留下一片孙权无法立足的荒地。这个计划并不完全成功：人民的确放弃了他们的土地，但他们中的许多不愿定居于曹操的屯田点，而是向南逃入孙权的控制区。[50] 而且他们还被丹阳太守孙瑜的"招纳"举措吸引。[51]

在从合肥往南到长江的土地上,曹操手中存留着的只有皖城,即庐江郡的郡治。当地的太守朱光也试图通过屯田模式开垦稻田,他还鼓动鄱阳的人民反叛孙权。孙权的谋士吕蒙一直关注这一地区,他对孙权说这一突出部的危害不容忽视。于是,在214年夏天,孙权领军来攻。

根据《吴书》,孙权的多数部下建议修筑工事,添置攻城器械。然而,吕蒙再次前来进言,称这场攻势应速战速决:

> 治攻具及土山,必历日乃成,城备即修,外救必至,不可图也。且乘雨水以入,若留经日,水必向尽,还道艰难,蒙窃危之。今观此城,不能甚固,以三军锐气,四面并攻,不移时可拔,及水以归,全胜之道也。

孙权采纳了他的建议,派甘宁率领攻城队而吕蒙率精锐随后。这场进攻从黎明开始,而这座城市在早饭时就被攻克了。曹操在合肥的将领张辽知晓了这场进攻。当他带着援军上路时,他得知这座城已经陷落。他稍作驻足便折返回去。[52]

吕蒙现在被任命为庐江太守,但他将大本营设在靠近长江的浔阳城,皖城只是作为一处孤立的前哨用来防守。[53]

这些年的行动和战役现已确立了前线大致的轮廓。孙权的军队控制着从大别山高地到大海的长江干流,在浔阳、濡须和建业有军事基地。曹操的人马牢牢掌控着淮河谷地,以合肥为前哨。在他们之间的长江北侧和西侧是一片一马平川的地带。这个区域没有被任何一方有效地占领,而是常常遭受洗劫、进攻和反击。

长江以南的山民

东汉时,豫章郡、丹阳郡、吴郡和会稽郡在名义上掌管着今江西、浙江全域和安徽、江苏南部。然而,实际上,考虑到它们之下各县的情况,实际的控制远为有限。在多数区域,县位于长江谷地和入海口处的开阔地带,以及太湖地区和杭州湾。一些定居点,如孙氏的故乡富春,建在更深入内陆的山谷里。但今安徽以南的大部分山区处于帝国政府的权力范围之外。[54]

对于一个建立在黄河与北方平原的王朝来说,这一地区并不重要。在这几百年里,它曾被两种群体占据:当地原有居民;还有起初很少但与日俱增的汉人移民。后者在汉朝实控地区边缘寻求土地,想在政府的苛捐杂税下得到一些自由。不论准确与否,史料里将这些群体称为山民、山越,以及有时更轻蔑的称谓"山贼"。但这些称谓很难加以区分,其分类也无从依据。[55]

这一处于汉朝边缘的地区存在三种冲突。来自北方的汉人移民试图在这片由当地人占有并守卫的土地上定居,而两个群体都专注于维持他们在汉朝政府组织中的相对独立。因此,他们的村庄是作为小规模武装营地而建,并且被单一氏族的成员占据。但新移民和"被掠夺者"之间的冲突也在一定程度上因通婚和移风易俗而得到缓和。和农民与牧民在汉朝北部边界的对立不同,南方的人民,不论汉人还是少数民族,不能够依靠经济行为的不同来维持身份认同的差异。汉人移民主要基于稻田、梯田和基础灌溉的生活方式也适用于当地居民;一旦他们在林木茂密的山谷里建立了据点,当地居民也可以学习并采纳这些后来者的技术。

在2世纪的最后数年,当汉朝陷入混乱且内战在中国北方蔓延,许多人来南方避难。我们知道众多流离失所的人民带着他们的亲人、家当和农具穿越中国中部,最终在曹操建立的屯田点定居;相似的,许多人因袁术和陶谦在淮河地区造成的战争和丧乱而南下长江流域。与此同时,尤其是在190年代,孙策主要专注于军事上的生存与扩张;所以没什么精力安排这些后来者定居。因此,在孙吴建立后的头几年里,这些问题仍在。

一些来自北方的流民南下越过边界,以在原有居民和早期移民当中寻求生存空间。他们造成了这一地区的数波冲突和动乱。还有一些人没有迁移那么远;他们为南方的军事领袖们带来了麻烦和机会。与此同时,即便在曾处于汉朝名义控制下的地区,许多并不是富裕乡绅的地方领袖也试图寻求自己的独立和安全。这些人以宗族为基础建立军事联盟。我们也可以想见,尽管一些四处游荡的流民归属于不同的团体,但许多人发现他们最好依附于一些地方领袖:孙策、孙权及他们对手的军队里充斥着这种兵员。

例如,在196年和198年间的丹阳郡西部,孙策的反对者由太史慈领导。他联络山越及同样试图与山越结盟的地方领袖祖郎,得到了支持。之后,当孙策向西进入鄱阳地区,他不得不对付鄱阳、上缭和海昏的宗族。他们正在建立独立于正规郡府之外的政府。最终,鄱阳、庐陵和豫章(后被撤销)三个郡在这些分裂行动中被建立。[56]

我们可以观察到,长江以北的庐江郡辖区和长江与彭蠡湖以南的鄱阳地区之间依然有着联系。199年,刘勋在孙策的劝说下错误地将鄱阳地区认作潜在的势力范围。[57]当曹操的部下朱光试图在庐江的皖城确立太守地位时,他鼓动鄱阳的诸多群体在孙权的地盘上制造麻烦。[58]在这一地区,河流和水系提供了跨越彭蠡湖的交通方法,这一南北向通道和沿着长江干流的东西向交通线同样重要。

最后,就这一问题,我们可以注意到麻屯和保屯。它们位于今湖北嘉鱼附近,在荆州江夏郡内。这两处定居点于 207 年被周瑜、孙瑜和孙权的其他将领攻击。而且我们知道他们的首领被杀,其中有数万人被带回了彭蠡湖周边地区。这一事件在前文被提到过。不论相关数据是否可能夸大,这些人显然是孙氏集团对黄祖战争中的一项重要资源。[59]

对麻屯和保屯的记载过于有限,因而不能导向任何可靠的结论。但这些人似乎是来自北方的流民,他们跨过长江,在长江中游盆地东部的湿地中寻求庇护。根据历史背景,他们与江夏太守黄祖的联系并不紧密,也因此容易被孙权的军队大规模俘获。在这一方面,彭蠡湖的定居点可以被看作曹操屯田模式的地方版本,只是它在南方建立,没有得到北方所见的那种政治安排和关照。

上述所有行为,对太史慈和祖郎的进攻、对鄱阳地区的介入以及从麻屯和保屯掳掠人口,都大体发生于汉朝的边界之内。然而,在赤壁之战和紧随其后的对荆州的争夺之后不久,孙权开始向以往不受汉朝有效控制的地区进行扩张。

主导这一进程的人物是贺齐,他来自会稽郡治山阴。贺齐在郡里担任由地方上委任的低阶官职,在担任剡县代理县令时出名。因为他强硬地处置了一个叫斯从的人,此人是一位地方宗族首领,与山越联系紧密,得到其支持。斯从犯法,贺齐将他逮捕并处决,随后率领部下和地方百姓以少胜多,打败了斯氏宗族和山越。他之后在会稽西南边境的太末县当官,再一次强硬而有效地平定了当地。[60]

当 196 年孙策征服会稽时,贺齐前去投靠,很快被任命为南部校尉,管理东冶周边的地区,东冶即孙策俘获前太守王朗之地。这一职责一开始是交给了相邻的海边县城永宁的县令韩晏,但他失败了;所以孙策任命贺齐去接替他。[61]

贺齐能够快速地击败地方反贼和反对者,接下来的数年推动了当地的显著发展。通过对谋略、游说和军事力量的熟练运用,他招降了敌对的汉人,与少数民族结盟。于是,他将控制下的土地从闽江口沿着水系扩张到今福建的整个中部。203 年,作为都尉的贺齐将大本营建在了新建的城市建安(靠近今建瓯)。205年,经过最后一场对这一地区北部居民的战役,他已控制了大约八个县。而且,同样重要的是,他已招募来了一支 1 万人的部队。[62] 205 年,作为沿闽江进军的高潮,贺齐进攻了上饶县的反对者,在其南面建立了新的县建平。上饶靠近今上饶,在江西东部闽江的上游。这样一来,贺齐建立了一条征服与控制路线,从今福州附近的海边行向内陆,一路抵达豫章和鄱阳。

208 年,可能在赤壁之战后一年的年末,贺齐被召回北方,被任命为威武中郎将,随即被派去平定丹阳南部的黟县和歙县。

黟县和歙县靠近今安徽南部同名的城镇,位于注入浙江富春江的新安江上游,在黄山分水岭以南。它们因此与丹阳郡大部分地区隔绝,总体上处于宗族和所谓匪帮的控制下。这些群体是防御性的,而不是攻击性的;他们中的许多可能刚从北方来。当贺齐抵达时,四个新的区域已被占领并控制;于是他立即建议在歙县以东新安江下游建立一个新的县即始新县。

从这个基地出发,贺齐前去攻打敌人的山寨;据说每个寨子里有 1 万户人家。通过让轻装部队将铁质飞镖用作岩钉攀上防御者所倚仗的悬崖与高墙,贺齐突袭了这些山寨,杀死了当地的首领并将其中多数人带回了定居点。[63] 在这场胜利之后,他提出

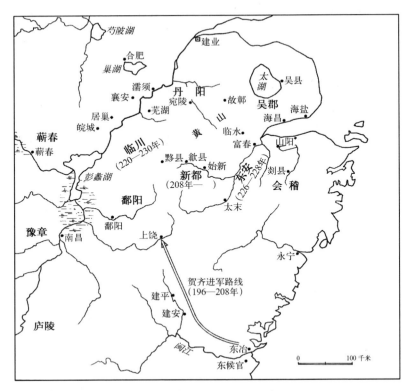

图 7 孙吴在东南的扩张示意图

建立另外三个县和新都郡。贺齐被任命为其太守，郡治则设在始新。

　　这一新的布局标志着孙权控制下的地区在内部整合上的一大发展。新都位于杭州湾和鄱阳地区间的一条直线上，同两个方向都有着良好的联通。一般来说，长江能提供更好的运输通道，但贺齐立足新都，可以快速且高效地镇压东面或西面的动乱，抑或起义。211 年，贺齐平定了今杭州以西余杭县的一场宗族起义，建立了新县临水。两年之后，豫章地区爆发了一场起义，而贺齐出兵进攻，平定了这些反对者。

在两个案例中,对起义和平乱的提及遮盖了真实的情况:这其实是官府的主动进攻。当时可能有一些动乱,但这些人的首要罪行只是不想被管控。在豫章群体的案例中,我们具体得知贺齐在处决元凶后,将其精锐纳入麾下,让次者分居于各县,换言之,他们被置于地方政府的严密控制下。[64]

又一次,在三年之后的 216 年,曹操控制下的汉朝政府送印绶送给鄱阳的尤突,鼓动他带头起义。此人是一个地方团体的首领。他可以挑起事端,在当地和丹阳郡的临近部分获得支持。[65]贺齐和将领陆逊去攻打他。尤突被杀死,反对者投降,而政府则得到了八千精兵。

215 年,贺齐跟随孙权对合肥发动了一场半途而废的进攻。除却那场对抗尤突的短暂战役,贺齐在此之后一直待在长江前线。他在这一地区的防御中扮演了重要的角色,但南方新控制区的成就证明了他对国家的发展至关重要。因为他在黄山山脉以南建立的稳固统治成为未来扩张的基础。

孙氏集团的其他将领也同样参与了对控制区的扩张和对山民的管控。尽管他们此时没有像贺齐一样进行那么大规模的行动。赤壁之胜中的英雄黄盖似乎成为军事和政治方面的专家。据《三国志·黄盖传》称:

> 诸山越不宾,有寇难之县,辄用盖为守长……凡守九县,所在平定。迁丹杨都尉,抑强扶弱,山越怀附。[66]

同样,韩当、周泰和吕蒙都参与了对鄱阳地区山越的管控;[67]朱桓参加了鄱阳和丹阳的战役;[68]而徐盛从丹阳芜湖县向南直入山区。[69]长期担任吴郡太守的朱治在前线故鄣镇守一年,以负责该地区人民的定居。[70]大约 211 年,朱治的养子、曾是孙权好友的朱然被任命为新建立的临川郡太守,负责安置长江南岸的山民。[71]
此地可能位于丹阳西部和鄱阳东部的边界。又一次,226年和
228年之间,在富春附近临时建立了东安郡,太守全琮攻打了那
一地区的山越。[72]

然而,在对边缘人群进行征服与收编的事业中,贺齐之后的
主要代表是陆逊,即其在216年进攻尤突时的同袍。

陆逊来自吴郡的大家族。他是陆康的侄孙。陆康在194年
担任庐江太守,孙策曾奉袁术之命攻打过他。在那场进攻中,陆
康意识到了危险,将他的家人送回旧宅。他在庐江的土地被孙策
占领,而他自己最终落入袁术手中,他很快因病死在那里。尽管
有这段过往,陆康的儿子陆绩和陆逊的弟弟陆瑁都成为孙策麾下
备受尊敬的官员。而陆逊成为孙权首要的军事将领之一和吴国
后来的摄政者。[73]

当孙策前去接管吴郡,陆氏家族似乎没有倒向任何一边。然
而,在孙策死后,当时21岁略长于孙权的陆逊前去朝中,他被委
任以一系列文秘职位。他之后作为屯田都尉被派往海昌,同时担
任县令。海昌似乎是吴郡内的一个新的行政单位,而这一地区对
屯田的规划显然是为了给新的定居点提供一个中心;它并不同于
曹操和刘馥在淮河谷地所进行的那种激进模式。

海昌位于杭州湾北岸,[74]而陆逊在一场对抗会稽南部边境山
民的远征中获得了最初的军事经验。带着一支自己招募的士兵,
陆逊俘获了山贼潘临,令他率领的人民定居下来;得到新征士兵
的增援后,陆逊的追随者达到了2 000多人。216年,屯田都尉陆
逊和贺齐一起被派去对付鄱阳的反贼;他当时被委以校尉职权,
屯兵于都城建业附近的长江边上。

此时,孙权将他的侄女即孙策的女儿,许配给了陆逊。这个

年轻的女子不可能是孙策和正室乔夫人所生,但应是一位有名分的妾室所生。[75] 她出嫁时年龄不满 20 岁,而被认为是族中长者的陆逊当时大约 35 岁。这场婚姻在年龄上很不般配;但它确立了陆氏家族对孙氏的依附,并且在不断变化的地方政治权力结构中奠定了陆氏的利益。

在新的职位上,陆逊最初的政策在于强调征调山民计划的重要性。在对这一观点的一则正式阐述中,他称:

> 方今英雄棋跱,豺狼窥望,克敌宁乱,非众不济。而山寇旧恶,依阻深地。夫腹心未平,难以图远,可大部伍,取其精锐。[76]

我们得知孙权接受了这一观点,而陆逊被任命为右部督,从此直接听命于大本营,便于这一计划的实施。当然,实际上在过去十多年里,贺齐和其他人已经将这些行动付诸实践,陆逊认为应该重开并扩大这场战役。

大约此时,另一个反对者费栈,在丹阳郡接受了来自曹操的印绶,并且与山越结盟。陆逊被派去主导对他的军事行动。陆逊进攻了费栈并摧毁了他的军队,之后乘胜追击,扫荡了丹阳、吴郡和会稽的边境地区;健康的男子都被征入军队,而其他人则被带往屯田点。在这场战役的尾声,陆逊回到丹阳芜湖建立了大本营,那是徐盛之前使用的基地。

在扬州,我们可以区分扩张所在的不同地区,及对其所用的各类军事与行政手段。在东方沿海地区,孙权帐下的将领在会稽郡和吴郡边缘地区逐步镇压反抗的山民。在东南,即今福建地区,贺齐和他的同袍蒋钦与吕岱沿闽江水系而上,在汉人未曾控制下的地区建立县城。[77] 从丹阳芜湖向南,那里有一条堪用的通道,沿着如今的公路和铁路通向黄山山脉。所以芜湖是对山越军事行动的一处大本营,它为徐盛、陆逊所用,同时也有可能为朱然使用。在更西方的鄱阳地区,湿地和山地为汉人与当地人提供了庇护,但这一处庇护所一直都处于孙氏讨伐、强制征兵和移民定居点的压力之下。总之,在已有控制区之南,新都郡的建立标志着一个重大的进步,就疆域的扩张和人口的整合而言,中国的统治延伸到了此前从未有效涉及的区域。

在孙权政府的主导下,以行政权威对边缘地区的汉人和当地人进行的扩张持续了许多年,这一策略的基本逻辑和手段此时已然确立。一次又一次,多场战役的成果可见于被征为士兵的青壮年,抑或被置于管理之下的其他人口。而"县户"一词似乎指代一个能与曹操在北方组织的屯田点相比拟的强制性定居模式。[78]

另外,与曹操的屯田点不同,孙权政府所用的方法根本就不是为了向流离失所的人民和流浪者提供稳定的土地。这一政策要么是为了通过适当加税、徭役和兵役,从山民手中夺得已有的定居点;要么是为了更进一步,即用武力把山民们带往便于对其进行行政管理的地方。像陆逊在海昌建立的那些农业移民点,对内陆的大规模扩张而言并不重要:内陆的扩张并不是为了将人民和土地相匹配,而是为了强行管理游离于管控之外的人民。

总而言之,孙氏政权的生存取决于地理上的隔绝与优势,以及能够被动员起来抵抗北方势力的人口。210年,在赤壁之战取胜并同刘备瓜分荆州之后,孙权控制的土地相当于汉朝的一个州。根据大约70年前收集的东汉调查数据,孙权所控制的土地上的人口大约为400万。相较之下,曹操控制的从洛阳向东穿越华北平原的各州人口数据,估计是这个数目的7倍。[79]为了长期的生存,增加人口基数是有必要的,而孙权的政府也早早开始了相关政策。继在北方部署防线，以及西方荆州的军事和外交行动之后，对南方与东方弱势的土地和人民进行扩张与政治性移民是极为紧要的。为了保障意在守卫北疆和应对西部局势变化的行动，孙权和部下们在其控制区的南方征募人手；而这一事业的成功将会在这个新政权的未来和整个中国历史中被证明是极其重要的。

岭　南

在董卓夺权之后的 20 年内战中，交州保持着独立，基本未受影响。这一地区位于南岭山脉之外，占据着今两广和越南北部；对于中国腹地彼此攻伐的军阀没什么吸引力。自从孙坚于 190 年领军北上投靠袁术，除却太守张羡在约 200 年短暂的独立，[80] 湘江盆地即今湖南地区不曾出现过重要的地方领袖；尽管刘备于 208 年后在当地立足，他的注意力在北方和西部，而不是南方。当时偶尔有过一两位北方将领曾试图在岭南建立据点，但距离和山区地形造成的困难使得这一地区组建了自主政权。

在此基础上，早在 190 年代，红河三角洲的交趾郡地方领袖士燮便在这一地区建立了统治。[81]

根据士燮的传记，他的家族原本来自中国北方的鲁国，但是在王莽时期移民到了南方，居住于苍梧郡治广信，此地靠近今广州西北的梧州。苍梧在州中主要的内陆交通线西江上占据着重要的位置，控制着通过灵渠运河通往北方的主要贸易通道。士氏于此发迹。在 146 年到 167 年的桓帝统治时期，士燮的父亲士赐成为日南太守。严格来说，这一任命并不符合规制；因为汉代的州郡长官不能于自己的家乡所在地任职。[82] 但这一任命也许既反映了士氏在地方上的地位，也反映了汉朝官方对边远地区的这些细节不太重视。

生于137年[83]的年轻的士燮曾前往首都洛阳。在那里，他学习了儒家经典《春秋》和《左传》。他随后被家乡的郡府推举为孝廉，后被任命为尚书郎，一个对学术能力要求很高的职位。他之后辞官回乡；但当他父亲去世后，他再次被州府举荐，成为茂才。这一更高级别的举荐使得他能立即得到任命，于是士燮成为荆州南郡巫县县令，此地在今四川巫山附近的长江边上，属于三峡地区。他之后又被调任交趾太守一职，从而再一次回到了家乡所在的州。

180年代早期的交趾刺史丁宫显然受到了士氏的影响，很敬重他们。因为丁宫于188年被任命为司空时，曾让士燮的弟弟士壹前来洛阳投奔他。然而，丁宫之后很快辞官。尽管士壹得到了很好的待遇，但在纷乱频出且董卓于189年上位时，他谨慎地选择了返乡。

如我们所见，在东汉治下的第二个百年里，南方有多场动乱，灵帝时对动乱有一则总览记载。许多动乱是基于地方上对汉朝官员们的掠夺和腐败的憎恶。[84] 181年，刺史朱儁即孙坚日后的庇护人，在交趾镇压了一场叛乱。但184年动乱再度出现。刺史贾琮通过怀柔策略重建了秩序，他为任命当地人担任县令开了先例。[85]

可能由于贾琮策略的影响，士燮被委以交趾太守的要职。他的父亲曾在日南担任过同级别的官职，但那里是汉朝的边陲。而位于红河三角洲的交趾管控着这一地区的西部。除此地以外，岭南地区几乎一直处于动荡之中。[86]

刺史治所位于东部的南海郡治番禺，即今广州。但在190年代的某个时间,可能是朱儁的亲属、刺史朱符被当地人杀死;[87]于是士燮便有机会控制整个交趾地区。他继续担任着交趾太守一职,又经正规程序推举士壹为合浦太守,他的另一个兄弟士䵋为九真太守,四弟士武为南海太守。在这一地区的另三个郡当中,苍梧是士氏的故乡,而日南处于士赐的属下的控制中。位于今两广之间山地的郁林郡似乎也没能给士燮的霸权带来任何困难。

在朱符去世后的数年,士燮对南部地区维持着无可争议的控制。和北方的荆州一样,这一地区成为流民们逃离中原腹地战争的避难所。士燮的郡治龙编位于今河内附近的红河三角洲,是一处主要的贸易中心。士燮因其权威和学识备受尊敬,而他的朝堂也以豪华著称:[88]

> 燮兄弟并为列郡,雄长一州,偏在万里,威尊无上。出入鸣钟磬,备具威仪,笳箫鼓吹,车骑满道,胡人夹毂焚烧香者常有数十。[89]妻妾乘辎軿,子弟从兵骑,当时贵重,震服百蛮,尉他不足逾也。[90]

士燮的名字在越南被译作Sĩ Nhiếp,越南国史中称他为士王。[91]

在很长一段时间里,北方的领袖们忙于他务。荆州牧刘表自然对南部边界之外的土地有兴趣,但张羡成为保护岭南士氏的一道屏障。何况刘表一直更倾向于关注北方,而不是遥远的南方。

同样,孙策和长江下游的对手们无从考虑在如此遥远之地的行动。孙策曾航海至闽江口,其治下的海岸线上也一直保持着交通和贸易;[92]但通过海路进行政治交流或管控并不可行。之后,在鄱阳以南的赣江河谷活动的孙策堂兄孙辅被任命为交州刺史,但这更多的是作为一个宽泛的威胁,而不是严肃的声称。[93]他们在此之后便没有进一步的行动。

士燮最年轻的弟弟士武曾任南海太守，他的早逝似乎削弱了这个家族对这一地区的控制，给予了外部势力介入的机会。至少，大约在公元200年后的某个时间，曹操控制下的汉廷曾派张津去担任交州刺史。

张津似乎没有同士燮发生冲突，但他担心来自刘表的潜在威胁。所以他试图建立属于自己的地方武装。他并不成功，在大约203年或204年被当地人抑或自己军中哗变的将士所杀。我们知道张津曾试图通过道教仪式维持他的权威。在他所活动的孤立环境中，他需要很强大的法术才能够生存。[94]

在张津死后不久，刘表插手了南方的事务；他派零陵郡的赖恭为刺史，长沙的吴巨为苍梧太守。[95] 然而，曹操与士燮结盟，承认其为交趾太守，任命他为绥南中郎将。相应的，士燮提出从交州送贡品到许都的朝廷；这一忠诚的表现使得他被提拔为将军并封侯。但身处交州西部的士燮或刘表位于东部的人马，此时似乎没有对彼此采取任何行动。

从刘表之死到曹操的征服，再到他于赤壁的战败，历史在208年的快速迭代也给南方带来了些许混乱和变数。吴巨起兵攻打他之前的同僚赖恭，而赖恭逃回了荆州。可能是为了利用结盟取得独立，吴巨向孙权求援。然而，孙权派之后成为鄱阳太守的步骘前来接替刺史一职。[96]

步骘来自东汉下邳的世家大族，随徐州的混战而来到了南方。他失去了自己所有的财富，随即投靠了孙权。在接下来数年里，除了短暂担任过吴郡海盐县令，他一直在大本营担任文秘和行政职位。210年，步骘被任命为鄱阳太守，但仅仅上任数月就被调任为交州刺史，同时还被任命为立武中郎将，统领千余名武射吏。

直到此时,关于步骘的记载里很少提到他是个能带兵打仗的人,这在某种意义上很是奇怪。另一方面,这样的一位文官能够很好地对付士氏;当他需要采取军事行动时,步骘也的确是勇猛精进的。在他到来后不久,出于种种猜疑,吴巨对其怀有异心。于是步骘设局逮捕并处决了吴巨。

经过此次立威,以及之后同地方武装在西江高要峡的冲突中取胜,步骘在南海和苍梧站稳了脚跟。[97]他不仅接手了曾由吴巨统帅的军队,还收编了曾为张津效力的群体。在士燮一边,尽管步骘没有试图强行立威,他和他的兄弟们都正式认同步骘为交州刺史。

士氏权力的核心在今河内附近的红河盆地,他们还在雷州半岛和海南岛有利益据点。虽然我们知道士燮的权力和财富能够和过去的赵佗比肩,他一度试图通过将其弟士武任命为太守来控制南海郡,但他现在已打算放弃这一东部地区,也没有试图真正独立的迹象。相反,大约在 217 年,士燮送他的儿子士廞往孙权处为质。士廞被任命为长江中游新建立的武昌郡的太守,[98]而士燮被赐予左将军头衔并再度封侯,他的弟弟士壹也得到了奖赏。

另外,正值此时,近今云南昆明的益州地方领袖雍闿开始反抗刘备在成都的新政权。雍闿派使者来联络士燮。[99]士燮从中牵线使其联络上了步骘。于是,在接下来数年里,雍闿和同僚们一直是孙权在益州南部的代理人。

综上,我们不禁对士燮较为保守的野心和事业感到惊讶。当他处于权力顶点并控制着整个交州时,他容忍并允许外来的刺史和太守进入南海—苍梧地区。他不仅接受了来自遥远曹操的认可,还接受了眼前的步骘和孙权朝廷的权威。我们可以想见,他可能操纵了雍闿的提议，从而巩固自治，意图建立由整个南方的地方群体组成的半独立邦联。然而，这些都没有发生，他显然也没能成功效仿赵佗和南越国在前2世纪取得的政治成就。

对此，部分原因可能在于士燮已然是个七八十岁的老人这一事实。他作为宗族的首领维系着无可争议的权威，他的存在也防范着精力充沛的年轻成员们自作主张。另外，尽管他在当地位高权重，当时必然有当地人甚至于汉人构成潜在的风险来源，而士氏可以从强而有力的北方朋友的威慑中得到好处。无论出于上述哪一条理由，士燮不想也不能为他独立的权威建立长期的基础；而家族的其他成员日后会为这一失败而后悔。

总之，在步骘在任的10年里，南方大抵是太平的。而士燮以朝贡为幌子同孙权维持着繁荣的官方贸易。他每年都会派使团送出一系列的礼品，其中许多来自海外贸易：芬芳而细腻的织物、珍珠和大的子安贝，五彩流离[100]、翠鸟羽毛、海龟壳、象牙和犀牛角，以及香蕉、椰子、龙眼和荔枝等水果。合浦的士壹也送出了马匹，它们可能也是从海外买来的。[101]孙权回以友善的示意，以及慷慨的回礼，其数量和质量不明，但我们可以相信这一交换是公平的。

从经济角度来说，南方的资源对孙权所直接控制的、相对有限土地的物产是一种补充，这对他有利。在他的地盘内，士燮巩固并维持了一个行之有效的地方政权；它成功地通过陆路和海路同西方和南方进行贸易，并通过与孙权结盟获取安全。然而，这一政治平衡的稳定仰赖于孙权在长江流域无可争议的权威，而这就不容许另一个强大的政权存在于荆州。从各个角度看来，对于孙权的政权来说，对长江中游的控制关乎其野心，甚至于生存。

注释：

[1] 《三国志》卷 47《吴书》2,1118 页；以及《资治通鉴》卷 66,2097—2098 页；拙著《建安年间》,404—405 页。关于这场战役,亦见下文。

[2] 《三国志》卷 32《蜀书》2,879 页；《后汉书》卷 74 下列传第 64 下,2424 页；以及《三国志》卷 55《吴书》10,1284 页。

[3] 《三国志》卷 47《吴书》2,1118 页；《三国志》卷 32《蜀书》2,879 页。油江口有时写作油口；油水是长江的一条支流。

当然,这些举荐是向曹操控制下的汉廷正式提出的,曹操也显然不会同意。相似的情形曾常见于董卓时期,见第二章注第 56。

[4] 数年后,219 年,当孙权提出让堂弟孙皎同吕蒙一起指挥对抗关羽的战役时,吕蒙反对这一提议称："若至尊以征虏能,宜用之；以蒙能,宜用蒙。昔周瑜、程普为左右部督,共攻江陵,虽事决于瑜,普自恃久将,且具是督,遂共不睦,几败国事,此目前之戒也。"

孙权同意了这一点,让吕蒙单独领军,而孙皎则负责预备队。见第六章和《三国志》卷 51《吴书》6,1207—1208 页。

[5] 曹操的从弟曹仁的传记见《三国志》卷 9,274—276 页。

曹仁是一位出色且经历丰富的将领。他在曹操的早期战役期间就追随后者。《三国志》中曹仁的传记在对 275 年江陵攻坚战的描述中提到,他在一场激烈冲突中的个人英雄主义表现。尽管他撤退了,他仍然是一位备受信任的官员并被封侯。尽管曹操失去了江陵,他显然对敌人所遭受的损失和迟滞感到满意。

[6] 在赤壁之战后,刘备将张飞麾下的 1 000 人调往周瑜处,协助其进攻江陵；在他自己这边,在得到来自周瑜处的 2 000 人增援后,他提出向北溯汉水进攻,以试图切断曹仁的补给线,见《三国志》卷 54《吴书》9,1264 页裴注第 1 引《吴录》。

然而,这一策略似乎没有取得任何进展。甘宁对夷陵的包抄是这场战役中决定性的突破,而刘备则很快将注意力转向了南部各郡。刘备和张飞的传记中都没有提到对抗曹仁的行动。

[7] 《三国志》卷 54《吴书》9,1265 页裴注第 2 引《江表传》提到,孙权和刘备同乘一艘巨大的飞云船,"飞云"可能取自船的巨大风帆。

[8] 关于刘备婚姻和子嗣的记载存在不足。《三国志》卷 34《蜀书》4《二主妃子传》是刘备和刘禅妻妾的传记,只详述了刘备的两个夫人甘夫人和吴夫人。其中,吴夫人原本嫁给了益州牧刘璋,但她在刘璋于 219 年去世后正式成为刘备之妻。

虽然甘夫人是刘禅的母亲并最终被追封为皇后,但她只是刘备的妾,并非正室。甘夫人来自豫州沛国，显然是在194年刘备驻扎于此地时嫁给了他，见《资治通鉴》卷61,1949页；拙著《建安年间》,128页。

刘备在到达荆州前至少有一位正式妻子，也可能有两位。

《三国志》卷32《蜀书》2第873页称，当196年刘备在徐州时，他的军队被同袁术结盟的吕布打败，而他的家人被俘。一段时间后，他和吕布结盟，这些女人和孩子则被还给了他。

《三国志》卷32《蜀书》2第874页称，当吕布在198年再次和袁术结盟时，他的军队包围了刘备的治所沛县县城，而刘备不得不丢下他的家人逃跑。数月以后，曹操前来协助刘备，吕布被俘杀，而刘备再一次重见自己的家人。

《三国志》卷32《蜀书》2第875页称，当刘备于200年仍然和曹操在一起时，他被牵扯进一场反对曹操的阴谋中。当阴谋败露，刘备逃往袁绍处，并再一次落下了他的家人。他们是否回到他身边并没有记载。

上述记载中都没有提到有多少女人和孩子牵扯其中。

《三国志》卷38《蜀书》8《麋竺传》第969页记载,196年，刘备在被吕布打败后十分沮丧，而麋竺不仅拿出资财援助他，还把妹妹嫁给了他，嫁妆里包括2 000名仆人。

麋夫人可能在此后数年内因病去世，但刘备当时可能还有另一位妻子。因为《三国志》卷34《蜀书》4第905页甘夫人的传记中称刘备"数丧嫡室"。我们可以注意到，至少麋竺没有为他妹妹的遭遇而难过，他一直保持着忠诚。

甘夫人在200年得以同刘备前往荆州刘表处避难，而她在207年生下了刘禅，他在父亲死后继位为蜀汉之主，被称为后主。他的传记在《三国志》卷33《蜀书》3。

甘夫人死后，先是被埋葬在南郡。210年周瑜死后，刘备经孙权许可才占据南郡。故甘夫人下葬应在此之后（见下文）。222年，她的棺椁被运往西部。在刘备称帝后，甘夫人被追封为皇后。她被合葬于成都刘备的陵墓中，见《三国志》卷34《蜀书》4,905—906页，其中引用了来自丞相诸葛亮的一则悼文。

直到刘禅出生，刘备在荆州没有儿子。他的确收养了一个大约10岁的男孩，叫刘封，来自长沙罗侯县的寇氏，与同郡的刘氏为姻亲。《三国志》卷40《蜀书》10第991页刘封/寇封的传记称，直到收养他时，刘备没有子嗣或继承人，亦见方志彤《三国编年史（220—265年）》,7—8页。

然而，直到223年去世时，刘备又有了两个儿子刘永和刘理。他们由不同的妾室所生，见《三国志》卷32《蜀书》2,890页；他们的传记在《三国志》卷

34《蜀书》4,907 页和 908 页。

至于孙夫人,她仅仅在《三国志》卷 34《蜀书》4 第 879 页被一笔带过。然而,《三国志》卷 37《蜀书》7《法正传》第 960 页告诉我们,她有着她兄弟们的勇气和精力,身边有 100 多名能够携带武器的女仆;每当刘备去见她,他都为自己的生命安全担忧。《三国志》卷 36《蜀书》6 第 949 页裴注第 2 引《云别传》中有相似的描述。

刘备拜访孙权的故事早就出现于戏剧传统当中,尤其是元代朱凯的《黄鹤楼》(阿灵敦、艾克敦《中国著名戏剧编译》,230—251 页;《库本元明杂剧》卷 7 上)。《三国演义》第五十四到五十六回对孙刘联姻进行了文学加工,孙刘联姻还是标题不同的数出戏剧的主题,其中有几部是重合的,如《龙凤呈祥》《龙凤配》《美人计》《甘露寺》《芦花荡》《回荆州》。见《京剧剧目初探》英译本,757 页、2755 页、2769 页、3379;以及《京剧剧目初探》,88—90 页。

《三国演义》及相关戏剧的主题是,周瑜试图困住刘备,防止他回到荆州。然而,刘备能够依靠官员和谋士们的努力脱身,而且孙夫人也支持刘备摆脱周瑜的诡计。另一方面,蒲安迪《明代小说:四大奇书》在 423—424 页和 438 页提到,小说里对刘备欲娶孙夫人以及他数次落下或失去家人进行了隐晦的批评。在《不可儿戏》当中,奥斯卡·王尔德说道:"沃辛先生,失去双亲之一,可能被视为一种不幸;两者都失去看起来像是粗心大意。"那么,我们不禁好奇,布拉克内尔夫人会对刘备说什么呢?

[9]　通过予以孙辅刺史头衔,孙权之前已经对交州的控制权有所声称,见第四章。然而,此地真正的权威在地方乡绅首领士燮手中,此时孙权和其他人都不能与之相争,见下文。

[10]　刘焉和刘璋的传记分别在《三国志》31《蜀书》1,865—867 页和868—870 页。《后汉书》卷 75 列传第 65 第 2431—2432 页,有刘焉的另一则传记,其后则附于刘璋的传记。

[11]　张鲁的传记见《三国志》卷 8,263—266 页。亦见于第六章。

[12]　《资治通鉴》卷 59,1887—1889 页;拙著《桓帝和灵帝》,205—206页。一般认为当时州牧的人选来自九卿,同时鼓励将郡置于州牧管理之下,以促进强势地方行政单位的形成,见第一章。

[13]　《三国志》卷 54《吴书》9,1265 页裴注第 2 引《江表传》。据《三国志》卷 54《吴书》9 第 1265 页,周瑜对音乐的听觉准确而苛刻。即便在宴会上酒过数巡,他总是可以听出错误的音符,而且他会将其指出。

[14]　《三国志》卷 54《吴书》9,1265 页裴注第 2 引《江表传》。

[15]　《三国志》卷 54《吴书》9,1271 页裴注第 1 引《江表传》。《三国志》的正文中有这封信的另一个版本。裴松之注认为,即便措辞有所差异,

但两者意旨相同。

[16] 偏将军在汉代的地位不高，但它在内战年间愈发重要。作为南郡太守，周瑜曾任此职。

《三国志》卷54《吴书》9《周瑜传》1264页称，汉昌、下隽、浏阳和州陵四个县曾被划拨给周瑜以供补给。《三国志集解·鲁肃传》19页上下卢弼注认为，当鲁肃接手周瑜的军事地位之后，这四个县也归于他。它们有可能构成了新郡汉昌。

下隽县在东汉时位于长沙郡北部，而州陵则位于南郡东部，靠近今岳阳下游的长江，见《后汉书·郡国志》卷112志第22,3485页和3480页；以及《中国历史地图集》第2册，49—50页。

汉昌县没有被记载于《郡国志》，但《三国志集解·吴书二》6页下的注释所提供证据表明，在140年代早期的桓帝或灵帝时期，汉昌在今岳阳附近被建立。大约在同一时期，浏阳似乎在东南方的山区中被建立，见《三国志集解·吴书九》9页下。亦见吴增仅、杨守敬《三国郡县表补正》8,2852—2853页。

《三国志集解·吴书二》6页下至7页上，引《水经注疏》卷35第11页上认为，鲁肃的大本营陆口位于赤壁/乌林地区下游，地处长江东南岸。

如果这些辨析和解释是正确的，那么刺史鲁肃控制的区域占据着长江盆地横亘约120公里的土地，从洞庭湖与湘江之交到东北方的今嘉鱼。它地跨汉朝之前设立的南郡、长沙和江夏三郡。因此，鲁肃占据着两个军阀之间的边界。

刘备显然同意将长沙最北端的部分转交给孙权直接控制，但作为交换，他很快得到了重要城市江陵。

[17] 《江表传》似乎与孙权的支持者意见相同。《三国志》卷32《蜀书》2第879页裴注第3称，刘备起初被周瑜安排在长江以南的地区，但他后来（或是说"再一次"，文献中就"复"和"后"有所争议）从孙权那里"借"来了荆州数郡。

《三国志》卷54《吴书》9《鲁肃传》1270页称，当刘备来到孙权的都城时，他请求都督荆州。鲁肃是唯一一劝孙权同意的人，理由是为了维护并巩固抗曹联盟。在这一背景下，这里所指的必然是刘备在209年对孙权的拜访（见上文），因为这则记载的后文中出现了周瑜之死和他举荐鲁肃为继任者。

与这段文字相关的1271页裴注第1引用了《汉晋春秋》，其中记载了孙权的下属、官员吕范是如何劝他将刘备软禁在东部的。但这则建议被鲁肃否决了，其理由是孙权需要表现他的仁慈和荣誉感，而且刘备对于维护荆州的秩序以及抵抗曹操是必要的。

《资治通鉴》卷65第2103—2104页;拙著《建安年间》第414—417页，认为上述辩论发生于210年周瑜之死前后。然而，我们知道，在《三国志》卷55《吴书》10《程普传》1284页当中，程普起初取代了周瑜南郡太守一职。他在孙权和刘备瓜分了荆州之后，才回去继续担任江夏太守。

综上所述，长江以南的土地原本似乎是根据周瑜，这位赤壁破曹之后的联军统帅的权宜决策被划分给了刘备。刘备被派去执行这一地区的收尾行动，而周瑜自己则溯江而上攻取江陵。但当刘备在209年（也可能是210年年初）拜访孙权时，孙权确认了这一暂时性的安排；这一正式划分遭到周瑜（以及吕范）的反对，却得到了鲁肃的支持。在210年周瑜去世后，由于鲁肃的请求，做出了一则调整，即不仅允许刘备掌控荆州南部，同时允许他进入南郡。

后世针对到底是哪片土地被真正"借"（而不是交给）予刘备，以及背后的真实或默认条款为何，存在大量争议，见第六章。

[18] 玄德是刘备的字。

[19] 《三国志》卷54《吴书》9第1281页，记载了孙权在同后来的将领陆逊的一次交谈中对周瑜、鲁肃和吕蒙的评价。

[20] 例如，卢弼在《三国志集解·吴书九》18页上下引袁枚的评论；以及冯君实1982年的文章。

[21] 《三国志》卷54《吴书》9，1267页。

[22] 《三国志》卷54《吴书》9，1267—1268页裴注第1引《吴书》。

[23] 《三国志》卷54《吴书》9，1268页。

[24] 《后汉书》卷24列传第14《马援传》，830页；毕汉思《汉朝的复兴》第2册165页有讨论。

[25] 我们无从得知周瑜脑海中浮现出的是哪一则预言。此时流传着大量的预言，其中大多数意见相左。它们为所有的地方领袖所知，无论他们是否相信，是否编造过预言，抑或仅仅利用这些预言的存在。我们曾见识过许昌/许昭的末日预言事件（第二章注第12）。再一次我们还可以注意到，当刘焉在188年想成为益州牧时，他至少部分受到"益州分野有天子气"这一说法的影响，见《三国志》卷31《蜀书》1，865页；《资治通鉴》卷59，1888页（以及胡三省注释中引用蔡邕《月令章句》）；拙著《桓帝和灵帝》，205页。

[26] 对三足鼎这一比喻的早期用法似乎过于先知先觉，以至于我们不得不怀疑它代表着后来的推断；在接下来数年，魏、蜀、吴三国的均势时常被以此类词语描述。

[27] 在秦帝国于前3世纪被推翻时，未来的汉高祖被赐予汉水上游河谷作为其封地。在很短的时间里，他突破了这片被阻隔的地区，夺取了位

于渭水河谷中秦朝腹地的小王国,之后又为控制整个帝国击败了霸主项羽。见德效骞译本《汉书》第1册,66—70页。

[28]《三国志》卷31《蜀书》1第868页称,刘璋之前曾与曹操联系。当曹操接受刘琮的投降并在荆州一路南下时,刘璋派助手张松去拜访他。然而,忙碌之中的曹操没有礼待张松。之后,当曹操在赤壁被打败,张松劝刘璋同刘备联络,而他自己则继续作为这一联盟的支持者。

《三国演义》第六十回对这个故事进行了扩展。其中讲述了张松是如何与刘备建立个人联系,交给他益州的地图,并告诉他进入益州的道路。这使得刘备能够谋划之后的战役。同一主题下有戏剧《献西川》,也叫《张松献地图》。见《京剧剧目初探》英译本,2349页;《京剧剧目初探》,92页。

《资治通鉴》卷65第2095页记载了这一事件;拙著《建安年间》,399—400页。司马光引用了4世纪学者习凿齿的观点,这一观点出现于《三国志》卷31《蜀书》1第869页裴注第2:"曹操暂自骄伐而天下三分……岂不惜乎!"

出于对曹操的公正,这里应当指出,张松是刘璋在这段时间派往曹操处的第三个使者。从第一个使者那里,刘璋得到了将军职位的任命;第二个使者带着300人回来后,曹操赏识他任广汉太守;但当张松被派去时,曹操完全专注于追击刘备,所以没有给他任何奖赏。很可能一种期待上的落空是张松变节的最初动力。

[29]《三国志》卷54《吴书》9,1271—1272页。

《三国志》卷32《蜀书》2第879—880页称,孙权曾提出与刘备的军队一同进攻刘璋。刘备起初意在同意,但之后他的谋士殷观提出,如果他投身西部,他可能会被孙权的军队割裂与后方的连接,从而很可能失去他在荆州南部的一切。当然,他也不一定能征服益州。另一方面,正如殷观指出,如果他不参与其中,孙权很难在将侧翼暴露出来的情况下发动进攻。刘备遵循了这一建议。

这段文字所附的裴注第3引《献帝春秋》称,孙权实际上派了堂兄孙瑜去统领向西的远征军。刘备拒绝让这支军队通过,而且他和将领关羽、张飞与诸葛亮占据着江边的重要据点,以阻止对方行军。这个故事的后续见《资治通鉴》卷66,2135—2136页;拙著《建安年间》,483—485页。

孙瑜早先曾参与周瑜对抗麻屯和保屯的行动(第四章)。因此,他是周瑜的老朋友,同时也可能是这场战役的一个候选指挥官。但《三国志》卷51《吴书》6孙瑜传记第1206页没有提到这一事件。

另外,这场冲突显然发生在周瑜去世且刘备得到南郡以后;当时鲁肃的主和意见已然拥有影响力。

所以我怀疑事态是否有这般严重,以及孙瑜是否被派去进行这场远征。更可能的是,孙权意识到这样一场冒险的困难,因而不会试图表现强硬以促成此事。如果,如《献帝春秋》所说,他被迫放弃这一计划,那么孙权则极大的威信扫地;即便他假定孙瑜会得到放行,他的军队面对刘备对补给线的威胁仍然是极其脆弱的。

因此,我倾向认为《献帝春秋》的故事是对殷观正确分析的真实情况的改编;而孙权和谋士鲁肃对此也一样明了。

《三国演义》第五十七回进一步展开了这一叙述,其中周瑜在孙瑜的协助下越过刘备和诸葛亮的前线进行着无用的尝试。这也是周瑜被气死的直接原因。根据杨力宇(Winston Yang)的观点,《三国演义》在此处对这位历史上被描述为慷慨、理智而勇敢的人物的负面表现达到了极致,见杨力宇《〈三国志〉作为〈三国演义〉资料的作用》("The Use of the 'San-kuo chih'"),290—297页;《〈三国志演义〉中历史人物的文学化》("Literary Transformation"),71—73页。蒲安迪《明代小说:四大奇书》446页观察到,在与周瑜交锋时,诸葛亮的机智被过度夸大,因而残忍、虚伪和愤世嫉俗的感觉反而削弱了读者对其智慧的钦佩与喜爱。

[30] 见第三章。

[31] 见第四章。

[32] 见第四章;以及《三国志》卷15《刘馥传》,463页。

[33] 见第四章。

[34] 例如,我们可以看到关于庐江的地方首领雷绪的数则报告。《三国志》卷15第463页提到,他是当地一个反贼团伙的头领,他于大约200年在江淮之间活动,之后在刘馥治下被平定。

然而,数年以后,大约在209年或210年,雷绪在刘馥死后不久再次起事。曹操派将领夏侯渊来进攻他,并彻底打败了雷绪,见《三国志》卷9,270页。然而,尽管雷绪被赶出了庐江,他仍然领导着许多人。因为《三国志》卷32《蜀书》2第879页称,他前去投奔刘备,之后介入了后者对荆州的治理。当时有成千上万人跟着雷绪。

这一数字显然是被夸大的,但这则证据显示庐江郡并不处于稳定的控制之下,当地可能有大量移民前往安定的地区,要么北渡淮河,要么南渡长江进入荆州和扬州。

[35] 这一计谋来自年轻的官员蒋济,他的传记在《三国志》卷14,450页。将领张喜曾被派去支援守城者。但当时曹操的大军仍在荆州,且许多士兵染病。所以张喜仅仅有1 000名骑兵。蒋济用计让数封假信从张喜处被送入合肥城,信中称他正带着4万人赶来。其中一份被送入城中鼓舞守

城者,而另两封则落入孙权手中。孙权相信了这一情报,下令撤军。

[36] 关于曹操的屯田系统,唐长孺[1955],37—43 页;张维华[1956];何兹全[1958],8—17 页;赵幼文[1958];王仲荦[1961],22—23 页和 89—94 页;以及越智重明(Ochi Shigeaki)[1963]等人的文章曾加以讨论。在英文文献中,对这一系统的较好描述见威廉·戈登·克洛威尔:《早期帝制中国的土地政策与系统》("Land Policies and Systems"),第四章;更晚近的讨论见拙著《国之枭雄:曹操传》,89—92 页。

[37] 例如,拙著《北部边疆:东汉的政治和策略》,63—64 页;以及许倬云《汉代农业》,139—141 页和 236—237 页。

[38] 《三国志》卷 1,14 页,以及裴注第 1 引《魏书》。相反,后一段文字告诉我们,此时北方袁绍的士兵们已不得不寻找桑葚和枣子充饥,而袁术在淮河一带的士兵则寻找牡蛎和蛤。亦见《晋书》卷 26,782 页;杨联陞《晋代经济史注解》,158 页。根据《三国志》卷 1 第 12 页,在两年以前,一斛谷物(约 20 升)的价格高于百万。

有资料显示这一技术曾被用于内战早期,但曹操的成就在于其广泛有效地实行并发展了屯田。

[39] 关于汉代的土地税系统,见西嶋定生《西汉经济与社会历史》,《剑桥中国秦汉史》,596—598 页。正式来说,这一税收是基于一年一度的收成。经过早期的变革,它在西汉时期的前 115 年被定为收成的十三分之一;再经过东汉的复兴,这一数值便被确立,见《后汉书》卷 1 下,50 页。然而,在实际操作中,为了计算的方便,该税项是根据一片田地所预估的收成,而不是真实或被记录的收成征收。因此,政府调查土地状况,根据质量分为高、中或低。每年都会有一笔基于所设想收成的税收,这在现实中代表了一项基于土地面积的税收。

许倬云《汉代农业》72—75 页估计,实际上的平均税收水准大约是每亩半斗或五升,抑或每 0.045 公顷即十分之一英亩约一升。然而,陈启云《汉代中国经济、社会和国家权力》139—140 页认为,许倬云将这一数据低估折半。事实上这一税率接近每亩一斗。毕汉思在《汉朝的复兴》第 4 册 148 页,将其计算为基于一片寻常农田的预期收成,从而发现实际上的税率大约是每亩收一斗的五分之四或八升。

然而,这一税率仅适用于土地的所有者。尽管当代学者对所涉及的百分比有所争议,一个共识是,许多汉朝农民是作为佃户拥有土地的,而田租往往高达 50%,甚至更多。关于武帝时期的西汉,例如《汉书》卷 24 上,1137 页;孙念礼《中国古代的食物与货币》,182 页;关于王莽试图进行的改革,见《汉书》卷 99 下,4111 页;德效骞译本《汉书》第 3 册,286 页;以及《汉书》卷 24 上,1143 页;孙念礼《中国古代的食物与货币》,208 页。关于东汉,见许倬云《汉代农业》,55—56 页和 213—214 页;陈启云《汉代中国经济、社会和国家权力》,147—148 页;毕汉思《汉朝的复兴》第 4 册,148 页。

[40]　例如,许倬云《汉代农业》,53—56 页;陈启云《汉代中国经济、社会和国家权力》,147—148 页;毕汉思《汉朝的复兴》第 4 册,136—137 页和157—158 页。

在东汉早期的公元 39 年,光武帝试图对帝国的耕地进行一次完全的调查。尽管当时对错误或缺失的报告有严格的惩戒,但这一计划似乎从来没有完成。见许倬云《汉代农业》,55 页和 210—212 页;以及毕汉思《汉朝的复兴》第 4 册,136—137 页。

[41]　谯县靠近今亳县,是曹操的家乡,见《三国志》卷 1,1 页。

[42]　曹操的布告见《三国志》卷 1,32 页。关于这个湖名字的发音见第一章注 113。

[43]　邺城曾是东汉魏郡郡治;后来曹魏的国号即缘于此。这座城位于今河北磁县以南。

[44]　大约此时,屯田这一模式被孙权采纳,而年轻的官员陆逊则被任命为海昌的屯田校尉,此地位于杭州湾北部,见《三国志》卷 58《吴书》13,1343 页;以及下文。然而,没有证据表明这一模式被用于长江下游河谷,例如《晋书》卷 26,782—783 页;杨联陞《晋代经济史注解》,159 页;以及第八章。

[45]　关于南京早期历史,见例如《内格尔中国大百科全书》(*Nagel's Guide*),971 页;路易斯·盖拉德神父(Le P. Loius Gaillard)《南京的过去与现在:历史和地理概况》(*Nankin*),17—48 页。

此地早期城市楚国金陵的名字有时被表述为"石头山"。然而,我认为"金"字指的是一种更坚硬的金属,也指代这一防御据点的坚固,例如金城,汉代同名郡中的一座县城,是一处西北前线的据点,参见《汉书》卷 2 下,1611 页。所以秣陵这一名称显然是秦始皇所取,它是对之前守城者的刻意讥讽,意指他们的堡垒现在是放牧战马的草场。

[46]　《后汉书》卷 112 志第 22,3486—3487 页;关于孙策对抗刘繇的战役,见第三章。

[47]　关于建业的建立和名称变化,见《三国志》卷 47《吴书》2,1118 页。

我们知道大臣张纮及对手刘备都向孙权推荐此地,认为它适合作孙权的都城。张纮的建议记载于《江表传》,而刘备的建议则在《献帝春秋》,两者都被引用于《三国志》卷 53《吴书》8,1246 页裴注第 2。

[48] 《三国志》卷54《吴书》9第1275页裴注引《吴录》称,当吕蒙倡导这一计划时,孙权已然在考虑这一港湾的建立。

[49] 《三国志》卷47《吴书》2,1118页和1119页裴注引《吴历》。

《吴历》称,孙权给曹操写信,警告他:"春水方生,公宜速去。"在信中的另一部分,他又说:"足下不死,孤不得安。"曹操自然被对手的英勇折服。

《三国志》卷1第37页,从曹操的角度声称,他已摧毁了孙权的整个"西营",即孙权在长江以北的军事据点。他还俘获了孙权的都督公孙阳;但他随即撤军了。

[50] 《三国志》卷14《蒋济传》540页,蒋济反对这一举措。曹操之后承认蒋济是正确的,任命他为丹阳太守:既然这个郡被牢牢掌控在孙权手中,我们无从确定这一任命是否出于嘉奖。

[51] 《三国志》卷51《吴书》6,1206页。孙瑜被任命为奋威将军和丹阳太守,且他曾担任过后者。他分别派饶助和颜连担任襄安与居巢县长,这两个县都位于庐江东南的长江边。孙权派他们去吸引当地人民来追随。《三国志集解·吴书六》2页下至3页上称,九江和庐江的人民都被这一举措吸引。亦见下文注第53。

[52] 《三国志》卷54《吴书》9,1276页;以及裴注第1引《吴书》。

[53] 浔阳是庐江最南端的县城,靠近长江,在今江西九江北侧。

《三国志》卷47《吴书》2第1118—1119页称,"合肥以南惟有皖城",在曹操试图迁走这一区域的人民后,孙权在翌年即214年占领了当地。似乎在孙权成功吸引和安置这一地区人民后不久,襄安县和居巢县就被撤销了(见上注第51)。

[54] 关于东汉扬州的郡县,见《后汉书》卷112志第22,3485—3492页;《后汉书集解》卷112志第22,35页上至54页下;以及《中国历史地图集》第2册,51—52页。

[55] 关于这些人的性质,以及下文中被我解释为"宗族"的"宗"字,比如在"宗民"一词当中,见唐长孺1955年关于吴国的建立以及汉末江南的宗族群体和少数民族的文章(3—29页)。贺昌群曾对此文进行了评析和讨论[1956下]。

其他关于这一问题以及孙吴在这些地区权力扩张的文章将在下文讨论,作者为傅乐成[1951]和高亚伟[1953]。

[56] 庐陵郡由孙策于196年宣布建立,尽管他在此数年后才控制了这一地区,见第三章。然而,当时这一行政单位至少已在地方上被认可。鄱阳郡是由孙权于210年建立,见《三国志》卷47《吴书》2,1118页。

关于郡县的变更,见吴增仅、杨守敬《三国郡县表补正》,以及谢钟英和洪亮吉的相关补注。《中国历史地图集》第 3 册 27—28 页呈现了一张三国时期的扬州地图;然而,它没有显示逐年的变迁。

[57] 见第三章。

[58] 见上文。

[59] 见第四章。

[60] 贺齐的传记见《三国志》卷 60《吴书》15,1377—1388 页。

[61] 关于孙策对东冶的远征,见第三章。

[62] 《三国志》卷 60《吴书》15,1377—1378 页。

尽管建安附近的地区由一位都尉控制,它仍然是会稽郡的一部分。建安独立称郡要到 260 年,当时的统治者是孙权的儿子即吴国第二位继任者孙休,见《三国志》卷 48《吴书》3,1159 页。

[63] 《三国志》卷 60《吴书》15,1379 页裴注第 1 引 4 世纪葛洪《抱朴子》,记载了这场战役中的一个故事。山民们得到了精于“禁术”的术士协助,术士布下咒语使贺齐部队的刀剑无法劈砍,攻箭在战斗中掉头射向自己。然而,思虑一番之后,贺齐说道:“吾闻金有刃者可禁,虫有毒者可禁,其无刃之物,无毒之虫,则不可禁。彼必是能禁吾兵者也,必不能禁无刃物矣。”因此,他令士兵伐木制成短棍,派突击队带着这些武器登上山坡。防守方的法术失效,而敌人也很快被击败。

[64] 《三国志》卷 60《吴书》15 第 1379 页称其为“县户”。亦见于下文注第 78。

[65] 尤突的叛乱似乎是受庐江太守朱光指使,见上文。

[66] 《三国志》卷 55《吴书》10《黄盖传》,1284—1285 页。

[67] 例如,《三国志》卷 47《吴书》2,1116 页。

[68] 《三国志》卷 56《吴书》11《朱桓传》,1312 页。

[69] 《三国志》卷 55《吴书》10《徐盛传》,1298 页。

[70] 《三国志》卷 56《吴书》11《朱治传》,1305 页。

[71] 《三国志》卷 56《吴书》11《朱然传》,1305 页。

朱然是朱治姐姐的儿子,也就是他的外甥。朱然的父亲姓施。孙策刚来到江南时,朱然大约 13 岁。朱治没有子嗣,请求孙策认可朱然作为他的继承人。当然,朱治是孙策在吴郡重要的盟友,所以孙策对朱然极尽礼遇,而且让朱然和孙权一同接受教育。

《三国志》卷 56 的正文称,临川从丹阳郡独立出来之后,朱然被任命为太守。1306 页裴注第 1 称,这个郡很快就被撤销,而且它和裴松之所生活的 5 世纪早期的临川郡不是同一处。另一处临川郡在数年后的 257 年于豫章郡东部被建立;它似乎占据着今鄱阳湖以南的土地,并且历经两晋被维持到了 5 世纪。例如，《三国志》卷 58《吴书》3,1153 页；《晋书》卷 15,462 页；《中国历史地图集》第 3 册,27—28 页和 55—56 页；《中国历史地图集》第 4 册,5—6 页和 17—18 页。这一定是裴松之提到的临川。

我们难以判断哪些县被划入更早的那个临川郡。它可能是为更紧密地控制动乱地区而建立的行政单位。当这个需求不再，它便于 230 年被废除。见《三国志集解·吴书十一》4 页下和《三国志集解·吴书十五》20 页上；引吴增仅、杨守敬《三国郡县表补正》,2944 页，以及谢钟英和洪亮吉的补注。

[72]　《三国志》卷 47《吴书》2,1133 页裴注第 1,以及 1134 页。

[73]　陆逊的传记见《三国志》卷 58《吴书》13,1343—1354 页；陆绩的传记在《三国志》卷 57《吴书》12,1328—1329 页；陆逊的弟弟陆瑁的传记则在《三国志》卷 67《吴书》12,1336—1338 页。

《三国志》卷 58《吴书》13 第 1343 页裴注第 1 引宗族文献《陆氏世颂》称，陆逊的祖父陆纡曾官至洛阳城门校尉，而他父亲陆骏在早逝以前曾是九江都尉。正文称陆逊幼年丧父，所以他前去了叔祖陆康家。而陆康正是日后被孙策代表袁术进攻并推翻的庐江太守，见第三章。

两个家族间最早的、有记录的交集是一件大约发生于 188 年的事件。孙坚担任长沙太守时，曾前去救援担任豫章宜春县令的陆康的侄子，见第二章。有趣的是，尽管这个家族后来显赫，但这个官员的名字并没有记载。他有可能是陆骏，即陆逊的父亲。

[74]　《三国志》卷 58《吴书》13 第 1343 页注第 1 之二曾引用《陆氏祠堂像赞》。其中称，海昌之后被改名为盐官。《中国历史地图集》第 3 册,27—28 页和 55—56 页中,盐官位于杭州湾北岸,近今杭州。

[75]　孙策于此时去世,他与乔夫人成亲不到一年；有可能孙绍是两人唯一的子嗣。

《三国志集解·吴书一》36 页上下卢弼注提到,据记载,孙策的三个女儿被赐婚给了陆逊、顾邵和朱纪,见第四章注第 3。

[76]　《三国志》卷 58《吴书》13,1343—1344 页。

[77]　蒋钦的传记在《三国志》卷 55《吴书》10,1286—1287 页；吕岱的传记则在《三国志》卷 60《吴书》15,1383—1387 页。在贺齐被调往新成立的新都郡地区后,两者都参与了闽江河谷的战役,而蒋钦之后也在新都的各场战役中辅佐贺齐。

[78]　因此,例如,我们可见贺齐在 213 年是如何安置豫章的人民(上注第 64),而陆逊在丹阳对抗费栈的战役后将民众带回"补户",见《三国志》卷 58《吴书》13,1344 页。

在这些情况以及相似背景下,县户最应当被理解为:在地方行政机构的有效监管下,人民以传统农业附着在土地上定居。在孙权的控制区中曾进行过一些曹操屯田模式的实验,但县户与之不同,以县户的模式进行的定居似乎与汉代的传统没有显著的差异。

[79] 这些数据来自《后汉书·郡国志》卷 109 第 19 到卷 113 第 23。关于扬州的记载见《后汉书》卷 112 志第 22,3485—3492 页。根据《后汉书》卷 109 志第 19 第 3389 页,京畿地区河南郡的数据,其获取时间相当于 140 年,根据各个郡的户籍和人口数量来看,大抵与这一时期相关联。

有观点认为,汉末整个帝国的人口下降到之前的零头。然而,这一显著流失大抵是统计失败造成的,不代表真实的死亡率。战争、饥荒和移民影响了许多人,但 20 年的动乱没有对整个中国定居和移民的总体规模造成重大的、剧烈的改变。

[80] 关于张羡在 190 年代末反对刘表的叛乱,见第四章。

[81] 士燮的传记见《三国志》卷 49《吴书》4,1191—1194 页。他的生平详见基思·韦勒·泰勒《越南的诞生》,70—80 页;詹尼弗·霍姆格伦《中国对越南北部的经营》,72—77 页。

[82] 见严耕望[1961],348—350 页;以及他 1950 年更为翔实的文章。

[83] 《三国志》卷 49《吴书》4 第 1193 页称,士燮逝世于 226 年,享年 90 岁。

[84] 见第一章和基思·韦勒·泰勒《越南的诞生》,64—70 页。

当时,关于南方历史的一则重要文献由薛综编纂。他的家族在南方躲避内战,之后在吕岱手下为官(第七章)。吕岱在 231 年离开南方,薛综认为这一地区需要强有力的行政管控。于是他向孙权上疏长文,其中概括了这一地区的历史,指出其对有效管理的需求。此文被保存于他的传记,《三国志》卷 53《吴书》8,1251—1253 页。

[85] 贾琮的传记见《后汉书》卷 31 列传第 21,1111—1112 页。他的成就和策略,见基思·韦勒·泰勒《越南的诞生》,68—69 页。

[86] 《三国志》卷 53《吴书》8 第 1251—1253 页,薛综在奏章中陈述,任日南太守的南海人黄盖将主簿打杀,因此被驱逐;而九真太守则在一场因相似的坏脾气导致的地方兵变中被杀。

[87] 《三国志》卷 53《吴书》8 第 1251—1253 页,薛综在奏章中称,朱符和朱儁都来自会稽。基思·韦勒·泰勒《越南的诞生》71 页称,朱符是朱儁的儿子,但我在中国早期史料中找不到这一说法。泰勒将朱符描述为从北方黄巾之乱抑或内战的其他骚乱中逃出的上层难民的庇护者。这很可能

为真,但根据薛综所说,朱符垮台的主要原因是他任命的地方官员对人民的盘剥。

[88] 关于交趾郡治龙编,也就是士燮的郡治在东汉作为海外贸易中心一事,见余英时《汉代贸易与扩张》,178—179 页。

下面的引文来自《三国志》卷 49《吴书》4,1192 页;译文见基思·韦勒·泰勒《越南的诞生》,73—74 页。《三国志·士燮传》1191—1192 页,还引用了学者袁徽写给尚书荀彧的信件,其中称赞了士燮的郡治和学识。

据描述,袁徽来自今河南的陈国;史料中对其没有更多的记载。荀彧是相邻的颖川郡世家大族之一,他后来成为曹操的首要谋士;他的传记见《三国志》卷 10,307—319 页。从汉帝落入曹操之手的 196 年到他的卒年 212 年,荀彧一直担任着汉朝的尚书令。

[89] "胡人"通常指"来自北方的少数民族"。这里应指来自印度的人。从他们最开始经过中亚的贸易路线到达这里时,"胡"这个字有时就用于形容他们。毕竟总体来说,他们所经路线也是一条从北方而下的道路。例如,劳榦[1947],90 页;以及许理和《佛教征服中国》第一册,51 页;第二册,336—337 页注第 148;以及第一册,290—292 页。

许多学者从不同的角度以不同的解释探讨过这段文字。许理和《佛教征服中国》第二册 336—337 页注第 148,认同这些焚香的胡人可能是出席这些场合的、来自印度或中亚的商人这一观点。尽管他不同意福井康顺《道教的基础研究》109—110 页进一步的说法,即他们在进行佛教仪式。余英时《汉代贸易与扩张》178 页将这段文字解读为"龙编街市上充斥着胡人",这可能是事实,但翻译得并不准确;这里的背景明确显示,这些胡人与大量的正规仪式有关。

因此,余英时和劳榦以及陈文甲(Tran Van Giap)《安南佛教:从起源到 13 世纪》("Buddhisme en Annam")216—220 页,将这段文字用作士燮同东南亚及以外地区进行海上贸易的证据。这似乎是一条更适合外国人前来的路线,尽管有史料表明士燮通过今云南同中国次大陆的西部和西北部有联系,见下文注第 101。

詹尼弗·霍姆格伦《中国对越南北部的经营》75—76 页,将这些胡人的奏乐焚香解释为印度教和佛教行为对士燮朝堂的影响。据许理和称,没有证据表明这是一种佛教仪式,但它的确显示相关的仪式被用来为士燮的典礼增光添彩,而且当时似乎有大规模的外国移民或侨民聚集区,能够支持并欣赏这样的表演。

[90] 关于赵佗,见第一章。

[91] 薛爱华:《朱雀:唐代的南方意象》,99 页。

[92]　关于孙策前往闽江口的东冶和候官的旅途，以及贺齐之后代表他进行的行动，见第二章。

《三国志》卷49《吴书》4，1192页裴注第1引3世纪末4世纪初葛洪所作《神仙传》，其中记载了士燮的一次致命疾病是如何被候官的名医董奉医好的。这至少是两地持续往来的证据，我们可以认为这种往来是沿着当时中国东南海岸进行的。

[93]　见第一章和第四章。

[94]　根据《晋书》卷15第464—465页，张津起初被任命为刺史，但之后被给予更高的州牧头衔。这可能是为了巩固他在地方上的权威。这似乎是这一地区首次被正式授予州的地位，见第一章注第58。

在讲述孙策和干吉的故事中，曾提到张津，见第三章。对他最早的提及在《三国志》卷6，189页裴注第1引司马彪《续汉书》。在此他被描述为袁绍的说客。他试图说服何进在189年屠杀宦官（参见第二章）。《三国志》卷38《蜀书》8第965页，在许靖写给曹操的信中提到过张子云。而在966页注第2中，裴松之称子云是张津的字，此人来自南阳，而他的生平详见《三国志》中吴国的部分。

张津在《三国志》卷49《吴书》4 1192页被提及。《三国志》卷53《吴书》8第1252页，在薛综的奏折中，又一次被提到。亦见于詹尼弗·霍姆格伦《中国对越南北部的经营》，72—77页；基思·韦勒·泰勒《越南的诞生》，71—72页。

[95]　除了张津之死，当时另一个职位苍梧太守，因刚上任的史璜去世而空缺。

史璜的姓与士燮和他的亲族不同。我们可以假设，他对士燮总揽大权是忍让的，因此他可能是士燮的同盟和好友。

[96]　步骘的传记见《三国志》卷52《吴书》7，1236—1242页。

[97]　《水经注》卷37第1176—1179页，有对步骘进入交州更详细的记载，而吴巨的名字在此被写作"臣"。高要在今广州以西约75公里外。

[98]　关于孙权在武昌建都一事，见第七章。

[99]　关于刘备占领益州，见第六章；关于雍闿后来的经历，见第八章。

[100]　关于流离一词指代装饰性彩色玻璃，见余英时《汉代贸易与扩张》，198页；薛爱华《撒马尔罕的金桃：唐代舶来品研究》（Golden Peaches），235—237页；李约瑟《中国科学技术史》第4卷第1分册，104—105页。玻璃似乎是中国从罗马帝国进口的主要商品之一，《后汉书》卷88列传第78第2919页提到，流离是大秦的产物。而《三国志》卷39第861页裴注引《魏略》列出了数种流离。它通过中亚的陆路和中国南方的海路抵达东方。

[101]　既然我们知道士燮曾与雍闿及其在今云南一带的同党联络,那么这些马匹有可能来自中国西部。112 年,东汉政府在越巂、益州和犍为三个郡建立马场,此三地都位于今四川和云南一带,见《后汉书》卷 5,218 页;拙著《北部边疆:东汉的政治和策略》,486 页注第 62。

第六章　争夺荆州（211—219 年）

梗　概

在赤壁的胜利之后,刘备控制了荆州南部各郡,还通过南郡得到了长江上的港口。211 年,他被请入益州即今四川,去协助地方军阀刘璋对抗占据着汉中郡的道教领袖张鲁。然而,在抵达后不久,刘备背叛了刘璋,自行占领了这片土地。

刘备于是得以在西部立足,而他向长江以北扩张的尝试并不成功。孙权则对荆州的划分越发不满。他的诉求遭到了刘备的拒绝。但是在 215 年,经过一场短暂的战争,两者达成新的协定。这带给了孙权更多的土地,而孙刘联盟也被再度确认。

219 年,刘备占据了汉中,自封为王。在这一年的下半年,驻守荆州的将军关羽向曹操在汉水边的据点发起进攻。在摧毁了一支敌军后,关羽在樊城包围了曹仁。

然而,在关羽交战之时,孙权和将军吕蒙向他的侧翼发起进攻。关羽被孙权的部下杀死,而孙权自此收回了之前交给刘备的所有荆州的土地。

西部的刘备(211—214 年)

鉴于刘备和孙权于 210 年达成的协议,刘备控制了位于湘江及其支流盆地中的荆州南部诸郡,同时还"借"到了控制着自洞庭而下的长江上游的南郡。孙权直接控制的区域包括了江夏郡南部,此处由程普治理,直面曹操的太守文聘;还有洞庭湖和江汉之交中间的沿江地带,包括赤壁,此处由汉昌太守鲁肃把持。[1]

在一段时间里,关于这一划分并无争议。刘备对所拥有的很满意并觊觎他处,而孙权则主要关注对扬州和长江以北到淮河一带的控制。程普去世了,而鲁肃被暂时调到了北部前线;在那里,他于 214 年参与了对庐江皖城的包围。然而,在接下来一年里,孙权再一次将注意力转向了西部。

这些年见证了刘备地位的显著提升。他和以诸葛亮为代表的谋士们,基于个人威望、政治机遇和残酷的虚伪,占据了位于今四川的益州,建立了一个拥有强大军事实力的新政权。

益州牧刘璋在 194 年继承了父亲刘焉的地位。我们知道他是因为自己的温文尔雅而被选中;[2]而且他常常被认为是一位弱势的统治者。然而,尽管刘璋治下存在民变和其他的动乱,并且显然在面对强敌时处于弱势,他还是试图稳住了局面。但在 211 年,他向荆州的刘备发出邀请,希望后者带兵前来协助他对抗道教领袖张鲁。

张鲁的家族原本来自帝国东部的沛国,但他的祖父张陵搬到了西部,在成都以西的鹄鸣山建立了一支教派。[3]根据张鲁的传记,张陵用自己写的手稿教育民众,从信徒那里收受米,这个信众团体叫作"五斗米道"或"米道"。[4]张陵去世后,他的儿子张衡接替他成为教派的领袖,而张鲁则在张衡去世后接任。

大约 184 年,中国东部爆发张角领导的黄巾起义之时,一个叫张脩的人领导过一场短暂的起义。他来自巴郡,显然与五斗米道有关联。[5]然而,这一动乱被轻松平定,而张脩同官方言和。

数年后的 188 年,另一个自称为黄巾军的群体在益州起事并杀死了刺史郤俭。但五斗米道没有在这场动乱中露面。[6]相反,在刘焉成为州牧后不久,他时常拜访张鲁的母亲,而她也是这个教派的信徒。另外,大约在 190 年,刘焉让张鲁和之前的叛乱者张脩一同领兵,[7]去进攻曾不愿接受他权威的汉中太守。这场战役是成功的。但张鲁随后杀死了张脩并接手了他们一同率领的部队,从而建立了自己的宗教政权。[8]

在中国宗教史上,张陵被认为是天师道的创立者。张鲁是其中的元老之一。张鲁的传记里提到他教给人们通灵的法术,自称"师君"。[9]其教义宣称疾病和恶行之间的联系,要求病人忏悔他们的罪恶。[10]这些教义在许多方面与东部大众化的道教各派相似。从史书中的记载看来,这些教派至多可以被看作相同仪式和信仰的地方分化与发展。它们大抵集中于华北平原,但会根据不同的环境、风俗和领袖修改其表达方式。[11]

对于刘焉而言,张鲁宣称独立不完全是一件坏事。汉中郡控制着汉水在今陕西以南的上游,所以张鲁阻隔了刘焉通过群山与渭水河谷之间的联系。因此,刘焉可以免于同汉朝政府打交道。在张鲁的桀骜所造就的保护下,刘焉在益州的剩余部分建立了个人的权威。

刘璋在 194 年继承父位时,他与五斗米道的关系仍然待定。因为张鲁没有对他的地方政府采取任何行动,他的家族成员们仍然列席成都的朝堂。然而,过了一段时间,大约在 200 年,一场正式的决裂发生了。张鲁称汉中是他的控制区,并试图将权力向南扩张至嘉陵江上游,即汉代巴郡的北部。刘璋处决了张鲁的母亲和其他的教派成员,在阆中县部署了一支军队来与之对抗。

但到了继位约 15 年后的 210 年,刘璋的政府在益州表现得虚弱、四分五裂且随时可能垮台。其父刘焉原本来自荆州江夏。他在汉朝的首都为官时积累了一些人脉和联系,于 190 年代初通过果断压制可能挑战自己权威的地方领袖组建了自己的班底。之后,当流民们从京畿地区和南阳来到益州时,他们被组成了一支叫作东州兵的武装力量。但地方政府没有给予他们太多支持,他们也的确是桀骜不驯且混乱的不安定因素。在个人层面上,好几个曾经辅佐刘焉并支持刘璋继位的人后来背叛了他。例如,在 194 年拥立刘璋为州牧时扮演了主导角色的赵韪,数年之后,却利用地方上的不满发动了叛乱。他一度包围了成都城,最终兵败被杀。庞羲曾是刘焉的好友,他也加入了赵韪的叛乱,但最终与刘璋言和。他日后充当了对抗张鲁部队的指挥官,但只取得了有限的成功。

史书将刘璋描述为一个优柔寡断的人,这一判断可能是公正的。显然,他没能建立一个可靠的、支持他的根基:他在地方领袖中没有强势的盟友;他疏远了许多他父亲之前的同党;而且他管不住来自北方和东部的、有可能效忠于他个人的流民。在某种意义上,与其说刘璋在益州掌权是依靠某种治理方式,倒不如说他依靠的是地方上的政治惯性;因为这一地区尚且没有哪位人物能对他构成重大的挑战。

然而,到了 211 年,局势似乎开始变化。当年秋天,在渭水与黄河大弯交接处西侧的华阴,曹操大败凉州的军阀联军。[12]通过这场胜利,曹操的军队控制了远抵长安的渭水谷地。他令将军钟繇筹备对汉中张鲁的军事行动。

对于益州的刘璋,宿敌张鲁所面临的威胁既代表机遇,也代表挑战。一方面,如果他能够利用张鲁被牵制在北方的时机,他就可以恢复许多控制区并巩固自己的权威。另一方面,如果张鲁向曹操投降,刘璋将要直面汉末最强大的军事力量。他要试图仅仅依靠没有天险的益州剩余部分来维系自己的独立。一旦曹操的军队跨过了秦岭山脉的阻隔,汉水和四川盆地之间的山区就不再是什么大问题。同时,曹操能够投入战场的军队远多于张鲁。刘璋不太可能在这样的攻势中生存下来。

刘璋的阵营中有一些人或行政资源,能够帮助他处理这一蔓延的危机。这些人对形势的判断,由谋士张松代为概括:

> 今州中诸将庞羲、李异等皆恃功骄豪,欲有外意;不得豫州,则敌攻其外,民攻其内,必败之道也。[13]

这所表达的观点是,刘璋应该利用刘备的声望和兵权来为自己建立一个效忠的核心。刘璋相信刘备会尊重并辅佐他,因为他们都是皇室宗亲。如此一来,他将会得到足够打败张鲁的军事力量,以及一个支持他个人的核心群体,后者能够让他统领益州的各个派系。

然而,这一建议成立的前提是,刘备将会保持忠心且满足于侍奉刘璋。从这个角度来看,这个建议是不可靠的,甚至可以说是欺诈。说它不可靠是因为,即便往最好处想,我们也很难想象:已然控制了荆州一大片土地的刘备会愿意放弃这一独立地位来辅佐刘璋这样虚弱的统治者。说它是欺诈是因为,史书中数次提到刘璋的许多谋士同刘备往来密切,并且劝他前来接管益州。

在这场辩论中,除了张松,支持与刘备结盟的谋士包括了法正和孟达。他们都来自长安附近的右扶风。认为刘璋应该依靠个人资源来解决问题的人似乎都是当地人,如巴西郡的黄权和广汉郡的王累。[14]然而,这些异议后来被否决,而请帖送达了刘备处。

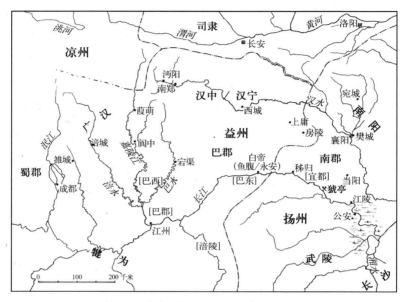

图 8   三国时期中国西部形势示意图

刘璋下令准备迎接刘备,但迎宾的排场被来客的名誉和人望盖过。史书称,刘备刚来益州的时候就像是还乡一样。[15]带着自己的军队,以及刘璋送来的护卫和大量补给、礼品,刘备溯江而上抵达今重庆附近的江州,再沿嘉陵江和涪水北上到达今绵阳附近的涪城。刘璋在这里接见了他,场面好似金帛盛会。两位领袖举行了典礼,在场的车驾和帐幔好似太阳一般耀眼。

当刘备经过江州时,忠于刘璋的巴郡太守严颜失望地说:"此所谓独坐穷山,放虎自卫也!"[16]在涪城会面时,张松、法正和一些刘备的谋士就建议他立刻俘获刘璋。刘备回答说"此大事也,不可仓卒"。如果他这么快就背叛刘璋,他作为一个高尚之人的名声就会毁了;而且,他还没有在益州人民当中拉拢一批追随者。此时,他和刘璋正推举彼此接受更为高贵的头衔。刘璋交给了刘备更多的军队和补给,再派他北上葭萌,统领所有对抗张鲁的行动。至于刘备则慷慨布施并做出亲民的举动,以收买人心。

根据上述记载,毫无疑问,刘备仅仅是在等待取代刘璋的机会。在刘璋这边,他可能希望同刘备的联盟能够给他的政权带来威信,以便对抗他屡次尝试控制却难以慑服的反对势力。与此同时,他期待给予刘备的礼物和支持足以让此人甘居人下。在成都,刘璋仍然控制着益州的府库和税收。刘备到了北方,与他在荆州的根基隔绝,应当难以公然造反。然而,我们很怀疑刘璋是否明白,他所谓的支持者和大臣们已经准备好支持这位闯入者的事业。

在刘备抵达益州一年多后,他的机会来了。有趣的是,这个机会的前奏是曹操于212—213 年冬和早春对孙权在长江下游各据点发动的进攻。在有些地区,孙权不得不退让,他主要仰赖于濡须新要塞和具有水上优势的长江防线在进攻者面前能固若金汤。但随着曹操攻势的升级,孙权和部下无疑有过焦虑。不论情况怎样,据说孙权曾写信向刘备求援,而刘备则向刘璋请辞以与老盟友联合。[17]

刘备的传记称,孙权特地向他求援,但我们不禁对此怀疑。这场战役发生的地点距离刘备当时所在,直线上逾 1 000 公里;考虑到长江的天然水道,路途更为遥远。有可能,孙权是请求刘备留守荆州的将领关羽沿汉水河谷向北出击,以分担东面的军事压力。当然,在写给刘璋的信中,刘备强调称关羽在荆州有麻烦,所以他有责任回去支持孙权对抗曹操及其军队。刘备还说,张鲁已坚决退守,短期内没有威胁。

可以预料的是,刘璋不太愿意支持这一行动。不论如何,他将刘备迎入自己的控制区是为了进攻并征服张鲁。在军事行动开始一年后,刘备的战线仍然没有变化。现在,为了开始另一场远离刘璋的利益与控制范围的战役,他不仅要带着自己的部队走,还要带走刘璋给他的人马。所以刘璋总体上拒绝了这一提议,只给予了刘备所求兵力的一半,同时减少了他的补给。

然而,刘备现在可以说有了是向刘璋开战的借口。在一则檄文中,他强调了他对老盟友和下属们负有更大的责任,声明了他和下属为了忘恩负义的刘璋所做出的种种,并带兵攻向成都。曹操的攻势规模很有限,总体上在沿江两线处于失败境地,这一事实似乎证明了刘璋的观点,即刘备的支援并不必要。但刘备依据的准则是,既然他向东的远征没有得到足够的支持,那么他有理由折而向西对付他的金主和雇主。在逻辑上,这是毫无意义的矛盾说辞;在现实中,它则是完美的舆论手段。这给予了刘备及其支持者背叛刘璋所需的一切借口。

当刘备做出进攻的决定,预示着刘璋的权力便终结了。尽管这个结果一部分是他自己不够残忍所致。刘璋可能不是一个果断的人,但他也同样不是一个残忍的人。所以他拒绝了在通往成都的道路沿途执行焦土政策从而阻击刘备的方案。虽然有一些将领逃跑或投奔刘备,但许多人仍然是忠于刘璋的。靠近成都的广汉郡治雒城在刘璋儿子刘循的指挥下抵抗了一年。同时,江州的严颜控制着刘备和荆州基地之间重要的枢纽。严颜一直在坚守,直到被诸葛亮、张飞和赵云统领的沿江西进的军队压垮。[18]然而,刘璋没能利用这些孤立的忠诚行为带来的潜在机会,他遭受了太多将领和骗子的背叛。

214 年夏,刘璋被困在成都。他面对着刘备、来自东部的援军和马超所部即刘备拉拢的北方雇佣兵的围攻。[19] 经过数周的围城,刘璋走出成都向刘备投降,而不是让人民承受攻城和洗劫的痛苦。他被允许保留了将军头衔和自己的大部分财产,但他被逐出了益州,一路顺江而下抵达长江中游的公安。与此同时,刘备在成都举行了盛大的宴会,嘉奖他的新旧支持者,并允许得胜的士兵们私掠府库财货。

再定荆州(215 年)

我们很难相信,孙权能就刘备接管荆州一事对后者的满足感同身受。不论怎样,这是一片他曾怀揣过野心的土地。一旦它落入刘备之手,它便永远不对孙权开放了。另外,之前在联盟中处于弱势的刘备现在控制着两个州的重要区域,他和部下显然也是精力充沛的军事家。孙权在自己的控制区固然比刘璋要安全得多,但刘备所表现出的能屈能伸难以让任何同僚和盟友感到安全。而且,由于周瑜死后所做的种种安排,刘备在荆州占据了绝佳的地位。就像 19 世纪的欧洲外交官们常做的那样,孙权想从成功的盟友那里寻求"补偿"。

早在刘备于 211 年刚到荆州时,双方之间就发生过摩擦。孙权的妹妹即刘备的正室孙夫人,当时想要回到孙权的庇护下,还试图带走刘备的儿子和继承人刘禅。孙权派出小型舰队护送她,但赵云和张飞截停了这支舰队。我们对双方谈判的细节一无所知,但这必然是棘手而紧张的。结果是刘禅被留下,而孙夫人可继续前行。至此,这场婚姻以及这一阶段的同盟,便在实质上结束了。[20]

接下来几年里，孙权主要关注扬州和长江下游对曹操的防御，而刘备的大部分军队仍然驻扎在荆州。214 年下半年，江淮之间的局势暂时稳定了下来：孙权占领了皖城和庐江郡南部。尽管曹操在淮河一带短暂地展现了实力，他很快放弃了新一轮的进攻计划，回到了许城。与此同时，为了加强对益州的统治和治理，刘备令大部分的军队西进，关羽则统领着留守荆州的部队。

因此，早在 215 年，孙权经诸葛亮的哥哥诸葛瑾之手正式致函刘备，[21] 要求归还荆州各郡。尽管这一请求的措辞中称这些土地应被"还"给孙权，但刘备似乎是靠自己的力量在赤壁之胜后占据了南部的土地，而南郡是唯一可以说是由孙权"借"出的土地。然而，南郡是荆州和益州之间通过长江峡谷相互交通的一处关键枢纽，其郡治江陵是关羽的大本营。

刘备没有放弃他的任何意图，但他的回答模棱两可：他正计划一场北上攻取凉州的战役，当他控制那一地区后，他将会交还荆州的一切。然而孙权不为所动，憎恶地称刘备有借无还。[22] 他向手下的官员发出委任状，以接管长沙、零陵和桂阳郡。当关羽不出意料地拒绝这些人入境后，孙权派吕蒙带着 2 000 人去强硬地执行他的决定。

这场战役的策略制定得很合理，并且在执行中精准地把控了时机。孙权的部队分两队行动：鲁肃留守在大本营汉昌陆口，以在上游的公安迎击关羽；得到这一掩护，吕蒙能够畅通无阻地向南进军，将三个郡逐个击破。刘备任命的长沙和桂阳太守向强势的地方部队投降。但当吕蒙到达桂阳以西、与北方有些许联系的零陵时，刘备带着援军前往公安，关羽因此能够脱身回援。

此时，孙权已进军陆口。鲁肃向南部和西部移动，截击关羽的援军，两者在长沙西部的益阳再度碰面。同时，加急信件被送

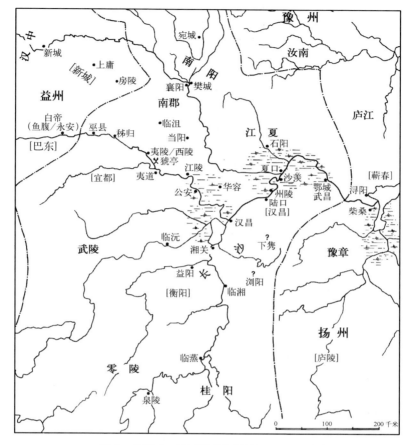

图 9 争夺之下的荆州示意图(210—220 年)

往南方;孙权在信里让吕蒙回头,令他和鲁肃在被逐个击破前加入大部队。

然而,吕蒙玩了一招虚张声势。在已经接到撤退命令后,他仍向部下们宣布将攻占零陵郡治泉陵城。第二天,他派信使前往太守郝普处谎报了当时的情形:刘备远在西边的汉中受到攻击,而关羽因孙权进军被困在荆州北边;援军无从指望。郝普相信了他,出城投降。吕蒙礼待了郝普,让他乘船北上。但是,作为插曲,吕蒙向郝普展示了他所接到的代表真实情况的命令,当郝普读到这则信件时,吕蒙为自己的成功大笑。[23]

攻占零陵是有意义的,尽管它此时没能被永久占据。孙权自然担心在荆州长期作战的后果,而且他主要考虑的是在新的所得当中能够保有多少,而不一定是保有它们全部。另一方面,对孙权极为有利的是,曹操此时正向南进军汉水上游河谷。孙权一直期待曹操能够出兵,而现在它成了现实。这一威胁足以令刘备相信现在的上策是快速议和,从而将主要注意力转向益州新占领地区的北面。

所以,这两位之前的盟友重新协商了他们对荆州的划分。零陵被交还给刘备和关羽,双方现在认可湘江为两者之间的界线,而孙权由此得到了桂阳和长沙大部。[24]

这一划分必然被认为是不完整且不稳定的。交战双方都相信自己与对方的诉求是正当的,但湘江主要是一条南北通道,而不是东西界线。然而,此时刘备和孙权在北方有着更多的顾虑,那就是在从汉水上游到淮河下游的不同战线上对抗他们共同的敌人曹操。

215 年秋,曹操对汉中发动了进攻。经过一场短暂的战役,张鲁在冬天投降。曹操赏赐了他,他领导的宗教也得到了官方承认。而他自己受人供奉,舒适地度过了余生。[25]

曹操的一些谋士劝他乘胜追击,进军益州主要区域。他们称刘备的政权尚未建立,而张鲁的倒台必然让刘备的支持者焦虑,所以刘备面对迅疾的进攻应当很脆弱。另外,在汉中以南的巴郡一带有想要独立的当地人,如果曹操能支持他们取得独立,他们也将会支持曹操的进攻。而且张鲁在这一地区拥有很大的影响力。[26]

然而，如从汉中南下，曹操将会进入一片群山阻隔的封闭地带。战败甚至小挫折带来的后果，对他的军队乃至于政权将会比七年前的赤壁之败远为严重。所以他在这一方向的行动非常谨慎。他的将领张郃向巴郡试探性的进军被将军张飞在靠近今渠县的宕渠击败并驱回。[27]此后，曹操只试图在汉水上游河谷巩固前线。在留下大将夏侯渊指挥后，他回到了东部。刘备则留在成都建立地方政权。

当曹操和刘备由此被牵制在西部时，孙权试图通过在长江以北向淮河发动新一轮攻势来推进在荆州的小胜。215 年夏，在与刘备再次谈判后不久，他亲自指挥了对合肥城的大规模进攻。

然而，这场远征到头来导致了屈辱的灾难。曹操在合肥的地方武装将领张辽及其同袍，数次被南方的军队在数量上压倒；但他们在围城合拢之前向孙权的人马出击，从而扰乱进攻方，迫使他们在几天内撤退。

关于这场战役的主要史料见《三国志·张辽传》，其中强调了他个人的英勇和他对敌人的威慑：孙权和所有的部下都不敢与之交锋。[28]另一方面，即使是《三国志》中吴国部分的记载也证实了这场灾难。随军远征的吕蒙传记中称，他和凌统在侧翼英勇战斗，以掩护撤退。而孙权的传记记载了他如何在合肥附近一处河口被敌军切断退路，差点被张辽俘虏。这段文字的注释中引用了《献帝春秋》：

> 张辽问吴降人："向有紫髯将军，长上短下，便马善射，是谁？"降人答曰："是孙会稽。"辽及乐进相遇，言不早知之，急追自得，举军叹恨。[29]

而《江表传》告诉我们孙权是如何逃脱的：

> 权乘骏马上津桥，桥南已见彻，丈余无版。谷利在马后，
> 使权持鞍缓控，利于后着鞭，以助马势，遂得超度。[30]

最终，贺齐带着三千人前来支援孙权，后者在护送下乘船回到了大本营。孙权为将领们举行酒会，而贺齐代表众将说："至尊人主，常当持重。今日之事，几至祸败，群下震怖，若无天地，愿以此为终身诫。"孙权向他保证："大惭！谨以克心，非但书诸绅也。"[31]

在对这场战役的记载中，有两个特别的要素值得注意。首先，甘宁的传记中讲述了他如何帮助孙权逃脱。其中简要地提到军中有瘟疫，而这也是撤退的原因之一。这个故事可能是真的，这样的厄运或许沉重打击了孙权所集结庞大军队的士气和实力。[32]

其次，在这场战役中死去的将领陈武的传记末尾，《江表传》称，孙权亲自参加了他的葬礼以显示其尊荣，并让他的爱妾为他殉葬。这一习俗早已断绝，孙权的举动离奇怪异。史学家孙盛自然对此颇有微词："权仗计任术，以生从死，世祚之促，不亦宜乎！"[33]

总体而言，合肥的溃败没有对孙权在北方边境的军队士气和地位造成任何影响，也没有影响到他作为一位军事统帅的名声。尽管张辽传记中的宣传成分称孙权一度过于恐惧，不敢出战；但其他的记载将他描述为一位优秀甚至勇猛且弓马娴熟的勇士。然而，和他的兄长不同，孙权作为一位沙场上的将军并没有取得显著的成就。他能够统领军队并在早年维系着对曹操攻势的有力防御，但他从来没有组织过可圈可点的进攻。在赤壁之战期间，周瑜和程普率军直面曹操，而孙权则统领着预备军。在214年对皖城的进攻中，担任主导角色的似乎是吕蒙；在不久前同关

羽和刘备在荆州的战役中,机动部队由吕蒙统领,鲁肃统领援军,而孙权则再一次统领预备军。

孙权很勇敢,但时常鲁莽。我们知道他喜欢猎虎,有一次他差点被老虎拖下马鞍。之后,他经人建议打造了一驾特制的马车,车上备有防护装置,还开了一些能让人从车内射击的小孔。但猎虎仍然充满危险。据说孙权喜爱乘车与数头围攻他的野兽周旋。[34]

因此,孙权的性格与权威并无问题;但对于一个军阀政权来说,其统领没有很高的军事声望是一项弱点。尽管有过往的挫折,刘备被认为是一位出色的军事统帅,曹操在这一点上也不容置疑。然而,孙权多数的胜利仰赖于下属们,他也一直如此。他此后没有再领导过重大的攻势,但他彰显了一国之君应有的行政和政治手腕。即便他不是一位战术大师,他有着对战略深刻的理解和优秀的下属,这使得他能够在敌人面前执行自己的部署。

216 年,在汉中战胜张鲁之后,曹操回到了邺城。当年夏天,他加封魏王。[35]这其实预示了未来发展的迹象,因为自汉高祖以降 400 年来,惯例上不再有异姓封王。[36]曹操在 213 年自封为魏公,这已然是极高的地位了。[37]现在,这一新的封赏则更为显赫。

216—217 年冬,即孙权在合肥战败一年多后,曹操从邺城南下江淮。农历十一月,他抵达了谯县。次年春天,他领军前往庐江的居巢,此地靠近皖城边的长江。

和面对曹操 212—213 年的那次攻势一样,孙权令全军保持防御态势,尤其是濡须要塞。可能是受到 215 年的挫败影响,他似乎对军事行动兴味索然,将战术指挥权交给了统领陆军的吕蒙;蒋钦则指挥舰队。曹操攻向濡须,但没有在短兵相接中取得成功。尽管孙权的舰队被一场风暴损毁,曹操仍然没能取得优势。[38]

不久之后,在春季的第二个月,曹操离开了东南。然而,和213年那次不同,他没有撤走所有的部队;这次留下了大将夏侯惇和曹仁、老将张辽,以及"二十六军"。这显然是一支大军,他们留在了居巢的前进基地。[39]

这是一个有趣的部署,令孙权处境尴尬。考虑到濡须要塞的坚固,以及他对这一带的长江无可争议的控制,孙权并不担心进攻的威胁。另一方面,除非付出大量的己方伤亡,驱逐这样庞大且处于守势的一支敌军是困难的。这和包围皖城这样的孤城抑或进攻合肥不同。还有,只要夏侯惇让他的军队驻扎在离长江这么近的地方,孙权自身的行动就严重受限。无论是在鄱阳地区或荆州,孙权在东部的任何军事行动都持续面临着突袭和截击的威胁。

在这种情况下,孙权派徐详前去谈判。此人担任都尉一职,但实际上类似个人助理。[40]谈判并不困难。为了换取北军的撤退,孙权向曹操正式"投降"。同时他们恢复了赤壁之战时期破裂的和约与联姻。

投降的条款看起来很随和,记载中也没有提到纳贡和人质。夏侯惇的军队是短期使用的筹码,而不是大举南攻的前锋。其实,曹操并不愿意在多线作战时让他的人马在一处突出部停留太久。然而,这一部署显示,它对付孙权是有效的。后者的投降是对自己弱势的承认,这令他丢失颜面。另外,通过此时承认曹操的权威,孙权便默许了曹操称王的举动,以及它给汉朝带来的影响。这将使他未来难以宣称自己是反对篡位者的汉室忠臣。沿着长江的攻势在这里既是军事事件,又是政治事件。而双方在交易中可能都相当满意。

大约217年,鲁肃去世了。孙权厚葬了他,并亲自随队送葬。孙权委任吕蒙接替鲁肃作为荆州军队的统帅。吕蒙作为汉昌太守接过了陆口的大营,以及来自下隽、浏阳、汉昌和州陵的专属补给,即鲁肃之前所被给予的。他直接指挥着1万人。

我们之前曾数次关注吕蒙:孙权于200年继位时,他便在年轻将领中崭露头角;他于208年在南郡担任对抗曹仁的一支分队的指挥官,更近期又活跃于从荆州到江北的战场。考虑到荆州到孙权大本营的距离,以及他同刘备和关羽划分此地时的不确定性,吕蒙的新任命使其成为孙权手下最重要的军事统帅。

吕蒙原本来自汝南郡,但他在青少年早期就来到了江南,投奔了身在孙策麾下的姐夫邓当。吕蒙的父亲似乎早逝。不论他和母亲在北方地位如何,他们成了贫苦的流民。然而,吕蒙之后试图出名,成为孙策的亲随。邓当去世后,其军队指挥权被授予了吕蒙。大约在那时,孙权继位。吕蒙成功得到了他的欣赏,通过向他展示自己军容整肃、训练精良的人马而得到了提拔。[41]

吕蒙似乎一直是精力充沛且富有进取心的。与他的朋友和同袍甘宁一样,他早年更多的是一名凶悍的战士,而不是作为士大夫长官出名。之后,我们了解到,当他开始被委以更重要的领导职位时,孙权及其他人劝他学习一些文化知识。《江表传》中记载了他与孙权的一段对话,后者劝吕蒙和蒋钦学习并提升自己。吕蒙回称,他过度忙于军务,没有闲暇读书:

> 权曰:"孤岂欲卿治经为博士邪?但当令涉猎见往事耳。卿言多务孰若孤,孤少时历《诗》《书》《礼记》《左传》《国语》,惟不读《易》……宜急读《孙子》《六韬》《左传》《国语》及三史。[42]

带着这份书单和各种鼓励，吕蒙开始了学习。通过对军事部署的直觉，以及对典故的娴熟运用，他令长官们尤其是鲁肃感到惊叹。[43]

然而，吕蒙并不是孙权在西线接替鲁肃的首要人选。学者严畯是一位古籍专家，曾在大本营担任过一系列职务。孙权意在让他成为新的统帅。然而，严畯坚决推脱，称自己不过是个学者，没有接受过军事训练。当孙权进一步考虑这个问题时，严畯的数次坠马无疑证实了他的顾虑。[44]

因为这一理智而谦逊的表达，严畯在当时受人敬仰。他日后在朝中文官里升迁至高位。我们可以确信他不会成为吕蒙那般活跃的将领。

根据吕蒙的传记，从他到西部赴任开始，他就向关羽展现了尊重和友谊，并处处表示他愿意延续鲁肃在当地的政策。然而，我们还知道，他和孙权讨论过未来的战略，劝其在荆州采取进取的策略：

> 且羽君臣，矜其诈力，所在反覆，不可以腹心待也。今羽所以未便东向者，以至尊圣明，蒙等尚存也。今不于强壮时图之，一旦僵仆，欲复陈力，其可得邪？

孙权钦佩这一观点，但选择了向徐州扩张的政策。吕蒙回道：

> 今操远在河北，新破诸袁，抚集幽、冀，未暇东顾。徐土守兵，闻不足言，往自可克。然地势陆通，骁骑所骋，至尊今日得徐州，操后旬必来争，虽以七八万人守之，犹当怀忧。不如取羽，全据长江，形势益张。

孙权觉得这些话完全正确。[45]

我们不得不怀疑，至少在细节上，这番对话总体上是杜撰的。

曹操于200年在官渡打败了袁绍，并且通过207年在北方的战役消灭了袁氏家族的残部。从那以后他在华北平原就没有对手。另外，曹操如今得到了专注于长江前线的机会，所以孙权在徐州的防御并没有如吕蒙言论中所称的那么不值得关注。

相较于试图协调史实性错误或将其解释为吕蒙明目张胆的阿谀奉承，我们更应该将这段文字认定为历史学家的杜撰；其意在对比进取徐州和淮河谷地的"北方"政策，以及进取荆州和关羽在当地据点的"西部"政策，从而将吕蒙树立为后一计划的倡议者。

旱地和骑兵的问题显然很重要，过往经历也显现出孙权的部队在江北的弱点和有限的成功概率。孙权现在面临着一条由屯田点支撑的成熟的沿淮防线。他远远不能攻克合肥，而且，曹操于216—217年的攻势已在可见的未来大体上打消了孙权的这个目标。

如果孙权想要作为一股独立的力量来扩张并发展他的政权，他就必须望向西部和南方。如我们所见，通过投入充沛的精力和技能支持，南方正在被开发。但反对者和当地人在压迫下提供的援助有限，何况向这一方向过度投入也有风险。在西部，赤壁之胜后的扩张可以说是令人失望的。孙权仍然控制着荆州的一小半土地，但他面对着一个随时会决意背叛他的强大盟友，抑或对手。在过去数年，鲁肃的建议是恰当的；孙权的主要精力也被投入了和曹操的对抗，以及扬州一带的发展。然而，处于当下存亡的压力之下，他必须考虑来自西部的可能性与危险。

大背叛(219年)

217年鲁肃的去世,以及孙权同年向曹操的正式投降标志着政策上的潜在变化,而这一变化经吕蒙被任命为荆州的统帅被证实。所以,在得知这一消息后,刘备和关羽应当谨慎行事。

事实上,出于某种原因,西部的人们似乎不难理解这些信号。关羽可能的确被吕蒙的伪装欺骗;但更有可能的是,他并不怎么尊重他的邻近对手。在赤壁之战后的十年里,刘备的实力得到极大的增长,他也取得了显著的军事成就。对比之下,孙权在江北合肥附近的数场战役中遭受了一系列的失败,他的实力大抵与战前相同:一个在其直接控制区域之外没什么能力的地方军阀。

不可否认的是,孙权的部队曾于215年在荆州的战役中取得过一些成功,但那来自计谋和时机。而且,双方的实力对比可以从归还零陵作为停战条件的协议中得见。如果孙权认为自己有足够的实力在战场上面对关羽和刘备,他毫无疑问会这么做,也就不会放弃他已占领的土地。所以,关羽和他的主公有理由忽视吕蒙的任何动向,何况他们的首要目标在北方。一旦他们在与曹操的对抗中站稳脚跟,那向东扩张、对抗孙权便不是难事。

刘备当时主要关注益州北部与汉中郡之间的前线。218年,曹操的军队与刘备的将军们张飞和马超,在巴郡一带发生一些冲突。但曹操的人马在当年年末被逐回。刘备于是率领远征军攻向汉水上游河谷,而曹操则领军前去长安,他计划越过秦岭山脉,支援夏侯渊向南进攻。

然而,在曹操抵达之前,他在汉中的军队于219年早春在定军山被彻底击败。此地靠近阳平关和沔阳城,即今陕西勉县。夏侯渊在溃退中被杀死,由张郃领导的残部除了把守北上的关隘什么也做不了。三月,曹操前来支援他们,但刘备已然控制了这一河谷。两军之间有一些小规模的冲突,但没有正面交战。到了仲夏时节,曹操不得不将他的人马撤回群山之外的长安。刘备于是占据了汉中。

这是一场显著的胜利,定军山之战也是当时决定性的胜仗之一:刘备经此一役消灭了对其控制区的直接威胁,并且得到了一条易守难攻的山地前线。有安全的益州作为基地,他能够有把握地谋划未来。

在那一年的秋天,为了巩固统治并将自己宣传为北方篡位者的对手,刘备自称汉中王,以便与前206年称汉王的汉高祖建立联系。登基典礼在取胜之地定军山附近的沔阳城中举行。他也正式向汉朝的皇帝上书,保证自己意在代表朝廷行事。他还将之前收到的将军和侯的印绶交还回去(我们难以想见这些文书是如何被送到的)。然而,这位新王继续将行政中心设在成都;但他建立了一条通往北部边境地区的军用驿道。[46]

在登基时,刘备授予所有主要支持者新的头衔和荣誉。尤其是他任命关羽为前将军。这一头衔是众将之首,但关羽实际上与张飞、在荆州加入刘备的黄忠,以及新来的马超处于平级。[47]据说,作为追随刘备最久的亲信和首要的指挥官,关羽对于自己没有明显位列同袍之上感到愤怒。他好不容易才在劝说下没有公然表达怒火,接受了新的头衔和军阶。[48]另外,除了地位的问题,关羽没能在汉中大胜中出力这一点可能让他感到尴尬。关羽或许是觉得自己丢失了些许威望,所以决定给这美妙的一年增添一些惊喜。

的确,种种迹象似乎表明,建安二十四年是曹操的敌人们尤其是刘备的奇迹年。刘备下令两路进攻曹操位于今湖北西部的据点，即新成立的房陵郡和上庸郡，一路从汉水上游的新据点向东顺流而下，一路从荆州境内长江边的秭归县向北。两个地方都投降了，刘备也因此在与益州接壤的山区以东建立了一处据点，它能够对从襄阳一带到中部南阳郡的汉水下游形成威胁。[49]八月，即深秋时节，关羽带着大军从陆路和水路北上，以支援这些行动，并且对曹操位于襄阳的防线进行直接进攻。[50]

襄阳及与之隔汉水相望的姊妹城樊城，是荆州的一处战略中心，也曾是 208 年时刘表政权的行政中心。[51]它位于南阳郡的南部边境上，距之前的中心宛城 120 公里，沿这一方向通往华北平原及洛阳地区的交通很便利。在曹操手中，这一地区是面对任何北上进攻的屏障；但如果关羽能够占领它，那么，不论是劫掠还是彻底的占据，他都拥有了进入帝国腹地的通道。

曹操的防御由堂弟曹仁统领。曹仁的大本营位于汉水北岸的樊城。当关羽前来，于禁统率另一支军队，以支援曹仁。他们分散作七个纵队，一直驻扎在城北的开阔地带。

然而，此时当地进入了雨量充沛的雨季，降雨还覆盖到了西部山区中的汉水流域。当时暴发了一场突如其来的洪水，而于禁的部队毫无准备。关羽率领了一支来自汉水沿岸的庞大舰队，当河流漫水时，水手们自然在对阵北方的士兵时处于优势。于禁的人马被驱逐到了彼此孤立的高冈上，关羽的舰队则集中力量将他们逐个击破。于禁的许多士兵都被淹死了，剩下的大部分军队则连同于禁本人被俘。

这是当地的一场大规模自然灾害，而现在，关羽很有可能在北方建立了一处据点。曹仁的军队被困在樊城内，那里的城墙形成了一道阻挡洪水和敌军的屏障；在某些地方，关羽的船可以直接越过。在其他地方，关羽搭建了数道攻城设施，这座城市也因此被完全与外界隔开。在汉水以南，襄阳城也被孤立并围攻，一些次要的据点投降了，但主要的目标还是曹仁。对曹操来说，樊城的陷落可能是比失去汉中郡更大的厄运。

曹仁可能在围城合拢之前就考虑过撤退，但即便是在这一危急情况下，他的军队也足以防范关羽乘胜追击并在更北方造成混乱。曹仁麾下仍然有数千人，其中包括了骑兵。战马在洪水中没什么用处，但它们可以充当食物的来源，当地显然不缺水。为了显示他坚守的决心，曹仁举行了一场誓师典礼，将一匹白马沉河，与将士们盟誓。

在首轮攻势和于禁的惨败之后，围城和守城的态势僵持了数周，而曹操则集结军队前来支援。到了十月即冬季的开始，他在洛阳建立了一处基地，派出了一支由徐晃指挥的部队。这支部队不足以攻破围城，但能够对关羽的固定据点进行骚扰，支援曹仁及其部下。[52] 另一方面，曹操还没准备好亲自投入战斗，侍从桓阶也的确建议他不要这么做。曹操率军作为后备的这个事实将鼓励曹仁和其人马坚持下去，并且彰显曹操的军事力量。[53]

从很多方面来说，曹仁的坚守表达了对曹操的忠诚，这与最终取胜对曹操而言同样重要。曹操掌握大权的道路从来不乏政治上的反对，在许都和邺城有过数次反对他的阴谋，它们规模较小，也没能成功。[54] 在这一过渡时期，除了他最亲近的亲信，曹操永远不能完全信任任何人。他也不能过分看重部下四分五裂的忠诚，抑或过度诱导他们背叛。不论他得到怎样的地位和投诚，他的政权仍然是一个军阀政权，而维持他的军事威望是重要的。

因此，在整个秋末直到冬天，关羽和曹仁被困在樊城的围城当中，双方都有坚持下去的理由。

在关羽北伐的初期,孙权或吕蒙没什么采取行动的机会。关羽在江边的公安和江陵布置了一些要塞;如果吕蒙早早动手,关羽就带着军队和舰队沿汉水而下,对江夏进行有效的反攻。然而,关羽对于禁的军事行动的成功让他更执着于最终战胜曹仁的希望。于是他开始调集预备军,这削弱了他在长江边的据点。

孙权可能在关羽刚刚北伐时进攻了合肥。但考虑到近期与曹操的和约,这不太可能。[55]如果他的确采取了这样的行动,它更多的是一种宣传或佯攻,而不是真正试图占领。它的主要目的可能是让关羽打消顾虑。更具体来说,我们现在得知吕蒙当时染病,所以他被召回孙权的大本营,而陆逊被派去接替他在陆口的职位。陆逊写了一些充满感激与鼓励的信件送给关羽。显然,一支正在重组领导层的军队似乎不能构成威胁。于是,关羽对他治下的东部边境便更不在意了。[56]

吕蒙的确染病了,但这并不妨碍他与孙权一同谋划军事行动。一段时间内,孙权认为吕蒙应该和孙皎一同领兵,但他经劝说后让吕蒙全权统领这场直接的攻势,而孙皎则率领预备军。[57]主要的进攻力量得到了逐步的增强,但军队是在庐江郡浔阳城集结的,离前线很远。关羽的情报人员没有警告他;当他从孙权位于湘江边的一处仓库中强夺了一些补给后,他也的确对孙权的反应十分轻蔑。[58]

在某一时间,孙权和曹操似乎就此事沟通过;尽管记载他们密谋的逸闻是自相矛盾的。根据一个版本,曹操邀请孙权进攻关羽,承认他为长江以南所有土地的统治者。另一个故事称,孙权先给曹操写信,告知了自己的计划,但让曹操就这件事保密,这样的话,关羽将遭到奇袭。曹操认为令关羽和孙权相争最符合他的利益,于是把信送给了关羽;然而,关羽拒绝相信,虽然犹豫但仍维持着对樊城的围攻。[59]

曹操可能试图劝孙权进攻关羽,但他也可能试图通过以这种可能性作为威胁来吓退关羽。但很难想象孙权向曹操全盘托出他的秘密计划后能够得到什么。和当时其他的大事件一样,我们必须质疑围绕着一件事的关乎传奇与计谋的故事。这些故事更多的是富于想象力的逸闻,而不是对正式外交的记载。

在这个闰年的十月,即约莫219年12月初,孙权的部队向西行军。蒋钦率领着一支舰队溯汉水而上,以防范任何反攻。孙皎带着人马来到江汉交接处附近地带,以便于江夏郡北部的曹军试图切断他们补给线时作为预备军和守军。吕蒙统领着主要的进攻部队,从后方的浔阳出发溯江而上。他的精锐军队都藏身于舴艋船当中,划船的士兵穿着平民衣服,这使他们看起来像商人和小贩。奇袭了关羽的前线据点之后,他们在对方士兵能传出消息前将其全部俘虏。

关羽主要的两支守军驻扎在公安,这处要塞由士仁[60]把守,而南郡郡治江陵则由糜芳把守。两者都觉得关羽待他们太侮慢。据说,因为关羽在北方时同他们就补给的运送有一些误会,关羽以刑罚威胁他们。不论他们有多么厌恶关羽,士仁的确承受不住吕蒙和虞翻的外交手段。而虞翻正是之前劝华歆向孙策投降的人,他似乎专精于这种外交。[61]当这支军队来到江陵时,士仁则加入了对糜芳的劝降。

通过这场攻势,吕蒙改变了这一地区各方的军事策略。关羽放弃了在樊城和襄阳的据点,直接南下。他并没有被曹操的部队追击,因为他们更愿意坐看两个南方敌人争斗。实际上,尽管处于劣势,关羽有可能逐走吕蒙,或至少促成另一次需经谈判的划分。然而,他面对着的不仅是一场兵变,还有强势的

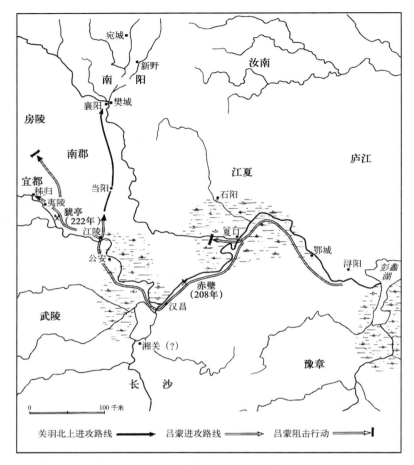

图 10 219 年关羽的败亡示意图

舆论宣传。

在占领了江陵之后,吕蒙掌控了关羽的财产和家人,以及许多部下的家人。为强调他们在荆州地位的正当性,吕蒙与孙权宣扬了他们的友善和保护性。

吕蒙实施了防范劫掠的强硬禁令,并公开展示了秩序:

> 蒙麾下士,是汝南人,取民家一笠,以覆官铠,官铠虽公,蒙犹以为犯军令,不可以乡里故而废法,遂垂涕斩之。于是军中震栗,道不拾遗。蒙旦暮使亲近存恤耆老,问所不足,疾病者给医药,饥寒者赐衣粮。[62]

当关羽的军队前来,他和吕蒙交换了信函,而吕蒙则展示了最大限度的慷慨。尤其是,他让关羽的人自由行动,探访他们和同袍的家人,所以他们回去会说自己得到了多么优厚的对待,以及交战是多么徒劳。关羽麾下的荆州人现在更倾向于当逃兵,而不是和主帅一同进攻自己的家乡与亲族。

与此同时,吕蒙派兵进一步溯江而上,抵达长江峡谷和益州补给运输的必经之路。他占领了宜都郡,其郡治靠近今长江边的宜昌;之后又派分队西进秭归,北上房陵。陆逊接到特殊命令,让他用金、银和铜铸造的印来任命地方上前来支持他的汉人和当地人领袖,从而确认他们的归顺。[63]

到了十一月,即这场行动开始数周之后,关羽被孤立在江汉之间的当阳地区,三面被孙权的军队围困,北面则是曹操的部队。大部分的军队弃他而去。在最后的一场小规模冲突中,他和儿子关平被俘杀。[64]

值得怀疑的是,孙权是否对事态的最后发展感到满意。他之前给过关羽投降的机会。如果他作为战俘被遣返或作为难民独自逃走,刘备显然会感到尴尬。像现在这样的话,关羽可以说是作为英雄牺牲了,而刘备必然要寻求报复。[65]

在其他地方,孙权继续以尽可能和平的方式占据荆州。关羽作为一位军事领袖和外部势力代理人占据过这一地区。孙权仅仅依靠暂时的强势夺权,他尽可能地让之前的地方行政保持原样,并亲自驻扎在荆州,起初是在江陵,之后又在公安的军事基地。此时,他可以认定荆州是稳固的,他的这些举措极大地彰显了他的地方权威,并巩固了人民对他的支持。另外,为了确立新的统治,孙权称,考虑到近期的瘟疫,他将免除一年荆州所有赋税。

这场战役的战俘当中有不幸的将军于禁。他在数月前的樊城洪水中被俘,之后被关羽关押在江陵,而现在他落入了孙权手中。他被以礼相待,但还没有被送回北方。[66]被刘备罢免并放逐的前任益州牧刘璋也在江陵。他被官复原职,暂时居住在秭归。他显然是被用作反对西部刘备的一枚棋子,但他不久后就去世了。[67]而献出江陵的糜芳日后在孙权军中领兵。[68]

在新征服的地区之内,孙权似乎没有遭遇什么反抗。一个典型的例证来自樊伷,一个试图策动人民支持刘备的武陵地方官员。起初看来,孙权需要调集大军镇压他,因为樊伷还得到了山中当地人的支持。然而,孙权征求了潘濬的意见,此人来自武陵,他现在改换阵营成为孙权的下属。潘濬向孙权保证这么小的一支部队不足为虑:

> 权曰:"卿何以轻之?"濬曰:"伷是南阳旧姓,颇能弄唇吻,而实无辩论之才。臣所以知之者,伷昔尝为州人设馔,比至日中,食不可得,而十余自起,此亦侏儒观一节之验也。"权大笑而纳其言,即遣濬将五千往,果斩平之。[69]

在己方这边,孙权遭受了两个重大的损失。首先,将领蒋钦在战后的归途中病逝。他似乎是指挥舰队的专家,也曾领导过汉江上的水师行动。其次,更为重要的是,吕蒙也染病并在战斗结束后很快去世。

我们知道吕蒙在当年年初就已染疾,但他将患病用作打消关羽顾虑的一种方法。然而,在江陵被攻克且孙权抵达荆州后不久,恰恰在他即将得到其成就所带来的封赏之前,他的病情急转直下。他被带到公安,在孙权隔壁房中得到照料,任何能治好他的医生都将得到黄金作为赏赐。

> 时有针加,权为之惨戚,欲数见其颜色,又恐劳动,常穿壁瞻之,见小能下食则喜,顾左右言笑,不然则咄唶,夜不能寐。病中瘳,为下赦令,群臣毕贺。后更增笃,权自临视,命道士于星辰下为之请命。年四十二,遂卒于内殿。时权哀痛甚,为之降损。[70]

此前在讨论孙策之死的相关记载时可以发现,术士干吉和受诅咒的镜子的故事比孙策之死的寻常记载流传得更广。[71] 吕蒙之死也被《三国演义》归结为关羽英灵的复仇:

> 却说孙权既害了关公,遂尽收荆襄之地,赏犒三军,设宴大会诸将庆功;置吕蒙于上位,顾谓众将曰:"孤久不得荆州,今唾手而得,皆子明之功也……"于是亲酌酒赐吕蒙。吕蒙接酒欲饮,忽然掷杯于地,一手揪住孙权,厉声大骂曰:"碧眼小儿!紫髯鼠辈!还识我否?……我自破黄巾以来,纵横天下三十余年,今被汝一旦以奸计图我,我生不能啖汝之肉,死当追吕贼之魂!我乃汉寿亭侯关云长也。"[72] 权大惊,慌忙率大小将士,皆下拜。只见吕蒙倒于地上,七窍流血而死。[73]

当然,相较于史实,许多人更偏爱虚构与小说。

注释:

[1]　见第五章。

[2]　见第四章和第五章,以及《三国志》卷31《蜀书》1,867页。

刘璋和两位兄长刘范、刘诞,曾在董卓于190年将汉室迁至长安时随行。刘璋之后设法回去投奔其父,但在194年西北军阀马腾反叛董卓的后继者李傕和其他人时,刘范和刘诞被杀。刘焉于此后不久去世。

[3]　《三国志》卷8《张鲁传》,263—266页;《后汉书》卷75列传第64,2435—2437页。对张陵即张道陵的记载见上述文献的开头。亦见下注第5。相关的记载相当混乱,不仅因为中国传统历史学家对这种非主流教派缺乏兴趣,还因为传统典籍记载只围绕着现代道教创始人展开。另外,我们可以发现,一支教派的教义和行为在经历不同时期、不同领袖的发展后会产生很大的变化,我们极难判断一则文献中任一段落所描述的是哪一阶段的发展。

在对张鲁及前期教派的诸多具体描述中,我参考了马伯乐、艾士宏、福井康顺、宫川尚志、保罗·米肖、索安和霍华德·S.列维(Howard S. Levy)等人的著作,尤其后者需加以注意。

[4]　我在第三章注第87简要地讨论过这一宗教团体。我之后将它称作"米道"。汉代的一斗不足两升。然而,当代学者就"斗"是象征性的还是有实际意义的持有争议(此处"斗"也可能指北斗星座)。

[5]　《后汉书》卷75列传第64第2436页注释;《三国志》卷8第264页裴注第1所引鱼豢《典略》,对五斗米道的组织和信仰有较为详细的记载。其最初的领袖是张脩,之后才是张鲁。不同版本之间有一些出入,这可能是由于传承中的缺失,《三国志》裴注所引版本较好。

《后汉书》卷8第349页称,在184年的农历七月,巴郡宗教领袖张脩起义。这段文字的注释引用了刘艾《灵帝纪》,其中将张脩描述为米道的领袖。这一点有《典略》佐证。

然而,在对后一段文字末尾的注释中,裴松之认为张脩是张衡的错误写法。他的这一说法显然是基于《三国志》卷8第263页正文,其中记载了张陵的儿子张衡是如何实施父亲的教义,再由他的儿子张鲁继承:这一世系当中似乎没有张脩的位置。另外,《资治通鉴》卷58第1872页注释中,《考异》称,张鲁日后杀死了张脩(见下文),所以张脩不可能与张衡是同一个人。在《资治通鉴》卷58的正文中,司马光接受了《后汉书》卷8当中的直白描述,显然不认同刘艾将张脩同米道相联系的言论。

和我对《资治通鉴》卷58的探讨一样(拙著《桓帝和灵帝》,557—558页),张脩可能在某一段时间段作为领袖活跃于米道,与张衡所代表的权威相持并构成对手；但他日后被张鲁杀死，而张鲁夺回了他父亲的地位。

艾士宏"Chang Jio und Chang Lu"第317—318页提到《典略》中的一段文字，其中称，张鲁在杀死张脩后身处汉中时，不得不沿用张脩的教义，以让人民继续支持他。由此可以推测，直到此时，张鲁实际上不太关注道教信仰，而张脩是米道实际上的领袖。

这极有可能是真的。即便张陵可能是道教的领袖，其母亲也是信徒，但是直到张鲁从张脩手中夺走米道并将其杀死，张脩是米道实质上的创始人和领袖，而张陵和儿子张衡则是另一个不那么重要的团体的领袖。对张陵和张衡创立并领导米道的提及可能是后世的推断，目的是给张鲁的声称提供依据。不论如何，艾士宏称张陵和张衡后来的名望仅仅由于张鲁的成功显然是正确的；若没有他，他们只是无名之辈。

索安在《早期道教的完美统治者图像：老子和李弘》222—227页讨论了一些证据，尤其是敦煌本的《老子变化经》，证实了2世纪后半叶的今四川地区有一些相互竞争且有可能是叛乱者的团体。张鲁和他的前辈、同党与对手可能只是他们当中的一小部分。

［6］马伯乐和另一些学者认为，张鲁在西部的追随者和张角在东部的黄巾军之间有着紧密的联系。见马伯乐 *Mèlanges posthumes* II，152页注第4；注第44和注第152。张鲁和他的团体似乎没有参与地方黄巾军于188年的行动。即使张脩在184年的起义的确牵扯到米道，它没有被定性为黄巾军的行动，也没有同张角的行动相协调。它也显然没有被认为是同等重要的：张脩没有被处决，而是被允许投降。米道和张鲁无意造反，在这一点上他们与张角在帝国东部的黄巾军和更靠近他们的益州团体都不同。

［7］福井康顺［1958］第4页称，184年造反的张脩和刘焉的下属张脩是两个人。然而，艾士宏并不同意这一观点，见"Chang Jio und Chang Lu"，317页注第81。

［8］我们应当注意，这是张鲁有记载的第一次叛乱行为。

在这段时间，张鲁在汉中郡处于独立地位。他将此地命名为汉宁，但在他于215年向曹操投降后，此地名又改回了汉中。见《三国志》卷8，263页；《三国志》卷1，45页。为方便起见，我一直称此地为汉中。

［9］《后汉书》卷75列传第64第2435页和《三国志》卷8第263页，对张鲁的记载称，先来追随他的人叫作"鬼卒"，后来的叫作"祭酒"。祭酒这一头衔也被汉朝的一些官职所用（毕汉思《汉代官僚制度》，250页），但它在张鲁组织中的用法可能更多的与他们的信仰仪式有关，而不具有任何模仿帝国行政的意图。

有观点认为，这一教派许多术语中的"鬼"字体现了他们对这一地区前来加入的少数民族的歧视。然而,更有可能的是,"鬼"字应该被理解为对超自然力量的统称,而不是不受欢迎的"魔鬼"。与此同时,他们信仰基础中的许多方面都与对强大且可能怀有敌意的灵能的恐惧和祭祀有关。见艾士宏"Chang Jio und Chang Lu",322—324 页,及注第 102。

[10] 《三国志》卷 8 有对张鲁教义的记载,而张脩之下的早期教派教义见于上注第 5 中提到的《典略》。他们相信恶性会导致疾病,故张鲁治下的戒律较为宽容。一个犯人会被宽恕三次,在此之后才会被正式惩戒:他们可能认为鬼神应来首先执行正义。

《典略》还提到,在张鲁取代张脩掌权时,犯了轻罪的人会被要求修建一百步的道路。当时还有建造"义舍"的习俗,即路旁的小站,其中有米和肉,路过的旅人可自取所需。

除此之外,我们还知道,张鲁的教义认同汉代学者广为接受的祭祀历法《月令》。《月令》收录在文集《吕氏春秋》,1—12 页;德文译本见卫礼贤(Wilhelm)《吕氏春秋》(*Frühlung und Herbst*),1—156 页;之后又被收入《礼记》第四;英译文见顾赛芬(S. Couvreur)《礼仪与仪式研究论文》第一册(*Mèmoires* I),330—410 页;亦见卜德(Derk Bodde)《古典中国的节日》(*Festivals*),16 页及其他。在张鲁的禁令之下,春夏季不可杀生,饮酒也被禁止。

[11] 如第三章注第 87 所探讨,琅琊干吉在长江下游一带与孙策相联系。他通过让人饮用符水治病,这一法术与张角有关。他还建立了"精舍",可能与张脩的"净室"起到同样作用。由此推断,张脩、张鲁、张角和干吉可能各自从一个共同的传承教义当中选取了不同的部分。

[12] 关于这场战役,见拙著《北部边疆:东汉的政治和策略》,163—165 页。

[13] 《三国志》卷 31《蜀书》1,868 页;亦见《三国志》卷 32《蜀书》2,881 页。关于以"豫州"称呼刘备,见第四章注第 67。张松是在 208 年赤壁之战期间被派往曹操处的,他日后成为刘备的支持者,见第五章注第 28。

[14] 法正的传记见《三国志》卷 37《蜀书》7,957—962 页;黄权的传记见《三国志》卷 43《蜀书》13,1043—1045 页。黄权来自阆中县,此地靠近今阆中市。阆中曾是刘璋于 194 年新成立的郡的郡治,这个郡在 201 年被命名为巴西郡。

东汉时巴郡地区的行政地理十分复杂。东汉时,巴郡占据着嘉陵江及其东部支流渠江和巴水的河谷,以及今重庆地区下游的长江盆地。其郡治在江州,此地靠近今重庆的河流交汇处。然而,194 年,刘璋将这一地区分割为:

1. 嘉陵江、渠江和巴水河谷组成(被削减的)巴郡,郡治在阆中;
2. 三峡地区的长江河谷组成固陵郡,郡治在鱼腹,靠近今奉节;
3. 重庆附近的长江盆地和嘉陵江下游组成永宁郡,郡治在江州;
4. 巫水下游谷附近山区的巴郡东南部成为属国巴东,其治所在靠近今彭水的涪陵。

201年,三个郡被改名:

1. 上述第1条中被削减的巴郡改名为巴西;
2. 上述第2条中的固陵郡改名为巴东;
3. 上述第3条中的永宁郡改名为巴郡。

所以今重庆附近的江州城是持续到194年、面积更大的东汉巴郡的郡治,它之后成为较小的永宁郡郡治,再后来于201年成为(被削减的)巴郡的郡治。而黄权的家乡阆中县是持续到194年东汉大巴郡的一个县,之后它成为被削减后的巴郡的郡治,再后来到201年,它成为巴西郡的郡治。

再到后来的刘备时期,巴东属国成为独立的涪陵郡。

关于上述及其他变更,见吴增仅、杨守敬《三国郡县表补正》,2920—2922页和2927—2928页。

[15] 《三国志》卷31《蜀书》1,868页。史书中用"如归"二字来形容;实际上刘备之前从没到过益州。

[16] 《三国志》卷36《蜀书》6,943页裴注第1引《华阳国志》。

[17] 见本书第五章;以及《三国志》卷32《蜀书》2,881页。

[18] 我们可以观察到,从荆州派出部队西进后,面对曹操的任何进攻,驻守当地的将领关羽必定兵力空虚,而这进一步证明,刘备实际上更在意从刘璋手中夺取益州,而不是支持东面的盟友孙权。

[19] 马超的传记见《三国志》卷36《蜀书》6,944—947页。他的父亲马腾是汉人和羌人的混血儿,在180年代曾是凉州反贼领袖之一。马超继承了父亲的地位,但211年华阴之战后被从北方驱逐。见拙著《北部边疆:东汉的政治和策略》,161—165页。马超之后成为刘备在汉中的主要将领之一。

[20] 《三国志》卷36《蜀书》6,949页裴注第2引《云别传》。

[21] 诸葛瑾的传记见《三国志》卷52《吴书》7,1231—1236页。

诸葛瑾生于174年,长诸葛亮7岁。这一家族来自琅邪,在他们父亲去世时,诸葛亮仍然年幼。他投奔了叔父即190年代中期的豫章太守,之后又加入了刘表,见第四章。诸葛瑾显然在此之前就开始了自己的仕途,成为孙权的亲随。

[22] 关于早些年孙策将土地转让给刘备和关羽,见第五章。

[23] 对这场战役的主要记载见《三国志》卷 54《吴书》9《吕蒙传》,1276—1277 页。其中包含了对他遣使往郝普处的记载。

郝普之后投奔孙权,被任命为廷尉。然而,230 年,他由于轻信并支持叛徒隐蕃被迫自杀。见《三国志》卷 62《吴书》17,1418 页裴注第 1 引《吴录》和《吴历》;方志彤《三国编年史(220—265 年)》,321—322 页,以及 334 和 336 页。

[24] 《三国志》卷 47《吴书》2 第 1119—1120 页;《三国志》卷 32《蜀书》2 第 883 页称,江夏、长沙和桂阳三郡现在由孙权控制;《三国志》卷 54《吴书》9 称,湘江在当时为双方界河。

东汉时长沙郡向西延伸,远抵湘江,见《中国历史地图集》第 2 册,49—50 页。如果这些郡当时都被交给了孙权,那它们将尴尬地插入刘备的控制区,阻断他与南面零陵郡的交通。《中国历史地图集》第 3 册 29—30 页显现了控制着早期长沙郡西部的衡阳郡。吴国直到 257 年才建立衡阳郡(《三国志》卷 48《吴书》3,1153 页),这一分割可能只是暂时的。

关于这一划分的谈判,元代著名戏曲家关汉卿的戏剧《单刀赴会》进行了戏剧化处理。这部作品留存有诸多版本,虽然概括了相关事实,但极度偏祖关羽的成就,矮化了鲁肃和孙吴其他大臣。见刘靖之论文[1980],第三章;《京剧剧目初探》英译本,2409 页;以及《京剧剧目初探》,96 页;还有《三国演义》第六十六回。

[25] 对这场战役的一则记载见《三国志》卷 8《张鲁传》,264—265 页。张鲁的弟弟张卫短暂地进行了抵抗,张鲁则在投降前前往汉中以南的巴郡避难。

索安提到,张鲁似乎承认曹操是帝国合法的统治者,并以道教的名义做出了这一认同。见《早期道教的完美统治者图像:老子和李弘》227 页和注第 35。

[26] 《三国志》卷 1,45—46 页。

[27] 《三国志》卷 32《蜀书》2,883 页;《三国志》卷 36《蜀书》6,943 页。

[28] 《三国志》卷 17,518—519 页。对这场战役的另一则记载见《资治通鉴》卷 67,2141—2142 页;拙著《建安年间》,493—495 页。

[29] 《三国志》卷 47《吴书》2,1120 页裴注第 2 引《献帝春秋》。

[30] 《三国志》卷 47《吴书》2,1120 页裴注第 2 引《江表传》。这段文字进一步称,谷利曾是孙权的低级仆役,但由于忠诚和勇敢,他被委任为监官,即卫士统领;关于监官,在这一时期被纳入正规化的系统,见第二章。为了奖赏他这次的行为,孙权封谷利为都亭侯。

《三国志》卷 47《吴书》2 第 1133 页裴注第 2 引《江表传》里记有另一则

故事。在此之后,孙权曾在武昌附近的江上搭乘大船长安。此时一场风暴袭来,尽管孙权认为船只能够顶风前行,但谷利拔剑迫使舵手转舵前往樊口躲避。可能是恼怒于谷利僭越了他的命令,孙权怒道:"阿利畏水何怯也?"然而,谷利跪下说:"大王万乘之主,轻于不测之渊,戏于猛浪之中,船楼装高,邂逅颠危,奈社稷何? 是以利辄敢以死争。"孙权对他更加钦佩。从此之后,为示尊重,孙权不再直呼谷利的名字,而以其姓氏相称。

[31]　《三国志》卷 60《吴书》14,1380 页及裴注第 1 引《江表传》。对腰带的提及显然来自《论语·卫灵公第十五》;理雅各(Legge)《儒家经典》第 1 册(CCI),296 页,其中提到孔子弟子子张在腰带上记下孔子的教诲。

[32]　《三国志》卷 55《吴书》10,1295 页。亦见第四章注第 83。

[33]　《三国志》卷 55《吴书》10,1289 页及裴注第 1 引《江表传》和孙盛的注释。

早期活人殉葬的例子被认为是秦国的野蛮习俗。《诗经·黄鸟》《孟子·梁惠王上》《左传·文公六年》中有提及,相关译文见理雅各《儒家经典》第 4 册,198—200 页;第 2 册,133—134 页;第 5 册,244 页。《左传·宣公十五年》还提到晋国的一个士大夫提出活埋一个寡妇,但最终没有实施,译文见理雅各《儒家经典》第 5 册,328 页。

《史记》卷 6 第 265 页;沙畹《〈史记〉译注》第 195 页,记载了秦始皇后宫中的女性,以及建造陵墓的工匠是如何在秦始皇下葬时被杀死的。现代对这一遗址的发掘也确实证明了存在活人殉葬的情况。然而,西汉时期,活人殉葬是被禁止的,见《汉书》卷 53,2421 页;王仲殊《汉代文明》,208 页。

更接近现代时期,明清两朝备受诟病的一件事就是"节妇"的自愿殉葬,这往往是出于社会压力和家族利益。见田汝康(Tien)《男性阴影与女性贞节:明清时期伦理观的比较研究》(*Male Anxiety and Female Chastity*)。

[34]　《三国志》卷 47《吴书》2,1120 页;《三国志》卷 52《吴书》7,1220 页。

[35]　《三国志》卷 1,47 页。同一段文字还提到,曹操曾在那一年春季亲自参加了耕种籍田的典礼,这在后世成了皇帝的特权。见卜德《古典中国的节日》,223—228 页。

[36]　例如,《史记》卷 9,401 页;沙畹《〈史记〉译注》,414 页;《汉书》卷 3,100 页;德效骞译本《汉书》,201 页。

短命的更始帝刘玄曾打破过这一惯例。24 年,他封赤眉军的首领和其他的支持者为王侯,见毕汉思《汉朝的复兴》第 2 册,52—54 页。然而,这是极不寻常的情况。刘玄后来被赤眉军将领所杀,故这些封赏并没有成为有用的借鉴或先例。

[37] 东汉时，爵位"公"通常是留给名义上的周朝和殷商后裔的，见毕汉思《汉代官僚制度》，108 页。

在自封为魏公时，曹操还被加以九锡，见《后汉书》卷 9，387 页。上一次有人被加九锡还是在公元 5 年的西汉末年，赐予对象是数年后篡夺皇位的王莽。进一步的探讨见第七章注第 15。

曹操的三个女儿被嫁入皇帝后宫成为夫人，地位仅在皇后之下。在伏皇后和她的家族因被指控叛国而于 215 年灭门后，曹操的一个女儿成为皇后，见《后汉书》卷 9，388 页；以及《后汉书》卷 10 下，452、455 页。

[38] 董袭的传记见《三国志》卷 55《吴书》10，其中讲述了他拒绝离开，随他的旗舰一同沉没，亦见第五章。

[39] 《三国志》卷 9《夏侯惇传》，268 页。

这里的 26 个军事单位被称为"军"，尽管他们不太可能如这个字所描述的那么庞大。他们可能是独立但彼此间有联系的军营。每个单位的人数相当于团，从 500 到 1 000 不等。

[40] 徐详在《三国志》中没有传记，在他的同僚胡综的传记中被数次提到，见《三国志》卷 62《吴书》17，1413—1418 页。

[41] 见第四章。

[42] 《三国志》卷 54《吴书》9，1274—1275 页裴注第 1 引《江表传》。在孙权推荐的书目中，《六韬》是周代的著作，"三史"指的是《史记》《汉书》和《东观汉记》，最后一本是东汉时编纂的本朝历史，见第九章。

[43] 《江表传》记载了鲁肃之前如何意图贬低吕蒙的能力，之后又如何恰巧在吕蒙阅读典籍时路过他的大营。他对吕蒙新学到的知识感到惊讶，赞赏了吕蒙。吕蒙以合适的经典成语作答，而鲁肃则择机拜访了吕蒙的母亲，以表他诚挚的友谊和热情。参见拙著《建安年间》，417 页。

[44] 《三国志》卷 53《吴书》8，1248 页和 1249 页裴注第 1 引《志林》。

[45] 《三国志》卷 54《吴书》9，1278 页。

[46] 《三国志》卷 32《蜀书》2，884 页和 887 页裴注第 2 引《典略》。

[47] 黄忠的传记见《三国志》卷 36《蜀书》6，948 页。他曾在刘表治下的长沙当官，但在刘备于赤壁之战后夺取南部诸郡时投靠了他。他陪同刘备进入益州并参与了对成都的进攻。

[48] 《三国志》卷 41《蜀书》11《费诗传》，1015—1016 页。

[49] 刘备养子刘封的传记见《三国志》卷 40《蜀书》10，991 页。

房陵太守蒯祺可能是蒯越的亲族，他是刘琮时期曹操在荆州的支持者（见第四章），他在此时被杀。上庸太守申耽投降，将妻子和家人作为人质送到成都。他被授予将军头衔，获封侯并官复原职。而他的弟弟申仪也被授予将军职权，并被任命为新成立的西城郡太守，此地位于上庸西侧。他们可能在地方上有一些影响力，所以继续充任地方官员。

孟达曾统领一场从秭归北上的远征，他之前是被罢免的州牧刘璋的下属，且显然不被刘备完全信任：两支得胜的军队都留守上庸地区，它们由刘封统管。

[50]　关于襄阳附近战役的早期交锋，见《三国志》卷 36《蜀书》6《关羽传》，941 页；《三国志》卷 9 曹仁传记，275—276 页；《三国志》卷 17《于禁传》，524 页；败军中的英雄庞德的传记见《三国志》卷 18，546 页。这个故事见于《资治通鉴》卷 67，2160—2162 页；拙著《建安年间》，532—534 页。

[51]　见第四章。192 年，孙坚在这一地区为袁术同刘表作战时被杀，见第二章。

[52]　《三国志》卷 17《徐晃传》，529—530 页，亦见于《资治通鉴》卷 67，2166—2168 页；拙著《建安年间》，543—545 页。

[53]　《三国志》卷 22《桓阶传》，632 页。

桓阶有着一段有趣且多彩的生涯。他来自长沙，经孙坚举荐于 180 年代末担任当地太守。他曾在洛阳为帝国尚书效力，但之后在孙坚参与内战期间投靠了他。当孙坚被杀，桓阶作为使节被派去刘表处要回遗体。

他显然回到了长沙。据说他鼓励反贼太守张羡为刘表制造麻烦，以防止他在 200 年官渡之战期间因支持刘表而介入对抗曹操。

在长沙叛乱被平定之后，桓阶再一次被纳入刘表麾下：这一任命很好地体现了刘表的宽容，抑或揭露了他对桓阶政治能力的无知。然而，桓阶再一次离开。他称自己病重，其实是因为他想避免同刘表的妻子所属的蔡氏家族纠缠。

当曹操占领荆州后，他将桓阶纳入亲随，而桓阶之后成为曹丕的支持者。在曹丕称帝后，桓阶成为魏国的尚书令，但于不久后去世。

[54]　例如，214 年，汉献帝的伏皇后因试图谋诛曹操被废去，见《后汉书》卷 10 下，454 页。

217—218 年，曾有一场试图通过由数位公卿大臣组织的军事政变夺取许都的阴谋。他们计划杀死曹操并召来关羽支持汉室。当时有交战，但反叛方很快被击败，见《三国志》卷 1，50 页。

218 年冬，南阳宛城的要塞中爆发了一场兵变，直到三个月后的春季才被平定，见《三国志》卷 51。

219 年秋，有一场试图占领邺城的阴谋，有数千人因参与其中被惩戒，其中包括官员和重要的乡绅，见《三国志》卷 1，52 页裴注第 1 引《魏晋世语》；《三国志》卷 8，263 页；《三国志》卷 21，599 页。

上述事件都没能直接威胁到曹操的权威，但它们体现了内部的一些矛盾，预示着当曹操的力量开始衰弱时，叛乱将会发生，这无疑对曹操形成了警示。

［55］ 这段时间对进攻合肥唯一的提及不在孙权的传记中，而在魏国官员温恢的传记中，见《三国志》卷 14，479 页。此处的记载更像讲故事，而故事中描绘了温恢对曹仁将在襄阳面临危难的先觉分析。亦见《资治通鉴》卷 67，2161 页；拙著《建安年间》，532 页。

［56］ 《三国志》卷 54《吴书》9《吕蒙传》，1278 页，以及《三国志》卷 58《吴书》13《陆逊传》，1344—1345 页。

陆逊的传记记载了吕蒙从西部驻地返回时，陆逊是如何劝他抓住机会进攻关羽的。他的想法同吕蒙和孙权的计划十分契合，所以他自然就被派去接替吕蒙的职位。

然而，陆逊没有被授予和吕蒙一样的官阶，他仅仅被任命为偏将。这进一步让人相信孙权不打算在这一地区有所行动。

陆逊写给关羽的贺信片段被记录在他的传记中。

［57］ 《三国志》卷 51《吴书》6 孙皎传记，1207—1208 页；亦见第五章注第 4。

［58］ 此地被描述为湘关。但我们无从得知它在哪里。它可能是湘江一处渡口的小型要塞，位于孙权和刘备的控制区之间，靠近湘、江交接处，即关羽在公安的基地南面，靠近今岳阳。

《三国志》卷 54《吴书》9 第 1278 页称，这一事件是孙权开始对付关羽的导火索，但他先前显然做了充足的准备。湘关事件可能只是舆论上进攻的正当理由。

［59］ 《三国志》卷 47《吴书》2 第 1120 页有一则简短故事，记载了孙权给曹操写信告知自己的计划。曹操希望让关羽和孙权鹬蚌相争，自己渔翁得利。于是他将这封信送给了樊城的曹仁，而曹仁将其交给了关羽。

《三国志》卷 14《董昭传》第 440 页，记载了曹操旧交董昭如何建议他泄露孙权的秘密。曹仁在樊城的人马因此大受鼓舞，但关羽不以为意，关羽的军队则有所犹疑。曹仁虽然被包围，但徐晃以箭携书信射向包围圈和关羽的营地，以此来传递消息。

［60］ 关于这个人的姓名有些许困惑。他的名字似乎是"仁"，《三国志》卷 36《蜀书》6 第 941 页记作"（傅）士仁"，"傅"为删字，《资治通鉴》卷 67 第 2160 页保留了"傅"字。然而，《三国志》卷 45《蜀书》14 第 10 页、《三国志》卷 47《吴书》2 第 1120 页和《三国志》卷 54《吴书》9 第 1278 页记作"士仁"。

［61］ 见第三章。

［62］　《三国志》卷 54《吴书》9,1278—1279 页。

［63］　《三国志》卷 58《吴书》13,1345 页。

［64］　《三国志》卷 47《吴书》2,1121 页;《三国志》卷 54《吴书》9,1279 页;《三国志》卷 55《吴书》10,1299—1300 页。后者是潘璋的传记,他是被派去追击关羽的将领之一,其中提到了关羽和残部被俘。《三国志》卷 36《蜀书》6 第 941 页记载了关羽是如何在临沮被斩首的。

［65］　上注第 64 中的《三国志》卷 47 和《三国志》卷 55 认为,是潘璋军中的司马马忠俘获了关羽。《资治通鉴》卷 67 第 2170 页由此推测马忠将关羽斩首,见拙著《建安年间》,550 页。

《三国志》卷 36 第 942 页裴注第 3 引《蜀记》称,孙权曾希望关羽活下来,将他用作自己对付曹操和刘备的助手。但他的亲信认为关羽一直忠于刘备,不事二主。所以孙权杀了他。然而,裴松之认为这是一个极不可能发生的故事:很难想象孙权会相信关羽可能支持他;不论如何,对关羽残部的军事行动发生于千里之外,所以孙权无法就生死之事作出具体的决策。

［66］　当时发生了一件糟糕的事。当孙权和于禁一同骑马时,虞翻同于禁搭讪称:"尔降虏,何敢与吾君齐马首乎!"随即挥鞭欲打,但孙权插手保护了于禁。

［67］　《三国志》卷 31《蜀书》1,870 页。

［68］　他在贺齐麾下参与了 233 年在蕲春对抗魏军的行动,此地位于东汉江夏郡东部,见《三国志》卷 47《吴书》2,1130 页;《三国志》卷 60《吴书》15,1380 页,以及第七章。

糜芳先前曾在曹操处做官,后来被抛弃并投奔了刘备,于是他取得了为汉末三国效力的罕见成就。

［69］　《三国志》卷 61《吴书》16《潘濬传》,1397—1398 页裴注第 1 引《江表传》。

［70］　《三国志》卷 54《吴书》9,1279—1280 页。吕蒙和水师将领蒋钦的疾病可能是荆州的一场瘟疫所致,这在当时成为孙权免税的原因之一。另一方面,尽管瘟疫阻挠了 215 年孙权对合肥的进攻(见上注第 32),并于 217 年重创了魏国的都城,219 年交战双方中的瘟疫却没有被特别提及。

［71］　见第三章。

［72］　云长是关羽的字。他曾于 200 年被曹操封为汉寿亭侯,见《三国志》卷 36《蜀书》6,939 页。汉代荆州刺史的治所在武陵汉寿,见第一章和第二章。然而,关羽的封地绝不可能与这座城市有关;它可能是中国北方的一个小地方。

［73］　《三国演义》第七十七回;译文见邓罗(Brewitt-Taylor)英译本

《三国演义》第二册,180—181页。关汉卿戏剧《关张双赴西蜀梦》对这一事件进行了戏剧化的改编,有数个版本流传。见刘靖之［1980］,第四章;以及《京剧剧目初探》英译本,4415页;《京剧剧目初探》,101页。

第七章　问鼎皇权（220—229 年）

梗　概

220 年，曹操去世，其子曹丕取代汉室自立为魏帝。西部的刘备随即效仿，称自己维系着汉室一脉的正统。他还准备进攻孙权，以为关羽报仇并夺回在荆州失去的土地。

曹丕封孙权为吴王。孙权接受了这一头衔，与北方的结盟令他可以放手应对刘备的攻击。

222 年，孙权部下将军陆逊击败了刘备的军队。此时孙权切断了同曹丕的联系，在与之对抗中成功守卫了长江一线。223 年，孙权恢复了与蜀汉的结盟。

在岭南，当士燮于 226 年去世后，孙权的下属吕岱摧毁了士氏家族，接管了他们的控制区。孙权由此控制了汉朝三个州的大部分地区。

229 年，孙权自立为吴帝。

刘备的复仇

在消灭关羽并征服荆州后的两年中，孙权政策的核心要素就是做准备，无论是军事上的，还是外交上的。这是为了应对刘备从益州顺流而下的攻势。这一进攻毫无疑问将会到来：杀死关羽毫无疑问是为对联盟的背叛，而且刘备最为德高望重的同袍和将领之死，给这场已然严峻的争斗加上了一重血仇。为了他自身的荣誉，以及同等重要的权威，刘备不能够平静地接受这场失败，也绝无可能考虑停战或任何形式的和平。

在这样的情形下，孙权必须避免在对付刘备的同时面对来自北方的威胁。在这个外交问题上，他是机敏且幸运的。

关羽之死发生于建安二十四年的十二月，即公元 220 年年初。我们知道孙权将这位败军之将的头颅先交给了曹操，以表敬意。同时他还厚葬了残余的遗体。[1]这一有些自相矛盾的做法难以平复刘备及其同僚的悲伤和愤怒，但它从曹操那里得到了正面的反馈。孙权被推举为骠骑将军，这是汉代传统军事组织当中仅次于最高职位的头衔。他还被任命为荆州牧并封为南昌侯，而南昌是豫章郡的郡治。[2]

此时，曹操身处摩陂，此地位于洛阳以南通往襄阳的路上。他在这里建立了用来防御关羽的侧翼基地。当危机结束，他撤走了作战部队，让曹仁重整这一地区的据点，随即回到了北方。然而，他在抵达洛阳后的 220 年 3 月 15 日去世，享年 65 岁。[3]

作为在过去 20 年里主导中国政治的人物，曹操之死自然暂停了魏国针对其对手们的野心。继位的是 33 岁的长子曹丕，他在 217 年被立为王太子。[4]总体而言，这一继位是受到认可的。但此前有说法称曹操的三子曹植可能是更为合适的候选人，次子曹彰也相信自己有机会。这些说法在当时都没有得到强烈支持或广泛流传，曹丕和大臣们也足够机敏，从而使反对意见作废。[5]然而，在军阀政权里，将权力从功勋卓著、积极有为的统治者那里交接到未经考验的儿子手中的做法开启了一个新的时代；在这个时代，新的统治者更多地试图依靠仪式而不是政治或军事上的成就来树立自己的权威。[6]

因此，孙权对曹魏政权持久的正式称臣符合双方的利益。曹丕得到了经外部势力认可而来的威信，孙权则得到了他最强大的潜在敌人宽宏的中立。当他将关羽的头颅送与曹操时，他还归还了俘虏朱光，即 214 年攻占皖城时俘获的前庐江太守，并且派出纳贡的使团和买马的商团。数月之后，当曹丕继位，他再一次送来数项贡品。然而，他没有试图通过送出人质来巩固这一关系，也没有让出任何土地。

黄初元年十月，即 220 年 12 月 11 日，曹丕走出了建立王朝的最后一步。他接受了汉献帝的退位，自立为魏国的开国皇帝。登基典礼在许都举办；为了迎合一则预言，这座城市被改名为许昌。[7]

孙权就此事有所保留，但他接受了汉朝的结束，也没有抗议或同魏国决裂。尤其是他接受了曹丕的新国号，继续如约送上贡品。[8]

在次年夏季，即 221 年 5 月 15 日，刘备回应了曹丕的挑战并在成都自立为皇帝。[9]另外，此时，他已经准备好对孙权复仇攻势所需的军队。他在秋天发动了这场战役。

在军事上，220 年到 221 年上半年的这 18 个月是平静的。220 年秋，刘备在今湖北西部的将军孟达改换阵营投靠了魏国。他因在前一年关羽的最后一战中没有伸出援手而备受责难，他还同刘备的养子刘封发生了争执。尽管一些人视他为叛徒，孟达还是被委任为魏国新成立的新城郡太守，此地管辖着今湖北全境，包括较小的房陵郡、上庸郡和西城郡。此后不久，在孟达的影响下,先后在曹操和刘备手下做过上庸太守的沈耽回归了昔日的旧主。刘封被驱逐回了成都。诸葛亮认为刘封可能对刘禅即刘备的亲儿子和继承人的继位造成麻烦,刘封显然已是无用之人,于是他被迫自杀。[10]

这些位于孙权西北边境的动作并没有直接关系到他,这也是关羽覆灭后很正常的调整。[11]然而,这确定了刘备前往荆州的唯一通道是沿着长江三峡的狭窄线路。

孙权继续驻扎在荆州。221 年,他在鄂城建立了第二个首都,将其命名为武昌。到了秋末,这座城市修建了城墙;同时,一个特别的郡也被建立,以控制从江汉之交向东抵达彭蠡湖地区的长江。这一新的京畿地区跨越了孙权控制的两个汉代的州,这使得他拥有了一个沟通东西的核心位置。[12]

在 221 年最后的几个月,刘备的远征军在顺江而下的途中集结。孙权的下属诸葛瑾写信劝刘备掉头,而孙权也提出了和谈。[13]刘备的数位谋士就这场远征的合理性和成功概率提出质疑,但没有观点能动摇他。孙权显然既没有令他满意,也没有就过去的事提供任何补偿。

同北方使团的来往对孙权更为重要。221 年秋,他呈上最为谄媚的信,信中承认自己是魏国的臣民。他还将将军于禁和其他在襄阳附近战役里向关羽投降的战俘送回。曹丕的朝堂中就他们是否应拒绝孙权的归顺并同刘备一起消灭孙权展开了辩论,因为孙权的归附显然是迫于刘备攻势的压力。[14]然而,这样的一场战役显然会带来风险;有人坚定地认为拒绝一个和平的附庸将会是重大的政治失误,这将摧毁他们的政权试图建立的互信氛围及其权威。汉帝的退位显然是被迫的,这在政治现实上是自然且不可避免的。但这也让新政权的形象沾上了污点;再来一场信用危机可能会导致更加严重的矛盾。

所以,一支回访使团被派往孙权处,为他加九锡并封其为"吴王"。这支使团在十一月即 221 年 12 月抵达。有趣的是,我们并不知道这场典礼具体的日期。这显然是孙权的一场胜利,但它主要的意义不在于地位与礼节,而是在于它证实了他和曹丕之间的政治共识。孙权得到了北方的中立;作为交换,通过从魏国那里接受了这一御赐的荣誉,他表明了忠心,并且终结了他在将来以流亡汉室的匡扶者和捍卫者行事的可能性。[15]

尽管刘备于称帝不久后的 221 年农历七月发动了对孙权的战役,他的部队需要一些时间来做进攻的准备。除了将这样一支远征大军集中起来通过三峡狭窄隘口所带来的问题,他的部署还提前遭遇了挫折。大将张飞以及他和关羽的结义弟兄被叛徒杀死,而叛徒们则逃往了孙权处。[16]然而,到了冬天,一支据说有 4 万人的部队已经就位,并准备好进攻。[17]

孙权最西面的据点在巫县,这里的山脉被长江上巨大的巫峡断开。在此地后方,前线部队的主力在秭归;此地靠近今同名城市,位于三峡中的最后一座西陵峡当中。为迎击这场进攻,这一地区被重组为固陵郡。杀死了关羽的潘璋被任命为太守和第一道防线的指挥官。[18]

到了 221 年年末,刘备发动了首轮攻势。孙权部下地方将领被打败,潘璋被逐回。刘备的前锋占领了秭归,他的代理人同武陵郡中江南山区的当地人联络,鼓励他们参与反抗孙权的势力。

为了应对这一威胁,孙权派陆逊作为军事行动的总指挥官,令他持节率领 5 万军队。作为将军和公安附近南郡的太守,诸葛瑾似乎统领着预备军和后勤补给。[19]陆逊的大本营位于新成立的宜都郡,其郡治在夷道,即今宜都。但部队的主要集结点在长江北岸，位于夷道和夷陵县之间，即今宜昌上游。如陆逊在一则给孙权的报告中所说：

> 夷陵要害，国之关限，虽为易得，亦复易失。失之非徒损一郡之地，荆州可忧。[20]

此时，陆逊打算把上游的巫县和秭归一带让给刘备；决定性的战斗将在刘备试图冲出那一地区时打响。

222年春天的第一个月，刘备来到秭归指挥战局。他的军队被分为纵队，其中有一支前锋和一支主力军。但60多岁的刘备决定了战役的策略，并亲自发号施令。在第二个月，他率领着大部分兵力沿长江南岸前往夷道，另一支由将军黄权率领的军队则在北岸平行推进，直取夷陵。

陆逊此时不到40岁。如我们所见，他在巩固扬州的战役中积累了充足的经验。在策划如何应对关羽的进攻时，吕蒙举荐他为自己的副手，他也在那场战役中表现出色。[21]另一方面，他在此之前没有指挥过这等重要的战役。他来自体面的乡绅家族，娶了孙策的女儿，并且是孙权长期的亲信谋士，但这些都不一定能保证他具备高级指挥官的能力。他麾下的将军们包括了一些从军远久于他的人，例如，其中有韩当，他在孙坚最早的战役中为其效力，并投靠了刚渡江时的孙策；还有朱然、潘璋和徐盛，他们从一开始就追随孙权。他们中的任何一个在经验和能力上都至少与陆逊持平，也不一定服从他的领导。[22]

孙权在选择将领方面是有问题的。吕蒙和蒋钦都在219年进攻关羽时死于疾病，而找到一个能打仗且个人威望能够服众的统帅并不容易。在216年曹操进攻时被派去守濡须的猛将周泰也面临过相似的麻烦。当时，朱然和徐盛也听从他的指挥，但他们造成了许多麻烦。这需要孙权亲自介入来恢复秩序以及一些合作的机制。周泰之后在这个职位上待了一段时间,但他从不指挥作战。[23]

因此,陆逊面临着属下将领的反对和批评。他能够整合人马来应对一支富有经验和攻击性的军队是其才能的体现,这也是孙权的幸运。[24]尽管多次被催促出击,陆逊坚持防守。他主要的关注点是保持己方力量的完整并威慑刘备。经过春季和夏季,其他人逐渐失去耐心,但陆逊将己方的活动减到最少。他仅仅试图防止刘备取得重大突破或在任何一处集中兵力。这位进攻者更多的是被诱导,而不是遭到直接反击。

依靠身后漫长的长江补给线,陆逊的军队不执着于前线。刘备被迫缓慢前进,通过一系列的营地和长江两岸高地上的地方防御据点领军前行。到了 222 年夏末,黄权率领的北岸军队与夷陵守军交战。南岸的一支前锋则包围了夷道城,这座要塞由孙桓统领。[25]刘备的大本营在猇亭,而现在他派兵南下与武陵的当地人联络,给予他们印绶、黄金和丝绸。

陆逊一直拒绝交战。当麾下的将领们表示不满,陆逊解释称,刘备在山中占尽优势,而即便在开阔地带,他也不一定能够承受交战的风险——毕竟胜负的意义太过重大。当谋士劝他去夷道解救孙桓时,他认为这没有必要,孙桓并不是岌岌可危。当刘备试图通过派 1 000 人在开阔地带扎营引诱他时,陆逊怀疑这是个陷阱;当刘备发现这一计谋不成功后,他也的确亮出了留作埋伏的增援部队。

陆逊在所有的谋士都寻求出击时按兵不动应当是不容易的。这个故事可能只是关于一位孤胆英雄的陈词滥调,但传记中并没有记载表明陆逊的这一拖延策略在朝中得到了支持。然而,孙权似乎并不缺乏信心。刘备正是因为曹操的将军夏侯渊的冒进才在219年征服了汉中郡。孙权和部下将领可能听闻过那场战役的情况。所以陆逊的意图在于等待刘备先行出击，如他所说，他让属下为刘备久战不胜、人困马乏、士气低落且无法专注的时机做好准备。[26]孙权打算相信他的判断。

农历六月，陆逊最终转守为攻。经过山区的缓慢行军让刘备和他的舰队分开。刘备的部署现在沿着长江两岸展开，但他建立的一连串营地面对侧翼进攻是脆弱的。陆逊的第一场小规模突袭并不成功，它有可能是一场佯攻。然而，在此之后，陆逊无视刘备对夷陵和夷道要塞的威胁，直击敌军在猇亭附近的主要据点。每一名吴兵都被要求背上一捆干草，用以点燃各处营地的栅栏：在赤壁的水面上奏效的火攻由此证明了它在陆地上的价值。

被从据点驱逐后，刘备撤到高地上，意图重整旗鼓。但破坏已被造成。陆逊的攻势孤立了他的分队并让他的军队难以控制。数个单位被包围并击垮，其他的则被迫快速撤离，陆逊的人马追上了他们并逐个击破。[27]为了看清刘备的部署崩溃的速度，我们可以观察到，之前攻打夷陵城的整支由将军黄权带领的北岸军队被完全包围；所以，黄权和其所有人马被迫放弃阵地，北上向中立的魏国投降。[28]在战场南面的武陵郡，部落成员们放弃了失败的一方，而刘备的部下马良被杀。[29]

并不是所有刘备的部队都被摧毁，许多人逃了出来；但他们丢弃了装备、船只和辎重。他们不过是一群回到益州的乌合之众。据说刘备差点被俘，但他还是在鱼腹县的白帝城重建了大本营。这个县被改名为永安，而刘备在那里度过了余生。[30]

刘备忠诚的将军赵云当时带着援军前来守卫前线。令人感动的是，根据刘备的传记，当孙权听说刘备在白帝城重新集结军队时,他极度惶恐,火速遣使求和。[31]的确,这大体符合事实。刘备对孙权在荆州的地位不再构成威胁,而孙权手下一些更有野心的将领催促称,他们应该恢复攻势,从三峡直捣益州,以追击刘备。即便从其本身看来,这也将会是一场危机四伏的冒险;但在这一阶段,终止战役的关键原因在于来自北方的日益严重的威胁。曹丕正对孙权外交上的虚伪失去信心,而吴军现在要快速准备守卫北方防线。

北方的安全

随着刘备在 222 年的夏末秋初被彻底击败,孙权从向曹丕和魏国的称臣一事中得到了所有可能的好处,于是他毫不迟疑地终止了这层关系。这层关系从来没有得到群臣的认同,即便在他被奉为吴王时,也有人反对向篡位皇帝进行这样的投降,他们还建议孙权选择一些独立的头衔,如九州伯,从而称霸并匡扶汉室。[32]如我们所探讨,这在当时的情况下是十分不恰当且不实际的,而向曹丕称臣本质上是在为对付刘备做准备。另一方面,同北方的同盟一直是权宜之计,孙权似乎不打算将其维持到自己所需的时间之后。

刘备的倾覆留给了孙权一片令人惊喜的白地,当时的任何人都不可能期待这样的胜利。曹丕很可能希望他的两个主要对手继续身陷南方,这样他就能利用刘备被牵制的时机在西部发动进攻。尽管与此同时,他可以通过威胁将在某一方向进攻来敲诈孙权。然而,事态发展的速度令孙权的对手们猝不及防,[33]孙权有能力在盟约签订后不足九个月便毁约。

这一中断被证明是很容易的,因为孙权没有送任何人质到曹丕朝中。被立为吴国太子的长子孙登生于209年；此时大约12周岁或13周岁。当孙权被封王，曹丕试图同时封孙登为侯并委任他为中郎将，这一荣誉显然是暗示他应当前往北方的朝廷。孙权送出一封道歉信，称他的儿子太年轻也太脆弱，不能离家远行。曹丕当时也没有继续就此事施压。

这个问题在接下来数月的使节往来中又被提起，但孙权继续推脱。曹丕似乎相信了这些担保，他也显然认为他等得起。然而，222年秋，在意识到孙权对同盟迫切的需要正在减弱时，曹丕试图强行促成此事。他派特使前往吴国朝中，目的是签订一份正式的契约，并将孙登作为人质带回。但孙权"辞让不受"。[34]

这当然意味着战争，而战争很快到来。九月，曹丕令三支军队南下长江。一支由曹仁和夏侯尚率领，进攻南郡及其位于长江中游的郡治江陵；另外两支沿着淮河以南的长江下游部署：曹仁进攻濡须要塞，而曹休进攻洞口；此地又叫洞浦口，是下游的另一处防御较少的要塞港口，地处东汉时历阳城附近的旧渡口。

孙权为避免公然交锋又做了一次尝试。他送去一封言辞谦恭的信件，信中称，如果能平息曹丕的愤怒的话，他可以退到交州。但他还给之前他在魏国的代表浩周送了一封信，称他将有意于孙登和一位曹氏女眷的联姻。[35]

然而，这些举措对延迟进攻几乎没有作用。曹丕下决心要得到一位人质作为保障："登身朝到，夕召兵远。"收到这一最后通牒后，孙权不出意料地在十月即222年11月初，宣布自己脱离魏国独立。他继续自称吴王，但他公布了自己的年号黄武，并认真地沿长江布防。[36]

数周以后，十二月即223年1月，孙权遣使到刘备在益州的

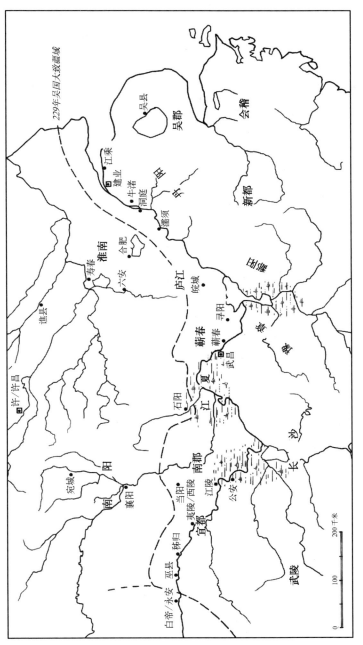

图 11 吴国北方边界示意图

蜀汉政府那里,从而正式完成了他的循环外交壮举。这支使团被放归,这两个政权也恢复了三年多前被关羽进攻击破的旧盟。

现在刘备在军事上微不足道。他的传记称,吴军在他于白帝城站稳之后不敢来犯。然而,《吴录》告诉我们,当刘备提出带兵支持吴国对抗魏国的攻势时,陆逊并不客气地回道:

> 但恐军新破,创痍未复,始求通亲,且当自补,未暇穷兵耳。若不惟算,欲复以倾覆之余,远送以来者,无所逃命。[37]

我们不得不敬佩孙权和陆逊在外交与军事方面表现出的能力和技巧:在一年多前,孙权先取得了仅次于皇帝的头衔,再恢复了防守同盟。这一同盟至少确认了旧敌的中立,但也没有进一步发展。在许多方面,他现在回到了之前的谋士鲁肃所推荐的政策道路上。然而,在当中的几年里,他占领了整个荆州,羞辱了刘备并且在计谋上胜过了曹操和曹丕。这么做可能缺乏真诚,但面对同样棘手且背信弃义的对手,这也的确是非凡的成绩。

当然,接下来的要事就是在北方军队面前保卫长江一线,但这被证明并不难。魏国军队的进军并不是虚张声势,但曹丕和谋士们发现局势不利于他们。据说,曹丕认为曹休会因为突发奇想而贸然带兵渡江劫掠,因此一度焦急。谋士董昭劝他无须多虑:即使曹休头昏脑热以至于造成这样的灾难,明智的下属们会清楚其中危险并拒绝追随他。曹丕可能是相信了曹休不会冒进,但没有记载显示他麾下有任何人对哪怕最微小的成功抱有信心。[38]

实际上,曹休的军队没有得到什么。在他进攻的初期,突破一度是有可能的。由吕范指挥的数艘吴国舰队遇上了猛烈的风暴,被吹向了魏国占领的岸边。数人被淹死、杀死或俘虏,南方人的防御在短时间内陷入混乱。然而,曹休的军队没能及时乘胜追击;当他们这么做时,载着援军的其他船只已然前来。曹休派将军臧霸带着突击队登上轻舟,试图通过占领徐陵的小型要塞建立一处滩头阵地。然而,他们被追击并打败,魏国也没有取得进一步的战果。[39]

在更上游的濡须,朱桓指挥着防御。在这座要塞抵挡进攻时,曹仁派出一支水师分队,试图占领守军妻子所在的一座岛屿中洲。这场进攻被打败,围攻濡须的部队烧毁了他们的营房并撤退。[40]

在许多方面,南郡的军事行动最为关键。当曹仁和夏侯尚南下,曹丕前往南阳的宛城,以便靠近战场。终究,这是一片刚刚落入孙权之手的地区,而当地的防御已经被刘备加固过。尽管恢复了同盟,吴国人也不完全确定他不会反水。

险要的节点在于长江北岸的郡治江陵。当地的太守朱然在整个冬季和春季都被围困于此。一些惊慌失措的守军一度计划开门向敌军乞降,但这一阴谋被发现并粉碎。还有一次,在一段枯水期,进攻方试图占领江中的一座岛屿,再用浮桥把它和他们在北岸的营地连接起来,从而截断守军的支援和补给。然而,这一地点过于暴露,魏军无从于此自保,而吴军发动了一场反攻,夺回了这一要地。最终,在六个月后,进攻者的营帐中出现瘟疫,于是他们撤回了北方。夏初,曹丕已经回到了洛阳。[41]

对南郡和长江中游的进攻中出现了成功的最佳机会,但未来数年曹丕没有再尝试从这一前线进攻。相较于东部的故土,荆州可能没有那么依附于孙权;但两项难处必然影响到了北方的战略。首先,如果进攻者过于成功并过度深入江南,蜀国可能从西部介入。其次,基于汉水舰队的魏国水师似乎不能有效地同陆上的行动相协调。

在赤壁之战时期,曹操已然攻取江陵;他能够水路并举,向东行军。然而,从襄阳这样远在北方的起点出发,魏国的任何舰队都必须立足于汉水,这意味着他们不能支援对江陵的陆上行动。另一方面,如果这支军队试图不事先占领江陵,而是陪同舰队沿汉水而下,那他们的南侧将经常暴露于攻击之下。尽管魏国在江夏郡北部占有一处前进据点,可能考虑从汉水东侧一线进军,他们的补给线仍将暴露于西部南郡的威胁之下。江夏的突出部一直都是魏国的防御区,它从来不是一场攻势的起点。[42]

当然,北方的军队一直在内河战斗中处于劣势。不论在数量还是技巧上,曹丕的人也很难在水战方面与孙权的人相比。如我们所见,在下游,曹丕的确试图在进攻扬州时处理这一问题。然而,在荆州,他面对着延伸至前线大部的沼泽地所带来的最终无法克服的难题。沼泽地对于任何陆军或水师的有效行动都是一道阻碍,大量证据显示它们还滋生着对来自北方更干燥地区的勇士们极其有害的疫病。

208 年的曹操和 223 年的曹丕都见证了军队染病。曹丕决定未来专注于前线的东方部分,即淮河以南,而不是让他的人在汉水下游的潮湿荒野中冒险。尽管没有在史书中被特别指出,这可能是其背后的一个关键考量。

223 年的农历四月,刘备于白帝城去世,终年六十出头。他的儿子刘禅此时 16 周岁。刘禅继位,但实权掌控在诸葛亮手中。

孙权于情理之中质疑这个西部新政权的稳定。然而,到了冬天,诸葛亮已经树立了他的权威。他的信使邓芝原本来自南阳郡,他说服孙权相信这个新政权是稳固的。孙权让陆逊全权代表他和诸葛亮以及蜀国政府来往。他与魏国的同盟也在此后被确立和维持,双方使节不时往来。[43]

223年夏,孙权部下将领贺齐进攻并消灭了魏国新郡蕲春的一处前哨。此地位于大别山南坡。[44]但在接下来的12个月里,北方前线一直是平静的。然而,224年秋,曹丕针对长江下游开始了一项战略计划。他利用淮河支流将船和人从许昌运到了寿春,再向东南抵达广陵,此地位于长江入海口北岸,对面是建业,即今南京。

在过去,北方的攻势着力于更上游的濡须或历阳附近江面较窄的地方。这一次,曹丕在江面明显更宽的地区行动,但他期待他带来的船只足以在地方上建立优势并支撑一支进攻力量。有可能,这不过是一次武装侦察,因为秋天的洪水抬高了水位。然而,魏军显然感到些许惊讶,因为这一地区的防御很薄弱。一位地方上的将军徐盛,在从建业到下游的江边组织修建了仿制的围墙和塔楼。吴国也试图集结了一支有一定规模的舰队来对抗曹丕。双方没有发生激烈的战斗;到当年年末,曹丕回到了许昌。[45]

然而,这只是他计划的第一阶段。早在224年,曹丕安排修建了讨虏渠。[46]到夏末,一支崭新且更庞大的水师航向了东南。仲夏时,曹丕前往了谯县。他在秋季同军队一起沿着水路前往淮河,再顺流而下进入徐州。到初冬,他再一次来到了广陵。他在这个郡之前的郡治建立了大营,据说,他麾下的军队多于10万。[47]

这一次,孙权的部队已为进攻做好准备,但曹丕更在意天气。这年冬天是寒冷且早来的,长江部分结冰,而曹丕的船只被岸边冰脊阻挡,同时还面对着来自随波逐流的小冰山的威胁。看着无法逾越的屏障,曹丕叹息道:"嗟乎! 固天所以隔南北也!"于是他下令撤退。[48]

将这支进攻部队,以及他们的舟船,从他们所到达的暴露位置撤走有很大的困难。这些船只一度有可能搁浅于结冰的水面，他们和他们的护航者将在解冻之后成为吴军的猎物。然而，地方将领蒋济开凿了更多的运河，并且向舰队后方预留的大坝注水，再凿开大坝使得船只被人造浪潮冲走。[49]

曹丕在回程中经过许昌，到访洛阳，但他可能意图回到东南的战线上。然而，226年夏，曹丕因病去世。他终年仅40岁，在其父亲去世后统治了6年。他二十出头的儿子曹叡继位，成为后来的魏明帝。[50]

曹丕在临终前设立了一个摄政团体。尽管这标志着后来篡位的司马氏家族在权力上的一大提升，政府的运行此时还没有被朋党之争严重影响。然而，从一个正值壮年、治国有方的统治者到一个年轻人的交替尚无先例。一群权臣弱化了曹叡的权威，这自然让敌人们有机可乘。在接下来的数年里，魏国对吴国处于防守态势，同时在西面与蜀国对峙。

秋季时，孙权率领军队对魏国在江夏郡的据点发动了进攻，另一支由诸葛瑾率领的军队被派去溯汉水而上，进攻襄阳。然而，尽管忠诚且有能力，但诸葛瑾不是一位合格的将领。他的远征被新的摄政者司马懿打败。[51]这可能是吴国的一场佯攻，但魏国的援军还是快速被派往了江夏。

但是，战役开始时，江夏太守文聘兵力有限且处于进攻者的重压之下。《魏略》记载，他通过打开郡治即汉水上的石阳的城门，令民众保持静默来争取时间，自己则一直待在官邸之中。当孙权领军前来，他不得不怀疑这是一个陷阱，于是停滞不前，尔后撤退。

除却这一事件，文聘维持了长达数周的防御，而孙权无法取得进展。当援军从北方到来时，吴军不得不撤退。[52]在更东方，另一场位于浔阳附近庐江郡的攻势被曹真击退。[53]

翌年冬，即227年到228年，吴国和蜀国进行了首次联合行动。之前叛蜀投魏的孟达一直担任新城太守，此地位于南阳以东汉水河谷。他试图再次改换阵营。当时将大本营设在汉中郡的诸葛亮鼓励他这么做，并且派出小股远征军支持他。同时，孙权也从南方派出了一支军队。然而，司马懿的反应比任何人预期的都快。没等到两路盟军前来相助，孟达就被攻讨、俘虏并处决。[54]

在接下来的数年里，主要的军事行动发生于西北的汉中、长安和东汉凉州一带。在这里，诸葛亮试图在秦岭山脉北侧的渭水河谷中建立据点。这一策略没有引起孙权的兴趣，相关战役也的确没有取得决定性的成果。但它们减少了226年曹丕驾崩前孙权所占领前线上的压力。

另外，228年夏季和秋季，孙权打出了漂亮的一击。他安排鄱阳太守周鲂假装叛变，并且邀请魏军前来支持他。北方人上当了，曹休带着1万人被派去南下庐江的皖城，以和周鲂建立联系。另两支军队被同时派出，一支由司马懿统率，进攻长江中游的南郡江陵；另一支由贾逵率领，进攻东方的濡须一带。

然而，吴国让陆逊统揽全局，集中力量对付曹休。在皖城附近与之交战后，吴军打败了曹休的人马，令其溃败。他们越过山脊追击败军，直抵皖城以北的夹石关。曹休全军很可能被切断后路并俘虏，但魏国将军贾逵意识到了危险。他调转了前往濡须的行军，前来营救。曹休和大部分人马逃了出去，但他们被彻底打败，留下了武器、盔甲和大量辎重。这一计谋如期奏效。在之后数年当中，没有与之相当的威胁自北方而来，长江前线的主动权也大体转入孙权手中。[55]

南下扩张

在外交和军事上对均势的构建，以及曹丕早亡带来的好运，使得孙权能够沿着东面的长江和西面荆州新占领的部分确立前线。在山区之中，征服的进程仍在持续，其中最值得注意的是全琮的作为。他在 226 年被任命为将军和新成立的东安郡太守。此地从丹阳以南的边界地区延伸至吴郡和会稽西侧。两年之后，据说其治下有 1 万人，但这个欣欣向荣的郡后来被拆分了。[56]

在荆州西部，面对步步逼近的汉人，当地被称作五溪的山民一直维持着独立。东汉初年，五溪山民曾藐视马援将军。而且，如我们所知，他们曾独自与刘备建立松散的同盟，但刘备于 222 年发动进攻时被击败。[57]然而，在接下来数年里，五溪山民没有对孙权的安全造成直接的威胁，而孙权的注意力更多的在于对汉人的控制和对中国北方对手的防御。和更东方的地区不同，荆州落入孙权手中太晚；在这里，任何从既定控制区域向山区扩张的尝试都没有合适的机会，也不能带来好处。

但是，占领荆州为南方的交州带来了新的机会。如我们所知，那里的统治权长期由士燮和其宗族把持。但孙权委任了官员刺史步骘。此人于 210 年赴任，在广州湾附近的交州东部建制，同今河内附近红河盆地的士燮维持着松散的贸易与朝贡关系。[58]

220 年，步骘被召回北方，之后又率领一支大军参与对抗刘备进攻的军事行动。尤其是，他防御了刘备同五溪山民结成的盟军。在长江三峡取胜后，他带着人马南下，以巩固零陵和桂阳两郡的安定。在大本营短暂停留之后，他驻扎在长沙的沤口，此地靠近今湖南衡阳,在耒水同湘江之交。在这一基地,他成为一位要塞统帅和荆州南部的军事领袖。[59]

步骘在南方的继任者吕岱是一位经验丰富且备受信任的官员。来自广陵的他于孙权统治早期在吴郡效力。他曾参加过对抗杭州湾以南当地人的战役,也一度在张鲁还没被曹操征服时作为使节被派往汉中郡。215年,他参与了吕蒙对刘备在荆州南部据点的进攻,他在那里击败了一支地方叛军。之后他被任命为庐陵太守,此地位于今江西南部。他在任期间接替了步骘的交州刺史一职。[60]

吕岱一上任就展现了他的能力。首先,他迫使高粱的地方首领钱博投降。高粱位于广州湾和雷州半岛之间的海岸上,吕岱让钱博担任当地都尉。之后,在更北方,他沿着今广西的水系进攻并平定了玉林郡的一些山民群体,最终,依照孙权的命令,他转而北上进攻匪首王金,此人来自桂阳郡南部,在南海郡北部的南岭落草。据说吕岱俘虏了王金及其手下1万多人。在这一场以及之前的数场战役当中,我们可以观察到在对"反贼"和"贼寇"传统自卫行为的掩饰下进行的移民与征兵过程。作为对其成就的奖励,吕岱被给予将军头衔和持节权,并被封为爵都乡侯。

220年代初,吕岱在南海、苍梧两郡树立了权威,并将他的影响扩展到今广东、广西大部。同时,士燮控制的区域大体被限制于红河盆地的交趾郡,以及沿今越南海岸向南延伸的九真郡和日南郡。

当226年士燮以90岁高龄去世,吕岱已经准备好抹去士氏宗族旧势力的最后残余。[61]士燮的儿子士徽被给予安远将军头衔和九真太守一职位,但这些荣誉和认可是虚假的。这一地区的险要地带是交趾郡,士燮曾任此地太守。在吕岱的建议下,孙权任命了手下的校尉陈时来接替士燮的位置。这一任命将把士氏宗族从他们权力的核心移走，并且将士徽和其兄弟们孤立在岭南。

为了巩固这一发展，孙权还公然将交州一分为二：从合浦郡到南海郡、位于今中国境内的东部被命名为广州，吕岱继续担任当地刺史；从交趾到九真再到日南、位于今越南境内的西部继续叫交州。孙权麾下的将军戴良被任命为交州刺史，他对九真郡的士徽有着绝对的压制。

这一划分明显是要迫使士徽彻底屈服或直接造反，士徽选择了后者。顶着父亲交趾太守的头衔，他派卫队守住港口和通往合浦的陆路，拒绝陈时和戴良通过。

然而，吕岱已为这一变动做好准备，他带着军队和舰队前来护送新官上任。士氏一方自然没有做好公然开战的准备，当地也有反对士徽的叛乱，何况吕岱在士徽准备好防御之前就已经到来。吕岱在抵达后派士匡作为信使劝其堂兄弟投降。士匡是士壹的儿子，也就是士燮的侄子，曾作为人质被送到吴国。士徽和其五个弟兄拉下衣服并露出肩膀，以投降者的姿态前来迎接吕岱。吕岱无视了他们的请求和自己的承诺，将其处决并将其头颅送给了孙权。

这一背弃行为抹除了士氏宗族的势力。士壹、士匡和其他人虽免于一死，但被贬为平民并被剥夺所有财产。[62]交趾和九真曾先后出现短暂的地方反抗，被吕岱以最强硬的手段平定。现在孙权的势力在整个南部海岸得到了确立。[63]

和它的制定一样，交州的分割被迅速地废止。吕岱再一次成为整个地区的领袖，被封为番禺侯。在更南方，吕岱派使团通过海路访问了中南半岛各国，回访的使者带来了今越南南部海岸的林邑、今胡志明市附近的扶南，还有今柬埔寨的唐明的贡品。[64]除却给孙权朝廷带来的威信,这些访问证实了同东南亚的海上贸易可以用和平的方式维持;所以,位于今越南北部贸易中心的士氏家族的财富现在为吴国所有。

虽然士氏宗族的覆灭是以暴力取胜的典范,并且吕岱畅通无阻地将孙权的势力扩张到了最南方的土地,但是扩张的可能性却在一个地区被错过了。如我们所见,大约在 217 年,益州的地方领袖雍闿曾试图从益州北部刘备的政府管控下获得独立,他通过士燮向孙权的代表步骘求援。[65]

在 223 年刘备驾崩后,雍闿认真地试图建立一个包括自己占领的益州郡,以及永昌、越巂和牂柯的分裂政权。他得到地方山民,尤其是首领孟获的支持。但他面临着来自其他忠于成都政府的群体的反对。225 年,诸葛亮进攻并征服了益州南部;雍闿被杀,而孟获于一再战败后被迫投降。[66]诸葛亮委任当地首领为地方长官,确立了他们在其统治之下的权威。在接下来数年内,这一位于今四川南部、贵州和云南的地区在蜀国政府之下维持着应有的稳定。[67]

雍闿似乎不曾从孙权的政府那里得到过有力的支持,这必然是因为他的活动范围遥远,以及士燮在中间的阻碍。红河及其支流河谷的确提供了沿海地区向内陆抵达今昆明的交通,但步骘和吕岱不曾有机会利用这一交通方式;诸葛亮因此能够独霸益州南部。

然而,即便在这一可能被错过的机会当中也有令人满意之处。在曹丕于 220 年代初进攻吴国时,雍闿和孟获制造的混乱将诸葛亮的注意力从所有关于荆州的事务中引开;当风波平定,这两个盟友实际上也没有了就各自边界争执的机会。因此,吕岱对交州西部的征服带给了吴国政府一片广袤、富饶且不受争议的土地。

233 年，在南方待了 13 年的吕岱被召回，以接替步骘在瓯口要塞的位置。一方面，如任命中说，交州已然安定；但与此同时，尽管没有明说，这一调任避免了吕岱产生独立野心的可能性。不论如何，吕岱和步骘的成就是显著的。花着最少的军费，他们先在南方建立存在，之后又全面立威。作为结果，吴国现在地跨汉代的三个州，孙权的朝廷也从南方海域的贸易中得到了利益和威望。

平起平坐

到了 299 年的起始，孙权已然在中国南方建立了强大且有凝聚力的军事与政治权威。在他原本的权力中心即江南的扬州，长江的下游提供了一条无法攻克的防线，而此地南部的移民进程也带来了人口的增长和经济的发展。在中国中部的长江中游南部盆地，东汉荆州地区的大半被孙权牢牢掌控：他的两个对手分别在北方和西方，他们曾试图从其手中夺走这一地区，但都没能成功。在岭南，吕岱的攻势将这一地区所有的土地和贸易都置于其控制之下。

当然，北方的魏国人烟远为繁盛，也可能更强大。然而，在曹丕于 226 年驾崩后，曹氏家族的地位愈发衰弱，新的皇帝曹叡也并不强势。另外，除却孙权，魏国还面临着诸多外患：在东北，精力充沛的年轻军阀公孙渊占据着东北南部，维持着独立；[68] 在西北，东汉的并州和凉州，即今山西和陕西北部加上宁夏和甘肃大部，仅仅处于汉人名义上的控制之下。至于更遥远的地方，魏国朝廷曾接待过来自中亚绿洲王国的使团，重塑了中国在丝绸之路上的权威，⁶⁹但沿着渭水河谷越过黄河抵达河西走廊的交通路线须防范南方汉中郡的蜀汉军队。

至于蜀汉，尽管刘备试图以仁政和同汉室疏远的血缘来支撑其自称帝国，但外交上的高调所不能掩盖的事实是，这个国家的领土尚没有东汉的益州大。尽管诸葛亮向南经营并一直努力从汉水上游河谷向北突破，关羽和刘备在孙权军队那里遭受的灾难性失败无法被任何在长安一带取得的成功抵消。

在这种情况下，孙权能够考虑称帝一事。因为孙吴即便不是最强大的，也一定是第二强大的。

还有，孙权已然实行了许多彰显独立的仪式。他的确是因魏国皇帝曹丕的封赏而得到了吴王头衔。另一方面，他曾在 222 年颁布了新的年号。他还在 223 年颁行了一套历法；这套历法是基于东汉学者刘洪的乾象历，而不是被汉朝用过且被魏、蜀沿用的四分历。从那时起，吴国连日期和月份都与其他国家不同。按照传统，颁行历法是天子的特权，所以孙权已然认为自己和两个对手平起平坐。吴国也因对算数、数学、天文与历法的兴趣和精通而闻名。⁷⁰

孙吴的高官们在 223 年就已经劝孙权称帝。《江表传》中有孙权拒绝的些许记载：一方面，既然他没能防止汉帝的退位和汉室的倾覆，那他如此之快地登上虚位是完全不合适的。与此同时，孙权试图让其与魏国的关系留有余地，当时坚决同北方的大国决裂为时尚早，而且他还担心魏和蜀会联合起来消灭吴。

然而，六年以后，形势变得更为稳定和乐观。两个帝国的君主都年轻且缺乏作为，而孙权成功抵挡了来自魏国的攻势。同时，蜀国并没有再度进攻其位于三峡的西部前线。在政治上，这是一个合适的时机。229 年春，彼此相邻的武昌和夏口据说有一条黄龙和一只凤凰出现。

到了 2 世纪末,应当继承汉朝红色的颜色是黄色,即土地的象征,这一点被广为接受。黄巾军曾称黄色的天空将会取代汉朝的蓝天。在五行的循环当中,土将要从汉朝的火当中显现。出于这个原因,曹丕在汉献帝退位时宣布的年号是黄初。当孙权通过设立新历法而宣告独立时,他将 223 年认作黄武元年。现在,龙和凤作为颜色正确且专属于皇家的祥瑞之物,为一个新帝国的建立提供了合适的前奏。

除此之外还有一些支持孙权称帝的吉言。官员陈化因一件事在朝中出名。当陈化出使魏国时,他曾解读经典,以为身在东南的帝国统治者提供法统依据。所以,吴国有这样一则广为流传的童谣:"黄金车,班斓耳;闿昌门,出天子。"[71]

尽管经典总能被重新解释,并且童谣作为民众的呼声往往被认为反映了上天的旨意,但没有更多可靠证据表明孙权遇到过祥瑞吉兆。

然而,229 年 6 月 23 日,孙权在都城武昌的南郊举行登基典礼,自立为吴帝。他展开一面有黄龙图案的大旗,改元黄龙。[72]

《吴录》记载了孙权的告天文。在这段文字当中,孙权回顾了汉朝是如何维持了 24 代皇帝 434 年的统治,但后来气运散尽,失去天下并分崩离析的:

> 孽臣曹丕遂夺神器,丕子叡继世作恶,淫名乱制。权生于东南,遭值期运,承乾秉戎,志在平世,奉辞行罚,举足为民。君臣将相,州郡百城,执事之人,咸以为天意已去于汉,汉氏已绝祀于天,皇帝位虚,郊祀无主。休征嘉瑞,前后杂沓,历数在躬,不得不受。权畏天命,不敢不从,谨择元日,登

坛燎祭,即皇帝位。惟尔有神飨之,左右有吴,永终天禄。[73]

孙权由此将声称基于两点假设:汉室已经让出了帝位且没有配得上的人去继承;还有,他的继位因其政权的德行,尤其是他对人民的体恤而正当。通过将魏国的竞争者描述为篡位者,孙权特别否认了他们的声称。至于蜀国,文章中没有提到刘备,仅仅称汉朝的气运、正统已尽,所以刘备对继位的声称是无效的。

从后世历史学家的视角来看,孙权称帝是无法接受的。在《资治通鉴》的一篇优美文章中,司马光就魏国和蜀国的历史探讨了"正统"这一概念。据他观察,周、秦、汉、晋、隋、唐这些王朝都统一了中国并传至数代。根据这一标准,魏、蜀、吴的统治者都不能被认为是真正的天子。的确,在周代君主们权力的尾声,很长一段时间里都没出现真正的君主。

另一方面,作为编年体史书的编纂者,司马光需要为分裂的时代定夺些许可辨识的时间顺序。和西方不同,中国没有用于年份计算的公认常规标准。在任何一个时代,在不同国家的年号间做选择是必要的。为了这一目的,司马光接受了汉传位于魏,而魏又传位于晋这一原则。此后的传承脉络便从南朝传承到了隋唐。

然而,司马光强调称,他做出这一决定仅仅是为了编排发生于各国的事件顺序:"……非尊此而卑彼,有正闰之辩也。"

后来,司马光的做法被理学家拒绝。他们认可了刘备和蜀汉作为继承者的合法性。尤其是,朱熹删节著成的《资治通鉴纲目》的编年使用了蜀汉的纪年。[74]这一选项的出现是一件有趣的事。对于选择魏国纪年的司马光,从公元220年2月22日到221年2月9日的中国纪年被称为黄初元年,这是基于220年12月11日曹丕登基帝位后的年号。对于朱熹和蜀国的同情者,这一年叫作延康元年,这是汉朝傀儡政府在那一年公布的年号(这一年一开始是建安二十五年);第二年即 221 年 5 月 15 日,刘备登基为帝,宣布年号为章武。

40 年后,刘备的儿子刘禅在 263 年向魏国投降,但蜀汉直到翌年才被完全征服,那一年可以算作炎兴二年。266 年 2 月 8 日,即下一个中国纪年的年末,晋朝开国皇帝司马炎从魏室手中夺过皇位,所以从 265 年 2 月 3 日开始的一整年后来被重命名为泰始元年。[75] 因此,对于司马光而言,从 263 年到 265 年和 266 年的年代顺序应当表述为魏国的景元四年到咸熙元年,之后是晋朝的泰始时期。对于朱熹而言,则是蜀国的炎兴元年和炎兴二年,后面接续晋朝的泰始时期。

现在这场辩论仅仅是学术趣谈,但对现代人对于三个称帝者的看法产生了巨大影响。出于年代顺序的连贯性,学者可以提倡魏国和蜀国纪年的优势与正统性,但吴国并没有同样好用的纪年;任何针对 221 年到 228 年间的年份计算都必须依赖魏国和蜀国的系统。吴国最后一位统治者在 280 年投降;尽管晋朝通过公布太康这一新年号来庆祝此事,这件事的发生却不能与吴国的兴亡时间相协调。

然而,不得不说,如果我们无视接下来的衰亡时期和后世学者的争论,那么,无论从孙权自身抑或当时的政治思想而言,229 年时孙权的地位绝不是不合法的。最显著的例子是周朝末年的战国时代,以及秦国的崛起和汉朝的建立。据司马光观察,汉代"学者始推五德生胜,以秦为闰位,在木火之间,霸而不王,于是正闰之论兴矣"。

因此,孙权可以将 221 年和 229 年之间的数年视作闰位,这

是吴国的土德彰显之前的混乱时期。据此,使他天子之名蒙尘的
并不是229年的登基,而是280年吴国的终结。后世的批评家认
为,曹操和魏国仅仅是实力冠绝华夏的霸主,他们并没有重整帝
国——吴国则更是如此,他们也失败并最终衰亡。不过这一后世
观点并不完全公正可取。

即便如此,我们回顾229年的局势时可以观察到,孙权称帝
一事对天子之名的意义和本质造成了一些有趣且尴尬的问题。
这在蜀国的反应当中得到了最为戏剧化的表达。

如我们所见,到223年,孙权已然和由诸葛亮代表刘备之子
刘禅统治的蜀国政权达成了一定共识。这一联盟毫无疑问对双
方有利:如果两方之一同魏国达成中立协议,从而使其全力对付
另一方,那北方全面攻势下的受害者会很快陷入绝境。无论是否
有过相互协调,孙权越过淮河或沿着汉水对魏国构成的威胁对蜀
国的存续是重要的,而诸葛亮对渭水谷地的战役也为孙权有效地
牵制了对手。

而现在,宣称汉朝继承者的蜀国要面对吴国的自负。孙氏家
族与皇室没有任何联系,并且孙权之前的王位来自篡位者魏国的
封赏。如果孙权声称自己的统治是基于德行,那这对于一个基于
皇室血统的宣称或一个从汉帝退位中获益的政权而言是糟糕的。
另外,即使魏国可以像对待突然冒头的反贼一样直接拒绝孙权的
宣称,蜀国仍然须像对待一位重要盟友一样对待他。

蜀国朝中似乎进行过辩论。显然,一些人坚决称孙权宣称与
他们平起平坐是不合理的,吴蜀联盟也毫无益处,所以他们应该
弃绝同孙权的一切协议。然而,诸葛亮想出了既能满足王朝中的
虚荣者,也能满足当下政治现实的话术。[76]他给出的例子包括汉
文帝曾安抚匈奴且语气谦恭;以及刘备尽管承受了损失,最终还

是接受了合约:"皆应权通变,弘思远益,非匹夫之为〔忿〕者也。"

另外,孙权是一位有进取心且精力旺盛的统治者。尽管当时他和北方的军队在长江前线对峙,如果蜀国要维持进攻魏国的计划,那么其盟友孙权要么会自行出击,要么会利用这一机会通过在南方的移民和征兵来增长自己的力量。在这两种情况下,他都是一个能有力牵制魏国的盟友;然而,如果不与之结盟,他可能决定向蜀国的势力地区扩张。

> 若就其不动而睦于我,我之北伐,无东顾之忧,河南之众不得尽西。此之为利,亦已深矣。权僭之罪,未宜明也。

基于这一权宜考量,蜀国政府至少暂时吞下了自己的骄傲,并且派卫尉陈震作为使节前去祝贺孙权称帝。他在夏末抵达武昌,孙权此时已登基两个月。[77]

然而,简单的认可并不足够。几乎可以肯定的是,出于孙权的意愿,两国通过誓言和契约建立了正式的同盟。他们认可了彼此的身份并确定了在魏国被征服后如何瓜分其土地。主要的仪式由孙权和陈震在武昌举行,他们设立祭坛并歃血为盟。此事显然经过了先前的计划和协商。契约的内容被当时的文人称道,作者是胡综,即孙权手下的学者和官员。其中称,诸葛亮作为蜀国的丞相曾参加过一场相似的仪式:

> 汉之与吴,虽信由中,然分土裂境,宜有盟约。诸葛丞相德威远著,翼戴本国,典戎在外,信感阴阳,诚动天地,重复结盟,广诚约誓,使东西士民咸共闻和。故立坛杀牲,昭告神明,再歃加书,副之天府……
>
> 自今日汉、吴既盟之后,戮力一心,同讨魏贼,救危恤患,分灾共庆,好恶齐之,无或携二。若有害汉,则吴伐之;若有

害吴,则汉伐之。各守分土,无相侵犯。传之后叶,克终若始。凡百之约,皆如载书。**78**

至于他们共同的敌人曹叡则被描述为追随其父曹丕的歪门邪道的"么麽";而他们的前辈,从董卓到曹操,不过是抢夺国家权力的反贼逆臣:

穷凶极恶,以覆四海,至今九州幅裂,普天无统,民神痛怨……

今日灭叡,禽其徒党,非汉与吴,将复谁任? 夫讨恶翦暴,必声其罪,宜先分裂,夺其土地,使士民之心,各知所归。

因此,憧憬着未来,双方同意:蜀汉将得到东汉的并州、凉州、冀州和兖州,即帝国的西北部和北部;吴国将得到徐州、豫州、幽州和青州,即华北平原的南部和中部,加上今东北南部等地区。之前的京畿地区,即东汉司隶校尉部,将被瓜分。位于今陕西的长安一带归蜀国,而今河南的洛阳一带归吴国。**79**

当然,这都只是限于理论。但双方的确确认了各自的势力范围,并且诸葛亮和蜀国军队已确定将北上攻取渭水河谷,而不是在长江中游与汉江地区干涉孙权的利益,更不会介入淮河地区。在现实层面上,尽管盟约中的花言巧语掩盖了双方本质上的猜疑和怨恨,蜀国的认可意味着孙权可以合理地认为自己在西部长江三峡一带的防线是安全的,从而将主要精力用于对付北方的魏国并维持其势力范围内的统治。到此时,孙权的政府是稳固的,他的地位得到了对手们的认可,他的帝国统治着汉代的三个州。对一个来自小城富春的普通家族来说,这是巨大的成就;孙氏在这一基础上能够建立什么尚有待观察。

注释:

[1] 《三国志》卷36《蜀书》6,942 页裴注第 3 引《吴历》。

[2] 《三国志》卷47《吴书》2,1121 页。孙权之前从曹操把持下的汉朝政府那里得到的任命是会稽太守和讨虏将军。这些头衔是 200 年他兄长去世而他继位之时授予他的。尽管孙策曾是吴侯,孙权直到此时都没有获封任何爵位。

[3] 《三国志》卷 1,53 页;方志彤:《三国编年史(220—265 年)》第 1 册,1 页和 15 页。

[4] 曹丕的传记以及他统治时期的事迹见《三国志》卷 2。他的谥号是魏文帝。曹丕称帝后,曹操被追封为武帝。

[5] 关于曹植继位的可能性,见《资治通鉴》卷 68,2150—2152 页;拙著《建安年间》,511—514 页。关于曹彰的继位意愿,见《资治通鉴》卷 69,2176 页;方志彤《三国编年史(220—265 年)》第 1 册,2 页和 29—30 页。曹植和曹彰的传记见《三国志》卷 19,557—576 页和 555—557 页。

[6] 《资治通鉴》卷 69,2175—2177 页;方志彤《三国编年史(220—265 年)》第 1 册,1—4 页和 18—23 页,记述了一些关于曹丕继位的事件和言论。其中包括了一场首都部队中的动乱,还有在曹植被罢免时对其政治同党的清洗。亦见《三国志》卷 15,481—482 页和裴注第 2 引《魏略》。

[7] 《后汉书》卷 9,390 页;《三国志》卷 2,62 页;《资治通鉴》卷 69,2182 页;方志彤《三国编年史(220—265 年)》第 1 册,36—39 页;卡尔·雷班《天命的操纵:公元 220 年曹丕即帝位所隐含的天意》,其中探讨了用于解释退位和继位的各种预言。关于许都在后一年改名为许昌(《三国志》卷 2,77 页),见第二章注第 12,参见下注第 12 中孙权建立都城的名字武昌。

[8] 后来,221 年,曹丕对异域珍宝提出了可谓过分的需求;但孙权还是将其奉上,见《三国志》卷 47《吴书》2,1124 页裴注第 6 引《江表传》;方志彤《三国编年史(220—265 年)》第 1 册,59—60 页和 89—90 页。

[9] 《三国志》卷 32《蜀书》2,887—890 页。

[10] 《三国志》卷 40《蜀书》10,991—994 页。

于 223 年继承父亲刘备之位时,刘禅 17 岁。所以,按西方标准,220 年时他 13 周岁。关于刘备家族的早期历史和对刘封的收养,见第五章注第 8。

刘备此时有两个更小的、姜室所生的儿子刘永和刘理。两者都得到了皇室头衔,见《三国志》卷 32《蜀书》2,890 页;《三国志》卷 34《蜀书》4,907 页和 908 页。

[11] 《三国志》卷 47《吴书》2 第 1121 页提到,有五千户人家从阴、酂、

筑阳、山都和中庐沿着汉水南下，前往孙权的控制区定居。这些地方位于南郡北部和南阳郡西南部。然而，相较于人口，孙权似乎没有从这一事件中得到土地。更有可能的是，这场人口撤离是当地魏国将领梅敷的投降导致的。这显示该前线周边的土地正在逐渐变为无人区。

[12]　《三国志》卷 47《吴书》2，1121 页。

这是"武昌"第一次在中国历史上出现。应当注意的是，孙权所建的武昌并不是今位于江汉之交的武汉三镇之武昌，而位于其下游约 80 公里处，今称鄂城。

[13]　《三国志》卷 32《蜀书》2，890 页；《三国志》卷 52《吴书》7，1232—1233 页。

诸葛瑾当时是孙权的南郡太守，其治所在公安，是吕蒙死后由他接管的一处据点。有人认为他可能计划与刘备私下沟通并投降，但孙权及其将领陆逊否认了这一可能性。亦见方志彤《三国编年史（220—265 年）》第 1 册，50—52 页和 74—75 页。

[14]　关于这场辩论，见《三国志》卷 14《刘晔传》，446 页；447 页裴注引《傅子》；方志彤《三国编年史（220—265 年）》第 1 册，52—53 页和 79—81 页。

刘晔来自九江郡，曾投奔刘勋麾下并在 199 年试图告诫他警惕孙策的计谋（见第三章）。他之后投奔曹操，在曹丕治下享有高官厚禄。然而，就这一问题，他的意见被排除。

[15]　孙策去世前曾持有吴侯头衔。然而，孙权是第一次得到与这一地区相关的头衔。他之前曾被现已灭亡的汉朝封为南昌侯，此地是豫章郡治。

吴侯的封地得名于吴县，即其在吴郡当中的封国。下文将会以吴代指孙权的整个国家。

九锡之礼见于《白虎通》卷 20，译文见曾珠森《白虎通：白虎观中的全面讨论》第 2 册，504—509 页；相关讨论亦见第 1 册，25—29 页和 37—39 页。

王莽在公元 9 年篡位，在此之前的公元 5 年被加九锡。曹操在 213 年被封为魏公时也被加九锡。王莽加九锡的布告见《汉书》卷 99 上，4074—4075 页，译文见德效骞译本《汉书》第 3 册，208—210 页。曹操加九锡的布告见《三国志》卷 1，39 页，译文见曾珠森《白虎通：白虎观中的全面讨论》第 1 册，26—27 页。

孙权加九锡的布告见《三国志》卷 47《吴书》2 第 1122 页，其中列出九锡，以及它们被赐予的理由：

1. 以君绥安东南，纲纪江外，民夷安业，无或携二，是用锡君大辂、戎辂各一，玄牡二驷。

2. 君务财劝农，仓库盈积，是用锡君衮冕之服，赤舄副焉。

3. 君化民以德，礼教与行，是用锡君轩县之乐。

4. 君宣导休风，怀柔百越，是用锡君朱户以居。

5. 君运其才谋，官方任贤，是用锡君纳陛以登。

6. 君忠勇并奋，清除奸慝，是用锡君虎贲之士百人。

7. 君振威陵迈，宣力荆南，枭灭凶丑，罪人斯得，是用锡君钺钺各一。

8. 君文和于内，武信于外，是用锡君彤弓一、彤矢百、玄弓十、玄矢千。

9. 君以忠肃为基，恭俭为德，是用锡君秬鬯一卣，圭瓒副焉。

不出所料，这里一系列的美德和成就，以及相应的荣誉，追随着八年前布告中赏赐曹操的模式。总体而言，在丰富多彩的修辞背后，我们可以看见各类美德与成就和相应的赏赐之间的关系。所以，治下太平会被赋予车马；治下繁荣会被赐予衮冕之服；实行改革和典礼会被赐予乐器；传扬道德会被赐予朱户；任命贤良会被赐予专用的台阶。此后，九锡中的第六、七和八是因不同方面的军事成就而被赐予；最后，个人的美德会被赐以祭祀用酒和酒杯。关于进一步讨论，见曾珠森《白虎通：白虎观中的全面讨论》第 1 册，27—29 页；第 2 册，504—509 页。

理论上而言，九锡可以被加于有特殊成就和美德的诸侯、大臣。同样在理论层面，九锡是帝国统治者给予其附庸的殊荣：这最显见于第六锡的赐"虎贲之士"，虎贲即汉代皇家卫队（见毕汉思《汉代官僚制度》，24 页和 27 页）。第六锡的重点在于，所赐之人被授予了最高统治者享有的贴身卫队。

213 年，汉朝曾赐予曹操三百虎贲，但曹丕仅仅赐予孙权百名虎贲。两者封赏之间的另一处明显的差异在第三锡：曹操得到了轩县之乐、六佾之舞；孙权只得到了轩县之乐。

然而，如我们所见，除孙权外得到九锡且留有记载的人只有王莽和曹操。两者都得到了完整的九锡，这也成为他们在不久以后攫取大权的先导。曹丕显然给予了孙权极高的尊荣。

除却加九锡、授玺绶及封吴王，这一布告还给予了孙权一些其他的荣誉。其中包括从第一到第五的金虎符和从第一到第十的左竹使符。作为东方王权的象征，孙权被赐予用白茅包裹的青土。关于东汉时这一仪式，见蔡邕《独断》，12 页上下，贝克《东汉的志》，81 页；毕汉思《东汉时期的洛阳》，56 页。封王的记载见《后汉书》卷 95 志第 5，3120—3121 页；然而，此处并没有提到青土。

从更为实际而不是单纯的象征和仪式角度来看，孙权被任命为大将军，有权统治交州，领荆州牧事。另外，在接下来一年的农历五月，另一则曹丕政府的特殊布告对这一地区的汉代州界进行了重新划分:长江以南位于荆州和扬州的各郡即孙权所辖,被归为一个新的荆州;荆州北部由魏国统治的部分被改名为郢州;扬州北部则还称扬州。这一改变是名义上的,并不持久,但它的确意味着曹丕正式认可了孙权在其所有控制区域的权威,见《三国志》卷 2,80 页和上注第 6。

[16] 《三国志》卷 36《蜀书》6,944 页;方志彤:《三国编年史(220—265 年)》第 1 册,49—50 页和 73—74 页。

[17] 刘备的军队有 4 万人,而陆逊的守军有 5 万人(见下文),这里的数字可能是被夸大的。然而,我们可以回想,在周瑜和孙权于赤壁之战前夕的讨论中,认为曹操真的有 10 万人,而周瑜仅仅要了 5 万人来对付他。当时的军队可能很庞大,然而,到底有多少军队是真正的士兵则是另一个问题。就此处的情形,我怀疑参与其中的人数可能为我们所知的一半:双方各有 2 万到 2.5 万人。

[18] 关于这场战役的地图见《中国历史地图集》48 页,对战争的主要记载见《三国志》32《蜀书》2《先主传》,890 页;以及《三国志》卷 58《吴书》13《陆逊传》,1346—1348 页。相关译文见方志彤《三国编年史(220—265 年)》第 1 册,49—124 页。

《三国志》卷 32 中称陆逊为"陆议";"议"是陆逊原来的名字,见《三国志》卷 58,1343 页。

持节权将生杀大权下发给一位高级官员,他由此不用事先请示君主。

[19] 《三国志》卷 52《吴书》7,1232 页。

[20] 《三国志》卷 58《吴书》13,1346 页;方志彤:《三国编年史(220—265 年)》第 1 册,101 页。

[21] 见第五章和第六章。

[22] 韩当、潘璋和徐盛的传记见《三国志》卷 55《吴书》10,1285—1286 页、1299—1300 页和 1298—1299 页。朱然的传记见《三国志》卷 56《吴书》11,1305—1308 页。

在吕蒙死后,朱然被给予持节权和对汉代南郡郡治江陵守军的指挥权。因此,陆逊的任命代表着对朱然轻微的降级。

[23] 周泰的传记见《三国志》卷 55《吴书》10,1287—1288 页。1288 页的记载显示,朱然、徐盛和其他人都曾是周泰的下级将领,但他们都不认可他的权威。

孙权特意视察濡须要塞,他召见所有官员并举行了盛大的酒宴。他亲自向周泰敬酒,让周泰揭开衣服,从而指着其身上的旧伤,一一问他这些伤从何而来。

周泰以旧时交战的故事回复。当他说完后,孙权让他穿回衣服,于是他们愉快地度过了整个晚上。次日早晨,孙权派信使赐予他御用的伞。从那以后,徐盛和其他人都认可了周泰的权威。

裴注第1引用了《江表传》中一则相似的故事,其中讲述了孙权如何以最亲近的方式同周泰交谈。他以周泰小字称呼他,认为他是吴国最重要的大臣之一。他赏赐给周泰一队特殊的随从,以及一支鼓角乐队。亦见于拙著《建安年间》,509—510 页。

[24] 至少曾有一次,陆逊不得不威逼下属,迫使他们服从他被授予的权力,见《三国志》卷 58《吴书》13,1347—1348 页;方志彤《三国编年史(220—265 年)》第 1 册,103 页和 121 页。

[25] 孙桓传记的大部分见《三国志》卷 51《吴书》6 第 1217 页,其中描述了他同刘备的交战,他当时 25 岁,担任安东中郎将的低级军职。

孙桓是孙河的次子,他是孙策的堂兄弟,曾被过继给孙氏表亲,后赐还孙姓,见第三章注第 6。

《三国志》卷 58《吴书》13 第 1347 页称,陆逊被催促前去救援孙桓,因为后者是王室宗亲。孙桓当时也期待有更多支持。然而,他后来称赞了陆逊的部署。亦见方志彤《三国编年史(220—265 年)》第 1 册,102—103 页和 120 页。

[26] 《三国志》卷 58《吴书》13,1346 页;方志彤:《三国编年史(220—265 年)》第 1 册,101 页和 118 页。

[27] 《三国志》卷 58《吴书》13 第 1347 页称,刘备折损了两位将军和胡王沙摩柯。还有数位将领投降。

《三国志》卷 45《蜀书》15 第 1088—1089 页和 1089—1090 页,所引杨戏《季汉辅臣赞》中记载了傅彤和程畿英雄主义式的死亡。相关的记载见《华阳国志》卷 6 第 13 上,以及《资治通鉴》卷 69,2203—2204 页;方志彤《三国编年史(220—265 年)》第 1 册,102—103 页和 118—120 页。

[28] 《三国志》卷 43《蜀书》13《黄权传》,1044 页。

黄权在魏国得到优待并步步高升。他的一个儿子黄邕,与他同行;但他的妻子和其他家人留在了蜀国。在那里,他的另一个儿子黄崇日后死于同魏国的战争,见方志彤《三国编年史(220—265 年)》第 2 册,432—433 页。

[29] 马良的传记见《三国志》卷 39《蜀书》9,982—983 页。他来自襄阳地区,是诸葛亮的朋友。在刘备称帝时,他被委以侍中的高位。

[30] 《三国志》卷 36《蜀书》6,950 页裴注第 1 引《云别传》。

[31] 《三国志》卷 32《蜀书》2,890 页。

[32] 《三国志》卷 47《吴书》2,1123 页裴注第 3 引《江表传》。"九州"

一词在这里可以被理解为指代整个帝国,即上古时期传统上的九个地区,而不仅仅是汉代的大部分行政单位。这一表述也见于司马彪所编纂史书《九州春秋》。

［33］《三国志》卷 2 第 80 页;方志彤《三国编年史(220—265 年)》第 1 册第 104 页称,听闻刘备在山地中延展其营地的方式后,曹丕便预料到了他的失败。即便这则逸闻为真,一个人能否预见进攻者的灾难性溃败也令人怀疑。

［34］《三国志》卷 47《吴书》2,1123 页和 1125 页;方志彤:《三国编年史(220—265 年)》第 1 册,107 页。《三国志》第 1126 页记载称,即便在接下来的冲突当中,孙权和曹丕仍继续谈判并互遣使团,最终且正式的决裂要到下一年才发生:见下注第 41。

［35］《三国志》卷 47《吴书》2,1126 页。

浩周是于禁的下属,他在 219 年樊城附近的战斗中被关羽俘获,于 221 年被孙权送回北方。他在魏国朝中极其积极地为孙权说话,向曹丕保证孙权会接受他的要求并送出人质。他一度被派去孙权处出使,但当协议不了了之时,浩周在朝中的生涯也就结束了。然而,他似乎没有因错误的建议被惩处。

《三国志》卷 47《吴书》2,1127—1129 页注第 3 引《魏略·浩周传》;其中包含了浩周同孙权交流的记载。

［36］　颁布历法是独立君主的特权。在接下来的一年,孙权也公布了另一套计算日期和月份的系统,见《三国志》卷 47《吴书》2,1129 页。关于此事,以及黄武年号的意义,见下文和下注第 70。

作为对这一独立宣称的回应,曹丕回顾了当年早先公布的州界划分。根据这一划分,孙权作为荆州牧统领江南各郡。于是,郢州被废除,而扬州和荆州被恢复为汉代制度下的样子,见《三国志》卷 2,82 页;参见上注第 15;当然,这么做几乎没有实际效果。

［37］《三国志》卷 58《吴书》13,1348 页裴注第 1 引《吴录》;方志彤:《三国编年史(220—265 年)》第 1 册,110 页。参见上注第 31。

［38］《三国志》卷 14《董昭传》,441 页。

［39］《三国志》卷 56《吴书》11,1311 页;以及《三国志》卷 47《吴书》2,1126 页;方志彤:《三国编年史(220—265 年)》第 1 册,133 页。

［40］《三国志》卷 56《吴书》11《朱然传》,1312—1313 页;方志彤:《三国编年史(220—265 年)》第 1 册,149 页。

我们于此得知,瘟疫严重影响了曹丕在江陵城下的军队。然而,《三国志》卷 2 第 82 页提到,223 年春末有一场大范围的瘟疫。而《三国志》卷 9 第

276 页和卷 2 第 82 页称,曾统领对濡须攻势的曹仁也在此时死于疫病。

[41]　作为对朱然成功防守的注解,我们可以关注他被赏赐的封地。打败刘备后,他被封为永安侯,刘备曾在此县避难。然而,在曹丕及其军队撤退后,这一册封被改为当阳侯,当阳即南郡北部直到襄阳的县城,见《三国志》卷 56《吴书》11,1306 页。这一改封展现了孙权对曹丕的桀骜,同时也向与刘备重塑的同盟表达了迟到的敬意。

[42]　早在 223 年,当曹真的军队正攻向江陵时,孙权曾提出在“江夏山”筑城。几乎可以肯定的是,“江夏山”指的是江汉之交即今武汉的夏口附近凸起的高地,见《三国志》卷 47《吴书》2 第 1129 页和《三国志集解·吴书二》25 页下。

[43]　《三国志》卷 58《吴书》13,1348 页;《三国志》卷 47《吴书》2,1130 页、1131 页裴注第 4 引《吴历》。似乎此时,即刘备驾崩而新的盟约被同诸葛亮摄政下的蜀国签订之时,孙权同曹丕最终决裂,参见上注第 34。

[44]　《三国志》卷 47《吴书》2,1130 页;《三国志》卷 60《吴书》15,1380 页。

蕲春太守为晋宗,投奔魏国的孙权叛将。他似乎是在此时被调任到这个位于庐江和江夏边界大别山区的郡。由此,他可以扰乱沿江和渡江南下的交通路线。

有记载显示,蕲春郡在数年前被设立,它可能是基于东汉江夏郡的同名县城。但这一地区在曹操于 213 年撤退之时被放弃,见《三国志》卷 47《吴书》2,1118 页。晋宗的渗透势力被打败后,这一地区被吴国占据。

《三国志》卷 60 称,在进攻蕲春时,贺齐的一个下属是糜芳,即 219 年将江陵献给吕蒙的关羽老部下,见第六章注第 68。蕲春显然容易出现叛徒。

[45]　《三国志》卷 2,84 页;《三国志》卷 47《吴书》2,1131 页裴注第 1 引干宝《晋纪》;以及《三国志》卷 55《吴书》10《徐盛传》,1298 页;方志彤:《三国编年史(220—265 年)》第 1 册,165—166 页和 174—176 页。

[46]　《三国志》卷 2,85 页。讨房渠的流向至今尚无定论,但它可能优化了今河南南部和安徽西北颍水与汝水上游水网的交通。

[47]　《三国志》卷 2 第 85 页和《三国志》卷 28 第 774 页,以及《资治通鉴》卷 70 第 2224 页,提到了利城的兵变,此地位于今江苏北部连云港附近。这一事件没有对曹丕的战役造成重大影响。见方志彤《三国编年史(220—265 年)》第 1 册,185 页和 194 页。然而,方志彤将“利城郡”误为“利城军”;此地显然是汉代东海郡和琅琊郡之间一处新的行政单位。

[48]　《三国志》卷 47《吴书》2,1132 页裴注第 3 引《吴录》,以及《三国志》卷 2,84—85 页。

《三国志》卷 2 第 85 页裴注第 1 记载了一篇被收录于《魏书》的诗文，据说它是曹丕在当时创作的："观兵临江水，水流何汤汤！戈矛成山林，玄甲耀日光……"

《吴录》则没有这般文学抒情，其中称，吴国的一支突袭部队乘夜进攻了曹丕的大本营，使敌军混乱并带回了战利品和敌旗。

有趣的是，《三国志》卷 47 正文，即吴国编年史，没有提到这场战役。亦见方志彤《三国编年史（220—265 年）》第 1 册，187 页和 199 页。

[49]《三国志》卷 14，451—452 页；方志彤：《三国编年史（220—265 年）》第 1 册，187 页和 199 页。

[50]《三国志》卷 2，86 页；《三国志》卷 3，91 页；《晋书》卷 1，4 页；方志彤：《三国编年史（220—265 年）》第 1 册，201—202 页和 212—214 页。

[51]《三国志》卷 3，92 页。

[52]《三国志》卷 18《文聘传》，549—550 页，以及裴注第 2 引《魏略》；方志彤：《三国编年史（220—265 年）》第 1 册，215—216 页。《三国志》卷 3 第 92 页记载了荀禹被派去带着小规模卫队动员地方增援；亦见方志彤《三国编年史（220—265 年）》第 1 册，203 页。

关于空城计，可进一步见于第九章。

[53]《三国志》卷 3，92 页。

[54]《三国志》卷 3，93 页裴注引《魏略》；《晋书》卷 1，5—6 页；方志彤：《三国编年史（220—265 年）》第 1 册，230—232 页、245—247 页、249 页和 262 页。关于增援孟达的两次远征，见《晋书》卷 1 和方志彤《三国编年史（220—265 年）》第 1 册，231 页和 247 页。

[55]《三国志》卷 47《吴书》2，1134 页；《三国志》卷 60《吴书》15《周鲂传》，1387—1392 页；还有《三国志》卷 9 曹休的传记，279—280 页；《三国志》卷 14《蒋济传》，452 页；《三国志》卷 15《贾逵传》，483 页；《三国志》卷 26《满宠传》，723 页；以及《三国志》卷 56《吴书》11《朱桓传》，1313 页；《三国志》卷 58《吴书》13《陆逊传》，1348—1349 页；《三国志》卷 60《吴书》15《全琮传》，1382 页。亦见方志彤《三国编年史（220—265 年）》第 1 册，254—256 页和 276—282 页。

从对这场战役提及的次数，以及来自官员尤其是魏国方面的评论，我们可以总结出这场糟糕的行动对魏国和曹叡构成了一次警示。

此次战略背后的主谋周鲂来自吴国阳羡，即孙权在孙策时期首次担任县丞的县。因此，周鲂早与孙权相识，而在这场危险的骗局当中，信任必当是一个重要的因素。

两件更早发生的事可能影响了这一计划的进展。大约 226 年和 227

年,地方宗族领袖彭绮在鄱阳地区造反,他曾向北方求援。当时,魏国朝中群臣较为谨慎,彭绮没有得到任何帮助,后被周鲂等人消灭。见《三国志》卷47《吴书》2,1131 页和 1134 页;《三国志》卷 60《吴书》15,1387 页;以及尤其是《三国志》卷 14,458 页裴注第 2 引《孙子别传》;方志彤《三国编年史(220—265 年)》第 1 册,223 页和 233 页。另外,大约同时,武昌要塞的指挥官韩综叛吴投魏。韩综的父亲韩当自孙坚时期就是孙氏家族的忠臣,但韩综怕他因败德和恶行而被惩处,所以带着全家和仆从及其父的灵柩逃往北方。

这些事件,尤其是同彭绮的过往,可能启发了孙权和周鲂在这种情形下谋划了详细的、带有背叛意味的骗局。

[56] 《三国志》卷 47《吴书》2,1133 页和 1134 页;《三国志》卷 60《吴书》15《全琮传》,1382 页。《三国志》卷 47《吴书》2 第 1133 页裴注第 1 引《吴录》称,东安郡的郡治在富春,即孙氏的老家。

全琮来自钱塘,其父于 196 年孙策征服吴郡时投奔后者。全琮曾吸纳了许多来自北方的流民作为自己的门客,他也有对山民的治理经验。229年孙权称帝时,全琮娶了鲁班公主,见第八章及注第 113。

[57] 见上文。

[58] 见第六章。

[59] 《三国志》卷 52《吴书》7,1237 页。《三国志集解·吴书七》31 页上,引清代学者谢钟英观点称,瓯口的位置未知。然而,我认为,湖南南部未水的一条支流叫作瓯水。似乎在某些情况下,整条未水会被称作瓯水。瓯口的位置可能在今未河同湘江的交汇处,近今衡阳。这是一个监视荆州南部三郡长沙、零陵和桂阳的好位置。在 208 年赤壁之胜后,诸葛亮立刻将这一地区用于这一目的。诸葛亮的基地在临蒸城,我怀疑瓯口是附近的一处军事营地。

[60] 吕岱的传记见《三国志》卷 60《吴书》15,1383—1387 页。十年之前,在还没被派往交州时,步骘曾是与庐陵相邻的鄱阳郡太守。他可能认识吕岱,至少得闻其名。

[61] 关于 220 年代前士燮在交州的统治,见第五章。对士燮家族覆灭的记载见《三国志》卷 19《士燮传》,1193 页,以及《三国志》卷 60《吕岱传》,1384—1385 页。

[62] 除却士壹和士䵍,士䵋和士廞也逃过了这场屠杀。士䵋是士燮和士壹的弟弟;士廞是士燮的儿子,被作为人质送往孙权朝中。士壹和士䵍之后被指控他罪并被处决。士廞可能是士燮的继承人,他生前没有子嗣;他的遗孀被定期赐予谷物和钱财。见《三国志》卷 49《吴书》4,1193 页。

[63] 《三国志》卷 47《吴书》2 第 1134 页提到,228 年合浦郡被改名为珠官。然而,这个名字后来被改回了合浦。

[64] 关于林邑和扶南,见第一章;关于唐明,见石泰安《林邑》,131 页。这三个国家的使团被记载于《三国志》卷 60《吴书》15 第 1385 页,只是他们来访的时间没有被确定为 226 年。关于之后的使团和往来,见第八章注第 38。

[65] 见第五章。

[66] 诸葛亮在南方的战役是其在军事上的重大成就之一,被记载于他的传记,见《三国志》卷 35《蜀书》5,921 页裴注第 2 引《汉晋春秋》;以及《华阳国志》卷 4,4 页下至 5 页上;方志彤《三国编年史(220—265 年)》第 1 册,185—186 页和 194—196 页;同时,一张战役地图见《中国历史地图集》第 1 册,48 页。一则夸大的记叙见《三国演义》第八十七回到第九十一回。

[67] 诸葛亮的这一安排和吴国的政策针锋相对,大体上试图建立一种中原王朝式的行政和统治,而不是让地方首领自治。

[68] 关于东北发生的事,见方志彤《三国编年史(220—265 年)》第 1 册,260—261 页和 289 页;以及加德纳《辽东公孙氏》第 2 册,141—142 页和 147—150 页。公孙渊是公孙康的儿子、公孙度的孙子。228 年,他通过推翻叔父、无能的公孙恭而攫取权力。

[69] 魏国朝廷在 222 年接待了使团,曹丕的政府也恢复了戊己校尉,即汉代负责监管西部地区的官职,见《三国志》卷 2,79 页;方志彤《三国编年史(220—265 年)》第 1 册,98 页;以及毕汉思《汉代官僚制度》,110—113 页。

相较于《后汉书》卷 88 列传第 78,《三国志》卷 30 第 858—863 页裴注引《魏略》提供了更多关于通往西方的陆路的信息。这可能反映了恢复往来之后对西部地区情况的最初报告,来自我与加德纳的个人交流。

[70] 刘洪和蔡邕创制了乾象历法。刘洪来自东郡,后担任会稽东部校尉。他是一位杰出的数学家和天文学家,曾在 179 年向汉灵帝呈上关于月相盈亏的记录。他还是《后汉书·律历志》卷 93 第 3 的真实作者。关于他对月相盈亏的记录,见《后汉书》卷 92 志第 2,3042—3043 页,以及引自袁崧《后汉书·刘洪传》中的注释。关于刘洪是《后汉书·律历志》作者一事,见 3082 页司马彪的记载,相关分析见贝克《东汉的志》,61 页;刘昭为纪传注释所写前言(北京中华书局版《后汉书》的一则附录);以及《晋书》卷 17,498 页。关于刘洪,亦见李约瑟《中国科学技术史》第 3 卷,29 页、421 页及其他。

关于东汉的历法运算,见艾伯华(Wolfram Eberhard)《对汉代天文学的贡献》（"Contributions to the Astronomy of the Han Period"）第三部分；以及席文（N. Sivin）《早期中国数理天文学中的宇宙和计算》（"Cosmos and Computation"）。西汉的太初历，经刘歆在王莽时期设计的三统历改良，被东汉使用到公元 85 年。当时，由编欣、李梵创制的四分历被投入使用。四分系统被记载于《后汉书》卷 93 志第 3，详细讨论见艾伯华《对汉代天文学的贡献》第三部分"东汉的天文学"，204—220 页。

正如刘洪是《律历志》第三部分的真实作者，司马彪认为蔡邕是其第二部分即《后汉书》卷 92 志第 2（《后汉书》卷 93 志第 3 第 3082 页"司马彪论曰"，以及上述），以及 3038—3040 页对历法的报告的编纂者。

刘洪和蔡邕创制的乾象历被呈现于《晋书》卷 17，504—505 页；相关讨论见朱文鑫[1934]，91—95 页。艾伯华《对汉代天文学的贡献》第三部分"东汉的天文学"204 页，将这一作品描述为"对这个问题更为科学的研究"，并特别提到它的目的是消除新儒学和伪书的影响，从而依据真正的观察和经验，亦见贝克《东汉的志》，60 页。席文《早期中国数理天文学中的宇宙和计算》第 65 页提到，刘洪是第一位认真关注盈亏循环的大天文学家。尽管乾象历在理论上要优于四分历，但是它没能在较大程度上增加确切预测的数量。艾伯华、R. 穆勒（Müller）《对三国时期天文学的贡献》（"Contributions to the Astronomy of the San-Kuo Period"）149—150 页称，尽管乾象历对一年长度的计算在实质上不如四分历，但乾象历代表了一条满足历法系统两点要求的有效路径：尽可能地遵从观测，并且简化计算。

艾伯华和 R. 穆勒文章中的主要案例是 3 世纪吴国学者王蕃的一篇文章。第 149 页称，"三国时期，数学的发展尤为显著。在南方的吴国，许多数学家和天文学家被聘用。他们的天文学成就不像（东汉）前人那样在本质上由个人完成，但从数学的角度来看，他们的成果更为先进。"

为了解三国在历法系统上实质的差异，我们可以比较薛仲三和欧阳颐《两千年中西历对照表》。该书沿用了魏晋的历法，其中作为补充的表格 1 和 2 概括了蜀国和吴国的历法：它们总体的模式自然相同，但仍有几处差异。

［71］《三国志》卷 47《吴书》2，1132 页裴注第 2 引《吴书》；以及《三国志》卷 47《吴书》2，1134 页。

［72］《三国志》卷 62《吴书》17《胡综传》，1414 页。胡综被要求为这一场合撰写诗歌，他还因之后在同一年撰写了吴蜀盟誓而知名（见注第 78），他似乎被认为是吴国的桂冠诗人和散文家。他可能还起草了孙权的称帝布告。

［73］《三国志》卷 47《吴书》2，1135—1136 页裴注引《吴录》。

［74］ 关于司马光对选择魏国纪年作为编年基准的解释,见《资治通鉴》卷 69,2185—2188 页;方志彤《三国编年史(220—265 年)》,45—49 页。关于朱熹的反对意见,见《资治通鉴纲目》中前言和凡例。在这一作品当中,220—263 年这段时间遵循蜀汉纪年。到 264—280 年,蜀汉灭亡但吴国仍维持着独立。这一段的日期被写作小字,以表朱熹对这个仍然分裂的帝国的不满;他对 420—589 年之间漫长的分裂时期采用了同样的方法。

4 世纪学者习凿齿显然是第一个认为蜀汉王朝应当被视作正统继承者的人。这是基于其同东汉的血缘关系。因此,蜀汉纪年应当被作为后世根据年号编年的基础。(习凿齿的观点见《晋书》卷 82,2154—2158 页;亦见第九章注第 66。)

关于对王朝合法性进一步的探讨,见《剑桥中国秦汉史》,373—376 页,贝克《汉朝的灭亡》。

［75］ 《晋书》卷 3,50—51 页;方志彤:《三国编年史(220—265 年)》第 2 册,515 页。

［76］ 《三国志》卷 35《蜀书》5,924—925 页裴注引《汉晋春秋》;方志彤:《三国编年史(220—265 年)》第 1 册,292—293 页和 302—304 页。

［77］ 《三国志》卷 39《蜀书》9《陈震传》,984—985 页。

［78］ 这一契约的内容记载于《三国志》卷 47《吴书》2,1134—1135 页。《三国志》卷 62《吴书》17《胡综传》第 1414 页称赞了其文笔,并特别提到了盟约中优美的文学特征。亦见上注第 72。

［79］ 《三国志》卷 47《吴书》2,1134 页;《三国志》卷 39《蜀书》9,985 页;方志彤:《三国编年史(220—265 年)》第 1 册,293 页。

第八章 南方的帝国（230—280年）

梗　概

尽管孙权于229年称帝，在表面上建立了帝国朝廷的形式，吴国的政权结构仍然表现出军阀国家的特征。从人事层面来说，吴国建立的过程是由通过勇气和能力维系权威，并且因个人成就闻名的军事领袖们主导的。孙权能将这样一群人置于控制之下绝非易事。

朝廷中的政治大体上被显赫的人物和家族之间的密谋与纷争主导。特别的一点在于，同汉代的官僚制度不同，重要的官职，尤其是涉及统领军队的，通常是代代世袭。然而，随着时间的推移，在中央政府中的影响力从立国初年得势的第一代，即来自北方且因个人能力与忠诚被选中的人，迁移到了来自江南且家族在孙权政权之下得以繁荣的人手中。

另外，在朝廷和都城之外，这些地方家族维持着强大的独立权威。通过获取佃户以及其他在动乱时代和政府压力下寻求保护的附庸，这种权威巩固了自身的势力。此种发展在汉代已然开始，这意味着中央政府的权力受到掣肘，其获取国内资源的能力也被严重限制。在某种程度上，吴国的运转维护的是名义上为其臣民的世家大族的安全和利益。

在这一方面，通过在南方建立一个独立国家，南方贸易当中的产出和利润便不再被抽调到北方，而防御战争的压力也促进了对新领土的开发进程。与此同时，位于建业的国都因其繁华闻名，吴国的学者也为整个中国文化作出了巨大的贡献。吴国最大的成就当是在南方扩张中华文明，这为4世纪早期少数民族占领北方后，中原王朝在数个世纪中的独立和生存提供了空间。

政府的形式

在其内部，孙权的政权在表面上仿照帝国朝廷的礼节。221年，当孙权被曹丕封为吴王，北海的孙邵被封为丞相，顾雍则被封为尚书令；[1]些许传统的汉代官职也得到了委任。到了229年，孙邵去世，顾雍继任丞相，同时管理帝国尚书台事务。

在中央政府的更低层级中，尽管一些头衔和职位被授予，文献中并没有记载太多细节。然而，孙权似乎仅仅设立了汉代朝廷一直以来维持的九卿当中的六位，余下的职位从来没有被委任：这些头衔更多的是作为重要政治人物的额外荣誉，而不是实际行政的一部分。[2]这些人往往有其他重要的职务。

高官和学者张昭的任命值得注意。当221年张昭没有被任命为王国丞相时，孙权的追随者感到惊讶。这个职位被给予了不那么显赫的孙邵，一个来自北方的移民。之后，当225年孙邵去世时，张昭再度被忽略，顾雍接任。在前一次，孙权解释称他是为了张昭着想，从而令其免于繁重的职责。在后一次，他具体观察后发现张昭过于严苛；如果张昭成为百官之首，他和张昭都会感到尴尬。[3]然而，229年，孙权变得更为直接，而且他一直以来都因张昭在赤壁之战前提出向曹操投降而不满：

> 权既即尊位，请会百官，归功周瑜。昭举笏欲褒赞功德，未及言，权曰："如张公之计，今已乞食矣。"昭大惭，伏地流汗。[4]

至于官阶和头衔，张昭被封为辅吴将军，地位仅次于三公。他还被封侯，食邑万户。但他在帝国宣告成立后很快辞去了所有职位。如果他忠心追随许久的主公孙权的言行的确这般莽撞，那么这就并不奇怪。张昭于 236 年去世，享年 80 岁。我们知道他执迷学术。尽管他有时会回到朝中同孙权争执，后者会一再道歉并礼待他。两者的关系一直都是复杂的。

吴国的最高军事指挥官是上将军陆逊，他同时担任右都护，正式负责军阶和军事法庭，并具体指挥长江中游的防御。[5]他的治所在武昌。当黄龙元年（229 年）九月孙权从武昌迁都回建业时，陆逊被留下负责荆州和豫章地区，即吴国的整个西部的行政同军事。[6]

陆逊之下便是大将军和左都护诸葛瑾。他的治所位于江陵以南长江边的公安，负责向西监视蜀国。[7]陆逊作为西部和北方前线指挥官的角色由驻扎在西陵的骠骑将军步骘接替。西陵靠近吴蜀在三峡中的边境及吴魏边境。[8]荆州还驻有同时担任右护军的车骑将军朱桓，以及右将军潘璋的部队。[9]这一地区需要大量驻军。

在东面，除却孙权在建业直接统帅的部队，从丹阳郡、吴郡、会稽郡和江北濡须要塞调集的军队由前将军朱桓指挥。朱桓大约在 220 年接替了周泰，他被授予持节权显示了其对这一突出的要塞责任重大。[10]直到于 228 年去世，孙策和孙权的老部下吕范一直担任扬州牧,他还被授予了大司马的荣誉头衔。[11]然而,接下来的数年里,似乎没有人担任扬州牧这一职位。这可能是因为迁都建业后,孙权的亲随可以直接巡视扬州。

在岭南,虽处于荆州陆逊的监视下,吕岱仍然控制着交州地区。他有着安南将军的头衔。吕岱的特殊地位使得他能够统管这一整片地区,但在吴国的其他地区,郡是政府的基础。然而,国家的重大决策是基于军事考量,位于各个战略要点的将军是最关键的职位。

的确,这是一个军阀国家应当有的样子。像吴国这样的地方政权绝不会认为,重现已灭亡的汉朝的庞大官僚体系是恰当或可取的。北方的魏国略为自负,其政府结构在一定程度上继承自汉朝;它的政府结构得到了更好的记录,也显然更复杂。但三国都是脆弱的,它们依赖于持续的成功,或至少是战争能力。制度上的礼仪不过是奢侈品。汉朝的衰亡显示了这个王朝曾经有多么依赖武力,但刘氏长期的统治使得太平的表象遮掩了权力的铁拳;而在三国时代的新生政权当中,战争的现实过于迫切,无法遮掩。

另一方面,尽管政策大抵由领军之人决定,在文书或学术上更有能力的人仍有一席之地。所有的军队都需要行政上的支持,一些以博学闻名的人实际上被用作谋士,无论他们的作战能力和沙场领兵能力如何。孙权自己也需要谋士和文人来维系权力的纽带。同时,为了在与对手和盟友的往来中维持自己的威望,他还维持着帝国政府的形式。而且,被任命为使节也可以给人带来威望和影响。

三足鼎立的三国之间的关系并不由长期驻扎在外的大臣们维系;近代外交的规则源于西方,始于文艺复兴时期的意大利诸国，但它们从未被古代中国采纳。[12]相反，如果一个国家的臣子在另一国的朝廷停留太久，他会面临对其改换阵营的怀疑，或至少遭受莫须有的压力。张纮在吴国一度因他在曹操控制下的朝中效力而被质疑；[13]诸葛瑾是吴国的大臣却是蜀国诸葛亮的兄长，为防止被怀疑私通敌国，他不得不极其谨慎地行事。[14]

因此，常规的做法是，使节基于单独的、暂时的任务，从一个朝廷派往另一个，即便是盟友之间也维持着这一传统。尽管吴国和蜀国定期交换使团，双方都没有在另一方的朝廷设立正式的大臣；所以，关于彼此政策的信息并不来自日常的评估，而仅仅来自单独访客的单独报告。[15]

另外，这些使团的上述本质往往令他们陷入一种巧言善辩的模式。当邢贞作为曹丕的使节前来册封孙权为吴王时，他试图通过在见到孙权时不下马车来彰显其主公的地位，但他遇到了张昭并且被徐盛公开羞辱。[16]显然是为了表达感谢，孙权派南阳赵咨作为回访使节，据说他是一位博学善辩之人。我们知道，赵咨在曹丕朝中与其辩论，赞美了孙权及其下属的能力。[17]数月之后，当曹丕进一步索要贡品并要求孙登作人质时，另一位使节同时也是学者的吴郡沈珩被派去送贡品。但他要为没能带来孙权的继承人进行辩解。他同样受到了曹丕的考验，并展现了才能。[18]

在许多方面，这些使节并不身居高位或在国际政治中举足轻重。当然，208 年曾有诸葛亮的先例，他在孙权朝中提出对抗曹操是可行且理智的。然而，尽管有来自后世小说和戏剧的称赞，孙权和谋士们完全有能力决定自己的政策，他们不会被说服并偏离自己的利益。[19]同样，223 年，邓芝的使团被诸葛亮从蜀国派出，以在刘备驾崩后同吴国建立一个对抗魏国的同盟。这是一场复杂的高级别谈判；[20]还有 229 年陈震的使团，他们前去认可孙权的称帝宣称,这属于重大的礼节。[21]另一方面,当孙权派张温回访蜀国时,他因给予后者如此低微的职责而道歉;[22]当沈珩被问到孙登是否真的应该被送往魏国时,他回避了这一问题,称自己的地位不足以了解孙权真正的计划——这实在不像是一位全权使节的言论。还有浩周的尴尬;这位魏国官员相信孙权会信守承诺并派孙登为质,还以自家人的性命向曹丕作证。当然,在这一事件中,这种信任实属错付。虽然浩周的家人被赦免,但他的政治生涯从此结束。[23]

然而,即便在盟友之间,争相胜人一筹的游戏似乎是使团礼节中的一个必要部分。据记载,有一次,一位被蜀汉派往吴国的信使格外傲慢自负,所以尴尬而困惑的孙权希望张昭的智慧能对付这位暴躁的使者。[24]通过薛综的传记,我们得知蜀国使节张奉曾戏谑吴国朝中群臣,直到薛综发现:"蜀者何也? 有犬为独,无犬为蜀,横目苟身,虫入其腹。"张奉让他分析"吴"这个字,于是薛综回道:"无口为天,有口为吴,君临万邦,天子之都。"[25]

薛综在拆解这类谜语上有天赋;更重要的是,他长期与吕岱在交州共事,撰写了关于岭南历史和当地政策的重要文献。[26]

我们可以怀疑,这些往来对于改善邦交、促进互信和盟友间有效信息的交换没有任何益处;但我们也可能误解了一点:文学辩论是中国传统的一部分,它在各种逸闻录当中形成了一种固定的体裁。[27]对智慧的即兴展示增强了使节们和与其辩论的学者的声望,这为朝廷带来了娱乐和一抹生机,同时还展现了辩论者的勇气和统治者的宽容。这些来自外部势力访客的到来本身,以及他们所受到的礼遇和耐心倾听,至少显示了某种同理心和人性——我们可以设想,另一些有意义的探讨发生于朝堂和宴席等公共场合以外。[28]

　　然而，基于上述任命模式及其影响，吴国政府对内政的关注度有限。例如，和魏国截然不同，吴国没有认真试图建立任何工程项目，抑或能够与其敌国在淮河一线的成就相媲美的屯田点。[29]我们提到过，陆逊曾被派去管理杭州附近海昌县的农业移民点。[30]毗陵也曾有一片特别的农业区，沿着长江入海口南岸分布。这两地似乎可能都是移民点：海昌有开垦土地和从海水中提炼盐的机会；毗陵则有为灌溉农业的发展创造空间的湿地。然而，这些是地方发展。而且我们可以注意到，202年，毗陵县和三个相邻的县城成为大将吴郡太守朱治的封地。之后，222年，朱治被封为毗陵侯。在吴国的最后几年里，这一头衔由陆逊的一个孙子把持。所以中央政府从这一地区的所有特别手段中受益甚微。[31]

　　226年，随着曹丕驾崩和南方威胁的淡去，孙权颁发布告，鼓励人民发展农业。陆逊上奏建议将士应加强对可耕种土地的管理，得到孙权的热情回应，称他和他的儿子们会亲自参与此种工作。《晋书·食货志》告诉我们，吴国从此之后专注于农业和谷物的种植，[32]但这显然是夸大其词；因为政府总是更看重军事扩张，而不是农业。数年之后的240年发生了一次严重的饥荒，孙权不得不意识到军队的需求和徭役与农业生产相冲突。于是他提倡对军官和地方官加以限制。[33]

　　这是因为江南的情况和北方不同。曹操和魏国继承者曾面临定居社会被内战扰乱所产生的问题。他们的屯田点将流离失所的人民置于一种新形式的行政控制之下，并且为了努力保障对敌军事行动的补给克服了相当的困难。

　　然而，在孙权及其政府的南部前线地区，他们的主要顾虑不在于恢复汉人定居区域的稳定，而是在于增加自己控制下的人口和耕地。他们的主要利益和焦点在于对控制区域之外进行征讨和开发,而不是像北方一样在于对已然处于自身统治下人民的安置和保护。他们的军事行动的确仰赖于足够高效的农业基础,但这不是最重要的:通过最简单的衡量可以发现,相较于微弱地提升某个已然安定且顺从的地区的产出,占领并统治不处于政府控制下的村庄或定居点能够给吴国带来更多好处。

所以,魏国的情况需要对一片广大但有限的地区内的土地及人力资源进行有效动员,而吴国的最佳方案是通过向开放的前线扩张来增加这些资源。当时并不需要复杂的政治或经济发展方案,因为汉代的郡县制已经被合理地改良和收缩,它为地方上针对山谷之中的汉人和山民的持续攻势提供了条件,而这种持续的压力在必要时能够得到特定军事力量的支持。在每一次推进过后,人口将被迁移到新成立的县的控制下,他们被登记为市民和臣民,其人力和经济资源也可用于对邻近地区的进一步扩张,抑或长江一线对北方的防御。吴国的发展和维系同其传统的战争与移民政策紧密相连。

这种扩张的速度难以衡量。我们曾注意到贺齐主导的战役,它们将权威从今福州附近孤立的沿海各县顺着闽江河谷扩展到了今江西和浙江南部;[34]同时,陆逊、全综和其他人控制了黄山山区以南的浙水上游。[35]

234 年,在精力旺盛且富于野心的诸葛恪即诸葛瑾长子的鼓动下,吴国发动了新一轮对丹阳山民的攻势。诸葛恪被任命为该郡太守,并被授权协调整个地区的军事行动。人民被控制在一套村庄要塞系统中,他们与山区的所有联系都被禁止。军队被派去收割任何播种在控制区域以外的谷物。诸葛恪同时还特赦了投降者。我们得知 4 万人因饥饿而投降,新得到的兵源被各位将领瓜分。这场行动最终巩固了汉人在长江和浙水之间黄山地区的权威，[36]但这一过程在开放前线的其他部分还在继续；有时是通过官方的战役，但更多时候是通过非正式的、未被记载的私人行为。

评估吴国扩张的最好方法是，比较约140年东汉时统计的县和280年吴国被征服后不久成书的《晋书·地理志》中的县。晋代的人口数据是基于税收目的，不能够被当作完全的真实统计，因此人口维度的比较没有意义。然而，县的存在是汉人建立统治的有力证据。

基于这一点来看，当时的变化是巨大的。140年到280年间，吴国江南地区的县的数量翻倍；而且它们占据了之前不曾推行过郡县制的地区。[37]今浙江南部、江西和福建有可辨识的定居点；在岭南，西江一线和从广州到红河三角洲的沿海通道上有显著的发展；江南之前的前线地区在中央政府的管控之下得到了巩固。尽管这一成就的动机来自吴国的需要，但从中受益最多的是晋朝：在4世纪早期，当这个王朝被从北方驱逐，流亡朝廷在孙权及其继承者占据并开发的土地上找到了庇护所和最终的安定。

称帝之后的形势(230—280年)

生于182年的孙权在称帝时年近50岁，他于252年驾崩，享年70岁。[38]孙权称帝后，吴国延续了50年，直到280年被晋朝灭亡。在某种意义上，从孙坚在180年代的最初成就到100年后的王朝覆灭，孙权于229年称帝可以被认为是其家族宏伟历史的一个中间点。

在称帝后的头几年,孙权试图将野心扩展到帝国的层面。在南方,他重新确立了对海南岛的统治;[39]除此之外,还有来自扶南和其他南海之外的国家的使团来访。[40] 230 年,孙权派出一支军队去征服台湾岛上的少数民族,他还试图与辽东即今东北南部的公孙氏建立外交关系和有效的联盟。这两项举措都不成功。

对于远征台湾,史书中简要地将其评价为得不偿失。[41]至于同黄海以北公孙渊的联系则变得困难,最终不了了之。这是因为山东半岛外海的天气所带来的危险、魏国水师的干涉和埋伏;以及公孙渊本人的缺乏诚意:他在 233 年埋伏并劫掠了一支来自吴国的重要使团。最终,238 年,魏国的军队在毌丘俭和司马懿的率领下摧毁了公孙渊,将其统治区域并入北方的帝国。孙权对其之前的同盟和意向中的臣属爱莫能助。[42]

的确,除却这些异想天开的行动,吴国正史中所记载的军事行动并不引人注目。尽管有数次尝试,吴军无法击破魏国在合肥地区的防御,这些防御经 230 年代在合肥建立的一处"新城"而得到巩固。[43]可能最大的机会,也是最大的失败,发生在 225 年。当时,毌丘俭和其他人在一场对抗魏国司马氏专权的叛乱中占领了寿春城。他们向吴国求援,但吴国朝廷被孙权驾崩后的内部争斗扰乱,无法提供任何有效的帮助,所以毌丘俭便被击溃。257 年,另一个魏国将军诸葛诞,同样在寿春造反并向南求援;但这座城市在翌年被收复,北方对淮河一线的控制也被巩固。[44]

同样,但更合乎情理的是,由于地理和政治上的困难,吴国没有在西部的今四川地区和蜀国那里得到什么。早在 234 年,伟大的功臣和将军诸葛亮的逝世给蜀国带来了潜在动乱的迹象。孙权的朝廷考虑过介入,但无从制定计划。[45]更严峻的是,263 年,当魏军开始了他们对西部的最后攻势时,蜀国政府向吴国求援,但吴国不能做什么。今越南地区的动乱使得吴国不能在军事上完全投入他处。尽管吴军试图在汉水一线和淮河以北发动攻势，这些攻势的强度和战果并不足以将北方的军队从西部的征战中牵制而出。[46]再一次，当蜀国投降后，吴国试图趁火打劫，溯江而上占领前盟友的东部领土；但他们在三峡被阻挡，一无所获。[47]

最终，在晋朝司马氏于265/266年最终掌控了魏国政府后，这个新政权的国力加上中国的北方和西部意味着吴国绝对无法维持独立。压倒性的大军发动了长期谋划的最终进攻，取得了意料之中的胜利。孙权的孙子，同时也是吴国最后的统治者孙皓，作为晋朝的阶下囚，带着归命侯的头衔结束了余生。[48]

至于吴国的政府，孙权长久的统治带来了珍贵的稳定，这与魏国的情况截然不同，魏国曹丕仅仅统治了7年，他的儿子和继承人曹叡死于239年，只留下了一个9岁的养子。这极大地削弱了这个王朝。而蜀汉一方，尽管刘备的儿子刘禅从223年到263年被打败并投降时一直在位，但没有人认为他是一位有为的统治者。

然而，孙权的漫长的统治本身给继承者带来了困难，导致了身后的悲剧。他的长子孙登死于241年。[49]在世的儿子中次子孙和接替孙登成为太子，但他的处境岌岌可危，有一批人唆使其同父异母的弟弟孙霸反对他，而他自己的支持者因此同这一派系发生了争斗。250年，孙和被废，孙霸被迫自杀。[50]尽管晚年时孙权考虑过重立孙和，但他在劝说下选择将继承权交给第七子也是最小的儿子7岁的孙亮。这个儿子由诸葛恪监护。[51]

这是未来争端和动荡的起因。253年，在孙权驾崩后18个月，以及对合肥灾难性的进攻之后，孙亮经孙峻唆使刺杀了诸葛恪。孙峻出自孙坚的一个弟弟名下的皇室旁系。孙峻于256年去世后,堂兄弟孙綝继承了他在吴国混乱朝廷里的主导地位。[52]
孙峻的前同党滕胤针对孙綝发动了一场不成功的政变。[53] 258
年,正值少年的孙亮试图消灭这位过于强势的大臣,但他被打败
并废黜。孙綝让年约 22 岁的孙权第六子孙休取代他。[54] 数月之
后,孙休成功针对孙綝发动政变并夺权。[55]

然而,除却这一成就,孙休并未有所作为。他于 264 年驾崩
时,西部的蜀国正好向魏国投降。在那一段危急时期,废太子孙
和二十出头的儿子孙皓,被选为可能恢复国家实力和气运的成年
统治者。[56] 然而,孙皓仅仅取得了有限的成功;在漫长的时间里,
他的确对晋朝的强大束手无策。[57]

所以,在三位奠基者曹操、刘备和孙权之后,三国的继承人当
中没有几位能够维持真正的权威。在 260 年代的危机中,一个积
极有为的吴国中央政府可能会进行更有效的应对,但朝中的混乱
则反映了这个政权结构本身的内部虚弱,后世的君主能否进行真
正的统治也令人质疑。

虽然有这些内部问题,但是吴国的长期独立背后有一个根本
的原因,那就是,征服甚至于仅仅打败这个国家是很困难的。长
江从三峡直到大海的地理位置提供了一条最有效的防线;当时的
军事水平不足以让内战中的任何一方在此取得决定性的胜利。

就此,我们可以进一步探讨。毫无疑问,小规模的冲突和劫
掠可能会以极高的频率进行。像孙策和孙权同黄祖之间的中等
规模的交战,战争的胜负将会决定特定地区的新兴政权的命运。
这些战斗也总是激烈且血腥的。[58] 然而,在此规模以上,主要交战
方的军队和水师进行的训练与获得的装备并不是用来对彼方造
成重大伤亡的。多数人从诸多不同的群体当中被调集而来,也没
有一个协调其行动的通信系统。他们的将领能做的只有将其聚

在一起,何况这也常常做不到。多数大规模战役会陷入僵局,只有在一方或另一方的控制力和士气崩溃,抑或因恐慌而撤退时才能分出胜负。

在这一时期最重要的三场战役当中,没有一场因直接、简单的胜利决定胜负。胜利反而是在一方将领维持着武装的完整,而敌人四分五裂之时取得。

在200年的官渡之战中,曹操建立防线并承受住了袁绍的攻势,之后又派劫掠部队截停了敌军的补给;袁绍的大军从而分崩离析,四散逃命。[59]在208年的赤壁之战中,一些早期交战是决定性的,而黄盖的火船攻势加速了曹操大军的撤退抑或溃败。[60]在222年长江三峡的战役中,陆逊拒绝同刘备交锋并一直等待敌人疲惫大意之时;此后,他对一处战略要地发动进攻,蜀国的部署全线崩溃。[61]

这一总体规律似乎存在反例。在曹操于207年战胜乌桓,[62]以及于211年摧毁西北军阀时,[63]曹操的确在战斗中取得可观的胜利。然而,在这两种情况下,曹操都面对着不稳定的军事同盟,而他的胜利极大地仰赖于其老谋深算所造就的奇袭效应。在这种理想情况下,敌人的士气在两军交锋前已然被曹操的策略所打击。[64]

一支组织严密的汉人军队在战斗中打败另一支的一则案例发生在219年的汉中:将军夏侯渊在定军山的一场大规模遭遇战中被打败并杀死,刘备当时担任统帅。然而,曹操的军队后来又被夏侯渊的偏将张郃集结起来,他们据守阵地长达数月。最终迫使曹操下令撤退的原因是补给通过秦岭隘口的困难,加上军中不断上升的逃兵率。[65]夏侯渊的死是一件大事,而张郃的成就则彰显了他个人的能力及军纪的严整。但这个例子考验并证明了上述规律:一场战役的最终结果不取决于一场战斗,而更多取决于策略、补给和士气等综合因素。

因为当时的军队是东拼西凑而成的。汉代的常规武装,即驻扎都城的职业士兵和北方边界的百战之军,是训练有素且高效的。他们能够和同时代的罗马军团相比拟,即便他们不一定能达到后者的标准。[66]然而,从汉灵帝的统治结束开始,为应对叛乱和内战而产生的动员需求将大量人力卷入相争的势力,当时也没有妥善训练他们的时间和资源。许多曾在旧帝国军队中效力的人被提拔为新兵的将领,但他们所属的单位充斥着大量新来者。军中的传统、技能和纪律都丢失了。

交战军阀的军队中有一些基本的组织,例如骑兵和步兵之间的明显分类。而且我们已然观察到,一位指挥官身边有一群核心亲随,这些老兵效忠于他个人并成为他的贴身护卫。然而,至于装备、军饷、补给和总体的协调,文献里并没有记录。当这些东西出现时,反而被认为是罕见的。在多数情况下,这些军队的成员不过是被武装起来的暴民,以及被对将领的忠诚或畏惧、个人的无奈和对通过劫掠来改善自己悲惨生活的希望所驱使的士兵。而且,军营里有大量的其他人伴随着他们,这些人有时候是妻子和孩子,但更常见的是厨师、妓女、小贩和赌徒,以及一些精通治疗伤病的人。

这些军队的指挥结构和作战技巧建立于仰赖单独领袖的小群体之上。每个战斗单位的中心是由亲随支持的指挥官本人,最重要的战术则表现于常见的用语"破"。在进攻行动当中,指挥官及其亲随作为矛头冲向敌军阵线。如果取得成功,他们可以期待大量随从跟上,并散布开来扩大战果,同时从侧翼和后背进攻溃败之敌。

作为一种战斗技巧,这一体系广为人知。它显然被亚历山大大帝使用过,它的高级形式则是二战中德国闪击战的精髓:将力量集中于一点,以迅雷之势突破,再快速乘胜包抄敌人在左翼和右翼的据点,同时破坏他们的补给线。在近代早期,我们可以发现"敢死队"战术,即以在敌方防线内建立据点来准备全线进攻,这与上述相似。[67]

然而,在没有装甲运输抑或对支撑这一战术的军纪没有信心时,同样战术的使用方法明显不同。对于一支古代军队,这种进攻方式需要指挥官及其亲随拥有巨大的勇气,以及高度的个人威信,从而吸引大军跟上这种冲锋。

在孙坚最早的一场战役,黄巾叛乱时期对宛城的进攻当中,有对这种进攻方式的描述:

> 坚身当一面,登城先入,众乃蚁附,遂大破之。[68]

这则故事可能过度强调了孙坚的成就,但指挥官及其随从们的作用在此得到了很好的展现。在这之后,常有记载提到各方指挥官们的个人英雄主义。我们可以回顾 208 年董袭和凌统对黄祖夏口防线的英勇进攻,以及另一阵营当中,张辽及其下属于 215 年在合肥对孙权军队的羞辱。[69]

对领袖、规模和士气的依赖是缺乏训练的武装解决问题的自然手段,这种方法可见于先秦典籍《墨子》。[70]黄仁宇对明末对抗满洲人的军队进行了相似的描述。我们知道,西方的观察者认为中国古代军队战斗素质不高,仅能依靠数量弥补其弱点。笨拙的大军难以被调度,但是:

> 它需要一支由百战老兵构成的精英小队打开进攻通道,这样一来,大部分的士兵可以跟在后面蜂拥而上,维持进攻

势头并分享战果。然而,这些作战阵形都由勇敢的人指挥,他们本身就武艺娴熟并亲自带领士兵进行英勇的冲锋。**71**

不可避免的是,这样一支军队中的高层指挥发挥的作用很有限。设想一支约 3 万人的大军占据着大片区域并对更大范围内的资源有着重度需求。大军由单个领袖率领的独立单位构成,大量的时间被用于搜寻食物;同时,有限的通信手段限制了管理和操练军队的尝试。在行动中,这样一支大军的纪律尤其岌岌可危,如果一场行军或进攻受阻、一位重要领袖受挫或被杀,许多人会感到困惑和不安,他们可能会立刻陷入恐慌并逃走。运用复杂战术或策略的机会很少,而且对士气的担忧必然常在。每一位将军都必须意识到,他麾下的大军和手中的武器是脆弱且善变的。

所以,防守方占据着巨大的优势。明智的计划是等待敌人自投罗网,期待他遭受些许挫折,再在他最脆弱的时候进攻。这样一个等待、发现并把握正确时机的计划需要快速的决策和相当的胆识。但总体而言,这种形势有利于防守方;只要他们没有过度投入某一场突围,小的挫折总是能被挽回。实际上,一支组织完善且目标明确的守军能够被期待坚持很长时间,而且进攻方总有可能被扰乱阵脚,从而被最终摧毁。

这些观点对于长江上的水师防御更为适用。如我们曾探讨,在赤壁之战后,曹操失去了江陵以及驻扎当地的舰队。此后,尽管在北方能够筹备顺汉水而下的远征舰船,但这条路线要通过沼泽和湿地,它在侧翼进攻面前是脆弱的,而吴国可以为迎击进攻者做好万全准备。除此之外,从三峡到大海的长江一线,魏国在岸边没有据点和水路通道。尽管曹丕数次尝试跨过长江下游,然而其中的困难是难以克服的。

没有长江上的永久基地，魏国的舰船必须通过淮河进行陆上搬运或运河输送。毫无疑问，它们不能够和吴国的舰船相抗衡。从江陵、武昌、濡须和建业出发，守军可以前去抵挡任何攻击，他们当然也就敌方动向得到了充足的预警。只要吴国的舰队在，北方的任何攻势都没有成功的可能。

由此推断，尽管有诸多的努力和机遇，吴国人没能在长江流域之外得到任何据点。魏国在合肥新城和寿春战略要地的前置防御一直是南方军队难以攻克的；江淮之间的大部分地区是两个对手之间的无主之地——双方前来劫掠和破坏，但都不能建立稳固的存在。长期以来，从人口和扩张的角度来看，这一僵局对吴国不利；但吴国直到四川的蜀汉陷落后才被征服。当时，晋朝的军队在长江上游动员了一支庞大的舰队并将其驶过三峡，从而将吴国水师消灭在他们自己的水域中。[72]

社会与经济

我们曾将称帝一事作为孙氏王朝和吴国历史上的中间点。尽管这一日期本身并不重要，它可以被视作一个进攻型军事政权向着一个不那么有野心的地方政权转变的分界点。换言之，从190年代到220年代，孙策和孙权曾是成功将其力量从长江上游向西扩张进入荆州，再南下岭南的进取事业的领袖。然而，在此之后，随着刘备于222年被打败，这个政权的北方和西方边界大体确定。尽管孙权付出了野心和努力，这些边界没有进一步扩展。这并不是因为当时已没有更多的地方去征服，而是吴国的势力已然触碰到了其能力的上限。南方的资源被证明足以维系一个独立的国家，但它们绝不足以支持对旧日汉朝其他主要地区的征服。英雄主义扩张的时日结束了。

在这些情况下，伴随着时间的流逝，我们还可以发现这个国家自身性质的改变。在探讨吴国时，当代学者唐长孺曾认为孙氏家族不过是一个家族联盟的领袖。通过强调孙氏家族在其家乡富春县的地方地位，他声称，尽管这个家族在全国层面默默无闻，在当地却是显赫的。[73]唐长孺还发现，加入孙氏领导下联盟的群体可以被归为两类：来自南方，尤其是会稽、吴郡和丹阳地区的；作为新移民从长江以北而来的。而且，他指出，尽管北方人在这个政权的早年占据了其中要职，到了吴国末年，占据国家高位的人来自汉末之前就在南方立足的家族。[74]

就其观点而言，唐长孺是正确的。最后一个在吴国掌握重权的北方人是 253 年被刺杀的权臣诸葛恪，以及不成功的滕胤，后者在 258 年被摧毁。从那以后，政府本质上处于孙氏以及其他南方人的子弟和亲戚手中。

然而，当我们审视这个国家的起源和早期历史时，我们不会这么轻易地将孙策和年轻的孙权仅仅视为乡绅联盟的首领；或者，即便我们这么做，存疑的问题是：为什么孙氏成功了，而许多其他潜在的强权和权威失败了？

例如，孙坚和其儿子们在地方上当然有一些地位，但我们难以相信，一处偏远地区中等程度的势力所给予他们的地位和权威，能够获得整个会稽郡中真正大家族的认可。本书前几章试图显示，孙坚和孙策曾一直因缺乏真正的社会地位吃亏。无论是考虑到孙坚和袁术的关系，抑或孙策对 200 年曹操挟持皇帝一事的无能为力，孙氏在对手看来显然至多是暴发户。

180 年代和 190 年代效力于孙坚和其儿子们的将领们的出身佐证了这一形象。例如，韩当来自东北的辽西郡；他因战斗技巧被孙坚看好,但他在正规的汉朝军队中不曾得到升迁,因为他不是名门望族。[75] 丹阳朱治可能是孙坚最初的追随者之一,显然于 188 年就为后者效力;[76] 而赤壁火船的指挥官黄盖来自零陵,他在内战开始时于长沙投奔孙坚。[77] 蒋钦和周泰来自九江,陈武来自庐江,而吕范来自汝南;他们是在孙坚 190 年代生涯之初就选择追随后者的战士。[78] 这些人都不是来自会稽,他们追随孙坚和孙策是出于两者的个人权威与能力,而不是任何家族或地方关系。

另外,即便在他名义上的江南故里,孙策不得不面对两组危险的对手:一方面有州牧刘繇和许贡以及王朗这样的太守,他们都是有地位和家族背景的人;与此同时还有不认同这位年轻军阀的骄傲的地方豪强,他们只会因战争和伤亡而屈服。最终,当征服被完成,这一地区的大家族被迫接受孙氏的霸权,但这一在乡绅当中的领导地位既不是被自愿给予,也不是轻易所得。最早加入这一事业的重要人物有会稽董袭,一个因武艺闻名的魁梧之人;[79] 吴郡凌操,他被描述为一位幸运的战士;[80] 以及徐盛,他以琅琊难民的身份来到吴郡。[81]

的确,孙策和同僚们更应当被认作流浪的投机者,而不是受人尊敬的乡绅。显然,周瑜等人来自显赫家族,但他们正在走入内战时代;他们认识到了其中的危险与机会,于是他们决定在一位年轻且精力旺盛的将领身上下注。所以,孙策和孙权最初立业时的同盟是真正的军人,他们作为某一层级乡绅集团成员的地位给予了他们集结军队的手段——部曲或附庸或流民,但他们此后的命运不取决于出身,而取决于在政治和军事斗争中的个人成就。

还有,在早期追随孙权的将领当中,来自北方的人扮演了主导角色。在赤壁之战中对抗曹操的两位将领当中,程普来自右北平,此地靠近今北京;而周瑜来自江北的庐江。周瑜的继任者鲁肃来自下邳或临淮,也是在江北;而对抗关羽的将领吕蒙来自淮北的汝南。只有到 220 年代早期吴郡陆逊被派去领导对抗刘备的防御时,一个来自江南的人才升到相当的地位。在文官方面,老臣张昭来自彭城,还是在淮北;第一位丞相孙邵来自山东半岛的北海;诸葛瑾,孙权称帝时封的大将军,同时也是蜀汉丞相诸葛亮的兄长,来自琅琊。第二位丞相顾雍的确来自吴郡,而且由陆逊接任;但是岭南的征服者步骘在晚年也短暂担任过丞相,他是另一个来自下邳/临淮的人。

当然,有一些重要且受信任的将领与官员来自江南,尤其是吴郡的陆氏、来自丹阳和吴郡的两个朱氏、来自吴郡钱塘的全柔,以及来自会稽的贺齐和虞翻。[82] 然而,关键在于,吴国建立早年,权力斗争向着有才能的人开放。如孙策对来自山东半岛北部东莱的太史慈所说:"今日之事,当与卿共之。"[83] 家族背景和籍贯在当时毫无意义。

然而,在这一开放性的起始之后,国家的结构逐渐固化。尤其,一个确切的原则是,当一个人去世后,统领军队的权力会被交给他的儿子。孙策起初曾前往袁术那里,以求统领其父亲的人马。这支军队的核心也的确由亲兵和孙坚募集的人组成。[84] 他们是私人军团,同时被认为是一种军事附庸,按理就应当继承。所以,在孙河被刺杀后,他对要塞的指挥权就交给了年轻的孙韶;当凌操阵亡后,凌统在 15 岁就继承了他父亲的校尉职责。[85] 更特别的,曾有一则提议称要通过将三位过世将领的军队交给吕蒙来增强其亲随,吕蒙本人对此反对,称这对三人的儿子们不公平。孙权显然可以基于军事考量来改换指挥权;当其他人的军队基于吕蒙优秀的能力被交给他时,吕蒙也会从中获益。但这是在早期,代表着行政决策而不是继承事宜。[86]基本上而言，除却犯下过失的情况，一个人的军队会与他和他的家族同在。

当然，这意味着军事单位本身是世袭的：军阀部队由联姻和血缘维系，所以每一代的老兵将他们的职责交给下一代的年轻人。为了进一步发展这种模式，土地和人民还会被作为个人附庸来给将军及其麾下部队提供补给。所以，当鲁肃接任了周瑜荆州指挥官的位置，他也就获得了支持这一据点的四个县的平民资源。[87]这种模式持续了下去并得到了发展。234 年，将领陈表因从200 家复人当中选取青壮男丁交给政府编为士兵而受赞扬；但这样一个故事意味着，国家的许多经济和人力资源被让渡给了个人及其家族。[88]

然而，尽管有军事世袭和附庸的原则，针对一个家族由此进入军中和朝中并长期把持高位的情况，限制仍然是存在的。对父亲军队的基本世袭并不一定会带来高位的指挥权，乃至于在政府中稳固的地位。我们得知，鲁肃的儿子升至高位，而他的一个孙子继承了他的采邑并统领军队。[89]另一例子，周瑜的女儿嫁给了太子孙登，周瑜两个儿子当中的一个早夭，尽管另一个也同皇室联姻，但他之后获罪并被流放到了庐陵。他后来回到朝廷，其家族的威望也在一定程度上由周瑜的侄子和侄孙维系，但周氏家族当时仅仅处于权力的边缘。[90]与之相似，在 229 年的称帝时刻，程普的儿子被封为亭侯；而吕蒙的儿子继承了父亲的采邑，他拥有来自 300 户人家和 50 项田地的收入；但这两个人都没能取得属于自己的尊荣。[91]

对于一开始较为成功的人，政局变幻给他们带来了危难。我们曾注意到步步高升的诸葛恪的命运。丞相顾雍的孙子顾谭，以及张昭的儿子张休都是太子孙和的显著支持者，当孙和被罢免，顾谭被流放到南方，而张休被迫自杀。[92] 吕范的儿子吕据在军中把持高位，但他在 256 年反叛孙綝并被摧毁。[93]

所以，政治上的好运并不足以保障一个移民家庭在吴国的领袖地位。一旦早年的波澜起伏淡去，前线的形势稳定，新人进入朝堂的机会便很少了。在 219 年击败关羽、占领荆州一事中，仅仅涌现出一位新人潘濬，他早年曾先后效力于刘表和刘备，之后又被孙权给予高位，并且证明自己尤其善于处理其治下武陵郡以西的当地居民。[94]

作为结果，由于相互竞争的移民间的内耗，长江下游以南的世族在吴国立国初年后的数个时代中占据了主导。一方面，这是因为他们本身同这个国家腹地的联系，以及他们支持孙氏的早期历史，也有很多家族在内战中选错了阵营，从此杳无音讯，但对地方豪族最重要的是一个能让他们维持权力的基础。

3 世纪末，当左思作《吴都赋》时，提到了吴国的四个大家族，即虞、魏、顾、陆。他们都在建业拥有豪华的宅邸。在游览城市及周边时，带有武装的部曲伴随左右："跃马叠迹，朱轮累辙。陈兵而归，兰锜内设。"[95]

这四个家族都来自东南。虞氏和魏氏来自会稽，顾氏和陆氏则来自吴郡吴县，即今苏州。

虞家在吴国的显赫主要仰赖虞翻，他是孙策和孙权的大臣与谋士。虞翻是一个矛盾的人。作为乡绅家族的成员，他曾在太守王朗的地方官府当中身系要职，但他在孙策来到会稽时欣然投奔。他是一位有着卓越技艺和名声的学者与辩手，[96] 并且从孙权继位之初就向其展现了对其有用的忠诚。[97] 他还秉持并表达过许多不受待见的观点，但它们往往是合理且明智的。他总是醉酒，有时也必然很令人反感。他最终因对孙权和张昭无礼而被送往岭南,他于 233 年流放期间在当地去世。[98]不过,他留下了数名子嗣,他们中的许多人飞黄腾达并身居高位。[99]

如我们所见,顾雍在孙权治下成为帝国的丞相。他的家族在汉代地位显赫。他年少时得到过大学者蔡邕的认可和赏识。[100]顾雍的儿孙们一直在吴国身居要职。[101]

还有陆氏。在这段历史时期的大起大落中,我们曾注意到他们屹立不倒。《后汉书》从西汉时期开始历数陆氏的家世。陆闳曾在东汉建立者光武帝治下成为尚书令。他的孙子陆续被怀疑在明帝治下参与过楚王刘英的叛变。[102]陆康是庐江太守和孙策的敌人,他是陆续的孙子;还有将军陆逊,他成为吴国的首要人物之一,是陆康的侄孙;还有陆逊的弟弟陆瑁和陆康的儿子陆绩,两者都身居高位。[103]在吴国的最后年月和晋朝,他们的后代延续了这等尊荣,获得了相当大的文学成就。[104]

然而,与上述截然不同,尽管魏氏被列为吴国四大世族之一,但这个家族在陈寿撰写的正史和裴松之引用的文献中都没有扮演显著的角色。来自会稽的士大夫魏朗曾在 160 年代末参与对抗桓灵二帝朝中宦官的党派,于 168 年自杀。[105]他的孙子魏滕在数个县担任过县丞,并成为鄱阳太守。但他被人铭记的主要原因在于孙权对他的一次动怒。魏滕当时很可能被处决。但他同县的朋友吴范成功为他求情。吴范是吴国有名的术数和风水大师。[106]

由此看来,左思对魏氏的记述提供了对吴国国家结构的一种看法。尽管魏滕是太守,这种官职本身并不值得关注正史的历史学家去注意,魏氏也没有和虞氏、顾氏和陆氏一样在吴国中央政府中扮演重要角色。然而,他们作为大族之一得以巩固和维持了下来。

魏氏提供了在与朝廷或政府没有紧密联系的情况下世家大族维持高贵地位的显著案例。但也有一些社会与经济层次更低的家族身处相当的地位。在整个东南大地上,这些早年支持孙策和孙权的地方领袖通过削弱对手直接获利,他们也在帝国的发展中获取了影响力。随着时间的推移,他们作为地方豪强的地位逐渐巩固,能够不因政治风云被随意推翻。除此之外,随着于东汉已然显现的趋势的加速,这些地方当权者吸引了许多人前来投奔。许多追随者是自愿前来;其他人则发现大家族所给予的直接的、对个人的保护,比起个人生涯中的风险和税收的压力更有吸引力;当然,还有一些原本被征募入官方军队的人及其家族转而效忠他们的指挥官及其家族。[107]

通过中央政府军事力量的威胁和压迫,以及人质制度,这些首要的地方家族被管控。这个过程不一定是费力的,而且豪族的亲眷能够在朝中担任好差事。但和三国时代的其他国家一样,吴国有一个基本的要求,即身居在战略或政治上敏感职位的人应当以上述方式保证自己的忠诚。[108]然而,这种强力促成的服从与自愿为国效力不同。当地大家族诚意的缺乏,而不是他们常有的不忠,限制了吴国的发展壮大。

的确,许多地方豪强对吴国的政治漠不关心。多数记载从王朝或帝国历史的角度书写,但绝大多数的人更关注地方事务。如果魏氏这样的大家族能够大体上远离身处的朝中事务,那我们可以确定,许多中等的乡绅也一样置身事外,并满足于不被中央政府及其史官注意到。实际上,根据史书中记载的文武百官的故事以及朝中阴谋,吴国政府的最高层仰赖于一个宽泛的乡村和县城士绅阶级;他们在各个郡当官,但很少参与都城里的事务。从这个角度来看,我们可以说东汉末年也维持着相同的模式:基本的赋税被上交汉朝政府，但只要这个政府保持完整，其行为的具体细节与地方上的权力、影响力和生存大体无关。

数年以前，上述趋势曾在 208 年赤壁之战前夕被鲁肃的观点概括。当时，他劝孙权拒绝更为保守的谋士的建议并蔑视曹操的声称：

> 今肃可迎操耳，如将军，不可也。何以言之？今肃迎操，操当以肃还付乡党，品其名位，犹不失下曹从事，[109] 乘犊车，从吏卒，交游士林，累官故不失州郡也。将军迎操，欲安所归？[110]

孙权可能意图建立一个帝国，但其下属的野心更为有限。他们期待在任何政权下维持些许地位，对于吴国的命运也没有很大的投入。

另外，即便在货币和税收这样的基本问题上，吴国政府的权威也是有限的。对于吴国的直接命运和后面几个世纪的发展，一个最重要的变化就是愈演愈烈的经济地方化和地方利益的增长。在汉代，有证据表明存在广泛的贸易和货物交换，它们很大程度上基于货币经济。然而，混乱的年代搅乱了整个中国的商业。到了 3 世纪，在经济的每一层次上，维持着自己田宅的家族越来越关注自给自足。

货币和通胀问题在东汉已然出现。但在内战初期，当董卓的政府用更小的单位取代传统五铢钱时，帝国的货币系统便被摧毁；221 年，曹丕的政府正式宣布谷物和丝绸是魏国的官方交易媒介。铸币之后在北方得到恢复，并且被晋朝政府认可，但官方的经济仰赖于商品交易。相似的，尽管孙权在 236 年试图建立一种大号钱币制成的官方货币，同时垄断铜并禁止私人铸币，但这一政策被证明是失败的，这一计划也在 246 年被迫终止。[111]

　　作为结果，正如大家族能够保障他们的私人追随者不受政府的直接控制，整个乡下的地方豪强能够在一种以物易物和服务交易的系统中，与他们的佃户和附庸来往。政府没有机会通过垄断铸币和强行征收现金税来获利，[112]获取信息或强行建立需求也是困难的。税收和其他征收项目则是通过基于限额的谈判，而不是对价值和义务的正式评估来获取。社群之内的大部分经济活动并不在政府控制之内。

　　因此，除却长江一线的军事对峙，南方的社会和政治结构是基于豪族的基层控制。他们垄断地方行政机构并与朝廷和都城维持着一段明智的距离。正史不经常提及这种家族的成员，但地方权力网络、移民和人口扩张在吴国浮于表面的保护之下，确立了汉人的权威在南方的发展。最终，在吴国最后的年月，在孙策和孙权组建地方同盟的起源地，地方家族通过私人部曲武装，以及耕地资源和耕耘其上的人民，获取了对整个国家与朝中政策的主导权。[113]

　　孙权的个人权威曾在某种程度上掩盖了这一形势。但他于 252 年驾崩后，在更年轻也更孱弱的统治者在位的时间里，这一形势变得十分明了。我们曾注意到唐长孺的观点，即都城中的斗争，如诸葛恪与孙峻之间、滕胤与孙綝之间，代表着中央政府的权力从北方人向南方人的转移。如魏国的邓艾在 253 年诸葛恪进攻合肥失利后向司马昭揭示，吴国所仰赖的基于自身军事力量和附庸的大家族现在掌握着国内实权，若没有既定统治者的支持，大臣诸葛恪无法在世家大族的敌意当中生存。的确，他被证明是正确的。[114]

　　更为重要的是，在这些国家的最高阶层中，我们可以发现孙氏诸多旁系日益重要且最终占据主导的角色。这显然得到了宫廷政治的助长,而孙权的两个女儿全公主孙鲁班和朱公主孙鲁育在其中扮演了重要角色。[115]这种都城中时常发生的冲突限制了统治者的权威及其政府的效率,而这些皇室宗亲内部的分裂和斗争并不带有基于广大士人的个人权力基础。这意味着中央的政治越来越在封闭的系统中运行,与地方的利益隔绝且毫无关联。

最后年月里的吴国政府不再是一个野心勃勃、向外扩张的政府,所代表的不过是一群意图维护个人财富和权威的豪强。面对这种从朝廷到乡野无处不在的、家族利益的集合,孙氏统治者从未处于利于建立强大政府职能的境地。这些职能包括控制并发展农业以及战争机器,后者能让他们更有效地应对对手。长期来看,吴国是一个边缘政权。它的政府通过旧有的军事成果维持权力,却缺乏通过制定完善而有效的政策来对抗地方利益的集权。

另一方面,虽然传统的中国历史学家可能会为汉帝国的分裂而叹息,并且可能因吴国的统治者没能建立一个真正的帝国政府而轻视他们,但从历史长远来看,吴国有限的权力对古代中国的发展也起到了较大的作用。

总体而言,吴国的独立存在意味着,长江以南的土地不再处于中央帝国政府远在天边的考量所带来的剥削之下。汉朝时,无论是从疆界之内的矿山和耕田里积累而来,抑或通过海外贸易得来,南方的财富总是被带走并成为朝廷的利润,抑或被用来支撑汉朝在北方边境上的野心。对于一个基于黄河与黄河平原的政府来说,古代南方在政治上的重要性总是次等的,不过被视为一个用于剥削的地区,并且总有小规模动乱带来的麻烦。

从这个角度来看,独立的吴国的存在本身就直接惠及了南方的人民。汉水漫长的河道,以及通过淮河北上的运河与水路网络,现在为北方军队指明了进攻的路线。同时,沿着长江维持防御的代价也很高。但这些水路之前曾是一条抽取财富的线路;而现在,当与北方的交流中断,南方的财富留在了当地。通过垄断南方贸易和减少对北方朝贡的支出,所余下来的利润可以轻易地满足一个地方政权和一支地方军队所需的额外费用。

在这一背景下,朝廷和都城毫无必要主导国家的经济资源,而且中央政府的武装力量被最大化地用于长江一线的防御,以及偶尔对大规模移民行动的支持。另外,这一地区持续的发展得到了地方领袖和将领私下的良好支持。他们对于保护他们的军阀政权没有特定的忠诚。除却剥削和战争,他们没有为自己的附庸提供什么,原有居民也在他们的攻势之下走出山林。但正是这些乡绅豪强的旺盛精力带来了南方的繁荣和独立。

吴国的成就

除却修辞和排场,吴国绝不是覆灭的汉朝的重建。当许多之前掩盖政府力量的虚饰消失了,人们会在某些时期行事仓促,缺乏体面。例如,前文提到孙权在即位后会见百官时对张昭说的玩笑话,当时他公然宣称他的成功仰赖于周瑜,而张昭的意见让他差点当乞丐。当然,这则逸闻太过详细以至于难以令人信服,但我们也不确定孙权是否真的曾以这等无礼的方式说话。[116]

然而,面对饱学之士对礼仪的坚持,孙权的确可能在不恰当的时刻明显表达过不耐烦。一些故事记载了他多次在酒宴上喝醉。有一次,他被张昭训斥,后者将他的行为与殷商残暴的末代君主纣王相比。另一次,我们得知虞翻拒绝回敬这位君主的酒,他躺在地上假装不能再喝,但在孙权经过之后他回到了自己的位置。孙权对这一冒犯大为恼火,拔剑欲杀虞翻。当大臣刘基拉住他的手将其制止时,孙权抱怨称既然曹操可以杀死孔融,那他为什么不能杀虞翻?刘基安抚他说虞翻当然该杀,但这可能会影响孙权自己的名声,何况孙权的确比曹操强。于是虞翻得到赦免,而孙权下令称,如果他将来喝醉并下令杀人,行刑时间应当被推迟,直到他醒酒并再度考虑这一问题。[117]

据记载,疯狂的宴会是吴国宫廷生活的一大特点,他们就像《爱丽丝梦游仙境》中的槌球队。在这里,拒绝一杯酒总是危险的。[118]

种种往事证明孙权是一个勇敢且精力旺盛的人,他的行为有时飘忽不定,有时粗鲁无礼且斤斤计较。但他显然是一个有着坚强个性的人。不论怎样,吴国是一个军阀政权;对统治者来说,对一群非常强硬的军事将领维持权威是必要的。

在这种情况下,孙权对张昭的所作所为,以及他对虞翻的发怒,反映了他所统治的社会当中的冲突。汉代有正式机制来规范个人与家族的联盟和竞争,并且为个人行为设定规则;然而,即便如此,当时也显然存在血腥斗争的案例,它们有时被伪装成政治抗议,但通常不过是寻常而暴力的个人恩怨。现在,在内战时期,这种行为模式已然崩溃;而生存,更不用说成功,取决于一个人本身的素质和他能够争取来协助他的同盟。

所以,这是一个属于个人的时代;它是中国历史中少数几个能让一些人逃离传统得体行为的束缚,甚至能因自己的性格与能力而受到景仰的时代之一。汉末的统治者,如桓帝和灵帝,仅仅能通过一些逸闻为我们所知,他们被作为历史中的角色而不是有个性的人被评判,并且被礼仪和朝中议论所限制。而自行攫取权力的军阀,如曹操、刘备和孙权的成功则取决于他们的品性,以及他们表达这种品性的力量。

当然,我们由此可以领略到与三国相关的故事和戏剧的魅力,尤其是曹操这一绝妙的人物,一个愤世嫉俗的战略家和才智过人的反派。虽然我们不得不质疑一些流传下来的故事,并且质疑传统历史学家的判断,但围绕着他和其他英雄们的传奇当中必然有着现实的回响。

与曹操相比,孙权是一位不那么出众的人物。他足够幸运,从而继承了哥哥孙策建立的军事基础,而且吴国主要的胜仗都是他的将军们打下的,尤其是周瑜、吕蒙和陆逊。孙权本人并不是一位杰出的军事将领,他在亲临沙场时也遭遇过一些惨重而尴尬的挫败。然而,他是一个勇武且野心勃勃的人,也显然精力旺盛。在两场立国大战当中,即在赤壁应对曹操的防守和在荆州迎战关羽、刘备,孙权从容地做出困难的决定,全力以赴地执行。前线的指挥官做出了直接的战术决策,但孙权有支持他们决策的能力,也显然会在形势不利时与他们同甘共苦。

而且,愿意追随孙权的将军们是有个性与骨气的。周瑜令所有与之来往的人印象深刻;吕蒙起初因令部下缠红色绑腿而闻名,他是一个机智且尤为幽默的人。与之不同的有蒋钦这样的人,他以最节俭的方式生活,他的母亲和妻妾穿着粗布制成的寻常衣服,直到孙权下令让她们穿锦绣。[119]还有东南的征服者贺齐,他以自己的华丽服装为豪:

> 齐性奢绮,尤好军事,兵甲器械极为精好,所乘船雕刻丹镂,青盖绛襜,干橹戈矛,葩瓜文画,弓弩矢箭,咸取上材,蒙冲斗舰之属,望之若山。[120]

据记载,甘宁年轻时曾是"游侠"的首领,他在加入孙权麾下后留

存了当初的一些习性:

> 宁轻侠杀人,藏舍亡命,闻于郡中。其出入,步则陈车骑,水则连轻舟,侍从被文绣,所如光道路,住止常以缯锦维舟,去或割弃,以示奢也。[121]

实际上,对当游侠的提及可能更应该被当作一种对侠义之士,抑或是自由战士的褒奖。[122]许多孙权的支持者,如周瑜、鲁肃、程普、吕范、贺齐及其他人来自大家族,他们带着部曲抑或曾被政府任命或举荐的人前来;而且我们知道,像全综这样的人曾特地充当保护人,吸引北方来的难民投靠他。[123]然而,还有一些人的背景存疑。吴郡的凌操似乎是当地的山民,被称为"轻侠",但他作为多场进攻的领军之人忠诚地追随着孙策和孙权,直到在对抗黄祖的战斗中死于甘宁之手。[124]杀死了关羽的潘璋起初是个贫困的酒鬼,当债主们上门时,他仅仅向他们保证他总有一天会有钱有势,到那时他会还钱。潘璋之后成为帝国政府的右将军,但他似乎一直是个流氓、骗子和无赖,但在许多方面,他是当时一位杰出的将领:

> 璋为人粗猛,禁令肃然,好立功业,所领兵马不过数千,而其所在常如万人。征伐止顿,便立军市,他军所无,皆仰取足。然性奢泰,末年弥甚,服物僭拟。吏兵富者,或杀取其财物,数不奉法。监司举奏,权惜其功而辄原不问。[125]

然而,甘宁可能是孙权阵营里最引人注目的军事指挥官。他来自南阳并搬到西部。他早年曾短暂当过游侠,后在蜀郡任县丞。他之后发愤读书。他显然非常的勇敢,常被描述为个性粗鲁和凶狠;但他也很开明和友善,擅于谋划、体恤士卒、仗义疏财并尊重学者。不出所料,他和凌统之间的世仇常在,毕竟他杀死了后者的父亲,而孙权费了很大力气将两人分开。

吕蒙敬重甘宁,从一开始就是他的保护人,但这层关系有时变得很僵:

> 宁厨下儿曾有过,走投吕蒙。蒙恐宁杀之,故不即还。后宁赉礼礼蒙母,临当与升堂,乃出厨下儿还宁。宁许蒙不杀。斯须还船,缚置桑树,自挽弓射杀之。毕,敕船人更增舸缆,解衣卧船中。

> 蒙大怒,击鼓会兵,欲就船攻宁。宁闻之,故卧不起。蒙母徒跣出谏蒙曰:"至尊待汝如骨肉,属汝以大事,何有以私怒而欲攻杀甘宁? 宁死之日,纵至尊不问,汝是为臣下非法。"蒙素至孝,闻母言,即豁然意释,自至宁船,笑呼之曰:"兴霸,老母待卿食,急上!"宁涕泣歔欷曰:"负卿。"与蒙具还见母,欢宴竟日。[126]

这样的人是暴力而情绪化的,他们的行为可能会是残忍而反复无常的,即便时间的推移也无法改变。237 年,将军朱桓和上级全综激烈争吵,杀死了数名随从,之后他"遂托发狂"离开军队,回到建业疗养。他可能是自杀症倾向发作。然而,孙权平复并礼待了他,给予他独立的指挥权,让他回到前线。朱桓称,既然他现在有机会回到战场,他的疾病也会自愈。[127]

当然,如此多的放纵举动背后有一个核心原因,那就是我们之前观察到的军事策略,如果一支部队的完整性取决于普通士兵对其指挥官的信任,而且进攻行动取决于个人勇气,先"破"后让同袍乘胜追击,那么浮夸的风格以及强势,甚至于残暴的个性是重要的;这也的确是军事成就的关键因素。像华而不实的英雄或虚张声势的反派一样行动是一个军事领袖的常规操作。我们必须考虑到经常以蔑视敌阵来维持权威的将领所面对的紧张和冲突。[128]

在那个英雄年代,战争的需求倾向于产生傲慢、好斗且有时歇斯底里的领袖;这种军事上的自我中心不可避免地影响到整个国家的政治与社会结构。既然这正是孙权所面对的群体,我们也就可以理解他自身行为当中偶尔的飘忽不定。

在这样一个属于个人行为的社会当中,女人能够扮演些许角色。据记载,她们提出的好建议得到了采纳,如之前提到吕蒙和他母亲的例子,还有孙策的姑母在战役之初建议他强行渡江,[129] 以及孙策和孙权的母亲吴夫人偶尔提出的意见。[130] 有时,女人们扮演着更为积极的角色,如孙翊的遗孀徐夫人用计杀死叛乱者,为夫报仇。[131] 尽管我们对嫁给刘备的孙权的妹妹知之甚少,但她是一个性格极为坚强的女性;[132] 我们还可以注意到孙鲁班,即孙权的长女、全综的妻子,她在宫廷政治中扮演了重要的角色。她曾协助策划了对孙和的废黜,还成为权臣孙峻的情人,而且她深度介入了推翻孙峻的继任者孙綝的计划。[133] 汉代后宫更多的是政治野心的中心而不是享乐天堂,女性的角色是被限制的,她们的行为模式被严格限定。相反,既然三国时代的动乱给予了有才能的男人们机会,那么同样,与传统的古代中国不同,有野心和能力的女人在此也有发挥的空间。

另一方面,尽管军人的性情有时能够被抚慰抑或被说服去听从更为冷静的建议,但很少有证据表明吴国的内部行政有真正的控制力。可能,这种制度上的弱点最鲜明的例证就是张温及其同党在立国不久之后的经历。

张温来自吴郡,是一位文官的儿子。[134] 他被视为学者和有德行的人,张昭、顾雍和刘基等高官赞扬过他,诸葛亮也很仰慕他。

224 年,张温出使蜀国,以向他们保证孙权同魏国曹丕的谈判并不意味着他对联盟缺乏支持,这只是形势所迫。张温不辱使命,但他对蜀国朝廷阿谀奉承的言辞传到了孙权那里,孙权不太满意。

然而,张温之后举荐他的同乡暨艳管理百官。[135]暨艳是个严苛的人,他坚持对有过失的人进行批判和降职。他逐渐遭到非议,许多同僚警告张温不要支持这种苛政。陆瑁致信暨艳称:

> 加今王业始建,将一大统,此乃汉高弃瑕录用之时也,若令善恶异流,贵汝颍月旦之评,诚可以厉俗明教,然恐未易行也。宜远模仲尼之泛爱,中则郭泰之弘济,近有益于大道也。[136]

这里的信息很清楚:严格的道德准则并不适用于吴国的政治生态。当暨艳无视这些警告,并且张温也管不住他时,问题便出现了。暨艳被迫自杀,张温也被惩处并罢免。据说,诸葛亮在听闻这一危机时曾说:"其人于清浊太明,善恶太分。"[137]有了这样的先例,吴国便没有机会再对吏治进行整顿,也没有对政府行为进行任何认真的监督。

如许倬云所说,三国由不同的基础发展而来。由曹操建立的魏国政府可以被视为中国北方对帝国传统的重建。蜀汉是基于对益州地方政府通过军事政变进行的夺权。尽管是在一个较小的、地方性的维度上,它也代表了汉代的传统。然而,吴国的建立仅仅来自军阀政权的成功扩张。曹操和刘备兴许可以说是篡夺了汉代的政府机构,但孙策和孙权通过以新政权取而代之而获得权力。自然而然,他们的政府在形势上借鉴了过去的传统;但如许倬云所说,他们代表着一种新的、基于武力的政权。[138]

孙权在一群精力旺盛、标新立异且往往残暴的个体之上维持

权威超过 50 年绝非易事。4 世纪评论家孙盛不认同吴国的篡位者,乐于见到他们最终的失败,但他的确欣赏孙权的个人品质:

> 观孙权之养士也,倾心竭思,以求其死力,泣周泰之夷,[139] 殉陈武之妾,[140] 请吕蒙之命,[141] 育凌统之孤,卑曲苦志,如此之勤也。是故虽令德无闻,仁泽(内)〔罔〕着,而能屈强荆吴,僭拟年岁者,抑有由也。[142]

然而,并不令人意外的是,吴国在文学和学术上的成就远逊于曹操及其继承者统治的魏国。当然,我们知道一些南方的学者,如张纮、顾雍得到批评家的尊敬,虞翻和薛综撰写过优秀的作品;还有吴国的末代统治者孙皓,他是一位杰出的诗人,但这无法同北方的群星璀璨相比拟。曹操和曹丕都是优秀的诗人,曹丕的弟弟曹植是中国历史上最伟大的诗人之一。他们还得到了王粲及其同僚,即所谓的建安七子,还有阮籍、嵇康和其他的竹林七贤的支持。[143]相似的,在哲学上,尽管吴国文士就儒家经典,尤其是《易经》,还有古典道教写过文章和评论,但这些作品无法与仲长统、徐干、荀悦,特别是玄学的代表人物王弼和何晏的相比拟。[144]

然而,这一对吴国不利的对比当中有一则例外。将军陆逊的孙子们陆机和陆云,在吴国被晋朝征服时都不到 20 岁,却都在北方得到了显赫的名望。[145]尤其,陆机是当时数一数二的骈文与诗歌作者,因系统性文学批评著作《文赋》,以及他对经典的注释而闻名。[146]陆机通常被认为是西晋文学家,他的作品实际上是在 3 世纪的最后几年写成的。但根据他的出身背景和年轻时的学习经历,他也可以被认为是吴国文学余晖的代表。

在另一个学术领域数学和天文方面,吴国人拥有领先地位。我们曾讨论过孙权所颁行的独立历法的计算,提到过来自东南的学者，如王范和陆康的儿子陆绩的贡献。陆绩被与东汉的张衡相比拟，曾绘制《浑天图》。[147]后世记载中经常提到吴国的天文机构。4 世纪初，在吴国被征服前，曾任太史令的陈卓重整了张衡散佚的作品，编纂了一份精确的星象图。[148]尽管吴国人可能并不擅长传统的哲学和文学，但他们在其他的知识领域可谓杰出。

当 221 年孙权立长子孙登为王太子时，他让杰出的青年作为朋友和伙伴陪伴其左右。首先被选中的是诸葛瑾的儿子诸葛恪、张昭的儿子张休、顾雍的孙子顾谭，以及陈武的儿子陈表。这一策略伴随着孙登成长，一个学者小群体也因此围绕着孙权的宫廷。根据后世佛教文献，孙权认为翻译家支谦是一位饱学之士，令其做太子的老师也加入了这一群体。[149]支谦是佛家外门弟子，不能进行真正的传教活动；但在中国南方，他的翻译作品直到 5 世纪末叶也无法被超越。

至少从公元 1 世纪开始，佛教在中国得到了些许认知与接纳，长江下游地区很可能有佛教徒群体。据记载，楚王刘英是佛教的支持者；前文提到积极有为却不可信赖的笮融；[150]支谦曾研究过他在这一地区，可能就是建业发现的佛教手稿。

在《佛教征服中国》一书当中，许理和在一定程度上证实了支谦与孙权的朝廷存有联系的说法，[151]孙权对佛教的态度代表了这一宗教在中国接受程度上的重大发展。在北方，公元 2 世纪汉桓帝曾试图推广佛教，但这一来自官方的敬奉与黄老之学混杂，佛教在洛阳也一直处于知识阶层兴趣的边缘。[152]佛教的概念对魏国朝中士绅的哲学观点产生了较大影响，但这些人的主要关注在于融合儒教和道教，这在玄学中得到了最充分的表达。[153]支谦与吴国皇室的往来，及其在翻译和讲学上得到的支持，意味着佛教现在是以一种清晰的形式呈现，供中国精英去思考和理解。

这一过程中的主导人物是著名的僧侣康僧会,他在 247 年来到孙吴。尽管他将祖籍追溯到康居,即今撒马尔罕,我们知道他的家族曾数代居住于印度,康僧会则生于今河内附近的交趾郡。他在年少时皈依佛门,得到了良好的中国教育,同时通晓梵文和《三藏经》。后来,尽管孙綝,有可能是孙皓,对佛教的反对造成了些许起落,佛教在康僧会的推动下扩大了影响。建初寺被建立并由吴国出资维护。[154]

尽管见过哥哥孙策和干吉的致命冲突,孙权对于形而上的玄学仍然很感兴趣;他对康僧会的庇护可以与他对道教宗师和术士的培养等同视之。我们曾注意到预言家吴范的影响,也可以看到虞翻被从朝中放逐是因为他嘲讽孙权和张昭谈论长生问题。[155] 241年,即使孙权已在榻上奄奄一息,孙登鼓励父亲继续研究黄老之说。到他统治的尾声,孙权被仙人王表折服,后者说服他在 251 年将年号改为太元。毫无疑问,这是出于对国家复兴和延年益寿的希望。[156]

最后,我们可以考虑孙权物质上的成就:他建立于古秣陵之上的新首都建业。在北方魏国有三座大都市:洛阳、邺城和许昌,每一座都被曹操及其继承者修缮并装点。在西部有建立已久的城市成都。然而,在文化和繁荣方面,建业可以与上述所有都城相比拟。

当 3 世纪末叶晋朝左思写作《三都赋》时,他在前言中特别提到,他对三国都会及其周边的描述当是真实而准确的。他参考了地图、地名、地方风俗与古代传统,摒弃了前人司马相如、班固和张衡的夸大之词,这些作者将传说中的植物和动物加入对猎场、宫殿和城市的传奇主义描述中。所以,同时代末期的左思写作的《吴都赋》,即《三都赋》中的一则,尽管有所褒奖,但应当大体准确

地呈现了建业及其京畿地区的图景。[157]因此,从他的作品中,我们可以读到:

> ……毕结瑶而构琼。高闱有闶,洞门方轨。朱阙双立,驰道如砥。树以青槐,亘以绿水。玄荫眈眈,清流亹亹。列寺七里,侠栋阳路。屯营栉比,解署棋布。横塘查下,邑屋隆夸。长干延属,飞甍舛互。[158]

至于市集之中,则是:

> ……商贾骈坒。纻衣绨服,杂沓从萃。轻舆按辔以经隧,楼船举帆而过肆。果布辐凑而常然,致远流离与珂珹。[159]

虽然有着种种虚饰,但吴国毕竟是一个力量有限的、脆弱的统治政权。然而,在它延续的时间当中,它是一个伟大的成就;我们也可以公正地赞扬孙权运用他的想象力、品味和能力抓住机会的方式。他是一位艺术与学术的庇护者,建业城是他的造物;在他生前,这里成为中国最繁华的大都市之一。通过征服岭南以及控制伴随而来的海上贸易,孙权得到了东南亚充满异域风情的货物,他的国度作为南北方的中间人则得到了财富。

长远来看,中国及其文化自汉代就开始在南方扎根,这在吴国的统治下得到了巩固和扩张。在后世,从 4 世纪到 6 世纪,尽管北方处于少数民族内迁所带来的政治控制和文化影响之下,长江以南的土地却维持着中国的传统。在这一方面,孙权尤其值得盛赞。他继承了一个地方性的军阀政权,将其发展成为一处文化和权力的中心,为中国的未来打下新的基础。

注释:

[1] 《三国志》当中没有孙邵的单独传记。《三国志》卷 47《吴书》2 第 1131 页记载了他死于丞相之位。有关他的简短生平,见此处裴注引《吴录》。

顾雍的传记见《三国志》卷 52《吴书》7,1225—1228 页。他来自吴郡,曾是大学者蔡邕的弟子,一度被任命为会稽郡丞,为孙权执掌太守职权。

[2] 吴国政权的正式结构见《三国会要》卷 9 和卷 10《历代职官表》的数个章节,以及洪饴孙《二十五史补编》第二册中所编纂内容。《二十五史补编》第二册还包含了吴国高级文武官员的任命表,由万斯同和黄大华根据分散于古代文献中的记载编纂而成。

[3] 《三国志》卷 52《吴书》7,1221 页;方志彤:《三国编年史(220—265 年)》第 1 册,183 页。

[4] 《三国志》卷 52《吴书》7,1222 页裴注引《江表传》。

[5] 汉代的都督头衔早先属于负责军纪的、较为年轻的军官,见第三章和注第 28。后来,它开始指代一位负责大片军事区域的高级将领。我在此修正我的用法,以反映其职能的变化。

[6] 《三国志》卷 47《吴书》2,1135 页;《三国志》卷 58《吴书》13,1349 页。

[7] 《三国志》卷 52《吴书》7,1232 页和 1235 页。

[8] 《三国志》卷 52《吴书》7,1237 页。西陵是 222 年孙权战胜刘备后,宜都郡夷陵城新获得的名称,见《三国志》卷 47《吴书》2,1126 页。

[9] 《三国志》卷 56《吴书》11,1306 页;《三国志》卷 55《吴书》10,1300 页。

[10] 《三国志》卷 56《吴书》11,1313—1314 页。

[11] 他在 228 年被授予该头衔,却在得到印绶前去世,见《三国志》卷 56《吴书》11,1311 页。

[12] 见加勒特·马丁利(Garrett Mattingley)《文艺复兴时期的外交》(Renaissance Diplomacy)。关于中国的模式是如何在不同时代的相似情况下保持不变的,见傅海波(Herbert Franke)《宋朝外交使团》(Diplomatic Missions),其中讨论了宋朝与其北方之敌辽和金从 10 世纪到 13 世纪间的使节来往。

[13] 见第四章。

[14] 《三国志》卷 52《吴书》7 第 1231—1232 页,讲述了诸葛瑾是如何在 215 年被派去出使刘备处的。刘备当时是孙权的盟友,但诸葛瑾只在公共场合与他的兄弟交谈,从不私下相见(拙著《建安年间》,488 页)。然而,221 年,当诸葛瑾向刘备致函劝其放弃进攻吴国的计划时,他被怀疑私通外

敌,见《三国志》卷 52《吴书》7,1232—1233 页和裴注第 2 引《江表传》;方志彤《三国编年史(220—265 年)》第 1 册,50—52 页和 74—75 页。

[15] 例如,在《三国志》卷 47《吴书》2 第 1145 页中,我们得知 244 年从蜀国回来的访客们预告了联盟的破裂,但孙权明智地判定这一消息是错误的。

[16] 《三国志》卷 52《吴书》7,1221 页;《三国志》卷 55《吴书》10,1298 页;方志彤:《三国编年史(220—265 年)》第 1 册,58—59 页和 88 页。

[17] 《三国志》卷 47《吴书》2,1123 页和裴注第 4 引《吴书》;方志彤:《三国编年史(220—265 年)》第 1 册,59 页和 88—89 页。

[18] 《三国志》卷 47《吴书》2,1123 页和 1124 页裴注第 6 引《江表传》;方志彤:《三国编年史(220—265 年)》第 1 册,60—61 页和 92—93 页。

[19] 见第四章。

[20] 见第七章和《三国志》卷 45《蜀书》15《邓芝传》,1071—1072 页;方志彤:《三国编年史(220—265 年)》第 1 册,144—145 页和 162—163 页。

[21] 见第七章。

[22] 《三国志》卷 57《吴书》12,1330 页;关于使团,见下文。

[23] 见第七章。

[24] 《三国志》卷 52《吴书》7,1222 页;方志彤:《三国编年史(220—265 年)》第 1 册,293—294 页。

[25] 《三国志》卷 53《吴书》8 第 1250—1251 页,以及裴注第 2 中裴松之的点评。第一回合玩味一个"蜀"字,首先称它若加上反犬旁就变成了"獨",再又提到了它的笔画;第一、第二和第四节押韵。第二回合提到了"吴"字的部首,即"口"和"天";第二、第四节押韵。

[26] 《三国志》卷 53《吴书》7,1251—1253 页;亦见第五章注第 84。

[27] 我们可以参考马瑞志翻译的《世说新语》当中的例子,尤其是第 25 章"排调"。

[28] 傅海波《宋朝外交使团》16 页和 17 页,强调了仪式在控制个人与邦交行为并使其文明化方面的重要性。

从更为现代的角度来看,民主体制内通常认为,对公众或议会辩论徒劳的滥用及正式敌对,对于不同政党与政治利益之间的真正谈判来说是无关紧要的。

[29] 《晋书》卷 26 第 784—786 页,杨联陞《晋代经济史注解》第 164—170 页,记载了魏国官员主持的许多工程和移民进展。

[30] 见第五章。

[31] 关于毗陵典农校尉治下这一区域的建设,见吴增仅、杨守敬《三

国郡县表补正》1,2938 页,《中国历史地图集》第 3 册,26—27 页。关于朱治的封地和之后的采邑,见《三国志》卷 56《吴书》11,1303—1304 页。关于陆景获封毗陵侯,见《三国志》卷 58《吴书》13,1360 页。

[32] 孙权公开的言论见《三国志》卷 47《吴书》2,1132—1133 页,其中提到了陆逊的建言。参见《晋书》卷 26,782—783 页;杨联陞:《晋代经济史注解》,159 页。的确,陆逊的提议可能被理解为仅仅是在鼓励军事将领对职责之外的事务稍加注意,而不是在强调农业。

[33] 《三国志》卷 47《吴书》2,1144 页。

[34] 见第五章。

[35] 见第五章和第六章。

[36] 诸葛恪的传记见《三国志》卷 64《吴书》19,1429—1442 页,其中1431—1432 页有关于 230 年代中期对丹阳山民军事行动的记载;方志彤:《三国编年史(220—265 年)》第 1 册,441—442 页和 519—520 页。这一行动的准确日期见《三国志》卷 47《吴书》2,其中记载诸葛恪在 234 年被任命(见 1140 页),在 237 年凯旋(见 1142 页)。亦见下注第 40。

[37] 此处是基于拙著《公元后 3 世纪中国南方的政区与人口》("Prefectures and Population")中探讨的研究。亦见毕汉思《唐末以前中国对福建的经营》,103—106 页。

研究显示了,东汉至西晋时吴国从江南到红河三角洲地区建立的县的情况。在这一地区内,从 160 年到 322 年县的数量实现了翻倍。在同时期的蜀汉,县的数量仅仅增加了 20%,从 117 个到 141 个。一些向南的扩张被西部的撤退抵消。

关于司马彪《续汉书》中的郡县单位列表,它们构成了范晔《后汉书·郡国志》的内容,见第一章和注第 10。《晋书·地理志》14—15 页所记内容的构成与之相似,并且追溯到了太康早期,即吴国于 280 年被征服后开始的纪年。县的列表总体上是可靠的,但人口数据仅仅基于户,其数量较少且不精确。毕汉思《公元 2 年至 742 年间中国人口记录》154—155 页称,这些是税务数据,它们仅统计了壮年男性,不能够很好地与东汉的数据相比较,而后者反映了完整的统计。

[38] 《三国志》卷 47《吴书》2,1147 页。

[39] 241 年对海南的征服,以及对汉代珠崖和儋耳地区的重建,被记载于《三国志》卷 47《吴书》2 第 1145 页(参见第一章)。然而,我们得知这场远征需要 3 万人。

[40] 242 年的纪年当中记载了一支来自扶南王范旃的使团,此时海南刚刚被征服,见《三国志》卷 47《吴书》2,1145 页。据《梁书》卷 54 第 783

页记载,使节朱应和康泰被派去访问。在回程中,两者都写下了对扶南的记录,康泰所写的一些部分被保存下来。他们显然被要求了解这个南方王国的实力,但吴国政府显然被说服,从而认为扶南不能够被置于直接控制之下。见王赓武《南海贸易》,33 页;肯尼斯·H.霍尔《古代东南亚的海上贸易与国家形成》,38 页和 48—68 页,以及第一章和第七章。

《梁书》卷 54 第 798 页还称,226 年,一个来自大秦的叫作秦论的商人来到了交趾,被送往吴国朝廷。"大秦"通常被认为是指罗马帝国,尽管通往那里路线细节以及中国对那一地区的大量描述长久以来存在争议。关于这段时期的基本中文文献为《后汉书》卷 88 列传第 78,2919—2920 页,以及《三国志》卷 30,860—862 页裴注引《魏略》。

秦论的姓氏很可能是其国家的名称。同理,著名的佛教徒安世高来自安息;康僧会的家族来自康居,见许理和《佛教征服中国》第 1 册,26 页和 47 页。甚至于秦论这个名字应当被解读为"论大秦"。

《后汉书》卷 7 第 218 页;《后汉书》卷 88 列传第 78 第 2920 页,记录了一支到来更早的大秦使团,他们也由南方海路而来。他们在 166 年被汉桓帝的朝廷接待。这些早期来客不太可能是正规的使团;我们不得不认为,不论他们事实上来自哪里,他们也是冒险前来的商人。他们寻求贸易所带来的地位与财富,以及中国朝廷的慷慨。

《梁书》卷 54 所给出的秦论来访时间并不准确。这一年被称为黄武五年,也就是 226 年。但我们知道,秦论起初被交趾太守吴邈接待。然而,226 年正是交趾被吕岱从士氏手中夺取的一年,有对这一重要地区在 226 年所有任命的详细记载,吴邈并不在其中(第七章)。另外,这一记载还称,当诸葛恪从对丹阳的扩张远征中回来时,秦论身处孙权朝中:诸葛恪带回了一些矮人,或至少是体型较小的人,他们可能是山中居民;秦论称他从未见过这样的人。但我们知道,诸葛恪在 234 年开始了这场远征,直到 237 年才完成。而且秦论极不可能在吴国朝中停留 10 年。

尽管有这些不确定性,我相信这一来访大约发生于 230 年代。的确,吴邈没有在《三国志》的任何一处被提及。但被吴国征服后的交趾可能一度有过一位叫这个名字的太守,226 年则可能为误:这是孙权的权力首度扩张至整个中国南方的时间,也因此成为一个后世作者易于定位的时间。

[41]　关于这场远征,以及陆逊和全综对此的反对,见《三国志》卷 47《吴书》2,1136 页;《三国志》卷 58《吴书》13,1350 页;《三国志》卷 60《吴书》15,1383 页;方志彤《三国编年史(220—265 年)》第 1 册,314 页、323—326 页和 337 页。

这支军队原本不仅被派去征服夷洲即台湾,还被派去征服亶洲。数千人被从夷洲带回,但远征军没能够抵达亶洲,那里太过遥远。《三国志》卷58《吴书》13 称,远征的所得不能够平衡成本。《三国志》卷60《吴书》15 称,80%—90%的远征军死于疾病。而《三国志》卷47《吴书》2 称,这些倒霉的将士在一年后回来,因失败被处决。

[42] 公孙渊的传记见《三国志》卷8,253—261 页。关于这一半途而废的关系,见加德纳《辽东公孙氏(189—238 年)》第 2 册,150—157 页。233 年的使团意图封公孙渊为燕王,这一头衔来自一个位于中国北方的古国。公孙渊不友善的回应被记载于《三国志》卷8 第 253 页;一则公孙渊送给魏国朝廷的信件,其内容见《三国志》卷8,254—255 页裴注第 1 所引《魏略》,加德纳在其上述著作中第 153—156 页对此有详尽描述。

[43] 关于在合肥建造新城一事,见《三国志》卷26《满宠传》,724—725 页;方志彤《三国编年史(220—265 年)》第 1 册,385—386 页和 412 页。《三国志》卷47《吴书》2 第 1136 页,似乎将这一行动的时间记作 230 年,但《满宠传》中的记载似乎更为合理。

关于新城,最重要的一点在于,它位于距离这一地区最近的湖泊约 30 里(20 公里)的地方,并且靠近北方的寿春。因此,它可以得到魏国陆上兵马的支援,更难以被依赖水路的吴国军队攻克。

[44] 毌丘俭的传记见《三国志》卷28,其中第 763—766 页记录了他发动的叛乱。诸葛诞的传记也见《三国志》卷28,关于他发动叛乱的记录在第 770—773 页。关于寿春附近军事行动的经过,见方志彤《三国编年史(220—265 年)》第 2 册,190—196 页、259—264 页和 290—294 页。

[45] 《三国志》卷45《蜀书》15《宗预传》,1075—1076 页,当时他作为使节被派往吴国;方志彤:《三国编年史(220—265 年)》第 1 册,441 页。

[46] 《三国志》卷48《吴书》3,1161 页;方志彤:《三国编年史(220—265 年)》第 2 册,405 页和 411 页。

[47] 见《襄阳记》中罗宪的传记,被引用于《三国志》卷41《蜀书》11,1008—1009 页裴注;方志彤《三国编年史(220—265 年)》第 2 册,460—461 页和 463—464 页。罗宪是蜀国的将军,他曾在长江上的永安要塞阻击吴军的进攻,之后归降魏国。

[48] 《三国志》卷48《吴书》3,1177 页。

[49] 孙登和四个兄弟的传记见《三国志》卷59《吴书》14。孙登于 30多岁时早逝,见第 1365 页。

[50] 《三国志》卷59《吴书》14,1368—1369 页和 1371—1372 页;方志彤:《三国编年史(220—265 年)》第 1 册,651—652 页、682—685 页;第 2 册,70—71 页。

［51］　《三国志》卷 59《吴书》14,1370 页裴注第 3 引《吴书》;《三国志》卷 64《吴书》19,1433—1434 页裴注第 1 引《吴书》;方志彤:《三国编年史(220—265 年)》第 2 册,86—88 页。

诸葛恪因此把持着相当于叔父诸葛亮以前在蜀汉的地位。他个人的成就没那么显著,但这个家族的成就是显赫的。

［52］　方志彤:《三国编年史(220—265 年)》第 2 册,134—137 页和 240 页。孙峻和孙綝的传记见《三国志》卷 64《吴书》19,《孙峻传》见 1444—1446 页,《孙綝传》见 1446—1451 页。

［53］　方志彤:《三国编年史(220—265 年)》第 2 册,240—241 页。滕胤的传记见《三国志》卷 64《吴书》19,1443—1444 页。

［54］　《三国志》卷 48《吴书》3,1155 页;方志彤:《三国编年史(220—265 年)》第 2 册,295—298 页。

［55］　《三国志》卷 48《吴书》3,1157 页;方志彤:《三国编年史(220—265 年)》第 2 册,301—302 页。

［56］　《三国志》卷 48《吴书》3,1162 页;方志彤:《三国编年史(220—265 年)》第 2 册,464—465 页。

［57］　孙皓通常作为暴君和道德败坏之人而被批评。一些证据证实了这一观点。史学观点通常认为,一个被征服的国家的末代统治者一定缺乏美德。这使得他备受诟病。但形势给他带来的困难兴许可以解释些许被严重诟病的言行。

［58］　见第三章和第四章。对战斗的描述可能添加了文学修饰,但它们是真正的交战,双方都全力以赴。

［59］　基于数则文献而形成的对官渡之战的记载见《资治通鉴》卷 63,2032—2035 页;拙著《建安年间》,283—289 页。亦见卡尔·雷班《曹操及魏国的兴起:初期阶段》,316—381 页,以及拙著《国之枭雄:曹操传》,135—152 页。

［60］　见第四章。

［61］　见第七章。

［62］　见拙著《北部边疆:东汉的政治和策略》,408—411 页。

［63］　见拙著《北部边疆:东汉的政治和策略》,163—165 页。

［64］　我们不应该忘记,曹操曾为《孙武兵法》写过著名的注释。

［65］　见第六章。基于数则文献而形成的对汉中郡战役的记载见《资治通鉴》卷 68,2156—2158 页;拙著《建安年间》,524—527 页。

［66］　关于东汉的常规军事组织,见第一章;拙著《北部边疆:东汉的政治和策略》,45—52 页,以及《洛阳大火》,151—160 页。

[67] "敢死队"的英语表述 forlorn hope 是对荷兰语 verloren hoop 的滥用。这群被选拔的人大多是志愿者，他们被派去在敌军阵线，尤其是城墙的缺口内建立据点。进攻方的主力从而试图利用这一机会。

[68] 《三国志》卷46《吴书》1,1094 页；拙著《孙坚传》,32—33 页。然而，在本书第二章，我认为孙坚传记中对这一战役的描述是删减过的，其中对他个人成就的描述可能有所夸大。

[69] 见第四章和第六章。

[70] 见《墨子·备蛾傅》。

[71] 《剑桥中国明代史》第 9 章，"隆庆和万历时期（1567—1620 年）"，黄仁宇撰，579—580 页。

[72] 对于这一问题的早期讨论，见第四章"关于舰船和水上战争"；第五章"保卫扬州"和第七章"北方的安全"。关于 280 年水师将领王浚发动的战役，见《晋书》卷 42《王浚传》,1208—1210 页，相关翻译、概括和探讨，见李约瑟《中国科学技术史》第 4 卷第 3 分册，694—695 页。

[73] 唐长孺[1955],19 页。

[74] 唐长孺[1955],23 页。

[75] 《三国志》卷 55《吴书》10,1285 页；1286 页裴注第 1 引《吴书》。

[76] 《三国志》卷 56《吴书》11,1303 页。

[77] 《三国志》卷 55《吴书》10,1284 页。

[78] 《三国志》卷 55《吴书》10,1286 页；《三国志》卷 55《吴书》10,1287 页；《三国志》卷 55《吴书》10,1289 页。

[79] 《三国志》卷 55《吴书》10,1290 页。

[80] 《三国志》卷 55《吴书》10,1295 页。

[81] 《三国志》卷 55《吴书》10,1298 页。

[82] 《三国志》卷 58《吴书》13,1343 页；《三国志》卷 56《吴书》11,1303 页；《三国志》卷 56《吴书》11,1312 页；《三国志》卷 60《吴书》15,1381 页；《三国志》卷 58《吴书》13,1377 页；《三国志》卷 57《吴书》12,1317 页。

[83] 《三国志》49《吴书》4,1186 页。

我们可以考察曹操的类似政策，它们注重实实在在的成就，而不是家族背景或道德品质。见 203 年、210 年、214 年和 217 年曹操的诏书，《三国志》卷 1,24 页、32 页、44 页和 49—50 页（第一则和最后一则在裴注所引王沈《魏书》中），以及拙著《国之枭雄：曹操传》,367—369 页。

[84] 见第二章。

[85] 见第四章注第 42 和第 46。

之后，当凌统去世，孙权亲自庇护了他的两个儿子。当他们长大成人后,孙权让他们统领父亲的军队,见《三国志》卷55《吴书》10,1297页。

我们在此可以注意到,孙策的儿子孙绍(见第四章)似乎从来没有统领军队,抑或在朝堂上占据任何高位。229年,他成为吴侯,但他的封地之后被改换,而他也默默无闻地去世。在孙皓的时代,一种说法是孙绍的儿子孙奉可能是更好的皇位继承人;但他被处死了,见《三国志》卷46《吴书》1,1112页。

[86]　《三国志》卷54《吴书》9,1275页;参见《三国志》卷54《吴书》9,1273页;第四章。

[87]　见第五章注第16。

[88]　《三国志》卷55《吴书》10,1290页。陈表是孙权之前的将领陈武与妾室生的儿子。关于陈武不同寻常的葬礼,见第六章。"复人"一词被用于形容封地居民。

[89]　《三国志》卷54《吴书》9,1273页。

[90]　《三国志》卷54《吴书》9,1265—1267页。

[91]　《三国志》卷55《吴书》10,1284页;《三国志》卷54《吴书》9,1280页。

[92]　《三国志》卷52《吴书》7,1230—1231页和1225页。

[93]　《三国志》卷56《吴书》11,1312页。

[94]　见第六章。

[95]　《文选》卷5《吴都赋》,1141页。关于这一作品,见下文。

[96]　虞翻在孙策进攻会稽王朗时投奔了前者。他曾劝华歆将豫章献给孙策。

在学界,虞翻因其对《易经》的注释而受到孔融的景仰(《三国志》卷57《吴书》12,1320页),他也曾就《道德经》《论语》和《国语》有所论述(《三国志》卷57《吴书》12,1321—1322页)。

[97]　见第四章注第7。

[98]　《三国志》卷57《吴书》12第1320页大体记载了虞翻与孙权频繁的论辩;第1321页则提到了他被流放。关于他差点被孙权在酒会上直接杀死一事,见下文。

虞翻之后上书反对与公孙渊结盟的计划。当这一计划真的失败后,孙权想起了他的话并试图召回他,但虞翻已经去世了,见《三国志》卷57《吴书》12,1324页裴注第1引《吴书》和《江表传》。

[99]　《三国志》卷57《吴书》12,1327页和裴注第1—4引《会稽典录》。

虞翻的后人在晋朝当官。虞啸父是孝武皇帝的亲信,在5世纪前叶身居高位,见《晋书》卷76,2012—2015页。参见周明泰《三国志世系表》,2716

页;但他仅仅将族谱追溯到虞翻的孙子。

[100]　《三国志》卷52《吴书》7,1225页;1226页裴注第2引《江表传》和《吴录》。《江表传》称蔡邕将自己的名字让给了顾雍,以示尊敬和友爱。

《三国志》卷52《吴书》7第1225页裴注第1引《吴录》称,顾雍的曾祖父曾是险要的颍川郡的太守。我们并不了解中间的一代人,但顾雍年轻时就被任命为数个县的县丞。所以这个家族应当维持了他们的地位。

[101]　顾雍的孙子、前任吴国丞相顾荣在西晋朝中经历了一段危险的仕途,后成为东晋的建立者司马睿的高级幕僚,见《晋书》卷68,1811—1815页。他的后代官职级别较低,但这个家族似乎在接下来的数代人里维持了自身的地位,直到5世纪的刘宋王朝。见南宋汪藻编纂《世说人名谱》,62页上至66页上,以及周明泰《三国志世系表》,2712页。

[102]　《后汉书》卷81列传第71《陆续传》第2682—2683页提到了陆闳及其家族在东南维持数代的地位。当刘英被指控谋反时,陆续和一些同党被逮捕入狱。当陆续看到送给他们的食物时,他哭泣并解释称,他终于懂得母亲切肉片和葱段的方法了。鉴于他的孝心,这个案子被重新审理,陆续和其同党也被释放。但他们终生不得做官。关于刘英,见《剑桥中国秦汉史》第3章,"王莽,汉之中兴,后汉",毕汉思撰,258页。

[103]　关于陆绩,见下文。

[104]　陆逊的四个孙子里,有两个在280年与晋朝的战斗中阵亡,但另两个更年轻的陆机和陆云在北方的朝廷中得到了庇护和推崇,被认为是饱学之士,见《三国志》卷58《吴书》13,1360—1361页裴注第2引《机云别传》,以及《晋书》卷54的传记。

陆逊的直系血脉似乎在陆机和陆云这里中断,但他们的族谱通过陆逊的弟弟陆瑁的后代得以延续。陆瑁的孙子陆晔是晋朝的大臣,而陆晔的弟弟陆玩则是4世纪早期魏晋风骨的代表人物之一。陆玩的儿子陆纳也身居高位,陆纳的侄子陆道胜则在5世纪早期官至晋廷尉。见《三国志》卷57《吴书》12,1339页裴注第1引《吴录》和《晋阳秋》,以及《晋书》卷77,2023—2027页。《世说人名谱》27页上至31页上,将这一世系延续了四代,直到6世纪后半叶在陈朝身居要职的陆缮(亦见周明泰《三国志世系表》,2717—2720页)。

[105]　《后汉书》卷67列传第57《魏朗传》,2200—2201页。《三国志》认为,他是当时的好学之人所称道的贤人之一。《会稽典录》中对他也有提及,见《三国志》卷57《吴书》12,1325页裴注。

[106]　《三国志》卷63《吴书》18,1422—1423页。1423页裴注第1引《会稽典录》中有魏滕的简短传记,其中称他是魏朗的孙子。参见《文选》卷

5,1141—1143 页注释和康达维《〈文选〉译注》第 398 页的注解。

关于吴范和风水,见第一章。

[107]　关于地方领袖以及举荐对门客和部曲的吸引,见《剑桥中国秦汉史》第 11 章,"东汉的经济社会史",伊沛霞撰,627—630 页。关于官员选拔的私有化,见杨中一《部曲沿革略考》,此文概述见任以都、约翰·德范克《中国社会史》,144—145 页;瞿同祖《汉代社会结构》,503 页注第 458。

[108]　对此最清晰的陈述见《三国志》卷 48《吴书》3,1177 页裴注引《搜神记》,其中称"吴以草创之国,信不坚固,边屯守将,皆质其妻子,名曰保质"。虽然这一说法为一则传奇故事的开头,但所言应属实。

亦见杨联陞《中国历史上的人质》,尤其是 50—53 页。

[109]　这里提到基于姓名与官阶的分级,被当代学者称为九品中正制,由叫作中正的官员们执行。这是由曹操和曹丕在魏国发展出来的。见侯思孟《中古官员选拔制度的开端:九品中正与公正》("système mèdièval de choix et de classement des fonctionnaires"),392—393 页,拙著《国之枭雄:曹操传》,247—249 页。

[110]　《三国志》卷 54《吴书》9,1270 页。

[111]　这一时期的铸币政策见《晋书》卷 26,794—795 页;杨联陞《晋代经济史注解》,191—192 页。亦见何兹全《魏晋时期庄园经济的雏形》,此文概述见任以都、约翰·德范克《中国社会史》,140 页。关于吴的大号钱币以及对强制垄断铸币的尝试,见《三国志》卷 47《吴书》2,1140 页、1142 页和 1146 页裴注引《江表传》。

[112]　关于汉代对铸币的垄断,以及以现金缴税的义务,见《剑桥中国秦汉史》第 10 章,"西汉的社会经济史",西嶋定生撰,587—589 页。

[113]　伊沛霞《早期中华帝国的家庭:博陵崔氏个案研究》(Aristocratic Families)追溯了崔氏一脉从北方的博陵到 4 世纪初西晋灭亡后的分裂时期的兴衰荣辱。大卫·约翰逊(David Johnson)《中古中国的寡头政治》(Medieval Chinese Oligarchy)显示唐代的大家族声称自己的血脉传承自汉代、三国和晋代。然而,丹尼斯·格拉夫林(Denis Grafflin)《中古中国南方的大族》("Great Family")指出,晋代五大贵族中有三个将其显赫归结于同晋朝司马氏政府的关系,并且在 4 世纪初和 5 世纪初因晋朝的灾难而横遭祸患,剩下的两个直到 4 世纪才在国家层面上显现作用。

如丹尼斯·格拉夫林(65—69 页)的讨论,以及傅佛果在谷川道雄《中古中国社会和地方社群》(Medieval Chinese Society)一书引言中的论述,尤其是从 20 世纪初的内藤湖南开始,分裂时期的中国社会中的世袭贵族与乡绅阶级一直是日本学界辩论的重点。宫川尚志[1956]和宇都宫清吉

(Utsunomiya)[1962] 被认为是总体上最认同内藤湖南观点的京都学派成员,而谷川道雄和川胜义雄(Kawakatsu Yoshio)则不那么认同这一观点。尤其,在 1970 年和 1974 年,以及 1982 年,川胜义雄出版过专著对 3 世纪精英领导结构进行了具体分析。亦见傅佛果对内藤湖南及其学派的探讨和评论性文章《日本汉学之一新方向》("New Direction")。

这对 3 世纪的吴国史并不重要,但对追溯南方大族后世的历史有些许意义。尽管他的研究并不很全面,周明泰《三国志世系表》让这一研究变得容易。

出人意料的是,上述左思《吴都赋》中提到的吴国四大家族中的三个持续了很久,但是在晋朝于 280 年灭亡后,以及 4 世纪初伴随晋朝流亡南方而来的动乱之后,许多在吴国当权的家族成员没能再维系高位。

例如,《世说新语·中卷》68 页下至 69 页上(马瑞志:《〈世说新语〉译注》,243 页)提到,吴郡四个曾显赫一时的大家族,即陆、顾、张、朱。在另一段《世说新语·中卷》50 页上至 51 页上(马瑞志:《〈世说新语〉译注》,217 页)中有六个名字,即四个来自上述四个家族的成员,外加一个吴氏成员与一个严氏成员。

在这些家族成员中,张俨是吴国的大臣,他的儿子张勃是《吴录》的作者(见第九章)。张勃的兄弟张畅因德行而被《世说新语》称赞,另一个兄弟张翰则是著名的诗人,在西晋末年短暂为官,见《晋书》卷 92,2384 页。朱诞、吴展和严隐在吴国灭亡后退隐,他们的家族成员在《晋书》中没有传记。

相似的,《世说新语·中卷》62 页上(马瑞志:《〈世说新语〉译注》,232 页)和《晋书》卷 78 第 2062 页,提到了 4 世纪中叶会稽的四个大家族,包括虞氏在内,但 3 世纪的魏氏被卫氏取代(亦见《世说新语·中卷》,65 页下;马瑞志《〈世说新语〉译注》,238 页;其中提到了魏氏的衰落。但马瑞志在注释中犯了一个错误,因为他将魏氏和卫氏混淆;参见 598 页和 599 页他的正确分析)。至于另两个家族,孔氏在东汉末年从北方而来,但似乎没有在吴国后期升至显赫地位(《晋书》卷 78,2051 页),谢氏则在东晋初年来到南方(《晋书》卷 49,1377—1379 页;卷 79,2069—2090 页)。

尽管贺氏即贺齐的后代来自会稽,他们并不位列四大家族。贺齐的曾孙贺循是东晋初年的高官。这个家族的其他成员在东南地区身居高位达十代之久,见《三国志》卷 60《吴书》15,1377—1381 页;《三国志》卷 65《吴书》20,1456—1459 页;《世说人名谱》,55 页上至 60 页上,以及周明泰《三国志世系表》,2721 页。

另外,尽管《世说新语》和《晋书》没有讨论丹阳地区的大家族,吴国老臣张昭的曾孙张闿身居高位并在东晋的第一年被封侯,见《晋书》卷 76,

2018—2019 页。

总体来看,在 3 世纪的吴国身居高位的家族很少能在之后的朝代里维系自身的地位。两个主要的例外是陆氏以及会稽贺氏,他们从 1 世纪到 6 世纪都是豪族。很不幸的是,孙氏在吴国灭亡后就从历史中消失了。

[114]　《三国志》卷 28,777 页。包括唐长孺[1955](22—23 页)和宫川尚志[1956](33 页)在内的数位学者讨论过这段文字。"部曲"原本指的是汉帝国军队中的一个单位,但此处被解释为私人军队,甚至于平民附庸。见杨中一《部曲沿革略考》,以及上注第 106。

[115]　孙鲁班嫁给了全综,她是孙鲁育的长姊,后者嫁给了朱巨。孙鲁班的传记见《三国志》卷 57《吴书》12,1340—1341 页。孙鲁班支持废黜太子孙和,之后又支持孙峻,而孙峻成为了她的情人。孙鲁育支持孙和,但她后来被孙鲁班诽谤,最终被孙峻处死。孙鲁班最终参与了孙亮对孙綝失败的政变;她的丈夫被杀,她则被流放。见方志彤《三国编年史(220—265 年)》第 1 册,683—684 页和 690 页;第 2 册,70—71 页、89 页、160 页、181 页、199 页、228 页、295—297 页和 313 页。

[116]　见上文。

[117]　这些故事被整合于《资治通鉴》卷 69,2198—2199 页;方志彤《三国编年史(220—265 年)》第 1 册,61—62 页。诸多来源包括《三国志》卷 52《吴书》7《张昭传》,1221 页;《三国志》卷 57《吴书》10《虞翻传》,1321 页;以及《三国志》卷 52《吴书》4《刘琦传》,1186 页。

[118]　后世历史学家韦昭的不幸的确是一次致命的失礼,见第九章。

[119]　《三国志》卷 57《吴书》10,1287 页。

[120]　《三国志》卷 62《吴书》15,1380 页。

[121]　《三国志》卷 57《吴书》10,1292 页裴注第 2 引《吴书》。

[122]　"游侠"一词的相关探讨见刘若愚《中国之侠》一书。即便在文学层面上,其中提到多数案例背后的事实并不能很好地契合西方对 knight 这个词的认知。关于这些文学作品中的"英雄",一则尖刻但最为中肯的批评来自夏志清《中国古典小说史论》第 86—114 页对《水浒传》的讨论。关于游侠以及游侠在汉代的行为,见瞿同祖《汉代社会结构》,185—195 页。

[123]　《三国志》卷 60《吴书》15《全综传》,1381 页。

[124]　《三国志》卷 55《吴书》10,1295 页;见第四章注第 42。"轻侠"一词是游侠的另一种表达方式,见瞿同祖《汉代社会结构》,186 页。《三国志》卷 55《吴书》10 第 1297 页提到凌操来自山区。

[125]　《三国志》卷 55《吴书》10,1300 页。

[126]　《三国志》卷 55《吴书》10,1295 页。兴霸是甘宁的字。

[127] 《三国志》卷56《吴书》11,1314页;方志彤:《三国编年史(220—265年)》第1册,551—553页。

[128] 关于这些战术,见上文。

[129] 见第三章。

[130] 例如,第三章,吴夫人向孙权请求放过王盛和于吉;以及鼓励孙权蔑视曹操,见第四章注第21。

[131] 见第四章。

[132] 见第五章注第8。

[133] 见上注第115。

[134] 张温的传记见《三国志》卷57《吴书》12,1329—1333页。

[135] 这一事件见《三国志》卷57《吴书》12,1330页;《三国志》卷57《吴书》12,1337页;《三国志》卷57《吴书》12,1340页;方志彤《三国编年史(220—265年)》第1册,167—168页和175—179页。些许版本与之有所出入,暨艳似乎任职尚书,负责选官。

[136] 《三国志》卷57《吴书》12,1337页;参见方志彤《三国编年史(220—265年)》第1册,167页。郭泰是汉桓帝160年代时的名士,因品行和能力闻名,他的传记见《后汉书》卷68列传第58,2225—2231页;拙著《桓帝和灵帝》,45—47页。

[137] 《三国志》卷57《吴书》12,1333—1334页裴注引《会稽典录》;方志彤:《三国编年史(220—265年)》第1册,167—168页和175—179页。

[138] 许倬云[1967],200页。

[139] 见第七章注第23。

[140] 见第六章。

[141] 见第六章。

[142] 《三国志》卷55《吴书》10,1297—1298页裴注第1引孙盛评论,凌统两个儿子的记载末尾,如上注第85所示。

[143] 关于王粲,见第四章。关于竹林七贤和曹氏,见缪文杰(Ronald C. Miao)《中古中国诗歌:王粲生平及其创作》(*Early Medieval Chinese Poetry*)和傅德山《中国汉魏晋南北朝诗选》,26—32页。

关于阮籍、嵇康及其同僚,见侯思孟《竹林七贤和他们所处的社会》("Les Sept Sages")、《嵇康的生平与思想》(*vie et la pensée*)和《诗歌与政治:阮籍的生平与作品》(*Poetry and Politics*)。

吴国的诗歌被收录于《全汉三国晋南北朝诗》第6册。

[144] 关于这一时期的哲学,见《剑桥中国秦汉史》第12章,"宗教和思想文化背景",鲁惟一撰,682和715页;第15章,"东汉的儒家、法家和道

家"，陈启云撰，804—806 页；第 16 章，"从汉到隋的哲学与宗教"，戴密微（Demièville）撰，829—832 页。

戴密微的《玄学》（"Study of the Mysteries"）解释了汉语概念"玄学"。他发现当时有三种玄学，《老子》《庄子》和《易经》及其注解。

[145]　见上注第 102。

[146]　见傅德山《中国汉魏晋南北朝诗选》，89—91 页；康达维《〈文选〉译注》，38 页。后者认为，"如果他的卷帙浩繁的文章有任何意义，那么陆机是萧统最喜爱的诗人之一。他的 52 首诗构成了这一文选中最长的诗选"。

[147]　见李约瑟《中国科学技术史》第 3 卷，359 和 389 页，以及第七章注第 70。

数学家陆绩是陆康的儿子，他与学者和文学家陆机不是同一人。后者是陆逊的孙子。

[148]　见李约瑟《中国科学技术史》第 3 卷，264—387 页，以及 100 页、200 页和 384—385 页。

[149]　支谦的传记在《高僧传》中，与康僧会合为一传。见罗伯特·施（Robert Shih）《〈高僧传〉译注》，20—31 页。《出三藏记集》第 13 页有更为详细的记载。见许理和《佛教征服中国》第 1 册，49—50 页；第 2 册，335 页注第 125 和第 129。

[150]　关于东汉佛教，见许理和《佛教征服中国》第 1 册，18—43 页。关于笮融，见第三章注第 22。

[151]　关于佛教与三国，尤其是吴国，见许理和《佛教征服中国》第 1 册，46—55 页。

[152]　例如，许理和《佛教征服中国》第 1 册，36—40 页，以及拙著《政治与哲学》，72—75 页。

[153]　见上注第 144，以及许理和《佛教征服中国》第 1 册，46 页。

[154]　许理和：《佛教征服中国》第 1 册，52 页。如许理和所观察，我们对待这些故事中的宣称不能够全盘接受，有几则甚至称孙权也皈依了佛门，见《佛教征服中国》第 1 册，278 页。在吴国治下，佛教的发展似乎有着良好的基础。

许理和《佛教征服中国》第 2 册 335 页注第 129，提到了一则佛教事例。229 年，孙权的皇后即孙亮的母亲潘氏通过在武昌建立一座寺院来支持这一宗教；然而，这一说法并没有早期的权威证据。

[155]　见上文。

[156]　《三国志》卷 59《吴书》14，1365 页；《三国志》卷 47《吴书》2，1148

页。许理和《佛教征服中国》第 1 册 53 页对其进行了探讨。

[157]　左思的传记见《晋书》卷 92,2375—2377 页,概述见康达维《〈文选〉译注》,483—484 页。250 年,左思生于齐国的临淄,靠近今山东淄博。于约 305 年去世。在 3 世纪末《三都赋》完成后不久,文士竞相传写评论,对《吴都赋》的评论为学者刘逵所作。

《三都赋》见《文选》卷 4—6,865—1481 页。序见康达维《〈文选〉译注》,337—341 页,其中《吴都赋》见 373—427 页。

[158]　康达维:《〈文选〉译注》,339 页。

[159]　康达维:《〈文选〉译注》,401—403 页。

第九章　吴国历史文献（170—230 年）

梗　概

《三国志》是针对三国时期所作的正史，其中包括了 3 世纪陈寿所作的正文，以及与之同等重要的 5 世纪早期裴松之所作的注释。

裴松之作注释时从他所处时代可企及的文献中搜集资料。作为中国历史学家，裴松之明确了这些资料的出处及其作者。因此，我们就 3 世纪和 4 世纪的历史文献有了一个极其宽广且清晰的图像。

关于吴国的历史，一些常规的文献由政府的官方组织编撰，例如《吴书》。私人对《吴历》和《吴录》的编撰也同样是基于档案记录。《江表传》则记录了 280 年吴国被晋朝灭亡后不久收集来的地方资料。另外，当时有许多地方历史、传记、文集及家族记录。

许多材料呈现了大体虚构的逸事和对超自然事件的描述，我们往往很难判断一个信息来源是事实、杜撰、传说，抑或寓言。由于后世流传的有关当时主要人物的故事，以及《三国演义》的广泛传播，这一问题进一步复杂化。《三国演义》在其所赞扬的英雄事迹过了 1 000 年后才成形，其中呈现了对刘备、诸葛亮和蜀汉的重度偏爱。本书的目的之一就是平衡对三国的看法，基于事实，而不是小说的偏见，去讲述吴国的历史。

陈寿和裴松之

关于三国的正史《三国志》是中国史书中的特例。陈寿曾是蜀汉臣民，他在这个国家灭亡以后编撰了初稿，[1] 而这在当时仅仅是诸多史书当中的一部。是裴松之的奉旨作注使得陈寿的作品成为中国史学经典著作之一。

裴松之，372 年生于今山西的河东，[2] 曾在刘宋皇帝刘裕手下做官。刘裕原本为东晋将军，420 年篡位称帝，建立了刘宋王朝。作为一个新政权里的旧臣，裴松之因博学而得到赏识。428 年，他奉旨为流传下来的陈寿所著《三国志》编撰注释。最终的作品以及相关的记录，在第二年被呈给了皇帝。我们可以认为这项工作在官方授意之前便已经开始。[3]

在写于 429 年的《上三国志注表》中，裴松之给予了原作热情且中肯的赞赏：

> 寿书铨叙可观，事多审正。诚游览之苑囿，近世之嘉史。然失在于略，时有所脱漏。臣奉旨寻详，务在周悉。上搜旧闻，傍摭遗逸。

新编撰的内容充实了陈寿的作品，几乎使其篇幅增加一倍，其中的过人之处在于，裴松之不仅收录了史料，还在注释中明确了出处。另外，他并不着力于将有所出入的不同记载整合为井井有条的叙事。相反，他引用的许多文献与正文矛盾。有时候，裴松之会就同一事件进行不同的叙述。

在注表中,裴松之陈述了他的原则:

> 其寿所不载,事宜存录者,则罔不毕取以补其阙。或同说一事而辞有乖杂,或出事本异,疑不能判,并皆抄内以备异闻。若乃纰缪显然,言不附理,则随违矫正以惩其妄。其时事当否及寿之小失,颇以愚意有所论辩。

所以,裴松之呈现了进行研究的原材料。如果可能,他会提供作者的姓名,以及他所提取信息的文献标题。他显然没有在意这些记录是否对任何一方有所偏袒,抑或它们是否应当给予读者某种道德说教。

在这一点上,《三国志》和中国此前同一级别的史书有着重大的区别,也与后世的作品有同样大的差别。在裴松之写作的年代,两部重要的典范是司马迁的《史记》和班固的《汉书》。

两者编撰之初都是个人作品,但两位作者当时都担任史官。在很大程度上,他们试图呈现对事件的通盘叙述,其中包含了对正确行为及治理方式的隐晦判断。[4]

学界的一个广泛共识是,中国的传统在于真正深入地关注过去,以及对正确行为的记载。历史学家的职责在于陈述事实并给出道德判断,正如孔子在编写鲁国史书《春秋》时所做的那样。然而,对所记载事件的选择,以及这种选择中隐含的褒贬,自然是历史学家判断的结果。他们对输出学者和官员的地主阶层,即社会中主导者的利益和态度,有一种尽管不自知却油然而生的偏爱。[5]

另外,司马迁、班固和他们的追随者是官方史官的这一事实意味着,他们在从既定史学传统中得到助力的同时,也对其有所依赖。对信息垄断的基础在于朝廷。从起居注到各个朝代不断撰写的编年史，加上谕令、书信和档案中的其他文献，形成了体量巨大的史料，以及对其进行管理的官僚主义技术。历史学家的工作在于将这些材料编织成能为后世统治者提供引导乃至警示的"故事"。

《史记》和《汉书》是最伟大的，但它们绝不是这一传统仅有的早期作品。《东观汉记》由东汉史官历经整个王朝编撰，接近完成；[6] 100 年后，司马彪编写的《续汉书》，记述了东汉的灭亡，带有强烈的说教意味。[7] 2 世纪末叶，荀悦在《汉纪》中试图通过西汉的教训来解读东汉的问题；[8] 4 世纪中叶，袁宏编撰了与之对应的《后汉纪》，此书为编年体并带有注释。[9] 在汉朝灭亡后的两个世纪中，产生了数部关于这个王朝的史书；[10] 就在裴松之编撰注释之时，更年轻的范晔正开始写作后来构成《后汉书》即东汉正史的编年与传记。[11]

范晔的编撰符合《史记》与《汉书》所建立的范式。其中的编年章节也尽可能地基于当时所存的档案记录。它们呈现了对帝国朝廷与政府符合时间顺序的记载；而其中多数的传记则向我们讲述了重要政治人物的生平和他们的官方行为。这部作品的写作背后有着高超的设计和技巧，这在细细品读之后可以为人察觉。同时，其中的观点是优雅而清晰的。然而，它毕竟属于正史的官方传统：它主要关注于影响着王朝兴衰与汉朝政府的事件，试图区分传奇的虚构和官方的事实。[12]

另一方面，裴松之的作品保存了不同文献的杂糅。相较于标准的王朝历史，它更好地反映了当时的文学与史学活动。裴松之不仅仅关注着三国的正史，他还引用了野史和地方记录、宗族记录，以及个人传记、民间传说和志怪故事。他还记述了纯粹的宣传言论及后世散文家和批评家的观点，并且很少加入自己的判断或评论。[13]

　　这么做的效果是显著的,因为我们由此见到了在 250 多年间,即 2 世纪后半叶到 5 世纪初被编撰的大量史料。在此之前的时代并没有能与之比拟的资料。很有可能的是,汉代的数个世纪里曾有过相似的作品,但它们所仰赖的资料十分匮乏,也没有留下很多抄本。而《史记》《汉书》和各部正史所代表的主流传统极大地主导了这一领域,与它们不同的记载极少能够广为流传并存世。裴松之引用的许多作品仅仰赖于裴注的片段和唐代浩如烟海的编撰作品得以留存。它们当中极少能够独立存世。

　　的确,在某些方面,裴松之是一位百科全书式作者而不是历史学家,延续了其编撰风格的也正是后世的百科全书式作者。三国之后各朝正史,从《晋书》到《隋书》,则代表着官方风格的确立,它们大体由官方资助的学者团体编写。唐代对官方史学传统的重新确立是一个伟大的成就:新的史书被编撰,而注释则被加诸《史记》《汉书》和《后汉书》。然而,可能没有被意识到的后果就是,裴松之所代表的做法后来被废止,历史的写作也回到了早期的模式。其中,史料之间的不同被消弭,从而形成统一的叙事。[14]

　　在对《三国志》的研究当中,18 世纪《四库全书》的编写者抱怨,裴松之是破碎而混乱的:他总是加入毫不相干的内容,他的组织架构也是杂乱无章的。[15]这种批评不无道理,现代历史学家也往往会因对信息的选择,以及对其可靠性的质疑而感到困惑。但正是这种旁征博引使得裴松之的作品可以被称为“三国年间事”的信息仓库。[16]

　　另外,与传统史书不同,保存在《三国志》中的史料可以被清楚地辨识。当裴松之第一次引用一部作品时,他会明示其标题与作者。基于这一信息或其他史料,我们经常能够发现相关学者的更多信息及其作品的滥觞。由于裴松之，我们得以翻阅关于 2 世纪末到 3 世纪后半叶的一系列史料，而它们正是于这段时间编撰的，这一时期也是裴松之所处的时代。

与之相反，标准的中国正史将信息自然而然地纳入了单一的叙事。例如，我们知道，《史记》的许多部分直接来自《左传》《战国策》和周代的类似作品。这部著作的早期材料可以通过比较而辨识，但司马迁并没有留存记录。[17]同一原则可见于 1 000 年后司马光的《资治通鉴》，这位历史学家从古代作品中选取材料；他有时轻微地改写段落，用优雅的文笔和技巧来安排信息；但他并没有留存他所用原始材料的系统记录。[18]更重要的是，这一传统下的历史学家认为自己没有义务去探讨不同的故事：当一则叙事被选取，其他的版本则被忽视并常常散佚。在某些方面，当阅读《史记》这样的作品时，我们不应当仅仅研读司马迁为我们保存的记载，我们还应当为许多曾留存于当时的故事感到悲伤：它们没有被辨识并保存，也就永远地消失了。

从这个角度来看，《三国志》的正文总体处于官方传统的范畴。生于 233 年，陈寿在蜀汉朝中担任文书工作。在晋朝灭亡蜀汉后，他通过高官张华的举荐当官。蜀汉灭亡时陈寿大概 30 岁出头，280 年吴国投降时已年近半百，于大约 300 年去世。他写作了一些其他的学术作品，我们也知道他能够阅读三国的文献记载；我们确实有理由相信他不乏参考当时政府资料的机会。[19]

南方的历史学家

许多宽泛或至少是主要的正史是在 3 世纪写成的。三个朝廷都有自己的官方修史计划，而《魏书》《蜀书》和《吴书》显然都意图追随东汉数代人编撰的《东观汉记》的体例。[20]还有一些半官方的编撰是由为政府工作或能够翻阅档案的历史学家完成的,190年代曾效力于董卓并在216年投奔曹操的刘艾编撰了灵帝时期的编年史《灵帝纪》,还继续编撰了献帝时期的编年史。[21]被认为是魏国臣民的鱼豢写作了《典略》及《魏略》;相继涉及汉朝末年和后续朝代的历史。[22]

我们能够知道它们及许多其他作品,主要归功于裴注当中保存的片段。然而,我们必须意识到,它们中的许多材料未经追溯就被纳入了陈寿的编撰当中。和官方传统中的先驱者一样,陈寿极少指明他所用的材料的出处。当裴松之在准备注释时,他仅仅试图充实,而不是复制陈寿的原文。我们不得不假定,陈寿的正文有多处来自原本保存在各国正史抑或其他主要作品当中的材料;另外,有趣的是,当一个段落被陈寿采用,裴注便不再引用和辨识。

在多数情况下,这不是一个大问题。裴松之的引用足够广博,我们可以认为他的注释至少包括了3世纪大多数重要的史料。我们只需要意识到,其中被保存下来的引文不一定代表着一部作品原有的规模。[23]然而,有时候,可能陈寿从某些重要但偏门的史料中摘取了足够完整的信息,所以裴松之没有理由引用原文,而原文的出处也因此不得而知。

作为例子,我们可以考察孙坚和孙策的传记,在《三国志·吴书·孙破虏讨逆传》。正文中,有对孙坚生平逸闻的详细记载,直到他于192或193年去世。紧随其后的是孙策的生平故事,其中,他的第一件重大举措是在约193年到194年投奔袁术。裴松之通过增补孙坚早年生活和生涯中的一些故事充实了陈寿所作的孙坚传记,包括孙坚母亲在怀孕时的一些征兆。但注释中的多数材料与帝国的通史有关,包括如孙坚早年投靠的朱儁的生平,以及董卓对孙坚的评论,它们被选来将孙坚的生涯呈现于一个广阔的背景之上。的确,如我在第一章对孙坚生平的研究中所说,在某些情况下,如对他介入凉州战役的记载,以及他发现传国玺的故事,陈寿的信息与其他史料中确凿的事实相比显得毫无逻辑,令人难以信服。

这些看法对于孙策的传记并不这么适用。陈寿的正文得到了来自《江表传》和《吴录》的引文的补充,而后一文献的内容又来自表、书信和其他或由孙策本人撰写或由他人代写的文件。在这段时期,尤其是约195年孙策成为独立的军阀到他于200年去世期间,我们从陈寿和裴松之那里得到了对孙策的生涯十分全面的记载;而这得到了其他史料的支持,尤其是吴国立国之时与孙策相关的男性和女性的传记。

这两篇传记反映了一对父子的不同生涯。尽管势单力薄,孙坚是广阔帝国舞台上的一个角色;但孙策的重要性主要在于地方,他一生的细节不太能够用来观照其他地方发生的大事。相关史料之间出入之处不多;但我们可以注意到,还有许多没有被陈寿用到的材料被裴松之保存了下来。

然而,有一则文献曾经存在过,但没有被裴松之引用。那就是张纮为孙坚和孙策撰写的颂文,在200年孙权继位后呈给了他。裴松之引《吴书》称:

> 纮以破虏有破走董卓,扶持汉室之勋;讨逆平定江外,建立大业,宜有纪颂以昭公义。既成,呈权,权省读悲感,曰:"君真识孤家门阀阅也。"[24]

我们认为,张纮的这篇作品应当被纳入了吴国的官方档案,一直保存到了吴国的结束。当陈寿在编撰《三国志》时,他能够读到这篇颂文。的确,我认为,孙坚与孙策传记的内容是陈寿对张纮所撰颂文的相近重述。较早的作品被后来者取代,却通过后来者留存了下来。

然而,尽管我们倾向于相信孙坚与孙策的传记内容是在其生活的时代之内写成的,我们必须意识到,襁褓之中的军阀吴国并不容许成熟的反省和公正的历史存在。张纮所作为颂,这意味着歌功颂德的成分。而且,重现孙坚的生涯对他而言绝不容易。这一生涯基本发生于中国东南部以外的地区,并且在 10 年前结束。[25] 在多数情况下,他必然是面对着由许多既定事实构成的大致框架,其中充斥着来自地方传统和孙氏旧交回忆的逸闻。这是我们所期待的模式,而这正是历史的形式。尽管写作年代与孙坚的生涯相隔甚远,并且信息来源繁杂,孙坚的传记值得仔细阅读。

孙策的故事有着更为可靠的基础。如果我们相信他的传记基本上是在他死后不久被编撰的,那么当时许多文件仍然存世,许多他生前的袍泽也愿意讲述过去不久的峥嵘岁月。这里的困难反而在于材料的丰富,以及夸大其词的倾向。

然而,即便如此,对这段时期的记录也有所不足。除却孙策的传记及裴松之保存下来的文献,我们关于这些年里发生的事情知之甚少。孙策主要的将领与谋士们的传记经常只说他们陪同孙策参加了某一场战役,抑或孙策曾驻扎于某地。当时有些许逸闻,其中的一些令人质疑。某种全面的历史传统直到孙权的时代才出现。

这并不意外。孙策独立掌权仅仅 5 年,而当时的冲突和动荡并不利于常规档案与记载的保存。最终,关于这段时期的史学作品由孙权的政府主持编撰。尽管这段历史过去不久且对这个国家的建立至关重要,孙策在江南的地方性胜利与接下来西方与北方的正面战场,以及赤壁的重大危机等数年的风起云涌相比不值一提。孙策可以被称为传奇,但孙权在他之后开启了一场宏大的"戏剧"。

《吴书》起初由孙权授意编撰,那时约是 250 年。我们对此事的求证是基于约 273 年华覈呈给孙权的孙子即最后一位继承人孙皓的奏折。[26]华覈称,在孙权统治的末期,他令太史令丁孚和郎中项峻编撰《吴书》。然而,根据华覈所述,丁孚和项峻都不能够胜任此项工作。数年之后,约 252 年,孙权的幼子和继承者孙亮掌权的时代,另一组人选才被确定。参与其中的主要学者有韦昭、周昭、薛莹、梁广和华覈本人。

其中主导者韦昭的传记向我们讲述了他生涯中的一些过往,以及治史部门遇到的困难。[27]韦昭约生于 200 年,来自吴郡,因学术成就享有盛誉。约 252 年,孙亮根据大臣诸葛恪的推荐任命韦昭为太史令,他有可能接替了丁孚。[28]诸葛恪在 253 年年末被杀,但韦昭和他的同僚们继续工作。韦昭还被派去负责校对中书所藏图书。他的头衔起初是中书郎,后来又变为博士祭酒;据说,他的职责可比肩著名的刘向,即西汉末年儒家经典的编辑者。[29]

孙亮的兄长和继任者孙休对学术有着特别的兴趣。在其统治时期,韦昭经常被邀请入宫,这一做法持续到权臣张隐说服孙休作罢。韦昭因其诚信的准则出名,而据说张隐担心韦昭会向统治者告发他的不足。孙休对张隐的反对作出了让步,但他并不愉快。

264 年孙休驾崩,而张隐维持了自身的权势,但韦昭继续为孙皓的新政府效力。他在中书的工作似乎已然完成,因为我们知道这一职位被废止,而韦昭被调任为侍中,同时带着左国史的头衔继续负责官方正史的编撰。他的同事华覈则是右国史。[30]

在新的一组修史人选被确定后的20年里,周昭和梁广去世了。我们对梁广一无所知。但是周昭曾做了一篇对步骘和尚书令严畯充满欣赏之情的探讨文章,这段文字记录在了步骘的传记末尾。步骘原为交州刺史,246年成为吴国的丞相,248年去世。陈寿补充称,周昭来自颍川,他同韦昭、薛莹和华覈一起参与编撰《吴书》,后为中书郎。之后,在孙休时期,他因犯罪下狱。尽管华覈为他求情,他并没有被赦免。[31]

周昭的不幸可能发生于260年后的某一事件,而华覈并不成功的求情只是一系列不幸的开始。大约在272年,孙皓令韦昭为他的父亲孙和作"纪"。孙和是孙权的第三子,一度被立为太子,但在其父皇驾崩前被废黜。孙皓登基后将其父亲追封为皇帝。这一声称虽然符合孝道,但不能够改变孙和从来没有成为国家统治者的这一事实。因此,韦昭认为孙和只能够拥有传,而不是纪。孙皓对此不快;当韦昭对希冀在新政权里升迁的人们所宣称的吉兆表示轻蔑时,他又一次触怒了孙皓;当试图以年老为由从朝中隐退的韦昭,因身体原因拒绝在酒会上饮酒时,孙皓对韦昭感到愤怒与怀疑。由于最后一次的冒犯,韦昭被送入监狱。华覈为他求情,强调了韦昭对于修史工作的重要性,以及这项工作对于王朝声誉的重要性。他还将这项工作与司马迁的《史记》和班固的《汉书》相提并论。然而,又一次,他的求情没有成功;韦昭以70多岁的高龄被处决,他的家族被流放到零陵郡。[32]

薛莹是华覈最后的同僚,既当过军政领袖又做过学术研究。[33]他一度统领着武昌的要塞。但在273年,韦昭的不幸过去后不久,他因介入一项错误的战略而被罚流放岭南。然而,在某一时期,薛莹得空编撰了一部100章的东汉史书。[34]在上述的奏折中,华覈认为薛莹是少数能够协助他工作的人。这一次,他的意见被采纳,薛莹被召回国都并被任命为左国史,这显然是为了接替韦昭。

然而,他们的工作没有了进展。275年,华覈因轻罪被罢免,一年多后死在家中。与此同时,薛莹因受牵连再一次被流放到南方。他随后又被召回,并被授予九卿之位。但薛莹能为江河日下的吴国做的,只有为孙皓撰写被送给得胜对手晋朝司马炎的降书。薛莹曾前往洛阳,他也很有可能在那里遇到了陈寿,但他在吴国投降后不久便于282年去世了。

所以,吴国后期的修史部门是个是非之地,其人选在孙权驾崩后的变更有可能反映了暗处的党争。尽管华覈称丁孚和他的同党项峻是无能的,但我们知道丁孚曾编撰过对汉代礼仪和选官系统的研究著作,他足以被称为学者。[35]而华覈对这两人的提及则是政治斗争的证据。

在孙权传记当中,我们了解到孙邵在225年去世。他原本来自北海而并非皇室宗亲;但在孙权于221年成为吴王时,他曾被任命为丞相。[36]人们对他的任命有所争议。一方面是因为被给予这个位置的是孙邵而不是老臣张昭,而后者被许多人认为更合适。[37]还有,孙邵在任期间曾被改革派张温及其公开的门徒暨艳猛烈抨击。当暨艳因此在其敌对者那里受挫并被迫自杀后,张温被罢免并问罪。[38]

关于孙邵之死的记载,裴松之的注释里引用了晋朝学者和评论家虞喜《志林》中的一段文字。[39]虞喜称,他惊讶于孙邵这样杰出的人物没有单独的传记,为此询问博学的刘声叔。刘声叔相信原版的《吴书》,即丁孚和项峻所编的版本,一定有孙邵的传记。但他注意到孙邵曾被张温攻讦。他提出,韦昭是张温的同情者,接受了后者对孙邵的看法,不给其作传。

这一解释是可信的,历史上也有相似的缺漏。我们知道,当诸葛恪在孙权统治的尾声当权时,他试图彰显开明、改革的政策。[40]有可能,他对修史人选的改动既是出于政治考量,又是出于学术考虑。不论如何,丁孚和项峻被完全雪藏,而他们所撰写并被接纳的部分可能被其对手与后继者接手。

尽管《隋书·经籍志》记载,韦昭及其同僚保存了原本为 55 章的《吴书》中的 25 章,并且另两部唐代的《经籍志》称这部作品共有 55 章,[41]但该书在此之后散佚。在裴松之的引文,以及可能被陈寿未经归属而纳入的大量材料之外,《吴书》没有任何重要的、明确的部分被保留下来。

吴国的正史可能并没有完成。韦昭和华覈的去世让这项工作失去了两个主导者。而薛莹,新的人选中所存最后一人,是否有时间、意愿或机会在其生前完成这部史书也存疑。曹操和董卓的传记中提及《吴书》,这说明该书包含了孙坚在汉朝末年的生涯;[42]但关于在吴国末年登场的人物,我们知之甚少。在孙权三个继承人的传记当中,裴注仅提供了一处关联不大的引文。[43]当然,我们无法确定此处引文的缺乏是因为《吴书》对这一时期涉猎较少,抑或因为陈寿挪用了相关的材料。但这种情况似乎证实了华覈对工作难以持续所进行的抱怨。

除却官方基于档案的修史工作,还有三部记录吴国历史的私人著作:虞溥的《江表传》,张勃的《吴录》,以及胡冲的《吴历》。它们都被裴松之大量引用。

虞溥来自华北平原的高平,生活于 3 世纪后半叶。[44]他是儒家经典的学者与注者,并且写作散文与诗歌。在吴国被征服后,他被派到今江西鄱阳地区的地方政府做官。在那里,他编撰了

《江表传》，一部由北方人编撰的南方历史。虞溥死于 4 世纪，《江表传》由他的儿子虞勃呈给了东晋元帝，后者将这部书藏于秘阁。那时，晋朝因少数民族内迁而离开了北方，重建的帝国自然对南方先行者的历史有兴趣。

裴松之在注表中称《江表传》为一部全面的作品，但风格平庸。与构成《吴书》基础的文献不同，《江表传》发源于另一种传统，它为吴国的早期历史提供了丰富的史料，这段历史包括了孙策的生平与孙权的早年统治。这部著作的历史主线与其他文献相符，只是一些故事过于类似逸闻抑或有所夸大，可以运用更为可靠的史料对其进行指正。《隋书·经籍志》里没有收录这部作品，但《两唐书》中有 30 章对其有所记载。[45]《江表传》现在仅有片段存世。

据说，《吴录》的编撰者张勃是张俨的儿子，后者是吴国人，曾官任大鸿胪，于 266 年出使魏国的归途中去世。[46]张俨编撰过一部作品叫《默记》。它仅被裴松之引用过两次，但为 228 年诸葛亮呈给蜀汉后主刘禅的著名作品《后出师表》提供了出处。[47]张俨显然对这类可能以寻常书籍形式出现的文献有兴趣，他也在恰当的时机参与了同蜀汉的谈判。

张勃大约生于 220 年到 230 年，继承了其父的志趣。我们对他的仕途一无所知，但他一定能够查阅档案。因为他撰写的《吴录》保存了许多早期文献，例如孙策的书信和年表。裴松之所引用的《吴录》部分内容必然是基于官方记录，同时《吴录》还可能包括一部《地理志》，抑或《百官志》。然而，一些段落并不一定来自档案，它们仅仅是逸闻或引文。张勃一直活到晋灭吴之后，因为一则来自《吴录》的引文提供了吴国末代皇帝孙皓的去世时间，即 285 年年初的冬天。[48]《隋书·经籍志》里没有提到《吴录》，但《两唐书》中有 30 章对其有所记载。它现在仅有片段存世。

第三部私人编撰的吴国史书是胡冲的《吴历》。胡冲的父亲胡综的传记称,胡综是一位博学能文之人。他作为流民从汝南南下,于 196 年孙策征服会稽时投奔了他。[49]他在孙权朝中效力,于 221 年孙权成为吴王时得到了封赏。他于 243 年去世。胡冲可能生于约 210 年;他继承了父亲的政治地位,后为晋朝效力。根据《吴录》,胡冲任晋朝尚书,在新政权中官至吴郡太守。

胡冲曾是吴国中书令,所以能够查阅官方资料。《吴历》中记载了关于孙坚去世日期的信息,这可能比其他史料更为可靠;[50]还提供了对孙策之死更为理性的记载,这与《搜神记》中关于干吉鬼魂索命的志怪故事形成对比。[51]根据裴松之所用引文,《吴历》中的材料同朝廷与宗室紧密相关,有时它会提供关于灾异征兆和使团的信息;而且,《吴历》记载了孙翊被杀而其妻子向叛乱者报仇的故事。[52]

《隋书·经籍志》里没有提到《吴录》,但《两唐书》中有 6 章对其有所记载。[53]它现在仅有片段存世。

因此,在上述史料当中,《江表传》是在吴国灭亡后根据地方资料编撰而成,但官方的《吴书》和两部私人史书《吴录》《吴历》则由曾是吴国臣民并且能够查阅档案资料的个人编写。有趣的是,张勃和胡冲并没有被作为吴国史官提及,但我们可以相信他们二人。归功于裴松之保留下来的记载,尽管个别文献可能有所矛盾并令人困惑,但二人的史学传统非常深厚。

3—4 世纪的史学著作

除了基于国家档案和官方支持的记载,裴松之搜集的文献还反映了地方与私人历史学家及传记作者的热情与努力。早在东汉便有了别传这一成熟的体裁,它们提供了著名人物的生活细节。在东汉末年与三国早期也有许多相似的作品。[54] 其中被著有别传的有古怪学者祢衡,还有后来的王弼和魏国的嵇康,蜀汉的大将赵云,大权在握却短命的权臣诸葛恪,以及陆逊的儿子陆机和陆云。《曹瞒传》是一个吴国臣民为曹操写作的偏门传记。尽管对传主并不友好,它却同上述别传一脉相承。[55]

当时还有传记集,它们经常被归类为诸如可能由张骘编撰的《文士传》,[56] 以及皇甫谧编撰的《高士传》《逸士传》和《列女传》。[57] 还有天才学者王粲,他死于 217 年,年仅 40 岁。他写作了《汉末英雄记》,曾与自己笔下的许多人物有过私人来往。[58]

公布主要政治和文学人物的文集也曾是惯例。《诸葛亮集》被陈寿编辑为 24 章,274 年被呈给晋朝。[59] 自然,当时曾有过曹操的文集,而《魏名臣奏》则是魏国大臣奏章的合集。在更为学术的领域中,有孔融和王朗的文集,一些吴国的官员也得到了相似的荣誉。[60] 这些文集往往对当时的历史用处不大,但裴松之能够在100 年后辨识并阅读这些作品,这一点却意义重大。

除却个人传记与文集,当时的人们对宗族与家族记录有着持久的兴趣,这在汉代已经蔚然成风。像鲁国孔氏这样的大家族声称他们传承自孔子;而颍川的荀氏诞生了荀爽和荀悦这样的哲人,以及曹操的得力助手荀彧及其堂兄弟荀攸。他们编撰族谱,其中记载与称颂了自己的祖先和亲眷,这种行为被吴郡陆氏、庐江贺氏、会稽邵氏及许多在地方上有地位的家族效仿。[61] 家族观念在中国一直是重要的,东汉末年发展到了较高的阶段。当时,血缘起初是寻求权力的手段,后来又成为保障生存的方式。这一传统因接下来数个世纪的动荡而历久弥坚。[62]

除却家族关系,我们还可以发现,这段时期兴盛的地方历史编写中使用了包括"耆旧传"或"先贤传"这样的标题。根据记载,这一体裁于 2 世纪由官员和学者袁汤担任陈留太守时创立。[63]之后出现了为汝南郡、楚地,以及更南方的零陵等地区所作的传记集。[64]陈寿则参与了对《益部耆旧传》的修订,这是与蜀汉腹地益州相关的传记集。[65]两部著名的编撰作品是谢承的《会稽先贤传》。谢承是孙权的妃子谢氏的兄弟,他还写过一部 130 章的《后汉书》。另一部是陆凯的《吴先贤传》。陆凯是陆逊的堂兄弟,他在孙皓统治时期当过左丞相。[66]

这一地方历史编写传统在 280 年晋朝统一三国后被刻意维系。4 世纪关于中国南方的作品中,没有一部能够在规模与风格上同《华阳国志》相提并论。在此书中,常璩追溯了从先秦到蜀汉帝国再到 4 世纪期间四川地区的历史。然而,《江表传》是由北方人虞溥编撰,另一位晋朝官员王范在岭南就任,他编撰了《交广二州春秋》,在 287 年将其呈给了朝廷。[67]在晋室南渡以后,来自会稽的虞预编撰了 20 章的《会稽典录》,以及王朝史书《晋书》。[68]

另外,晋代学术发展中出现了大量对于历史的分析和批判。这类作品直截了当,总体比儒家通过选取事实进行褒贬的传统更为尖刻。裴松之引用了 4 世纪孙盛的数部作品,包括《魏氏春秋》《晋阳秋》,以及《杂记》,其中有一些对历史人物性格和行为的批判言论。[69]而孙盛的同代人习凿齿著有《汉晋春秋》和地方史书《襄阳记》,习凿齿对孙盛的史学作品作出了细致的评判。[70]

至此,我们一直关注主要叙述特定时期与地区真实历史的作品。其中兴许有些夸大或粉饰史实的逸闻,但其可靠性基本上仰赖于其他重要资料,抑或能够被后者证伪。然而,裴松之选取的文献为当时作品中的传奇主义与神秘倾向提供了充足的证据。

在对《三国志》官方版本的评论中,18世纪《四库全书》的编辑们抱怨裴松之时常自相矛盾且混乱,而且过度关注志怪故事。毫无疑问,裴注中的一些内容更应当被认为是有趣的虚构而非真正的历史。我们曾审视过对于孙策被宿敌许贡的门客重伤之后去世一事的记载,我们不得不得出结论,即围绕着孙策去世的一系列事件中,与术士干吉有关的,特别是干吉以幽魂形象现身于躺在病榻上的孙策面前这一情节,必须从任何对相关事实的描述中删除。[71]

这个故事来自《搜神记》,由干宝在4世纪早期编撰。干宝是一位著名学者,也是《晋纪》,以及对《左传》和一系列周代官制与礼仪研究著作的作者。他还对《易经》,尤其是京房学派对此书的解读感兴趣。[72]这样广博的学术兴趣并不罕见,自东汉起,思想潮流就鼓励人们将超自然同现实结合。在3世纪和4世纪,我们可以发现许多试图融合传统儒教、大众的与哲学上的道教及新引进的佛教信仰的尝试。[73]

这一发展的一方面原因在于对神怪传说的兴趣与关注。裴松之引用的文献中有《列异传》,起初似乎是由魏文帝曹丕编撰,3世纪末由晋朝大臣张华完成。[74]相似的文集在分裂的数个世纪中广为流传。我们之前曾注意到,5世纪学者刘敬叔编撰的《异苑》,记载了一则关于孙坚父亲名字的很令人质疑的故事,还有一则关于孙氏家族气运的超自然起点的故事。[75]

裴松之并没有提到孙钟和瓜的故事,但选取了其他关于灵异和预言的内容,例如向孙坚、孙策和孙权允诺伟业的梦。[76]除了干宝,他还引用了4世纪的道教百科全书家葛洪的作品,其中不仅有《抱朴子》,还有《神仙传》。[77]

所以,裴注中包含了数则不为理性主义品味包容的逸闻,但其整体很好地反映了裴松之所处时代的特征,以及中国历史书写的传统。然而,更重要的是,由于对采用史料的尊重,以及对不同观点的思辨和重视,裴松之开创了一种既提供逸闻故事又记录事件信息的注释范式。这一范式在早期中国历史学家中特立独行,但值得我们推崇和欣赏。对于现代读者而言,裴松之是一个通情达理且开明的记述者。

故事演绎:夸张和寓言

值得思考的是,裴注所保存下来的对三国时期事件的记载与重述,带给人们以启迪。对于当时及后世之人,汉朝的灭亡,以及北方、南方和西方之间旷日持久的内战,不仅是一段重要的历史时期,还是一个彰显传奇主义行径和高尚德行的时代。汉朝的数个世纪里曾有过勇敢的大臣和批评家,而桓灵时期的党锢名士,为了正义感勇敢地承受了厄运。但是,面对内战和废墟中的帝国,参与其中的人可能得到一切,也可能失去一切。如此种种彰显了个人行为与荣誉的重要性;若在安定的社会环境中,则很少有这种表现的机会。

因此,考虑到夸大典范的可能性,以及那个时代的激情洋溢,令人并不意外的是,逸闻与故事演绎为已然戏剧化的历史事实增添了一抹传奇色彩。尽管其中修饰的程度无法衡量,而我们也不总能确定一则逸闻是基于事实还是极佳的想象。在陈寿和裴松之所重现的种种事件当中,我们能够辨识一种传奇主义历史小说的模式。

前文已经提到过术士干吉的故事如何与孙策的故事相交织,而且我们可以想见,这位年轻军阀的行为必然对这种故事有吸引力。相似的,代表孙策和孙权征服南方越人的贺齐的传记也可能包含广为流传的故事演绎中的部分。在一系列彰显贺齐勇气与决心的事件中,陈寿编撰的正文讲述了贺齐令士兵将铁戈錾入岩石来攀爬,从而攻克了悬崖顶部的敌营。裴松之又紧接着引用了一则来自《抱朴子》的故事作补充,称敌营中有人会使用禁术,致使将士的剑和箭矢失效。贺齐令部队用棍棒武装自己,从而以打倒敌人而不是砍伤他们来解决问题;这一做法是成功的,另一场胜利也因而被记载下来。[78]

我们不难理解,贺齐这样的指挥将领能够吸引这种传奇故事,相似的传奇故事围绕着当时其他著名人物也并不令人意外。许多来自这种故事演绎的事件可以在裴注当中找到。有时候,我们其实可以观察到故事沉淀的过程。根据陈寿为曹操写作的传记,曹操在董卓于189年洛阳夺权后离开了他。

> 太祖乃变易姓名,间行东归。出关,过中牟,为亭长所疑,执诣县,邑中或窃识之,为请得解。[79]

裴松之对这段话的注释引用了一些详述此事的内容:

> 《魏书》曰:太祖以卓终必覆败,遂不就拜,逃归乡里。从数骑过故人成皋吕伯奢;伯奢不在,其子与宾客共劫太祖,取马及物,太祖手刃击杀数人。

> 《世语》曰:太祖过伯奢。伯奢出行,五子皆在,备宾主礼。太祖自以背卓命,疑其图己,手剑夜杀八人而去。

> 孙盛《杂记》曰:太祖闻其食器声,以为图己,遂夜杀之。即而凄怆曰:"宁我负人,毋人负我!"遂行。

> 《世语》曰:中牟疑是亡人,见拘于县。时掾亦已被卓书;唯功曹心知是太祖,以世方乱,不宜拘天下雄俊,因白令

释之。

由此,我们可以看出《三国演义》对此事的叙述高潮;小说讲述了曹操在成皋被救,与诚实的陈宫同行,两人在此之后到访了吕伯奢的家,他们错误理解了无意中听到的厨房里关于杀猪的对话,曹操在主人带着宴会用酒归来时将其杀死,抵达他背叛的顶点,以及陈宫在恐惧和反感之下离开曹操,在此之后成为其顽敌。[80]

这则关于曹操的故事,以及对他的残忍、奸诈与自私入木三分的描述,是一个故事逐步发展的显著例子。而且它还显示了《三国演义》为了艺术目的对历史记载进行修改和扩充的程度。

我们接下来会进一步探讨《三国演义》;但即便没有这样的修饰,一些显然与这些历史事件发生时间相距不远的材料,以及被裴松之引用并保存的材料,明显已经开始将事实变为虚构的夸张,甚至是完全的虚构。它们因种种原因被加诸某个主要人物或事件。[81]

作为所处时代的主要人物,曹操自然成为一系列传说的中心。另一个例子没有被裴松之记录下来,但它被保存在了现行版《世说新语》当中。其中描述了曹操和他日后的对手袁绍年轻时在汉朝都城洛阳附近的过往。在一个晚上,他们闯入一场婚宴,劫持了新娘。当他们被追击时,袁绍被困在荆棘丛中,曹操大叫:"偷儿在此!"袁绍在惊慌中强力挣脱,两个人成功逃跑。[82]

尽管我们可以将此认作是对一件真事的记录,这在汉末有地位的青年男子当中很典型,但我相信这不应当被认为是真实发生的事。这是一则关于一个著名历史人物的好故事,但它更应当被认为是为后来的政治事件所作的寓言。如果我们考虑到 196 年之后的情形,即曹操将汉献帝纳入自己的保护和管控之下后,曹操显然像一个成功的绑匪。袁绍可能乐意分享其成，但曹操料敌在先，在 200 年官渡之战的宣传中，指责袁绍试图挟持皇帝。所以他将自己实际的行为嫁祸给了对手。[83]

如果按这种方式来解读这个故事，那我们便不必赋予它任何真实成分：它完全是一则寓言故事。

尽管这是极端情况，这个故事背后的事实并不重要，裴注引用的一些其他逸闻也同样是仅仅基于某种历史事实的抽象形式。在讨论孙策之死和干吉的法术时，我曾质疑，在 200 年的情形下，孙策是否有北上进攻曹操的计划，更不用说他是否真的会着手这样鲁莽的冒险。[84]相似的，袁晔的《献帝春秋》被裴松之引用，其中详细记述了赤壁之后，孙权派他的堂兄弟孙瑜指挥了一场对位于今四川的蜀州的进攻；但这一计划因为遭到反对和刘备的军事行动被迫中止。然而，我认为，尽管这一计划可能曾被讨论，这样的远征并没有被发动。当刘备提出反对时，这个计划变得极度冒险，袁晔详尽的描述更应当被认为是对沙盘的推演，而不是对真实战役的记载。[85]

因此，在研究三国的早期历史时，我们面对大量的材料，从有理有据的可靠事实，到被过度夸大或完全虚构的陈述。即便后者可能是基于为人所知的历史人物或事件。

在《世说新语》译文的引言中，马瑞志发现，小说集中提到的多数人物是有可靠文献支撑的，其中的背景信息也同样与被证实的事实相符。如他所见，而我们也可以认同，一定程度上的修饰、夸张、地方色彩或小说化，在常规的史书编写当中也或多或少有所体现。另一方面，例如，一部西方的历史小说给出了 1485 年博斯沃思战役的正确时间，并不意味着这本书里的其他内容，如王子们在他们的叔叔理查三世的塔楼中的经历一定是真实的。

马瑞志认为,"撰写历史似乎并不是(《世说新语》)作者的意图"。[86]固然如此,在唐代,正史《晋书》仍因使用来自《世说新语》的逸闻而受到诟病。[87]倪豪士曾说,"唐代……是学者开始区分虚构与历史的时代";[88]但唐朝的成就来自数个世纪的发展和积累。许多 6 世纪的评论家就关乎事实的问题批判《世说新语》,[89]而 5 世纪早期裴松之写作的注表涉及了注释中的一些内容,表明他倾向于带着判断正误的眼光去比较文本。

所以,《世说新语》和与之相似的文集本质上是逸闻小说。我们可以将其中的事件看作展现或重现时代风俗观念的案例,这当然也呼应了人物和他们所处的时代;但这些逸闻小说并没有被当作历史,也不为历史服务。这并不是说所有的故事都是虚假的,只是我们大体上也无从判断哪些故事可能为真,并且将它们有效地用于现代历史研究。而且,我相信古代中国民众很早就区分了用于娱乐的文本和用于记录事实的文本。[90]

然而,当我们考察陈寿和裴松之的作品中保存的材料时,这个问题变得更为复杂。更不用说撰写于 3 世纪和 4 世纪之间的大量作品,它们没有被明确地引用于《三国志》的正文或注释,却往往通过其他方式整体或部分地留存下来。如我们所见,有时候,这些早期史书中的正式说法必然在其他材料的语境中被反驳,甚至于同可能发生过的事实冲突。这样的判断经常是模棱两可的,因为我们在试图将现代的证明标准用于由历史、逸闻和小说构成的复杂体系。以一种非常特殊的方式,我们面对的并不是简单的、立于真实与虚假之间的分野,而是从真实到虚假的范围。

有可能,最重要的一点在于,裴注及陈寿原文保存了大量的文学作品;它们围绕着被描述的时代而编撰,反映了那个时代和紧随其后的数年里的重点及其影响。这样一来,整部《三国志》代表了出色的文学编撰，它一方面有着正史传统的权威，另一方面有着宏大文学总集的生命力。这是一个令人赞叹的成就，难怪裴松之、编写《后汉书》的范晔和编写《世说新语》的刘义庆是同一个时代中人。

《三国演义》的歪曲

至此，我对《三国演义》不甚关注。因为这部作品的编撰和它意图讲述的事件在时间上相去甚远，它所包含的材料本身也并不构成权威。然而，令人尴尬的是，在过去的1 000年里，人们通常以小说传统的歪曲滤镜去看待三国历史。现代以来，这部小说经常被形容为"七分史实，三分虚构"；[91] 还有一些人认为它作为一种解释当时历史的媒介有其价值。然而，事实上，《三国演义》必须被视为一部特殊的文学作品，它在宋明两朝获得了极大的发展与成熟，进而对作品本身产生了巨大的影响。

令人惊讶的是，相较于后来的广泛流传，三国时代至宋朝之前留存下来的文学作品中的三国故事，抑或相关内容的存在鲜有证据支持。尽管许多小说文本从唐代保存至今，它们中没有一部同三国时期直接相关。我们只能通过简要的提及来确定一些与汉末英雄相关的民间传说的存在。[92]

然而，到了北宋后期，即公元11世纪和12世纪早期，我们有了证明三国故事之普及性的证据。据词人和文学家苏轼记载，孩童们爱听关于刘备和曹操的故事，而且他们支持前者战胜后者。[93] 所以，刘备在当时已受欢迎，曹操则被视为强大的反派。另外，在苏轼的作品中有两篇关于赤壁的赋和一首词《念奴娇·赤壁怀古》。苏轼认为那场战役的战场遗迹依然拥有英雄主义和辉

煌往事的光环。这尤其可以见于上述第一篇赋和那首词中的
文句:

> 遥想公瑾当年,小乔初嫁了,雄姿英发。羽扇纶巾,谈笑
> 间,樯橹灰飞烟灭。

苏轼浓墨重彩地展现了将领周瑜,而备受后世推崇的诸葛亮并没
有这般亮眼。[94]

另一方面,尽管我们知道一些说书人精专于三国故事,[95]但
现在并没有可能包含他们所述内容的话本手稿存世。关于三国
最早的、重要的大众小说文本可追溯到 14 世纪早期的元代《三国
志平话》。尽管文笔拙劣且相较于真正的历史更关注于超自然现
象和哗众取宠,这一作品证实了普罗大众将曹操和魏国看作反派
力量,强调诸葛亮的成就与蜀汉的正统。[96]

在更为学术的层面上,将蜀汉视为东汉真正继承者的看法曾
得到哲学家朱熹的支持,他的观点体现在《资治通鉴纲目》的行文
中。[97]南宋人在南方和西方维系着政权,却远离黄河流域的中原
腹地。相较于实力强大但在道德上有污点的魏国,刘备的声称在
他们看来更为合法且有吸引力。从南宋开始,学术思想和大众观
点就三国的真正价值完全达成共识。

除却白话传统的演进,关于三国的戏剧似乎在北宋时期开始
兴盛。无论是在流行于 11 世纪的早期"皮影戏"里、南宋寻常的戏
台上,还是同时代北方金朝的戏曲原本中都是如此。在 13 世纪晚
期和 14 世纪早期的元代,许多杂剧与三国有关;其中一些留存至
今。和通俗故事一样,戏曲传统总体上同情蜀汉和蜀汉的英雄。[98]

然而,《三国演义》代表了后世关于三国的传统看法中最为主
流和强势的版本。其作者一般被认为是 14 世纪晚期的罗贯中。

但罗贯中的著作标题通常被认为是《三国志传》,它成为参次不齐的各类版本的基础。最值得注意的是,这部小说有一个文笔更佳且更为精致的版本《三国志通俗演义》;它出现于 1522 年。又过了 100 年,在 17 世纪中叶即清朝初期,一个改良的版本由学者毛宗岗评点。毛宗岗版本构成了现行《三国演义》文本的基础。[99]

然而,在对小说《三国演义》发展过程的探讨中,蒲安迪曾说,1522 年版本是基于当时的解读,而不是那部罗贯中的更早作品:

> 如我们从 1522 年版本和后续的版本所知,《三国志演义》是 16 世纪文人小说的典范。它要么是在明朝的第二个百年被重新写成的,要么是在当时经大量修改而成书。[100]

通过仔细审视对不同事件和人物的处理,蒲安迪表示,小说《三国演义》的作者采纳了所处时代广为人知的通俗文化和历史传统,从而创造了一部"通过将早期材料投入一个新的模版,从而尖刻地改变了它们"的作品。[101]尤其是,如蒲安迪反复通过例证指出,《三国演义》的主旨之一就是"勇气的限度",以及对刘备、关羽、张飞和诸葛亮这些大众英雄充满讽刺的重新解读。这部小说接受了英雄主义和传奇主义传统,却展示了这些英雄在品质上的不足之处,以及他们的野心是如何被这些不足摧毁的。所以,关羽对个人荣誉的执着导致了他的傲慢,而这带来了一再的失败和最终的灭亡;[102]诸葛亮的聪慧则腐化成了"飞蛾扑火的自负"。[103]

我应当回归蒲安迪的方法并解读这部小说现存的形式。然而,我们在此可以发现,到了 14 世纪末,所谓传奇主义传统的核心模式,已然被大众的想象、早期小说文集及戏曲作品很好地确立和巩固。这一模式,以及小说文集在数个世纪当中的积累和发展,是我们在此应当探讨的。

在对《三国志》所述历史和《三国演义》的版本进行的比较当中,杨力宇探讨过历史人物曹操、刘备、诸葛亮和周瑜被后世传统重新解读的方式。尤其是他指出了,以牺牲周瑜为代价来强调诸葛亮的权威和声望,吴国周瑜曾是诸葛亮的短暂同僚与长期对手。然而,杨倾向于认为《三国演义》呈现的是一种合理的发展,甚至是对陈寿和其他早期历史学家所呈现材料的一种实质提升。例如,《三国志》"不过是不带多少历史想象的、史实的集合",而罗贯中则呈现了"更为戏剧化和引人入胜的叙述"。[104] 杨不经常下断论,但他和其他读者展现了另一种历史的倾向:将《三国演义》视为与 2 世纪末和 3 世纪史书一样可靠的、乃至于更佳的版本。还有,如杨所见,有很多人的确是从这部小说而不是正史当中获取了他们对于三国的认知。[105]

尽管这一作品有着重要性和影响力,但将《三国演义》视作"用更通俗的语言重述历史",并将罗贯中看作"大众历史学家",表现了对历史学家所做工作的偏颇认识。[106] 杨曾表示,"演义"这一体裁在西方语言中,并没有与之对应的概念;但是,我们可以说,莎士比亚的"历史剧"提供了一种对于从理查二世到理查三世期间 100 年英国史的看法,只是这一看法令人称道、生动、富有想象力和英雄主义,却总是不准确的;它们与演义在风格上十分接近。[107] 就像对蜀汉和诸葛亮的偏爱可以被视为宋代社会问题与需求的体现,莎剧同样体现了莎士比亚所处时代的观念和兴趣,并且彻底忽视了作品意在描绘的时代的真实情形。[108] 尽管所有的写作者也确实受到自身文化与知识背景的局限,戏剧家和小说家应当比历史学家更为自由。

如果我们从头审视此事,《三国演义》可以被视为开始 3 世纪即三国时代的故事演绎的特殊发展。前文已经揭示了故事是如何围绕着曹操遇吕伯奢一事发展，以及这一发展是如何在《三国演义》中达到其巅峰的。[109]我们还注意到，贺齐为吴国征讨长江入海口以南的山民一事，可能也产生了一组故事演绎；[110]《三国演义》中有七回描述了诸葛亮同由酋长孟获领导的西南少数民族进行的七场战争，这可能代表了同贺齐的故事相似的、被记载的故事演绎。[111]其中最为狡黠之处在于，许多经历、计谋和策略原本属于其他人，但《三国演义》将其安到了诸葛亮身上。书中其他地方提到过两处。一是空城计，它在历史记载中是 226 年秋由文聘在江夏对孙权使用的，而不是由诸葛亮对司马懿使用的。[112]二是 213 年在濡须发生的事件；当时，孙权被迫掉转船头，以防箭矢全被射在一侧，使船倾覆。很有可能，后一个故事被发展为周瑜和诸葛亮在赤壁之战对阵曹操时的著名的"草船借箭"。[113]

作为存疑的史实因戏剧效果而演变的案例，我们还可以考察周瑜提出向西进攻张鲁一事，它发生于赤壁之战后不久，为小说创作提供了一个重要的情节。据《三国志·周瑜传》称，周瑜曾计划溯长江三峡而上进攻，却在准备完成前染病身亡。[114]在袁晔《献帝春秋》中，据说孙权在此后提出让孙瑜率领一场类似的远征，但遭到刘备的反对，被迫放弃；我曾说这场远征可能从来没有被考虑过。[115]然而，在《三国演义》中，这场仅是设想的攻势被演绎成了诸葛亮对周瑜最终的、致命的胜利：这位不幸的吴国将军在江上挣扎着，徒劳地试图打通向西的道路。他抬头望见了诸葛亮，后者悠闲地待在山顶，嘲笑他的狼狈。这被证明是羞辱的顶点，周瑜因悲愤而死去。[116]

小说中对这一事件的叙述使得蒲安迪认为，诸葛亮是傲慢而自负的，他对周瑜的失败所展现的同情是虚伪的。但我们仍可以从中发现一个故事从早期记载发展成为小说传统中的著名情节的过程。

　　最后还有赤壁之战一事,它是《三国演义》的中心,以及戏曲传统中的重要主题之一。在《三国志》中,曹操与孙刘联军的对峙,以及曹操的战败和撤退,分散在《吴书》中的不同段落。即便我们考虑到敌对各方之间的偏见,可以明确的是,孙权的部队扮演了决定性的角色;他们一开始阻止了曹操的进军,之后又通过黄盖率领的火船攻势打出了迫使曹操撤退的胜利战术。[117]《三国演义》对刘备部下,尤其是诸葛亮的功劳的夸大毫无依据。

　　另外,如我所说,尽管回头来看,赤壁之战是内战中的一个重要甚至决定性的事件,它可能不是一场实质上的军事交锋。尽管联军在初期的交锋和火船攻势中取胜,但事实上,如曹操所说,他不得不撤退的理由在于军中瘟疫,而不是对手们造成的破坏。[118]

　　当然,出于文学与戏剧的目的,赤壁之战在小说中占据中心位置是完全恰当的,当时当地发生的事件也应该被浓墨重彩地呈现在华美的画卷之上。然而,这种艺术加工背后没有权威史料的支撑,也没有留下关于当时真实事件的任何信息。《三国演义》,以及它所代表的整个传统,绝非现代历史学家眼中的历史。

　　可能难以相信,但我不得不在这里提出这一观点。因为没有哪一位西方学者会将一部在 1 000 年后借助多重助力完成的,并且没有使用任何新发现的或独立的证据完成的传统小说作品,当作分析历史事件的权威依据。《三国演义》中看似真实的表述能够得到重视,仅仅因为它们是基于《三国志》或其他与之相当的权威史料。而且,《三国演义》中的事实表述通常包裹在其他缺乏史料依据的陈述之中。还有一些表述虽然以早期记载为基础,但被重新解读且根据文学作品和宣传的需要来呈现;而完全不基于原本的记载或事实。

在像这样的探讨中,我们不得不同时考察基于《三国志》和其他早期作品的"历史传统",与在之后的数个世纪里发展并集大成于留存至今的小说中的"传奇主义传统"。我们一直面对如此存在的对立与矛盾。在《〈三国志演义〉中历史人物的文学化》当中,尽管杨没有明确声称,罗贯中是以历史学家的身份在写作,抑或《三国演义》是对三国历史材料的完善,他已然很接近这种观点。在许多方面,微妙之处在于,杨通过《三国演义》的视角开启了他对三国的研究,为了解读小说而寻找事实基础。

蒲安迪《明代小说:四大奇书》用与之截然不同的方式将《三国演义》视为一部虚构作品,通过文学风格与哲学层面来分析它对传统材料的处理。这明显更令人满意。通过这种方式,我们可以观察到小说和历史事实的偶然交织,但是会将主要的注意力放在编撰者构建并呈现信息的方式上面。

真正的问题在于,在研究三国历史时,我们是在许多不同的知识和阐释层面上进行探讨。我们不但必须面对来自过去的、碎片化并时常被歪曲的记录;我们还要通过对几百年来吸引人们兴趣、热情和情感的文学与艺术传统的解读来看待过去。这种传统产生了大量的通俗故事、谚语、戏剧作品和世界上最伟大的小说集之一。出于对这部小说,以及基于三国的传奇主义传统的异乎寻常的敬意,我们对那个时代的看法极大地受到了罗贯中及其同行和后继者的影响。如果我们难以通过莎士比亚对事实高超的歪曲来寻找真正的理查三世,那么魏、蜀、吴的真容就更难以借此追寻。[119]

除却被错误安置的逸闻这样的琐事,或是对某一场军事交锋的错误的强调,在更深远的层面上,《三国演义》帮了历史一个更大的倒忙。相较于对北方曹操潜在实力的担忧,或西方刘备所谓的正统性,东南吴国的角色被忽视,抑或被歪曲。关注小说人物而不是事件背后的规律,这样的传奇主义传统忽视了当时真实的历史发展。对于接下来的数个世纪,相较于西部军阀的地方争斗,孙氏家族在江南成功建立政权要远为重要。所以,我撰写的这本书主要关注"第三个王国"——吴国,意在重新强调三国的鼎立,发掘属于南方的将军们的传奇和功绩。

注释:

　　[1]　陈寿的传记见《华阳国志》卷 11,9 页上至 10 页上;《晋书》卷 82,2137—2138 页。两则传记分别收录于北京中华书局版《三国志》,1475—1476 页和 1477—1478 页。关于《三国志》的历史写作,亦见北京版序和洪业为哈佛燕京学社索引第 33 所作序。

　　关于陈寿对其作品所带来的政治风险的顾虑和"恐惧",相关历史学家的观点见本田(Honda)的文章[1962]。

　　[2]　裴松之的传记见《宋书》卷 64,1698—1701 页。收录于北京版《三国志》的末尾,1479—1481 页。

　　[3]　裴松之的注表收录于北京版《三国志》,1471—1472 页。

　　[4]　关于《史记》《汉书》和范晔《后汉书》的编撰,见沙畹《〈史记〉译注》,共 5 册;华兹生《司马迁〈史记〉》;何四维(AFP Hulsewé)《汉律拾零》("Historiography");毕汉思《汉朝的复兴》第 1 册,9—81 页。《剑桥中国秦汉史》鲁惟一所作序言中,有一篇对汉代历史文献的总论,2—6 页。

　　[5]　见加德纳《中国传统史书》(*Chinese Traditional Historiography*)、《正史:汉到隋》("Standard Histories")。

　　[6]　关于《东观汉记》,见毕汉思《汉朝的复兴》第 1 册,10—11 页;《东汉时期的洛阳》,29—30 页;鲁惟一《早期中国文献:索引导读》(*Early Chinese Texts*),471—473 页。

　　[7]　见贝克《东汉的志》,第八章。

　　[8]　荀悦(148—209 年)的传记见《后汉书》卷 62 列传第 52,2058—2063 页。关于《汉纪》,见陈启云《荀悦与中世儒学》,84—126 页。

　　[9]　袁宏(328—376 年)是东晋著名的学者和文学家。他的传记见《晋书》卷 92,2391—2399 页。他还是《世说新语》中数则逸闻的主人公,见马瑞志《世说新语〉译注》,610 页。袁宏撰写了许多关于三国的文章,《后

汉纪》则是他主要的历史著作。

荀悦的《汉纪》与袁宏的《后汉纪》都大体完好地留存了下来。自然,袁宏的作品涵盖了三国的早期历史,截至汉献帝退位以及 221 年刘备称帝。然而,不幸的是,作为一部编年体史书,其中多有错误之处。总体而言,《后汉纪》被范晔在半个世纪以后编撰的《后汉书》超越。尽管袁宏对个别事件的记载要优于这部正史。

[10] 毕汉思《汉朝的复兴》第 1 册 12—13 页探讨了这些关于东汉历史的早期作品。

[11] 范晔的传记见《宋书》卷 69,1819—1831 页;《南史》卷 33,848—856 页。他生于 398 年,与裴松之相隔一代人;于 446 年去世。

[12] 《后汉书》包含了一些可以被认为是志怪故事而不是历史的内容。例如《后汉书》卷 82 第 72 下《方术列传》,吴文学和杜志豪对其进行了翻译;以及《独行列传》中王忳的故事,他因为对一个濒死书生的善行而得到神异的奖励,之后他又通过审问闹鬼驿站中女受害人的鬼魂而侦破了一桩谋杀案。见《后汉书》卷 81 第 71《独行列传》,2680—2681 页;拙著《旧日之鬼》("The Ghosts that Were")。

同样被归为官方正史的《史记》和《汉书》也有本质上不属于事实的章节,鲍吾刚(Wolfgang Bauer)和傅海波《金匮:两千年中国传奇小说选》(*The Golden Casket*)认为《史记》卷 75《孟尝君列传》是虚构的,这一评论是公正的。

然而,在多数情况下,传统的官方史学家对他们掌握的材料加以区分,读者也知道哪些部分意在描述事实,哪些是虚构的典范。如傅海波在英文版《金匮子:两千年以来的中国小说》序言 6 页中所说,"历史小说……充斥着像《史记》这样的文献……从那里,它们能被轻易摘取"。范晔大体上维持了这一区分,他也很少将被过度夸大或明显属于虚构的逸闻纳入为著名政治人物所作的传记当中。这和裴松之笔下开放的风格十分不同。

[13] 基于沈家本的作品,一系列裴松之引用的作品和作者的呈现见拙著《三国史》(*Records of the Three Kingdoms*)。

[14] 关于史官和唐代的历史作品,见杨联陞《中国官方史书架构:从唐代到清代正史的原则和方法》和王赓武《对后世正史的一些看法》。

[15] 《四库全书总目提要》中的观点收录于北京中华书局版《三国志》,1473—1474 页。

[16] 在此处以及下文,我极大地受到了大卫·约翰逊《中国早期史诗和历史:关于伍子胥一事》("Epic and History in Early China")中论述与分析的影响。该文认为,先秦英雄伍子胥的故事原本是传说故事的汇编,日后

被司马迁以一种简洁的方式重现(《史记》卷 75)。

[17] 在《〈史记〉译注》中,沙畹为翻译添加了注释,其中提到了似乎被司马迁用作材料的早期文献。

[18] 在《考异》注释中,司马光比较并探讨了他所用史料中的诸多信息。然而,这是基于逐个的分析,其中具体的内容有所出入。他在这里并没有试图从整体上辨明史料。

在对《资治通鉴》第 60—78 卷的翻译中,方志彤在《三国编年史(220—265 年)》中分析并比较了被司马光用于 220—265 年间的史料文本。在《桓帝和灵帝》和《建安年间》中,我也试图辨识原文,但没有如方志彤那样进行细致的比较。

[19] 陈寿的两则传记就其卒年有所出入。根据《晋书》卷 82,他在晋朝生活了很长时间,但没有做官。之后他又在都城和地方担任了一些低级官职。大约 297 年,他被任命为太子中庶子,但在赴任之前去世。根据《华阳国志》卷 11,陈寿担任了太子中庶子一职,但后来成为散骑常侍,这是一个较高的职位。但他在张华于 300 年被处决后被罢免,于不久后去世。

[20] 关于《魏书》,见侯康《补三国艺文志》,3174/3—3175/1;姚振宗《三国艺文志》,3220/3—3221/1;《三国志集解》卷 1,3 页上下。作者王沈的传记见《晋书》卷 39,1143—1146 页。

关于《蜀书》,见姚振宗《三国艺文志》,3221/1—2。裴松之没有引用此书,但《华阳国志》卷 11 第 8 页下至 9 页上提到了王充,他担任秘书郎并参与了《蜀书》的编撰。《三国志》卷 45《蜀书》15 第 1079 页(《三国志集解》12页下)也提到了《蜀书》。陈寿认为,240 年,学者杨戏编纂了《季汉辅臣赞》,其中的许多内容被纳入了《蜀书》。有可能《蜀书》的大部分内容被吸收进了《三国志》。

然而,关于蜀国真正的治史机构存有争议。在蜀国后主刘禅传记末尾的评论中,陈寿认为蜀国"国不置史",该国没有负责收集资料的官员。所以,许多事件信息,尤其是对自然灾异的记载散失了。陈寿认为,当时的军事压力使得诸葛亮无暇顾及这一问题,见《三国志》卷 33《蜀书》3,902—903 页。

但是,如我们所见,有证据表明,就和它的对手一样,蜀国有治史部门或至少是东观这样的机构。它应当与汉朝的东观相似,即有一群记录事件并编撰史书的学者。《华阳国志》中的陈寿传记称他担任过东观秘书郎,这一机构显然收集并保存了一些文献。

陈寿的说法引起了不小的争议,多位学者的观点被概括于《三国志集解》卷 33 第 21 页上下卢弼的注释中。最好的解释似乎是,陈寿说的是蜀国没有建立一个正规的档案体系;资料得到了记载,但当时没有像汉朝那样每天记录并保存信息的系统。所以他不能够找到所有想要的记录。治史部门的人没有特别在意他们的职责。尽管个人能够编撰史书,国家并没有系统性地维系这样的工作。

我们在第八章探讨吴国行政结构的时候注意到,一些官职没有被正式委任,但担任其职务的人有其他的工作。然而,在吴国,正史的编撰被视为一件重要的事,维持常规的记录应当也是如此:见下文。

[21] 关于刘艾,见第二章注第37。《灵帝纪》和《献帝纪》都被裴松之引用,例如,《三国志》卷46《吴书》1,1094页;《三国志》卷1《魏书》1,13页(《三国志集解》34页下)。

《隋书》卷33第960页引用了刘芳《汉灵献二帝纪》。而《旧唐书》卷46第1991页和《新唐书》卷58第1459页中,有一同名的作品被认为是刘艾所作。似乎,"芳"这个名字被误写成了"艾"。唐代《初学记》卷30第737页引用了刘艾《汉帝传》,其中提到了汉献帝统治下的194年。"献帝"是汉帝刘协退位并于234年去世后的谥号,在此之前的文献中不应出现这一称谓。但刘艾以及一些后世作者将这部编年史置于一个更为宽泛的标题之下续写,"献帝"一词则是后来加上的。整部作品在一两部文献中被提到,有时候它被称为纪,有时候被称为传。亦见姚振宗《后汉艺文志》,2352/1—2。刘艾所编撰的内容现在仅有片段留存。

[22] 《隋书》卷33第961页提到,魏国宫中郎官鱼豢《典略》有89章;《旧唐书》卷46第1994和1989页提到《典略》有50章,《魏略》在杂史和正史中各存有38章;《新唐书》卷58第1464页仅提到《魏略》在杂史当中存有50章;这里,《典略》可能被错写为《魏略》。有可能,《隋书》提到的《典略》指的是一部集合作品,即《典略》原本中涵盖汉朝末年的50章,以及后续《魏略》中的38章,再加上1章序。见姚振宗《三国艺文志》,3224/1—2。

尽管《典略》和《魏略》之间有所重合,可以从引用中明确的是,《魏略》涵盖的时期至少上溯到公元254年,见《三国志》卷4,130页裴注第2;方志彤《三国编年史(220—265年)》第2册,165—167页和184—187页。

[23] 当然,有许多作品没有被裴松之引用。一些段落被保存于其他的文集,如唐代规模庞大的类书;另一些则仅有标题传世,后者常常见于《隋书》《旧唐书》和《新唐书》的《经籍志》。上述提到侯康和姚振宗所编撰的列表是对三国时期作品的重现,相似的晋代列表可能由丁国钧、文廷式、秦荣光、吴士鉴和黄逢元等人编撰过。见参考文献。

[24] 《三国志》卷53《吴书》8,1244页裴注第2。亦见姚振宗《三国艺文志》,3223/3,以及本书第四章。

[25]　我们必须注意到,张纮的写作时间在 200 年之后,距离孙坚出生之时和青年时期有半个世纪之久。

[26]　这一奏折被引用于《三国志》卷 53《吴书》8《薛莹传》第 1256 页,关于其人见下文。华覈的传记见《三国志》卷 65《吴书》30,1464—1469 页。

[27]　韦昭的传记见《三国志》卷 65《吴书》20,1460—1464 页。他的名字时常被写作"曜",这一改变是为了避讳司马昭。司马昭是晋朝开国武帝的父亲,后被追谥为晋文帝,见《晋书》卷 2,32 页和 44 页。

[28]　"太史令"这一头衔经常被解释为大天文学家、宫廷天文学家、宫廷历史学家。在这一背景下,宫廷历史学家是更为合宜的指代。

[29]　关于刘向,这位前 1 世纪著名学者和《春秋穀梁传》的注释大家,见曾珠森《白虎通:白虎观中的全面讨论》第 1 册,91—93 页;鲁惟一《汉代中国的危机与冲突》,240—243 页和 300—303 页。

关于韦昭和刘向的比较,见《三国志》卷 56《吴书》20,1462 页。我们在此应该注意到,三国时期建立的藏书机构以及相似机构在名称上可能引起困惑;我接下来的描述来自洪饴孙《三国志官表》2775—2777 页所作的探讨。

魏国设立秘书,有两个职责。职责之一是收集董卓之乱中散失的汉朝皇家藏书;之二则更为政治化,即审查尚书经手的材料。这大体与汉朝的系统相同,但这一部门之后在曹丕时期被分割。负责审查的部分被命名为中书,秘书则成为一个学术机构。

蜀汉可能有相似的安排,尽管其中书只得到了简略的提及。我们在上注第 20 中讨论过,陈寿供职的东观秘书可能收集并保存了文献和档案。

没有记载表明吴国有叫作秘书的部门。然而,韦昭被称为中书郎,对他职责的描述显示中书是关于学术而非审查。因此,我认为,吴国的中书相当于魏国和蜀国的秘书,而不是中书。由此,我将其认作是宫廷藏书机构。

[30]　《三国志》卷 65《吴书》30,1462 页和 1467 页。华覈当时正式担任东观令,据记载该职位也曾由学者朱育(《三国志》卷 57《吴书》12,1326 页裴注引《会稽典录》;《三国志》卷 60《吴书》15,1394 页裴注引《会稽典录》)和周处(《三国志》卷 60《吴书》15,1392 页)担任。除却韦昭及其同僚的特别小组,吴国似乎还设有一处东观。和汉朝一样,这一机构负责收藏文献和档案。参照蜀国的相似机构,见上注第 20。

[31]　《三国志》卷 52《吴书》7,1240—1242 页。

[32]　在吴国的皇家酒宴上拒绝喝酒绝对是危险的。可以参考虞翻在孙权手下遭受的磨难,见第八章。

[33]　薛莹的传记紧随其父薛综的传记之后,见《三国志》卷 53,

1254—1257 页。薛综娶了孙权的一个女儿,所以薛莹属于皇室宗亲。

〔34〕 关于薛莹的作品标题为《后汉书》还是《后汉纪》,不同的史料给出了不同的答案。被称作《后汉书》的一章的片段保存于《七家后汉书》之中。亦见姚振宗《三国艺文志》,3219/3。

〔35〕 见姚振宗《三国艺文志》,3228/1,其中记载了《汉官仪式选用》。这一著作被收入《新唐书》卷 58,1476 页。《南齐书》卷 9 第 117 页引用了丁孚《汉仪》,见姚振宗《三国艺文志》3230/3—3231/1。

〔36〕 《三国志》卷 47《吴书》2,1131 页。

〔37〕 《三国志》卷 52《吴书》7,1221 页,以及本书第八章。

〔38〕 张温的传记见《三国志》卷 57《吴书》12,1329—1334 页;暨艳事件见 1330—1331 页;亦见方志彤《三国编年史(220—265 年)》第 1 册,167—168 页和 176—179 页。以及本书第八章。

〔39〕 《三国志》卷 47《吴书》2,1132 页裴注第 1 引《志林》。

〔40〕 《三国志》卷 64《吴书》19,1434 页;方志彤:《三国编年史(220—265 年)》第 2 册,105 页。

〔41〕 《隋书》卷 33,955 页;《旧唐书》卷 46,1992 页;《新唐书》卷 58,1455 页;姚振宗:《三国艺文志》,3221/2—3222/1;《三国志集解·魏书一》,29 页下。

〔42〕 例如,《三国志》卷 1《魏书》1,11 页裴注第 1 中,关于 194 年曹操父亲曹嵩在徐州被杀一事的记载中引用了《吴书》;《三国志》卷 6《魏书》6 第 172 页裴注,对董卓在西北早年生涯的记载中也引用了《吴书》。

〔43〕 《三国志》卷 48《吴书》3,1167 页裴注第 1,在记载孙皓时期的大臣丁固的一个预言梦时引用了《吴书》。

〔44〕 虞溥的传记见《晋书》卷 82,2139—2141 页。

〔45〕 《旧唐书》卷 46,1995 页;《新唐书》卷 58,1464 页。

〔46〕 关于张俨,见《三国志》卷 48《吴书》3,1165 页和 1166 页裴注第 1 引《吴录》。关于张勃和张俨的关系,见《史记》卷 66,2173 页注第 3,唐代司马贞《索隐》注释。关于《吴录》,见《三国志集解·蜀书七》,4 页。

〔47〕 关于《后出师表》,见《三国志》卷 35《蜀书》5,923—924 页裴注第 3 引习凿齿《汉晋春秋》,尤其是引用部分的末尾提出,这一文本没有出现在《诸葛亮集》当中,但被保存于张俨的《默记》中。然而,一些人认为《后出师表》是伪作,见《三国志集解》卷 35 第 22 页下至 23 页上卢弼注。该文本来自《资治通鉴》卷 71,2247—2249 页,译文见方志彤《三国编年史(220—265 年)》第 1 册,257—259 页,283—285 页有注释;方志彤没有对其真实性作出评论。

关于呈给司马炎的书信,见《三国志》卷 35《蜀书》5,935—936 页裴注
第 1。

[48]　《三国志》卷 48《吴书》3,1178 页裴注第 3。

[49]　胡综的传记见《三国志》卷 62《吴书》17,1413—1418 页。1418
页提到了胡冲。胡冲还是《答问》的作者,见《三国志》卷 59《吴书》14,1370
页裴注第 2。

[50]　见第二章注第 1。

[51]　见第三章。

[52]　见第四章。

[53]　《旧唐书》卷 46,1996 页;《新唐书》卷 58,1464 页。

[54]　见《后汉书》卷 103 第 13《五行志》,3270 页,刘昭注释引《梁冀别
传》,通过联姻一事探讨了皇室宗亲的首领梁冀,他控制汉朝政府长达 20
年,直到 159 年被汉桓帝推翻;这一体裁广为流传,但其编撰者往往不署姓
名。见姚振宗《后汉艺文志》,2370/2—2374/1 中的列表,及其《三国艺文
志》,3237/3—3241/2。

[55]　见《三国志集解·魏书一》,7 页下至 8 页上;据说曹操的小名叫
阿瞒,见《三国志》卷 1《魏书》1,裴注第 1。

[56]　见《三国志集解·魏书九》,23 页上,其中探讨了关乎此书作者
姓名的反证。

[57]　见《晋书》卷 21《皇甫谧传》,1409—1418 页,详见 1418 页。皇甫
谧还编撰过一部编年体史书《历代帝王世纪》。

[58]　见《三国志集解·魏书一》,18 页上。这部书通常简称《英雄
记》;它作为王粲的作品被列入《隋书》卷 33,960 页。亦见姚振宗《后汉艺文
志》,2353/1。王粲的传记见《三国志》卷 21《魏书》21,597—599 页。

[59]　《诸葛亮集》的章节列表见《三国志》卷 35《蜀书》5《诸葛亮传》,
929 页。至于诸葛亮编撰的作品,见《华阳国志》卷 11,9 页下;《晋书》卷 82,
2137 页(《三国志》,1475 页和 1477 页),以及姚振宗《三国艺文志》,3283/
2—3283/1。

[60]　关于吴国学者和作者的文集,见姚振宗《三国艺文志》,3284/3—
3286/3。

[61]　关于《孔氏谱》,见《三国志》卷 16《魏书》16,514 页裴注(《集解》
36 页下)。关于《荀氏家传》,见《三国志》卷 10《魏书》10,316 页裴注第 1
(《集解》17 页下);此书的作者荀伯子传记见《宋书》卷 60,1627—1629 页,
《南史》卷 33,856—857 页。至于《陆氏世颂》和《陆氏祠堂像赞》,见《三国
志》卷 58《吴书》13,1343 页(《集解》1 页下至 2 页上)。关于《庐江贺氏家

传》,见《三国志》卷21《魏书》21,622页裴注第5(《集解》53页下)。关于《会稽邵氏家传》,见《三国志》卷48《吴书》3,1170页裴注第1(《集解》35页上)。

［62］　关于这一发展,详见伊沛霞《早期中华帝国的家庭:博陵崔氏个案研究》。

［63］　袁宏《后汉纪》卷21第8页下称,153年袁汤成为东汉派驻该郡的太守,令人作《陈留耆旧传》。《隋书》卷33第974页列出了两部同名作品,一部据说是汉代圈称所作,另一部则为魏国苏林所作。唐代的目录所见略同。这一作品似乎是由袁汤起笔,后世学者续写。

采用这一体裁的另一早期作品为《三辅决录》。它是西汉首都长安附近三个郡中士人的传记集,由201年去世的赵岐编撰。此书现已散佚,但部分为裴松之注以及《后汉书》唐代李贤等注所引用。见《剑桥中国秦汉史》,645页,"东汉经济社会史",伊沛霞撰。

［64］　关于据说为3世纪周斐所作的《汝南先贤传》,见《三国志》卷23《魏书》23,658页(《集解》50页下);《隋书》卷33,974页。《两唐书》认为此人名为裴,但现代版本认为其名为斐。

关于晋代张方的《楚国先贤传》,见《三国志》卷4《魏书》4,141页(《集解》50页下);《隋书》卷33,974页。在魏国232—252年间,曹操之子曹彪的封地在楚(见《三国志》卷20《魏书》20曹彪传记,586—587页);这一地区位于东汉淮南郡,即今安徽。然而,裴松之所引《楚国先贤传》中提到的人物来自南阳郡和襄阳郡,近今河南。似乎,张方作品中的"楚国"是一种文学意义上的指代,包括了楚地以及荆州的大部,即先秦楚国的腹地(参见《汉书》卷28下,1665—1666页,以及第一章注第9)。

关于《零陵先贤传》,见《三国志》卷6《魏书》6,216页(《集解》90页上)。并没有可靠的早期证据来佐证其作者的身份,但一些现代版本认为此书为司马彪即《续汉书》作者所作。

关于地方传记这一体裁,见姚振宗《后汉艺文志》,2369/1—2370/1,以及《三国艺文志》,3236/1—3237/1。然而,我们可以注意到,许多名称中带有"耆旧传"或"先贤传"的作品并不与帝国的某个特定地区相关。因此,裴松之引用叫作《先贤行状》(例如,《三国志集解》卷1,69页下,以及第三章注第75);而《隋书》卷33第974页和《两唐书》则引作《海内先贤传》。当然,这类作品应当被归为数量庞大的文集。

［65］　《华阳国志》卷11第10页上称,一个叫陈术的人以及其他人曾写过《巴蜀耆旧传》,此书与巴郡和蜀郡相关,陈寿也将此书用作撰写《益部耆旧传》的基础。《晋书》卷82《陈寿传》称,陈寿是《益部耆旧传》的编撰者。《隋书》卷58第974页记载了一部有14章的《益部耆旧传》,作者为陈昌寿;

《旧唐书》卷 58 第 1479 页和《新唐书》卷 46 第 2001 页都记载了一部同名且章节数目相同的、由陈寿所作的书籍。《隋书》中多出的"昌"字可能为笔误。

[66]　这些作品没有被裴松之引用,但得到了《隋书》卷 33 第 975 页和唐代书目的佐证。见姚振宗,《三国艺文志》,3236/1 和 3237/1。

关于谢承,见《三国志》卷 50《吴书》5,1196—1197 页。谢承所撰《后汉书》中 8 章的片段保存于《七家后汉书》中。

陆凯的传记见《三国志》卷 61《吴书》16,1399—1409 页。

[67]　《三国志》卷 46《吴书》1,1110 页裴注(《集解》33 页上)。《三国志》卷 60《吴书》15 第 1385 页(《集解》13 页上)还提到了王隐的《交广记》。王隐的传记见《晋书》卷 82,2142—2143 页;他是一系列书籍,包括《晋书》和《蜀记》的作者;这两部书都被裴松之引用过。然而,被认为是他所作的《交广记》可能是王范《交广二州春秋》的一处笔误。

[68]　《三国志》卷 21《魏书》21,605 页(《集解》23 页下至 24 页上);《三国志》卷 46《吴书》1,1100 页(《集解》14 页下)。虞预的传记见《晋书》卷 82,1143—1147 页。他还是《诸虞传》的作者。

[69]　孙盛的传记见《晋书》卷 82,2147—2149 页。他有着活跃而丰富的仕途及学术生涯。他似乎卒于 375 年,享年 72 岁。据记载,他的《晋阳秋》因其直截了当的道德评判而备受称赞。[为避讳,书名中原有的且更恰当的"春"字被替换成"阳"字,死后被追封为皇后的郑阿春(卒年 326 年)是晋元帝的宠妃、晋简文帝的母亲,见《晋书》卷 32,979 页;马瑞志《〈世说新语〉译注》,503 页。其他作品当时也被改动,但多数在此后恢复了原名。]

除却《杂记》,裴松之还引用了《杂语》《异同杂语》《异同评》,以及更为简单的《评》。他认为上述皆为孙盛所作。这些不同的引用实际上很可能指的是同一部著作。孙盛的典型评论,通常对吴国人很不友好。我们可以参考第三章,他对华歆在虞翻煽动下向孙策投降一事的义愤;以及他对吴国军阀权力从孙策向其弟孙权过渡一事的探讨,《三国志》卷 46《吴书》1,1113 页裴注第 1。

[70]　习凿齿的传记见《晋书》卷 82,2152—2158 页。这一传记的大部分,即 2154—2158 页,为一则奏折,其中声称蜀汉王朝应当基于血缘关系而被认为是东汉的合法继承者,从而是后世年号纪年的基础。他是第一个这么宣称的晋朝学者,《汉晋春秋》涵盖了东汉光武帝到 4 世纪西晋的末代统治者孝愍帝时期,从而强调了东汉到蜀汉再向晋朝投降,而不是到魏国通过汉帝退位而继承大统之间的连续性。亦见第七章注第 74。

作为习凿齿注释的典范,见他为诸葛亮之死所作"论"中的观点,《三国志》卷 40《蜀书》10,1001 页裴注第 3,该文在《资治通鉴》卷 72 第 2300 页又被司马光引用；见方志彤《三国编年史(220—265年)》第1册，440页。

[71]　见第二章。

[72]　干宝的传记见《晋书》卷82，2149—2151页。关于起源于前1世纪的京房学派，见曾珠森《白虎通：白虎观中的全面讨论》第1册，图表一和94、95、146页。传记称，由于自身家族中发生的许多事，干宝尤其执迷于对超自然现象的研究；尤其是他父亲的一个妾室的经历，她被嫉妒她的正妻关进了丈夫的墓室里，却在10年后从昏迷之中复活。

[73]　见《剑桥中国秦汉史》，766—807页，"东汉的儒家、法家和道家"，陈启云撰；808—846页，"从汉到隋的哲学与宗教"，戴密微撰。

[74]　《三国志》卷13《魏书》13，405页(《集解》22页下至23页上)；姚振宗：《三国艺文志》，3266/1。《隋书》卷33(980页)认为《列异传》由曹丕编撰，但《旧唐书》卷46(2005页)和《新唐书》卷59(1539页)都认为作者是张华。这一作品中留存的部分章节记录了曹丕死后的事件，所以即便这一文集由他起笔，也是由后世之人完成。

张华(232—300年)是西晋的政治家和学者，他著有另一文集《博物志》。见王罗杰(Roger Greatrex)译本《博物志》，尤其是25页和169—170页注第111。

[75]　见第二章注第4。

[76]　关于伴随孙坚出生的神谕，见第二章。《三国志》卷50《吴书》5第1195页裴注引《搜神记》，记载了孙坚的妻子吴夫人怀着孙策的时候，梦见月亮进入怀中；当她怀着孙权时，又梦见太阳进入了怀中。

[77]　关于葛洪(283—343年)和其作品，见杰伊·赛利(Jay Sailey)《抱朴子：对哲学家葛洪的研究》。葛洪的传记见《晋书》卷72，1911—1913页；杰伊·赛利译作，521—532页。

《三国志》卷49《吴书》4第1192页裴注第1，引用了一则来自《神仙传》的故事，其中讲述了士燮病死后被候官仙人董奉复活三日。这一逸闻一定程度上证实了中国东南海岸可通过海路进行联络，见第一章。

[78]　见第五章及注第63；《三国志》卷60《吴书》15，1378—1379页和裴注第1。越人的法术在第一章有讨论。

[79]　《三国志》卷1《魏书》1，5页和裴注第2、第3。

[80]　《三国演义》第四回的探讨见拙著《国之枭雄：曹操传》，48—49页。这一事件还是著名传统剧目即通常所称《捉放曹》的主题(见阿灵敦、艾克敦《中国著名戏剧译编》，132—151页；《京剧剧目初探》英译本46页和《京剧剧目初探》69页)。

[81]　蒲安迪《明代小说：四大奇书》第373页，还提到《英雄记》与《曹

瞒传》"这样大体接近史料"的作品。《曹瞒传》固然是敌对的宣传作品,在许多方面必然不可靠。但我认为王粲的《英雄记》比许多其他作品更可靠。

[82]　《世说新语·第二十七》,538 页;马瑞志《〈世说新语〉译注》,441页;相关探讨见拙著《国之枭雄:曹操传》,31 页。马瑞志将"刽"字解读为"骗走",但考虑到这个故事的背景,更险恶的释义似乎更恰当。

[83]　《资治通鉴》卷 65,2015 页,基于《后汉书》卷 74 上列传第 64 上2390 页的段落,记载了袁绍的幕僚于 200 年进行的一场论辩,译文见拙著《建安年间》,252 页。

[84]　见第三章。

[85]　见第五章注第 29。关于这一主题在小说中的发展,见下文。

[86]　马瑞志:《〈世说新语〉译注》,14 页。

[87]　刘知几:《史通》卷 5,2 页下至 3 页上;相关引用和翻译见李晓红《〈世说新语〉的历史价值》("Historical Value"),121—122 页。

[88]　倪豪士:《对小说的一些先导看法:9 世纪晚期中国的古典传统和社会》("Some Preliminary Remarks on Fiction"),1.4。

[89]　见马瑞志《〈世说新语〉译注》,第十规箴,286 页和 287 页,注释中引用了 5 世纪末刘宋明帝《文章志》,质疑事件第十八的真实性;以及 6 世纪早期刘峻的注释,他大胆地认为事件第二十一完全为谬误。

[90]　亦见上注第 12 中的探讨。

[91]　这一著名论断通常被认为是近代作家和批评家鲁迅在《中国小说史略》中作出的。如杨力宇在《〈三国志演义〉中历史人物的文学化》中提出过相似的评论(81—82 页),18 世纪学者章学诚也曾作出类似的评论。

[92]　由唐代诗人所作关于三国故事的诗歌证明了相关故事的流传;在《骄儿诗》中,李商隐(约 813—约 858 年)描述了小儿子嘲笑父亲的客人"或谑张飞胡,或笑邓艾吃"。张飞和邓艾是三国时期的人物,若要一个孩子知道他们,与之相关的故事必然广为流传。见夏志清《中国古典小说史论》,9—10 页和 327—328 页注第 26;以及马幼垣《中国职业说书的起源》,233 页。

蒲安迪《明代小说:四大奇书》第 368 页,概括了对这一早期传统证据的讨论,总结称"从早期阶段开始,通过开发而来的英雄故事汇编成为说书的一个重要主题,这一传统持续到 20 世纪"。

[93]　《东坡志林》卷 1,7 页;参见马幼垣《中国职业说书的起源》,233页;蒲安迪《明代小说:四大奇书》,368 页及注释。苏轼的这一观察其实来自他的一个朋友。

[94]　《念奴娇·赤壁怀古》和《赤壁赋》。上述所引用词句来自柳无忌

《中国文学概论》,110 页;两篇赋的翻译来自格雷厄姆、白芝编《中国文选》,385—388 页。亦见第四章注第 78。

关于周瑜和诸葛亮相较于彼此在赤壁之战中的重要性,见第四章。顺便一说,周瑜在 199 年娶了小乔,所以赤壁之战时他们已然结婚 10 年之久。

[95] 《东京梦华录》为 12 世纪初孟元老所作。书中记载,北宋末年开封有一个叫霍四究的说书人专精于三国故事。

[96] 关于《三国演义》的演变,见柳存仁《历史小说的真实性》("Authenticity of the Historical Romances"),221 页;《罗贯中和他的历史小说》("Lo Kuan-Chung and His Historical Romances"),93 页,以及杨力宇《〈三国志演义〉中历史人物的文学化》,50—61 页。

[97] 如我们所见,相较于魏国纪年,朱熹选择了蜀汉纪年。这被司马光在《资治通鉴》中正式接受,见第七章,以及上注第 70。

[98] 关于对中国戏曲传统发展的总论,见柳无忌《中国文学概论》,159—184 页。

蒲安迪《明代小说:四大奇书》探讨了元代和明代的早期戏曲传统。在第 371 页,他指出:"当我们审视现存的戏剧时,我们从文本的堆叠中发现可能将这些戏剧化作品作为源头的依赖,即便是基本的故事元素也时常同《演义》中的叙事相去甚远。

"在对历史的探讨中,我有时会提到元明戏曲、京剧传统剧目和现代中国的戏剧。它们被记载或概括于《孤本元明杂剧》、阿灵敦、艾克敦《中国著名戏剧编译》、《京剧剧目初探》英译本和《京剧剧目初探》。然而,除却来自元明时期的戏剧,多数在当今上演的戏剧极大地受这部小说的影响,并不再代表着一个真正独立的传统。"

[99] 柳存仁《历史小说的真实性》(221—229 页)描述并分析了可追溯到嘉靖元年(1522 年)的罗贯中《三国志传》和毛宗岗改编版本的小说之间的关系。他列出了一张比较毛版和《三国志传》早期版本的表格。

[100] 蒲安迪:《明代小说:四大奇书》,363—364 页。

[101] 蒲安迪:《明代小说:四大奇书》,369 页。

[102] 蒲安迪:《明代小说:四大奇书》,410—413 页。

[103] 蒲安迪:《明代小说:四大奇书》,443 页。

[104] 杨力宇:《〈三国志演义〉中历史人物的文学化》,48 页。

[105] 杨力宇:《〈三国志演义〉中历史人物的文学化》,81 页。

[106] 杨力宇:《〈三国志演义〉中历史人物的文学化》,81 页。

[107] 杨力宇:《〈三国志演义〉中历史人物的文学化》,81—84 页。与莎士比亚的相似之处的讨论,见马幼垣《中国的历史小说:主题与背景概

论》,292 页。

[108] 见莉莉·B. 坎贝尔(Lily B. Campbell)《莎士比亚的"历史":伊丽莎白时代政策的镜子》(*Shakespeare's "Histories"*),141—142 页具体探讨了"约翰王的问题统治"。她发现莎士比亚的作品反映了同时代伊丽莎白女王对苏格兰玛丽女王的担忧,后者信奉罗马天主教,是前者的表妹和对手。所以,《约翰王》一剧极大地强调了约翰和教皇的矛盾,以及他和堂弟亚瑟的往来。对比之下,更为古早的约翰·贝尔版《约翰王》写于亨利八世时期,它极大地强调了宗教支持下的暴动的作用,但没有提到不幸的亚瑟。亨利并没有遭遇伊丽莎白的问题,这两部戏剧的不同侧重反映了观众们的考量有所不同。莉莉·B. 坎贝尔教授对后世的历史剧进行了相似的分析。

[109] 见上文。

[110] 见上文。

[111] 《三国演义》,第八十七回至第九十一回。

[112] 见第七章。

[113] 见第四章注第 86。

[114] 《三国志》卷 54《吴书》9,1264 页。

[115] 见第五章注第 29;以及上文。

[116] 《三国演义》,第五十六回至第五十七回;亦见蒲安迪《明代小说:四大奇书》,443 页,同上注第 103。

[117] 见第四章。

[118] 见第四章注第 83。

[119] 我们可以比较《三国演义》的影响力和莎士比亚对理查三世的中伤。尽管有现代学者的修正尝试,乃至偏爱理查三世的爱好者社团的宣传,但没有哪一位研究 15 世纪早期英格兰历史的历史学家能够避免探讨这个国王的恶棍形象。这一形象起初被他的对手亨利七世的拥戴者构建,又在整个都铎时期被延续,并且在 100 多年后的戏剧中被精妙地刻画。

大事年表（155—229 年）

这一年表主要是关于孙氏家族和吴国早期的历史；并不用作对于当时中国历史的总览。一些与孙氏经历不直接相关的重要事件以斜体字显示。年份大致按照公元纪年的顺序，因年号纪年和公元纪年的差异，存在部分年月重叠或者不确定的情况。

约 155 年　孙坚出生

172—174 年　孙坚参与镇压会稽许昌叛乱的战役；被任命为县丞

175 年　孙策出生

182 年　孙权出生

184 年　孙坚参与镇压南阳郡黄巾军的战役，攻占了宛城

185—186 年　孙坚参与镇压凉州叛军的战役

187—189 年　孙坚任长沙太守

189 年　*汉灵帝驾崩，何氏摄政；宦官试图政变，何进去世；董卓夺权并拥立刘协即汉献帝*

190 年　孙坚投奔袁术，共抗董卓；*士燮在交趾掌权*

191 年　孙坚从董卓手中夺取洛阳；孙坚在襄阳进攻刘表和黄祖；孙坚去世

192 年　*董卓在长安被杀*

193 年　袁术被曹操击败，退至扬州；孙策拜访袁术；*曹操进*

攻徐州陶谦

194 年　孙策在寿春投奔袁术;*刘繇被任命为扬州刺史*;孙策为袁术效力,在庐江进攻陆康

195 年　孙策进攻江南刘繇;刘繇退至豫章;孙策占领丹阳郡和吴郡;*汉献帝逃离长安*

196 年　孙策击败王朗并占据会稽郡;*汉献帝前往许城曹操处*

197 年　袁术称帝;孙策与袁术决裂,倒向曹操控制下的汉廷

198 年　*吕布和曹操击败袁术*;孙策在丹阳西部击败太史慈和祖郎;*刘繇卒于豫章*

199 年　*袁术去世*;孙策击败刘勋,占领庐江

200 年　孙策击败黄祖,从华歆处夺取豫章;孙策去世,孙权继任;*曹操在官渡击败袁绍*

201 年　*曹操部下刘馥被任命为扬州刺史,驻守合肥*

202 年　*北方袁绍去世*

203 年　孙权在江夏进攻黄祖,消灭其舰队

204 年　丹阳兵变,后被镇压;在鄱阳军事行动;*曹操击败袁尚,占领邺城*

205 年　征服鄱阳;贺齐确立对今福建闽江河谷的控制

206 年　周瑜进攻荆州麻、保二屯;对抗黄祖的军事行动

207 年　继续对抗黄祖的军事行动;*曹操在白狼山击败乌桓*

208 年　黄祖战败身死;*刘表去世*;*曹操夺取荆州*;*刘备兵败长坂坡,逃往夏口*;*曹操于赤壁被周瑜所率孙刘联盟击败*;孙权进攻合肥无果

209 年　*曹操于合肥扬威*;贺齐于黄山南麓建立新都郡;周瑜占领南郡江陵城

210 年　周瑜去世,鲁肃继任;同刘备初定荆州;任命步骘为

交州刺史

211 年　孙权迁都建业；曹操击败西北军阀；刘璋邀刘备入益州

212 年　孙权于建业筑城，建立濡须基地

213 年　曹操进攻濡须，后撤退

214 年　孙权占领庐江皖城；刘备夺取益州

215 年　同刘备二定荆州；张鲁将汉中献与曹操；孙权进攻合肥无果

216 年　曹操受封魏王头衔

217 年　曹操进攻濡须，孙权投降，曹操撤军；鲁肃去世，吕蒙继任；陆逊发动征讨从丹阳至会稽的山民战役

219 年　刘备击败夏侯渊，从曹操手中夺取汉中郡；关羽于南阳郡进攻曹仁，包围樊城；吕蒙进攻并击败关羽；孙权控制荆州

220 年　曹操去世；曹丕继位为魏王；南方吕岱接替步骘

　　　　　10 月，汉帝禅位于魏，曹丕称帝；孙权向魏国进贡

221 年　刘备称帝，继承汉统，与魏国针锋相对；孙权于荆州武昌建都；刘备对孙权发动战役；孙权自称魏臣，获封吴王

222 年　陆逊击败刘备，消灭其军队；孙权与魏国决裂；曹丕派兵进攻孙权位于长江中下游的据点；孙权恢复同蜀国联盟

223 年　刘备去世；蜀国诸葛亮摄政；曹丕从对孙吴的攻势中脱身；孙吴占领蕲春郡

224 年　曹丕进攻长江下游，后撤退

225 年　曹丕修破房渠，再攻长江下游，后再度撤退；诸葛亮为蜀汉征服西南

226 年　曹丕去世，曹叡于司马懿等摄政下继位；孙吴对江夏和襄阳进攻失利；士燮去世，吕岱诛灭士氏家族，为孙吴夺取交

州全境;全综将丹阳以南山民纳入管控

227 年　新城孟达意图叛魏,但在蜀、吴来援之前被司马懿诛灭

228 年　*诸葛亮渭水河谷作战*;吴军于庐江埋伏,击败魏国曹休;公孙渊掌管东北;孙权试图同公孙渊结盟

229 年　孙权称帝;同蜀汉再续盟约

主要参考文献

第一部分：中国古代文献

裴松之注释中提及的文献，或许部分或零星地散见于其他版本的著作当中。不过，这些文献往往是从裴注中摘录，或者来自其他早期史料的片段。除非有特殊原因，笔者不会对其进行详述。在此重申，参考文献之中列举的书目，来自正文或注释中进行讨论过的文献，而不是仅仅被用作某些信息的来源。

《抱朴子》，葛洪（4世纪）著，见《四部丛刊》
  参见第三部分杰伊·赛利《抱朴子：对哲学家葛洪（公元283—343年）的研究》
《白虎通》，班固著，见《四部丛刊》
  参见第三部分曾珠森《白虎通：白虎观中的全面讨论》
《蔡中郎文集》，蔡邕（133—192年）著，见《四部丛刊》
《楚辞》，见《四部丛刊》
  参见第三部分霍克斯《南方的诗歌〈楚辞〉：一部中国古代文集》
《出三藏记集》，僧祐（5—6世纪）著，出自《道藏》
《初学记》，徐坚（659—729年）著，上海：1962年
《典略》，鱼豢（3世纪）著，见裴注
《东坡志林》，苏轼（1037—1101年）著，北京：1981年
《东观汉记》，编写于公元1世纪和2世纪，见《四部备要》
《东汉会要》，徐天麟（13世纪）编著，上海：1978年
《东京梦华录》，孟元老（12世纪）著，见《丛书集成》
《独断》，蔡邕著，见《蔡中郎文集》
《读通鉴论》，王夫之（1619—1692年）著，见《四部备要》

《傅子》,傅玄(217—278 年)著,见裴注

《高僧传》,慧皎(6 世纪)著,见《道藏》

　　参见第三部分罗伯特·施译《高僧传》

《广雅》,张楫(3 世纪)著,王念孙编著版本《疏证》,见《四部备要》

《汉纪》,张璠著,见裴注

《汉晋春秋》,习凿齿(4 世纪)著,见裴注

《汉末英雄记》(又称《英雄记》),王粲(177—217 年)著,见裴注

《汉书》,班固(32—92 年)著,颜师古(581—645 年)等注,北京:1962 年;以

　　及《补注》,王先谦编著,1900 年长沙版,台北:艺文印书馆影印

《后汉纪》,袁宏(320—376 年)著,见《四部丛刊》

《后汉书》,纪、传 80 章由范晔(396—446 年)著,唐代李贤(651—684 年)等

　　注;志 30 章来自《续汉书》,司马彪(240—306 年)著,刘昭(6 世纪)补注;

　　北京:1965 年

　　本书引用时的章节标注根据整部《后汉书》的顺序,以及其中纪、列传、志

　　三个部分的顺序。例如,《后汉书》卷 5 指的是《后汉书》第 5 卷和纪部分

　　的第 5;《后汉书》卷 68 第 58,指的是第 68 卷和列传第 58;《后汉书》卷

　　105 第 15,指的是第 105 卷和志部分的第 15。

《后汉书集解》,王先谦等著,长沙:1915 年,台北:艺文印书馆影印

《后汉书》,谢永(3 世纪)著,见《七家后汉书》

《后汉书》,袁崧(4 世纪)著,见《七家后汉书》

《淮南子》,编著于公元前 2 世纪,见《四部丛刊》

《华阳国志》,常璩等著,见《四部丛刊》

《季汉辅臣赞》,杨戏(3 世纪)著,见裴注

《江表传》,虞溥(3 世纪)著,见裴注

《交广二州春秋》,王范(3 世纪)著,见裴注

《晋书》,房玄龄(578—648 年)等著,北京:1974 年

《晋书》,虞预(4 世纪),见裴注

《旧唐书》,刘昫(887—946 年)著,北京:1975 年

《会稽典录》,虞预(4 世纪)著,见裴注

《礼记》,见《四部丛刊》

　　参见第三部分顾赛芬《礼仪与仪式研究论文》

《梁书》,姚察(533—606 年)、姚思廉(卒于 637 年)著,北京:1975 年

《零陵先贤传》,据说为司马彪著,见裴注

《历代职官表》,陆锡熊、纪昀编著,首次出版于北京,1784 年,见《丛书集成》

《机云别传》,见裴注

《论语》,见第三部分里雅各译本

《吕氏春秋》,见《四部丛刊》

　　参见第三部分卫礼贤《吕氏春秋》

《陆氏世颂》,见裴注

《陆氏祠堂像赞》,见裴注

《孟子》,见第三部分里雅各译本

《南齐书》,萧子显(489—537年)著,北京:1972年

《南史》,李延寿(7世纪)著,见裴注

《三辅决录》,赵岐(2世纪)著,见裴注

《三国志》,陈寿(233—297年)著,裴松之(372—451年)注,北京:1959年

　　本书引用时的章节标注根据整部《三国志》的顺序,以及其中魏书(共30
　　卷)、蜀书(共15卷)、吴书(共20卷)三个部分的顺序。例如,《三国志》
　　卷46《吴书》1指的是整部书的第46卷和《吴书》的第1卷。

《三国志集解》,卢弼编著,绵阳:1936年,台北:艺文印书馆影印

　　参见《哈佛燕京学社汉学引得丛刊·第三十三》

《三国志演义》,据说为罗贯中著,台南:1978年

　　参见第三部分邓罗《三国演义》英译本;路易斯·里考、阮全《三个王国》

《山阳公载记》,乐资(3世纪)著,见裴注

《神仙传》,葛洪著,见裴注

《史记》,司马迁(公元前146—86年)著;

注释有《集解》,裴骃(5世纪)著;《索隐》,司马贞(8世纪)著;《正义》,张守解
　　(8世纪)著;北京:1959年

　　参见第三部分沙畹译本《史记》;以及华兹生《司马迁〈史记〉》

《诗经》,见第三部分里雅各译本

《释名》,刘熙(1世纪)著,见《四部丛刊》

《史通》,刘知几(661—721年)著,见《四部备要》

《世说人名谱》,王藻(12世纪)著,见下文《世说新语》中卷

《世说新语》,刘义庆(403—444年)著,刘峻(462—521年)注,北京:1956年

　　参见第三部分马瑞志译本《世说新语》

《蜀记》,王隐(4世纪)著,见裴注

《书经》,见第三部分里雅各译本

《水经注》,郦道元(卒于527年)著;见《水经注疏》,杨守敬、熊会贞著,北京:
　　1957年

《宋书》,沈约(441—513年)著,北京:1974年

《搜神记》,干宝(4世纪)著,见裴注

《隋书》,魏徵、令狐德棻等著,北京:1973 年

《孙资别传》,见裴注

《孙子兵法》,见《四部丛刊》

    参见第三部分塞缪尔·B. 格里菲斯《孙子兵法》英译本

《太平经合校》,王明编著,北京:1960 年

《通典》,杜佑(735—812 年)著;见《十通》,商务印书馆,1935 年

《王世谱》,见裴注

《魏晋世语》(常被缩写为《世语》),郭颁(4 世纪)著,见裴注

《魏略》,王沈(3 世纪)著,见裴注

《魏武故事》,见裴注

《文选》,萧统(501—531 年)编著,李善、刘逵等注;见《文选李注义疏》,北
    京:1985 年

    参见第三部分康达维译本《文选》

《吴历》,胡综(3 世纪)著,见裴注

《吴录》,张勃(3 世纪)著,见裴注

《吴书》,韦昭(3 世纪)等著,见裴注

《西汉会要》,徐天麟(宋代)著,上海:1977 年

《献帝春秋》,袁晔著,见裴注

《新唐书》,欧阳修等著,北京:1975 年

《续汉书》,司马彪(240—306 年)著,见《七家后汉书》;亦见《后汉书·志》

《异苑》,据说为刘敬叔(5 世纪)著,见《丛书集成》

《越绝书》,据说为袁康(1 世纪)著,见《四部丛刊》

《月令章注》,蔡邕著,见《蔡中郎文集》

《云别传》,见裴注

《志林》,虞喜(4 世纪)著,见裴注

《资治通鉴》,司马光(1019—1086 年)等著;《考异》,司马光著,胡三省
    (1230—1302 年)注;北京:1956 年

    参见第三部分张磊夫《桓帝和灵帝》《建安年间》;以及方志彤《三国编年
    史(220—265 年)》

《御批资治通鉴纲目》,朱熹(1130—1200 年)著,上海:1887 年

《左传》,见第三部分里雅各译本

第二部分:近现代汉语和日语文献 *

安作璋,

- 《秦汉农民战争史料汇编》,北京:1982 年
- 《曹操论集》,北京:1960 年

陈家麟,《长江口南岸岸线的变迁》,《复旦学报(社会科学)增刊》(上海:1980 年 8 月),62—73 页

陈可畏,《东越山越的来源和发展》,《历史论丛》1(北京:1964 年),161—176 页

陈炎,《略论海上丝绸之路》,《历史研究》(北京:1982 年 3 月),161—180 页

陈寅恪,

- 《天师道与滨海地域之关系》,见《陈寅恪集》[“中研院”:历史语言研究所](台北:1971 年),401—426 页[原文见《“中研院”历史语言研究所集刊》3.4(1934),439—466 页]
- 《〈魏书·司马睿传〉江东民族条释证及推论》,见《陈寅恪集》(台北:1971),271—298 页[原文见《“中研院”历史语言研究所集刊》11(1947 年),1—25 页]

陈直,《两汉经济史料论丛》,西安:1958 年

金发根,《坞堡溯源及两汉的坞堡》,《“中研院”历史语言研究所集刊》37(台北:1967 年),201—220 页

周金声,《中国经济史》,台北:1959 年[英文梗概见 Edward H. Kaplan, Bellingham 1974]

《楚文化研究论集》,武汉:1987 年

丁国钧,《补晋书艺文志》,《二十五史补编》第三册(上海:1936—1937/1957 年),3653—3701 页

丁锡田,《后汉郡国令长考补》,《二十五史补编》第二册(上海:1936—1937/1957 年),2079—2084 页

冯君宝,《简论鲁肃》,《东北师大学报(哲学社会科学版)》(长春:1982 年 1 月),68—72 页

傅乐成,《孙吴与山越的开发》,《台湾大学文史哲学报》3(1951 年),119—128 页

傅惜华,

- 《元代杂剧全目》,北京:1957 年

---

* 日语文献以平文式罗马字和英译呈现,其作者姓名与标题译为汉语。——译者注

- 《明代杂剧全目》,北京:1958 年
- 《明代传奇全目》,北京:1959 年

Fukui Kojun(福井康顺),Dokyo no kiso teki kenky(《道教的基础研究》),Tokyo 1958[引用为 *Research*]

Fukui Shigeo(福井重雅),[Origins of Dongzhou troops in Yi province]《在益州的东州士兵出处查考》),Tokyo:*Shikan*（《史观》)100（1979 年),68—78

高亚伟,《孙吴开发蛮越考》,《大陆杂志》7.7 和 7.8(台北:1953 年),13—18 页和 12—18 页

高应勤、程耀庭,《谈丹阳》,《江汉考古》(武汉:1980 年 2 月),23—26 页

Goi Naohiro(五井直弘),[The Control of government by Cao Cao]《曹操对政府的管控》),Tokyo：*Rekishigagu kenkyu*（《历史学研究》)195（1956),14—23

Goto Kimpei(后藤均平),

- [Vietnam in the second century]（2 世纪的越南）,Fukuoka：*Shien*（《史苑》)31.2（1971),1—37
- [Shi Xie and Vietnam in the third century]（士燮和 3 世纪的越南）,Fukuoka:*Shien*（《史苑》)32.1（1972),1—30

《孤本元明杂剧》全四册,北京:1957 年

顾颉刚,《秦汉的方士与儒生》,上海:1955 年

谷霁光,《三国鼎峙与南北朝分立》,《禹贡》5.2(北平:1936 年),5—21 页

广东省博物馆,《广东徐闻东汉墓——兼论汉代徐闻的地理位置和海上交通》,《考古》(1977 年 4 月),268—277 页

广州市文物管理处,《广州淘金坑的西汉墓》,《考古学报》40(北京:1974 年),145—173 页

广州市文物管理处、中山大学考古学员,《广州秦汉造船工场遗址试掘》,《文物》(1977 年 4 月),1—17 页

广州象岗汉墓发掘队,《西汉南越王墓发掘初步报告》,《考古》(1984 年 3 月),222—230 页

韩振华,《公元前 2 世纪至公元 1 世纪间中国与印度、东南亚的海上交通》,《厦门大学学报(社会科学版)》(1957 年 2 月),195—227 页

杭世骏,《三国志补注》,见《粤雅堂丛书》,广州:1875 年

贺昌群,

- 《论两汉土地占有形态的发展》,上海:1956 年
- 《关于宗族宗部的商榷:评〈魏晋南北朝史论丛〉》,《历史研究》(北京:

1956 年 11 月),89—100 页

- 《汉唐间封建的国有土地制与均田制》,上海:1958 年
- 《东汉更役戍从制度的废止》,《历史研究》(北京:1962 年 5 月),96—115 页

何兹全,

- 《魏晋时期庄园经济的雏形》,《食货》1.1(北平:1934 年),6—10 页［英文梗概见第三部分任以都、约翰・德范克《中国社会历史:对论文选集的翻译》］
- 《魏晋南北朝史略》,上海:1958 年
- 《汉魏之际封建说》,《历史研究》(北京:1979 年 1 月),187—196 页
- 《汉魏之际的社会经济变化》,《社会科学战线》(长春:1979 年 4 月),139—158 页

河南省文化局文物工作队,《从南阳宛城遗址出土汉代犁铧模何铸范看犁铧的铸造工艺过程》,《文物》(1965 年 7 月),1—11 页

河南省博物馆,《河南汉代冶铁技术初探》,《考古学报》(北京:1978 年 1月),1—24 页

Hisamura Yukari(久村因), "The southernmost frontier of China under the Han dynasty"(《汉代中国最南端的边境》), in *Oriental Studies presented to Sei（Kiyoshi）Wada In Celebration of His Seventieth Birthday*（《东洋史论丛:和田博士古稀纪念》）, Tokyo 1960, 753—768

何启民,《中古南方门第——吴郡朱长顾陆四姓之比较》,《政治大学学报》27（台北:1973 年),271—298 页

Honda Wataru(木田济), ［On the Sanguo zhi of Chen Shou］(《陈寿的三国志》), Tohogaku（《东方学》）23（1962）, 24—36

洪亮吉,《补三国疆域志》［谢钟英注］,《二十五史补编》第三册(上海:1936—1937/1957 年),2997—3160 页

洪声,《从灵渠的开凿看秦始皇的历史功绩》,《文物》(1974 年 10 月),53—58 页

洪饴孙,《三国志官表》,《二十五史补编》第二册(上海:1936—1937/1957年),2731—2819 页

Hori Toshikazu(堀敏一), Kindensei no kenkyu（《对均田制的研究》）, Tokyo 1975

侯康,

- 《补三国艺文志》,《二十五史补编》第三册(上海:1936—1937/1957年),3165—3188 页

- 《三国志补注续》,《史学丛书》,上海：1899 年

萧璠,《秦汉时期中国南方的经济》,《史原》4(台湾大学：1973 年),17—53 页

许倬云,《三国吴地的地方势力》,《"中研院"历史语言研究所集刊》37(台北：
    1967 年),185—200 页[关于许卓云,亦见第三部分]

黄大华,《三国志三公宰辅年表》,《二十五史补编》第二册(上海：1936—
    1937/1957 年),2641—2643 页

黄逢元,《补晋书艺文志》,《二十五史补编》第三册(上海：1936—1937/1957
    年),3895—3964 页

蒋福亚,《由户口变动看蜀汉时期地区的地主经济》,《中国社会经济史论丛》
    1(太原：1981 年 6 月),19—25 页

蒋永星,《周郎赤壁何处》,《历史教学》(天津：1980 年 12 月),50 页

蒋赞初,《南京史话》,南京：1980 年

金宝祥,《汉末至南北朝南方蛮夷的迁徙》,《禹贡》5. 12(北平：1936 年),
    17—20 页

《京剧剧目初探》,陶君起编著,北京：1963 年

鞠清远,《两晋南北朝的客门生故吏附部曲》,《食货》2. 12(北平：1935 年),
    15—19 页

Kamada Shigeo(镰田重雄), Shin Kan seiji seido no kenkyu(《秦汉政治制度
    的研究》), Tokyo 1962

Kano Naosada(狩野直祯),

    – [Cultural and political changes at the end of Han, and the rise of great
    families of Shu]《汉末文化与政治变迁,以及巴蜀的大家族》),
    Kyoto：*Toyoshi Kenkyu*（《东洋史研究》)15. 3 (1957),281—308

    – [Preliminary history of Shu—han]《蜀汉国前史》), Tohogaku (《东
    方学》)16 (1958), 19—34

Kawakatsu Yoshio(川胜义雄),

    – [Medieval aristocracy in China]《中国的中世纪贵族政治》), *Shirin*
    （《史林》)33. 4 (1950), 47—63

    – [On the structure of Cao Cao's army]《曹操军队的构成》), in
    Studies in commemoration of the 25 th anniversary of the
    establishment of the Research Centre of the Humanities（《人文研究中
    心成立 25 周年纪念论集》), Kyoto 1954,201—220

    – "Aristocratic Society and South China under the Sun Wu Regime"（《孙
    吴政权下的贵族制度社会和中国南方》), *Chugoku chuseishi kenkyu*
    （《中国中世史研究》), Tokyo 1970

- *Gi-Shin nanbokucho*: *sodai na bunretsu jidai*（《魏晋南北朝：壮大与分裂的时代》，Kyoto 1974

- *Rikucho kizokusei shakai no kenkyu*（《六朝贵族政治社会研究》），Kyoto 1982

  ［关于川胜义雄，亦见第三部分］

Kimura Masao（木村正雄），"Regionalism and development in ancient China：a survey of the establishment and abolition of counties during Former and Later Han"（《中国古代的地方主义和发展：对两汉县制废立的研究》），*Shakai Keizai shigaku*（《社会经济史学》），Tokyo，27.3（1961），1—23

孔祥宏，《东汉时期荆扬二州经济的发展》，《中国社会经济史研究》（厦门：1984 年 4 月），88—93 页和 109 页

管东贵，《汉代屯田的组织与功能》，《"中研院"历史语言研究所集刊》48（台北：1977 年），501—527 页

Kurihara Tomonobu（栗原朋信），［On the Great Seal of State of Han］（《汉传国玺考》），*Shikan*（史观）38（1952），98—114

Kuwata Rokuro（桑田六郎），［On Rinan and Linyi］（《关于日南和林邑》，*Bulletin of History*，*Imperial University of Taihoku/Taipei*（《"台北帝国大学"史料科年报》）7（1942），3—46

劳榦，
- 《魏晋南北朝史》，台北：1971 年
- 《两汉户籍与地理之关系》，《"中研院"历史语言研究所集刊》5（1935 年），179—214 页和 215—240 页［英文梗概见第三部分任以都、约翰·德范克《中国社会历史：对论文选集的翻译》］
- 《论汉代之陆运与水运》，《"中研院"历史语言研究所集刊》16（1947 年），69—91 页
- 《论汉代的游侠》，《文史哲学报》3（台湾大学：1950 年），237—252 页

李慈铭，《越缦堂读史札记》，北平：1931 年

李剑农，《先秦两汉经济史稿》，北京：1957 年

李思普，《试谈三国时三大战役异同》，《历史教学》（天津：1980 年 11 月），12—16 页

梁章钜，《三国志旁证》，见《史学丛书》，上海：1899 年

练恕，《后汉公卿表》，《二十五史补编》第三册（上海：1936—1937/1957 年），1975—1996 页

廖志豪、张鹄、叶万忠，《苏州史话》，南京：1980 年

刘靖之，《关汉卿三国故事杂剧研究》，香港：1980 年

柳翼谋，《说吴》，《史学与地学》2(1927 年)，1—3 页

刘毓璜，《论汉晋南朝的封建庄园制度》，《历史研究》(北京：1962 年 3 月)，116—133 页

鲁迅，《古小说钩沉》，北京：1951 年

卢建荣，《曹操》，台北：1980 年

逯耀东，《裴松之〈三国志〉注引杂传集释》，《台湾大学历史系学报》1(1974 年)，1—18 页

吕思勉，《秦汉史》，上海：1947 年

马国翰，《玉函山房辑佚书》，长沙：1884 年

马先醒，《汉代的宛城》，《史学汇刊》[中国文化学院]5(台北：1973 年)，65—78 页

蒙文通，《越史丛考》，北京：1983 年

缪钺，

- 《读史存稿》，北京：1963 年
- 《三国志导读》，成都：1988 年

Miyakawa Hisayuki(宫川尚志)，

- [Government and administration of Three Kingdoms Wu]《三国吴的政治制度》)，Kyoto：*Shirin*(《史林》) 38 (1955)，35—61
- *Rikucho shi kenkyu：seiji shakai hen*(《六朝史研究：政治社会篇》)，Tokyo 1956
- *Rikucho shi kenkyu：shukyo hen*(《六朝史研究：宗教篇》)，Tokyo 1964

Moriya Mitsuo(守屋美都雄)，[The Chinese family system during Han]《汉代中国家族形态》)，in Harvard-Yenching Institute and Doshisha University *Lectures on Oriental Culture*(哈佛燕京与同志社大学：《东方文化讲座》)，Kyoto 1956

牧惠，《孙权与张昭》，《人物》6(北京：1981 年)，97—99 页

南京博物院，《江苏省出土文物选集》，北京：1963 年

《中华民国地图集》全五册，张其昀编著，台北：1964—1967 年

倪振逵等，《南京赵士冈发现三国时代孙吴有铭瓷器》，《文物参考资料》(北京：1955 年 8 月)，156—157 页

聂崇岐，《补宋书艺文志》，《二十五史补编》第三册(上海：1936—1937/1957 年)，4299—4308 页

Obuchi Ninji（大渊忍尔），*Dokyo shi no kenkyu*(《道教史研究》)，Okayama 1964

Ochi Shigeaki(越智重明),

- ["Military Governors" in the Jin period](《晋代的都督》),*Tohogaku*
  (《东方学》)15（1957.12），1—11

- *Gi Shin nancho no seiji to shakai*(《魏晋南朝的政治与社会》),Tokyo
  1963

Okawa Fujio(大川富士夫),[Yang province south of the Yangzi during the
  Three Kingdoms period](《三国时代的江南扬州》),in *Collected essays
  on Oriental History presented to Professor Yamazaki*（《山崎先生退官纪
  念东洋史学论集》),Tokyo 1967，73—86

钱大昭,

- 《后汉书补表》,《二十五史补编》第二册（上海:1936—1937/1957 年），
  1847—1904 页

- 《后汉郡国令长考》,《二十五史补编》第二册（上海:1936—1937/1957
  年）,2071—2078 页

- 《三国志辨疑》,见《史学丛书》,上海:1899 年

秦荣光,《补晋书艺文志》,《二十五史补编》第二册（上海:1936—1937/1957
  年）,3797—3849 页

《全汉三国晋南北朝诗》,丁福保编著,北京:1959 年

Sato Taketoshi(佐藤武敏),[Early water control of the Yangzi and Huai]
  (《古代长江与淮河水利开发》),*Jimbun Kenkyu*（《人文研究》）13
  (1962)，769—786

上海交通大学"造船史"组,《秦汉时期的船舶文物》,《文物》(1977 年 4 月)，
  18—22 页

沈家本,《沈寄簃先生遗书》,台北:1964 年;其中包含《古书目》和《三国志
  琐言》

施丁,

- 《论赤壁之战的几个问题》,《史学月刊》134(郑州:1981 年),8—17 页
- 《赤壁考》,《社会科学战线》13(长春:1981 年),190—199

施守全、施建伟,《孙权的用人与创业》,《华东师范大学学报(哲学社会科
  学)》(上海:1980 年 4 月),71—75 页

苏诚鉴,《后汉食货志长编》,上海:1947 年

Sugimoto Naojiro(松本直次郎),[The southern frontiers of China during
  Qin and Han](《秦汉两代中国南方边境》),*Shigaku zasshi*（《史学杂
  志》),Tokyo,59.11 (1950)，39—56

孙达人,《太平清领书和太平道》,《中国农民战争论丛》2(太原:1979 年),

112—137 页

孙毓棠,《汉代的交通》,《中国社会经济史集刊》7(北平：1944 年),23—50 页

谭其骧,《云梦与云梦泽》,《复旦学报(社会科学)增刊》(上海：1980 年 8 月),1—11 页

唐长孺,

- 《魏晋南北朝史论丛》,北京：1955 年
- 《3 至 6 世纪江南大土地所有制的发展》,上海：1957 年
- 《魏晋南北朝史论丛续编》,北京：1959 年
- 《魏晋南北朝史论拾遗》,北京：1983 年

陶希圣,《建安年代社会的改变》,《食货月刊》3.11(台北：1974 年 2 月), 497—521 页

Ueda Sanae(上田早苗),

- [Local families and their power in Shu—Han：the official career and political activity of the ancestors of Chen Shou](《巴蜀豪族及其权力：陈寿祖先的仕途与政治活动》), Kyoto：*Toyoshi Kenkyu*（《东洋史研究》)25.4 (1967), 364—385
- "The powerful clans at Xiangyang at the end of the Later Han Period" (《东汉末期的襄阳豪族》), Kyoto：*Toyoshi Kenkyu*（《东洋史研究》) 28.4 (1970), 19—41

Utsunomiya Kiyoyoshi(宇都宫清吉),

- *Kandai shakai keizai shi kenkyu*（《汉代社会经济史研究》）, Tokyo 1955
- "A Study on Powerful Local Clans during the Han Dynasty"（《汉代豪族论》）, *Tohogaku*（《东方学》)23 (1962), 6—23
- *Chugoku kodai chusei shi kenkyu*（《中国古代中世史研究》）, Tokyo 1977

万绳楠,《魏晋南北朝史论稿》,合肥：1983 年

万斯同,

- 《三国大事年表》,《二十五史补编》第二册(上海：1936—1937/1957 年),2579—2582 页
- 《三国汉季方镇年表》,《二十五史补编》第二册(上海：1936—1937/ 1957 年),2593—2602 页
- 《吴将相大臣年表》,《二十五史补编》第二册(上海：1936—1937/1957 年),2631—2639 页

王家祐,《道教论稿》,成都：1987 年

王仲荦，

- 《曹操》，上海：1956 年

- 《魏晋南北朝隋初唐史》，上海：1956 年

王祖彝，《三国志人名录》，上海：1956 年

Watanabe Shinichiro（渡边信一郎），"Large-scale Land Proprietorship and Management in the Han and Six Dynasties Periods"（《汉朝与六朝时期的大规模土地占有和经营》），Kyoto：*Toyoshi Kenkyu*（《东洋史研究》）33.1 and 33.2（1974），1—27 and 57—85

魏嵩山，《太湖水系的历史变迁》，《复旦学报（社会科学）增刊》（上海：1979 年 3 月），58—64 页

文廷式，《补晋书艺文志》，《二十五史补编》第三册（上海：1936—1937/1957 年），3703—3795 页

吴士鉴，《补晋书经籍志》，《二十五史补编》第三册（上海：1936—1937/1957 年），3851—3894 页

吴应寿、张修桂，《赤壁考》，《复旦学报（社会科学）增刊》（上海：1980 年 8 月），131—135 页

吴永章、舒之梅，《赤壁辨》，《江汉论坛》（武汉：1979 年 1 月），84—87 页

吴增仅，《三国郡县表》[杨守敬校]，《二十五史补编》第三册（上海：1936—1937/1957 年），2821—2968 页

武汉市文物管理委员会，《武昌任家湾六朝初期墓葬清理简报》，《文物参考资料》（北京：1955 年 12 月），68—70 页

《戏考》，见《京剧剧目初探》

谢钟英，

- 《三国大事表》，《二十五史补编》第二册（上海：1936—1937/1957 年），2585—2592 页

- 《三国疆域表》，《二十五史补编》第三册（上海：1936—1937/1957 年），2969—2996 页

- 《三国疆域志疑》，《二十五史补编》第三册（上海：1936—1937/1957 年），3161—3163 页

关于谢钟英，亦见洪亮吉

熊德基，《太平经的作者和思想及其与黄金和天师道的关系》，《历史研究》（北京：1962 年 4 月），26—51 页

杨晨，《三国会要》，台北：1975 年

杨大钧，《〈汉书·地理志〉丹阳郡考略》，《禹贡》2.9（北平：1935 年），1—11 页

杨贯一、丁方，《对于赤壁所在地的一点看法》，《中国历史博物馆刊》（北京：1979 年 1 月），41—42 页

杨泓，《中国古代的甲胄》，《考古学报》（北京：1976 年 1 月），19—46 页；《考古学报》（北京：1976 年 2 月），59—95 页

杨联陞，《东汉的豪族》，《清华学报》11.4（北平：1936 年），1007—1063 页［英文梗概见第三部分任以都、约翰·德范克《中国社会历史：对论文选集的翻译》］
    关于杨联陞，亦见吴增仅

杨树达，《汉代婚丧礼俗考》，商务印书馆：1931 年

杨树蕃，《两汉地方制度》，台北：1963 年

杨一民，《汉代豪强经济的历史地位》，《历史研究》（北京：1983 年 5 月），103—115 页

杨中一，《部曲沿革略考》，《食货》1.3（北平：1935 年），97—107 页

Yano Chikara(矢野主税)，［Government and society in Wei, Wu and Shu］
    (《魏吴蜀的政府和社会》)，*Nagasaki daigaku kyoiku gakubu shakai Kagaku ronso*（《长崎大学教育学部社会科学论丛》）25 (1976)，1—27

姚振宗，
    - 《后汉艺文志》，《二十五史补编》第二册（上海：1936—1937/1957 年），2305—2445 页
    - 《三国艺文志》，《二十五史补编》第三册（上海：1936—1937/1957 年），3189—3300 页

叶德辉，《书林清话》，北京：1957 年

叶国庆，《三国时山越分布志区域》，《禹贡》2.8（北平：1934 年），10—16 页

叶宏明、曹鹤鸣，《关于我国瓷器起源的看法》，《文物》（1978 年 10 月），84—87 页

严耕望，
    - 《汉代地方官吏之籍贯限制》，《"中研院"历史语言研究所集刊》22（1950 年），233—242 页
    - 《孙吴都督考》，《大陆杂志》12.6（台北：1956 年），11—13 页
    - 《魏晋南朝都督与都督区》，《"中研院"历史语言研究所集刊》27（1956年），49—105 页
    - 《中国地方行政制度史》全二册，台北：1961 年
    - 《汉晋时代滇越通道考：附〈水经注〉叶榆水下游郎盘龙江辨》，《香港中文大学中国文化研究所学报》8.1（1976 年），25—37 页

尹韵公，《从荆州争夺战看三国时期的外交斗争》，《文史哲》146（济南：1981年），37—42 页

一粟（化名），《谈唐起源问题故事》，《文学遗产增刊》10（北京：1962 年），117—126 页

Yoneda Kenjiro(米田贤次郎),

- ［Techniques of rice cultivation in the region of Yangzi and the Huai during later Han］(《东汉长江与淮河流域稻米种植技术》),*Shirin*(《史林》)38.5(1955),1—18

- ［Tuntian of Han and Wei and zhantian of Jin］(《汉朝的屯田和晋朝的占田》),Kyoto：*Toyoshi Kenkyu*(《东洋史研究》)21.4（1963）,369—395

Yoshinami Takamori(好并隆司),［A Discussion of the essay by Goi Naohiro on the government of Cao Cao］(《对五井氏关于曹操时代论文的探讨》),Tokyo：*Rekishigaku kenkyu*(《历史学研究》)207(1956),29—32

余英时,《东汉政权之建立与士族大姓之关系》,《新亚学报》1.2(香港),207—280页

张维华,《试论曹魏屯田与西晋占田上的某些问题》,《历史研究》(北京:1956年9月),29—42页

张修桂,《云梦泽的演变与下荆江河曲的形成》,《复旦学报(社会科学)增刊》(上海:1980年8月),40—48页

张益桂、张家璠,《曹魏屯田制和汉末农民革命》,《中国农民战争论丛》1(太原:1979年),144—163页

张志哲,《赤壁辨伪》,《学林漫录》1(北京:1980年),79—83页

赵幼文,《曹魏屯田制论述》,《历史研究》(北京:1958年4月),29—46页

赵翼,《廿四史劄记》,见《四部备要》

《中国古今地名大词典》,谢寿昌、臧励龢编著,商务印书馆:1931年

《中国历史地图集》,谭其骧主编

- 《第一册》[汉朝],上海:1982年
- 《第二册》[三国与西晋],上海:1980年

《中国史稿地图集》第一册,郭沫若等编著,上海:1980年

《中华民国新地图》,丁文江等编著,上海:1934年

周明泰,《三国志世系表》,《二十五史补编》第三册(上海:1936—1937/1957年),2645—2724页

周寿昌,《三国志注证遗》,见《史学丛书》,上海:1899页

周一良,《魏晋南北朝史论集》,北京:1963年

朱杰勤,《汉代中国与东南亚和南海上交通路线试探》,《海交史研究》3(泉州:1981年),1—4页

褚绍唐,《历史时期太湖流域主要水系变迁》,《复旦学报(社会科学)增刊》(上海:1980年8月),43—52页

朱文鑫,《历法通志》,上海:1934年

第三部分：西文文献 *

Abbreviations:

BMFEA	*Bulletin of the Museum of Far Eastern Antiquities* [Ostasiatska Samlingarna], Stockholm
BEFEO	*Bulletin de l'Ecôle Française d'Extrême-Orient*
Cambridge Han	*The Cambridge History of China: Volume 1, The Ch'in and Han Empires 221 BC - AD 220*, edited by Denis Twitchett and Michael Loewe, Cambridge UP 1986
CLEAR	*Chinese Literature: Essays, Articles, Reviews*
HJAS	*Harvard Journal of Asiatic Studies*
JOSA	*Journal of the Oriental Society of Australia*
PFEH	*Papers on Far Eastern History*, The Australian National University, Canberra
TP	*T'oung Pao*, Leiden

Ames, Roger T., *The Art of Rulership: a study in ancient Chinese political thought*, Hawaii UP 1983

Arlington, L.C., and Acton, Harold, *Famous Chinese Plays*, New York 1963

Aurousseau, L., "La première conquête chinoise des pays annamites," in *BEFEO* 23 (1923), 137-265

——, "La crise sociale et la philosophie politique à la fin des Han," in *TP* 39 (1949-50), 83-131 [also in *Chinese Civilization and Bureaucracy*, 187-225]

——, "*Chinese Civilization and Bureaucracy: variations on a theme*, translated by H.M. Wright, edited by Arthur F. Wright, Yale UP 1965

——, "*La Traité Economique du "Souei-chou,"* Leiden 1953

Bauer, Wolfgang, and Franke, Herbert, translated by Christopher Levenson, *The Golden Casket: Chinese novellas of two millennia*, London 1965

Beasley, W.G., and Pulleyblank, E.G. [editors], *Historians of China and Japan*, Oxford UP 1961

Bielenstein, Hans, "The Census of China during the period 2-742 A.D.," in *BMFEA* 19 (1947), 125-163

——, "The Chinese Colonisation of Fukien until the end of Tang," in *Studia Serica Bernhard Karlgren Dedicata*, edited by Søren Egerod and Else Glahn, Copenhagen 1959, 98-122

——, *The Restoration of the Han Dynasty* [cited as *RHD*]:

---

* 西文文献保留原文形式。——译者注

volume 1 (with prolegomena on the historiography of the *Hou Han shu*), in *BMFEA* 26 (1954);
volume II (The Civil War), in *BMFEA* 31 (1959);
volume III (The People), in *BMFEA* 39 (1967);
volume IV (The Government), in *BMFEA* 51 (1979)
——, Review of Cartier and Will, "Démographie et institutions en Chine," in *TP* 61 (1975), 181-185
——, *Lo-yang in Later Han Times*, in *BMFEA* 48 (1976)
——, *The Bureaucracy of Han Times*, Cambridge UP 1980
——, "Wang Mang, the Restoration of the Han Dynasty, and Later Han," in *Cambridge Han*, 223-290
Biot, E., *Le Tcheou-li ou rites des Tcheou*, 3 volumes., Paris 1851 [cited as *Rites*]
Birch, Cyril [editor], *Anthology of Chinese Literature from earliest times to the fourteenth century*, Penguin 1967
Blakeley, Barry B., "Recent Developments in Chu Studies: a bibliographic and institutional overview," in *Early China* 11-12 (1985-87), 371-387
——, "The Geography of Chu," in Cook and Major [eds] *Defining Chu*, 9-20
Bodde, Derk, "Some Chinese Tales of the Supernatural: Kan Pao and his *Sou-shen chi*," in *HJAS* 6 (1941), 2338-357
——, *Festivals in Classical China*, Princeton UP 1975
Brewitt-Taylor, C.H., *San Kuo, or Romance of the Three Kingdoms* [*an English version of* Sanguo zhi yanyi *q.v.* Part II], 2 volumes, Shanghai 1929
Campbell, Lily B., *Shakespeare's "Histories": mirrors of Elizabethan policy*, San Marino, California 1958
Cartier, Michel, and Pierre-Etienne Will, "Démographie et institutions en Chine: contributions à l'analyse des recensements de l'époque impériale (2 ap. J.-C. - 1750), in *Annales de démographie historique* 1971, 161-245
Chang Kwang-chih, *The Archeology of Ancient China* (3rd edition), Yale UP 1977
Chavannes, Edouard, *Les mémoires historiques de Se-ma Ts'ien: traduits et annotés*, 5 volumes, Paris 1895-1905, reprinted Leiden 1967; with supplementary volume VI, Paris 1969 [cited as *MH*]
Ch'en Ch'i-yün, *Hsün Yüeh (A.D. 148-209): the life and reflections of an early medieval Confucian*, Cambridge UP 1975
——, *Hsün Yüeh and the Mind of Late Han China: a translation of the* Shen chien *with introduction and annotations*, Princeton UP 1980

——, "Han Dynasty China: economy, society and state power - a review of Cho-yun Hsu, *Han Agriculture: the formation of early Chinese agrarian economy*," in *TP* 70 (1984)127-148

——, "Confucian, Legalist and Taoist Thought in Later Han" in *Cambridge Han*, 766-807

Cheng Shibo, "An Iron and Steel Works of 2,000 years ago," in *China Reconstructs* 27.1 (January 1978), 32-34

Chi Ch'ao-ting, *Key Economic Areas in Chinese History, as revealed in the development of public works for water control*, London 1936

Chittick, Andrew, "History and the Three Kingdoms: Three Recent Approaches," in *Early Medieval China*, 2001:1, 79-107

——, "The Life and Legacy of Liu Biao: Governor, Warlord, and Imperial Pretender in Late Han China," in *Journal of Asian History* 37 (2003), 155-186

China Proper, British Naval Intelligence Division, 3 volumes 1944-45

Ch'ü Tung-tsu, edited by Jack L. Dull, *Han Social Structure*, Washington UP, Seattle 1972

Cook, Constance A., and Major, John S, *Defining Chu: image and reality in ancient China*, Hawaii UP 1999

Couvreur, S., *Mémoires sur les bienséances et les cérémonies* [Li ji], 2 volumes, Paris 1951

Crowell, William Gordon, "Government Land Policies and Systems in Early Imperial China," doctoral thesis, University of Washington 1979

Cutter, Robert Joe, and Crowell, William Gordon, *Empresses and Consorts: selections from Chen Shou's* Records of the Three States *with Pei Songzhi's commentary, translated with annotations and an introduction*, Hawaii UP 1999

Daudin, "Sigillographie sino-annamite," in *Bulletin de la Société des Etudes Indochinoises* [new.series] 12, Saigon 1937, 1-322

de Crespigny, Rafe [cited as deC], *The Biography of Sun Chien: being an annotated translation of pages 1 to 8a of of chüan 46 of the* San-kuo chih *of Ch'en Shou in the Po-na edition*, Canberra 1966

——, "The Military Geography of the Yangtse and the Early History of the Three Kingdoms State of Wu," in *JOSA* 4.1 (June 1966), 61-76

——, "The Recruitment System of the Imperial Bureaucracy of Later Han," in *The Chung Chi Journal* 6.1 (November 1966), 67-78

——, "An Outline of the Local Administration of the Later Han Empire," in *The Chung Chi Journal* 7.1 (November 1967), 57-71

——, "Prefectures and Population in South China in the First Three Centuries A.D.," in *BIHP* 40 (1968), 139-154

——, *The Last of the Han: being the chronicle of the years 181-220 A.D. as recorded in chapter 58-68 of the* Tzu-chih t'ung-chien *of Ssu-ma Kuang*, Canberra 1969 [revised and republished as *Emperor Huan and Emperor Ling* 1989 and *To Establish Peace* 1996: see below]

——, *The Records of the Three Kingdoms*, Canberra 1970

——, "The Chinese Warlord in Fact and Fiction: a study of Ts'ao Ts'ao," *Bulletin of the Chinese Historical Association*, Taipei, 4 (1972), 304-328 [translated into Chinese by Lu Jianrong, *Cao Cao, q.v.* Part II, 195-217]

——, "The Ghosts that Were," in *Hemisphere* 20.5 (Canberra, May 1976), 34-38

——, *Portents of Protest in the Later Han Dynasty: the memorials of Hsiang K'ai to Emperor Huan*, Canberra 1976

——, "Two maps from Mawangdui," in *Cartography: Journal of the Australian Institute of Cartographers* 11.4 (September 1980), 211-222

——, "Politics and Philosophy under the Government of Emperor Huan 159-168 A.D.," in *TP* 66 (1980), 41-83

——, "Inspection and Surveillance Officials under the Two Han Dynasties," in *State and Law in East Asia*, edited by Dieter Eikemeier and Herbert Franke, Wiesbaden 1981, 40-79

——, *Northern Frontier: the policies and strategy of the Later Han empire*, Canberra 1984

——, *Emperor Huan and Emperor Ling: being the chronicle of Later Han for the years 157 to 189 AD as recorded in chapters 54 to 59 of the* Zizhi tongjian *of Sima Guang*, translated and annotated, Canberra 1989

——, *Man from the Margin: Cao Cao and the Three Kingdoms*, the Fifty-first George Ernest Morrison Lecture on Ethnology, Australian National University, Canberra 1990

——, "The Three Kingdoms and Western Jin: a history of China in the third century AD" [2 parts] in *East Asian History* 1, 1-36 and 2, 143-165, Canberra 1992

——, *To Establish Peace: being the chronicle of Later Han for the years 189 to 220 AD as recorded in chapters 59 to 69 of the* Zizhi tongjian *of Sima Guang*, translated and annotated, Canberra 1996

——, *A Biographical Dictionary of Later Han to the Three Kingdoms (23–220 AD)*, Leiden 2007

——, "Recruitment Revisited: the imperial commissioned service of Later Han," in *Early Medieval China* 13-14.2 (2008), 1-47

——, *Imperial Warlord: a biography of Cao Cao 155-220 AD*, ,Leiden 2010

——, *Fire over Luoyang: a history of the Later Han dynasty*, Leiden 2017

deC: *see* de Crespigny, Rafe *as above*

Demiéville, Paul, "Philosophy and Religion from Han to Sui," in *Cambridge Han*, 808-872

DeWoskin, Kenneth, "The Six Dynasties *Chih-kuai* and the Birth of Fiction," in *Chinese Narrative: critical and theoretical essays*, edited by Andrew H Plaks, Princeton UP 1977

——, *Doctors, Diviners and Magicians of Ancient China: biographies of* fangshih, Columbia UP 1983

——, "On Narrative Revolutions" in *CLEAR* 5, 1 and 2 (1983), 29-45

Diény, Jean-Pierre, *Les Dix-Neuf Poèmes Anciens*, Paris 1963

Dreyer, Edward L., "The Po-yang Campaign, 1363: inland naval warfare in the founding of the Ming dynasty," in *Chinese Ways in Warfare*, edited by Frank A Kierman, Jr, Harvard UP 1974

Dubs, H H, *The History of the Former Han Dynasty by Pan Ku*, 3 volumes, Baltimore 1938, 1944, 1955 [cited as *HFHD*]

Eberhard, Wolfram, *Sternkunde und Weltbind im Alten China*, Taipei 1970 [reprints Eberhard and Müller, R., "Contributions to the Astronomy of the Han Period III: the astronomy of Later Han," first published in *HJAS* 1, (1936), and Eberhard and Müller, "Contributions to the Astronomy of the San-Kuo Period," first published in *Monumenta Serica* 2, (1936)]

Ebrey, Patricia, *The Aristocratic Families of Early Imperial China: a case study of the Po-ling Ts'ui family*, Cambridge UP 1978

——, "The Economic and Social History of Later Han," in *Cambridge Han*, 608-648

Eichhorn, Werner, "Bemerkingen zum Aufstand des Chang Chio und zum Staate des Chang Lu," in *Mitteilungen des Instituts für Orientforschung* 3 (1955), 292-327

——, "T'ai-p'ing und T'ai-ping Religion," in *Mitteilungen des Instituts für Orientforschung* 5 (1957), 113-140

——, "Allgemeine Bemerkung über das Religiöse in alten China," in *Orients Extremus* 26 (1979), 13-21

Eisenberg, Andrew, "The Pogang Canal of the Eastern Wu and the Southern Dynasties," in *Early Medieval China Group Newsletter* 3 (1990), 8-20

Elvin, Mark, *The Pattern of the Chinese Past*, London 1973

Fang, Achilles, *The Chronicle of the Three Kingdoms (220-265): chapters 69-78 from the* Tzu-chih t'ung-chien *of Ssu-ma Kuang (1019-1068)*, translated and annotated; edited by Glen W. Baxter, 2 volumes, Harvard UP 1952 and 1965

Fitzgerald, C P, *The Southern Expansion of the Chinese People: "Southern Fields and Southern Ocean,"* Canberra 1972

——, *Why China? recollections of China 1923-1950*, Melbourne UP 1985

Fogel, Joshua A., *Politics and Sinology: the case of Naitō Kōnan*, Harvard UP 1984

Fogel, Joshua A, "A New Direction in Japanese Sinology," in *HJAS* 44 (1984), 225-247

——, see also below *sub* Tanigawa Michio

Franke, Herbert, *Diplomatic Missions of the Sung State 960-1276*, Canberra 1981

——, and Trauzettel, Rolf, *Das Chinesische Kaiserreich*, Frankfurt 1968

Frodsham, J.D., *An Anthology of Chinese Verse: Han Wei Chin and the Northern and Southern Dynasties*, Oxford UP 1967

Gaillard, Le P. Loius, S.J., *Nankin d'alors et d'aujourd'ui: aperçu historique et géographique*, Shanghai 1903

Gardiner, K H J, *The Early History of Korea: the historical development of the peninsula up to the introduction of Buddhism in the fourth century A.D.*, Canberra 1969

——, "The Kung-sun Warlords of Liao-tung (189-238)," Part I in *PFEH* 5 (March 1972), 59-107; Part II in *PFEH* 6 (September 1972), 141-201

——"Standard Histories, Han to Sui," in *Essays on the Sources for Chinese History*, edited by Donald D Leslie, Colin Mackerras and Wang Gungwu, Canberra 1973, 42-52

Gardner, Charles S, *Chinese Traditional Historiography*, Harvard UP 1938

Gaspardone, Emile, "La chasse du roi de Wou," in *Mélanges de l'Institut des Hautes Etudes Chinoises* II, Paris 1960, 69-111

Grafflin, Denis, "The Great Family in Medieval South China," in *HJAS* 41 (1981), 65-74

Greatrex, Roger, *The Bowu Zhi: an annotated translation*, Stockholm 1987

Griffith, Samuel B, *Sun Tzu: The Art of War*, translated, with an introduction, Oxford 1963

Hall, Kenneth R., *Maritime Trade and State Development in Early Southeast Asia*, Hawaii UP 1985

Haloun, Gustav, "The Liang-chou Rebellion 184-221 A.D.," in *Asia Major* (New Series) 1 (1949-50), 119-138

Hawkes, David, *Ch'u Tz'u: The Songs of the South, an ancient Chinese anthology*, Oxford UP 1959

——, "The Quest of the Goddess," in *Asia Major* 13 (1967), 71-94

Henricks, Robert G., review of Mather, *Tales of the World*, in *CLEAR* 2.2 (1980), 274-281

Hervouet, Yves, *Le Chapitre 117 de Che-ki (Biographie de Sseu-ma Siang-jou); traduction avec notes*, Paris 1972

Hirth, F., *China and the Roman Orient*, Shanghai/Hong Kong 1885

Holmgren, Jennifer, *Chinese Colonisation of Northern Vietnam: administrative geography and political development in the Tongking delta, first to sixth centuries A.D.*, Canberra 1980

Holzman, Donald, "Les sept sages de la forêt des bambous et la société de leur temps," in *TP* 44 (1956), 317-346

——, "Les debuts du systéme médiéval de choix et de classement des fonctionnaires: les neuf catégories et l'Impartial et Juste," in *Mélanges de l'Institut des Hautes Etudes Chinoises* I (Paris 1957), 387-414

——, *La vie et la pensée de Hi Kang (223-262 ap. J.C.)*, Leiden 1957

——, review of Rogers, *The Chronicle of Fu Chien*, in *TP* 57 (1971), 182-186

——, *Poetry and Politics: the life and works of Juan Chi (A.D. 210-263)*, Cambridge UP 1976

Hsia, C T, *The Classic Chinese Novel: a critical introduction*, Columbia UP 1968

Hsu, Cho-yun, *Han Agriculture: the formation of early Chinese agrarian economy (206 B.C. -A.D. 220)*, Washington UP 1980 see also *sub* Hsü Cho-yün in Part II

Hsüeh Chung-sen and Ou-yang Yi, *A Sino-Western Calendar for Two Thousand Years 1-2000 A.D.*, Changsha 1940

Huang, Ray, "The Lung-ch'iang and Wan-li Reigns," in *The Cambridge History of China* 7: *the Ming Dynasty, 1368-1644, Part I*, edited by Frederick W. Mote and Denis Twitchett, Cambridge UP 1988

Hughes, E R, *Two Chinese Poets: vignettes of Han life and thought*, Princeton UP 1960

Hulsewé, A F P, "Notes on the Historiography of the Han Period," in Beasley and Pulleyblank, *Historians of China and Japan*, 31-43

——, with Loewe, M A N, *China in Central Asia: the early stage: 125 BC – AD 23, an annotated translation of Chapters 61 and 96 of the History of the Former Han Dynasty*, Leiden 1979

Idema, W L, *Chinese Vernacular Fiction: the formative period*, Leiden 1974

——, "The Illusion of Fiction" in *CLEAR* 5, 1 and 2 (1983), 47-51

Johnson, David, *The Medieval Chinese Oligarchy: a study of the great families in their social, political and ideological settng*, Boulder 1977

——, "Epic and History in Early China: the Matter of Wu Tzu-hsü," in *Journal of Asian Studies* 40.2 (February 1981), 255-271

Kaltenmark, Max, "The Ideology of the *T'ai-p'ing ching*," in *Facets of Taoism: Essays in Chinese Religion*, edited by Holmes Welch and Anna Seidel, Yale UP 1979, 19-45

Kandel, Barbara, *Taiping Jing - the origin and transmission of the 'Scripture on General Welfare' - the history of an unofficial text*, Hamburg 1979

Kao, Karl S.Y. [editor], *Classical Chinese Tales of the Supernatural and the Fantastic: selections from the third to the tenth century*, Bloomington 1985

Kawakatsu Yoshio, "L'aristocratie et la société féodale au début des six dynasties," in *Zimbun* 17 (1981), 107-160

——, see also Part II

Keegan, John, *The Face of Battle*, London 1976

Knechtges, David R., *Wen xuan, or Selections of Refined Literature, by Xiao Tong* (501-531), *translated with annotations and introduction*, Volume I: Rhapsodies on Metropolises and Capitals, Princeton UP 1982

Krause, F., "Fluss- und Seegefechte nach chinesischen Quellen aus der Zeit der Chou- und Han-Dynastie unter der Drei Reiche," in *Mitteilungen der Seminar für orientalischen Sprachen* 18 (Berlin, 1915), 61-94

Kunstler, Mieczyslaw Jerzy, "Activité culturelle et politique des différents regions de la China sous les Han Orientaux," in *Rocznik Orientalistyczny* 30 (Warsaw 1966), 7-29

Lattimore, Owen, *Inner Asian Frontiers of China* (second edition), New York 1951

Leban, Carl, "Ts'ao Ts'ao and the Rise of Wei: the early years," doctoral dissertation, Columbia University 1971

——, "Managing Heaven's Mandate: coded communication in the accession of Ts'ao P'ei, A.D. 220," in *Ancient China: studies in early civilisation,* edited by David T Roy and Tsuen-hsuin Tsien, Hong Kong 1978, 315-342

Lee, Gary Way, "Battle of the Red Wall: a comparison of the accounts given in *San Kuo Chih Yen I* and *San Kuo Chih,*" master's dissertation, Columbia University 1949

Lee, Lily Hsiao Hung, "The Historical Value of *Shih-shuo hsin-yü,*" in *PFEH* 34 (September 1986), 121-148

Legge, James, *The Confucian Classics*, Hong Kong 1960 [cited as *CC*]:

volume I: *The Confucian Analects, The Great Learning, The Doctrine of the Mean*;

volume II: *The Works of Mencius*;

volume III: *The Shoo King, or the Book of Historical Documents*;

volume IV: *The She King, or the Book of Poetry*;

volume V: *The Ch'un Ts'ew with the Tso Chuen.*

Leslie, D D, and Gardiner, K H J, "Chinese Knowledge of Western Asia during the Han," in *TP* 68 (1982), 254-308

Levy, Howard S., "Yellow Turban Religion and Rebellion at the end of Han," in *Journal of the American Oriental Society* 76 (1956), 214-227

——, 'The Bifurcation of the Yellow Turbans in Later Han," in *Oriens* 13-14 (1960-61), 251-255

Lewis, Mark Edward, 'The Han Abolition of Universal Military Service," in *Warfare In Chinese History*," edited by Hans van de Ven, Leiden 2000, 33-75

Li Shi-yi, "Growth of the Chinese Empire: the Nan Yüeh kingdom," in *Orient* 5 (1955), 80-88

Liu, James J.Y., *The Chinese Knight-Errant*, London 1967

Liu Wu-chi, *An Introduction to Chinese Literature*, Indiana UP 1966

Loewe, Michael, *Military Operations in the Han Period*, London 1961

——, "The Measurement of Grain during the Han Period," in *TP* 49 (1961), 64-95

——, *Records of Han Administration* [*RHA*], 2 volumes, Cambridge UP 1967

——, *Crisis and Conflict in Han China*, London 1974

——, "The Campaigns of Han Wu-ti," in *Chinese Ways in Warfare*, edited by Frank A. Kierman, Jr., Harvard UP 1974

——, "Water, Earth and Fire - the symbols of the Han dynasty," in *Nachrichten der Gesellschaft für Natur- und Volkerkunde* 125 (Hamburg 1979), 63-68

——, *Ways to Paradise*: *the Chinese quest for immortality*, London 1979

——, *Chinese Ideas of Life and Death*: *faith, myth and reason in the Han period* (*202 BC-AD 220*), London 1982

——, "The Conduct of Government and the Issues at Stake (A.D. 57-167)," in *Cambridge Han*, 291-316

——, "The Religious and Intellectual Background," in *Cambridge Han*, 649-725

—— [ed.], *Early Chinese Texts: a bibliographical guide*, Early China Special Monograph Series 2, Berkeley 1993

Lu Hsün, *A Brief History of Chinese Fiction*, translated by Yang Hsien-yi and Gladys Yang, Beijing 1959

Ma, Y W, "The Chinese Historical Novel: an outline of themes and contexts," in *Journal of Asian Studies* 34.2 (February 1975), 277-293

——, "The Knight-Errant in *Hua-pen* Stories," in *TP* 61 (1975), 266-301

——, "The Beginnings of Professional Story-Telling in China," in *Etudes d'histoire et de littérature chinoises offertes au Professeur Jaroslav Prusek*, Paris 1976, 227-245

Madrolle, C, "Le Tonkin ancien," in *BEFEO* 37 (1937), 263-332

Mair, Victor H, "The Narrative Revolution in Chinese Literature: ontological presuppositions" in *CLEAR* 5, 1 and 2 (1983), 1-27

Mansvelt Beck, B J, "The Date of the *Taiping jing*," in *TP* 66 (1980), 149-182

——, "The Fall of Han," in *Cambridge Han*, 317-376

——, *The Treatises of Later Han*, doctoral thesis, Leiden 1989

Maspero, Henri, "Etudes d'histoire d'Annam," in *BEFEO* 14 (1916), 1-55

——, *Mélanges posthumes sur les religions et l'histoire de la Chine*, 3 volumes, Paris 1950

Mather, Richard B, *Shih-shuo Hsin-yu*::*A New Account of Tales of the World*, by *Liu I-ch'ing*, commentary by *Liu Chün*, translated with an introduction and notes, Minnesota UP, 1976

Mattingley, Garrett, *Renaissance Diplomacy*, London 1955

McLaren, A E, "*Chantefables* and the Textual Evolution of the *San-kuo-chih yen-yi*," in *TP* 71 (1985), 159-227

McNeill, William H, *Plagues and Peoples*, New York 1976

Miao, Ronald C, *Early Medieval Chinese Poetry: the life and verse of Wang Ts'an* (*A.D. 177-217*), Wiesbaden 1982

Michaud, Paul, "The Yellow Turbans," in *Monumenta Serica* 17 (1958), 47-127

Miyakawa Hisayuki, "The Confucianization of South China," in *The Confucian Persuasion*, edited by Arthur F Wright, Stanford UP 1960, 21-46

——, see also Part II

Nagel's Encyclopaedia-Guide China, Geneva 1982

Needham, Joseph, and others, *Science and Civilisation in China*, Cambridge UP from 1954

Ngo Van Xuyet, *Divination, magie et politique dans la Chine ancienne*, Paris 1976

Nienhauser, William, "Some Preliminary Remarks on Fiction, the Classical Tradition and Society in Late Ninth-century China," in Yang and Adkins, *Critical Essays on Chinese Fiction*, 1-16

Nishijima Sadao, "The Economic and Social History of Former Han," in *Cambridge Han*, 545-607

Norman, Jerry, and Mei, Tsu-lin, "The Austroasiatics in Ancient South China: some lexical evidence," in *Monumenta Serica* 32 (1976), 274-301

Peking Opera Texts see Part II

Pelliot, Paul, "Le Fou-nan," in *BEFEO* 3 (1903), 248-303

——, "Deux itinéraires de Chine en Inde à la fin du VIIe siècle," in *BEFEO* 4 (1904), 131-413

——, "Les classiques gravés sur pierre sous les Wei en 240-248," in *TP* 23 (1924), 1-4

Plaks, Andrew H, *Four Masterworks of the Ming Novel:* Ssu ta ch'i-shu, Princeton UP 1987

Raschke, Manfred G,"New Studies in Roman Commerce with the East," in *Aufstieg und Niedergang der Römischen Welt: Geschichte und Kultur Roms im Spiegel der neueren Forschung* II.9, edited by Hildegard Temporini and Wolfgang Haase, Berlin and New York, 2, 604-1361

Read, Bernard E, *Chinese Materia Medica*; *Animal Drugs*, Peking 1931 reprinted Taipei 1976

Ricaud, Louis, and Nghiem Toan, *Les trois royaumes*, 3 volumes, Saigon 1961-63 [an annotated translation of the first forty-five chapters of *Sanguo* [*zhi*] *yanyi q.v.* Part II]

Rogers, Michael C, *The Chronicle of Fu Chien: a case of exemplar history*, California UP 1968

——, "The Myth of the Battle of the Fei River," in *TP* 54 (1968), 50-72

Romance see Brewitt-Taylor, Ricaud and Toan, and also *Sanguo [zhi] yanyi* in Part II

Sailey, Jay, *The Master Who Embraces Simplicity: a study of the philospher Ko Hung A.D. 283-343*, Taipei 1977

Schafer, Edward H, *The Golden Peaches of Samarkand: a study of T'ang exotics*, California UP 1963

——, *The Vermilion Bird: T'ang images of the south*, California UP 1967

——, *Shore of Pearls*, California UP 1970

Shiratori, Kurakichi, "The Geography of the Western Region, studied on the basis of the Ta-Ch'in accounts," in *Memoirs of the Research Department of the Toyo Bunko* 15 (1956), 73-163

Seidel, Anna, *La Divinisation de Lao tseu dans le Taoisme des Han*, Paris 1969

——, "The Image of the Perfect Ruler in Early Taoist Messianism: Lao-tzu and Li Hung," in *History of Religions* 9.2/3 (November 1969 - February 1970), 216-247

Shih, Robert, *Biographies des moines éminents* (Kao seng tchouan) *de Houei-kiao, traduits et annotés*, Louvain 1968

Sivin, N, "Cosmos and Computation in Early Chinese Mathematical Astronomy," in *TP* 55 (1969), 1-73

Somers, Robert M, "The Society of Early Imperial China: three recent studies," in *Journal of Asian Studies* 38.1 (November 1978), 127-143 [review article of Ch'ü Tung-tsu, *Han Social Structure*, Johnson, *Medieval Chinese Oligarchy*, and Ebrey, *Aristocratic Families*]

Stein, Rolf A, "Le Lin-yi: sa localisation, sa contribution à la formation du Champa et ses liens avec la Chine," in *Han-hiue: Bulletin du Centre d'Etudes Sinologiques de Pékin* 2.1-3 (1947)

——, "Remarques sur les mouvements de Taoisme politico-réligieux au IIe siècle ap. J.-C.," in *TP* 50 (1963), 1-78

——, "Religious Taoism and Popular Religion from the Second to Seventh Centuries," in *Facets of Taoism: Essays in Chinese Religion*, edited by Holmes Welch and Anna Seidel, Yale UP 1979, 53-81

Straughair, Anne, "*I-yüan*: The Garden of Marvels; a collection of Chinese stories of the supernatural from the fifth century A.D.," Master of Arts, Asian Studies, thesis, Australian National University 1974

Stuart, G.A., *Materia Medica*; *Vegetable Kingdom*, Shanghai 1911 republished Taipei 1976

Sun, E-Tu Zen, and DeFrancis, John, *Chinese Social History: translations of selected studies*, Washington 1956

Swann, Nancy Lee, *Food and Money in Ancient China*: *the earliest economic history of China to A.D. 25*, Han shu 24 *with related texts* Han shu *91 and* Shih chi *129*, Princeton UP 1950

Tanigawa Michio, *Medieval Chinese Society and the Local "Community,"* translated, with an Introduction, by Joshua A. Fogel, California UPO 1985

Taylor, Keith Weller, *The Birth of Vietnam*, California UP 1983

The Times Atlas of China, London 1974

Tjan Tjoe Som, *Po hu t'ung: the comprehensive discussions in the White Tiger Hall*, 2 volumes, Leiden 1949-1952 [cited as *White Tiger Discussions*]

Tran Van Giap, "La Buddhisme en Annam des origines au XIIIe siècle," in *BEFEO* 32 (1932), 191-268

Tsunoda Ryūsaku, edited by L Carrington Goodrich, *Japan in the Chinese Dynastic Histories: Later Han through Ming dynasties*, South Pasadena 1951

Waley, Arthur, *The nine songs: a study of shamanism in ancient China*, London 1955

Wang Gungwu, "The Nan-hai Trade, a study of the early history of Chinese trade in the South China Sea," in *Journal of the Malayan Branch of the Royal Asiatic Society* 31.2 (1958), 1-135

——, "Some Comments on the Later Standard Histories," in *Essays on the Sources for Chinese History*, edited by Donald D Leslie, Colin Mackerras and Wang Gungwu, Canberra 1973, 53-63

Wang Zhongshu, *Han Civilization*, translated by K.C. Chang and others, Yale UP 1982

Watson, Burton, *Ssu-ma Ch'ien: Grand Historian of China*, Columbia UP 1956

——, *Records of the Grand Historian of China, translated from the Shih-chi of Ssu-ma Ch'ien*, 2 volumes, Columbia 1969 [cited as *RGH*]

——, *Chinese Rhyme-Prose*: *poems in the* fu *form from the Han and six dynasties periods*, Columbia UP 1971

Welch, Holmes, *The Parting of the Way: Lao Tzu and the Taoist movement*, Boston 1966

Wheatley, Paul, *The Golden Khersonese: studies in the historical geography of the Malay Peninsula before A.D. 1500*, Malaya UP 1961

Weins, J. Herold, *China's march toward the tropics*, Hamden 1954

Wilhelm, Richard, *Frühlung und Herbst des Lü Bu We*, Jena 1928

Worcester, G.R.G., *The Junks and Sampans of the Yangtze*, Naval Institute Press, Annapolis 1971

Yang Lien-sheng, "Notes on the Economic History of the Chin Dynasty," in *Studies in Chinese Institutional History*, Harvard UP, 1961, 119-197 [originally printed in *HJAS* 9 (1947), 507-521]

——, "Hostages in Chinese History," in *Studies in Chinese Institutional History*, Harvard UP, 1961, 43-57 [originally printed in *HJAS* 15 (1952), 119-197]

——, "The Organisation of Chinese Official Historiography: principles and methods of the standard histories from the T'ang through the Ming dynasty," in Beasley and Pulleyblank, *Historians of China and Japan*, 44-59

——, see also Part II

Yang, Winston Lih-yeu [L Y], "The Use of the 'San-kuo chih' as a Source of the 'San-kuo-chih yen-i'," doctoral dissertation, Stanford University 1971

——, "The Literary Transformation of Historical Figures in the *San-kuo chih yen-yi*, a study of the use of the *San-kuo chih* as a source of the *San-kuo chih yen-yi*," in Yang and Adkins, *Critical Essays on Chinese Fiction.*, 48-84

——, and Adkins, Curtis P [editors], *Critical Essays on Chinese Fiction*, Chinese UP, Hong Kong 1980

Young, Gregory, *Three Generals of Later Han*, Canberra 1984

Yu, Anthony, "History, Fiction and Reading Chinese Narrative," in *CLEAR* 10.1 and 2 (1988), 1-19

Yü Ying-shih, *Trade and Expansion in Han China: a study in the structure of Sino-barbarian economic relations*, California UP 1967

——, "Han Foreign Relations," in *Cambridge Han*, 377-462

Yule, Henry, *Cathay and the Way Thither*, volume I, London 1915

Zinsser, Hans, *Rats, Lice and History*, London 1935

Zürcher, E, *The Buddhist Conquest of China*, 2 volumes, Leiden 1959

"海外中国研究丛书"书目

1. 中国的现代化 [美]吉尔伯特·罗兹曼 主编 国家社会科学基金"比较现代化"课题组 译 沈宗美 校
2. 寻求富强:严复与西方 [美]本杰明·史华兹 著 叶凤美 译
3. 中国现代思想中的唯科学主义(1900—1950) [美]郭颖颐 著 雷颐 译
4. 台湾:走向工业化社会 [美]吴元黎 著
5. 中国思想传统的现代诠释 余英时 著
6. 胡适与中国的文艺复兴:中国革命中的自由主义,1917—1937 [美]格里德 著 鲁奇 译
7. 德国思想家论中国 [德]夏瑞春 编 陈爱政 等译
8. 摆脱困境:新儒学与中国政治文化的演进 [美]墨子刻 著 颜世安 高华 黄东兰 译
9. 儒家思想新论:创造性转换的自我 [美]杜维明 著 曹幼华 单丁 译 周文彰 等校
10. 洪业:清朝开国史 [美]魏斐德 著 陈苏镇 薄小莹 包伟民 陈晓燕 牛朴 谭天星 译 阎步克 等校
11. 走向21世纪:中国经济的现状、问题和前景 [美]D.H. 帕金斯 著 陈志标 编译
12. 中国:传统与变革 [美]费正清 赖肖尔 主编 陈仲丹 潘兴明 庞朝阳 译 吴世民 张子清 洪邮生 校
13. 中华帝国的法律 [美]D. 布朗 C. 莫里斯 著 朱勇 译 梁治平 校
14. 梁启超与中国思想的过渡(1890—1907) [美]张灏 著 崔志海 葛夫平 译
15. 儒教与道教 [德]马克斯·韦伯 著 洪天富 译
16. 中国政治 [美]詹姆斯·R. 汤森 布兰特利·沃马克 著 顾速 董方 译
17. 文化、权力与国家:1900—1942年的华北农村 [美]杜赞奇 著 王福明 译
18. 义和团运动的起源 [美]周锡瑞 著 张俊义 王栋 译
19. 在传统与现代性之间:王韬与晚清革命 [美]柯文 著 雷颐 罗检秋 译
20. 最后的儒家:梁漱溟与中国现代化的两难 [美]艾恺 著 王宗昱 冀建中 译
21. 蒙元入侵前夜的中国日常生活 [法]谢和耐 著 刘东 译
22. 东亚之锋 [美]小R. 霍夫亨兹 K. E. 柯德尔 著 黎鸣 译
23. 中国社会史 [法]谢和耐 著 黄建华 黄迅余 译
24. 从理学到朴学:中华帝国晚期思想与社会变化面面观 [美]艾尔曼 著 赵刚 译
25. 孔子哲学思微 [美]郝大维 安乐哲 著 蒋弋为 李志林 译
26. 北美中国古典文学研究名家十年文选 乐黛云 陈珏 编选
27. 东亚文明:五个阶段的对话 [美]狄百瑞 著 何兆武 何冰 译
28. 五四运动:现代中国的思想革命 [美]周策纵 著 周子平 等译
29. 近代中国与新世界:康有为变法与大同思想研究 [美]萧公权 著 汪荣祖 译
30. 功利主义儒家:陈亮对朱熹的挑战 [美]田浩 著 姜长苏 译
31. 莱布尼兹和儒学 [美]孟德卫 著 张学智 译
32. 佛教征服中国:佛教在中国中古早期的传播与适应 [荷兰]许理和 著 李四龙 裴勇 等译
33. 新政革命与日本:中国,1898—1912 [美]任达 著 李仲贤 译
34. 经学、政治和宗族:中华帝国晚期常州今文学派研究 [美]艾尔曼 著 赵刚 译
35. 中国制度史研究 [美]杨联陞 著 彭刚 程钢 译

36. 汉代农业:早期中国农业经济的形成　[美]许倬云 著　程农 张鸣 译　邓正来 校
37. 转变的中国:历史变迁与欧洲经验的局限　[美]王国斌 著　李伯重 连玲玲 译
38. 欧洲中国古典文学研究名家十年文选　乐黛云 陈珏 龚刚 编选
39. 中国农民经济:河北和山东的农民发展,1890—1949　[美]马若孟 著　史建云 译
40. 汉哲学思维的文化探源　[美]郝大维 安乐哲 著　施忠连 译
41. 近代中国之种族观念　[英]冯客 著　杨立华 译
42. 血路:革命中国中的沈定一(玄庐)传奇　[美]萧邦奇 著　周武彪 译
43. 历史三调:作为事件、经历和神话的义和团　[美]柯文 著　杜继东 译
44. 斯文:唐宋思想的转型　[美]包弼德 著　刘宁 译
45. 宋代江南经济史研究　[日]斯波义信 著　方健 何忠礼 译
46. 山东台头:一个中国村庄　杨懋春 著　张雄 沈炜 秦美珠 译
47. 现实主义的限制:革命时代的中国小说　[美]安敏成 著　姜涛 译
48. 上海罢工:中国工人政治研究　[美]裴宜理 著　刘平 译
49. 中国转向内在:两宋之际的文化转向　[美]刘子健 著　赵冬梅 译
50. 孔子:即凡而圣　[美]赫伯特·芬格莱特 著　彭国翔 张华 译
51. 18世纪中国的官僚制度与荒政　[法]魏丕信 著　徐建青 译
52. 他山的石头记:宇文所安自选集　[美]宇文所安 著　田晓菲 编译
53. 危险的愉悦:20世纪上海的娼妓问题与现代性　[美]贺萧 著　韩敏中 盛宁 译
54. 中国食物　[美]尤金·N. 安德森 著　马孆 刘东 译　刘东 审校
55. 大分流:欧洲、中国及现代世界经济的发展　[美]彭慕兰 著　史建云 译
56. 古代中国的思想世界　[美]本杰明·史华兹 著　程钢 译　刘东 校
57. 内闱:宋代的婚姻和妇女生活　[美]伊沛霞 著　胡志宏 译
58. 中国北方村落的社会性别与权力　[加]朱爱岚 著　胡玉坤 译
59. 先贤的民主:杜威、孔子与中国民主之希望　[美]郝大维 安乐哲 著　何刚强 译
60. 向往心灵转化的庄子:内篇分析　[美]爱莲心 著　周炽成 译
61. 中国人的幸福观　[德]鲍吾刚 著　严蓓雯 韩雪临 吴德祖 译
62. 闺塾师:明末清初江南的才女文化　[美]高彦颐 著　李志生 译
63. 缀珍录:十八世纪及其前后的中国妇女　[美]曼素恩 著　定宜庄 颜宜葳 译
64. 革命与历史:中国马克思主义历史学的起源,1919—1937　[美]德里克 著　翁贺凯 译
65. 竞争的话语:明清小说中的正统性、本真性及所生成之意义　[美]艾梅兰 著　罗琳 译
66. 云南禄村:中国妇女与农村发展　[加]宝森 著　胡玉坤 译
67. 中国近代思维的挫折　[日]岛田虔次 著　甘万萍 译
68. 中国的亚洲内陆边疆　[美]拉铁摩尔 著　唐晓峰 译
69. 为权力祈祷:佛教与晚明中国士绅社会的形成　[加]卜正民 著　张华 译
70. 天潢贵胄:宋代宗室史　[美]贾志扬 著　赵冬梅 译
71. 儒家之道:中国哲学之探讨　[美]倪德卫　[美]万白安 编 周炽成 译
72. 都市里的农家女:性别、流动与社会变迁　[澳]杰华 著　吴小英 译
73. 另类的现代性:改革开放时代中国性别化的渴望　[美]罗丽莎 著　黄新 译
74. 近代中国的知识分子与文明　[日]佐藤慎一 著　刘岳兵 译
75. 繁盛之阴:中国医学史中的性(960—1665)　[美]费侠莉 著　甄橙 主译　吴朝霞 主校
76. 中国大众宗教　[美]韦思谛 编 陈仲丹 译
77. 中国诗画语言研究　[法]程抱一 著　涂卫群 译
78. 中国的思维世界　[日]沟口雄三 小岛毅 著　孙歌 等译

79. 德国与中华民国 [美]柯伟林 著 陈谦平 陈红民 武菁 申晓云 译 钱乘旦 校

80. 中国近代经济史研究:清末海关财政与通商口岸市场圈 [日]滨下武志 著 高淑娟 孙彬 译

81. 回应革命与改革:皖北李村的社会变迁与延续 韩敏 著 陆益龙 徐新玉 译

82. 中国现代文学与电影中的城市:空间、时间与性别构形 [美]张英进 著 秦立彦 译

83. 现代的诱惑:书写半殖民地中国的现代主义(1917—1937) [美]史书美 著 何恬 译

84. 开放的帝国:1600 年前的中国历史 [美]芮乐伟·韩森 著 梁侃 邹劲风 译

85. 改良与革命:辛亥革命在两湖 [美]周锡瑞 著 杨慎之 译

86. 章学诚的生平与思想 [美]倪德卫 著 杨立华 译

87. 卫生的现代性:中国通商口岸健康与疾病的意义 [美]罗芙芸 著 向磊 译

88. 道与庶道:宋代以来的道教、民间信仰和神灵模式 [美]韩明士 著 皮庆生 译

89. 间谍王:戴笠与中国特工 [美]魏斐德 著 梁禾 译

90. 中国的女性与性相:1949 年以来的性别话语 [英]艾华 著 施施 译

91. 近代中国的犯罪、惩罚与监狱 [荷]冯客 著 徐有威 等译 潘兴明 校

92. 帝国的隐喻:中国民间宗教 [英]王斯福 著 赵旭东 译

93. 王弼《老子注》研究 [德]瓦格纳 著 杨立华 译

94. 寻求正义:1905—1906 年的抵制美货运动 [美]王冠华 著 刘甜甜 译

95. 传统中国日常生活中的协商:中古契约研究 [美]韩森 著 鲁西奇 译

96. 从民族国家拯救历史:民族主义话语与中国现代史研究 [美]杜赞奇 著 王宪明 高继美 李海燕 李点 译

97. 欧几里得在中国:汉译《几何原本》的源流与影响 [荷]安国风 著 纪志刚 郑诚 郑方磊 译

98. 十八世纪中国社会 [美]韩书瑞 罗友枝 著 陈仲丹 译

99. 中国与达尔文 [美]浦嘉珉 著 钟永强 译

100. 私人领域的变形:唐宋诗词中的园林与玩好 [美]杨晓山 著 文韬 译

101. 理解农民中国:社会科学哲学的案例研究 [美]李丹 著 张天虹 张洪云 张胜波 译

102. 山东叛乱:1774 年的王伦起义 [美]韩书瑞 著 刘平 唐雁超 译

103. 毁灭的种子:战争与革命中的国民党中国(1937—1949) [美]易劳逸 著 王建朗 王贤知 贾维 译

104. 缠足:"金莲崇拜"盛极而衰的演变 [美]高彦颐 著 苗延威 译

105. 饕餮之欲:当代中国的食与色 [美]冯珠娣 著 郭乙瑶 马磊 江素侠 译

106. 翻译的传说:中国新女性的形成(1898—1918) 胡缨 著 龙瑜宬 彭珊珊 译

107. 中国的经济革命:20 世纪的乡村工业 [日]顾琳 著 王玉茹 张玮 李进霞 译

108. 礼物、关系学与国家:中国人际关系与主体性建构 杨美惠 著 赵旭东 孙珉 译 张跃宏 译校

109. 朱熹的思维世界 [美]田浩 著

110. 皇帝和祖宗:华南的国家与宗族 [英]科大卫 著 卜永坚 译

111. 明清时代东亚海域的文化交流 [日]松浦章 著 郑洁西 等译

112. 中国美学问题 [美]苏源熙 著 卞东波 译 张强强 朱霞欢 校

113. 清代内河水运史研究 [日]松浦章 著 董科 译

114. 大萧条时期的中国:市场、国家与世界经济 [日]城山智子 著 孟凡礼 尚国敏 译 唐磊 校

115. 美国的中国形象(1931—1949) [美]T. 克里斯托弗·杰斯普森 著 姜智芹 译

116. 技术与性别:晚期帝制中国的权力经纬 [英]白馥兰 著 江湄 邓京力 译

117. 中国善书研究 ［日］酒井忠夫 著 刘岳兵 何英莺 孙雪梅 译

118. 千年末世之乱:1813年八卦教起义 ［美］韩书瑞 著 陈仲丹 译

119. 西学东渐与中国事情 ［日］增田涉 著 由其民 周启乾 译

120. 六朝精神史研究 ［日］吉川忠夫 著 王启发 译

121. 矢志不渝:明清时期的贞女现象 ［美］卢苇菁 著 秦立彦 译

122. 纠纷与秩序:徽州文书中的明朝 ［日］中岛乐章 著 郭万平 译

123. 中华帝国晚期的欲望与小说叙述 ［美］黄卫总 著 张蕴爽 译

124. 虎、米、丝、泥:帝制晚期华南的环境与经济 ［美］马立博 著 王玉茹 关永强 译

125. 一江黑水:中国未来的环境挑战 ［美］易明 著 姜智芹 译

126. 《诗经》原意研究 ［日］家井真 著 陆越 译

127. 施剑翘复仇案:民国时期公众同情的兴起与影响 ［美］林郁沁 著 陈湘静 译

128. 义和团运动前夕华北的地方动乱与社会冲突(修订译本) ［德］狄德满 著 崔华杰 译

129. 铁泪图:19世纪中国对于饥馑的文化反应 ［美］艾志端 著 曹曦 译

130. 饶家驹安全区:战时上海的难民 ［美］阮玛霞著 白华山 译

131. 危险的边疆:游牧帝国与中国 ［美］巴菲尔德 著 袁剑 译

132. 工程国家:民国时期(1927—1937)的淮河治理及国家建设 ［美］戴维·艾伦·佩兹 著 姜智芹 译

133. 历史宝筏:过去、西方与中国妇女问题 ［美］季家珍 著 杨可 译

134. 姐妹们与陌生人:上海棉纱厂女工,1919—1949 ［美］韩起澜 著 韩慈 译

135. 银线:19世纪的世界与中国 林满红 著 詹庆华 林满红 译

136. 寻求中国民主 ［澳］冯兆基 著 刘悦斌 徐硙 译

137. 墨梅 ［美］毕嘉珍 著 陆敏珍 译

138. 清代上海沙船航运业史研究 ［日］松浦章 著 杨蕾 王亦铮 董科 译

139. 男性特质论:中国的社会与性别 ［澳］雷金庆 著 ［澳］刘婷 译

140. 重读中国女性生命故事 游鉴明 胡缨 季家珍 主编

141. 跨太平洋位移:20世纪美国文学中的民族志、翻译和文本间旅行 黄运特 著 陈倩 译

142. 认知诸形式:反思人类精神的统一性与多样性 ［英］G.E.R.劳埃德 著 池志培 译

143. 中国乡村的基督教:1860—1900年江西省的冲突与适应 ［美］史维东 著 吴薇 译

144. 假想的"满大人":同情、现代性与中国疼痛 ［美］韩瑞 著 袁剑 译

145. 中国的捐纳制度与社会 伍跃 著

146. 文书行政的汉帝国 ［日］富谷至 著 刘恒武 孔李波 译

147. 城市里的陌生人:中国流动人口的空间、权力与社会网络的重构 ［美］张骊 著 袁长庚 译

148. 性别、政治与民主:近代中国的妇女参政 ［澳］李木兰 著 方小平 译

149. 近代日本的中国认识 ［日］野村浩一 著 张学锋 译

150. 狮龙共舞:一个英国人笔下的威海卫与中国传统文化 ［英］庄士敦 著 刘本森 译 威海市博物馆 郭大松 校

151. 人物、角色与心灵:《牡丹亭》与《桃花扇》中的身份认同 ［美］吕立亭 著 白华山 译

152. 中国社会中的宗教与仪式 ［美］武雅士 著 彭泽安 邵铁峰 译 郭潇威 校

153. 自贡商人:近代早期中国的企业家 ［美］曾小萍 著 董建中 译

154. 大象的退却:一部中国环境史 ［英］伊懋可 著 梅雪芹 毛利霞 王玉山 译

155. 明代江南土地制度研究 ［日］森正夫 著 伍跃 张学锋 等译 范金民 夏维中 审校

156. 儒学与女性 ［美］罗莎莉 著 丁佳伟 曹秀娟 译

157. 行善的艺术:晚明中国的慈善事业(新译本) [美]韩德玲 著 曹晔 译

158. 近代中国的渔业战争和环境变化 [美]穆盛博 著 胡文亮 译

159. 权力关系:宋代中国的家族、地位与国家 [美]柏文莉 著 刘云军 译

160. 权力源自地位:北京大学、知识分子与中国政治文化,1898—1929 [美]魏定熙 著
张蒙 译

161. 工开万物:17世纪中国的知识与技术 [德]薛凤 著 吴秀杰 白岚玲 译

162. 忠贞不贰:辽代的越境之举 [英]史怀梅 著 曹流 译

163. 内藤湖南:政治与汉学(1866—1934) [美]傅佛果 著 陶德民 何英莺 译

164. 他者中的华人:中国近现代移民史 [美]孔飞力 著 李明欢 译 黄鸣奋 校

165. 古代中国的动物与灵异 [英]胡司德 著 蓝旭 译

166. 两访中国茶乡 [英]罗伯特·福琼 著 敖雪岗 译

167. 缔造选本:《花间集》的文化语境与诗学实践 [美]田安 著 马强才 译

168. 扬州评话探讨 [丹麦]易德波 著 米锋 易德波 译 李今芸 校译

169. 《左传》的书写与解读 李惠仪 著 文韬 许明德 译

170. 以竹为生:一个四川手工造纸村的20世纪社会史 [德]艾约博 著 韩巍 译 吴秀杰 校

171. 东方之旅:1579—1724耶稣会传教团在中国 [美]柏理安 著 毛瑞方 译

172. "地域社会"视野下的明清史研究:以江南和福建为中心 [日]森正夫 著 于志嘉 马一虹
黄东兰 阿风 等译

173. 技术、性别、历史:重新审视帝制中国的大转型 [英]白馥兰 著 吴秀杰 白岚玲 译

174. 中国小说戏曲史 [日]狩野直喜 张真 译

175. 历史上的黑暗一页:英国外交文件与英美海军档案中的南京大屠杀 [美]陆束屏 编著/
翻译

176. 罗马与中国:比较视野下的古代世界帝国 [奥]沃尔特·施德尔 主编 李平 译

177. 矛与盾的共存:明清时期江西社会研究 [韩]吴金成 著 崔荣根 译 薛戈 校译

178. 唯一的希望:在中国独生子女政策下成年 [美]冯文 著 常姝 译

179. 国之枭雄:曹操传 [澳]张磊夫 著 方笑天 译

180. 汉帝国的日常生活 [英]鲁惟一 著 刘洁 余霄 译

181. 大分流之外:中国和欧洲经济变迁的政治 [美]王国斌 罗森塔尔 著 周琳 译 王国斌
张萌 审校

182. 中正之笔:颜真卿书法与宋代文人政治 [美]倪雅梅 著 杨简茹 译 祝帅 校译

183. 江南三角洲市镇研究 [日]森正夫 编 丁韵 胡婧 等译 范金民 审校

184. 忍辱负重的使命:美国外交官记载的南京大屠杀与劫后的社会状况 [美]陆束屏 编著/
翻译

185. 修仙:古代中国的修行与社会记忆 [美]康儒博 著 顾漩 译

186. 烧钱:中国人生活世界中的物质精神 [美]柏桦 著 袁剑 刘玺鸿 译

187. 话语的长城:文化中国历险记 [美]苏源熙 著 盛珂 译

188. 诸葛武侯 [日]内藤湖南 著 张真 译

189. 盟友背信:一战中的中国 [英]吴芳思 克里斯托弗·阿南德尔 著 张宇扬 译

190. 亚里士多德在中国:语言、范畴与翻译 [英]罗伯特·沃迪 著 韩小强 译

191. 马背上的朝廷:巡幸与清朝统治的建构,1680—1785 [美]张勉治 著 董建中 译

192. 申不害:公元前四世纪中国的政治哲学家 [美]顾立雅 著 马腾 译

193. 晋武帝司马炎 [日]福原启郎 著 陆帅 译

194. 唐人如何吟诗:带你走进汉语音韵学 [日]大岛正二 著 柳悦 译

195. 古代中国的宇宙论　[日]浅野裕一 著　吴昊阳 译

196. 中国思想的道家之论:一种哲学解释　[美]陈汉生 著　周景松 谢尔逊 等译　张丰乾 校译

197. 诗歌之力:袁枚女弟子屈秉筠(1767—1810)　[加]孟留喜 著　吴夏平 译

198. 中国逻辑的发现　[德]顾有信 著　陈志伟 译

199. 高丽时代宋商往来研究　[韩]李镇汉 著　李廷青 戴琳剑 译　楼正豪 校

200. 中国近世财政史研究　[日]岩井茂树 著　付勇 译　范金民 审校

201. 魏晋政治社会史研究　[日]福原启郎 著　陆帅 刘萃峰 张紫毫 译

202. 宋帝国的危机与维系:信息、领土与人际网络　[比利时]魏希德 著　刘云军 译

203. 中国精英与政治变迁:20世纪初的浙江　[美]萧邦奇 著　徐立望 杨涛羽 译　李齐 校

204. 北京的人力车夫:1920年代的市民与政治　[美]史谦德 著　周书垚 袁剑 译　周育民 校

205. 1901—1909年的门户开放政策:西奥多·罗斯福与中国　[美]格雷戈里·摩尔 著　赵嘉玉 译

206. 清帝国之乱:义和团运动与八国联军之役　[美]明恩溥 著　郭大松 刘本森 译

207. 宋代文人的精神生活(960—1279)　[美]何复平 著　叶树勋 单虹泽 译

208. 梅兰芳与20世纪国际舞台:中国戏剧的定位与置换　[美]田民 著　何恬 译

209. 郭店楚简《老子》新研究　[日]池田知久 著　曹峰 孙佩霞 译

210. 德与礼——亚洲人对领导能力与公众利益的理想　[美]狄培理 著　闵锐武 闵月 译

211. 棘闱:宋代科举与社会　[美]贾志扬 著

212. 通过儒家现代性而思　[法]毕游塞 著　白欲晓 译

213. 阳明学的位相　[日]荒木见悟 著　焦堃 陈晓杰 廖明飞 申绪璐 译

214. 明清的戏曲——江南宗族社会的表象　[日]田仲一成 著　云贵彬 王文勋 译

215. 日本近代中国学的形成:汉学革新与文化交涉　陶德民 著　辜承尧 译

216. 声色:永明时代的宫廷文学与文化　[新加坡]吴妙慧 著　朱梦雯 译

217. 神秘体验与唐代世俗社会:戴孚《广异记》解读　[英]杜德桥 著　杨为刚 查屏球 译　吴晨 审校

218. 清代中国的法与审判　[日]滋贺秀三 著　熊远报 译

219. 铁路与中国转型　[德]柯丽莎 著　金毅 译

220. 生命之道:中医的物、思维与行动　[美]冯珠娣 著　刘小朦 申琛 译

221. 中国古代北疆史的考古学研究　[日]宫本一夫 著　黄建秋 译

222. 异史氏:蒲松龄与中国文言小说　[美]蔡九迪 著　任增强 译　陈嘉艺 审校

223. 中国江南六朝考古学研究　[日]藤井康隆 著　张学锋 刘可维 译

224. 商会与近代中国的社团网络革命　[加]陈忠平 著

225. 帝国之后:近代中国国家观念的转型(1885—1924)　[美]沙培德 著　刘芳 译

226. 天地不仁:中国古典哲学中恶的问题　[美]方岚生 著　林捷 汪日宣 译

227. 卿本著者:明清女性的性别身份、能动主体和文学书写　[加]方秀洁 著　周睿 陈昉昊 译

228. 古代中华观念的形成　[日]渡边英幸 著　吴昊阳 译

229. 明清中国的经济结构　[日]足立启二 著　杨缨 译

230. 国家与市场之间的中国妇女　[加]朱爱岚 著　蔡一平 胡玉坤 译

231. 高丽与中国的海上交流(918—1392)　[韩]李镇汉 著　宋文志 李廷青 译

232. 寻找六边形:中国农村的市场和社会结构　[美]施坚雅 著　史建云 徐秀丽 译

233. 政治仪式与近代中国国民身份建构(1911—1929)　[英]沈艾娣 著　吕晶 等译

234. 北京的六分仪:中国历史中的全球潮流　[美]卫周安 著　王敬雅 张歌 译

235. 南方的将军:孙权传　[澳]张磊夫 著　徐缅 译